Daniel Silva Der Auftraggeber

Daniel Silva

Der Auftraggeber

Roman

Aus dem Amerikanischen
von Wulf Bergner

Piper
München Zürich

Die Originalausgabe erschien 2000
unter dem Titel »The Kill Artist«
bei Random House, New York.

Für Jamie, die dies
– und eigentlich auch alles andere –
möglich gemacht hat.

ISBN 3-492-04183-3

Satz: Dr. Ulrich Mihr GmbH, Tübingen
Druck und Bindung: GGP Media, Pößneck
Printed in Germany

Und der Herr redete mit Mose und sprach: Sende Männer aus, die das Land Kanaan erkunden, das ich den Kindern Israel geben will, aus jeglichem Stamm ihrer Väter einen vornehmen Mann.

4. Buch Mose 13, 1–2

Durch Täuschung sollst du Krieg führen.

Motto des Mossad

Vorbemerkung des Verfassers

Der Auftraggeber ist ein Roman und sollte als nichts anderes gesehen werden. Alle in diesem Roman geschilderten Personen, Orte und Ereignisse entstammen der Phantasie des Verfassers oder sind fiktiv verwendet worden. Jede Ähnlichkeit mit lebenden oder toten Personen wäre rein zufällig. Um die Erzählung und die Personen der Handlung realistischer erscheinen zu lassen, habe ich jedoch auf wahre Ereignisse aus dem heimlichen Krieg zwischen dem israelischen Geheimdienst und palästinensischen Guerillas zurückgegriffen. Beispielsweise hat die Ermordung des PLO-Kommandeurs Abu Dschihad sich 1988 – von Kleinigkeiten abgesehen – in etwa so abgespielt wie hier geschildert. Der alte italienische Meister Francesco Vecellio hat wirklich gelebt – tatsächlich war er der weniger berühmte Bruder Tizians –, aber das in diesem Roman beschriebene Gemälde *Die Anbetung der Hirten* gibt es nicht. Die in *Der Auftraggeber* geschilderte Londoner Kunstgalerie existiert leider ebensowenig wie ihr Besitzer.

Prolog

Wien, Januar 1991

Der Restaurator klappte seine Lupenbrille hoch und schaltete die in mehreren Reihen übereinander angeordneten Leuchtstoffröhren aus. Er wartete, bis seine Augen sich ans abendliche Halbdunkel im Stephansdom gewöhnt hatten; dann begutachtete er einen winzigen Teil des Gemäldes knapp unterhalb einer Pfeilwunde im Bein des hl. Stephan. Im Lauf der Jahrhunderte war die Farbe dort bis auf die Leinwand abgetragen worden. Der Restaurator hatte die Beschädigung so sorgfältig ausgebessert, daß es jetzt ohne spezielle Geräte praktisch unmöglich war, seine Arbeit vom Original zu unterscheiden, was bedeutete, daß er in der Tat sehr gute Arbeit geleistet hatte.

Der Restaurator hockte auf seiner Arbeitsbühne, reinigte Pinsel und Palette und verstaute seine Öle und Pigmente in einem flachen rechteckigen Kasten aus poliertem Holz. Die herabsinkende Dunkelheit hatte die hohen farbigen Glasfenster des Doms scheinbar schwarz werden lassen; frisch gefallener Schnee hatte das gewohnte Treiben der Wiener Innenstadt gedämpft. Im Stephansdom war es so still, daß der Restaurator nicht überrascht gewesen wäre, einen mittelalterlichen Kirchendiener bei Fackelschein durchs Hauptschiff huschen zu sehen.

Er kletterte katzenartig gewandt von dem hohen Gerüst und sprang lautlos auf den Steinboden der Seitenkapelle hinunter. Eine kleine Gruppe von Touristen hatte ihm einige Minuten lang bei der Arbeit zugesehen. Im allgemeinen hatte der Restaurator etwas gegen Gaffer – an manchen Tagen verhängte er die Arbeitsbühne sogar mit grauen Plastikplanen. Die heutige Zuschauergruppe löste sich auf, als er einen Dufflecoat anzog und seine Wollmütze aufsetzte. Er begrüßte sie mit einem sanften *»Buona sera«* und prägte sich dabei instinktiv jedes einzelne Gesicht so dauerhaft ein, als sei es mit Öl auf Leinwand gemalt.

Eine attraktive junge Deutsche versuchte ihn in ein Gespräch zu verwickeln. Sie sprach ihn in miserablem Italienisch an. Der Restaurator erklärte ihr in fließendem Deutsch mit Berliner Färbung – seine Mutter hatte vor dem Krieg in Charlottenburg gewohnt –, er habe wegen eines dringenden Termins leider keine Zeit, sich mit ihr zu unterhalten. Bei deutschen Frauen war ihm immer etwas unbehaglich zumute. Sein Blick glitt reflexartig über sie hinweg – über ihren großen, vollen Busen, ihre langen Beine hinauf und hinunter. Sie hielt seine Aufmerksamkeit fälschlicherweise für einen Flirtversuch, legte ihren Kopf leicht schief, lächelte ihn durch eine flachsblonde Locke hindurch an und schlug vor, auf einen Kaffee in ein Lokal gegenüber zu gehen. Der Restaurator entschuldigte sich, er habe es wirklich eilig. »Außerdem«, sagte er, indem er ins hochgewölbte Kirchenschiff aufblickte, »sind wir hier im Stephansdom, Fräulein. Nicht in einer Singlebar.«

Wenig später verließ er den Dom durchs Hauptportal und ging quer über den Stephansplatz. Er war nur mittelgroß, deutlich unter einem Meter achtzig. Sein schwarzes Haar war an den Schläfen grau meliert. Seine Nase war ziemlich lang und kantig, mit scharfen Rändern am Nasensattel, die fast vermuten ließen, sie sei aus Holz geschnitzt. Volle Lippen, Grübchen im Kinn, breite, markante Backenknochen. In seinen Augen lag eine Andeutung russischer Steppen – mandelförmig, unnatürlich grün, sehr beweglich. Trotz seiner die Augen anstrengenden Arbeit war sein Sehvermögen ausgezeichnet. Sein Gang wirkte selbstbewußt: kein großspuriges Stolzieren oder Marschieren, sondern ein energischer, zielstrebiger Schritt, der ihn mühelos über den verschneiten Platz zu tragen schien. Der Holzkasten mit seinen Farben und Pinseln steckte so unter seinem linken Arm, daß er auf dem Metallgegenstand ruhte, den er gewohnheitsmäßig an seiner linken Hüfte trug.

Er folgte der Rotenturmstraße, einer von glitzernden Läden und Cafés gesäumten breiten Fußgängerzone, blieb zwischendurch mehrmals vor Schaufenstern stehen und begutachtete Montblanc-Füller und Rolex-Armbanduhren, obwohl er keine Verwendung für solche Dinge hatte. Er machte an einem verschneiten Würstelstand halt, kaufte eine Klobasse und warf sie hundert Meter weiter in einen Abfallkorb, ohne sie auch nur angebissen zu haben. Er betrat eine Telefonzelle, warf einen Schilling ein, tippte willkürlich irgendeine Nummer ein und suchte dabei die Straße und die Schaufenster in der näheren Umgebung mit den Augen ab. »Kein Anschluß unter dieser Nummer«, teilte ihm eine Tonbandstimme mit. Der Restaurator hängte den Hörer ein, nahm seinen Schilling aus dem Geldrückgabefach und ging weiter.

Sein Ziel war ein kleines italienisches Restaurant im Judenviertel. Vor den Nazis hatten in Wien fast 200 000 Juden gelebt, und Juden hatten das kulturelle und geschäftliche Leben Wiens beherrscht. Heute lebten hier nur noch einige tausend Juden, hauptsächlich Zuwanderer aus Osteuropa, und das sogenannte Judenviertel war ein Streifen mit Textilgeschäften, Restaurants und Nachtclubs um den Judenplatz herum. Die Wiener kannten diesen Bezirk als Bermudadreieck, ein Ausdruck, den der Restaurator vage beleidigend empfand.

Die Frau und der Sohn des Restaurators warteten auf ihn – an einem der hinteren Tische mit Blick zur Tür sitzend, genau wie er's ihr beigebracht hatte. Der kleine Junge saß neben seiner Mutter und sog durch rosenfarbene Lippen Butterspaghetti ein. Er beobachtete sie einen Augenblick, begutachtete ihre Schönheit, wie er ein Kunstwerk begutachtet hätte: die Technik, die Struktur, die Komposition. Sie hatte einen blassen, olivfarbenen Teint, ovale braune Augen und langes schwarzes Haar, das sie heute zu einem Zopf geflochten hatte, der über ihre rechte Schulter hing.

Er betrat das Restaurant. Er küßte seinen Sohn aufs Haar, schwatzte auf italienisch mit dem Mann hinter der Bar und setzte sich. Seine Frau schenkte ihm Rotwein ein.

»Nicht zuviel. Ich muß heute abend noch arbeiten.«

»Im Dom?«

Er zog die Lippen herunter, legte den Kopf leicht schief. »Bist du mit dem Packen fertig?«

Sie nickte, dann sah sie wieder zu dem Fernseher über der Bar hinüber. In Tel Aviv heulten Luftschutzsirenen, eine weitere irakische SCUD-Rakete war im Anflug auf Israel. Die Bürger von Tel Aviv setzten Gasmasken auf und flüchteten in Luftschutzkeller. Die Einstellung wechselte: eine Flammenzunge stürzte von dem schwarzen Himmel auf die Stadt herab. Die Frau des Restaurators griff über den Tisch und berührte seine Hand.

»Ich möchte nach Hause.«

»Bald«, sagte der Restaurator und schenkte sich Rotwein nach.

Sie hatte den Wagen – einen dunkelblauen Mercedes mit Wiener Kennzeichen, den eine kleine Chemiefirma in Bern geleast hatte – auf der Straße ganz in der Nähe des Restaurants geparkt. Er setzte den Jungen hinten in den Wagen, schnallte ihn an, küßte seine Frau.

»Bin ich bis sechs Uhr nicht da, ist irgendwas schiefgegangen. Du weißt, was du zu tun hast?«

»Ich fahre zum Flughafen, nenne das Kennwort und gebe ihnen die Klarierungsnummer. Dann kümmern sie sich um uns.«

»Sechs Uhr«, wiederholte er. »Komme ich nicht bis spätestens sechs Uhr durch die Tür, fährst du auf dem kürzesten Weg zum Flughafen. Laß den Wagen auf dem Parkplatz stehen, und wirf die Schlüssel weg. Hast du verstanden?«

Sie nickte. »Komm einfach bis sechs heim.«

Der Restaurator schloß die Autotür, winkte ihnen durchs Glas knapp zu und ging davon. Vor ihm schien der hell angestrahlte Glockenturm des Stephansdoms über den Dächern der Altstadt zu schweben. Noch eine Nacht, sagte er sich. Dann bis zum nächsten Auftrag für ein paar Wochen nach Hause.

Hinter sich hörte er den Anlasser des Mercedes kurz eingreifen, dann zögern, wie eine mit falscher Geschwindigkeit abgespielte Schallplatte. Der Restaurator machte halt und warf sich herum.

»Nein!« brüllte er, aber sie drehte den Schlüssel erneut nach rechts.

Teil I

Beschaffung

I

Port Navas, Cornwall, Gegenwart

Der Zufall wollte es, daß Timothy Peel in derselben Juliwoche in dem Dorf ankam wie der Fremde. Seine Mutter und er bezogen ein heruntergekommenes Häuschen am Ende des Tidebeckens mit ihrem neuesten Liebhaber, einem mäßig erfolgreichen Bühnenautor namens Derek, der zuviel Wein trank und Kinder verabscheute. Der Fremde kam zwei Tage später an und quartierte sich in dem alten Lotsenhäuschen am Fluß knapp oberhalb der Austernfarm ein.

Peel hatte in diesem Sommer wenig zu tun – wenn Derek und seine Mutter sich nicht lautstark liebten, unternahmen sie inspirierende Gewaltmärsche entlang der Klippen –, deshalb beschloß er herauszufinden, wer der Fremde war und was er in Cornwall machte. Peel überlegte sich, daß er am besten damit anfing, ihn zu beobachten. Mit seinen elf Jahren und als einziges Kind geschiedener Eltern verstand Peel sich ausgezeichnet auf die Kunst, Menschen zu beobachten und Ermittlungen anzustellen. Wie jeder gute Überwachungskünstler brauchte er einen ständigen Beobachtungsposten. Er entschied sich für das Fenster seines Zimmers, von dem aus er freien Blick über den Fluß hatte. In dem zum Haus gehörenden Lagerschuppen fand er einen uralten Zeiss-Feldstecher; im Dorfladen kaufte er sich ein kleines Notizbuch und einen Kugelschreiber, um ein Überwachungsprotokoll führen zu können.

Als erstes fiel Peel auf, daß der Fremde eine Vorliebe für alte Dinge hatte. Sein Wagen war ein Oldtimer, ein altes MG-Cabrio. Von seinem Fenster aus beobachtete Peel, wie er stundenlang an dem Motor arbeitete, wobei nur sein Rücken unter der Motorhaube sichtbar war. Ein Mann mit großem Konzentrationsvermögen, folgerte Peel. Ein Mann mit großer mentaler Ausdauer.

Nach einem Monat verschwand der Fremde. Einige Tage verstrichen, dann eine Woche, dann vierzehn Tage. Peel fürchtete, der Fremde habe ihn entdeckt und die Flucht ergriffen. Da er sich ohne die Routine der Überwachung dumm und dämlich langweilte, geriet Peel in Schwierigkeiten und wurde dabei erwischt, wie er ein Fenster einer Teestube im Dorf einwarf. Derek verurteilte ihn zu einer Woche Einzelhaft auf seinem Zimmer.

An diesem Abend gelang es Peel jedoch, heimlich mit seinem Feldstecher aus dem Haus zu schlüpfen. Er ging den Kai entlang, an dem dunklen Haus des Fremden und der Austernfarm vorbei, blieb an der Landzunge stehen, wo ihr kleiner Fluß in den Helford River mündete, und beobachtete die mit der Flut zurückkommenden Segelboote. Dann sah er eine Ketsch, die mit Hilfsmotor hereinkam. Er hob den Feldstecher an seine Augen und studierte die Gestalt, die am Ruder stand.

Der Fremde war nach Port Navas zurückgekehrt.

Die Ketsch war alt und mußte dringend überholt werden, und der Fremde setzte sie mit der gleichen Sorgfalt instand, mit der er seinen launischen MG überholt hatte. Er arbeitete jeden Tag mehrere Stunden an seinem Boot, schliff, lackierte, strich, polierte Messing und wechselte Beschläge, Leinen und Segel aus. Bei warmem Wetter arbeitete er mit nacktem Oberkörper. Peel mußte den Körper des Fremden unwillkürlich mit dem Dereks vergleichen. Derek war weich und dicklich; der Fremde war kompakt und durchtrainiert – die Art Mann, bei der man es rasch bereuen würde, sich mit ihm angelegt zu haben. Ende August war seine Haut fast so dunkel geworden wie der Firnis, mit dem er das Oberdeck der Ketsch so gewissenhaft einließ.

Zwischendurch war er immer wieder tagelang mit dem Boot unterwegs. Peel hatte keine Möglichkeit, ihm zu folgen. Er konnte sich nur ausmalen, wohin der Fremde segelte. Durch die Helford Passage auf See hinaus? Um Lizard Point herum nach St. Michael's Mount oder Penzance? Vielleicht ums Kap herum nach St. Ives?

Dann kam Peel auf eine andere Möglichkeit. Cornwall war für seine Piraten berühmt; tatsächlich gab es in diesem Gebiet bis heute nicht wenige Schmuggler. Vielleicht fuhr der Fremde mit seiner Ketsch auf See hinaus, um von Frachtern Schmuggelware zu übernehmen und an Land zu bringen.

Als der Fremde beim nächsten Mal von einem seiner Segeltörns zurückkam, hielt Peel gewissenhaft an seinem Fenster Wache, weil er hoffte, ihn dabei zu ertappen, wie er Schmuggelware an Land schaffte. Aber als er vom Bug der Ketsch auf die Pier sprang, hielt er außer einem kleinen Rucksack und einem Müllsack aus Plastikfolie nichts in den Händen.

Der Fremde segelte zum Vergnügen, nicht um damit Geld zu verdienen.

Peel zog sein Notizbuch aus der Tasche und strich das Wort *Schmuggler* durch.

Das große Frachtstück traf in der ersten Septemberwoche ein: eine flache Holzkiste, fast so groß wie ein Scheunentor. Sie kam in einem Möbelwagen aus London und wurde von einem aufgeregten Mann in Nadelstreifen begleitet. Von da ab verliefen die Tage des Fremden im umgekehrten Rhythmus. Nachts war das Obergeschoß seines kleinen Hauses strahlend hell erleuchtet – nicht mit gewöhnlichem Licht, beobachtete Peel, sondern mit sehr hellem, reinweißem Licht. Ging Peel morgens zum Schulbus, sah er den Fremden mit seiner Ketsch auslaufen, an seinem alten MG arbeiten oder mit abgewetzten Trekkingstiefeln aufbrechen, um die Wanderwege entlang der Helford Passage abzulaufen. Peel vermutete, daß er nachmittags schlief, obwohl er den Eindruck eines Mannes machte, der lange ohne Schlaf auskommen konnte.

Peel fragte sich, was der Fremde die ganzen Nächte lang trieb. Spät an einem Abend beschloß er, sich die Sache aus der Nähe anzusehen. Er zog Pullover und Jacke an und verließ heimlich das Haus, ohne sich bei seiner Mutter abzumelden. Dann stand er am Kai und sah zum Haus des Fremden auf. Die Fenster standen offen, und er nahm einen in der Luft hängenden stechenden Geruch wahr, etwas zwischen medizinischem Alkohol und Petroleum. Und er hörte undeutlich Musik – Gesang, vielleicht eine Oper.

Als Peel gerade näher ans Haus herangehen wollte, fühlte er eine schwere Hand auf seiner Schulter. Er fuhr herum und sah Derek mit in die Hüften gestemmten Armen und wütend zusammengekniffenen Augen über sich aufragen. »Scheiße, was zum Teufel tust du hier?« fragte Derek. »Deine Mutter macht sich schreckliche Sorgen um dich!«

»Warum hat sie *dich* geschickt, wenn *sie* sich solche Sorgen macht?«

»Antworte mir, Junge! Warum treibst du dich hier draußen herum?«

»Geht dich nichts an!«

Im Dunkeln sah Peel den Schlag nicht kommen: ein kräftiger Hieb mit der flachen Hand gegen seine linke Kopfseite, von dem ihm die Ohren dröhnten und der seine Augen sofort tränen ließ.

»Du bist nicht mein Vater! Dazu hast du kein Recht!«

»Und du bist nicht mein Sohn, aber solange du unter meinem Dach lebst, tust du, was ich sage.«

Peel wollte weglaufen, aber Derek packte ihn grob am Jackenkragen und hob ihn hoch.

»Laß mich los!«

»Nein, du kommst mit nach Hause.«

Derek machte ein paar Schritte, dann blieb er plötzlich stehen. Peel verrenkte sich den Hals, um sehen zu können, was los war. Der Fremde stand mitten auf dem Weg – die Arme vor der Brust verschränkt, den Kopf leicht zur Seite geneigt.

»Was wollen Sie?« knurrte Derek.

»Ich habe Lärm gehört. Ich dachte, es könnte ein Problem geben.«

Peel fiel auf, daß dies das erste Mal war, daß er den Fremden hatte sprechen hören. Sein Englisch war perfekt, aber er sprach mit ganz leichtem Akzent. Seine Ausdrucksweise glich seinem Körper: hart, kompakt, präzise, ohne Fett.

»Kein Problem«, sagte Derek. »Nur ein Junge, der ist, wo er nicht sein sollte.«

»Vielleicht sollten Sie ihn wie einen Jungen, nicht wie einen Hund behandeln.«

»Und vielleicht sollten *Sie* sich um Ihren eigenen Scheiß kümmern.«

Derek ließ Peel los und starrte den kleineren Mann aufgebracht an. Einen Augenblick lang fürchtete Peel, Derek werde eine Schlägerei anfangen. Er erinnerte sich an die straffen, harten Muskeln des Fremden; an den Eindruck, dieser Mann verstehe sich darauf zu kämpfen. Das schien auch Derek zu spüren, denn er packte Peel wortlos am Ellbogen und führte ihn zu ihrem Haus zurück. Als Peel sich unterwegs einmal umsah, stand der Fremde noch immer mit verschränkten Armen wie ein stummer Wächter auf dem Weg. Aber als Peel in sein Zimmer zurückkam und aus dem Fenster spähte, war der Fremde verschwunden. Drüben war nur das Licht zu sehen: reinweiß und sehr hell.

Im Spätherbst war Peel frustriert. Er hatte nicht einmal die grundlegenden Tatsachen über den Fremden in Erfahrung gebracht. Er wußte weder seinen Namen – oh, er hatte im Dorf von zwei möglichen Namen flüstern hören, die beide vage südländisch klangen –, noch hatte er entdeckt, woran der Fremde Nacht für Nacht arbeitete. Peel gelangte zu dem Schluß, nun sei ein Crashunternehmen notwendig.

Als der Fremde am nächsten Morgen in seinen MG stieg und in Richtung Dorfmitte davonraste, hastete Peel den Kai entlang und kletterte durch ein zum Garten hin offenes Fenster ins Haus.

Als erstes fiel ihm auf, daß der Fremde das Wohnzimmer als Schlafzimmer benutzte.

Er stieg rasch die Treppe hinauf. Ein Schauder durchlief seinen Körper.

Die meisten Zwischenwände im Obergeschoß waren rausgerissen worden, um einen einzigen lichten Raum zu schaffen. In seiner Mitte stand ein großer weißer Tisch, an dessen Seite ein Mikroskop an einem langen ausfahrbaren Arm montiert war. Auf einem anderen Tisch standen durchsichtige Glasflaschen mit Chemikalien – vermutlich die Quelle der seltsamen Gerüche. Neben den Flaschen lagen zwei eigenartig aussehende

Lupenbrillen. Ein hoher, verstellbarer Lampenständer trug mehrere Reihen weißer Leuchtstoffröhren, die für das grelle Licht im Obergeschoß dieses Hauses verantwortlich waren.

Auf weiteren Tischen lagen alle möglichen Werkzeuge, die Peel nicht kannte, aber diese Dinge waren nicht schuld an seiner Beunruhigung. Auf zwei stabilen Holzstaffeleien standen zwei Ölgemälde. Das eine war riesig, schien ziemlich alt zu sein und zeigte irgendeine religiöse Szene. An zahlreichen Stellen hatte die Farbe sich von der Leinwand abgelöst. Auf der zweiten Staffelei stand ein kleineres Gemälde, das einen alten Mann, eine junge Frau und ein Kind zeigte. Peel konnte die Signatur in der rechten unteren Bildecke entziffern: *Rembrandt*.

Er wandte sich ab, um zu gehen, und stand unerwartet dem Fremden gegenüber.

»Was machst du hier?«

»T-t-tut mir leid«, stotterte Peel. »Ich dachte, Sie wären hier.«

»Nein, das stimmt nicht. Du hast gedacht, ich sei fort, weil du mich von deinem Fenster aus beobachtet hast, als ich weggefahren bin. Tatsächlich hast du mich den ganzen Sommer lang beobachtet.«

»Ich dachte, Sie könnten ein Schmuggler sein.«

»Was hat dich auf diese Idee gebracht?«

»Das Boot«, stammelte Peel.

Der Fremde lächelte flüchtig. »Jetzt kennst du die Wahrheit.«

»Eigentlich nicht«, gab Peel zu.

»Ich bin Restaurator. Ich stelle Kunstwerke wieder her. Alte Gemälde müssen manchmal etwas renoviert werden – wie beispielsweise ein Haus.«

»Oder ein Boot«, sagte Peel.

»Genau. Manche Gemälde – wie diese hier – sind sehr wertvoll.«

»Wertvoller als ein Segelboot?«

»Viel wertvoller. Aber da du jetzt weißt, was hier steht, haben wir ein Problem.«

»Ich erzähl's nicht weiter«, versprach Peel. »Ehrenwort!«

Der Fremde fuhr sich mit einer Hand über seinen Bürstenhaarschnitt. »Ich könnte einen Helfer brauchen«, sagte er halblaut. »Jemand, der ein bißchen aufs Haus aufpaßt, wenn ich weg bin. Würde dir dieser Job gefallen?«

»Ja.«

»Ich gehe jetzt segeln. Willst du mitkommen?«

»Ja.«

»Mußt du nicht erst deine Eltern fragen?«

»Er ist nicht mein Vater, und meiner Mum ist's egal.«

»Weißt du das bestimmt?«

»Ganz sicher.«

»Wie heißt du?«

»Ich bin Peel. Und wie heißen Sie?«

Aber der Fremde sah sich nur in seinem Atelier um, als wolle er sich vergewissern, daß Peel nichts von seinen Sachen durcheinandergebracht hatte.

Wagen fuhr an, bog auf die Rue de Bellechasse ab und raste dann die Seine entlang.

Elijahu lehnte sich zurück und schloß die Augen. »Weck mich, wenn wir zu Hause sind, Hannah.«

»Wer war das, René?«

»Niemand. Falsch verbunden.«

Emily schloß wieder die Augen, aber bald darauf hörte sie ein weiteres Geräusch, diesmal einen lauten Knall, als auf der Brücke zwei Autos zusammenstießen. Ein Kleinbus war auf einen Peugeot aufgefahren, der Asphalt war mit Glassplittern bedeckt, der Verkehr kam zum Stehen. Die beiden Fahrer sprangen aus ihren Wagen und begannen sich in unverständlich schnellem Französisch anzubrüllen. Emily merkte jedoch, daß sie keine Franzosen waren – eher Araber, vielleicht Nordafrikaner. René nahm seinen Rucksack, trat auf die Fahrbahn und schlängelte sich zwischen den liegengebliebenen Wagen hindurch.

»René! Wo willst du hin?«

Aber er tat so, als habe er nichts gehört. Er ging weiter – nicht auf die beiden Unfallwagen, sondern auf eine im Stau stehende lange schwarze Limousine zu. Unterwegs zog er den Reißverschluß des Rucksacks auf und holte etwas heraus: eine kleine Maschinenpistole.

Emily wollte ihren Augen nicht trauen. René, ihr Liebhaber, der Mann, der sich in ihr Leben eingeschlichen und ihr Herz gestohlen hatte, ging mit einer Maschinenpistole über den Pont Alexandre III. Dann begannen die Teile des Puzzles, sich wie von selbst zusammenzufügen. Der nagende Verdacht, René halte irgend etwas vor ihr geheim. Die langen, nie erklärten Abwesenheiten. Der schwarzhaarige Unbekannte vorhin im Bistro. *Leila?*

Alles Weitere sah sie wie in Zeitlupe in undeutlich

wahrgenommenen Halbbildern, als spiele es sich unter schlammigem Wasser ab. René, der über die Brücke rannte. René, der seinen Rucksack unter die Limousine warf. Ein greller Lichtblitz, eine glutheiße Druckwelle. Feuerstöße, Schreie. Jemand auf einem Motorrad. Eine schwarze Sturmhaube, zwei unergründlich schwarze Pfuhle, die kalt durch die Augenlöcher starrten, feuchte Lippen, die hinter dem Mundschlitz glänzten. Eine behandschuhte Hand, die nervös mit dem Gasdrehgriff spielte. Aber es waren die Augen, die Emilys Aufmerksamkeit fesselten. Es waren die schönsten Augen, die sie je in ihrem Leben gesehen hatte.

Endlich hörte sie in der Ferne das an- und abschwellende Heulen einer Pariser Polizeisirene. Sie wandte ihren Blick von dem Motorradfahrer ab und sah René langsam übers Schlachtfeld auf sich zukommen. Er zog das leer geschossene Magazin aus seiner Waffe, setzte lässig ein neues ein und lud die Maschinenpistole wieder durch.

Emily wich vor ihm zurück, bis sie ans Brückengeländer gepreßt dastand. Sie drehte sich um und sah in den schwarzen Fluß hinunter, der langsam unter ihr vorbeiströmte.

»Du bist ein Monster!« kreischte sie auf englisch, weil sie in ihrer Panik ihr Französisch vergessen hatte. »Du bist ein gottverdammtes Monster! Scheiße, wer bist du?«

»Versuch nicht, mir zu entkommen«, antwortete er in derselben Sprache. »Das würde alles nur verschlimmern.«

Dann hob er seine Waffe und durchsiebte ihr Herz mit einem kurzen Feuerstoß. Die Wucht der Einschläge ließ Emily übers Brückengeländer kippen. Sie fühlte sich in den Fluß stürzen. Sie streckte die Hände aus und sah das Armband an ihrem Handgelenk. Das Armband, das ihr Liebhaber René ihr eben erst geschenkt hatte. Solch ein wunderschönes Armband. Wirklich jammerschade.

Sie schlug auf, tauchte in die Seine ein und verschwand unter der Oberfläche. Als sie den Mund öffnete, füllte ihre Lunge sich mit eisigem Wasser. Sie konnte ihr eigenes Blut schmecken. Sie sah einen grellweißen Lichtblitz, hörte ihre Mutter ihren Namen rufen. Danach gab es nur noch Dunkelheit. Ein endlos weites, stilles Dunkel. Und die Kälte.

3

Tiberias, Israel

Trotz dieser Ereignisse in Paris hätte es dem Fremden vielleicht gelingen können, im selbstgewählten Exil zu bleiben, wäre der legendäre Mossadchef Ari Schamron nicht reaktiviert worden. Schamron brauchte in dieser Nacht nicht geweckt zu werden, denn er fand schon seit langem keinen Schlaf mehr. Tatsächlich geisterte er nachts so häufig herum, daß Rami, der junge Kommandant seiner Leibwache, ihm den Spitznamen »Das Phantom von Tiberias« gegeben hatte. Anfangs vermutete Schamron, daran sei das Alter schuld. Er war vor kurzem 65 geworden und hatte zum erstenmal über die Möglichkeit nachgedacht, er könnte eines Tages wirklich sterben. Bei der jährlichen Vorsorgeuntersuchung hatte sein Arzt die Kühnheit besessen vorzuschlagen – »Und das ist nur ein Vorschlag, Ari, denn ich würde weiß Gott nie versuchen, Ihnen Vorschriften zu machen« –, Schamron solle seinen täglichen Koffein- und Tabakkonsum verringern: zwölf Tassen schwarzen Kaffee und 60 starke türkische Zigaretten. Schamron hatte diesen Vorschlag leicht belustigend gefunden.

Erst während einer untypischen Periode der Selbstbeobachtung, die durch seinen erzwungenen Rückzug aus dem Dienst ausgelöst worden war, hatte Schamron die Ursachen seiner chronischen Schlaflosigkeit ergründet. Er hatte so oft gelogen, so oft getäuscht und betrogen, daß er manchmal Fakten nicht mehr von Fiktion, Wahrheit nicht mehr von Unwahrheit unterscheiden konnte. Und dazu kamen die Morde. Er hatte mit eigenen Händen gemordet, und er hatte anderen Männern, jüngeren Männern, Mordaufträge erteilt. Ein Leben voller Verrat und Gewalt hatte seinen Tribut gefordert. Manche Männer drehen durch; andere brennen aus. Ari Schamron war dazu verurteilt, für immer wach zu bleiben.

Schamron hatte einen unbehaglichen Frieden mit seinem Gebrechen geschlossen, wie manche Leute sich mit Geisteskrankheit oder einem tödlichen Leiden abfinden. Er war zu einem Nachtwanderer geworden, der durch seine sandsteinfarbene Villa über dem See Genezareth geisterte oder in klaren, lauen Nächten auf seiner Terrasse saß und über den See und das im Mondschein liegende Obergaliläa starrte. Manchmal zog er sich auch in sein Arbeitszimmer zurück, um seiner großen Leidenschaft zu frönen und alte Radios zu reparieren – die einzige Tätigkeit, die ihn hundertprozentig von Gedanken an den Dienst ablenken konnte.

Und manchmal schlenderte er zum Wachlokal hinunter und verbrachte ein paar Stunden damit, mit Rami und den anderen Jungs in der Hütte zu sitzen und bei Kaffee und Zigaretten Geschichten zu erzählen. Die Schilderung von der Gefangennahme Eichmanns gefiel Rami am besten. Wurde ein neuer Mann zu seinem Kommando versetzt, drängte er Schamron jedesmal, die Geschichte zu wiederholen, damit der Neue begriff, daß ihm ein großes Privileg gewährt worden war: das Privileg, Schamron – den Sabre-Supermann, Israels Racheengel – zu beschützen.

Heute nacht hatte Rami ihn wieder dazu gebracht, die Geschichte zu erzählen. Wie üblich hatte sie viele Erinnerungen geweckt, von denen manche weniger angenehm waren. Schamron hatte gerade keine alten

Radios, mit denen er sich hätte ablenken können, und da es zu kalt und regnerisch war, um draußen zu sitzen, lag er mit offenen Augen im Bett, analysierte neue Unternehmen, erinnerte sich an vergangene, spürte die Schwachstellen von Gegnern auf und plante ihre Vernichtung. Und als das Spezialtelefon auf seinem Nachttisch zweimal schrill klingelte, griff Schamron mit der erleichterten Miene eines alten Mannes, der für Gesellschaft dankbar ist, nach dem Hörer und zog ihn langsam an sein Ohr.

Rami trat aus dem Wachlokal und beobachtete, wie der Alte die Einfahrt heruntertrabte. Er war kahl und dick, trug eine Nickelbrille. Sein Gesicht war trocken und zerklüftet – wie die Negevwüste, sagte Rami sich. Wie üblich trug er eine Khakihose und seine uralte Bomberjacke mit dem Riß auf der rechten Brustseite dicht unter der Achsel. Im Dienst gab es zwei Theorien über diesen Riß. Manche glaubten, die Jacke sei in den fünfziger Jahren bei einem Vergeltungsangriff in Jordanien von einem Geschoß aufgeschlitzt worden. Andere behaupteten, der Einriß stamme von der Hand eines Terroristen, den Schamron in einer finsteren Gasse in Kairo mit einer Drahtschlinge erdrosselt habe. Schamron selbst bestand immer barsch darauf, die Wahrheit sei viel prosaischer – er habe sich die Jacke an einer Autotür aufgerissen –, aber das nahm ihm im Dienst kein Mensch ab.

Er bewegte sich mit gesenktem Kopf und gespreizten Ellbogen, als sei er darauf gefaßt, von hinten überfallen zu werden. Der Schamron-Schlurfschritt, ein Gang, der zu besagen schien: »Platz da, sonst passiert was!« Rami spürte, wie sein Puls sich beim Anblick des Alten beschleunigte. Hätte Schamron ihm befohlen, von einer Klippe zu springen, wäre er gesprungen. Hätte der Alte ihm befohlen, mitten in der Luft haltzumachen, hätte er's irgendwie geschafft, das zu tun.

Als Schamron näher herankam, konnte Rami seinen Gesichtsausdruck studieren. Die Falten um den Mund waren etwas tiefer. Er war wütend – das merkte Rami an seinem Blick –, aber zugleich schien ein schwaches Lächeln um seine Lippen zu spielen. *Was zum Teufel gibt's da zu grinsen?* Chefs werden nicht nach Mitternacht gestört, außer es gibt dringende oder sehr schlechte Nachrichten. Dann erriet Rami den wahren Grund: Das Phantom von Tiberias war erleichtert, weil ihm eine weitere schlaflose Nacht, in der es keine Feinde zu bekämpfen gab, erspart geblieben war.

Eine Dreiviertelstunde später glitt Schamrons gepanzerter Peugeot in die Tiefgarage eines nüchternen Verwaltungsgebäudes, das über dem King Saul Boulevard im Norden Tel Avivs aufragte. Er trat in einen Privataufzug und fuhr in seine Bürosuite im obersten Stock hinauf. Königin Esther, seine leidgeprüfte Sekretärin, hatte auf seinem Schreibtisch ein Päckchen Zigaretten neben einer Thermoskanne Kaffee zurückgelassen. Schamron zündete sich sofort eine Zigarette an und setzte sich.

Nach seiner Rückkehr in den Dienst hatte er als erstes die luxuriöse skandinavische Büroeinrichtung seines Vorgängers abtransportieren und einer Wohltätigkeitsorganisation für russische Einwanderer spenden lassen. Jetzt sah das Büro wie der Gefechtsstand eines Truppenkommandeurs aus, der Mobilität und Funktionalität über Stil und Eleganz stellt. Als Schreibtisch benutzte Schamron einen großen, zerschrammten Bibliothekstisch. An der Wand gegenüber den Fenstern stand eine Reihe metallgrauer Karteischränke. Auf dem Regal hinter seinem Schreibtisch hatte er einen 30 Jahre alten deutschen Kurzwellenempfänger. Schamron war nicht auf die täglichen Zusammenfassungen des hauseigenen Abhördiensts angewiesen, denn er sprach ein halbes Dutzend Sprachen fließend und verstand ein weiteres halbes Dutzend. Außerdem konnte er das Radio selbst reparieren, wenn es einmal defekt war. Tatsächlich konnte er fast alle elektronischen Geräte instand setzen. Einmal hatten seine engsten Mitarbeiter, die zur wöchentlichen Einsatzbesprechung kamen, Schamron dabei angetroffen, wie er sich für das Innenleben von Königin Esthers Videorecorder interessierte.

Das einzige Zugeständnis an die Moderne waren die gegenüber seinem Schreibtisch aufgebauten Großbildfernseher, die er jetzt mit seiner Fernbedienung einschaltete. Da er auf einem Ohr taub war, stellte er die Geräte ziemlich laut, bis es klang, als lieferten drei Männer – ein Franzose, ein Engländer und ein Amerikaner – sich in seinem Büro eine lautstarke Auseinandersetzung.

Draußen, im Vorzimmer zwischen Esthers Büro und seinem eigenen, waren Schamrons engste Mitarbeiter wie besorgte Gefolgsleute versammelt, die auf eine Audienz bei ihrem Herrn und Meister warten. Dort warteten der windhundartige Eli aus der Planungsabteilung und der Talmudgelehrte Mordechai, Schamrons Exekutivoffizier. Ebenfalls anwesend waren Jossi, das Genie aus der Europaabteilung, das in Oxford Jura studiert hatte, und Lev, der cholerische Leiter der Operationsabteilung, der in seinen kostbaren freien Stunden Raubinsekten sammelte. Nur Lev schien keine Angst vor Schamron zu kennen. Er steckte alle paar Minuten seinen kantigen Schädel durch die Tür des Arbeitszimmers und rief: »Um Gottes willen, Ari! Wann? Hoffentlich noch heute nacht!«

Aber Schamron hatte es nicht besonders eilig, mit ihnen zu reden, denn er war sich ziemlich sicher, mehr über die schrecklichen Ereignisse dieses Abends in Paris zu wissen, als sie jemals wissen würden.

Schamron hockte eine Stunde lang mit ausdrucksloser Miene in seinem Sessel, rauchte eine Zigarette nach der anderen und verfolgte die Berichterstattung von CNN im ersten Fernseher, der BBC im zweiten und des französischen Staatsfernsehens im dritten. Was die Korrespondenten sagten, kümmerte ihn nicht besonders – sie wußten zum gegenwärtigen Zeitpunkt noch so gut wie nichts, und Schamron war sich darüber im klaren, daß er die Berichterstattung mit einem einzigen fünfminütigen Telefongespräch hätte beeinflussen können. Er wollte hören, was die Zeugen berichteten, die das Attentat mit eigenen Augen gesehen hatten. Sie würden ihm sagen, was er wissen wollte.

Eine junge Deutsche, die von CNN interviewt wurde, schilderte den Verkehrsunfall, der dem Attentat vorausgegangen war. »Es waren zwei Fahrzeuge, ein Kleinbus und eine Limousine. Vielleicht ein Peugeot, aber das weiß ich nicht sicher. Der Verkehr auf der Brücke ist binnen Sekunden zum Stehen gekommen.«

Schamron benutzte die Fernbedienung, um den CNN-Ton leiser zu stellen und die BBC zu Wort kommen zu lassen. Ein Taxifahrer von der Elfenbeinküste beschrieb den Attentäter: schwarzhaarig, gutgekleidet, gutaussehend, cool. Als der Unfall passierte, hatte der Killer mit einem Mädchen auf der Brücke gestanden: »Blond gefärbt, ein bißchen stämmig, Ausländerin, bestimmt keine Französin.« Aber sonst hatte der Taxifahrer nichts gesehen, denn als die Sprengladung detonierte, war er unter seinem Armaturenbrett in Deckung gegangen und hatte erst wieder aufgesehen, als längst keine Schüsse mehr fielen.

Schamron zog ein Notizbuch mit abgewetzter Lederhülle aus seiner Hemdtasche, legte es sorgfältig auf den Schreibtisch und schlug eine leere Seite auf. In seiner kleinen, präzisen Schrift notierte er sich ein einziges Wort.

MÄDCHEN.

Danach konzentrierte er sich wieder auf die Fernseher. Eine attraktive junge Engländerin namens Beatrice erzählte dem BBC-Korrespondenten das Attentat. Sie berichtete von dem Unfall, bei dem ein Kleinbus auf einen anderen Wagen aufgefahren war, so daß der Verkehr sofort stand und die Limousine des Botschafters im Stau eingekeilt gewesen war. Sie schilderte, wie der Attentäter seine Freundin stehengelassen und eine Maschinenpistole aus seinem Rucksack gezogen hatte. Wie er dann den Rucksack unter die Limousine geworfen und die Detonation abgewartet hatte, bevor er ruhig an den Wagen getreten war und alle Insassen erschossen hatte.

Als nächstes erzählte Beatrice, daß der Killer langsam auf das Mädchen zugegangen war – auf die junge Frau, die er eben noch scheinbar leidenschaftlich geküßt hatte – und sie mit einem kurzen Feuerstoß erledigt hatte.

Schamron leckte seine Bleistiftspitze an und schrieb unter das Wort MÄDCHEN einen Namen:

TARIQ.

Schamron nahm den Hörer seines abhörsicheren Telefons ab und rief Uzi Navot an, seinen Stationsleiter in Paris. »Sie haben jemanden bei diesem Empfang gehabt. Jemand hat dem draußen wartenden Team gemeldet, daß der Botschafter abfährt. Sie haben seine Fahrtroute gekannt. Sie haben den Unfall gebaut, damit die Limousine im Stau steckenbleibt.«

Navot stimmte zu. Navot hatte es sich zur Gewohnheit gemacht, Schamron zuzustimmen.

»In diesem Museum hängen unzählige sehr wertvolle Gemälde«, fuhr Schamron fort. »Ich würde annehmen, daß es dort ein hochmodernes Video-Überwachungssystem gibt, glauben Sie nicht auch, Uzi?«

»Natürlich, Boß.«

»Sie sagen unseren Freunden im französischen Dienst, daß wir sofort ein Team nach Paris entsenden möchten, das die Ermittlungen beobachtet und nötigenfalls unterstützt. Und dann beschaffen Sie sich die Überwachungsbänder und schicken sie mir als Diplomatengepäck.«

»Wird gemacht.«

»Was ist mit der Brücke? Gibt es Überwachungskameras der Polizei, die sie erfassen? Mit etwas Glück haben sie das gesamte Attentat aufgenommen – sogar die Vorbereitungen.«

»Ich kümmere mich darum.«

»Wieviel ist von der Limousine übrig?«

»Leider nicht viel. Der Tank ist explodiert, und in dem Feuer sind auch die Leichen bis zur Unkenntlichkeit verbrannt.«

»Wie ist der Attentäter geflüchtet?«

»Er ist bei einem Motorradfahrer aufgestiegen. Sekunden später war er weg.«

»Irgendeine Spur von ihm?«

»Nichts, Boß.«

»Sonstige Hinweise?«

»Falls es welche gibt, behält die Pariser Polizei sie für sich.«

»Was ist mit den übrigen Attentätern?«

»Auch spurlos abgetaucht. Sie waren gut, Boß. Verdammt gut.«

»Wer war die ermordete junge Frau?«

»Eine Amerikanerin.«

Schamron schloß kurz die Augen und fluchte leise. Was er jetzt am allerwenigsten brauchen konnte, war eine Einmischung der Amerikaner. »Wissen die Amerikaner das schon?«

»Die halbe Botschaft ist bereits auf der Brücke.«

»Hat diese junge Frau einen Namen?«

»Emily Parker.«

»Was hat sie in Paris gemacht?«

»Sie scheint nach der Graduierung ein paar Monate Urlaub gemacht zu haben.«

»Wunderbar. Wo hat sie gewohnt?«

»Montmartre. Ein Team der Pariser Kriminalpolizei ist in ihrer Gegend unterwegs, schnüffelt herum, befragt die Nachbarn und versucht, irgendwelche Hinweise zu finden.«

»Hat es schon was Interessantes gefunden?«

»Mehr weiß ich bisher nicht, Boß.«

»Fahren Sie morgen früh selbst nach Montmartre. Sehen Sie sich selbst um. Stellen Sie ein paar Fragen. Aber unauffällig, Uzi. Vielleicht hat jemand in ihrem Haus oder im Café an der Ecke sich ihren Freund genauer angesehen.«

»Gute Idee, Boß.«

»Und tun Sie mir einen weiteren Gefallen. Nehmen Sie die Fahndungsfotos von Tariq mit.«

»Glauben Sie, daß er hinter dieser Sache steckt?«

»Ich will mich lieber noch nicht festlegen.«

»Selbst wenn jemand ihn gesehen hätte, würden diese alten Fotos nichts nützen. Er hat sein Aussehen seit damals schon hundertmal verändert.«

»Tun Sie mir den Gefallen.« Schamrons Zeigefinger stach auf die grün blinkende Leuchttaste seines Telefons herab und beendete die Verbindung.

Es war noch dunkel, als Schamrons Peugeot durch die Küstenebene raste und über die Berge von Judäa nach Jerusalem hinauffuhr. Schamron nahm seine Brille ab und rieb sich die geröteten Augen. Vor genau einem halben Jahr war er aus dem Ruhestand zurückgerufen worden und hatte einen klar umrissenen Auftrag erhalten: Er sollte den Geheimdienst stabilisieren, der durch eine Serie weithin publizierter operativer Mißerfolge und persönlicher Skandale schwer angeschlagen worden war. Seine Aufgabe war es, die Moral der Truppe wieder zu heben, den einst für den Dienst charakteristischen Korpsgeist wiederzubeleben.

Er hatte es geschafft, die Blutung zum Stehen zu bringen – es hatte keine weiteren Demütigungen mehr gegeben wie das von seinem Vorgänger jämmerlich vermurkste Attentat auf einen Gewalt predigenden moslemischen Geistlichen in Amman –, aber umwerfende Erfolge waren bisher ausgeblieben. Schamron wußte besser als jeder andere, daß der Dienst sich seinen furchterregenden Ruf nicht erworben hatte, weil er auf Nummer Sicher ging. Früher hatte er MiGs gestohlen, bei Freund und Feind Kundschafter eingeschleust und jeden mit Terror überzogen, der es wagte, das Volk Israel zu terrorisieren. Schamron wollte nicht, daß sein Vermächtnis ein Dienst war, der keine Fehler machte. Er wollte einen Dienst hinterlassen, der nach Belieben eingreifen und zuschlagen konnte. Einen Dienst, der die Verwunderung konkurrierender Dienste in aller Welt erregte.

Er wußte, daß ihm dafür nicht viel Zeit blieb. Nicht alle am King Saul Boulevard hatten seine Rückkehr bejubelt. Es gab einige Leute, die Schamrons Zeit für abgelaufen hielten. Die der Meinung waren, man hätte ihn in Tiberias lassen sollen, wo er sich mit seinen Radios und seinem Gewissen abmühen konnte, während der Stab an die nächste Generation weitergereicht wurde. Ein Mann wie Mordechai habe es sicherlich verdient, nach jahrelanger Plackerei als Exekutivoffizier endlich einmal Boß zu werden, argumentierten Schamrons Kritiker. Auch Eli besitze alle Eigenschaften, die einen guten Chef auszeichneten, sagten sie. Er müsse nur noch etwas Erfahrung als Exekutivoffizier sammeln, dann sei er für den Spitzenjob geeignet. Sogar Lev aus der Operationsabteilung galt als geeignet, obwohl Lev sein cholerisches Temperament manchmal nicht zügeln konnte, wodurch er sich im Lauf der Jahre viele Feinde gemacht hatte.

Schamron mußte mit ihnen zurechtkommen. Da er nur eine Übergangslösung verkörperte, reichten seine Befugnisse nicht für ein Revirement in der Führungsetage am King Saul Boulevard aus. Deshalb war er von einem Wolfsrudel umgeben, das sich beim ersten Anzeichen von Führungsschwäche auf ihn stürzen würde. Und der cholerische Lev war der gefährlichste Gegner, denn Lev gefiel sich in der Rolle von Schamrons Brutus, die er sich selbst auf den Leib geschrieben hatte.

Der arme kleine Lev, dachte Schamron. *Er ahnt gar nicht, mit wem er sich eingelassen hat.*

»Zev Elijahu war mein persönlicher Freund«, sagte der Premierminister, als Schamron ihm gegenüber Platz nahm. »Wer hat ihm das angetan?«

Er fixierte Schamron mit friedfertigen braunen Augen, während er ihm Kaffee eingoß und die Tasse über den Schreibtisch schob. Der Geheimdienstchef hatte wie jedesmal das Gefühl, von einem Schaf betrachtet zu werden.

»Das läßt sich noch nicht bestimmt sagen, aber ich denke, daß Tariq dafür in Frage kommt.«

Einfach nur Tariq. Kein Familienname. Der war überflüssig. Sein Lebenslauf war in Schamrons Gedächtnis eingegraben. Tariq al-Hourani, Sohn eines Dorfältesten aus Obergaliläa, geboren und aufgewachsen in einem Flüchtlingslager bei Sidon im Südlibanon, Studium in Beirut und Europa. Sein älterer Bruder war als Angehöriger der Terrororganisation Schwarzer September von einer Spezialeinheit liquidiert worden, die Schamron selbst geführt hatte. Tariq hatte sein Leben der Rache für den Tod seines Bruders gewidmet. Er hatte sich im Libanon der PLO angeschlossen, im Bürgerkrieg gekämpft und anschließend einen der begehrten Posten im Trupp 17, Jassir Arafats Leibgarde und Geheimdienstorganisation, erhalten. In den achtziger Jahren war er häufig zu militärischen Lehrgängen hinter dem Eisernen Vorhang gewesen – in der DDR, Rumänien und der Sowjetunion – und aus Trupp 17 zum Dschihas el-Rasd, dem Geheim- und Sicherheitsdienst der PLO, versetzt worden. Später hatte er eine Sondereinheit mit dem Auftrag geleitet, Attentate auf israelische Diplomaten und Geheimagenten zu verüben. Anfang der neunziger Jahre hatte er sich wegen Arafats Entschluß, Verhandlungen mit Israel aufzunehmen, von ihm losgesagt und eine kleine, straff geführte Terrororganisation aufgebaut, deren einziges Ziel die Torpedierung von Arafats Friedensprozeß war.

Als der Name Tariq fiel, blitzten die Augen des Premierministers kurz auf, dann musterten sie Schamron wieder so gelassen wie zuvor. »Wie kommen Sie darauf, daß Tariq hinter diesem Attentat stehen könnte?«

»Den ersten Berichten nach trägt das Pariser Attentat in jeder Beziehung seine Handschrift. Es wurde generalstabsmäßig geplant und ausgeführt.« Schamron zündete sich eine Zigarette an und wedelte die Qualmwolke mit einer Hand weg. »Der Killer hat absolut gelassen und äußerst brutal zugeschlagen. Und er hat sich mit einer jungen Frau getarnt. Das alles riecht nach Tariq.«

»Soll das heißen, daß Sie das *Gefühl* haben, der Attentäter könnte Tariq gewesen sein?«

»Das ist mehr als nur ein Gefühl«, stellte Schamron nachdrücklich fest, um die Skepsis des Premierministers zu zerstreuen. »Uns ist vor kurzem gemeldet worden, Tariqs Organisation wolle wieder aktiv werden. Sie erinnern sich sicher daran, daß ich Sie persönlich darüber informiert habe, Premierminister.«

Der Premierminister nickte. »Ich entsinne mich auch, daß Sie mir davon abgeraten haben, diese Informationen in Regierungskreisen weiterzugeben. Zev Elijahu könnte heute vielleicht noch leben, wenn wir das Außenministerium gewarnt hätten.«

Schamron drückte seine Zigarette aus. »Ich verwahre mich gegen die Unterstellung, der Dienst sei irgendwie am Tod des Botschafters schuld. Zev Elijahu war auch *mein* Freund. Und ein Kollege. Er hat fünfzehn Jahre lang im Dienst gearbeitet, was meiner Ansicht nach der Grund dafür war, daß Tariq ihn als Zielperson gewählt hat. Und ich habe Ihnen davon abgeraten, den Bericht weiterzugeben, weil ich unseren Informanten schützen wollte. Bei sehr wichtigen Erkenntnissen ist das manchmal notwendig, Premierminister.«

»Belehren Sie mich nicht, Ari. Können Sie beweisen, daß Tariq der Attentäter war?«

»Schon möglich.«

»Und wenn Sie's können? Was dann?«

»Wenn ich beweisen kann, daß Tariq das Attentat in Paris verübt hat, möchte ich Ihre Erlaubnis, ihn zu liquidieren.«

Der Premierminister lächelte. »Tariq liquidieren? Dazu müssen Sie ihn erst einmal finden. Glauben Sie wirklich, daß der Dienst sich so etwas schon wieder zutrauen kann? Wir können uns keine weitere Pleite wie in

Amman leisten – vor allem nicht jetzt, wo der Friedensprozeß an einem seidenen Faden hängt.«

»Das Unternehmen in Amman war ungenügend geplant und miserabel durchgeführt – nicht zuletzt, weil der Mann, der zu diesem Zeitpunkt an Ihrem Schreibtisch gesessen hat, sich immer wieder eingemischt und die Beteiligten unter Druck gesetzt hat. Geben Sie mir die Erlaubnis, Tariq zu liquidieren, dann versichere ich Ihnen, daß dies ein ganz anderes Unternehmen mit ganz anderen Ergebnissen wird.«

»Wieso glauben Sie, Tariq überhaupt finden zu können?«

»Weil ich jetzt besser imstande bin, ihn zu finden, als je zuvor.«

»Wegen dieses Informanten?«

»Ja.«

»Erzählen Sie mir von ihm.«

Schamron lächelte flüchtig und zupfte etwas von seinem rechten Daumennagel. »Der Informant ist jemand, den ich persönlich geführt habe, bevor mir mitgeteilt wurde, daß meine Dienste am King Saul Boulevard nicht mehr benötigt werden – eine langfristige Infiltration, die sich über Jahre hinweg entwickelt hat. Jetzt ist dieser Mann in Tariqs Organisation mit Planungs- und Logistikaufgaben beschäftigt.«

»Hat dieser Informant von dem Anschlag in Paris gewußt?«

»Selbstverständlich nicht! Hätte ich von ihm erfahren, was in Paris geplant ist, hätte ich alle Betroffenen rechtzeitig gewarnt – selbst auf die Gefahr hin, meinen Informanten abziehen zu müssen.«

»Also tun Sie's«, entschied der Premierminister. »Machen Sie Tariq unschädlich. Lassen Sie ihn für Elijahu und alle anderen büßen, die er im Lauf der Jahre ermordet hat. Sorgen Sie dafür, daß er uns nie wieder schaden kann.«

»Sind Sie bereit, die Auswirkungen eines Attentats zum jetzigen Zeitpunkt zu tragen?«

»Wird dieses Unternehmen richtig geplant und ausgeführt, gibt's keine Auswirkungen.«

»Die palästinensische Selbstverwaltung und ihre Freunde in Amerika und Europa werden ein Attentat sehr kritisch aufnehmen, selbst wenn die Zielperson Tariq ist.«

»Dann dürfen eben keine Fingerabdrücke hinterlassen werden! Sorgen Sie dafür, daß Ihre *Kidons* nicht wie die beiden nach Amman entsandten tolpatschigen Amateure geschnappt werden. Sobald ich die Weisung unterzeichnet habe, liegt die Durchführung des Unternehmens in Ihren Händen. Sie liquidieren ihn auf eine Weise, die Sie für richtig halten – mir ist jede recht, wenn Sie ihn nur beseitigen. Unser Volk gestattet mir niemals, Frieden zu schließen, solange Tariq oder sonst jemand herumläuft und Juden ermordet.«

»Ich brauche eine schriftliche Weisung, um das Unternehmen anlaufen lassen zu können.«

»Die bekommen Sie bis heute nachmittag.«

»Danke, Premierminister.«

»Sagen Sie, wen haben Sie für diesen Job ins Auge gefaßt?«

»Ich dachte, Sie wollten sich nicht einmischen?«

»Ich will nur wissen, wen Sie auf die Sache ansetzen. Das kann man nicht als Einmischung bezeichnen, finde ich.«

»Ich habe an Allon gedacht.«

»*Gabriel* Allon? Ich dachte, er sei nach der Sache in Wien aus dem Dienst ausgeschieden.«

Schamron zuckte mit den Schultern, als spielten solche

Tatsachen bei einem Mann wie Gabriel Allon keine Rolle. »Es ist schon lange her, daß jemand einen solchen Auftrag ausgeführt hat. Und man hat ihn im allgemeinen vermurkst. Aber es gibt noch einen weiteren Grund, weshalb ich Allon will. Tariq operiert hauptsächlich in Europa. Allon hat dort langjährige Erfahrungen gesammelt. Er weiß, wie man Dinge erledigt, ohne dabei Krach zu schlagen.«

»Wo ist er jetzt?«

»Soviel ich weiß, lebt er irgendwo in England.«

Der Premierminister lächelte zweifelnd. »Vermutlich finden Sie Tariq leichter als Gabriel Allon.«

»Ich finde Allon, und Allon findet Tariq.« Schamron machte eine fatalistische Handbewegung. »Und dann ist's vorbei.«

4

Samos

Die Fähre aus der Türkei lief wegen schweren Seegangs in der Straße von Mykale mit zwölf Stunden Verspätung ein. Tariq war nie gern auf Schiffen unterwegs – er haßte das Gefühl, auf allen Seiten von Wasser umgeben zu sein und keine Möglichkeit zur Flucht zu haben. Jetzt stand er am Bug, hatte seinen Jackenkragen gegen den Nachtwind hochgeschlagen und beobachtete, wie die Fähre Samos anlief. Im Mondschein konnte er die beiden markantesten Berge der Insel erkennen: den Ampelos im Vordergrund und den Kerkis in der Ferne.

In den fünf Tagen seit dem Attentat in Paris war er quer durch Europa nach Südosten unterwegs gewesen, hatte Identitäten und Reisepässe gewechselt und sein Aussehen allmählich verändert. Sechsmal hatte er die Fluchtautos gewechselt. Den letzten Wagen, einen dunkelgrünen Volvo-Kombi, hatte er in der Nähe des Fährhafens in Kusadasi an der türkischen Küste zurückgelassen. Den Volvo hatte inzwischen ein Agent seiner Organisation abgeholt.

Auf seiner Odyssee hatte er drei junge Frauen verführt: in München eine Serviererin, in Bukarest eine Friseuse und in Sofia eine Rezeptionistin seines Hotels. Jeder hatte er eine andere Geschichte erzählt: Für die Deutsche war er ein italienischer Textilvertreter auf der Reise nach Paris. Der Rumänin gegenüber gab er sich als ägyptischer Exporteur aus, der in der Ukraine ins Geschäft zu kommen hoffte. Für die Bulgarin war er ein Franzose aus reicher Familie, der viel reiste und Bücher über Philosophie las. Jede der drei Frauen liebte er anders. Der Deutschen schlug er ins Gesicht und kümmerte sich nicht darum, ob sie ihre Befriedigung fand. Der Rumänin schenkte er viele Orgasmen und ein Goldarmband. Die Bulgarin war ein schwarzhaariges Mädchen mit olivfarbenem Teint. Sie erinnerte ihn an die Mädchen in seiner Heimat Palästina. Sie liebten sich die ganze Nacht, bis sie wieder zum Dienst an der Hotelrezeption mußte. Er war traurig, als sie gegangen war.

Die Fähre lief ins ruhige Wasser des Hafenbeckens ein und machte fest. Tariq ging von Bord, schlenderte durch den Hafen und kam an einer strahlend hell erleuchteten Taverne vorbei. Vor dem Lokal stand ein dunkelblauer Motorroller, dessen linker Rückspiegel zersplittert war – genau wie versprochen. Den Zündschlüssel dafür hatte er in seiner Jackentasche. Er schnallte seine Reisetasche auf den Gepäckträger und ließ den Motor an. Wenige Minuten später ließ er die letzten Häuser hinter sich und fuhr auf einer schmalen Straße in die Berge hinein.

Er war nicht für diese nächtliche Fahrt angezogen: seine dünnen Lederhandschuhe, italienischen Slipper und schwarzen Jeans boten kaum Schutz vor der Kälte. Trotzdem gab er Vollgas und jagte den kleinen Motorroller mit höchstmöglicher Geschwindigkeit einen langgestreckten Hügel am Fuß des Kerkis hinauf. Er bremste wegen einer Haarnadelkurve, gab dann sofort wieder Gas und raste durch einen Weinberg, der sich hangabwärts in ein kleines Tal hinunterzog. Oberhalb des Weinbergs lag ein Olivenhain, und oberhalb dieses Hains standen in langer Reihe turmhohe Zypressen, die sich scherenschnittartig von dem nachtschwarzen Himmelszelt mit den funkelnden Sternen abhoben. Zypressenduft hing schwer in der Luft. Irgendwo briet Fleisch auf einem Holzfeuer. Dieser Geruch erinnerte ihn an den Libanon. Wie schön, nicht mehr in Paris sein zu müssen, dachte er. Im trüben, grauen, spätherbstlichen Paris. Wie schön, wieder im östlichen Mittelmeerraum zu sein.

Die Straße verwandelte sich in einen unbefestigten Weg mit Fahrspuren. Tariq nahm etwas Gas weg. Es war leichtsinnig und dumm gewesen, auf einer unbekannten Straße so zu rasen, aber in letzter Zeit hatte er sich angewöhnt, unnötig riskante Dinge zu tun. Zum ersten Mal seit seiner Flucht aus Paris dachte er wieder an die Amerikanerin. Er empfand weder Reue noch Schuldbewußtsein. Ihr Tod war zwar bedauerlich, aber absolut notwendig gewesen.

Tariq gab wieder Gas und raste den leicht abfallenden Weg in ein winziges Tal hinunter. Er dachte an sein Bedürfnis, an diesen Zwang, während eines Unternehmens mit Frauen zusammen zu sein. Vermutlich kam das von seiner Kindheit im Palästinenserlager bei Sidon. Sein Vater war gestorben, als Tariq noch klein war, und seinen älteren Bruder Mahmoud hatten die Juden ermordet. Tariq war von seiner Mutter und seiner älteren Schwester großgezogen worden. Ihre Hütte im Lager bestand aus einem einzigen Raum, deshalb hatten Tariq, seine Mutter und seine Schwester im selben Bett geschlafen – Tariq in der Mitte, so daß sein Kopf am Busen seiner Mutter lag, während der knochige Körper seiner Schwester an seinen Rücken gepreßt war. Manchmal lag er wach und horchte auf Artilleriefeuer oder das rhythmische Knattern der über dem Lager schwebenden israelischen Hubschrauber. Dabei dachte er an seinen Vater – wie er an gebrochenem Herzen und noch immer mit den Schlüsseln des Hauses ihrer Familie in Obergaliläa in der Tasche gestorben war – und an den armen Mahmoud. Tariq haßte die Juden mit einer Intensität, die seine Brust schmerzen ließ. Aber er hatte niemals Angst. Nicht in seinem Bett, von seinen Frauen beschützt.

Die weißgestrichene Villa stand auf einem Felsvorsprung an einem zerklüfteten Hang zwischen den Dörfern Mesogion und Pirgos. Um sie zu erreichen, mußte Tariq sich ein steiles Wegstück durch einen alten Weinberg hinaufquälen. Der Geruch der letzten Weinernte lag noch in der Luft. Als er den Motor abstellte, dröhnte die Stille in seinen Ohren. Er stellte den Motorroller auf den Seitenständer, zog seine russische Makarow-Pistole und ging lautlos durch den kleinen Garten zum Eingang der Villa.

Er steckte den Schlüssel ins Schloß, drehte ihn langsam herum und achtete auf irgendeinen unnatürlichen Widerstand im Schließmechanismus. Dann öffnete er die Haustür und trat mit schußbereit gehaltener Makarow ein. Als er die Tür hinter sich schloß, flammte im Wohnzimmer Licht auf und zeigte ihm einen schlanken, langhaarigen jungen Mann, der auf der rustikalen Couch saß. Tariq hätte ihn fast erschossen, bevor er sah, daß seine Pistole auf dem Couchtisch vor ihm lag und seine Hände erhoben waren, als ergebe er sich.

Tariq zielte auf das Gesicht des jungen Mannes. »Wer bist du?«

»Ich heiße Ahmed. Kemel schickt mich.«

»Ich hätte dich beinahe erschossen. Dann hätte ich nie erfahren, wozu Kemel dich hergeschickt hat.«

»Du solltest schon heute morgen kommen. Ich konnte sonst nirgends warten.«

»Die Fähre hat Verspätung gehabt. Das wüßtest du, wenn du dir die Mühe gemacht hättest, den Telefonhörer abzuheben und ein einziges Gespräch zu führen. Was will er?«

»Er will sich mit dir treffen. Er hat etwas mit dir zu

besprechen, das zu wichtig ist, als daß er die üblichen Kommunikationsmethoden benutzen könnte.«

»Kemel weiß, daß ich keine persönlichen Treffs mag.«

»Er hat besondere Vorkehrungen getroffen.«

»Erzähl mir davon.«

»Macht's dir was aus, mit deiner Pistole auf was anderes zu zielen?«

»Weshalb sollte ich? Woher weiß ich, daß du wirklich von Kemel kommst? Vielleicht heißt du in Wirklichkeit Jitzhak oder Jonathan. Vielleicht bist du ein Israeli. Vielleicht arbeitest du für die CIA. Vielleicht ist Kemel geschnappt worden, und du bist gekommen, um mich zu ermorden.«

Der junge Mann seufzte schwer, dann begann er zu sprechen. »Kemel will sich heute in drei Tagen im Schnellzug Zürich-Prag in einem Abteil der ersten Klasse mit dir treffen. Du kannst dich irgendwann unterwegs zu ihm gesellen, wenn du's für sicher hältst.«

»Hast du meinen Fahrschein?«

»Ja.«

»Gib her!«

Ahmed griff in die Innentasche seines Blazers.

Tariq hob die Makarow. »Langsam.«

Ahmed zog den Fahrschein aus der Tasche, hielt ihn hoch, damit Tariq ihn sehen konnte, und ließ ihn auf den Couchtisch fallen. Nach einem kurzen Blick darauf konzentrierte Tariq sich wieder auf den jungen Mann. »Wie lange wartest du schon hier in der Villa?«

»Fast den ganzen Tag.«

»Fast den ganzen Tag?«

»Nachmittags war ich im Dorf.«

»Wozu denn?«

»Ich hatte Hunger und wollte mich mal umsehen.«

»Sprichst du Griechisch?«

»Ein bißchen.«

Klasse! dachte Tariq verächtlich. Ein junger Mann, der ein paar Worte Griechisch mit arabischem Akzent spricht, hat sich den ganzen Nachmittag im Dorf herumgetrieben. Tariq konnte sich ein Szenario ausmalen: ein wichtigtuerischer griechischer Ladenbesitzer findet diesen durchs Dorf streunenden Araber verdächtig und ruft die Polizei an. Ein Dorfpolizist zieht los, um den Fremden persönlich in Augenschein zu nehmen. Er hat vielleicht einen Freund oder Vetter, der beim griechischen Geheimdienst arbeitet. *Verdammt!* Ein wahres Wunder, daß er nicht sofort nach Verlassen der Fähre verhaftet worden war. Er fragte Ahmed: »Wo willst du übernachten?«

»Hier, dachte ich.«

»Kommt nicht in Frage. Geh zur Taverna Petrino. Die ist unten am Hafen. Dort kriegst du ein billiges Zimmer. Morgen früh nimmst du die erste Fähre in die Türkei.«

»Okay.«

Ahmed beugte sich nach vorn, um nach seiner Pistole zu greifen. Tariq traf ihn mit zwei Schüssen in die Schädeldecke.

Auf den Bodenfliesen breitete sich langsam eine Blutlache aus. Tariq blickte auf den Erschossenen hinunter und empfand nichts als ein vages Gefühl der Enttäuschung. Er hatte sich auf ein paar Tage Erholungsurlaub auf Samos gefreut, bevor das nächste Unternehmen anlief. Er war müde, sein Nervenkostüm war zerschlissen, und die Kopfschmerzen wurden täglich schlimmer. Jetzt würde er von hier verschwinden müssen – nur weil die gottverdammte Fähre sich bei der Überfahrt verspätet und Kemel einen Vollidioten damit beauftragt hatte, ihm eine wichtige Nachricht zu überbringen.

Tariq steckte die Makarow in den Hosenbund, nahm die Fahrkarte und ging.

5

Tel Aviv

Am nächsten Vormittag traf Uzi Navot in Tel Aviv ein. Er kam »schwarz« in Schamrons Büro, was bedeutete, daß weder Lev noch sonst jemand aus der Führungsetage von seiner Ankunft erfuhr. In einer Pranke trug er einen schmalen Aktenkoffer aus Metall, wie ihn Geschäftsleute in aller Welt trugen, die ihre Unterlagen für zu wertvoll hielten, um sie bloßem Leder anzuvertrauen. Im Gegensatz zu den übrigen Passagieren des morgendlichen El-Al-Flugs Paris-Tel Aviv hatte Navot seinen Aktenkoffer nicht zur Durchsuchung öffnen müssen. Auch die lästige rituelle Befragung durch die braungebrannten jungen Leute vom Sicherheitsdienst der El Al war ihm erspart geblieben. Sobald er sicher in Schamrons Büro eingetroffen war, stellte er die Zahlenkombination des Schlosses ein und öffnete seinen Aktenkoffer erstmals wieder, seit er die Botschaft in Paris verlassen hatte. Dann holte er einen einzelnen Gegenstand heraus: eine Videokassette.

Navot wußte längst nicht mehr, wie oft der Alte sich das Videoband angesehen hatte. Zwanzigmal, dreißig, vielleicht sogar fünfzigmal. Er qualmte so viele seiner gräßlichen türkischen Zigaretten, daß Navot den Bildschirm durch die Rauchschwaden kaum noch sehen konnte. Schamron war wie in Trance. Er hockte in seinem Sessel, hatte die Arme verschränkt und seinen Kopf leicht in den Nacken gelegt, damit er durch die schwarzgeränderte

Brille fast an der Spitze seiner markanten Nase sehen konnte. Navot streute gelegentlich Hintergrundinformationen ein, aber Schamron hörte nur auf seine eigenen Stimmen.

»Nach Auskunft des Sicherheitsdiensts im Musée d'Orsay haben Elijahu und seine Begleitung das Museum um einundzwanzig Uhr siebenundzwanzig verlassen«, sagte Navot. »Der Zeitcode auf dem Bildschirm läßt erkennen, daß der Araber genau um einundzwanzig Uhr sechsundzwanzig telefoniert.«

Schamron äußerte sich nicht dazu. Er drückte nur auf seine Fernbedienung, spulte das Band zurück und sah sich die Szene nochmals an.

»Achten Sie auf seine Hand«, forderte Navot ihn auf. »Die Nummer ist in seinem Mobiltelefon gespeichert. Er drückt mit dem Daumen auf eine Taste und fängt sofort zu reden an.«

Falls Schamron diese Erkenntnis aufschlußreich oder auch nur entfernt relevant erschien, ließ er sich nichts davon anmerken.

»Vielleicht können wir uns die Unterlagen der Telefongesellschaft besorgen«, fuhr Navot eifrig fort. »Vielleicht läßt sich feststellen, welche Nummer er gewählt hat. Dieser Anruf kann uns zu Tariq führen!«

Hätte Schamron sich zu reden entschlossen, hätte er dem jungen Navot mitgeteilt, daß zwischen Tariq und der französischen Mobilfunkgesellschaft vermutlich ein halbes Dutzend Agenten eingeschaltet gewesen waren. Solche Nachforschungen wären mühsam gewesen und letztlich doch im Sand verlaufen.

»Sagen Sie mir etwas, Uzi«, verlangte Schamron schließlich. »Was für Essen hat dieser Junge da auf seinem Silbertablett?«

»Wie bitte, Boß?«

»Das Essen – die Horsd'œuvres – auf seinem Tablett. Was ist das?«

»Hühnchen, Boß.«

»Welche Art Hühnchen, Uzi?«

»Keine Ahnung, Boß. Einfach Hühnchen.«

Schamron schüttelte enttäuscht den Kopf. »Das waren Tandoori-Hühnchen, Uzi. Indische Tandoori-Hühnchen.«

»Wenn Sie meinen, Boß.«

»Tandoori-Hühnchen«, wiederholte Schamron. »Das ist interessant. Das hätten Sie wissen müssen, Uzi.«

Navot unterschrieb für einen Dienstwagen und fuhr damit gefährlich schnell auf der Küstenstraße nach Cäsaräa. Er hatte in Paris sehr gute Arbeit geleistet – er hatte eine Kopie des Überwachungsbands aus dem Musée d'Orsay geklaut –, aber das einzige, was den Alten interessierte, war das Hühnchen. Welchen Unterschied machte es, ob der Ober Tandoori-Hühnchen oder Kentucky Fried Chicken serviert hatte? Vielleicht hatte Lev doch recht. Vielleicht hatte Schamron seine besten Jahre hinter sich. *Der Teufel soll den Alten holen!*

Im Dienst machte neuerdings ein zynischer Ausspruch die Runde: Je weiter wir von unserem letzten Desaster entfernt sind, desto näher sind wir dem nächsten. Auch Schamron würde irgendwann in die Scheiße treten. Dann würden sie ihn rausschmeißen – diesmal endgültig.

Aber Navot merkte, daß er sich *doch* etwas daraus machte, was der Alte von ihm hielt. Tatsächlich machte er sich zuviel daraus. Wie die meisten Agenten in seinem Alter verehrte er den großen Schamron. Im Lauf der Jahre hatte er viele Aufträge für den Alten übernommen – Schmutzarbeit, die sonst niemand erledigen wollte.

Dinge, die vor Lev und den anderen geheimgehalten werden mußten. Er würde praktisch alles tun, um bei Schamron wieder gut angeschrieben zu sein.

Navot erreichte Cäsaräa und parkte vor einem Apartmentgebäude einige Straßenblocks vom Strand entfernt. Er betrat die Eingangshalle und fuhr mit dem Lift in den dritten Stock hinauf. Obwohl er noch einen Schlüssel hatte, klingelte er lieber. Er hatte nicht angerufen, um seinen Besuch anzukündigen. Sie konnte einen anderen Mann bei sich haben. Bella hatte viele Männer.

Sie öffnete ihm die Tür in verwaschenen Jeans und einer zerschlissenen karierten Bluse. Sie hatte einen langen Körper und ein schönes Gesicht, das ständig Trauer zu tragen schien. Sie betrachtete Navot mit kaum verhülltem Argwohn, trat dann aber zur Seite und ließ ihn eintreten. Ihre Wohnung erinnerte an ein Antiquariat und roch nach Räucherstäbchen. Bella war Schriftstellerin und Historikerin, Expertin für arabische Fragen und gelegentliche Beraterin des Diensts für syrische oder irakische Politik. Sie waren ein Liebespaar gewesen, bevor Navot nach Paris versetzt worden war, und Bella nahm ihm noch immer übel, daß er diesen Auslandseinsatz ihr vorgezogen hatte. Navot küßte sie und zog sie sanft in Richtung Schlafzimmer. Sie sträubte sich, aber nur eine Sekunde lang.

Hinterher fragte sie ihn: »Woran denkst du?«

»Schamron.«

»Was gibt's diesmal?«

Er erzählte ihr, soviel er konnte, keine Einzelheiten, nur die groben Umrisse.

»Ich weiß, wie Schamron arbeitet«, sagte sie. »Er macht jeden nieder, von dem er etwas will. Du hast die Wahl zwischen zwei Möglichkeiten. Du kannst nach Paris zurückfliegen und die Sache abhaken – oder du kannst heute nacht nach Tiberias fahren und rauskriegen, was der alte Scheißer diesmal mit dir vorhat.«

»Vielleicht will ich's gar nicht wissen.«

»Bockmist, Uzi. Natürlich willst du's wissen. Würde ich dir sagen, daß ich dich nie mehr sehen will, würdest du keinen Gedanken darauf verschwenden. Aber wenn der Alte dich nur einmal schief ansieht, verlierst du die Fassung.«

»Du irrst dich, Bella.«

»In bezug auf welchen Teil?«

»Den ersten. Würdest du mir sagen, daß du mich nie mehr sehen willst, würde ich den Dienst quittieren und dich bitten, mich zu heiraten.«

Sie küßte ihn und sagte: »Ich will dich nie mehr sehen.«

Navot schloß lächelnd die Augen.

»Gott, bist du ein miserabler Lügner, Uzi Navot«, sagte Bella.

»Gibt's in Cäsaräa ein indisches Restaurant?«

»Sogar ein sehr gutes, gar nicht weit von hier.«

»Kann man dort Tandoori-Hühnchen essen?«

»Genausogut kannst du fragen, ob's bei einem Italiener Spaghetti gibt.«

»Zieh dich an. Wir essen dort.«

»Ich koche uns lieber etwas. Ich mag nicht ausgehen.«

Aber Navot zog bereits seine Hose an.

»Zieh dich an. Ich muß Tandoori-Hühnchen essen.«

In den folgenden 72 Stunden benahm Ari Schamron sich wie ein Mann, der Rauch riecht und verzweifelt ein Feuer sucht. Das bloße Gerücht, er sei im Anmarsch, konnte einen Raum so zuverlässig leeren wie eine über den Teppichboden rollende Handgranate. Er tigerte durch die Flure am King Saul Boulevard, platzte unangemeldet in Besprechungen und forderte alle Mitarbeiter auf, genauer hinzuschauen, aufmerksamer zuzuhören. Wann war Tariq zum letztenmal nachweisbar gesehen worden? Was war aus den anderen Mitgliedern seines Pariser Teams geworden? Waren interessante Gespräche, Faxe oder E-Mails abgefangen worden? Redeten sie miteinander? Planten sie einen weiteren Anschlag? Schamron hat das Fieber, erzählte Lev Mordechai bei einem späten Abendessen in der Kantine. Die Blutgier. Am besten isoliert man ihn von den noch nicht Angesteckten. Schickt ihn in die Wüste. Laßt ihn den Mond anheulen, bis es sich wieder gibt.

Der zweite Durchbruch bei den Ermittlungen kam 24 Stunden, nachdem Navot das Videoband mitgebracht hatte. Diese Entdeckung machte der schmächtige Schimon aus der Ermittlungsabteilung. Er kam barfuß und in seinem Sweatshirt in Schamrons Büro gestürmt und umklammerte mit dünnen Fingern, deren Nägel abgekaut waren, eine Fahndungsakte. »Das war Mohammed Asis, Boß! Er war ursprünglich Mitglied der Volksfront, aber als sie sich für den Friedensprozeß ausgesprochen hat, ist er zu Tariq gegangen.«

»Wer ist Mohammed Asis?« fragte Schamron mit hinter bläulichen Rauchschwaden neugierig zusammengekniffenen Augen.

»Der Junge aus dem Musée d'Orsay. Ich habe unsere Techniker im Fotolabor das Überwachungsband elektronisch verbessern lassen. Dann habe ich es durch unsere Datenbank laufen lassen. Das Ergebnis steht außer Zweifel. Der Ober mit dem Mobiltelefon war Mohammed Asis.«

»Wissen Sie das bestimmt?«

»Todsicher, Boß.«

»Und Sie wissen bestimmt, daß Asis jetzt für Tariq arbeitet?«

»Darauf würde ich mein Leben verwetten.«

»Vorsicht mit solchen Äußerungen, Schimon.«

Schimon ließ die Akte auf seinem Schreibtisch liegen und ging. Jetzt hatte Schamron, was er gesucht hatte: den Beweis dafür, daß das Attentat in Paris Tariqs Handschrift trug. Später an diesem Abend erschien Jossi mit vor Übermüdung geröteten Augen an Schamrons Tür. »Ich habe gerade etwas Interessantes gehört, Boß.«

»Was gibt's, Jossi?«

»Ein Freund im griechischen Geheimdienst hat unserem Stationsleiter in Athen eine Nachricht zukommen lassen. Vor ein paar Tagen ist auf Samos ein Palästinenser namens Ahmed Natour ermordet worden. Mit zwei Kopfschüssen erledigt und in einer Villa in den Bergen liegengelassen.«

»Wer war dieser Ahmed Natour?«

»Wissen wir noch nicht. Das versucht Schimon rauszukriegen.«

»Wem gehört die Villa?«

»Das ist der interessanteste Punkt, Boß. Ein Engländer, ein gewisser Patrick Reynolds hat sie gemietet. Die griechische Polizei versucht jetzt, ihn zu finden.«

»Und?«

»Unter der im Mietvertrag angegebenen Adresse in irgendeinem Nest in den South Downs ist kein Patrick Reynolds bekannt. Auch im dortigen Telefonbuch steht kein Patrick Reynolds. Nach dem gegenwärtigen Erkenntnisstand der britischen und griechischen Behörden existiert dieser Patrick Reynolds nicht.«

Der Alte plante eine längere Reise – das spürte Rami deutlich.

Schamrons letzte Nacht war selbst nach den Maßstäben des Phantoms von Tiberias ruhelos gewesen. Er ver-

2

Paris

Die ruhelose Quarantäne des Fremden in Cornwall wäre vermutlich nicht unterbrochen worden, hätte Emily Parker nicht bei einer feuchtfröhlichen Abendeinladung, die von einer jordanischen Studentin namens Leila Chalifa an einem regnerischen Abend Ende Oktober gegeben wurde, einen Mann namens René kennengelernt. Wie der Fremde lebte Emily Parker im selbstgewählten Exil – sie war nach ihrer Graduierung in der Hoffnung nach Paris gegangen, dort werde ihr gebrochenes Herz heilen. Sie besaß jedoch keinen der körperlichen Vorzüge des Fremden. Ihr Gang war schlaksig und chaotisch. Ihre Beine waren zu lang, ihre Hüften zu breit, ihre Brüste zu schwer, so daß jeder Teil ihres Körpers mit dem Rest in Konflikt zu geraten schien, wenn sie sich bewegte. Ihre Garderobe war wenig abwechslungsreich: verwaschene Jeans, an den Knien modisch zerschlissen, und eine Daunenjacke, in der sie wie ein großes Sofakissen aussah. Und dazu kam ihr Gesicht – das Gesicht einer polnischen Bauersfrau, hatte ihre Mutter immer gesagt: Pausbacken, volle Lippen, markantes Kinn, glanzlose, zu dicht beisammenstehende graublaue Augen. »Ich fürchte, du hast das Gesicht deines Vaters geerbt«, hatte ihre Mutter gesagt. »Das Gesicht deines Vaters und das verletzliche Herz deines Vaters.«

Emily lernte Leila Mitte Oktober im Musée de Montmartre kennen. Sie war Studentin an der Sorbonne, eine atemberaubend attraktive Frau mit glänzend schwarzer Mähne und großen braunen Augen. Leila war in Amman, Rom und London aufgewachsen und sprach ein halbes Dutzend Sprachen fließend. Sie war alles, was Emily nicht war: schön, selbstbewußt, eine Kosmopolitin. Schon nach kurzer Zeit vertraute Emily ihr alle ihre Geheimnisse an: ihre Komplexe, weil ihre Mutter ihr immer das Gefühl vermittelt hatte, häßlich zu sein; ihren Schmerz, weil ihr Verlobter sie verlassen hatte; ihre tiefsitzende Angst, sie werde niemals wieder einen Mann finden, der sie liebte. Leila versprach ihr, alles in Ordnung zu bringen. Sie versprach, Emily mit einem Mann zusammenzubringen, der sie den Jungen, in den sie sich im College dummerweise verknallt hatte, vergessen lassen würde.

Das geschah bei Leilas Abendeinladung. Sie hatte zwanzig Gäste in ihre enge kleine Wohnung in Montparnasse eingeladen. Alle aßen, wo immer sie Platz fanden – auf der Couch, auf dem Fußboden, auf dem Bett. Alles sehr pariserisch unkonventionell: Brathähnchen von der Rôtisserie an der Ecke, Unmengen grüner Salat, Käse und entschieden zuviel preiswerter Bordeaux. Zu den Gästen gehörten weitere Studenten von der Sorbonne, ein bekannter junger deutscher Essayist, ein italienischer Graf, ein blondgelockter hübscher Engländer, den alle Lord Reggie nannten, und ein schwarzer Jazzmusiker, der Gitarre wie Al DiMeola spielte. Die Geräuschkulisse erinnerte an den Turmbau zu Babel. Die Unterhaltung wechselte von Französisch zu Englisch, von Englisch zu Italienisch, danach von Italienisch zu Spanisch. Emily beobachtete, wie Leila sich durch die Wohnung schlängelte, Küßchen verteilte, Zigaretten anzündete und Konversation machte. Sie bewunderte die Leichtigkeit, mit der Leila Freunde gewann und sie zusammenbrachte.

»Er ist hier, weißt du, Emily – der Mann, in den du dich verlieben wirst.«

René. René, der irgendwo aus dem Süden, aus einem Dorf in den Bergen oberhalb von Nizza kam, von dem Emily noch nie gehört hatte. René, der etwas Geld geerbt und nie die Zeit oder den Drang gehabt hatte, etwas zu arbeiten. René, der viel reiste. René, der sehr belesen war. René, der Politik verabscheute –*»Politik ist eine Beschäftigung für geistig Minderbemittelte, Emily. Politik hat nichts mit dem wirklichen Leben zu tun.«* René, der auf den ersten Blick eher unauffällig aussah, bis man bei genauerem Hinsehen entdeckte, daß er eigentlich recht gut aussah. René, dessen glühender Blick von irgendeiner geheimen Hitzequelle gespeist wurde, die Emily nicht ergründen konnte. René, der nach Leilas Abendeinladung mit Emily ins Bett ging und sie unerhörte Dinge fühlen ließ, die sie nie für möglich gehalten hätte. René, der sagte, er wolle für ein paar Wochen in Paris bleiben – *»Glaubst du, daß ich bei dir unterkriechen könnte, Emily? Leila hat keinen Platz für mich. Du kennst Leila. Zu viele Klamotten, zuviel Zeug. Zu viele Männer.«* René, der sie wieder glücklich gemacht hatte. René, der das Herz, das er geheilt hatte, eines Tages brechen würde.

Er entglitt ihr bereits; sie spürte ihn mit jedem Tag etwas distanzierter werden. Er verbrachte mehr und mehr Zeit allein, verschwand jeweils für ein paar Stunden und tauchte unangemeldet wieder auf. Sie fürchtete, er treffe sich mit einer anderen Frau. Mit einer knochigen Französin, stellte sie sich vor. Mit einer Frau, der er nicht erst beibringen mußte, wie man sich liebte.

An diesem Herbstabend war Emily auf den schmalen Straßen von Montparnasse zur Rue Norvins unterwegs. Dort blieb sie unter der purpurroten Markise eines Bistros stehen und warf einen Blick durchs Fenster. René saß an einem Tisch in der Nähe der Tür. Komisch, wie er immer darauf bestand, in der Nähe des Eingangs zu sitzen. Er war mit einem Mann zusammen: schwarzhaarig, ein paar Jahre jünger. Als Emily das Bistro betrat, stand der Mann auf und ging rasch hinaus. Emily ließ ihren Mantel von den Schultern gleiten und setzte sich. René schenkte ihr ein Glas Wein ein.

»Wer war dieser Mann?« fragte sie.

»Jemand, den ich früher gekannt habe.«

»Wie heißt er?«

»Jean«, antwortete er. »Möchtest du ...«

»Dein Freund hat seinen Rucksack vergessen.«

»Der gehört mir«, sagte René und legte eine Hand darauf.

»Wirklich? Ich habe dich noch nie mit einem gesehen.«

»Glaub mir, Emily, er gehört mir. Bist du hungrig?«

Und du wechselst wieder das Thema. »Ich bin halb verhungert«, behauptete sie. »Ich bin den ganzen Nachmittag in der Kälte herumgelaufen.«

»Tatsächlich? Aber wozu denn?«

»Ich habe über verschiedene Dinge nachgedacht. Nichts Ernstes.«

Er nahm den Rucksack vom Stuhl und stellte ihn neben sich auf den Fußboden. »Worüber hast du nachgedacht?«

»Wirklich, René ... es war nicht weiter wichtig.«

»Früher hast du mir alle deine Geheimnisse anvertraut.«

»Ja, aber du hast mir deine nie wirklich erzählt.«

»Regt dieser Rucksack dich noch immer auf?«

»Er regt mich nicht auf. Ich bin nur neugierig, das ist alles.«

»Also gut, wenn du's unbedingt wissen mußt – er ist eine Überraschung.«

»Für wen?«

»Für dich!« Er lächelte. »Ich wollte sie dir später geben.«

»Du hast mir einen Rucksack gekauft? Wie aufmerksam von dir, René. Wie romantisch.«

»Die Überraschung steckt in dem Rucksack.«

»Ich mag keine Überraschungen.«

»Warum nicht?«

»Weil meiner Erfahrung nach die Überraschung selbst nie ganz der Vorfreude auf die Überraschung entspricht. Ich bin schon zu oft enttäuscht worden. Ich will nicht wieder enttäuscht werden.«

»Emily, ich werde dich nie enttäuschen. Ich liebe dich zu sehr.«

»Oh, René, ich wollte, das hättest du nicht gesagt.«

»Es ist aber zufällig die Wahrheit. Was hältst du davon, wenn wir eine Kleinigkeit essen? Dann machen wir einen Spaziergang.«

Botschafter Zev Elijahu stand in der großen Halle des Musée d'Orsay und wandte sein gesamtes diplomatisches Geschick auf, um die Tatsache zu verbergen, daß er sich tödlich langweilte. Der sportlich schlanke, trotz des nebelverhangenen Pariser Herbsts braungebrannte Mann sprühte geradezu vor elektrisierender Energie. Gesellschaftliche Anlässe dieser Art langweilten ihn. Elijahu hatte nichts gegen Kunst; er hatte nur einfach keine Zeit dafür. Er hatte noch immer die Arbeitsmoral eines *Kibbuzniks* und hatte in Zeiten, in denen er sein Land nicht als Botschafter im Ausland vertrat, als Investmentbanker Millionen verdient.

Zur Teilnahme an dem heutigen Empfang hatte er sich aus einem einzigen Grund überreden lassen: Er würde ihm Gelegenheit geben, *inoffiziell* einige Worte mit dem französischen Außenminister zu wechseln. Die Beziehungen zwischen Frankreich und Israel waren im Augenblick eisig. Die Franzosen waren verärgert, weil zwei israelische Geheimdienstagenten bei dem Versuch geschnappt worden waren, einen Beamten des Pariser Verteidigungsministeriums anzuwerben. Die Israelis waren verärgert, weil die Franzosen sich vor kurzem bereit erklärt hatten, einem der arabischen Feinde Israels Düsenjäger und AKW-Technologie zu verkaufen. Aber als Elijahu sich dem französischen Außenminister näherte, ignorierte der Minister ihn und verwickelte den ägyptischen Botschafter demonstrativ in eine lebhafte Diskussion über den Friedensprozeß im Nahen Osten.

Elijahu war wütend – er war verärgert und zugleich tödlich gelangweilt. Morgen abend würde er nach Israel zurückfliegen. Offiziell zu einer Konferenz im Außenministerium, aber er würde auch ein paar Tage Urlaub in Eilat am Roten Meer machen. Darauf freute er sich schon jetzt. Er hatte Sehnsucht nach Israel, nach seiner Kakophonie, dem bunten Treiben, dem Geruch von Pinien und Staub auf der Straße nach Jerusalem, dem Winterregen in Galiläa.

Ein Ober in weißer Jacke bot ihm Champagner an. Elijahu schüttelte den Kopf. »Bringen Sie mir bitte einen schwarzen Kaffee.« Er sah sich über die Köpfe der eleganten Menge hinweg nach seiner Frau Hannah um und entdeckte sie neben Mosche Savir, dem Geschäftsträger der israelischen Botschaft. Savir war Berufsdiplomat: affektiert, hochnäsig, die ideale Besetzung für den Posten in Paris.

Der Ober kam mit einem Silbertablett zurück, auf dem eine Tasse schwarzer Kaffee stand.

»Lassen Sie's gut sein«, sagte Elijahu und drängte sich durch die Menge.

»Wie hat's mit dem Außenminister geklappt?« fragte Savir.

»Er hat mir den Rücken zugekehrt.«

»Mistkerl.«

Der Botschafter griff nach der Hand seiner Frau. »Komm, wir gehen. Ich habe die Nase voll von diesem Unsinn.«

»Vergessen Sie den Termin morgen früh nicht«, sagte Savir. »Um acht Uhr Frühstück mit der Redaktion von *Le Monde.*«

»Ich würde mir lieber einen Zahn ziehen lassen.«

»Dieser Termin ist wichtig, Zev.«

»Keine Angst, ich bin so charmant wie immer.«

Savir schüttelte den Kopf. »Gut, dann bis morgen.«

Der Pont Alexandre III war Emilys Lieblingsplatz in Paris. Sie liebte es, nachts mitten auf dem eleganten Bogen dieser Stahlbrücke zu stehen und seineabwärts in Richtung Notre-Dame zu blicken, wobei sie die über dem Hôtel des Invalides aufragende vergoldete Kuppel des Invalidendoms rechts und das Grand-Palais links von sich hatte.

Nach dem Abendessen führte René Emily dorthin, weil sie ihre Überraschung bekommen sollte. Sie gingen das Brückengeländer entlang, unter Kandelabern und an Cherubim und Nymphen vorbei, bis sie die Mitte des Bogens erreichten. Dort zog René ein kleines rechtekkiges Etui in Geschenkpapier aus dem Rucksack und gab es ihr.

»Für mich?«

»Natürlich für dich!«

Emily riß das Geschenkpapier wie ein Kind weg und klappte das Lederetui auf. Es enthielt ein Goldarmband mit Perlen, Brillanten und Smaragden. Es mußte ein kleines Vermögen gekostet haben. »O Gott, René! Es ist wunderschön!«

»Komm, ich helfe dir, es anzulegen.«

Sie streckte den rechten Arm aus und zog ihren Mantelärmel hoch. René legte ihr das Armband um und ließ die Schließe einrasten. Emily hielt es im Licht der Kandelaber hoch. Dann drehte sie sich um, lehnte sich mit dem Rücken an seine Brust und blickte auf die Seine hinab. »So glücklich möchte ich sterben.«

Aber René hörte nicht mehr zu. Seine Miene war ausdruckslos, seine braunen Augen fixierten das Musée d'Orsay.

Der Ober mit dem Tablett Tandoorihühnchen war dafür eingeteilt, den Botschafter zu beobachten. Er zog ein Mobiltelefon aus der Brusttasche seiner weißen Jacke und drückte eine Kurzwahltaste. Nach dem zweiten Klingeln meldete sich eine Männerstimme, während im Hintergrund Pariser Verkehrslärm zu hören war. *»Oui?«*

»Er fährt gleich los.«

Klick.

Botschafter Elijahu nahm Hannah an der Hand, geleitete sie durch die Menge und blieb nur gelegentlich stehen, um anderen Gästen eine gute Nacht zu wünschen. Am Museumsausgang schlossen sich ihnen zwei Leibwächter an. Sie wirkten blutjung, aber Elijahu fand das Wissen tröstlich, daß die beiden ausgebildete Killer waren, die vor nichts zurückschrecken würden, um sein Leben zu schützen.

Sie traten in die kalte Nacht hinaus. Die Limousine stand mit laufendem Motor bereit. Ein Leibwächter setzte sich vorn neben den Fahrer, der andere nahm hinten bei dem Botschafter und seiner Frau Platz. Der

brachte lange Zeit damit, auf der Terrasse auf und ab zu marschieren, und schlug dann ein paar Stunden damit tot, daß er an einem alten Philco-Radio herumbastelte, das er an diesem Tag aus Amerika bekommen hatte. Er schlief nicht, führte keine Telefongespräche und hatte nur einen Besucher: den bußfertig wirkenden Uzi Navot. Er sprach eine Viertelstunde lang mit dem Alten auf der Terrasse und verabschiedete sich dann hastig. Beim Hinausgehen erinnerte sein Gesichtsausdruck Rami an den Ausdruck, den er in der Nacht nach dem Pariser Attentat auf Schamrons Gesicht gesehen hatte: halb grimmige Entschlossenheit, halb selbstgefälliges Grinsen.

Aber erst der Koffer bestätigte Ramis schlimmste Befürchtungen: eine italienische Luxusmarke, schwarzes Leder, protzig vergoldete Schnallen und Schnappschlösser. Dieser Koffer war alles, was der Alte nicht war. Das Phantom hätte Zahnbürste und Rasierer in der Hüfttasche bei sich tragen können und noch Platz für seine Geldbörse gehabt. Und am Griff baumelte ein Namensschild: Rudolf Heller, Berner Adresse, Berner Telefonnummer. Schamron wollte untertauchen.

Beim Frühstück war Rami reserviert wie eine Mutter, die am Morgen einer Trennung von ihrem Kind einen Streit vom Zaun bricht. Statt sich mit Schamron an den Tisch zu setzen, blieb er an der Küchentheke stehen und blätterte geräuschvoll im Sportteil der *Maa'riv*.

»Rami, bitte«, sagte Schamron. »Lesen Sie sie, oder versuchen Sie, ein Geständnis aus ihr herauszuprügeln?«

»Lassen Sie mich mitkommen, Boß.«

»Darüber will ich nicht noch mal diskutieren. Auch wenn Sie's kaum glauben können, weiß ich, wie man sich im Einsatz zu verhalten hat. Ich war *Katsa,* lange bevor Ihre Eltern es für richtig gehalten haben, Sie in die Welt zu setzen.«

»Sie sind nicht mehr so jung wie früher, Boß.«

Schamron ließ seine Zeitung sinken und fixierte Rami über seine halbmondförmige Lesebrille hinweg. »Wenn Sie glauben, soweit zu sein, können Sie jederzeit versuchen, meine Fitneß zu testen.«

Rami deutete mit dem Zeigefinger wie mit einer Waffe auf Schamron und sagte: »Peng, peng, Sie sind tot, Boß.«

Aber Schamron lächelte nur und las seine Zeitung fertig. Zehn Minuten später begleitete Rami ihn zum Tor hinunter und verstaute seinen Koffer im Auto. Er blieb stehen und sah dem davonfahrenden Wagen nach, bis von Ari Schamron nur noch eine kleine Wolke rosa galiläischen Staubs übrig war.

6

Zürich

Die Firma Schloss Pharmaceuticals war der größte Arzneimittelhersteller Europas und einer der größten der Welt. Die Forschungslabors, Produktionsstätten und Vertriebszentren waren über die ganze Welt verteilt, aber die Zentrale residierte in der exklusiven Züricher Bahnhofstraße in einem stattlichen Granitgebäude unweit des Sees. Weil heute Mittwoch war, hatten die Abteilungsleiter und Direktoren sich zu ihrer wöchentlichen Besprechung in dem holzgetäfelten Konferenzraum im achten Stock versammelt. Am Kopfende des Tischs saß Martin Schloss unter einem Porträt seines Urgroßvaters Walther Schloss, der die Firma gegründet hatte. Eine elegante Erscheinung, dunkelblauer Dreiteiler, sorgfältig frisiertes silbergraues Haar. Um halb eins stand er nach einem Blick auf seine Armbanduhr auf und signalisierte so das Ende der Besprechung. Einige der Führungskräfte umringten ihn, weil sie auf ein letztes Wort des Chefs hofften.

Kemel Azouri sammelte seine Unterlagen ein und verließ unauffällig den Raum. Er war ein hochgewachsener, schlanker Mann mit schmalen, aristokratischen Zügen und grünen Augen. Innerhalb des Schloss'schen Imperiums war er eine prominente Gestalt – nicht nur wegen seines Aussehens, sondern auch wegen seiner bemerkenswerten Biographie. Der in einem palästinensischen Flüchtlingslager im Libanon geborene Kemel hatte an der Universität Beirut kurz Medizin studiert, bevor er auf Arbeitssuche nach Europa gekommen war. Schloss hatte den jungen Mann eingestellt und ihm zunächst einen unbedeutenden Job in der Vertriebsabteilung gegeben. Kemel hatte sich so bewährt, daß er in nur fünf Jahren zum Vertriebsleiter für den Nahen Osten aufgestiegen war. In dieser Position mußte er so viel reisen, daß ihm keine Zeit für eine Familie oder irgendeine Art Privatleben blieb. Aber er litt keineswegs darunter, daß er nie Zeit gehabt hatte, eine Familie zu gründen und Kinder zu haben. Dafür entschädigte ihn sein beruflicher Erfolg. Letztes Jahr war er zum Vertriebsleiter des Gesamtkonzerns aufgestiegen. Martin Schloss hatte ihn zum Multimillionär gemacht. Er wohnte in einer Villa mit Blick auf die Limmat und ließ sich in einem firmeneigenen Mercedes mit Chauffeur in Zürich herumfahren.

Jetzt betrat er sein Büro – ein großer Raum, hohe Decke, Orientteppiche, helle dänische Möbel, prachtvolle Aussicht auf den Zürichsee. Er setzte sich in den Sessel am Fenster und überflog seine Notizen, die er sich während der Besprechung gemacht hatte.

Zehn Minuten später klopfte seine Sekretärin an und kam herein. »Guten Tag, Herr Azouri. Ich hoffe, die Besprechung ist gut verlaufen.«

Sie sprach deutsch mit ihm, und er antwortete fließend in derselben Sprache. »Danke, sehr gut, Margarete. Irgendwelche Nachrichten für mich?«

»Ich habe sie auf Ihren Schreibtisch gelegt, Herr Azouri. Dort liegen auch die Fahrkarte und die Hotelreservierung in Prag. Sie sollten sich allerdings beeilen. Ihr Zug geht in vierzig Minuten.«

Kemel blätterte in den Gesprächsnotizen. Nichts, was einen sofortigen Rückruf erfordert hätte. Er band sich seinen Seidenschal um, zog den Mantel an und setzte seinen weichen Filzhut auf. Margarete hielt Aktenkoffer und Reisetasche für ihn bereit.

»Ich möchte die Zeit im Zug nutzen, um etwas Papierkram aufzuarbeiten«, sagte Kemel.

»Ich belästige Sie nicht, solange nichts wirklich Wichtiges passiert. Ihr Fahrer wartet unten.«

»Sagen Sie Robert, daß er sich den Nachmittag freinehmen soll. Ich gehe zu Fuß zum Bahnhof. Ich kann etwas Bewegung brauchen.«

Einzelne Schneeflocken wirbelten über die Bahnhofstraße, als Kemel an den glitzernden Auslagen der Luxusgeschäfte vorbeiging. Er betrat eine Bank und hob einen größeren Betrag von seinem privaten Nummernkonto ab. Fünf Minuten später war er mit dem in einem Geheimfach seines Aktenkoffers versteckten Geld wieder auf der Straße.

Kemel erreichte den Hauptbahnhof, durchquerte die große Halle und vergewisserte sich, daß er nicht beschattet wurde. Dann trat er an einen Zeitungskiosk und kaufte einen Stapel Zeitungen für die Zugfahrt. Während er auf das Rückgeld wartete, sah er sich erneut nach etwaigen Beschattern um. Nichts.

Er ging auf den Bahnsteig hinaus. Der Zug nach Prag würde in wenigen Minuten abfahren. Kemel stieg in der ersten Klasse ein und folgte dem Seitengang zu seinem Abteil. Es war leer. Als er seinen Mantel aufhängte und sich ans Fenster setzte, verließ der Zug bereits den Bahnhof. Kemel nahm die Zeitungen aus seinem Aktenkoffer. Er begann mit der Europaausgabe von *The Wall Street Journal,* danach kamen die *Financial Times,* die Londoner *Times* und zuletzt *Le Monde* an die Reihe.

Eine Dreiviertelstunde später brachte der Speisewagenkellner ihm den bestellten Kaffee. Kemel begann die südamerikanischen Verkaufszahlen des letzten Quartals durchzuarbeiten – ganz der erfolgreiche leitende Angestellte, der zu energiegeladen ist, um sich einen Augenblick Ruhe zu gönnen. Bei diesem Gedanken mußte er lächeln, denn die Wahrheit sah völlig anders aus.

Kemel Azouri hatte viele Jahre lang ein Doppelleben geführt: Er war Manager bei Schloss Pharmaceuticals gewesen und hatte zugleich als PLO-Agent gearbeitet. Seine Position bei einer angesehenen Firma hatte sich als erstklassige Tarnung erwiesen: So konnte er Europa und den Nahen Osten bereisen, ohne das Mißtrauen von Sicherheits- und Geheimdiensten zu wecken. Als perfekter Wolf im Schafspelz bewegte er sich in den elitärsten und kultiviertesten Kreisen Europas, arbeitete mit den mächtigsten Wirtschaftsbossen zusammen und verkehrte gesellschaftlich mit den Reichen und Berühmten. Gleichzeitig arbeitete er jedoch auch für die PLO, baute Netzwerke auf, warb Agenten an, plante Unternehmen, übermittelte Nachrichten und sammelte im gesamten Nahen Osten Spendengelder ein. Er nutzte das Logistiksystem von Schloss, um Waffen und Sprengstoff an Einsatzorte zu transportieren. Tatsächlich bereitete ihm der Gedanke, daß zwischen lebensrettenden Medikamenten Mord- und Terrorwerkzeuge verpackt waren, stets ein ziemlich morbides Vergnügen.

Jetzt war seine persönliche Situation noch komplizierter geworden. Als Jassir Arafat sich bereit erklärt hatte, zukünftig auf Gewalt zu verzichten und Verhandlungen mit den Zionisten aufzunehmen, war Kemel darüber so empört gewesen, daß er sich heimlich mit seinem alten Kampfgefährten Tariq al-Hourani verbündet hatte. Kemel fungierte als Leiter der Planungs- und Einsatzabteilung von Tariqs Organisation. Er verwaltete die Finanzen, unterhielt das Kommunikationsnetz, beschaffte

Waffen und Sprengstoff und übernahm die Einsatzplanung – alles von seiner Züricher Villa aus. Ihre Partnerschaft war ziemlich einzigartig: Tariq, der brutale Terrorist und eiskalte Mörder; Kemel, der vornehme und angesehene Strohmann, der ihn mit allem Nötigen versorgte.

Kemel klappte den Vertriebsbericht zu und sah auf. *Verdammt! Wo bleibt er?* Tariq machte alles auf seine Art, aber daß er sich bei einem Treff verspätete, war ungewöhnlich. Vielleicht war irgend etwas schiefgegangen.

In diesem Augenblick ging die Abteiltür auf, und ein jüngerer Mann kam herein: langes blondes Haar, Sonnenbrille, Baseballmütze mit dem Abzeichen der Yankees, wummernder Beat aus den Kopfhörern seines Walkmans. *Um Himmels willen!* dachte Kemel. *Wer ist dieser Idiot! Jetzt läßt Tariq sich bestimmt nicht mehr blicken.*

»Tut mir leid, aber Sie sind im falschen Abteil«, sagte er. »Hier ist alles besetzt.«

Der Blonde zog einen Ohrstöpsel heraus. »Was? Ich kann Sie nicht verstehen.« Er sprach Englisch wie ein Amerikaner.

»Hier ist alles besetzt«, wiederholte Kemel ungeduldig. »Bitte gehen Sie, sonst rufe ich den Schaffner.«

Aber der Mann ließ sich in die Polster fallen und nahm seine Sonnenbrille ab. »Friede sei mit dir, mein Bruder«, sagte Tariq halblaut auf arabisch.

Kemel mußte unwillkürlich lächeln. »Tariq, du Hundesohn!«

»Ich habe mir Sorgen gemacht, als Ahmed sich nicht mehr gemeldet hat, als ich ihn nach Griechenland geschickt hatte«, berichtete Kemel. »Dann habe ich von dem Leichenfund in der Villa auf Samos gehört und vermutet, daß ihr miteinander gesprochen hattet.«

Tariq schloß kurz die Augen und hielt seinen Kopf

leicht schief. »Er war nachlässig. Du solltest deine Kuriere besser auswählen.«

»Aber hast du ihn wirklich erschießen müssen?«

»Du findest einen anderen – hoffentlich einen besseren Mann.«

Kemel betrachtete ihn prüfend. »Wie geht's dir, Tariq? Du machst keinen ...«

»Gut«, unterbrach Tariq ihn. »Wie kommt die Sache in Amsterdam voran?«

»Recht gut. Leila ist jetzt dort. Sie hat eine Frau und eine Unterkunft für dich gefunden.«

»Erzähl mir von ihr«, verlangte Tariq.

»Sie arbeitet in einer Bar im Rotlichtbezirk. Lebt allein auf einem Hausboot auf der Amstel. Die perfekte Tarnung.«

»Wann fahre ich hin?«

»In ungefähr einer Woche.«

»Ich brauche Geld.«

Kemel griff ins Geheimfach seines Aktenkoffers und übergab Tariq den Umschlag mit Bargeld. Tariq steckte ihn wortlos ein. Dann betrachteten seine hellen grauen Augen Kemel prüfend. Wie jedesmal hatte Kemel das unbehagliche Gefühl, Tariq überlege, wie er ihn am besten umbringen könnte, falls das notwendig werden sollte.

»Du hast mich bestimmt nicht die weite Reise machen lassen, um mich zu kritisieren, weil ich Ahmed erschossen habe, und dich nach meiner Gesundheit zu erkundigen. Was hast du noch für mich?«

»Interessante Neuigkeiten.«

»Ich höre.«

»Die Männer am King Saul Boulevard sind der Überzeugung, daß du das Attentat in Paris verübt hast.«

»Wie brillant von ihnen!«

»Ari Schamron will dich liquidieren und vom Premierminister grünes Licht bekommen.«

»Ari Schamron will mich seit Jahren liquidieren. Wieso ist das jetzt so wichtig?«

»Weil er den Mordauftrag einem alten Freund von dir erteilen wird.«

»Wem?«

Kemel lächelte und beugte sich nach vorn.

7

St. James's, London

Die manchmal liquide Galerie Isherwood Fine Arts residierte in einem verfallenden viktorianischen Lagerhaus in einer Mason's Yard genannten stillen Ecke von St. James's. Das alte Gebäude stand zwischen einer kleinen Reederei und einem Pub eingezwängt, der stets voller hübscher Sekretärinnen zu sein schien, die Motorroller fuhren. Das Firmenschild in einem der Fenster im Erdgeschoß verkündete, die Galerie sei auf alte Meister spezialisiert, ihr Besitzer Julian Isherwood ordentliches Mitglied der Society of London Art Dealers und seine Kollektion nur nach Vereinbarung zu besichtigen. Galerien in Venedig und New York wurden ebenfalls angepriesen, obwohl sie schon lange wieder geschlossen waren: Isherwood hatte einfach nicht das Herz – oder das nötige Kleingeld –, das Firmenschild so abändern zu lassen, daß es den Niedergang seines Imperiums widerspiegelte.

Schamron traf um halb eins ein. Bomberjacke und Khakihose waren durch einen dunkelblauen Zweireiher, zu dem er ein weißes Seidenhemd und eine dezent gemusterte Krawatte trug, und einen grauen Kaschmirmantel ersetzt worden. Statt seiner Nickelbrille hatte er eine modische Schildpattbrille auf der Nase. Am linken Handgelenk trug er eine goldene Rolex, am kleinen Finger der rechten Hand einen Siegelring. Das Fehlen eines Eherings signalisierte sexuelle Verfügbarkeit. Statt wie sonst einem wütenden Bullen gleich voranzustürmen, kam er lässig wie ein Kosmopolit dahergeschlendert.

Schamron drückte auf den gesprungenen Klingelknopf neben der Eingangstür. Einen Augenblick später drang die Stimme von Heather, Isherwoods neuester Errungenschaft aus einer ganzen Serie junger und ahnungsloser Assistentinnen, aus der Sprechanlage.

»Mein Name ist Rudolf Heller«, sagte Schamron in deutsch gefärbtem Englisch. »Ich möchte zu Mr. Isherwood.«

»Haben Sie einen Termin?«

»Leider nein, aber Julian und ich sind alte Freunde.«

»Einen Augenblick, bitte.«

Aus einem Augenblick wurden zwei, dann drei. Endlich ertönte der Türsummer. Schamron stieß die Tür auf, trat ein und stieg einige wenige knarrende Stufen hinauf. Den hellen Teppichboden auf dem oberen Treppenabsatz zierte ein großer brauner Kaffeefleck. Heather saß im Vorzimmer hinter einem leeren Schreibtisch mit einem Namensschild und einem stummen Telefon. Alle Mädchen Isherwoods hatten etwas gemeinsam: es waren hübsche Absolventinnen der Kunsthochschule, die er in seine Dienste lockte, indem er ihnen eine Ausbildung und Abenteuer versprach. Die meisten kündigten nach ein bis zwei Monaten, wenn sie sich hoffnungslos langweilten oder es Isherwood wieder nicht gelingen wollte, ihr Gehalt zusammenzukratzen.

Heather blätterte in einer Ausgabe von *Loot*. Sie lächelte Schamron zu und deutete mit dem abgekauten Ende eines rosa Bleistifts in Isherwoods Büro. Drinnen lief Isherwood an der offenen Tür vorbei: in Nadelstreifen und Seide, ein schnurloses Telefon in der Hand, in das er rasend schnelles Italienisch sprach.

»Gehen Sie rein, wenn Sie sich trauen«, sagte Heather

mit gedehntem Mayfair-Akzent, bei dem sich Schamron die Nackenhaare sträubten. »Er ist in einer Minute fertig. Kann ich Ihnen irgendwas zu trinken anbieten?«

Schamron schüttelte dankend den Kopf und ging zu Isherwood hinein. Er nahm in einem Besuchersessel Platz und begutachtete den Raum. Bücherregale mit Werken über Kunstgeschichte, in Leinen gebundene Kontobücher, alte Kataloge, eine Staffelei mit schwarzem Samtüberwurf, auf der potentiellen Kunden Gemälde gezeigt werden konnten. Isherwood ging vor dem Fenster mit Blick auf den Mason's Yard auf und ab. Er machte eine Pause, um Schamron anzufunkeln, und eine weitere, um mühsam ein ächzendes Faxgerät in Gang zu bringen. Isherwood saß in der Klemme – das spürte Schamron deutlich. Andererseits saß er immer in der Klemme.

Julian Isherwood war sehr wählerisch in bezug auf die Gemälde, die er kaufte, und noch wählerischer in bezug auf die Leute, denen er sie verkaufte. Sobald eines seiner Gemälde hinausgetragen wurde, versank er in tiefe Melancholie. Daher war er ein Kunsthändler, der nicht allzuviel Kunst verkaufte – 15 Gemälde in einem durchschnittlichen Jahr, 20 in einem guten. In den achtziger Jahren, als jeder, der ein paar Quadratmeter Galeriefläche und etwas Grips besaß, zu Geld gekommen war, hatte er ein Vermögen verdient, das er jedoch längst wieder durchgebracht hatte.

Er warf das Telefon auf seinen chaotischen Schreibtisch. »Was Sie auch wollen – die Antwort lautet nein.«

»Wie geht's Ihnen, Julian?«

»Scheren Sie sich zum Teufel! Was wollen Sie hier?«

»Schicken Sie die Kleine für ein paar Minuten weg.«

»Die Antwort lautet trotzdem nein – ganz gleich, ob das Mädchen da ist oder nicht.«

»Ich brauche Gabriel«, sagte Schamron ruhig.

»Nun, ich brauche ihn dringender, deshalb können Sie ihn nicht haben.«

»Sagen Sie mir nur, wo er ist. Ich muß mit ihm reden.«

»Scheren Sie sich zum Teufel!« fauchte Isherwood. »Was gibt Ihnen das Recht, hier reinzuplatzen und mich rumzukommandieren? Also, falls Sie ein Gemälde kaufen wollen, kann ich Ihnen vielleicht behilflich sein. Sind Sie nicht wegen der Kunst hier, weist Helen Ihnen die Tür.«

»Sie heißt Heather.«

»O Gott!« Isherwood ließ sich in seinen Schreibtischsessel fallen. »Helen war letzten Monat da. Ich kann sie nicht mehr auseinanderhalten.«

»Die Geschäfte gehen wohl schlecht, Julian?«

»Sie *waren* schlecht, aber das wird sich bald ändern – deshalb muß ich darauf bestehen, daß Sie unter Ihren Stein zurückkriechen und Gabriel und mich in Ruhe lassen.«

»Gehen wir essen?« schlug Schamron vor. »Sie können mir von Ihren Problemen erzählen, und vielleicht finden wir eine allseits befriedigende Lösung.«

»Sie sind mir nie als jemand aufgefallen, der schrecklich kompromißbereit ist.«

»Holen Sie Ihren Mantel.«

Schamron hatte vorsichtshalber im Restaurant Green's in der Duke Street einen ruhigen Ecktisch reservieren lassen. Isherwood bestellte den kalten kanadischen Hummer und die teuerste Flasche Sancerre der Weinkarte. Schamron biß kurz die Zähne zusammen. Er war notorisch knickerig, wenn es um dienstliche Mittel ging, aber er brauchte Isherwoods Hilfe. War dazu ein teurer Lunch im Green's erforderlich, würde er eben sein Spesenkonto etwas stärker belasten.

Im Jargon des Diensts wurden Männer wie Julian Isherwood als *Sajanim* – Helfer – bezeichnet. Sie waren die Banker, die Schamron einen Tip gaben, wenn bestimmte Araber große Transaktionen vornahmen, oder mitten in der Nacht angerufen werden durften, wenn ein *Katsa* Schwierigkeiten hatte und Geld brauchte. Sie waren die Portiers, die Hotelzimmer aufsperrten, wenn Schamron sich darin umsehen wollte. Sie waren die Angestellten von Leihwagenfirmen, die seinen Agenten neutrale Fahrzeuge besorgten. Sie waren die Israel freundlich gesinnten Mitarbeiter feindseliger Sicherheitsdienste. Sie waren die Journalisten, die sich dazu hergaben, Schamrons Lügen zu verbreiten. Kein anderer Geheimdienst der Welt konnte auf eine solch starke Legion engagierter Anhänger zurückgreifen. Für Ari Schamron waren sie die geheime Frucht der Diaspora.

Julian Isherwood war ein besonderes Mitglied der *Sajanim*. Schamron hatte ihn angeworben, um ihn einen einzigen, sehr wichtigen *Katsa* unterstützen zu lassen; deshalb bewies er angesichts von Isherwoods Stimmungsschwankungen ungewöhnlich viel Geduld.

»Ich will Ihnen erzählen, warum Sie Gabriel im Augenblick nicht haben können«, begann Isherwood. »Im August ist bei einer Auktion in Hull ein sehr verschmutztes, stark beschädigtes Bild aufgetaucht – ein italienisches Altarbild aus dem sechzehnten Jahrhundert, Öl auf Holz, *Anbetung der Hirten,* Künstler unbekannt. Das ist der wichtigste Teil meiner Geschichte: Künstler *unbekannt.* Hören Sie auch gut zu, Herr Heller?«

Schamron nickte, und Isherwood erzählte weiter.

»Ich hatte eine bestimmte Ahnung wegen des Gemäldes, also habe ich einen Haufen Bücher ins Auto gepackt und bin nach Yorkshire raufgefahren, um es mir anzusehen. Nach kurzer Begutachtung hatte meine Ahnung sich bestätigt. Und als dieses sehr verschmutzte, stark beschädigte Gemälde, Künstler *unbekannt,* von dem ehrwürdigen Auktionshaus Christie's versteigert wurde, konnte ich es für ein Butterbrot ersteigern.«

Isherwood leckte sich die Lippen und beugte sich mit Verschwörermiene über den Tisch. »Ich habe das Gemälde Gabriel gebracht, und er hat es in meinem Auftrag untersucht. Röntgen, Infrarotfotografie, die üblichen Methoden. Seine viel sorgfältigere Untersuchung hat meine Ahnung bestätigt. Das sehr verschmutzte, stark beschädigte Gemälde, das in Hull versteigert wurde, ist in Wirklichkeit ein verschollen geglaubtes Altarbild aus der Kirche San Salvatore in Venedig. Gemalt hat es kein Geringerer als Francesco Vecellio, der Bruder des großen Tizian. Deshalb brauche ich Gabriel, und deshalb werde ich Ihnen nicht verraten, wo er ist.«

Der Weinkellner erschien. Schamron zupfte an einem losen Faden der Tischdecke, während Isherwood sich dem langwierigen Ritual des Riechens, Schmeckens und Nachdenkens widmete. Nach einem dramatischen Augenblick der Ungewißheit erklärte er sich mit dem Wein einverstanden. Er trank das erste Glas sehr schnell und schenkte sich sofort nach.

Als er weitersprach, klang seine Stimme wehmütig, und er schien feuchte Augen zu haben. »Erinnern Sie sich an die gute alte Zeit, Heller? Ich hatte eine Galerie in der New Bond Street, gleich neben Richard Green. Heute kann ich mir diese Lage nicht mehr leisten. In der New Bond Street gibt's nur noch Gucci und Ralph Lauren, Tiffany und Miki-Scheiß-Moto. Und wissen Sie, wer meine alte Galerie übernommen hat? Der gräßliche Giles Pittaway! Er hat allein in der Bond Street bereits zwei Galerien und will im kommenden Jahr zwei weitere eröffnen. Gott, der Kerl breitet sich wie das Ebola-Virus aus – er mutiert, wird stärker und killt alles Anständige, womit er in Berührung kommt.«

Ein pausbäckiger Kunsthändler, der ein rosa Hemd trug und ein hübsches Mädchen am Arm hatte, ging an ihrem Tisch vorbei. Isherwood nickte ihm kurz zu, sagte: »Hallo, Oliver!« und sprach weiter.

»Der Vecellio ist ein echter Coup. Ich brauche alle paar Jahre einen *Coup*. Nur durch solche Coups bleibe ich im Geschäft. Die Coups subventionieren meinen ganzen Lagerbestand und die vielen Kleinverkäufe, bei denen ich praktisch nichts verdiene.« Isherwood machte eine Pause und trank einen großen Schluck Wein. »Wir alle brauchen ab und zu einen Coup, nicht wahr, Herr Heller? Ich vermute, daß man selbst in Ihrer Branche ab und zu einen großen Erfolg braucht, um alle Pleiten wettzumachen. Cheers!«

»Cheers«, sagte Schamron und trank einen winzigen Schluck aus seinem Glas.

»Giles Pittaway hätte den Vecellio kaufen können, aber er hat abgewinkt. Das hat er getan, weil er und seine Jungs zu faul waren, ihre Hausaufgaben zu machen. Sie konnten das Gemälde keinem Künstler zuordnen. Ich habe den Vecellio als einziger erkannt, weil ich als einziger meine Hausaufgaben gemacht habe. Giles Pittaway könnte einen Vecellio nicht von Vermicelli unterscheiden. Er verkauft Mist. Hochglanzschund. Haben Sie sein Zeug gesehen? Totaler Scheiß! Drittklassiger Grußkartenscheiß!«

Schamron, der den Herrn Heller spielte, versicherte ihm, er sei schon längere Zeit nicht mehr in den Galerien des berüchtigten Giles Pittaway gewesen.

Isherwood beugte sich mit aufgerissenen Augen, geblähten Nüstern und feuchten Lippen über den Tisch. »Dieser Vecellio muß bis zum Frühjahr restauriert und verkaufsfertig sein«, fuhr er *sotto voce* fort. »Wird er nicht fertig, springt mein Käufer ab. Und Käufer wachsen heutzutage nicht auf Bäumen – vor allem keine, die ein Altarbild von Vecellio wollen. Die potentiellen Käufer für ein Gemälde dieser Art könnte ich an den Fingern einer Hand abzählen. Bekommt mein Käufer kalte Füße, finde ich vielleicht nie mehr einen anderen. Und wenn ich keinen finde, wird mein Vecellio ein ganz ordinärer Lagerartikel. ›Verbrannt‹, wie wir in der Branche sagen. Sie verbrennen Agenten, wir verbrennen Gemälde. Ein Bild wird einem aus den Händen gerissen – oder es zerfällt im Lagerraum irgendeines Kunsthändlers zu Staub. Und ein verbranntes Gemälde ist wertlos, genau wie Ihre Agenten.«

»Ich verstehe Ihr Dilemma, Julian.«

»Tun Sie das *wirklich?* Auf der ganzen Welt gibt's vielleicht fünf Leute, die diesen Vecellio fachgerecht restaurieren können. Gabriel Allon ist zufällig einer von ihnen, und die anderen vier würden sich nie dazu herablassen, für jemanden wie mich zu arbeiten.«

»Gabriel ist ein talentierter Mann«, bestätigte Schamron gelassen. »Leider benötige ich seine Talente ebenfalls, und der Auftrag, den ich für ihn habe, ist etwas wichtiger als ein fünfhundert Jahre altes Gemälde.«

»O nein, sicher nicht! Die Haie sammeln sich schon, und meine schäbige Bank droht damit, mich preiszugeben. Ich kann unmöglich schnell genug einen Banker finden, um das Schiff zu retten. Giles Pittaway hat Geldgeber! Lloyds Bank! Ich sage Ihnen, wenn Kunst und Hochfinanz sich verbünden, wird's Zeit, ins Hochland zu flüchten und eine gottverdammte Arche zu bauen!« Eine Pause. »Übrigens noch etwas, Herr Heller. Nur wenige Dinge im Leben sind so wichtig wie gute Gemälde. Und mir ist's egal, wie alt sie sind.«

»Ich hätte meine Worte sorgfältiger wählen sollen, Julian.«

»Muß ich das Geschäft aufgeben, verliere ich mein letztes Hemd«, sagte Isherwood. »Ich könnte von Glück sagen, wenn ich ein Drittel von dem bekäme, was meine Sammlung wirklich wert ist.«

Sein Flehen ließ Schamron kalt. »Wo ist er?«

»Warum sollte ich Ihnen das sagen?«

»Weil ich ihn brauche, Julian. *Wir* brauchen ihn.«

»Klar doch! Diesen Scheiß können Sie sich sparen, darauf falle ich nicht wieder herein. Ich kenne alle Ihre Geschichten, ich weiß, wie sie enden. Übrigens denkt Gabriel genau wie ich. Auch er ist mit Ihnen und Ihrer Bande fertig.«

»Dann können Sie mir ja sagen, wo er ist. Was kann das schaden?«

»Nein, ich kenne Sie zu gut, um Ihnen zu trauen. Kein vernünftiger Mensch würde Ihnen trauen.«

»Sie können mir sagen, wo er ist, oder wir können ihn selbst aufspüren. Das dauert vielleicht ein paar Tage, aber wir finden ihn.«

»Nehmen wir mal an, ich würde es Ihnen sagen. Was hätten Sie als Gegenleistung zu bieten?«

»Vielleicht könnte ich einen Geldgeber finden, der Sie über Wasser hält, bis Sie Ihren Vecellio verkaufen.«

»Verläßliche Geldgeber sind so rar wie ein echter Vecellio.«

»Ich kenne einen Mann, der mit dem Gedanken spielt, ins Kunstgeschäft einzusteigen. Vielleicht kann ich mich bei ihm für Sie verwenden.«

»Wie heißt er?«

»Ich fürchte, er würde darauf bestehen, anonym zu bleiben.«

»Wenn Gabriel mich verdächtigt, Ihnen verraten zu haben, wo er ...«

»Keine Angst, er verdächtigt Sie nicht.«

Isherwood fuhr sich mit der Zungenspitze über seine blutlosen Lippen.

8

Port Navas, Cornwall

Der alte Mann kam, als der Fremde mit seinem Boot unterwegs war. Peel sichtete ihn vom Fenster seines Zimmers aus, wie er einen großen Mercedes vorsichtig durch die schmale Gasse lenkte, die zum Kai hinunterführte. Er hielt vor dem Lotsenhäuschen, drückte auf den Klingelknopf und klopfte an die Haustür. Peel konnte bis übers Wasser hinweg hören, wie die Fingerknöchel des Alten mit knappen, brutalen Schlägen das Holz trafen. Er zog einen Pullover und seine Regenjacke an und flitzte aus dem Haus. Kurze Zeit später tauchte er keuchend und mit hochrotem Gesicht hinter dem Besucher auf.

»Wer bist du?« fragte der Alte.

Er sprach mit einem Akzent, stellte Peel fest – wie der des Fremden, aber ausgeprägter.

»Ich bin Peel. Wer sind Sie?«

Der Alte ignorierte seine Frage jedoch. »Ich suche den Mann, der in diesem Haus wohnt.«

»Er ist gerade nicht da.«

»Ich bin ein Freund von ihm. Weißt du, wo er ist?«

Peel äußerte sich nicht dazu, denn die Vorstellung, der Fremde habe einen Freund, der unangemeldet aufkreuzen würde, war lächerlich. Der Alte sah den Kai entlang, dann starrte er wieder Peel an. »Er ist mit seinem Boot unterwegs, nicht wahr?«

Der Junge nickte. Irgend etwas im Blick des Alten jagte Peel einen kalten Schauder über den Rücken.

Der Unbekannte sah zum Himmel auf: bleigraue Wolken zogen tief und regenschwanger über die Bucht landeinwärts. »Ziemlich ungemütliches Wetter für einen Segeltörn.«

»Er ist sehr gut.«

»Ja, das ist er. Wann kommt er zurück?«

»Das sagt er nie. Ich erzähle ihm, daß Sie hier waren.«

»Hmmm, ich denke, ich werde auf ihn warten.« Er sah wie ein Mann aus, der sehr lange warten konnte, wenn er sich das in den Kopf setzte. »Kann man hier irgendwo eine Tasse Kaffee bekommen?«

Peel zeigte in Richtung Dorf.

Aber der Alte ging nicht ins Dorf, um einen Kaffee zu trinken. Er ging überhaupt nirgends hin. Er stieg wieder in seinen Mercedes und hockte wie ein Ölgötze hinter dem Lenkrad. Peel ging auf die Landzunge, bezog einen Beobachtungsposten in der Nähe der Austernfarm, starrte den Fluß hinunter aufs Meer hinaus und wartete auf den Fremden. Um drei Uhr nachmittags bildeten sich auf dem Fluß Schaumkronen, und von Westen her zog ein Unwetter auf. Um vier Uhr war es stockfinster. Peel war trotz seiner Regenjacke durchnäßt und halb erfroren. Er wollte schon aufgeben, als er die sanft leuchtenden Seitenlichter eines flußaufwärts laufenden Boots aus dem Nebel herankommen sah. Im nächsten Augenblick hörte er das Brummen des Hilfsmotors: Die schöne Ketsch des Fremden lief ein.

Peel blinkte mit seiner Taschenlampe, um den Fremden auf sich aufmerksam zu machen. Das Boot drehte nach Steuerbord, hielt auf die Landzunge zu und kam durchs schwarze Wasser herangerauscht. Als es nur noch wenige Meter vom Ufer entfernt war, rief der Fremde: »Was ist los?«

»Ein Mann wartet auf Sie.«

»Was will er?«

»Er sagt, daß er ein Freund von Ihnen ist.«

»Hat er gesagt, wie er heißt?«

»Nein.«

Peel hörte das Echo seiner Stimme von jenseits des Flusses widerhallen.

»Wie sieht er aus?«

»Unglücklich.«

»Hat er einen Akzent?«

»Ähnlich wie Ihrer, nur stärker.«

»Geh heim!«

Aber Peel wollte ihn nicht allein lassen. »Ich komme zum Kai und helfe Ihnen beim Festmachen.«

»Tu einfach, was ich sage«, forderte der Fremde ihn auf und verschwand unter Deck.

Gabriel Allon betrat die Pantry. Im Geschirrschrank über dem Propanherd fand er seine Pistole, eine 9-mm-Glock. Er bevorzugte die mittelgroße Ausführung, die zwar wegen des kürzeren Laufs etwas weniger präzise schoß, sich aber leichter verdeckt tragen ließ. Er zog den kantigen, massiven Schlitten zurück, um eine Patrone in die Kammer zu befördern, und ließ die Glock in die rechte Seitentasche seiner gelben Seglerjacke gleiten. Dann schaltete er die Seitenlichter aus und stieg wieder an Deck hinauf.

Gabriel verringerte seine Fahrt, als die Ketsch die Landzunge umrundete und in ruhigeres Wasser kam. Er sah den vor seinem Haus geparkten großen Mercedes und hörte, wie die Tür geöffnet und wieder geschlossen wurde. Die Innenbeleuchtung flammte dabei nicht auf. Der Mann war ein Profi. Gabriel griff in seine Tasche, umfaßte den Pistolengriff und legte seinen Zeigefinger auf den Abzugschutzbügel.

Der Eindringling überquerte den Kai und stieg die wenigen Steinstufen zum Wasser hinunter. Gabriel hätte ihn überall wiedererkannt: der runde Schädel, der bullige Körperbau, der typische Gang – wie ein Boxer, der in die Ringmitte unterwegs ist. Er dachte kurz daran, abzudrehen und stromabwärts ins Unwetter zurückzulaufen, aber dann ließ er seine Pistole los und hielt weiter auf den Kai zu.

Schamron machte einen ruhelosen Rundgang durch Gabriels Atelier und blieb vor dem Vecellio stehen. »Das ist also Isherwoods großer Coup, ein als verschollen geltendes Altarbild von Vecellio. Man stelle sich das vor: Ein netter jüdischer Junge arbeitet an einem Gemälde dieser Art. Ich kann nicht verstehen, weshalb Leute für solche Sachen Zeit und Geld vergeuden.«

»Das überrascht mich nicht. Was haben Sie mit dem armen Julian gemacht, damit er mich verrät?«

»Ich habe ihn zum Lunch bei Green's eingeladen. Julian war nie der große Schweiger.«

»Was führt Sie hierher?«

Aber Schamron wollte seine Karten noch nicht aufdecken. »Sie haben's weit gebracht«, stellte er fest. »Das Haus muß einen schönen Batzen Geld gekostet haben.«

»Ich bin einer der angesehensten Restauratoren der Welt.«

»Wieviel zahlt Julian Ihnen dafür, daß Sie den Vecellio wieder in Ordnung bringen?«

»Das geht Sie nichts an.«

»Sie können es mir sagen, oder Julian kann es mir sagen. Ich würde es lieber von Ihnen hören. Das ist dann vielleicht wenigstens annähernd wahr.«

»Hunderttausend Pfund.«

»Haben Sie schon etwas davon gesehen?«

»Wir reden von Julian Isherwood. Ich bekomme mein Geld, wenn er den Vecellio verkauft – und selbst dann werde ich's mir vermutlich mit Gewalt holen müssen.«

»Und der Rembrandt?«

»Ein schneller Job für Christie's. Das ist nicht viel Arbeit, ein neuer Firnisauftrag, vielleicht ein paar Ausbesserungen. Ich bin mit der Untersuchung noch nicht fertig.«

Schamron trat von dem Vecellio an den Tisch mit Ölen und Pigmenten. »Welche Identität benutzen Sie heutzutage?«

»Keine von Ihren, falls Sie sich das fragen.«

»Italiener?«

»Richtig. Und Sie sind?«

»Rudolf Heller.«

»Ah, Herr Heller, eine meiner Lieblingsgestalten. Das Geschäft läuft in letzter Zeit hoffentlich gut, Herr Heller?«

»Wir haben unsere guten Tage und unsere schlechten Tage.«

Gabriel schaltete die Leuchtstoffröhren ein und richtete ihr gebündeltes Licht auf Schamron.

Der Alte kniff die Augen zusammen. »Machen Sie das Licht aus, Gabriel.«

»Ich weiß, daß Sie lieber im Dunkeln arbeiten, Herr Heller, aber ich will Ihr Gesicht sehen. Was wollen Sie?«

»Kommen Sie, wir machen eine kleine Autofahrt.«

Sie rasten eine schmale Landstraße zwischen hohen Hekkenreihen entlang. Gabriel, der nur mit einer Hand lenkte, fuhr sehr schnell. Als Schamron ihn bat, langsamer zu fahren, trat er das Gaspedal noch weiter durch. Schamron versuchte ihn mit Zigarettenqualm zu strafen, aber Gabriel ließ die Fenster herunter, so daß eisige Luft hereinströmte. Schamron signalisierte seine Kapitulation, indem er die Zigarette ins Dunkel hinauswarf.

»Sie wissen, was in Paris passiert ist?«

»Ich habe die Fernsehberichte gesehen und die Zeitungsmeldungen gelesen.«

»Diese Leute in Paris haben gute Arbeit geleistet – bessere Arbeit als alles, was wir seit langem gesehen haben. Sie waren gut, wie der Schwarze September gut gewesen ist. Das waren keine Steinewerfer oder Jungs, die mit zwanzig Kilogramm Semtex am Leib in einen Supermarkt gehen. Das waren Profis, Gabriel.«

Gabriel konzentrierte sich aufs Fahren, nicht auf Schamrons Stakkato. Ihm gefiel die Reaktion nicht, die dessen Worte bereits in ihm ausgelöst hatten. Sein Puls hatte sich beschleunigt, und seine Handflächen waren feucht.

»Sie hatten ein großes Team – zehn, vielleicht zwölf Leute. Sie hatten Geld, Autos, falsche Pässe. Sie haben den Anschlag bis ins letzte Detail minutiös geplant. Die ganze Sache war in dreißig Sekunden vorbei. Innerhalb einer Minute war kein Mitglied des Teams mehr auf der Brücke. Allen ist die Flucht gelungen. Die Franzosen haben nicht die geringste Spur von ihnen entdeckt.«

»Was hat das alles mit mir zu tun?«

Der Alte schloß die Augen und zitierte aus der Heiligen Schrift: »›Ich will große Rache an ihnen üben und mit Grimm sie strafen, daß sie erfahren sollen, ich sei der Herr, wenn ich meine Rache an ihnen geübt habe.‹«

»Hesekiel«, sagte Gabriel.

»Ich bin der Überzeugung, wenn jemand einen Angehörigen meines Volkes tötet, sollte ich *ihn* töten. Glauben Sie das auch, Gabriel?«

»Früher habe ich's geglaubt.«

»Ich glaube sogar, wenn ein Junge einen Stein aufhebt,

um ihn nach mir zu werfen, sollte ich ihn erschießen, bevor der Stein seine Hand verläßt.« Schamrons Feuerzeug flammte auf und beleuchtete sein von tiefen Falten durchzogenes Gesicht. »Vielleicht bin ich ein Fossil. Ich erinnere mich, wie ich mich an die Brust meiner Mutter gedrängt habe, als die Araber unsere Siedlung geplündert und niedergebrannt haben. Die Araber haben meinen Vater neunzehnhundertsiebenunddreißig während des Generalstreiks umgebracht. Habe ich Ihnen das jemals erzählt?«

Gabriel hielt seinen Blick auf die kurvenreiche Landstraße gerichtet und schwieg.

»Die Araber haben auch Ihren Vater umgebracht. Auf dem Sinai. Und Ihre Mutter, Gabriel? Wie lange hat sie Ihren Vater überlebt? Zwei Jahre? Drei Jahre?«

Tatsächlich nur etwas über ein Jahr, dachte Gabriel, der sich an den Tag erinnerte, an dem sie ihren vom Krebs zerstörten Körper auf einem Hügel über dem Jezreeltal beigesetzt hatten. »Worauf wollen Sie hinaus?«

»Ich will darauf hinaus, daß Rache gut ist. Rache ist gesund. Rache ist reinigend.«

»Rache führt nur zu weiteren Morden und weiteren Racheakten. Hinter jedem Terroristen, den wir erschießen, steht ein weiterer Junge, der nur darauf wartet, vorzutreten und den Stein oder die Waffe aufzuheben. Sie sind wie Haizähne: Bricht man einen aus, wächst ein neuer nach.«

»Wir sollen also nichts tun? Wollen Sie das damit sagen, Gabriel? Wir sollen beiseite treten und die Hände ringen, während diese Dreckskerle unsere Leute umbringen?«

»Sie wissen, daß ich das nicht damit sagen will.«

Schamron verstummte, während der Mercedes durch ein kaum beleuchtetes Dorf raste.

»Es ist nicht meine Idee, müssen Sie wissen. Dahinter

steht der Premierminister. Er will Frieden mit den Palästinensern schließen, aber das kann er nicht, solange die Extremisten faule Eier auf die Bühne werfen.«

»Seit wann sind Sie ein Friedenskämpfer, Ari?«

»Was ich davon halte, ist irrelevant. Ich bin nur ein Staatsdiener, der tut, was ihm befohlen wird.«

»Bockmist.«

»Also gut, wenn Sie meine Meinung hören wollen: Ich glaube, daß wir nach einem Friedensschluß nicht sicherer sind als jetzt. Meiner Überzeugung nach brennt in den Herzen der Palästinenser ein Feuer, das nicht erlöschen wird, bevor die Juden ins Meer getrieben sind. Und ich will Ihnen noch etwas sagen, Gabriel: Ich würde viel lieber gegen einen Todfeind als gegen einen Feind kämpfen, der es für zweckmäßig hält, sich als Freund auszugeben.«

Schamron nahm die Brille ab und rieb sich die Stelle am Nasensattel, wo das modische Schildpattgestell ihn drückte. Er war gealtert; die Falten um die Augen waren tiefer geworden, das sah Gabriel im Feuerschein, als er sich die nächste Zigarette anzündete. Nicht einmal der große Schamron war gegen die verheerenden Wirkungen der Zeit gefeit.

»Wissen Sie, was in Amman passiert ist?« fragte Schamron.

»Das habe ich in der Zeitung gelesen. Ich weiß auch, was in der Schweiz passiert ist.«

»Ah, die Schweiz«, sagte Schamron milde, als sei sie eine unglückliche Romanze, die er lieber vergessen hätte. »Ein einfacher Auftrag, nicht wahr? In der Wohnung eines hochrangigen islamischen Extremisten ein paar Wanzen installieren. Nichts dabei. In der guten alten Zeit hätten wir so was mit geschlossenen Augen gekonnt. Man bringt die Wanzen an und verschwindet, bevor jemand merkt, daß man überhaupt dagewesen ist. Aber diese Idioten vergessen, daß die Schweizer die wachsamsten Leute der Welt sind. Eine alte Dame greift nach dem Telefonhörer, und das gesamte Team fällt der Schweizer Polizei in die Hände.«

»Wie bedauerlich.«

»Und ich sitze im nächsten Flugzeug nach Zürich, um unsere Schweizer Kollegen inständig zu bitten, die Sache nicht an die große Glocke zu hängen.«

»Das hätte ich miterleben mögen!«

Schamron lachte bellend. Gabriel erkannte, daß der Alte ihm auf seltsame Weise gefehlt hatte. Wie lange hatten sie sich nicht mehr gesehen? *Acht Jahre? Nein, fast neun.* Schamron war nach dem Bombenanschlag nach Wien gekommen, um mitzuhelfen, das Chaos zu entwirren, und dafür zu sorgen, daß der wahre Grund für Gabriels Aufenthalt in Wien nicht bekannt wurde. Danach waren sie sich nur noch einmal begegnet: als Gabriel in Tel Aviv gewesen war, um ihm mitzuteilen, er wolle ausscheiden.

»Ich weiß nicht, wie diese Illusion entstanden ist«, sagte Schamron. »Alle glauben, weil der Friedensschluß bevorsteht, sei unser Überleben nicht mehr gefährdet. Sie begreifen nicht, daß der Frieden die Fanatiker nur noch verzweifelter machen wird. Sie kapieren nicht, daß wir unsere neuen arabischen Freunde ebenso eifrig bespitzeln müssen wie früher, als sie geschworen hatten, uns zu vernichten.«

»Spionage hat immer Konjunktur.«

»Aber heutzutage leisten die cleveren Jungs alle ihren Wehrdienst ab und verschwinden auf Nimmerwiedersehen. Sie wollen bloß Geld verdienen, in den Cafés in der Ben Yehuda Street sitzen und in ihre Mobiltelefone quatschen. Früher haben wir nur die Besten bekommen. Leute wie Sie, Gabriel. Jetzt bekommen wir die Leute, die zu dumm oder zu faul sind, um es im richtigen Leben zu schaffen.«

»Dann müssen Sie Ihre Anwerbemethoden ändern.«

»Das habe ich schon getan, aber ich brauche *jetzt* jemanden. Einen Mann, der ein Unternehmen in Europa ohne Erlaubnis der Regierung des Gastlandes durchführen kann – und ohne daß es auf der Titelseite der *Sunday Times* endet. Ich brauche Sie, Gabriel. Ich brauche einen tatkräftigen Mann. Ich brauche Sie, damit Sie für unseren Dienst tun, was Sie mit diesem Vecellio tun. Der Dienst ist beschädigt. Ich brauche Sie, damit Sie mir helfen, ihn zu restaurieren.«

»Fünfhundert Jahre Schmutz und Vernachlässigung kann ich in Ordnung bringen. Zehn Jahre institutioneller Unfähigkeit sind eine ganz andere Sache. Suchen Sie sich einen anderen, der die Terroristen aufspürt und den Dienst auf Vordermann bringt. Ich stehe schon unter Vertrag.«

Schamron nahm seine Brille ab, hauchte auf die Gläser und putzte sie mit seinem Schal. »Übrigens war es Tariq«, sagte er, während er die Brillengläser im schwachen Licht der Instrumentenbeleuchtung begutachtete. »Habe ich das schon erwähnt, Gabriel? Tariq hat den Botschafter und seine Frau in Paris erschossen. Tariq hat die Seine mit dem Blut unseres Volkes rot gefärbt. Tariq – Ihr alter Freund.«

Gabriel stieg auf die Bremse, und Schamrons Brille knallte gegen die Windschutzscheibe.

Gabriel fuhr durch Lizard Town und raste dann über eine kahle Ebene, auf der sich das verdorrte Gras im Wind bog, zum Meer hinunter. Er parkte den Mercedes auf einem Parkplatz in der Nähe des Leuchtturms und stellte den Motor ab. Einzelne Windstöße ließen den Wagen erzittern. Gabriel führte Schamron auf einem in der Dunkelheit kaum erkennbaren Fußweg zu den Klippen hinunter. Das donnernde Brausen der Brandung erfüllte die Luft. Ein Seevogel kreischte sie an. Als das Nebelhorn des Leuchtturms losbrüllte, fuhr Gabriel herum und duckte sich wie zu einem lautlosen Angriff sprungbereit.

In dem kleinen Café am Rand der Klippen brannte Licht. Die Angestellten hätten am liebsten schon geschlossen, aber Gabriel konnte sie dazu überreden, ihnen noch zwei Omeletts und eine Kanne Tee zu machen. Schamron, der weiter die Rolle des Herrn Heller spielte, benutzte eine angefeuchtete Papierserviette, um den Staub des Fußwegs von seinen teuren Wildlederslippern zu tupfen. Das Mädchen, das sie bediente, trug so viele Ohrringe und Armreife, daß sie wie eine Windharfe klirrte, wenn sie sich bewegte. Sie hatte etwas von Leah an sich – das sah Gabriel deutlich. Auch Schamron fiel es sofort auf.

»Warum halten Sie Tariq für den Attentäter?«

»Haben Sie von dem Mädchen gehört? Von der Amerikanerin, die er als Tarnung benutzt und dann eiskalt erschossen hat? Tariq hat schon immer eine Vorliebe für Frauen gehabt. Nur schade, daß sie alle auf gleiche Weise enden mußten.«

»Ist das alles, was Sie haben? Eine tote Amerikanerin?«

Schamron erzählte ihm von dem Überwachungsband und dem Ober, der eine Minute vor der Abfahrt des Botschafters und seiner Frau ein geheimnisvolles Kurzgespräch geführt hatte. »Er heißt Mohammed Asis. Bei dem Partydienst hat er sich als Algerier ausgegeben. Aber er ist weder Ober noch Algerier. Er gehört seit über einem Jahrzehnt Tariqs Organisation an und hat bei mehreren von Tariqs Anschlägen wichtige Nebenrollen gespielt.«

Schamron verstummte, als das Mädchen mit den Armreifen an ihren Tisch kam und heißes Wasser in ihre Teekanne nachgoß.

»Haben Sie eine Freundin?« fragte er, als die Serviererin gegangen war. Bei Fragen persönlicher Art kannte er keine Grenzen. Kein Winkel im Leben eines Mannes, gleich ob Freund oder Feind, war vor seinen bohrenden Fragen sicher.

Gabriel schüttelte den Kopf und schenkte ein – erst Milch, dann Tee, ganz auf englische Art. Schamron warf fünf Stück Zucker in seine Tasse, rührte heftig um und setzte die Befragung fort. »Keine kleinen Liebschaften? Keine leichten Mädchen, die Sie zu Vergnügungsfahrten auf Ihr Boot locken?«

»An Bord gibt's keine Frauen. Nur Peel.«

»Ah, richtig, Peel. Ihr Aufpasser.«

»Mein Aufpasser.«

»Darf ich fragen, warum es keine gibt?«

»Nein, das dürfen Sie nicht.«

Schamron runzelte die Stirn. Er war es gewohnt, ungehindert Zugang zu Gabriels Privatleben zu haben.

»Was ist zum Beispiel mit diesem Mädchen?« Schamron nickte leicht zu der Serviererin hinüber. »Sie verschlingt Sie förmlich mit den Augen. Interessiert die Kleine Sie nicht im geringsten?«

»Sie ist noch ein Kind«, wehrte Gabriel ab.

»Sie sind auch ein Kind.«

»Ich werde bald fünfzig.«

»Sie sehen zehn Jahre jünger aus.«

»Ja, weil ich nicht mehr für Sie arbeite.«

Schamron tupfte sich etwas Omelett von den Lippen. »Vielleicht nehmen Sie sich keine neue Frau, weil Sie befürchten, Tariq könnte versuchen, auch sie zu ermorden.«

Gabriel hob ruckartig den Kopf, als habe er einen Schuß gehört.

»Vielleicht könnten Sie sich verzeihen, was in Wien passiert ist, wenn Sie mir helfen würden, Tariq zu erledigen. Ich weiß, daß Sie sich deswegen Vorwürfe machen, Gabriel. Wäre die Sache in Tunis nicht passiert, wären Leah und Dani nie in Wien gewesen.«

»Ich will nichts mehr davon hören!«

»Würden Sie mir helfen, Tariq zu erledigen, könnten Sie vielleicht endlich Leah loslassen und Ihr eigenes Leben weiterleben.«

Gabriel stand auf, warf einen zusammengeknüllten Zehner auf den Tisch und stürmte hinaus. Schamron lächelte der Bedienung entschuldigend zu und folgte ihm langsamer.

Am Fuß der Klippen, am schmalen grauen Sandstrand der Polpeorbucht, standen die Überreste des Slips einer Rettungsstation. Ein heller, unnatürlich großer Mond schien durch Wolkenlücken, und die See warf sein Licht zurück. Gabriel vergrub die Hände in den Jackentaschen und dachte an Wien. An den Nachmittag vor dem Bombenanschlag. Das letzte Mal, daß er Leah geliebt hatte. *Das letzte Mal, daß er irgendeine Frau geliebt hatte …*

Leah hatte darauf bestanden, die Jalousie ihres Schlafzimmers hochgezogen zu lassen, obwohl das Fenster auf den Innenhof ihres Apartmentgebäudes hinausführte. Gabriel war sich sicher gewesen, daß die Nachbarn sie beobachteten; Leah hatte gehofft, daß sie es taten. Sie empfand eine perverse Befriedigung bei dem Gedanken, daß Juden – selbst Juden, die sich als ein italienischer Restaurator und seine Schweizer Lebensgefährtin tarnten – ihr Vergnügen in einer Stadt suchten, in der sie so schlimmen Verfolgungen ausgesetzt gewesen waren.

Gabriel erinnerte sich an die feuchte Hitze von Leahs Körper, an den Geschmack von Salz auf ihrer Haut. Hinterher hatten sie geschlafen. Als er aufgewacht war, hatte sie auf der Bettkante gesessen und ihn ernst beobachtet. »Ich möchte, daß dies dein letzter Einsatz ist. Ich kann dieses Leben nicht länger ertragen. Ich will, daß du den Dienst verläßt und etwas Normales tust. Wir können irgendwo in Europa leben, und du kannst als Restaurator arbeiten. Versprich mir das, Gabriel.«

Schamron gesellte sich am Strand zu ihm.

Gabriel blickte auf. »Warum sind Sie auf Ihren Posten zurückgekehrt? Warum sind Sie nicht in Tiberias geblieben und haben den Ruhestand genossen? Warum sind Sie zurückgerannt, sobald man Sie gerufen hat?«

»Zuviel Unerledigtes. Ich kenne niemanden, dessen Angelegenheiten ganz geordnet waren, als er aus der Geheimdienstwelt ausgeschieden ist. Jeder von uns hinterläßt unerledigte Kleinigkeiten. Alte Unternehmen, alte Feinde. Die zerren an einem wie Erinnerungen an alte Liebesaffären. Außerdem konnte ich nicht mitansehen, wie der Elsässer und Lev versucht haben, meinen Dienst zu ruinieren.«

»Warum haben Sie Lev behalten?«

»Weil ich ihn behalten *mußte*. Lev hat dem Premierminister klipp und klar erklärt, daß er nicht stillschweigend gehen würde, wenn ich versuchen würde, ihn hinauszudrängen. Und der Premierminister wollte auf keinen Fall eine handlungsunfähige Operationsabteilung. Er hat weiche Knie bekommen und Lev unangreifbar gemacht.«

»Er ist eine Schlange.«

»Der Premierminister?«

»Lev.«

»Aber eine Giftschlange, mit der man vorsichtig umgehen muß. Als der Elsässer abgetreten ist, hat Lev geglaubt, er müsse automatisch sein Nachfolger werden. Lev ist kein junger Mann mehr. Er spürt, daß die Schlüssel zum Thronsaal ihm aus den Fingern gleiten. Gehe ich bald wieder, bekommt Lev vielleicht noch seine Chance. Bleibe ich jedoch bis zum Ende meiner Amtszeit, klebe ich an meinem Sessel und weigere mich zu sterben, entscheidet der Premierminister sich vielleicht für einen jüngeren Nachfolger. Logischerweise zähle ich Lev nicht zu meinen Anhängern am King Saul Boulevard.«

»Mich hat er nie gemocht.«

»Weil er neidisch auf Sie war. Neidisch auf Ihre beruflichen Leistungen. Neidisch auf Ihr Talent. Neidisch, weil Sie in Ihrem Tarnberuf das Dreifache von Levs Gehalt verdient haben. Mein Gott, er hat Sie sogar um Leah beneidet! Sie haben alles verkörpert, was Lev gern gewesen wäre, und dafür hat er Sie gehaßt.«

»Er wollte in das Team, das die Leute vom Schwarzen September aufgespürt hat.«

»Lev ist brillant, aber kein Mann für solche Einsätze. Sein Platz ist in der Zentrale.«

»Weiß er, daß Sie hier sind?«

»Er weiß nichts«, antwortete Schamron eisig. »Und falls Sie sich zur Rückkehr entschließen, erfährt er auch davon nichts. Ich führe Sie persönlich – genau wie früher.«

»Tariqs Tod bringt Dani nicht wieder zurück. Oder Leah. Haben Sie denn nichts dazugelernt? Bei unserer Jagd auf die Leute vom Schwarzen September haben wir nicht gemerkt, daß die Ägypter und Syrer Kriegsvorbereitungen getroffen haben, um uns ins Meer zu treiben. Und das wäre ihnen fast gelungen. Wir haben dreizehn Mitglieder des Schwarzen Septembers liquidiert, aber das hat keinen unserer in München ermordeten Jungs wieder lebendig gemacht.«

»Ja, aber es war befriedigend.«

Gabriel schloß die Augen und sah ein Wohngebäude an der Piazza Annabaliano in Rom vor sich, ein dunkles Treppenhaus, einen auffällig hageren palästinensischen Übersetzer namens Wadal Abdel Zwaiter, Operationschef des Schwarzen Septembers in Italien. Er erinnerte sich, daß eine Nachbarin Klavier geübt hatte – ein ziemlich langweiliges Stück, das er nicht kannte –, und glaubte wieder einmal, das entsetzlich dumpfe Geräusch der Kugeln zu hören, die Fleisch und zerbrechende Knochen durchschlugen. Einer seiner Schüsse hatte Zwaiter verfehlt und eine Flasche Feigenwein getroffen, die der Mann unmittelbar zuvor gekauft hatte. Gabriel mußte immer daran denken, wie der bräunlich-purpurrote Wein über den Steinboden gelaufen war und sich mit dem Blut des Sterbenden vermischt hatte.

Dann öffnete er die Augen, und Rom verschwand. »Anfangs ist es befriedigend«, gab er zu. »Aber nach einiger Zeit hat man das Gefühl, genauso schlimm zu sein wie die Leute, die man umbringt.«

»Jeder Krieg ist für die Soldaten belastend.«

»Blickt man einem Mann in die Augen, während man seinen Körper mit Blei vollpumpt, kommt einem das mehr wie Mord als Krieg vor.«

»Das ist kein Mord, Gabriel. *Mord* war es nie.«

»Wie kommen Sie darauf, daß ich Tariq finden könnte?«

»Weil ich jemanden gefunden habe, der für ihn arbeitet. Jemanden, der uns zu Tariq führen kann.«

»Wo ist er?«

»Hier in England.«

»Wo?«

»In London, was mich vor ein Problem stellt. Unser Abkommen mit den britischen Geheimdiensten verpflichtet uns dazu, ihnen jeden Einsatz auf englischem Boden zu melden. Ich würde mich lieber nicht an das Abkommen halten, weil die Briten ihre Freunde in Langley informieren würden – und Langley würde uns unter Druck setzen, das Unternehmen abzublasen, um den Friedensprozeß nicht zu gefährden.«

»Das ist allerdings ein Problem.«

»Deshalb brauche ich Sie, Gabriel. Ich brauche jemanden, der ein Unternehmen in England durchführen kann, ohne die Einheimischen mißtrauisch zu machen. Jemanden, der eine einfache Überwachung durchführen kann, ohne sie zu vermurksen.«

»Ich beobachte ihn, und er führt mich zu Tariq?«

»Klingt ganz einfach, nicht wahr?«

»So einfach ist die Sache nie, Ari. Vor allem nicht, wenn Sie mit drinstecken.«

Gabriel betrat das Lotsenhäuschen und warf seine Jacke aufs Feldbett im Wohnzimmer. Er spürte sofort die magische Anziehungskraft des Vecellios. Das war immer so. Er ging nie aus dem Haus, ohne noch einen Augenblick vor seiner Arbeit zu verharren, und kam nie nach Hause, ohne sofort in sein Atelier zu gehen, um das Gemälde zu betrachten. Es war das erste, was er jeden Nachmittag beim Aufwachen sah, und das letzte, was er jeden Morgen sah, bevor er sich hinlegte. Es grenzte an Besessenheit, aber nach Gabriels Überzeugung konnte nur ein Besessener ein guter Restaurator sein. *Oder ein guter Attentäter.*

Er stieg die Treppe in sein Atelier hinauf, schaltete die Leuchtstoffröhren ein und betrachtete das Gemälde. Gott, wie lange arbeitete er schon daran? Ein halbes Jahr? Sieben Monate? Vecellio hatte dieses Altarbild vermutlich in ein paar Wochen gemalt. Er würde zehnmal länger brauchen, um es zu restaurieren.

Gabriel ließ sich durch den Kopf gehen, was er bisher gemacht hatte. Zwei Wochen Beschäftigung mit Vecellio. Leben, Einflüsse, Maltechnik. Einen Monat Untersuchung von *Die Anbetung der Hirten* mit verschiedenen High-Tech-Verfahren: das Wild-Mikroskop zur Begutachtung der Oberfläche, Röntgenfotografie, um unter die Oberfläche zu sehen, und ultraviolettes Licht, um frühere Retuschen sichtbar zu machen. Nach dieser Analyse vier Monate Arbeit, um den schmutzigen, vergilbten Firnis zu entfernen. Das ging nicht so schnell, wie einen Couchtisch abzuziehen; das war eine langweilige, zeitraubende Arbeit. Als erstes hatte er das perfekte Lösungsmittel mischen müssen, das den Firnis entfernte, ohne die Farben darunter anzugreifen. Er tauchte selbstgefertigte Wattestäbchen ins Lösungsmittel und wischte mit drehenden Bewegungen über das Bild, bis die Watte von altem Firnis schmutzig war. Dann fertigte er das nächste Wattestäbchen an und wiederholte diesen Vorgang. Eintauchen – wischen – wegwerfen. Eintauchen – wischen – wegwerfen. Als wollte man das Oberdeck eines Schlachtschiffs mit einer Zahnbürste putzen. An einem guten Tag konnte er so ein handtellergroßes Stück des Gemäldes säubern.

Jetzt hatte er mit der Endphase seiner Restaurierung begonnen: mit dem Ausbessern jener Teile des Altarbilds, die im Lauf der Jahrhunderte beschädigt oder zerstört worden waren. Das war sehr anstrengende Feinarbeit, bei der er Nacht für Nacht stundenlang mit aufgesetzter Lupenbrille arbeiten mußte. Sein Ehrgeiz war, die Retuschen so auszuführen, daß sie mit bloßem Auge nicht zu erkennen waren. Pinselstriche, Farben und Textur mußten exakt dem Original entsprechen. Wies die Umgebung des Farbauftrags Haarrisse auf, malte Gabriel hauchfeine Risse in seine Retusche. Hatte der Künstler ein besonderes Kobaltblau verwendet, brachte Gabriel Stunden damit zu, auf seiner Palette Pigmente anzumischen, um genau diesen Ton zu treffen. Als Restaurator mußte er ungesehen im Hintergrund bleiben. Er mußte das Gemälde hinterlassen, wie er es vorgefunden hatte – aber von Verschmutzungen gereinigt und in seinem ursprünglichen Glanz wiederhergestellt.

Er brauchte Schlaf, aber noch dringender mußte er an dem Vecellio arbeiten. Schamron hatte seine Emotionen geweckt, seine Sinne geschärft. Gabriel wußte, daß das für seine Arbeit nützlich sein würde. Er schaltete die Stereoanlage ein, wartete darauf, daß die Musik begann, setzte die Lupenbrille auf und griff nach seiner Palette, als die ersten Takte von *La Bohème* erklangen. Er goß etwas Mowolith 20 auf die Palette, fügte Trockenpigment hinzu und verdünnte die Mischung mit einem Lösungsmittel, bis die Konsistenz zu stimmen schien. Von der linken Wange der Jungfrau Maria war ein kleines Stück abgeblättert. Gabriel kämpfte seit über einer Woche darum, diese Beschädigung zu reparieren. Er tauchte den Pinsel ein, rückte seine Lupenbrille zurecht, trug die Farbe leicht tupfend auf und imitierte dabei sorgfältig Vecellios Pinselstriche. Bald war er völlig von seiner Arbeit und Puccini gefangen.

Nach zwei Stunden hatte Gabriel eine Fläche restauriert, die ungefähr halb so groß wie einer seiner Hemdknöpfe war. Er klappte die Lupenbrille hoch und rieb sich müde die Augen. Dann mischte er wieder Farbe auf seiner Palette an und arbeitete weiter.

Nach einer weiteren Stunde drängte Schamron sich in seine Gedanken.

Tariq hat den Botschafter und seine Frau in Paris erschossen.

Wäre der Alte nicht gewesen, wäre Gabriel niemals Restaurator geworden. Schamron hatte eine hieb- und stichfeste Tarnung gewollt, die Gabriel die Möglichkeit gab, legitim in Europa zu leben und viel zu reisen. Weil Gabriel ein begabter Maler war – er hatte an der Kunstakademie in Tel Aviv und ein Jahr in Paris studiert –, hatte Schamron ihn nach Venedig geschickt, um ihn Restaurator lernen zu lassen. Sobald er ausgelernt hatte, hatte Schamron Julian Isherwood eingespannt, damit er Gabriel Arbeit verschaffte. Mußte Schamron ihn nach Genf schicken, nutzte Isherwood seine Verbindungen, um ein Gemälde zu finden, das Gabriel restaurieren konnte. Meistens arbeitete er für Privatsammler, aber manchmal auch für kleine Museen oder andere Kunsthändler. Gabriel war so begabt, daß er rasch zu einem der gesuchtesten Restauratoren der Welt aufstieg.

Gegen zwei Uhr morgens begann das Gesicht der Jungfrau Maria vor Gabriels Augen zu verschwimmen. Sein Genick brannte wie Feuer. Er schob die Lupenbrille hoch, kratzte die Farbe von der Palette und räumte seine Sachen auf. Dann ging er nach unten, ließ sich angezogen ins Bett fallen und versuchte zu schlafen. Aber es gelang ihm nicht. Schamron hielt seine Gedanken besetzt.

Tariq hat die Seine mit dem Blut unseres Volkes rot gefärbt.

Gabriel öffnete die Augen. Langsam, Stück für Stück, Lage für Lage, kam alles zurück, als sei es auf einem abscheulichen Fresko an der Zimmerdecke über ihm abgebildet: der Tag, an dem Schamron ihn angeworben hatte, seine Ausbildung an der Geheimdienstschule, Einsätze gegen die Terrororganisation Schwarzer September, Tunis, *Wien* … Er glaubte fast, die merkwürdigen hebräischen Spezialausdrücke des Diensts zu hören: *Kidon, Katsa, Sajan, Bodel, Bat leweja.*

Jeder von uns hinterläßt unerledigte Kleinigkeiten. Alte Unternehmen, alte Feinde. Die zerren an einem wie Erinnerungen an alte Liebesaffären.

Zum Teufel mit dir, Schamron, dachte Gabriel. *Such dir einen anderen!*

Bei Tagesanbruch schwang er die Füße auf den Boden, stand auf und trat ans Fenster. Der Himmel war grau und wolkenverhangen; böiger Wind trieb Regenschleier vor sich her. Jenseits der Pier, im kabbeligen Wasser hinter dem Heck der Ketsch, stritt sich ein Möwenschwarm laut kreischend. Gabriel ging in die Küche und kochte Kaffee.

Schamron hatte ihm eine Akte dagelassen: ein gewöhnlicher brauner Schnellhefter ohne Beschriftung, auf der Rückseite ein Kaffeefleck wie ein Rorschach-Test neben einer kometenförmigen Spur von Zigarettenasche. Gabriel schlug ihn langsam auf, als fürchte er, der Ordner könnte explodieren, und hob ihn vorsichtig an die Nase – eine aus dem Archiv der Ermittlungsabteilung, ja, das war der typische Aktengeruch. Vorn eingeklebt war eine Liste mit den Namen aller Agenten, die diese Akte jemals entliehen hatten. Lauter dienstliche Decknamen, die ihm nichts sagten – bis auf den letzten: Rom, der interne Code für den Boß. Gabriel blätterte weiter, las den Namen des Gesuchten und sah sich als nächstes eine Serie grobkörniger Überwachungsfotos an.

Er überflog den Text, schenkte sich Kaffee nach und las ein zweites Mal gründlich. Er hatte das seltsame Gefühl, durch die Räume seiner Kindheit zu gehen – alles war vertraut, aber leicht verändert, etwas kleiner, als er es in Erinnerung hatte, vielleicht etwas abgenutzter. Wie jedesmal fielen ihm die Gemeinsamkeiten zwischen der Kunst des Restaurierens und der Kunst des Tötens auf. Die Verfahrensweise war identisch: das Ziel studieren, mit ihm eins werden, den Auftrag ausführen, unerkannt verschwinden, ohne eine Spur zu hinterlassen. Statt dieser Ermittlungsakte über einen Terroristen namens Jusef al-Tawfiki hätte er ebensogut eine wissenschaftliche Abhandlung über Francesco Vecellio lesen können.

Würden Sie mir helfen, Tariq zu erledigen, könnten Sie vielleicht endlich Leah loslassen und ihr eigenes Leben weiterleben.

Nachdem er die Akte zum zweitenmal gelesen hatte, öffnete er den Schrank unter dem Ausguß und holte einen Kasten aus Edelstahl heraus. Er enthielt eine Pistole: eine halbautomatische Beretta Kaliber 22 mit einem längeren Lauf, wie ihn Sportschützen verwendeten. Die vom Dienst bevorzugte Waffe für Attentate – leise, schnell, zuverlässig. Gabriel ließ das Magazin aus dem Griff gleiten und drückte mit dem Daumen acht Patronen hinein. Ihre verringerte Treibladung bewirkte, daß die Beretta äußerst leise schoß. Als er in Rom einen der führenden Köpfe der Terrororganisation Schwarzer September erschossen hatte, hatten die Nachbarn die tödlichen Schüsse für Feuerwerkskörper gehalten.

Gabriel rammte das Magazin wieder in den Griff und zog den Schlitten zurück, um die erste Patrone in die Kammer zu befördern. Die Feder im Rückholmechanismus hatte er durch eine etwas schwächere ersetzt, um die geringere Treibladung in den Patronen auszugleichen. Jetzt hob er die Waffe und zielte über Kimme und Korn. Vor ihm erschien ein Bild: blasse olivenfarbene Haut, sanfte braune Augen, schwarzer Bürstenhaarschnitt.

Tariq hat die Seine mit dem Blut unseres Volkes rot gefärbt. Tariq – Ihr alter Freund.

Gabriel ließ die Pistole sinken, klappte die Akte zu und drückte die Handballen gegen seine Augen. Nach dem Desaster in Wien hatte er sich einen Eid geschworen. Er würde den Dienst endgültig verlassen: keine weiteren Gastspiele, keine Reisen in die Vergangenheit, keine Kontakte zur Zentrale, Punktum. Er würde Gemälde restaurieren, seine Kräfte mit der See messen und zu vergessen versuchen, was in Wien passiert war. Er hatte schon oft erlebt, daß alte Ehemalige reaktiviert wurden, wenn der Dienst für irgendeinen Scheißjob gerade niemanden hatte – allzu viele Männer konnten die Geheimdienstwelt nie ganz hinter sich lassen.

Aber was war, wenn das stimmte? Wenn der Junge ihn wirklich zu Tariq führen konnte?

Vielleicht könnten Sie sich verzeihen, was in Wien passiert ist, wenn Sie mir helfen würden, Tariq zu erledigen.

Er ging ins Atelier hinauf und trat an den Vecellio, um die Arbeit von letzter Nacht zu begutachten. Damit konnte er zufrieden sein. Wenigstens in dieser Beziehung hatte Schamrons Besuch sein Gutes gehabt. Er empfand Bedauern bei dem Gedanken, den Vecellio zurücklassen zu müssen, falls er Schamrons Auftrag übernahm. Bei seiner Rückkehr würde ihm das Bild fremd sein. Er würde praktisch von vorn anfangen müssen. *Und der Rembrandt?* Den Rembrandt würde er Christie's wegen angeblicher Arbeitsüberlastung mit tausend Entschuldigungen zurückgeben. Aber nicht den Vecellio. In den hatte er zu viel Zeit – zu viel von seiner eigenen Persönlichkeit – investiert, als daß er ihn jetzt einem anderen hätte überlassen können. Dies war *sein* Gemälde. Julian würde einfach warten müssen.

Gabriel ging wieder hinunter, drehte das Gas in der Küche ab, packte die Beretta weg und legte Schamrons Akte in eine Schublade. Als er ins Freie trat, trieb ein nasser Windstoß ihn fast ins Haus zurück. Die Luft war schneidend kalt, die Regentropfen trafen sein Gesicht wie Schrotkugeln. Er kam sich vor, als werde er aus einem warmen, sicheren Versteck herausgerissen. Die Flaggleinen knallten gegen die Masten seiner Ketsch. Die Möwen flogen kreischend vom Fluß auf und flatterten in Richtung Meer, ein Gewirr von weißen Schwingen vor den bleigrauen Wolken. Gabriel zog sich die Kapuze über den Kopf und schritt aus.

Vor dem Dorfladen stand eine Telefonzelle. Gabriel wählte die Nummer des Hotels Savoy in London und verlangte Herrn Rudolf Heller. Er stellte sich Schamron immer als Porträt am Telefon vor: seine grimmige Miene, sein von tiefen Falten zerfurchtes Gesicht, die lederartige Haut seiner Hand, die den Hörer hielt, die weiße Baumwolle seines Hemdes über der Stelle, wo vielleicht sein Herz saß. Als Schamron sich meldete, begrüßten die beiden Männer sich zunächst auf deutsch, bevor sie englisch weitersprachen. Da Gabriel voraussetzte, *jedes* Telefongespräch werde abgehört, verwendete er einen primitiven Code. »Ein Projekt, wie das von Ihnen vorgeschlagene, erfordert reichlich Kapital. Ich würde Geld für Personal, Reisen, Büro- und Wohnungsmieten brauchen. Und Bargeld für unerwartete Ausgaben.«

»Geld ist kein Problem, das kann ich Ihnen versichern.«

Gabriel dachte an Lev, der von diesem Unternehmen nichts erfahren durfte. »Aber wenn ich mich recht erinnere, steht die Bank, die in der Vergangenheit solche Projekte finanziert hat, jetzt unter der Kontrolle eines Ihrer Konkurrenten. Wenden Sie sich wegen der Finanzierung an diese Bank, riskieren Sie, daß die Konkurrenz Wind von unserem Vorhaben bekommt.«

»Zum Glück habe ich eine weitere Kapitalquelle, die mir die Möglichkeit gibt, das Projekt ohne Wissen der Konkurrenz zu finanzieren.«

»Würde ich Ihren Vorschlag annehmen, müßte ich darauf bestehen, das Projekt so durchzuführen, wie ich es für richtig halte. Um es vor der Konkurrenz geheimzuhalten, würde ich selbständige Subunternehmer und weiteres freiberufliches Personal einsetzen müssen. Solche Leute kosten Geld, viel Geld. Ich müßte darauf bestehen, ohne Rückfragen Geld ausgeben und Ressourcen nutzen zu dürfen, wie ich es für erforderlich halte.«

»Das ist kein Problem, aber die Gesamtleitung des Unternehmens würde bei mir in Genf liegen.«

»Einverstanden. Zu klären wäre allerdings noch die Frage meines persönlichen Honorars.«

»Sie sind in der Position, Ihren Preis selbst zu bestimmen, fürchte ich.«

»Hundertfünfzigtausend Pfund. Dauert der Job länger als sechs Monate, erhalte ich weitere hunderttausend Pfund.«

»Abgemacht. Sind wir uns also einig?«

»Das erfahren Sie bis heute abend.«

Aber es war Peel, nicht Schamron, der als erster erfuhr, wofür Gabriel sich entschieden hatte.

Am Spätnachmittag dieses Tages hörte Peel vom Kai her Arbeitsgeräusche. Er hob den Kopf von seinen Hausaufgaben und blickte aus dem Fenster. Bei schwindendem Tageslicht konnte er den Fremden, der gelbes Ölzeug trug und seine schwarze Strickmütze so tief ins Gesicht gezogen hatte, daß seine Augen kaum zu erkennen waren, an Deck seiner Ketsch sehen. Er war damit beschäftigt, das Boot für eine längere Liegezeit vorzubereiten, indem er die Segel von Bord schaffte, die Antennen abschraubte und alle Luken verschloß. Auf seinem Gesicht stand eine grimmige Entschlossenheit, die Peel bei ihm noch nie gesehen hatte. Er überlegte, ob er hinunterlaufen sollte, um ihn zu fragen, ob etwas passiert sei, aber das Benehmen des Fremden ließ vermuten, daß er keine Lust auf Besuch hatte.

Nach einer halben Stunde verschwand der Fremde in

seinem Haus. Peel machte sich wieder an seine Hausaufgaben, wurde aber nach wenigen Minuten erneut unterbrochen – diesmal als der MG des Fremden startete. Peel erreichte sein Fenster gerade noch rechtzeitig, um zu sehen, wie der Wagen, in dessen Scheinwerferkegel einzelne Schneeflocken tanzten, langsam die Gasse heraufkam. Er hob eine Hand, was eher eine Geste der Resignation als ein Winken war. Eine Sekunde lang glaubte er, der Fremde habe ihn nicht gesehen. Dann wurden die Scheinwerfer kurz aufgeblendet, und der kleine MG fuhr an ihm vorbei und verschwand.

Peel blieb am Fenster stehen, bis das Motorgeräusch verklungen war. Eine Träne lief ihm über die Backe. Er wischte sie mit dem Handrücken ab. Große Jungen weinen nicht, sagte er sich. Der Fremde würde niemals um mich weinen. Also werde ich nicht um ihn weinen. Unten stritten seine Mutter und Derek sich wieder einmal. Peel kroch ins Bett und zog sich die Decke über den Kopf.

9

Holborn, London

Looking Glass Communications, ein milliardenschwerer Medien- und Verlagskonzern, hatte seine Zentrale in einem modernen Verwaltungsgebäude mit Blick über den New Square. Der Konzern gehörte einem über zwei Meter großen, 135 Kilogramm schweren Tyrannen namens Benjamin Stone. Von seinem luxuriös eingerichteten Penthouse über der Konzernzentrale aus regierte Stone ein Firmenimperium, das vom Nahen Osten bis zu den Vereinigten Staaten reichte. Er besaß Dutzende von Zeitungen und Zeitschriften sowie eine Mehrheitsbeteiligung an dem ehrwürdigen New Yorker Verlag Horton & McLawson. Das Juwel in seiner Krone war jedoch das Boulevardblatt *Daily Sentinel,* das die dritthöchste Auflage aller überregionalen britischen Zeitungen hatte. Journalisten in der Fleet Street kannten den *Daily Sentinel* als *Daily Stone,* weil es nicht ungewöhnlich war, daß das Blatt an einem einzigen Tag gleich zwei Artikel über Stones geschäftliche und philanthropische Aktivitäten brachte.

Der Konkurrenz unbekannt war die Tatsache, daß Stone, ein in Ungarn geborener Jude, auch Ari Schamrons wertvollster *Sajan* war. Mußte Schamron einen *Katsa* möglichst schnell in ein feindliches Land einschleusen, wandte er sich wegen der erforderlichen Tarnung an Stone und den *Daily Sentinel.* Versuchte ein unzufriedener *Katsa* einen Verlag für ein Enthüllungsbuch über den

Dienst zu finden, wandte Schamron sich an Stone, damit sein New Yorker Verlag das Manuskript kaufte und verschwinden ließ. Wollte Schamron in der westlichen Presse eine Meldung lancieren, brauchte er nur zum Telefonhörer zu greifen und sie Benjamin Stone ins Ohr zu flüstern.

Stones wertvollster Beitrag zum Funktionieren des Diensts war jedoch Geld. In der Führungsetage am King Saul Boulevard hatte seine Spendenfreudigkeit ihm den Spitznamen »Hadassah« eingetragen. Tatsächlich war aus den Pensionsfonds von Stones Firmen entwendetes Geld über Jahre hinweg zur Finanzierung von Geheimdienstunternehmen verwendet worden. Brauchte Schamron Geld, transferierte Stone es über eine Kette von Schein- und Tarnfirmen auf eines von Schamrons Operativkonten in Genf.

Stone begrüßte Schamron an diesem Abend im protzigen Eingangsbereich seiner Dachterrassenwohnung. »Scheiße, Mann!« dröhnte er in dem volltönenden Bariton, der sein Markenzeichen war. »Rudolf, mein *Lieber!* Hab' nicht gewußt, daß Sie in London sind. Warum haben Sie Ihren Besuch nicht angekündigt? Ich hätte was Passendes arrangiert. Ein Bankett. Ein Menschenopfer.« Er legte dem Besucher seine riesige Pranke auf die Schulter. »Verräterischer Hundesohn! Sie können von Glück sagen, daß ich zu Hause bin. *Wundervoll!* Sensationell! Kommen Sie. Nehmen Sie Platz. Essen Sie. *Trinken* Sie.«

Er zog Schamron mit sich ins Wohnzimmer. Alles war übergroß, damit es Stones Leibesfülle aufnehmen konnte: tiefe Sessel und Sofas aus handgenähtem Leder, ein hochfloriger roter Teppich, breite Ottomanen, große, niedrige Tische mit Blumenvasen und kostspieligen Kleinigkeiten, die er von anderen Millionären geschenkt bekommen hatte. Stone stieß Schamron in einen Ledersessel, als wollte er ihn vernehmen. Als er ans Fenster trat und auf einen Knopf drückte, wurden die schweren Vorhänge elektrisch geöffnet. Auf der anderen Seite der Scheibe arbeitete ein Fensterputzer. Stone klopfte mit seinem dicken Fingerknöchel ans Glas und winkte ihm zu, was eher wie ein Karateschlag aussah.

»Ich bin Herr und Gebieter über alles, was Sie hier sehen, Herr Heller«, verkündete Stone, indem er seine Aussicht bewunderte. »Dieser Mann putzt jeden Tag meine Fenster. Ich kann schmutzige Fenster nicht leiden. Sie etwa? Würde ich ihm befehlen, vom Dach zu springen, würde er's tun und mir später für diesen Vorschlag danken. Er tät's nicht aus Loyalität. Oder Respekt. Oder Liebe. Er tät's, weil er Angst davor hätte, es nicht zu tun. Angst ist das einzige Gefühl, das wirklich wichtig ist.«

Der Fensterputzer beendete seine Arbeit rasch und fuhr in seinem Seilkorb über die Fassade nach unten. Stone durchquerte schwerfällig den Raum und öffnete den Kühlschrank hinter der Bar. Er holte zwei Flaschen Champagner heraus – er machte nie nur eine auf – und knallte die Tür wieder zu, als ramme er einem Konkurrenten sein Knie in den Unterleib. Er versuchte eine der Flaschen zu öffnen, aber seine dicken Finger kamen mit der Goldfolie und dem verdrillten Draht nicht gut zurecht. Schließlich warf er seinen Kopf in den Nacken und brüllte: »Angelina!«

Ein verängstigtes portugiesisches Dienstmädchen, das ihn kaum anzusehen wagte, betrat den Raum.

»Mitnehmen«, befahl Stone ihr und hielt die Flaschen an den Hälsen hoch, als wolle er sie erwürgen. »Aufmachen und in Eis eingraben! Bringen Sie Essen, Angelina. Berge von Essen. Kaviar, Räucherlachs ... und vergessen Sie die Erdbeeren nicht. Anständig große Erdbeeren. So groß wie die Brüstchen eines Backfischs.«

Stone ließ sich in eine Sofaecke fallen und legte die Füße auf eine Ottomane. Er löste seine Krawatte, knüllte sie zusammen und warf sie achtlos über eine Schulter auf den Teppich. Über seinem maßgeschneiderten gestreiften Hemd aus feinster ägyptischer Baumwolle trug er kastanienbraune Hosenträger. Seine goldenen Manschettenknöpfe waren so groß wie das Zifferblatt seiner massiv goldenen Armbanduhr. Angelina kam wieder herein, setzte ein Tablett mit Speisen ab und flüchtete aus dem Raum. Stone schenkte den Champagner in bierglasgroße Sektflöten. Er griff nach einer Erdbeere, tunkte sie in seinen Champagner und verschlang sie. Er schien sie unzerkaut hinunterzuschlucken. Schamron kam sich plötzlich wie Alice im Wunderland vor. Alles war zu groß: die Gläser, die Erdbeeren, die dicken Räucherlachsscheiben, der Großbildfernseher, in dem ohne Ton amerikanische Wirtschaftsnachrichten liefen, Stone und seine lächerliche Stimme.

»Können wir offen miteinander reden, Herr Heller?«

Schamron nickte. Ein Techniker der Londoner Station des Diensts hatte das Apartment am frühen Abend nach Wanzen abgesucht und keine Abhörmikrofone entdeckt.

»Ari, mein Freund!«

Stone stieß eine halbe Scheibe Toast in eine Silberschale mit Kaviar. Schamron beobachtete, wie Beluga für 300 Dollar in Stones Rachen verschwand. In den folgenden zwanzig Minuten unterhielt der Verleger ihn mit Geschichten über seine geschäftlichen Erfolge, seine wohltätigen Aktivitäten, seine jüngste Begegnung mit dem Prinzen von Wales und sein aktives und abwechslungsreiches Sexualleben. Er machte nur einmal eine Pause, um nach Angelina zu brüllen, damit sie eine weitere Schale Kaviar brachte. Schamron saß mit übergeschlagenen Beinen in seinem Sessel und sah zu, wie sein

Champagner im Glas perlte. Gelegentlich murmelte er: »Wie interessant!« oder »Faszinierend.«

»Wie geht's Ihren Kindern?« stieß Stone hervor, indem er unerwartet das Thema wechselte. Schamron hatte einen Sohn, der bei der israelischen Armee in der Sicherheitszone im Südlibanon Dienst tat, und eine Tochter, die nach Neuseeland ausgewandert war, sich dort hatte einbürgern lassen und nie zurückrief, wenn er sie telefonisch zu erreichen versuchte.

»Gut«, sagte Schamron. »Und Ihren? Wie geht's den Jungs?«

»Christopher habe ich letzte Woche feuern müssen.«

»Das habe ich gehört.«

»Die Konkurrenz hat sich auf meine Kosten herrlich amüsiert, aber ich finde, ich habe damit Mut bewiesen. Ganz gleich, wie weit unten er in der Nahrungskette steht, weiß jetzt jeder Angestellte von Looking Glass, daß ich ein tougher Hundesohn bin – aber fair.«

»Dafür, daß er fünf Minuten zu spät zu einer Besprechung gekommen ist, war das ein bißchen streng.«

»Das Prinzip, Ari. Das Prinzip! Sie sollten einige meiner Methoden in Ihrem Laden anwenden.«

»Und Jonathan?«

»Abgehauen, um bei der Konkurrenz zu arbeiten. Habe ihm gesagt, daß er sein Erbe vergessen kann. Er hat gesagt, daß er's längst vergessen hat.«

Schamron schüttelte den Kopf über die Kinder.

»Was führt Sie also zu mir, Ari Schamron? Bestimmt nicht Hunger. Sie haben den Kaviar nicht angerührt. *Oder* den Champagner. Hocken Sie nicht einfach da. Reden Sie, Ari!«

»Ich brauche Geld.«

»Merke ich doch, nicht wahr? Bin schließlich kein Vollidiot. Sie haben praktisch Ihre Mütze in der Hand.

Wofür brauchen Sie's? Packen Sie aus, Ari. Mein gutes Recht nach allem, was ich für Sie getan habe.«

»Es hängt mit dem Vorfall in Paris zusammen«, antwortete Schamron. »Mehr kann ich leider nicht sagen.«

»Kommen Sie, Ari! Ein bißchen mehr müssen Sie schon erzählen. Geben Sie mir was, woran ich mich festhalten kann.«

»Ich brauche es, um die Terroristen zu schnappen, die das Attentat verübt haben.«

»Ah, schon besser. Wieviel ist's diesmal?«

»Eine halbe Million.«

»In welcher Währung?«

»Dollar.«

»Auf Raten oder in einem Betrag?«

»Genaugenommen brauche ich wahrscheinlich eine Kreditlinie, deren Ausschöpfung davon abhängt, wie lange die Jagd dauert.«

»Ich denke, das läßt sich arrangieren. Wie soll die Auszahlung erfolgen?«

»Auf den Bahamas gibt es eine kleine Reederei, die Carlton Limited heißt. Ihr Containerschiff liegt im Trokkendock. Die Reparaturarbeiten sind langwierig und viel teurer, als die Schiffseigner erwartet hatten. Sie brauchen rasch eine Finanzspritze, sonst besteht die Gefahr, daß die Carlton Limited mitsamt ihrem Schiff untergeht.«

»Ich verstehe.«

Schamron ratterte ein Bankkonto auf den Bahamas herunter, das Stone sich mit einem Goldfüller notierte.

»Die halbe Million kann bis morgen früh auf diesem Konto sein.«

»Danke.«

»Was noch?«

»Ich möchte, daß Sie eine weitere Investition vornehmen.«

»In eine weitere Reederei?«

»Nein, in einen Kunsthandel hier in London.«

»Kunst? Nein danke, Ari.«

»Sie täten mir damit einen Gefallen.«

Stone atmete theatralisch seufzend aus. Schamron roch Kaviar und Champagner in seinem Atem. »Gut, ich höre.«

»Ich möchte, daß Sie der Firma Isherwood Fine Arts einen Überbrückungskredit gewähren.«

»Isherwood?«

Schamron nickte.

»*Julian* Isherwood? *Julie* Isherwood? Ich habe schon mehrfach in fragwürdige Projekte investiert, Ari, aber wer Julie Isherwood Geld leiht, kann es ebensogut verbrennen. Tue ich nicht. Sorry, kann leider nicht helfen.«

»Ich bitte Sie um einen persönlichen Gefallen.«

»Und ich *sage* Ihnen, daß ich's nicht mache. Julie kann allein untergehen oder überleben.« Stone nahm erneut eine überraschende Kursänderung vor. »Ich wußte gar nicht, daß Julie Mitglied der Bruderschaft ist.«

»Ich habe nicht gesagt, daß er das ist.«

»Spielt keine Rolle, weil er von mir kein Geld bekommt. Meine Entscheidung steht fest. Ende der Diskussion.«

»Das ist enttäuschend.«

»Drohen Sie mir nicht, Ari Schamron! Was fällt Ihnen ein – nach allem, was ich für Sie getan habe? Wäre ich nicht gewesen, hätte der Dienst nie so effektiv arbeiten können. Ich weiß gar nicht mehr, wie viele Millionen Sie von mir bekommen haben.«

»Sie sind sehr großzügig gewesen, Benjamin.«

»Großzügig? *Jesus!* Ich habe euch praktisch allein über Wasser gehalten. Aber falls Sie's nicht gemerkt haben sollten, gehen die Geschäfte von Looking Glass im

Augenblick nicht besonders. Ich habe Gläubiger, die in allen Büros herumschnüffeln. Ich habe Banken, die ihr Geld zurückfordern, bevor sie mir neues geben. Looking Glass ist leckgeschlagen, mein Lieber. Und wenn Looking Glass untergeht, verlieren Sie Ihre unbegrenzt sprudelnde Geldquelle.«

»Ich weiß von Ihren gegenwärtigen Schwierigkeiten«, sagte Schamron. »Aber ich weiß auch, daß Looking Glass aus dieser Krise stärker denn je hervorgehen wird.«

»Das glauben Sie? Das glauben Sie wirklich? *Scheiße!* Und was bringt Sie auf diese Idee?«

»Mein völliges Vertrauen zu Ihnen.«

»Reden Sie kein Blech, Ari. Ich habe Sie über viele Jahre hinweg großzügig unterstützt, ohne je eine Gegenleistung zu fordern. Aber jetzt brauche ich Ihre Hilfe. Sie müssen Ihre Freunde in der City beknien, sich nicht so an ihr Geld zu klammern. Sie müssen meine Investoren in Israel davon überzeugen, daß es für alle Beteiligten am besten wäre, wenn sie einen großen Teil ihrer Investitionen abschreiben würden.«

»Ich sehe zu, was sich machen läßt.«

»Und noch etwas, Ari. Ich drucke Ihre schwarze Propaganda, wann immer Sie wollen. Wie wär's, wenn Sie mir dafür ab und zu eine richtige Story zukommen ließen? Eine mit etwas Pep. Eine, die uns hilft, Zeitungen zu verkaufen. Damit die Geldsäcke sehen, daß Looking Glass noch längst nicht am Ende ist.«

»Ich versuche, mir was einfallen zu lassen.«

»Ihnen fällt *bestimmt* was ein.« Stone stopfte sich eine weitere Riesenportion Kaviar in den Mund. »Gemeinsam können wir Berge versetzen, Ari. Sollte Looking Glass jedoch untergehen, könnte das recht häßliche Folgen haben.«

Am Morgen danach trafen Gabriel und Schamron sich auf Hampstead Heath. Sie folgten einem Weg, der von einer Doppelreihe tropfnasser Birken gesäumt wurde. Schamron wartete, bis zwei Jogger an ihnen vorbei waren, bevor er zu sprechen begann. »Sie haben Ihr Geld – fünfhunderttausend US-Dollar auf dem Konto in Genf.«

»Und wenn ich mehr brauche?«

»Dann beschaffe ich Ihnen mehr. Aber die Quelle ist nicht unerschöpflich. Sie sind mit Geld immer sparsam umgegangen. Ich hoffe, daß sich daran nichts ändert, wenn Sie jetzt keinen Grund mehr haben, die Buchhalter am King Saul Boulevard zu fürchten.«

»Ich gebe nur aus, was ich brauche.«

Schamron wechselte das Thema. Da Lev die Londoner Station kontrollierte, mußte Gabriel ihre Mitarbeiter und Einrichtungen strikt meiden. Andererseits gab es in London drei *Bodelim,* die Schamron ergeben waren und Gabriel einen Gefallen tun würden, ohne den Stationschef darüber zu informieren. Schamron ratterte ihre Telefonnummern herunter, und Gabriel prägte sie sich ein. Das erinnerte ihn an seine Ausbildung mit den albernen Gedächtnisspielen und Wahrnehmungsübungen, bei denen es darauf angekommen war, die Stufen einer Treppe zu zählen, den Inhalt eines Schrankfachs zu registrieren oder sich die Kennzeichen eines Dutzends geparkter Autos zu merken – alles mit einem einzigen Blick.

Schamron sprach weiter. Das abhörsichere Kabel der Londoner Station kam für elektronische Mitteilungen nicht in Frage, weil jede Übermittlung vom Stationschef genehmigt werden mußte. Im Notfall konnte Gabriel dem Kurier der Botschaft einen an Amos Argov adressierten Bericht mitgeben. Ein Freund im Außenministerium würde ihn an Schamron am King Saul Boulevard weiterleiten. Aber diese Möglichkeit durfte Gabriel nicht überstrapazieren. Er konnte auch keines der sicheren Häuser in London benutzen, weil sie von der Londoner Station verwaltet wurden und von Lev sorgfältig überwacht wurden.

Als nächstes nannte Schamron Gabriel eine Telefonnummer in Oslo; dort eingehende Anrufe wurden automatisch zu seiner Villa in Tiberias umgeleitet. Diese Verbindung sollte er als nicht abhörsicher betrachten.

»Sollte ein persönlicher Treff erforderlich sein, treffen wir uns in Paris«, fuhr Schamron fort. »Zur Erinnerung an alte Zeiten benutzen wir die Treffpunkte des Unternehmens gegen den Schwarzen September. Dieselben Abläufe, dieselben Notfallmaßnahmen, dieselbe Gestensprache. Erinnern Sie sich an die Pariser Treffpunkte?«

»Paris vergißt man nie.«

»Noch Fragen?«

Gabriel schüttelte den Kopf.

»Kann ich sonst noch was für Sie tun?«

»Sie könnten Großbritannien so schnell wie möglich verlassen«, sagte Gabriel. Dann machte er kehrt und ging rasch davon.

10

St. James's, London

»Paß auf, Julie«, sagte Oliver Dimbleby, beugte seinen dicken Kopf über den Tisch und senkte die Stimme. »Ich weiß, daß du in der Klemme steckst. Die ganze *Straße* weiß, daß du in der Klemme steckst. In unserer Branche gibt's keine Geheimnisse, mein Lieber.«

Oliver Dimbleby war ein rosiger Mann in einem rosa Oberhemd, der stets unangemessen mit sich selbst zufrieden zu sein schien. Sein aschblondes Haar war lockig und bildete über seinen Ohren kleine Hörnchen. Isherwood und Dimbleby waren so gute Freunde, wie das für zwei konkurrierende Londoner Kunsthändler überhaupt möglich war – was bedeutete, daß Isherwood ihn nur ein bißchen verabscheute.

»Deine Geldgeber sind abgesprungen«, fuhr Dimbleby fort. »Du kannst nicht mal ein Bild *verschenken*. Sogar dein Mädchen des Monats ist dir vorzeitig weggelaufen. Oh, *verdammt,* wie hat sie gleich wieder geheißen?«

»Heather.«

»Ah, ja, Heather. Echt schade, eine wie sie zu verlieren, nicht wahr? Ich hätte *Heather* gern ein bißchen näher kennengelernt. Sie war bei mir, bevor sie zu Giles Pittaway gegangen ist. Tolles Mädchen, aber ich habe ihr erklärt, daß ich nie im Revier eines Freundes wildern würde. Hab' sie weggeschickt. Leider ist sie in die New Bond Street gegangen und dort dem Teufel in die Hände gefallen.«

»Ich sitze also in der Klemme«, sagte Isherwood, um das Thema zu wechseln. »Worauf willst du hinaus?«

»Pittaway ist an allem schuld, stimmt's? Er killt uns alle, was?« Dimbleby sprach mit leichtem Canterbury-Akzent, der nach den zwei Flaschen Burgunder, die sie zum Lunch bei Wilton's getrunken hatten, ausgeprägter geworden war. »Laß mich dir ein kleines Geheimnis anvertrauen, alter Junge. Wir sitzen alle im selben Boot. Es gibt keine Käufer mehr – und keine guten Bilder, die man ihnen verkaufen könnte, wenn es welche gäbe. Nur noch Moderne und Impressionisten, und mit van Goghs und Monets zu handeln, können sich nur die ganz Großen leisten. Neulich war ein Popstar bei mir in der Galerie. Wollte was fürs Schlafzimmer – als Ergänzung für seinen Quilt und seinen Santa-Fé-Teppich. Ich hab' ihn zu Selfridges geschickt. Das hat er überhaupt nicht komisch gefunden, der Trottel. Mein Vater hat mich davor gewarnt, Kunsthändler zu werden. Manchmal wünsche ich mir wirklich, ich hätte auf den alten Scheißer gehört. Giles Pittaway hat aus dem ganzen Markt die Luft rausgesaugt. Und das mit solchem Mist! *Jesus!* Aber es ist Mist, stimmt's, Julie?«

»Mehr als Mist, Oliver«, bestätigte Isherwood und goß ihnen Wein nach.

»Letzte Woche bin ich an einer seiner Galerien vorbeigekommen. Im Schaufenster war ein sehr buntes, hochglänzendes Stück Scheiße von diesem französischen Blumenmaler aus Colmar. Scheiße, wie heißt er gleich wieder?«

»Meinst du Jean-Georges Hirn?«

»Ja, genau den! Jean-Georges Hirn. Ein Strauß aus Rosen, Narzissen, Hyazinthen, Kapuzinerkresse, Wicken und anderen Blumen. Ideal für eine Pralinenschachtel. Du verstehst, was ich meine, Julie?«

Isherwood nickte langsam und trank einen kleinen

Schluck Wein. Dimbleby holte tief Luft und erzählte weiter. »Am selben Abend waren Roddy und ich zum Dinner im Mirabelle. Du weißt ja, wie Dinners mit Roddy sein können. Als wir gegen Mitternacht das Lokal verließen, waren wir reichlich abgefüllt, das versteht sich von selbst. Wir haben nichts mehr gespürt. Absolut *gefühllos*. Wir sind einige Zeit ziellos durch die Straßen gewandert. Er steht vor der Scheidung, Roddy. Seine Frau hat seine Mätzchen endgültig satt. Jedenfalls fanden wir uns bald vor genau dieser Galerie wieder, die dem ehrwürdigen Giles Pittaway gehört – vor diesem Stück Scheiße von Jean-Georges Hirn, einem Strauß aus Rosen, Narzissen, Hyazinthen, Kapuzinerkresse, Wicken und anderen Blumen.«

»Ich weiß nicht, ob ich den Rest noch hören will«, ächzte Isherwood.

»Oh, das willst du, mein Lieber.« Dimbleby beugte sich etwas weiter vor und befeuchtete seine schmalen Lippen mit seiner flinken kleinen Zunge. »Roddy ist ausgerastet. Hat eine seiner Reden gehalten. So laut, daß man ihn wahrscheinlich noch in St. John's Wood gehört hat. Er hat gesagt, Pittaway sei der Satan in Person. Sein Aufstieg sei ein Zeichen dafür, daß die Apokalypse bevorstehe. Seine Rede war echt große Klasse. Ich hab' hinter ihm auf dem Gehsteig gestanden, Beifall geklatscht und an den richtigen Stellen ›Hört, hört!‹ gerufen.«

Dimbleby beugte sich noch weiter nach vorn und ließ seine Stimme zu einem aufgeregten Flüstern herabsinken. »Als Roddy mit seiner Strafpredigt fertig ist, fängt er an, mit seinem Aktenkoffer gegen das Schaufenster zu schlagen. Du kennst dieses schreckliche Metallding, das er mit sich rumschleppt. Nach ein paar Schlägen zersplittert die Scheibe, und die Alarmanlage heult los.«

»Oliver! Sag mir, daß das nur wieder eine deiner Stories ist! Mein Gott!«

»Echt wahr, Julie. Kein Wort erfunden. Ich hab' Roddy am Kragen gepackt, und wir sind weggerannt, als sei der Teufel hinter uns her. Roddy war so besoffen, daß er sich an nichts mehr erinnern kann.«

Isherwood merkte, daß er von dem Wein Kopfschmerzen bekam. »Hat diese gräßliche Geschichte auch eine Pointe, Oliver?«

»Der springende Punkt ist, daß du nicht allein bist, Julie. Wir leiden alle. Pittaway hält uns alle in seinem Würgegriff. Jesus, ich bin schon ganz blau im Gesicht!«

»Du überlebst recht gut, Oliver. Und du wirst immer dicker. Du wirst bald eine neue Galerie brauchen.«

»Oh, mir geht's nicht übel, vielen Dank. Aber es könnte mir noch besser gehen. Und dir auch, Julie. Ich will dich keineswegs kritisieren, aber du könntest ein paar Bilder mehr verkaufen, als du jetzt verkaufst.«

»Die Wende ist schon in Sicht. Ich muß mich nur noch ein paar Wochen über Wasser halten, dann ist alles wieder bestens. Was ich brauche, ist ein neues Mädchen.«

»Ich kann dir ein Mädchen besorgen.«

»Nicht so ein Mädchen. Ich brauche ein Mädchen, das Telefondienst machen kann, ein Mädchen, das etwas von Kunst versteht.«

»Das Mädchen, an das ich denke, ist am Telefon sehr gut und selbst ein wahres Kunstwerk. Und du setzt deine Hoffnungen doch nicht etwa auf das Bild, das du letzten Sommer bei Christie's ersteigert hast?«

»Oliver, woher weißt du …«

»Wie gesagt, mein Lieber, in unserer Branche gibt's keine Geheimnisse.«

»Oliver, falls du auf etwas Bestimmtes hinauswillst, wäre ich dir dankbar, wenn du *bald* zur Sache kommen würdest.«

»Der springende Punkt ist, daß wir uns zusammenschließen müssen. Wollen wir überleben, müssen wir uns verbünden. Besiegen können wir den gräßlichen Giles Pittaway nie, aber wenn wir ein Verteidigungsbündnis schließen, ist vielleicht eine friedliche Koexistenz möglich.«

»Du redest dummes Zeug, Oliver. Mein Gott, kannst du dich nicht einmal im Leben verständlich ausdrücken? Ich bin nicht eine deiner Freundinnen.«

»Also gut, klare Worte. Ich denke an eine Partnerschaft.«

»Partnerschaft? Was für eine Partnerschaft?«

»Du willst eine klare Antwort?«

»Ja, natürlich.«

»Die Art Partnerschaft, bei der ich dich aufkaufe.«

»Oliver!«

»Du hast eine hübsche Galerie.«

»Oliver!«

»Du hast hübsche Gemälde in deinem Tresor.«

»Oliver!«

»Du hast es sogar geschafft, dir einen gewissen Ruf zu bewahren. Ich möchte dein Bilderlager besichtigen und dir ein faires Angebot machen. Genug, um alle deine Schulden zu bezahlen. Anschließend möchte ich das Zeug aus deinem Lager zu Geld machen und ganz neu anfangen. Du kannst für mich arbeiten. Ich zahle dir ein großzügiges Gehalt und Verkaufsprovisionen. Davon kannst du recht gut leben, Julie.«

»Für dich arbeiten? Bist du völlig übergeschnappt? Oliver, wie kannst du mir so was nur vorschlagen?«

»Reg dich nicht auf. Spiel nicht den Beleidigten. Hier geht's ums Geschäft, nicht um persönliche Eitelkeiten. Du bist dem Ertrinken nahe, Julian. Ich werfe dir eine Rettungsleine zu. Sei kein Idiot. Nimm das verdammte Ding.«

Aber Isherwood war aufgestanden und suchte in seinen Taschen nach Geld.

»Julian, bitte. Behalt dein Geld. Ich habe dich zum Essen eingeladen. Sei doch vernünftig!«

»Verpiß dich!« Isherwood warf zwei Zwanziger in Richtung von Dimblebys rosa Gesicht. »Wie kannst du's nur wagen, Oliver? Wirklich!«

Er stürmte aus dem Restaurant und ging aufgebracht zu seiner Galerie zurück. Die Schakale von St. Johns's sammelten sich also, und der fette Oliver Dimbleby wollte sich das größte Stück des Kadavers sichern. *Mich aufkaufen! Man stelle sich diese Frechheit vor! Man stelle sich vor, wie ich für diesen pummeligen kleinen Angeber arbeite!* Er hatte nicht übel Lust, Giles Pittaway anzurufen und ihm die Geschichte von der zertrümmerten Schaufensterscheibe zu erzählen.

Als Isherwood über den Mason's Yard marschierte, schwor er sich, nicht kampflos aufzugeben. Aber um kämpfen zu können, brauchte er einen verkaufsfähigen Vecellio, und dafür brauchte er Gabriel. Er mußte ihn finden, bevor Gabriel in Schamrons Netz geriet und für immer verschwand. Isherwood stieg die Treppe hinauf, sperrte auf und betrat die Galerie. Es war deprimierend, hier allein zu sein. Er war es gewöhnt, ein hübsches Mädchen am Schreibtisch sitzen zu sehen, wenn er vom Lunch zurückkam. Er setzte sich an seinen eigenen Schreibtisch, suchte Gabriels Nummer aus seinem Telefonbuch heraus, wählte sie, ließ es ein dutzendmal klingeln und knallte den Hörer auf die Gabel. *Vielleicht ist er nur ins Dorf gegangen. Vielleicht ist er mit seinem verdammten Boot unterwegs.*

Oder vielleicht hat Schamron ihn bequatscht, wieder für ihn zu arbeiten.

»Scheiße!« sagte er halblaut.

Er verließ die Galerie, hielt auf dem Piccadilly ein Taxi an und ließ sich die Great Russell Street hinauffahren. Einige Straßenblocks vor dem Britischen Museum stieg er aus, zahlte und betrat das Geschäft für Künstlerbedarf der Firma L. Cornellissen & Son. Er fühlte sich eigenartig gelassen, als er, auf allen Seiten von lasierten Regalen mit Farben, Paletten, Papieren, Leinwänden, Pinseln und Kohlestiften umgeben, auf dem abgetretenen Holzboden stand.

Ein flachsblonder Engel namens Penelope lächelte ihm über den Ladentisch hinweg zu.

»Hallo, Pen.«

»Julian, *super«,* hauchte sie. »Wie geht's? Gott, Sie sehen ganz erledigt aus.«

»Lunch mit Oliver Dimbleby.« Das genügte als Erklärung. »Hören Sie, Pen, ich frage mich, ob Sie unseren Freund gesehen haben. Er geht nicht ans Telefon, und ich fürchte allmählich, er könnte unten in Cornwall über einen Klippenrand gestürzt sein.«

»Leider habe ich schon längere Zeit nicht mehr das Glück gehabt, diesen schönen Mann zu sehen.«

»Hat sonst jemand im Laden von ihm gehört?«

»Augenblick, ich frage mal nach.«

Penelope fragte Margaret, und Margaret fragte Sherman, und Sherman fragte Tricia, und so ging es weiter, bis eine körperlose Männerstimme tief aus dem Ladeninneren – schätzungsweise zwischen Bleistiften und Acrylfarben – feierlich verkündete: »Ich habe erst heute morgen mit ihm gesprochen. Er hat hier angerufen.«

»Darf man erfahren, was er wollte?« fragte Isherwood die Decke über sich.

»Seine monatliche Materiallieferung abbestellen.«

»Für wie viele Monate?«

»Bis auf weiteres für alle Monate.«

»Hat er gesagt, warum?«
»Tut er das jemals, alter Junge?«

Am nächsten Morgen sagte Isherwood sämtliche Termine für den Rest der Woche ab und nahm sich einen Leihwagen. Damit raste er fünf Stunden lang über die Autobahn. Nach Westen in Richtung Bristol. Nach Süden den Ärmelkanal entlang. Dann die lange Strecke durch Devon und Cornwall. Das Wetter war so unbeständig wie Isherwoods Stimmung: mal regnerisch mit großen Tropfen, mal bläßliche weiße Wintersonne zwischen grauen Wolkenbergen. Nur der Wind war beständig. So starker Wind, daß Isherwood Mühe hatte, den kleinen Ford Escort auf der Straße zu halten. Er aß sein Mittagessen am Steuer und hielt nur dreimal: einmal, um zu tanken, einmal, um auszutreten, und ein drittes Mal im Dartmoor, als sein Wagen einen Seevogel erfaßte. Er hob den toten Vogel auf, wobei er seine Finger mit einem leeren Sandwichbeutel schützte, und sagte ein kurzes jüdisches Totengebet, bevor er ihn feierlich ins Heidekraut warf.

Kurz vor drei erreichte er das alte Lotsenhaus am Kai. Gabriels Boot war mit einer Plane abgedeckt. Isherwood überquerte die Gasse und klingelte an der Haustür. Er klingelte nochmals, hämmerte dann an die Tür und rüttelte zuletzt an der Klinke. Abgesperrt.

Er starrte durch das Sprossenfenster in die tadellos aufgeräumte Küche. Gabriel war kein großer Esser – warf man ihm einen Kanten Brot und ein paar Körner Reis hin, hielt er weitere 50 Meilen durch –, aber selbst für seine Verhältnisse war die Küche außergewöhnlich sauber und frei von allen Vorräten. Er ist weg, schloß Isherwood daraus. Für verdammt lange Zeit weg.

Julian betrat den Garten hinter dem Haus, ging die

Hauswand entlang und rüttelte an den Fenstern, weil Gabriel vielleicht vergessen haben konnte, eines von innen zu verriegeln. Aber das war nicht Gabriels Art.

Er ging auf demselben Weg zurück und stand dann wieder auf dem Kai. Schiefergraue Wolken zogen vom Meer her flußaufwärts. Ein dicker Regentropfen traf ihn mitten auf der Stirn und rollte unter seiner Brille den Nasensattel hinab. Als Julian die Brille abnahm, verschwamm die Szene am Fluß vor seinen Augen. Er zog sein Taschentuch heraus, wischte sich das Gesicht ab und setzte die Brille wieder auf.

Als er seine Umgebung wieder scharf sah, entdeckte er einen Jungen, der ganz in seiner Nähe stand. Er schien aus dem Nichts gekommen zu sein – wie eine auf Beute lauernde Katze. Isherwood hatte nie Kinder gehabt und konnte schrecklich schlecht abschätzen, wie alt jemand war. Den Jungen mit dem verkniffenen Gesicht schätzte er auf elf bis zwölf Jahre.

»Was haben Sie um dieses Haus herumzuschnüffeln?« fragte der Junge.

»Ich schnüffle nicht herum, und wer zum Teufel bist du?«

»Ich bin Peel. Wer sind Sie?«

»Ein Freund des Mannes, der hier wohnt. Mein Name ist Julian.«

Isherwood streckte seine rechte Hand aus, aber der Junge dachte gar nicht daran, sie zu ergreifen. Er blieb wie zum Sprung bereit stehen.

»Einen Freund, der Julian heißt, hat er nie erwähnt.«

»Er erwähnt vieles nicht.«

»Was wollen Sie?«

»Mit ihm reden.«

»Er ist weg.«

»Das sehe ich. Weißt du, wo er ist?«

»Das hat er nicht gesagt.«

»Weißt du, wann er zurückkommt?«

»Hat er nicht gesagt.«

Der Regen wurde stärker. Der Junge war verstummt. Isherwood hielt sich eine Hand über die Augen und sah ins Dorf hinüber. »Weißt du, wovon er lebt?« fragte er Peel.

Der Junge nickte.

»Weiß das außer dir noch jemand im Dorf?«

Peel schüttelte den Kopf.

»Er arbeitet für mich«, sagte Isherwood, als gestehe er eine Untat. »Das Gemälde, das er restauriert, gehört mir.«

»Der Rembrandt oder der Vecellio?«

Julian lächelte. »Der Vecellio, mein Lieber.«

»Er ist wunderschön.«

»Das ist er allerdings.«

Sie standen einen Augenblick nebeneinander, ohne auf den stärker werdenden Regen zu achten. In Gabriels kleinem Wächter erkannte Isherwood etwas von sich selbst. Ein weiterer von Gabriels Flüchtlingen, ein weiteres Wrackteil, das in Gabriels Kielwasser zurückgeblieben war. Eine weitere beschädigte Seele, die eine Restaurierung durch Gabriels geschickte Hände brauchte.

»Wer hat ihn mitgenommen?« fragte Isherwood schließlich.

»Der Mann mit Glatze, der wie ein Soldat geht. Kennen Sie ihn?«

»Ja, leider.« Isherwood lächelte Peel zu. »Hast du Hunger?«

Peel nickte.

»Gibt's im Dorf ein Lokal, in dem man Tee und Kuchen bekommen kann?«

»Und eine Pastete«, sagte Peel. »Mögen Sie Wurstpastete?«

»Kann nicht behaupten, daß ich schon mal eine probiert habe, aber das läßt sich ja nachholen. Möchtest du nicht erst deine Eltern um Erlaubnis fragen?«

Peel schüttelte den Kopf. »Er ist nicht mein Vater, und meiner Mum ist's egal.«

Ari Schamron kam spät am folgenden Abend auf dem Flughafen Lod in Tel Aviv an. Rami holte ihn am Flugsteig ab. Er geleitete Schamron durch den Ankunftsbereich in einen sicheren Raum, der für Angehörige des Diensts und bestimmte Gäste reserviert war. Dort vertauschte Schamron seinen europäischen Geschäftsanzug wieder gegen Khakihose und Bomberjacke.

»Der Premierminister will Sie noch heute abend sprechen, Boß.«

Soviel zu seinem Vorsatz, sich aus dem Unternehmen rauszuhalten, dachte Schamron.

Sie fuhren in Richtung Jerusalem in die Hügel hinauf. Unterwegs arbeitete Schamron die Akten durch, die sich während seiner kurzen Abwesenheit angesammelt hatten.

Wie so häufig war in der buntscheckigen Regierungskoalition des Premierministers eine Krise ausgebrochen. Um seine Amtsräume zu erreichen, mußte Schamron sich erst durch einen mit streitenden Politikern angefüllten verrauchten Korridor schlängeln.

Der Premierminister hörte gespannt zu, als Schamron ihm den neuesten Stand der Dinge schilderte. Er war von Natur aus ein Intrigant. Er hatte seine Karriere in der mörderischen Atmosphäre von Forschung und Lehre begonnen und war dann ins Hornissennest des Außenministeriums übergewechselt. Als er später die politische Arena betrat, beherrschte er die schwarze Kunst des bürokratischen Verrats perfekt. Sein kometenhafter Aufstieg innerhalb der Partei war nicht nur auf seine überragende Intelligenz, sondern auch auf seine Bereitschaft zurückzuführen, mit Tricks, Desinformation und unverhüllter Erpressung zu arbeiten, um zu bekommen, was er wollte. In Schamron sah er eine verwandte Seele – einen Mann, der vor nichts zurückschreckte, wenn er glaubte, seine Sache sei gerecht.

»Es gibt nur ein Problem«, sagte Schamron.

Der Premierminister sah ungeduldig zur Decke auf. »Bringt mir Lösungen, keine Probleme«, war eine seiner liebsten Redensarten. Schamron war instinktiv mißtrauisch gegenüber Männern, die nach griffigen Maximen lebten.

»Benjamin Stone.«

»Was ist mit ihm?«

»Sein Unternehmen steht kurz vor der Pleite. Er reißt Löcher auf, um andere zu stopfen, und seine Geschäftspartner werden allmählich zornig.«

»Betrifft uns das?«

»Geht er still unter, fehlt uns in Zukunft nur sein Geld. Tritt er dagegen mit einem Riesenkrach ab, könnte es für uns ungemütlich werden. Er weiß zuviel, fürchte ich.«

»Benjamin Stone tut nichts still.«

»Ganz recht.«

»Was ist mit den hübschen Amateurfilmen, die Ihre Leute letztes Jahr im Hotel King David aufgenommen haben?«

»Die sind mir damals nützlich erschienen, aber Stone hat sich ein ziemlich dickes Fell zugelegt, was öffentliche Bloßstellungen betrifft. Ich bezweifle, daß es ihm wirklich peinlich wäre, wenn die Welt sähe, wie er sich mit einer israelischen Prostituierten vergnügt.«

»Die Politiker draußen im Gang sind *mein* Problem«, sagte der Premierminister. »Aber Benjamin Stone ist Ihres, fürchte ich. Lösen Sie's, wie Sie's für richtig halten.«

Teil II

Auswertung

II

Vor dem Krieg war Maurice Halévy einer der prominentesten Anwälte von Marseille. Seine Frau Rachel und er lebten in einer stattlichen alten Villa in der Rue Sylvabelle in den Beaux Quartiers, wo die meisten der erfolgreich assimilierten Juden der Stadt sich niedergelassen hatten. Sie waren stolz darauf, Franzosen zu sein, und hielten sich in erster Linie für Franzosen und erst in zweiter für Juden. Tatsächlich war Maurice Halévy so assimiliert, daß er sich selten die Mühe machte, in die Synagoge zu gehen. Aber als die Deutschen Frankreich besetzten, war mit dem idyllischen Leben der Halévys in Marseille abrupt Schluß. Im Oktober 1940 verkündete das mit der Besatzungsmacht kollaborierende Vichy-Regime das Statut des Juifs, *jenen antijüdischen Erlaß, der die Juden in Vichy-Frankreich zu Bürgern zweiter Klasse machte. Maurice Halévy durfte nicht mehr als Anwalt tätig sein. Er mußte sich bei der Polizei registrieren lassen, und später wurden seine Frau und er gezwungen, auf ihrer Oberbekleidung den Davidsstern zu tragen.*

Die Situation verschlimmerte sich 1942, als die Wehrmacht nach der alliierten Invasion in Nordafrika auch Vichy-Frankreich besetzte. Französische Widerstandskämpfer führten reihenweise Angriffe auf deutsche Einrichtungen durch. Mit Unterstützung der Vichy-Behörden antwortete der deutsche Sicherheitsdienst darauf mit brutalen Vergeltungsmaßnahmen. Maurice Halévy konnte die drohende Gefahr nicht länger ignorieren. Rachel erwartete ein Kind. Der Gedanke, unter den in Marseille herrschenden chaotischen Verhältnissen für ein Neugeborenes sorgen zu müssen, war ihm unerträglich. Er beschloß, die Stadt zu verlassen und aufs Land zu ziehen. Von seinen schwindenden Ersparnissen mietete er ein Landhaus in den Hügeln oberhalb von Aix-en-Provence. Dort brachte Rachel im Januar 1943 ihren Sohn Isaac zur Welt.

Eine Woche später begannen die Deutschen und die französische Polizei die Juden zusammenzutreiben. Sie brauchten vier Wochen, um Rachel und Maurice Halévy aufzuspüren. An einem Februarabend erschienen zwei SS-Führer von einem französischen Gendarmen begleitet in dem Landhaus. Sie ließen dem Ehepaar 20 Minuten Zeit, einen Koffer zu packen, der nicht schwerer als 30 Kilogramm sein durfte. Während die Deutschen und der Gendarm im Wohnzimmer warteten, erschien die Nachbarin der Halévys an der Haustür.

»Mein Name ist Anne-Marie Delacroix«, sagte sie. »Die Halévys haben auf meinen Sohn aufgepaßt, weil ich in die Stadt mußte.«

Der Gendarm blätterte in seinen Unterlagen. In den Papieren stand, daß in diesem Haus nur zwei Juden lebten. Er rief die Halévys und sagte: »Diese Frau behauptet, der Kleine gehöre ihr. Stimmt das?«

»Ja, natürlich«, antwortete Maurice Halévy geistesgegenwärtig und drückte Rachels Arm, bevor sie einen Laut von sich geben konnte. »Wir haben nur nachmittags auf ihn aufgepaßt.« Der Gendarm starrte ihn ungläubig an, dann blätterte er nochmals in seinen Papieren. »Nehmen Sie Ihr Kind mit, und verschwinden Sie!« knurrte er die Nachbarin an. »Ich hätte gute Lust, Sie anzuzeigen, weil Sie ein französisches Kind diesen Drecksjuden überlassen haben.«

Zwei Monate später wurden Rachel und Maurice Halévy im KZ Sobibor ermordet.

Nach der Befreiung nahm Anne-Marie Delacroix den kleinen Isaac nach Marseille in eine Synagoge mit und erzählte dem Rabbiner, was sich an jenem Abend in Aix-en-Provence ereignet hatte. Der Rabbiner ließ ihr die Wahl, ob sie den Jungen zur Adoption durch eine jüdische Familie freigeben oder ihn selbst aufziehen wolle. Sie nahm ihn wieder mit nach Hause und zog ihn neben ihren katholischen Kindern im jüdischen Glauben auf. Im Jahr 1965 heiratete Isaac Halévy seine Verlobte Corinne aus Nîmes und bezog in Marseille das alte Haus seines Vaters in der Rue Sylvabelle. Drei Jahre später kam ihr erstes und einziges Kind zur Welt: ein Mädchen, dem sie den Namen Sarah gaben.

Paris

Michel Duval war der heißeste Modefotograf von ganz Paris. Alle Modeschöpfer und Magazinredakteure lagen ihm zu Füßen, weil seine Bilder eine ins Auge springende Aura gefährlicher Sexualität ausstrahlten. Jacqueline Delacroix hielt ihn für ein Schwein. Sie wußte, wie er diesen einzigartigen Effekt erzielte – er beschimpfte seine Modelle. Sie freute sich nicht darauf, mit ihm zu arbeiten.

Sie stieg aus dem Taxi und betrat das Apartmenthaus in der Rue St. Jacques, in dem Michel sein Atelier hatte. Oben wartete eine kleine Menschenmenge: Maskenbildnerin, Friseuse, Stylistin, ein Vertreter von Givenchy. Michel stand auf einer Leiter und stellte Scheinwerfer ein: gutaussehend, schulterlanges blondes Haar, raubkatzenartige Züge. Er trug eine schwarze Nappalederhose, die tief auf seinen schmalen Hüften saß, ein kariertes Hemd und einen lockeren Pullover. Er blinzelte Jacqueline zu, als sie hereinkam. »Nett, dich zu sehen, Michel«, sagte sie lächelnd.

»Heute machen wir tolle Aufnahmen, ja? Ich spür's schon jetzt.«

»Ich hoffe es auch.«

Sie ging in die Garderobe, zog sich aus und begutachtete ihr Spiegelbild mit professioneller Leidenschaftslosigkeit. Körperlich war sie eine hinreißende Erscheinung: groß, mit eleganten Armen und Beinen, schlanker Taille, blassem olivfarbenem Teint. Ihre Brüste waren ästhetisch vollkommen: fest, sanft gerundet, weder zu klein noch übermäßig groß. Die Fotografen waren immer von ihren Brüsten begeistert gewesen. Die meisten Modelle haßten es, in Unterwäsche zu posieren, aber Jacqueline hatte damit nie Probleme gehabt. Sie hatte immer mehr Angebote bekommen, als sie in ihrem Terminkalender unterbringen konnte.

Ihr Blick wanderte von ihrem Körper zu ihrem Gesicht. Sie hatte lockiges rabenschwarzes Haar, das sie schulterlang trug, pechschwarze Augen und eine lange schmale Nase. Ihre hohen Wangenknochen standen weit auseinander, ihre Kinnlinie war ebenmäßig, die Lippen waren voll. Sie war stolz auf die Tatsache, daß ihr Gesicht nie durch das Skalpell eines Chirurgen verändert worden war. Jetzt beugte sie sich leicht nach vorn und tastete die Haut um ihre Augen mit der Spitze eines Zeigefingers ab. Was sie sah, gefiel ihr nicht. Nicht richtige Falten, sondern etwas, das subtiler und heimtückischer war. Nicht recht erkennbare Alterungsspuren. Sie hatte nicht mehr die Augen eines jungen Mädchens, sondern die einer Frau von 33 Jahren.

Du bist noch immer schön, Jacqueline, aber du mußt dich mit den Tatsachen abfinden: Du wirst alt.

Sie zog einen weißen Bademantel an, ging nach nebenan und setzte sich vor den Spiegel. Die Maskenbildnerin begann mit einer Grundierung. Jacqueline beobachtete im Spiegel, wie ihr Gesicht allmählich in das einer Frau verwandelt wurde, die sie nicht recht erkannte. Sie fragte sich, was ihr Großvater zu dieser Verwandlung gesagt hätte.

Vermutlich hätte er sich meiner geschämt …

Als Maskenbildnerin und Friseuse mit ihrer Arbeit fertig waren, betrachtete Jacqueline sich erneut im Spiegel. Ohne den Mut dieser drei bemerkenswerten Menschen – ihrer Großeltern und Anne-Marie Delacroix – wäre sie heute nicht hier gewesen.

Und sieh dir an, was aus dir geworden ist – ein exquisiter Kleiderbügel.

Sie stand auf und ging in die Garderobe zurück. Das Kleid – ein trägerloses schwarzes Abendkleid – hing schon bereit. Sie legte den Bademantel ab, schlüpfte in das Abendkleid und zog es über ihre nackten Brüste hoch. Dann begutachtete sie sich im Spiegel. Umwerfend.

Ein Klopfen an der Tür. »Michel ist soweit, Mademoiselle Delacroix.«

»Sagen Sie Michel, daß ich gleich komme.«

Mademoiselle Delacroix …

Selbst nach all den Jahren war dieser Name noch immer ungewohnt: Jacqueline Delacroix. Ihr Agent Marcel Lambert hatte ihren Namen geändert –»*Sarah Halévy klingt so … nun … du weißt, was ich meine,* mon chou. *Zwinge mich nicht dazu, es laut auszusprechen. So vulgär, aber das ist der Lauf der Welt.*«

Manchmal bekam sie vom Klang ihres französischen Namens eine Gänsehaut. Als sie erfuhr, was mit ihren Großeltern passiert war, hatte sie alle Franzosen brennend gehaßt und verdächtigt. Sah sie irgendwo einen alten Mann, fragte sie sich, was er im Krieg gemacht haben mochte. War er Wachmann in Gurs, Les Milles oder einem der anderen Internierungslager gewesen? War er der Gendarm gewesen, der den Deutschen geholfen hatte, ihre Großeltern abzutransportieren? War er ein Bürokrat gewesen, der den Papierkram des Todes bearbeitet und abgestempelt hatte? Oder hatte er nur schweigend dabeigestanden und nichts getan?

Insgeheim war es für sie ein Quell großen Entzückens, daß sie die Modewelt hinters Licht führte. Sie stellte sich ihre Reaktion vor, wenn sie erführe, daß diese schlanke, schwarzhaarige Schönheit aus Marseille in Wirklichkeit eine provenzalische Jüdin war, deren Großeltern in Sobibor vergast worden waren. In gewisser Weise war ihre Arbeit als Model, als Verkörperung französischer Schönheit, ihre Rache.

Sie warf einen letzten Blick in den Spiegel, senkte ihr Kinn etwas, öffnete leicht die Lippen und ließ Feuer in ihre pechschwarzen Augen treten.

Jetzt war sie bereit.

Sie arbeiteten eine halbe Stunde lang ohne Pause. Jacqueline nahm eine Pose nach der anderen ein. Sie saß hingegossen auf einem schlichten Holzstuhl. Sie saß mit rückwärts abgestützten Händen halb liegend auf dem Fußboden und reckte den Kopf mit geschlossenen Augen hoch. Sie stand mit in die Hüften gestemmten Armen da und schien mit ihrem Blick Michels Kameraobjektiv durchbohren zu wollen. Michel gefiel anscheinend, was er sah. Sie harmonierten gut. Er machte alle paar Minuten einige Sekunden Pause, um den Film zu wechseln, und fotografierte dann sofort weiter. Jacqueline war lange genug Model gewesen, um zu wissen, wann Aufnahmen klappten.

Deshalb war sie verblüfft, als Michel plötzlich von der Kamera zurücktrat und sich mit einer Hand durchs Haar fuhr. Er runzelte die Stirn. »Bitte das Atelier räumen. Ich brauche einen Augenblick Ruhe und Ungestörtheit.«

Jacqueline dachte: *O Gott, jetzt fängt das wieder an!*

»Was zum Teufel fehlt dir?« fragte Michel sie.

»Mir fehlt nichts!«

»Nichts? Du bist fade, Jacqueline. Die Aufnahmen sind fade. Ich könnte genausogut eine Kleiderpuppe fotografieren. Ich kann's mir nicht leisten, Givenchy einen Satz fader Aufnahmen zu liefern. Und soviel ich höre, kannst du dir das auch nicht leisten.«

»Was soll das heißen?«

»Das soll heißen, daß du alt wirst, Schätzchen. Das soll heißen, daß niemand mehr so richtig weiß, ob du noch hast, was man für dieses Geschäft braucht.«

»Stell dich wieder hinter deine Kamera, dann zeig' ich dir, daß ich habe, was man dafür braucht.«

»Ich habe genug gesehen. Heute fehlt einfach was.«

»Bockmist!«

»Soll ich dir einen Drink holen? Vielleicht wärst du nach einem Glas Wein weniger verkrampft.«

»Ich brauche keinen Drink.«

»Wie wär's mit etwas Koks?«

»Du weißt, daß ich das Zeug nicht mehr nehme.«

»Ich schon!«

»Manche Dinge ändern sich eben nie.«

Michel zog einen kleinen Plastikbeutel Kokain aus seiner Hemdtasche. Jacqueline setzte sich auf den Stuhl, der als Requisit gedient hatte, und sah zu, wie er auf einem Tisch mit Glasplatte zwei Linien vorbereitete. Nachdem er die erste geschnupft hatte, bot er ihr den zusammengerollten Hundertfrancschein an. »Hast du Lust, heute mal ein schlimmes Mädchen zu sein?«

»Gehört alles dir, Michel. Kein Interesse.«

Er beugte sich vor und schnupfte die zweite Linie. Dann fuhr er mit einem angefeuchteten Finger über die Glasplatte und verrieb die Kokainreste auf seinem Zahnfleisch. »Wenn du nichts trinken und nicht schnupfen willst, müssen wir uns vielleicht was anderes einfallen lassen, um dich ein bißchen feuriger zu machen.«

»Was zum Beispiel?« fragte sie, obwohl sie genau wußte, woran Michel dachte.

Er trat hinter sie und ließ seine Hände leicht auf ihren nackten Schultern ruhen. »Vielleicht solltest du daran denken, wie's ist, gevögelt zu werden.« Seine Hände glitten von ihren Schultern und streichelten die Haut unmittelbar über dem Ansatz ihrer Brüste. »Vielleicht können wir etwas tun, um diese Vorstellung in deiner Phantasie etwas realistischer zu machen.«

Michel drückte seinen Unterleib an ihren Rücken, so daß sie seine Erektion spüren konnte.

Sie rückte von ihm ab.

»Ich versuche nur, dir zu helfen, Jacqueline. Ich will erreichen, daß die Aufnahmen klasse werden. Ich will nicht, daß deine Karriere abstürzt und in Flammen aufgeht. Meine Motive sind völlig selbstlos.«

»Ich hab' nie gewußt, daß du ein so großer Menschenfreund bist, Michel.«

Er lachte. »Komm, ich will dir etwas zeigen.« Er faßte sie an der Hand und zog sie vom Stuhl hoch. Sie gingen den Flur entlang und betraten einen Raum, in dem nur ein großes französisches Bett stand. Michel zog sich seinen Pullover über den Kopf und begann sein Hemd aufzuknöpfen.

»He, was soll das?« fragte Jacqueline scharf.

»Du willst gute Aufnahmen. Ich will gute Aufnahmen. Also müssen wir was tun, um in die richtige Stimmung zu kommen. Zieh das Kleid aus, damit es nicht verknittert.«

»Fuck you, Michel. Ich gehe!«

»Komm schon, Jacqueline. Laß diesen Scheiß, und komm ins Bett.«

»Nein!«

»Was ist denn schon dabei? Du hast mit Robert Leboucher geschlafen, damit er dich für Bademodenphotos auf Mustique engagiert.«

»Woher willst du das wissen?«

»Er hat's mir selbst erzählt.«

»Du bist ein Schwein, und Robert ist auch eins! Ich bin keine Siebzehnjährige, die die Beine für dich breitmacht, weil sie gute Aufnahmen von dem großen Michel Duval will.«

»Wenn du hier rausgehst, ist deine Karriere beendet.«

»Das ist mir scheißegal!«

Er deutete auf seine Erektion. »Und was soll ich damit machen?«

Marcel Lambert wohnte nicht weit entfernt in der Rue de Tournon im Quartier Luxembourg. Jacqueline mußte sich erst wieder beruhigen, deshalb ging sie zu Fuß und ließ sich in den schmalen Seitenstraßen des Quartier Latin bewußt Zeit. Die Dunkelheit sank herab, in den Bistros und Cafés flammte Licht auf, ein Geruch von Zigaretten und bratendem Knoblauch hing in der kalten Luft.

Sie wechselte ins Quartier Luxembourg über. Wie schnell es dazu gekommen ist, dachte sie – Michel Duval versucht, mich zu einem Quickie zwischen zwei Aufnahmen zu erpressen. Vor ein paar Jahren hätte er das nicht gewagt. Aber jetzt hatte sich ihre Situation verändert. Jetzt war sie verwundbar, und Michel hatte beschlossen, ihren Widerstandswillen zu testen.

Manchmal bedauerte sie, jemals diesen Beruf ergriffen zu haben. Eigentlich hatte sie Ballettänzerin werden wollen – sie hatte Unterricht an einer angesehenen Ballettschule genommen –, aber mit 16 Jahren war sie dem

Talentsucher einer Pariser Modellagentur aufgefallen, der ihren Namen Marcel Lambert gegeben hatte. Marcel hatte Probeaufnahmen arrangiert, sie bei sich wohnen lassen und ihr beigebracht, sich nicht wie eine Ballerina, sondern wie ein Fotomodell zu bewegen und zu benehmen. Die Probeaufnahmen waren sensationell gewesen. Sie hatte die Kamera dominiert, hatte eine spielerische Sexualität ausgestrahlt.

Marcel hatte die Aufnahmen unauffällig in Paris in Umlauf gebracht: kein Name, nichts über das Mädchen, nur die Fotos und seine Geschäftskarte. Die Reaktion war nicht lange ausgeblieben. Sein Telefon hatte eine Woche lang nicht mehr zu klingeln aufgehört. Fotografen rissen sich darum, mit ihr zu arbeiten. Modeschöpfer wollten sie für ihre Herbstschauen engagieren. Die Nachricht von den Fotos hatte sich von Paris nach Mailand, von Mailand nach New York verbreitet. Die gesamte Modebranche wollte den Namen dieser geheimnisvollen schwarzhaarigen französischen Schönheit erfahren.

Jacqueline Delacroix.

Wie sich das alles geändert hatte! Die erstklassigen Aufträge waren ab ihrem 26. Geburtstag seltener geworden, aber seit sie nun 33 Jahre alt war, gab es überhaupt keine guten Jobs mehr. Bei den Herbstmodeschauen in Paris und Mailand durfte sie weiter auf den Laufsteg, aber nur für zweitklassige Häuser. Sie wurde noch immer gelegentlich für Wäschephotos engagiert – »Deinen Titten fehlt nichts, *Chérie«,* sagte Marcel gern –, aber es war unumgänglich, auch andere Aufträge für sie anzunehmen. Erst vor kurzem hatte sie Werbeaufnahmen für eine deutsche Brauerei gemacht, auf denen sie als attraktive Ehefrau eines erfolgreichen Mannes in mittleren Jahren posiert hatte.

Marcel hatte sie gewarnt, daß das eines Tages passieren

würde. Er hatte ihr geraten, ihr Geld zu sparen, für das Leben nach ihrer Zeit als Model vorzusorgen. Diese Mühe hatte Jacqueline sich nie gemacht – sie hatte angenommen, das Geld werde ewig hereinströmen. Manchmal versuchte sie zu rekonstruieren, wofür sie das viele Geld ausgegeben hatte. Die teuren Klamotten. Die Apartments in Paris und New York. Die extravaganten Urlaube mit den anderen Mädchen in der Karibik oder im Südpazifik. Die Tonne Kokain, die sie geschnupft haben mußte, bevor sie von dem Zeug losgekommen war.

In einem Punkt hatte Michel Duval recht gehabt: Sie *hatte* mit einem Mann geschlafen, um einen Auftrag zu bekommen, mit Robert Leboucher, einem Redakteur der Zeitschrift *Vogue*. Das war ein heißbegehrter Job, den sie dringend brauchte: Werbefotos in Bademoden und Sommerkleidung auf Mustique. Dieser Auftrag konnte alles zu ihren Gunsten wenden – sie würde genug verdienen, um finanziell wieder auf die Beine zu kommen, und der gesamten Branche beweisen, daß sie noch immer hatte, was man für die heißen Jobs brauchte. Wenigstens noch ein Jahr lang, höchstens zwei Jahre. *Und was dann?*

Sie erreichte das Haus, trat in den Lift und fuhr zu Marcels Wohnung hinauf. Als sie klingelte, flog die Tür auf. Marcel stand mit weit aufgerissenen Augen und offenem Mund vor ihr. »Jacqueline, mein Schatz! Bitte sag mir, daß das nicht stimmt. Sag mir, daß du Michel Duval nicht in die Eier getreten hast! Sag mir, daß er das alles nur erfunden hat!«

»Tatsächlich hab' ich seinen Schwanz getroffen, Marcel.«

Er warf den Kopf in den Nacken und lachte schallend. »Ich wette, du bist die erste Frau, die das gemacht hat. Geschieht dem Schweinehund recht! Claudette hat er damals beinahe ruiniert. Du erinnerst dich, wie er sie behandelt hat? Die arme Kleine. So schön, so talentiert.«

Er zog die Mundwinkel herunter, stieß ein mißbilligendes gallisches Schnauben aus, ergriff ihre Hand und zog sie herein. Wenig später saßen sie auf dem Sofa, tranken Wein und hörten trotz geschlossener Fenster das Brausen des Pariser Abendverkehrs. Marcel gab ihr Feuer und wedelte das Zündholz mit einer raschen Bewegung aus. Er trug enge verwaschene Jeans, schwarze Slipper und einen grauen Rollkragenpullover. Sein schütter werdendes graues Haar war sehr kurz geschnitten. Vor kurzem hatte er sich erneut liften lassen; nun wirkten seine blauen Augen unnatürlich groß und schienen aus ihren Höhlen quellen zu wollen, als sei er ständig überrascht. Jacqueline dachte an die lange zurückliegende Zeit, als Marcel sie hier einquartiert und auf das vor ihr liegende Leben vorbereitet hatte. In dieser Wohnung hatte sie sich stets sicher gefühlt.

»Also, mit welchen Tricks hat Michel diesmal gearbeitet?«

Jacqueline schilderte ihm die Aufnahmen, ohne irgend etwas zu verschweigen. Die beiden hatten kaum Geheimnisse voreinander. Als sie ausgeredet hatte, meinte Marcel: »Du hättest ihn vielleicht lieber nicht treten sollen. Er droht mit einer Klage.«

»Er soll's nur versuchen! Jedes Mädchen, das er zum Sex gezwungen hat, sagt vor Gericht gegen ihn aus. Dann ist er erledigt!«

»Robert Leboucher hat angerufen, kurz bevor du gekommen bist. Er versucht, aus der Sache auf Mustique auszusteigen. Er sagt, daß er nicht mit Frauen zusammenarbeiten kann, die Fotografen mißhandeln.«

»Tratsch macht in dieser Branche schnell die Runde.«

»Das war schon immer so. Ich denke, wenn ich Robert

gut zurede, wird er wieder Vernunft annehmen.« Marcel zögerte, dann fügte er hinzu: »Wenn du willst, daß ich das tue, meine ich.«

»Natürlich will ich, daß du das tust.«

»Bist du dir deiner Sache sicher, Jacqueline? Bist du dir sicher, daß du noch mitbringst, was man für diese Art Arbeit braucht?«

Sie trank einen großen Schluck Wein, lehnte ihren Kopf an seine Schulter. »Tatsächlich bin ich mir nicht mehr ganz sicher, ob ich's noch mitbringe.«

»Tu mir einen Gefallen, *Chérie*. Fahr für ein paar Tage in unser Haus in den Süden. Oder mach eine der langen Reisen, die du früher gemacht hast. Du weißt schon – diese Trips, um die du immer ein so großes Geheimnis gemacht hast. Ruh dich aus. Schaff Ordnung in deinem Kopf. Denk ernsthaft über die Zukunft nach. Ich versuche inzwischen, Robert zur Vernunft zu bringen. Aber du mußt selbst entscheiden, ob du wirklich weitermachen willst.«

Jacqueline schloß die Augen. Vielleicht wurde es Zeit, abzutreten, solange sie noch einen letzten Rest Würde besaß. »Du hast recht«, stimmte sie zu. »Ein paar Tage auf dem Land täten mir bestimmt gut. Aber ich will, daß du diesen gottverdammten Robert Leboucher auf der Stelle anrufst und ihm sagst, daß er sein Wort wegen des Fototermins auf Mustique zu halten hat.«

»Und was ist, wenn ich's nicht schaffe, ihn zur Vernunft zu bringen?«

»Sag ihm, daß ich ihm auch gegen den Schwanz trete.«

Marcel lächelte. »Jacqueline, *Chérie,* dein Stil hat mir schon immer gefallen.«

12

Bayswater, London

Fiona Barrows hatte viel Ähnlichkeit mit dem Wohnblock, den sie in Sussex Gardens verwaltete: breit und untersetzt, mit einem grellen Anstrich, der die Tatsache, daß sie alterte – und das nicht besonders elegant –, nicht verbergen konnte. Von dem kurzen Weg zwischen dem Aufzug und der Tür der leerstehenden Wohnung war sie leicht außer Atem. Sie steckte den Schlüssel ins Schloß und stieß die Tür mit einem kleinen Grunzen auf. »So, da wären wir«, trillerte sie.

Sie machte eine kleine Führung: ein Wohnzimmer, das mit ziemlich abgewohnten Polstermöbeln eingerichtet war, zwei identische Schlafzimmer mit Doppelbetten und dazugehörigen Nachttischen, ein kleines Eßzimmer mit einem modernen Tisch mit Rauchglasplatte, eine beengte Einbauküche mit einem zweiflammigen Gasherd und einem Mikrowellengerät.

Er ging ins Wohnzimmer zurück, stellte sich ans Fenster und zog die Jalousie hoch. Auf der gegenüberliegenden Straßenseite ragte ein weiterer Wohnblock auf.

»Wenn Sie mich fragen, können Sie für dieses Geld in ganz London keine bessere Lage finden«, sagte Fiona Barrows. »Die Oxford Street ist ganz nahe, und der Hyde Park liegt natürlich gleich um die Ecke. Haben Sie Kinder?«

»Nein, ich habe keine«, sagte Gabriel geistesabwesend, indem er weiter den Wohnblock auf der anderen Straßenseite anstarrte.

»Was sind Sie von Beruf, wenn ich fragen darf?«
»Ich bin Kunstrestaurator.«
»Sie möbeln alte Bilder wieder auf, meinen Sie?«
»Ja, so ähnlich.«
»Machen Sie auch die Rahmen? Ich habe in meiner Wohnung einen alten Rahmen, der repariert werden müßte.«
»Leider nur die Gemälde.«
Sie beobachtete ihn, während er am Fenster stand und ins Leere starrte. Ein gutaussehender Mann, dachte sie. Schöne Hände. Bei einem Mann waren gute Hände sexy. Man stelle sich vor: ein *Kunstrestaurator* hier in diesem Gebäude! Wie nett, zur Abwechslung mal einen Mieter zu haben, der einen Hauch von Klasse mitbrachte. Ach, wäre sie doch noch unverheiratet gewesen – ledig, 20 Jahre jünger, 20 Pfund leichter. Er war ein vorsichtiger Mensch; das sah sie ihm an. Ein Mann, der nie etwas Wichtiges tat, ohne die Sache auf Herz und Nieren geprüft zu haben. Wahrscheinlich würde er ein Dutzend weiterer Wohnungen besichtigen wollen, bevor er seine Entscheidung traf. »Also, wie gefällt sie Ihnen?«
»Sie ist perfekt«, sagte er zu dem Fenster.
»Wann wollen Sie sie haben?«
Gabriel ließ die Jalousie herunter. »Ab sofort.«

Gabriel beobachtete ihn zwei Tage lang.
Am ersten Tag bekam er ihn nur einmal zu Gesicht – als er kurz nach Mittag aufstand und, nur mit schwarzen Boxershorts bekleidet, für einen Augenblick am Fenster erschien. Er hatte dunkles, lockiges Haar, hohe Backenknochen und volle Lippen. Sein Körper war schlank und sehnig. Gabriel schlug Schamrons Akte auf und verglich das Gesicht am Fenster mit dem auf der Umschlaginnenseite eingehefteten Foto.

Derselbe Mann.

Gabriel spürte, wie eine operative Kälte sich in ihm ausbreitete, während er die Gestalt am Fenster gegenüber studierte. Alles wirkte plötzlich heller und kontrastreicher. Geräusche klangen lauter und deutlicher – eine Autotür, die zugeschlagen wurde, das Liebespaar, das sich in einer Nachbarwohnung stritt, ein Telefon, das läutete, ohne daß jemand den Hörer abnahm, sein in der Küche schrill pfeifender Teekessel. Er blendete diese Störungen nacheinander aus und konzentrierte sich auf den Mann am Fenster auf der anderen Straßenseite.

Jusef al-Tawfiki, Palästinenser, im Nebenberuf nationalistischer Dichter, im Nebenberuf Student am University College, im Nebenberuf Kellner im libanesischen Restaurant Kebab Factory in der Edgware Road, im Hauptberuf Einsatzagent von Tariqs Geheimarmee.

Eine Hand erschien auf Jusefs Unterleib: blaß, vor seiner dunklen Haut leuchtend. Eine Frauenhand. Gabriel sah flüchtig eine blonde Kurzhaarfrisur. Dann verschwand Jusef wieder hinter dem Vorhang.

Die junge Frau ging eine Stunde später. Bevor sie in ein Taxi stieg, sah sie zu der Wohnung auf, um festzustellen, ob ihr Liebhaber ihr nachsah. Das Fenster war leer, der Vorhang geschlossen. Sie schlug die Autotür etwas fester zu als notwendig, und das Taxi fuhr los.

Gabriel machte die erste operative Einschätzung: Jusef behandelte seine Frauen nicht gut.

Am nächsten Tag beschloß Gabriel, eine lockere Überwachung durchzuführen.

Jusef verließ seine Wohnung gegen Mittag. Bekleidet war er mit einer schwarzen Hose, einem weißen Hemd und einer schwarzen Lederjacke. Als er auf den Gehsteig trat, blieb er stehen, um sich eine Zigarette anzuzünden und die in der Nähe geparkten Wagen nach Anzeichen für eine Überwachung abzusuchen. Dann schnippte er das Zündholz weg und ging in Richtung Edgware Road. Nach ungefähr 100 Metern blieb er plötzlich stehen, machte kehrt und ging noch einmal zurück.

Das Standardverfahren, um Beschatter zu entdecken, dachte Gabriel. Er ist ein Profi.

Fünf Minuten später war Jusef wieder auf der Straße und entfernte sich in Richtung Edgware Road. Gabriel ging ins Bad, rieb Gel in sein kurzes Haar und setzte eine rötlich getönte Brille auf. Dann zog er seine Jacke an und verließ die Wohnung.

Der Kebab Factory gegenüber lag ein kleines italienisches Restaurant. Gabriel betrat es und setzte sich an einen Fenstertisch. Er erinnerte sich an die Vorträge während seiner Ausbildung. Beobachtet man eine Zielperson von einem Café aus, gilt es alles zu vermeiden, was den Eindruck erweckt, man beobachte eine Zielperson von einem Café aus – zum Beispiel stundenlang allein an einem Tisch sitzen und vorgeben, eine Zeitung zu lesen. Zu offensichtlich.

Gabriel verwandelte sich in Cedric, der für ein aufstrebendes Pariser Kulturmagazin schrieb. Er sprach nahezu unverständliches Englisch mit starkem französischem Akzent. Er behauptete, er arbeite an einer Story darüber, weshalb London heutzutage so aufregend und Paris so langweilig sei. Er rauchte Gitanes und trank unmäßig viel Wein. Er führte ein mühsames Gespräch mit den beiden Schwedinnen am Nebentisch. Er lud eine von ihnen in sein Hotelzimmer ein. Als sie dankend ablehnte, fragte er die andere. Als sie ebenfalls ablehnte, lud er beide ein. Er verschüttete ein Glas Chianti. Signor Andriotti, der Geschäftsführer, kam an seinen Tisch und sagte Cedric, er müsse sich anständig benehmen oder das Lokal verlassen.

Die ganze Zeit über beobachtete Gabriel jedoch Jusef auf der anderen Straßenseite. Er beobachtete ihn, wie er geschickt die Mittagsgäste bediente. Beobachtete ihn, als er kurz das Restaurant verließ und die Straße entlang zu einem Kiosk ging, an dem es arabischsprachige Zeitungen gab. Beobachtete ihn, als eine hübsche Schwarzhaarige ihre Telefonnummer auf eine Serviette schrieb, die sie ihm dann in die Hemdtasche steckte, damit er sie nicht verlor. Beobachtete ihn, während er ein langes Gespräch mit einem wachsam aussehenden Araber führte. In dem Augenblick, in dem Gabriel seinen Chianti verschüttete, merkte er sich in Wirklichkeit das Kennzeichen des Nissans, den der Araber fuhr. Und während er den aufgebrachten Signor Andriotti abwehrte, beobachtete er, wie Jusef telefonierte. *Mit wem redet er?* Mit einer Frau? Mit einem Cousin in Ramallah? Mit seinem Führungsoffizier?

Nach gut einer Stunde hielt Gabriel es für unklug, länger in dem Restaurant zu bleiben. Er zahlte, gab ein großzügiges Trinkgeld und entschuldigte sich für sein flegelhaftes Benehmen. Signor Andriotti begleitete ihn zum Ausgang und ließ ihn sanft in den Menschenstrom hinaustreiben.

An diesem Abend saß Gabriel in einem Sessel am Fenster und wartete darauf, daß Jusef heimkam. Die Straße glänzte nach einem späten Regenguß. Ein Motorrad raste vorbei, ein Junge am Lenker, ein Mädchen, das ihn offenbar aufforderte, langsamer zu fahren, hinter ihm. Das hatte vermutlich nichts zu bedeuten, aber er trug die Beobachtung trotzdem in seine Kladde ein und vermerkte auch die Zeit: 23.15 Uhr.

Er hatte Kopfschmerzen von dem Wein. Das Apartment fing bereits an, ihn zu deprimieren. Wie viele Nächte hatte er schon auf diese Weise verbracht? In sterilen sicheren Wohnungen des Diensts oder in schäbigen möblierten Zimmern wartend und beobachtend. Er sehnte sich nach etwas Schönem, deshalb schob er eine Aufnahme mit *La Bohème* in den vor seinen Füßen stehenden CD-Player und drehte die Lautstärke zu einem Flüstern herunter. Geheimdienstarbeit ist Geduld, sagte Schamron immer. Geheimdienstarbeit ist Langeweile.

Er stand auf, ging in die Küche und nahm zwei Aspirin gegen die Kopfschmerzen. In der Nachbarwohnung stritten eine Mutter und ihre Tochter sich in libanesisch gefärbtem Arabisch. Ein Glas zersplitterte, dann noch eines, eine Tür wurde zugeknallt, jemand rannte durch den Korridor.

Gabriel ließ sich in seinen Sessel sinken und schloß die Augen; Sekunden später war er wieder in Nordafrika – damals vor zwölf Jahren.

Die Schlauchboote kamen mit der harmlosen Brandung bei Rouad an Land. Gabriel stieg aus in lauwarmes, knietiefes Wasser und zog sein Schlauchboot auf den Sand. Ein Team von Sajaret-Kommandos folgte ihm mit schußbereiten Waffen über den Strand. Irgendwo in der Ferne bellte ein Hund. Der Geruch von Holzrauch und Grillfleisch hing in der Luft. Die junge Frau wartete am Steuer eines VW-Busses. Vier der Kommandos stiegen mit Gabriel in den Volkswagen. Die anderen verteilten sich auf zwei Peugeot-Kombis, die hinter dem Kleinbus bereitstanden. Wenige Sekunden später sprangen die Motoren gleichzeitig an, und die Fahrzeuge rasten durch die kühle Aprilnacht davon.

Gabriel trug eine Hör-Sprech-Garnitur, die mit dem kleinen Funkgerät in seiner Jackentasche verbunden war. Dieses Funk-

gerät stand auf einer abhörsicheren Frequenz mit einer speziell ausgerüsteten Boeing 707 in Verbindung, die in einem zivilen Luftkorridor dicht vor der tunesischen Küste als angebliche El-Al-Chartermaschine unterwegs war. Ging etwas schief, konnten sie das Unternehmen binnen Sekunden abbrechen.

»Mutter ist sicher angekommen«, murmelte Gabriel. Als er seine Sprechtaste losließ, kam bereits der Befehl: »Fahrt zu Mutters Haus weiter.«

Gabriel hielt seine Beretta während der Fahrt zwischen den Knien und rauchte, um seine Nervosität zu verbergen. Die junge Frau ließ beide Hände am Lenkrad, nahm den Blick nicht von der unbeleuchteten Straße. Sie war groß, größer als Leah, mit dunkelbraunen Augen und schwarzer Mähne, die in ihrem Nacken durch eine schlichte Silberspange zusammengefaßt wurde. Sie kannte diese Route so gut wie Gabriel. Als Schamron ihn nach Tunis entsandt hatte, um ihn die Zielperson auskundschaften zu lassen, hatte die junge Frau ihn als seine angebliche Ehefrau begleitet. Gabriel streckte eine Hand aus und umfaßte sanft ihre Schulter, während sie fuhr. Ihre Muskeln waren straff angespannt. »Nicht verkrampfen«, sagte er halblaut. Sie lächelte kurz und atmete hörbar aus. »Du machst deine Sache ausgezeichnet.«

Sie erreichten Sidi Boussaid, einen nicht weit vom Meer entfernten Villenvorort von Tunis, und hielten gegenüber der Villa. Die Peugeots hielten hinter ihnen. Die junge Frau stellte den Motor ab. 0.15 Uhr. Auf die Minute pünktlich.

Gabriel kannte die Villa so gut wie sein eigenes Haus. Er hatte sie während der Überwachung aus jedem nur möglichen Blickwinkel studiert und fotografiert. In der Negev hatten sie die Villa genau nachgebaut, damit er und sein Team das Eindringen immer wieder üben konnten. Bei der letzten Überprüfung hatten sie es geschafft, ihren Auftrag in 22 Sekunden auszuführen.

»Wir stehen vor Mutters Haus«, murmelte Gabriel in sein Mikrofon.

»Stattet Mutter einen Besuch ab.«

Gabriel drehte sich um und sagte: »Los!«

Er öffnete die Tür des VW-Busses und überquerte die Straße, zügig gehend, nicht rennend. Hinter sich hörte er die gedämpften Schritte des Sajaret-Teams, das ihm folgte. Gabriel atmete mehrmals tief durch, um zu erreichen, daß sein Puls sich wieder beruhigte. Die Villa gehörte Chalil el-Wasir, besser als Abu Dschihad bekannt, der Operationschef der PLO und Jassir Arafats engster Mitarbeiter war.

Vor der Villa schlief Abu Dschihads Fahrer am Steuer seines Mercedes, den Arafat ihm geschenkt hatte. Gabriel hielt die Mündung seiner Beretta mit Schalldämpfer ans Ohr des Fahrers, drückte ab und ging weiter.

An der Haustür trat Gabriel beiseite, während zwei Sajaret-Leute an der massiven Tür einen besonders leisen Plastiksprengstoff anbrachten. Die Sprengladung detonierte mit einem gedämpften Knall, der leiser als ein Händeklatschen war, und die schwere Tür flog auf. Gabriel, der seine Beretta mit ausgestreckten Armen hielt, führte das Team in die Eingangshalle.

Ein tunesischer Wachmann tauchte auf. Als er nach seiner Waffe griff, schoß Gabriel ihn mehrmals in die Brust.

Gabriel stand über dem Sterbenden. »Sag mir, wo er ist«, forderte er ihn auf, »dann schieße ich dir nicht ins Auge.«

Aber der Wachmann verzog nur schmerzlich das Gesicht und sagte nichts.

Gabriel schoß ihm zweimal ins Gesicht.

Er lief die Treppe hinauf, rammte unterwegs ein neues Magazin in seine Beretta und hielt auf das Arbeitszimmer zu, in dem Abu Dschihad die meisten Nächte am Schreibtisch verbrachte. Als er die Tür aufstieß, saß der Palästinenser vor einem Fernseher und sah sich eine Sendung über die Intifada *an, die er von Tunis aus dirigieren half. Abu Dschihad griff nach seiner Pistole. Gabriel stürmte schießend auf ihn zu – genau wie er es in Schamrons Ausbildung gelernt hatte. Zwei der Schüsse trafen*

Abu Dschihad in die Brust. Gabriel stand über ihm, setzte ihm seine Waffe an die Schläfe und drückte noch zweimal ab. Der Körper des Mannes zuckte im Todeskampf.

Gabriel lief wieder hinaus. Im Flur begegneten ihm Abu Dschihads Frau, die ihren kleinen Sohn auf dem Arm trug, und seine halbwüchsige Tochter. Sie schloß die Augen und drückte den Jungen noch fester an sich, während sie darauf wartete, daß Gabriel sie erschoß.

»Zurück ins Zimmer!« rief er auf arabisch, und an die Tochter gewandt: »Du gehst mit und kümmerst dich um deine Mutter.«

Gabriel rannte aus dem Haus, und das Sajaret-Team folgte ihm. Sie verteilten sich auf den VW-Bus und die beiden Peugeots und rasten davon. Sie fuhren durch Sidi Boussaid nach Rouad zurück, wo sie die Fahrzeuge am Strand zurückließen und ihre Schlauchboote zu Wasser brachten. Im nächsten Augenblick glitten sie mit hoher Fahrt über die schwarze Oberfläche des Mittelmeers auf die Lichter eines wartenden israelischen Schnellboots zu.

»Dreizehn Sekunden, Gabriel! Du hast's in dreizehn Sekunden geschafft!«

Das war die junge Frau. Sie streckte eine Hand aus, um ihn zu berühren, aber er wich zurück. Er beobachtete die Lichter des Schnellboots, dem sie sich näherten. Er sah zum tiefschwarzen Himmel auf, versuchte ihr Kommandoflugzeug zu finden und sah nur eine schmale Mondsichel und unzählige Sterne. Dann glaubte er wieder, die Gesichter von Abu Dschihads Frau und Kindern zu sehen, die ihn mit brennendem Haß anstarrten.

Er warf die Beretta über Bord und begann zu zittern.

Der Streit nebenan war zu Ende. Gabriel wollte nicht mehr an Tunis denken, deshalb stellte er sich vor, er segle mit seiner Ketsch durch die Helford Passage aufs Meer hinaus. Er dachte an den Vecellio, der von seinem verschmutzten Firnis befreit war, so daß die Schäden von Jahrhunderten bloßlagen. Er dachte an Peel, und er dachte erstmals an diesem Tag an Dani. Er erinnerte sich daran, wie er seinen zerfetzten Körper in Wien aus dem brennenden Autowrack gezogen, ihn hastig auf etwaige Lebenszeichen untersucht und Gott dafür gedankt hatte, daß der Kleine gleich tot gewesen war, statt noch einige Zeit mit einem Arm, einem Bein und einem halben Gesicht dahinzuvegetieren.

Gabriel stand auf, ging im Zimmer auf und ab, versuchte die quälenden Bilder zu verdrängen und mußte aus irgendeinem Grund an Peels Mutter denken. Während seines Aufenthalts in Port Navas hatte er festgestellt, daß seine Phantasie sich mehrmals mit ihr beschäftigte. Die Geschichte begann immer gleich: Er würde ihr zufällig im Dorf begegnen, und sie würde ihm erzählen, Derek sei auf einer langen Wanderung zum Lizard Point, um zu versuchen, den zweiten Akt seines neuen Stücks zu retten. »Er ist noch stundenlang fort«, würde sie sagen. »Möchten Sie zum Tee kommen?« Er würde ja sagen, aber anstatt ihm Tee zu servieren, würde sie ihn nach oben in ihr Bett mitnehmen und ihm erlauben, neun Jahre selbstauferlegter Enthaltsamkeit in ihren geschmeidigen Körper zu ergießen. Hinterher würde sie ihren Kopf so auf seinen Bauch legen, daß ihr feuchtes Haar über seine Brust ausgebreitet war. »Du bist nicht wirklich Restaurator, stimmt's?« würde sie ihn in seiner Phantasie fragen. Und Gabriel würde ihr die Wahrheit sagen. »Ich morde im Auftrag der israelischen Regierung. Ich habe Abu Dschihad vor den Augen seiner Frau und seiner Kinder getötet. In dieser Nacht habe ich in dreizehn Sekunden drei Männer erschossen. Dafür hat mir unser Premierminister einen Orden verliehen. Früher hatte ich eine Frau und einen Sohn, aber ein Terrorist hat eine

Bombe unter ihr Auto gelegt, weil ich in Tunis eine Affäre mit meiner *Bat leweja* hatte.« Und Peels Mutter würde kreischend aus dem Haus laufen – in ein weißes Bettlaken gehüllt, das rot von Leahs Blut war.

Er kehrte zu seinem Sessel zurück und wartete auf Jusef. Vor seinem inneren Auge stand nicht mehr das Gesicht von Peels Mutter, sondern das Antlitz von Vecellios Jungfrau Maria. Um sich die Wartezeit zu vertreiben, tauchte Gabriel einen imaginären Pinsel in imaginäres Pigment und heilte zärtlich ihre verletzte Wange.

Jusef kam gegen drei Uhr nach Hause. Er brachte eine junge Frau mit, die hübsche Schwarzhaarige, die ihm nachmittags ihre Telefonnummer zugesteckt hatte. Gabriel beobachtete, wie sie durch die Haustür verschwanden. Oben in der Wohnung brannte kurz Licht, bevor Jusef noch einmal am Fenster erschien. Gabriel wünschte ihm eine gute Nacht, als er hinter dem Vorhang verschwand. Dann ließ er sich auf die Couch fallen und schloß die Augen. Heute hatte er beobachtet. Morgen würde er zu lauschen beginnen.

13

Amsterdam

Drei Stunden später trat eine junge Frau namens Inge van der Hoff aus einer Bar im Rotlichtbezirk und ging rasch durch eine schmale Gasse davon. Schwarzer Lederrock, schwarze Leggings, schwarze Lederjacke, dazu schwarze Stiefel, die übers Pflaster klapperten. Die Straßen der Altstadt waren noch dunkel, und leichter Nebel verschleierte die Straßenlampen. Sie hob ihr Gesicht zum Morgenhimmel. Der Nebel schmeckte nach Salz, roch nach der Nordsee. Sie kam an zwei Männern vorbei, einem Betrunkenen und einem Haschdealer, senkte ihren Kopf und ging rasch weiter. Ihr Chef mochte es nicht, wenn sie zu Fuß nach Hause ging, aber nach einer langen Nacht, in der sie Drinks serviert und die Avancen betrunkener Gäste abgewehrt hatte, war es immer schön, für ein paar Minuten allein zu sein.

Plötzlich fühlte sie sich sehr müde. Sie mußte unbedingt pennen. *Was ich wirklich brauche, ist ein Schuß,* dachte sie. *Hoffentlich hat Leila heute nacht was gekriegt.*

Leila … Sie liebte den Klang ihres Namens. Liebte alles an ihr. Sie hatten sich vor zwei Wochen in der Bar kennengelernt. Leila war drei Abende nacheinander gekommen, jedesmal ohne Begleitung. Sie blieb ungefähr eine Stunde, trank einen Genever, einen Grolsch, rauchte etwas Hasch und hörte der Musik zu. Jedesmal wenn Inge an ihren Tisch kam, fühlte sie den Blick der Unbekannten auf sich. Inge mußte zugeben, daß ihr das gefiel. Sie war eine umwerfend attraktive junge Frau mit glänzendem schwarzen Haar und großen braunen Augen. Am dritten Abend stellte Inge sich ihr schließlich vor, und sie unterhielten sich ein bißchen. Leila erzählte, ihr Vater sei Geschäftsmann, und sie habe schon in vielen Ländern gelebt. Sie sagte, sie mache ein Jahr Urlaub von ihrem Studium in Paris, um zu reisen und das Leben zu genießen. Sie sagte, Amsterdam habe sie verzaubert. Die malerischen Grachten. Die spitzgiebligen Häuser, die Museen und die Parks. Sie wolle ein paar Monate bleiben, Amsterdam bis in den letzten Winkel erkunden.

»Wo wohnst du?« hatte Inge gefragt.

»In einer Jugendherberge im Süden der Stadt. Scheußlich, kann ich dir sagen! Und wo wohnst du?«

»Auf einem Hausboot auf der Amstel.«

»Auf einem Hausboot? Wie wundervoll!«

»Es gehört meinem Bruder, aber der ist für ein paar Monate in Rotterdam auf einer Großbaustelle.«

»Meinst du, ich könnte ein paar Tage auf deinem Hausboot übernachten?«

»Ich biete dir an, bei mir zu bleiben, solange du willst. Ich komme nicht gern in leere Räume heim.«

Über dem Fluß dämmerte der Tag herauf, in den am Kai vertäuten Hausbooten gingen die ersten Lichter an. Inge folgte dem Kai ein kurzes Stück weit, dann trat sie aufs Deck ihres Hausboots. Die Vorhänge an den Fenstern waren zugezogen. Sie überquerte das Deck und betrat den Salon. Sie hatte erwartet, Leila schlafend im Bett vorzufinden, aber statt dessen stand sie am Herd und kochte Kaffee. Neben ihr stand ein anscheinend gepackter Koffer. Inge schloß die Tür und bemühte sich, ihre Enttäuschung zu verbergen.

»Gestern abend, als du schon bei der Arbeit warst, habe ich mit meinem Bruder in Paris telefoniert«, sagte Leila.

»Mein Vater ist schwer krank. Ich muß sofort nach Hause, weil meine Mutter mich braucht. Tut mir leid, Inge.«

»Wie lange bleibst du fort?«

»Eine Woche, höchstens zwei.«

»Aber du kommst zurück?«

»Natürlich komme ich zurück!« Sie küßte Inge auf die Wange und gab ihr einen Becher Kaffee. »Mein Flugzeug geht in zwei Stunden. Setz dich, ich muß etwas mit dir besprechen.«

Sie setzten sich in den Salon. »Ein Freund von mir kommt morgen nach Amsterdam«, begann Leila. »Er heißt Paul. Er ist Franzose. Ich wollte dich fragen, ob er ein paar Tage hier wohnen kann, bis er eine Bleibe gefunden hat.«

»Leila, ich will keinen ...«

»Er ist ein guter Mann, Inge. Er belästigt dich garantiert nicht, falls dir das Sorgen macht.«

»Ich weiß, wie man sich Kerle vom Hals hält.«

»Dann kann Paul also ein paar Tage hier wohnen?«

»Wie viele Tage sind ein paar Tage?«

»Vielleicht eine Woche.«

»Und was bekomme ich dafür?«

Leila griff in ihre Tasche, zog einen kleinen Plastikbeutel mit weißem Pulver heraus und hielt ihn ihr zwischen Daumen und Zeigefinger vors Gesicht.

Inge riß ihr den Beutel aus den Fingern. »Leila, du bist ein Schatz!«

»Ich weiß.«

Inge verschwand in ihrer Kabine und zog die oberste Kommodenschublade auf. Darin lag ihr Fixerbesteck: eine Packung Einwegspritzen, Kerze, Eßlöffel, dünner Gummischlauch. Sie erhitzte die Droge, während Leila draußen ihre letzten Sachen einpackte. Dann band sie sich den linken Arm mit dem Gummischlauch ab und stieß die Nadel vorsichtig in eine Armvene.

Im nächsten Augenblick wurde ihr Körper von einer ungeheuer angenehmen Benommenheit überwältigt. Und das letzte, was sie noch wahrnahm, bevor sie in Bewußtlosigkeit versank, war der Anblick Leilas, ihrer schönen Geliebten, die aus der Tür schlüpfte und übers Deck des Hausboots davonschwebte.

14

Bayswater, London

Randall Karp, ehemals beim Amt für Technische Dienste, Langley, Virginia, jetzt bei der obskuren Firma Clarendon International Security, Mayfair, London, traf in den stillen Minuten kurz vor Tagesanbruch in Gabriels Apartment in Sussex Gardens ein. Er trug eine Vliesjacke gegen die Morgenkälte, blaßblaue Jeans und Wildledersandalen mit den dicken Wollsocken eines Mannes, der gern und oft im Freien ist. An beiden Enden seiner spinnenartigen Arme hing je ein Matchsack, von denen der eine seine persönlichen Sachen und der andere sein Handwerkszeug enthielt. Er stellte das Gepäck mit einem Ausdruck stiller Selbstzufriedenheit im Wohnzimmer ab und begutachtete seine Umgebung.

»Mir gefällt's, wie du die Wohnung eingerichtet hast, Gabe.« Er sprach mit plattem südkalifornischem Akzent. Seit Gabriel ihn zuletzt gesehen hatte, hatte er sich einen Pferdeschwanz wachsen lassen, um seine sich rasant ausdehnende Stirnglatze zu kompensieren. »Sie hat sogar den richtigen Geruch. Wonach eigentlich? Curry? Zigaretten? Etwas verschüttete Milch? Hier wird's mir gefallen.«

»Freut mich echt.«

Karp trat ans Fenster. »Also, wo ist unser Junge?«

»Zweiter Stock, direkt über dem Eingang. Weiße Vorhänge.«

»Wer ist er?«

»Ein Palästinenser, der meinem Land schaden will.«

»Das hätte ich mir selbst denken können. Weißt du nicht mehr über ihn? Hamas? Hisbollah? Islamischer Dschihad?«

Gabriel schwieg jedoch, und Karp verzichtete wohlweislich darauf, ihn zu einer Antwort zu drängen. Karp war ein erstklassiger Audiotechniker – und Techniker waren es gewohnt, bei ihrer Arbeit oft nur halb im Bilde zu sein. In Kreisen westlicher Geheimdienste genoß er einen legendären Ruf, seit es ihm in Prag gelungen war, einen Treff zwischen einem Russen und einem Agenten zu überwachen, indem er den Hund des Russen mit einer Wanze am Halsband ausgestattet hatte. Gabriel hatte ihn auf Zypern bei der amerikanisch-israelischen Überwachung eines libyschen Waffenschmugglers kennengelernt. Nach dem Unternehmen hatte Gabriel auf Vorschlag Schamrons eine Jacht gemietet und Karp zu einem Segeltörn eingeladen. Karp war als Seemann so gut wie als Abhörspezialist, und auf diesem dreitägigen Törn waren sie beruflich und privat gute Freunde geworden.

»Warum ich, Gabe?« fragte Karp. »Eure Jungs haben die besten Spielsachen in der Branche. Klasse Zeug. Wozu brauchst du einen Außenstehenden wie mich für einen einfachen Job wie diesen?«

»Weil unsere Jungs in letzter Zeit außerstande sind, solche Aufträge zu erledigen, ohne sich die Finger zu verbrennen.«

»Ja, das liest man. Ich würde lieber nicht im Gefängnis landen, Gabe, wenn du weißt, was ich meine.«

»Niemand landet im Gefängnis, Randy.«

Karp drehte sich um und sah aus dem Fenster. »Was ist mit dem Jungen dort drüben? Landet *der* im Gefängnis – oder habt ihr was anderes mit ihm vor?«

»Worauf willst du hinaus?«

»Ich frage mich, ob der dort drüben von Kugeln durchsiebt in einer dunklen Gasse enden wird. Die Leute haben die komische Angewohnheit, tot zu enden, wenn du aufkreuzt.«

»Dies ist ein reiner Überwachungsauftrag. Ich will wissen, mit wem er redet, was er sagt. Das Übliche.«

Karp verschränkte die Arme und ließ sich die Sache durch den Kopf gehen. »Ist er ein Profi?«

»Er scheint gut zu sein. Auf der Straße sehr diszipliniert.«

»Ich könnte versuchen, den Ton von der Fensterscheibe abzunehmen, aber wenn er ein Profi ist, ergreift er Gegenmaßnahmen und macht uns das Leben zur Hölle. Außerdem arbeitet der Laser nicht sehr selektiv. Er zeichnet die Schwingungen des Glases auf und wandelt sie in Töne um. Der Straßenverkehr läßt die Fensterscheibe vibrieren, der Wind, die Nachbarn, sein CD-Player. Das ist nicht die beste Methode.«

»Was schlägst du sonst vor?«

»Ich könnte über den Verteilerkasten an sein Telefon rankommen.«

»Verteilerkasten?«

Karp zeigte auf den Wohnblock gegenüber. »Siehst du den Metallkasten an der Hauswand links neben dem Eingang? Dort kommt das Kabel der British Telecom ins Haus. Vom Verteilerkasten aus verzweigen die Leitungen sich zu den einzelnen Kunden. Ich könnte dort eine ziemlich einfache Funkwanze an seine Leitung anklemmen. Sie würde ein Analogsignal senden, und wir könnten seine Telefongespräche von hier aus mit einem gewöhnlichen UKW-Empfänger abhören.«

»Ich muß auch wissen, was in der Wohnung gesprochen wird.«

»Willst du gute Raumabdeckung, mußt du in die Wohnung reinkommen.«

»Dann müssen wir eben dort reinkommen.«

»Dabei landen Leute schnell im Gefängnis, Gabe.«

»Niemand landet im Gefängnis.«

»Hat unser Junge einen Computer?«

»Ich denke schon. Er ist nebenbei Student.«

»Ich könnte es mit einem Tempest versuchen.«

»Entschuldige, Randy, aber ich bin seit ein paar Jahren nicht mehr im Geschäft.«

»Das ist ein System, das der holländische Wissenschaftler van Eyck entwickelt hat. Der Computer kommuniziert mit dem Bildschirm, indem er Signale durch das Verbindungskabel schickt. Diese Signale haben eine bestimmte Frequenz, die man mit einem entsprechend eingestellten Empfänger auffangen kann. Arbeitet er am Computer, können wir ihn von hier aus beobachten – als ob wir hinter ihm stünden und ihm über die Schulter sähen.«

»Gute Idee«, sagte Gabriel. »Sein Telefon am Arbeitsplatz müssen wir auch abhören.«

»Wo arbeitet er?«

»In einem Restaurant in der Edgware Road.«

»Das Signal einer Funkwanze ist viel zu schwach, um die Entfernung von der Edgware Road bis hierher zu überbrücken. Ich muß auf halber Strecke eine Relaisstation einrichten, die das empfangene Signal wieder verstärkt.«

»Was brauchst du dafür?«

»Irgendeine Art Vehikel.«

»Du meinst ein Auto?«

»Ein Auto wäre in Ordnung.«

»Gut, ich besorge dir noch heute eines.«

»Clean?«

»Clean.«

»Bekommst du's von einem eurer kleinen Helfer?«

»Zerbrich dir nicht den Kopf darüber, wo es herkommt.«

»Aber bitte nicht klauen, ja? Ich möchte nicht mit einem geklauten Wagen herumfahren.«

In diesem Augenblick erschien Jusef am Fenster und begann seine morgendliche Inspektion der Straße.

»Das ist also unser Junge?« fragte Karp.

»Richtig.«

»Eines würde mich noch interessieren, Gabe. *Wie* willst du in die Wohnung reinkommen?«

Gabriel erwiderte seinen Blick und lächelte. »Er mag Mädchen.«

Am nächsten Morgen kurz nach zwei Uhr schlüpften Gabriel und Karp in die Gasse hinter der Kebab Factory. Um den Verteilerkasten zu erreichen, mußte Karp auf einen großen Container mit Küchenabfällen steigen. Er öffnete das Schloß mit einem Dietrich, zog die kleine Tür auf und arbeitete einige Minuten lang schweigend im scharf gebündelten Lichtstrahl einer dünnen Stabtaschenlampe, die er sich zwischen die Zähne geklemmt hatte.

Gabriel, der unter ihm Wache hielt, beobachtete die Einmündung der Gasse. »Wie lange noch?« murmelte er.

»Eine Minute, wenn du die Klappe hältst. Zwei, wenn du darauf bestehst, mit mir zu reden.«

Als Gabriel wieder die Gasse entlangblickte, sah er zwei Männer in Lederjacken, die auf ihn zukamen. Einer von ihnen hob eine auf dem Pflaster liegende Flasche auf und ließ sie an der nächsten Hauswand zersplittern. Sein Freund bog sich vor Lachen.

Gabriel entfernte sich einige Schritte von Karp, lehnte sich an eine Hauswand und tat so, als müsse er sich übergeben. Die beiden Männer blieben bei ihm stehen. Der Größere packte Gabriel an der Schulter. Er hatte eine lange weiße Narbe wie von einem Messerschnitt auf der rechten Backe und stank nach Bier und Whiskey. Der andere Kerl grinste dümmlich. Er war auffällig hager und hatte sich den Schädel rasiert. Im schwachen Schein der spärlichen Straßenbeleuchtung schien seine blasse Haut zu schimmern.

»Bitte, ich will keinen Ärger«, sagte Gabriel mit seinem starken französischen Akzent. »Mir ist nur schlecht. Zuviel getrunken, wissen Sie?«

»Ein gottverdammter Frenchie!« rief der Kahlköpfige. »Und schwul sieht er auch aus.«

»Bitte, ich will keinen Ärger«, wiederholte Gabriel.

Er griff in seine Jackentasche, zog mehrere zusammengeknüllte Zehner und Zwanziger heraus und hielt sie den beiden hin. »Hier, nehmen Sie mein Geld. Ich will nur in Ruhe gelassen werden.«

Aber der große Mann mit der Narbe schlug ihm das Geld aus der Hand. Dann holte er mit der rechten Faust zu einem wilden Schwinger gegen Gabriels Kopf aus.

Zehn Minuten später waren sie wieder in Gabriels Wohnung. Karp saß vor seinen Geräten, die er auf dem Eßtisch aufgebaut hatte. Er griff nach einem Mobiltelefon und wählte die Nummer des Restaurants. Während das Klingelzeichen zu hören war, legte er das Telefon weg und drehte den Lautstärkeregler seines Empfängers nach rechts. Der Anrufbeantworter schaltete sich ein, und eine Stimme teilte mit, die Kebab Factory habe geschlossen und sei erst ab 11.30 Uhr wieder geöffnet. Er wählte die Nummer nochmals und hörte die Ansage wieder aus seinem Empfänger. Wanze und Relaisstation funktionierten einwandfrei.

Als er sein Werkzeug aufräumte, dachte er über Gabriels Beitrag zum Erfolg ihrer nächtlichen Arbeit nach. Er hatte nichts gesehen – seine ganze Aufmerksamkeit hatte seiner Arbeit gegolten –, aber alles gehört und vier harte Schläge gezählt. Der letzte Schlag war der brutalste gewesen. Karp hatte eindeutig Knochen splittern gehört. Er hatte erst nach unten gesehen, als die Wanze angebracht und die Tür des Verteilerkastens wieder geschlossen war. Diesen Anblick würde er nie vergessen: Gabriel Allon, der sich nacheinander über seine Opfer beugte und fürsorglich an der Kehle ihren Puls fühlte, um sich zu vergewissern, daß er sie nicht umgebracht hatte.

An diesem Morgen verließ Gabriel die Wohnung, um Zeitungen zu holen. Er ging in leichtem Nieselregen zur Edgware Road und kaufte an einem Zeitungsstand ein Exemplar der *Times.* Er steckte es unter seine Jacke und überquerte die Straße zu einem kleinen Supermarkt. Dort kaufte er Alleskleber, eine Schere und ein zweites Exemplar der *Times.*

Karp schlief noch, als er in die Wohnung zurückkam. Gabriel setzte sich an den Tisch und legte zwei leere Blatt Schreibpapier vor sich hin. Oben auf dem ersten Blatt vermerkte er die Geheimhaltungsstufe – *Streng geheim!* – und den Empfänger: Rom – der interne Code für den Boß.

Gabriel schrieb eine Viertelstunde lang. Seine rechte Hand kratzte rhythmisch übers Papier, die linke stützte seinen Kopf an der Schläfe. Schamrons Vorliebe entsprechend war seine Ausdrucksweise knapp und sachlich.

Als er fertig war, nahm er ein Exemplar der *Times,* schlug die Seite acht auf und schnitt sorgfältig die große Anzeige eines Herrenausstatters aus. Er warf die Zeitung in den Papierkorb, griff nach dem zweiten Exemplar und schlug wieder die Seite acht auf. Er legte seinen Bericht auf die Anzeige und klebte die ausgeschnittene Anzeige darüber. Er faltete die *Times* wieder zusammen und steckte sie ins Außenfach einer schwarzen Reisetasche. Dann zog er seine Jacke an, griff nach der Tasche und verließ die Wohnung.

Gabriel ging zum Marble Arch und fuhr zum U-Bahnhof hinunter. Er kaufte seine Fahrkarte am Automaten und führte ein kurzes Telefongespräch, bevor er durch die Drehkreuze ging. Kaum eine Viertelstunde später stieg er an der U-Bahnstation Waterloo aus.

Schamrons *Bodel* wartete in einem Café im Eurostar-Ticketterminal und hatte als Erkennungszeichen eine Plastiktragetasche mit dem Werbeaufdruck einer amerikanischen Zigarettenmarke auf seinem Tisch liegen. Gabriel setzte sich an den Nebentisch, trank einen Tee und las die *Times*. Als er seinen Tee ausgetrunken hatte, stand er auf, legte die Zeitung auf den Tisch und ging. Der *Bodel* steckte sie in seine Plastiktüte und ging in die entgegengesetzte Richtung.

Gabriel wartete im Terminal, bis sein Zug aufgerufen wurde. Zehn Minuten später stieg er in den Eurostar nach Paris.

15

Amsterdam

Das elegante Stadthaus stand an der Amsterdamer Herengracht in der Goldenen Kurve des zentralen Kanalrings. Es war hoch und breit, mit großen Fenstern, die den Blick auf den Kanal freigaben, und hoch aufragendem Giebel. Sein Eigentümer, der Multimillionär David Morgenthau, war Vorstandsvorsitzender der Firma Optique, einem der weltgrößten Hersteller von Designerbrillen. Außerdem war Morgenthau ein leidenschaftlicher Zionist. Im Lauf der Jahre hatte er israelische Wohltätigkeitsorganisationen Millionen von Dollar gespendet und weitere Millionen in israelische Firmen investiert. Morgenthau, ein Amerikaner holländisch-jüdischer Abstammung, hatte in New York im Vorstand mehrerer jüdischer Organisationen gesessen und galt als Falke, wenn es um israelische Sicherheitsbelange ging. Seine Frau Cynthia, eine bekannte New Yorker Innenarchitektin, und er kamen zweimal im Jahr pünktlich wie ein Uhrwerk in ihr Haus in Amsterdam – einmal im Sommer, auf dem Weg zu ihrer Villa bei Cannes, und einmal im Winter über die Feiertage.

Tariq saß in einem Café auf dem gegenüberliegenden Kanalufer und trank heißen, süßen Tee. Er wußte andere Dinge über David Morgenthau – Dinge, die nicht in Klatschkolumnen oder im *Wallstreet Journal* standen. Er wußte, daß Morgenthau mit dem israelischen Premierminister befreundet war, Ari Schamron in der Vergangenheit verschiedene Gefälligkeiten erwiesen hatte und einmal als Geheimvermittler zwischen der israelischen Regierung und der PLO fungiert hatte. Aus allen diesen Gründen würde Tariq ihn liquidieren.

Leila hatte während ihres Aufenthalts in Amsterdam einen detaillierten Überwachungsbericht erstellt. David und Cynthia Morgenthau verließen das Haus jeden Morgen um zehn, um Museen zu besuchen oder zum Schlittschuhlaufen aufs Land zu fahren. Tagsüber war nur ihr Dienstmädchen, eine junge Holländerin, im Haus.

Das wird fast zu leicht, sagte Tariq sich.

Drüben vor dem Haus hielt ein Mercedes mit Chauffeur. Tariq sah auf seine Armbanduhr: 16.00 Uhr, auf die Minute pünktlich. Ein großer grauhaariger Mann stieg aus. Er trug einen dicken Pullover und eine schwere Cordsamthose und hatte zwei Paar Schlittschuhe in der Hand. Auf der anderen Seite stieg eine attraktive Frau in Pullover und schwarzen Stretchleggings aus. Der Mercedes fuhr davon, als die beiden das Haus betraten.

Tariq legte ein paar Gulden auf den Tisch und verließ das Café.

Schnee wirbelte über die Herengracht, als er langsam zu dem Hausboot auf der Amstel zurückging. Zwei Radfahrer glitten lautlos an ihm vorbei und hinterließen schwarze Spuren im frisch gefallenen Schnee. Der Abend in einer fremden Stadt machte ihn stets melancholisch. Lichter flammten auf, Büros leerten sich, Bars und Cafés füllten sich allmählich. Durch die breiten Fenster von Kanalhäusern, hinter denen warmes, freundliches Licht brannte, sah er Eltern, die zu Kindern heimkehrten, Ehemänner, die zu Ehefrauen heimkamen, Liebende, die wieder vereint wurden. *Leben,* dachte er. *Anderer Leute Leben, anderer Leute Heimatland.*

Er dachte wieder daran, was Kemel ihm bei ihrem

Treff im Schnellzug erzählt hatte. Sein alter Erzfeind Gabriel Allon war von Ari Schamron reaktiviert worden, damit er ihm half, Tariq aufzuspüren. Diese Nachricht beunruhigte ihn nicht. Ganz im Gegenteil. Sie würde ihm die kommenden Wochen zusätzlich versüßen. Wenn er sich vorstellte, wie er diesen sogenannten Friedensprozeß torpedieren und gleichzeitig seine alte Rechnung mit Gabriel Allon begleichen würde …

Allon zu erledigen würde nicht leicht sein, aber während Tariq die Herengracht entlangschlenderte, wußte er, daß er in einem Punkt seinem Gegner bereits deutlich voraus war. Allein die Tatsache, daß Tariq wußte, daß Allon nach ihm fahndete, war ein unschätzbarer Vorteil. Der Jäger mußte zur Beute kommen, um sie zu erlegen. Spielte Tariq sein Spiel gut, konnte er Allon in eine Falle locken. *Und dann erledige ich ihn, wie er Mahmoud erledigt hat …*

Geheimdienste haben grundsätzlich zwei Methoden, um einen Terroristen zu fassen. Sie können ihre technischen Möglichkeiten nutzen, um seine Nachrichtenverbindungen abzuhören, oder sie können seine Organisation infiltrieren, indem sie einen Agenten einschleusen oder einen seiner Leute dazu bewegen, die Seiten zu wechseln. Tariq und Kemel waren äußerst vorsichtig, wenn sie miteinander Verbindung aufnahmen. Sie mieden Telefone und das Internet, soweit das irgend möglich war, und setzten statt dessen Kuriere ein. *Wie den Idioten, den Kemel nach Samos geschickt hat!* Nein, sie würden ihn nicht schnappen können, indem sie seine Nachrichtenverbindungen abhörten, deshalb würden sie versuchen, in seine Gruppe einzudringen. Für Geheimdienste war es schwierig, in eine Terrorgruppe einzudringen, aber im Fall Tariq waren die Schwierigkeiten noch größer. Seine Organisation war klein, straff gegliedert und sehr mobil. Seine Leute kämpften aus Überzeugung, hatten eine hervorragende Ausbildung und waren äußerst loyal. Keiner seiner Agenten würde ihn jemals an die Juden verraten.

Das konnte Tariq zu seinem Vorteil nutzen. Er hatte Kemel angewiesen, mit sämtlichen Agenten Verbindung aufzunehmen und ihnen eine einfache Anweisung zu geben. Fiel irgendeinem von ihnen etwas Ungewöhnliches auf – beispielsweise, daß er überwacht oder von einem Unbekannten angesprochen wurde –, sollte er das sofort melden. Ließe sich verifizieren, daß der israelische Geheimdienst hinter diesem Annäherungsversuch steckte, würde er sich augenblicklich vom Gejagten in den Jäger verwandeln.

Er dachte an ein Unternehmen, das er geleitet hatte, als er noch beim Dschihas el-Rasd, dem PLO-Geheimdienst, gewesen war. Er hatte einen israelischen Agenten enttarnt, der als angeblicher Diplomat in der israelischen Botschaft in Madrid arbeitete. Diesem Mann war es gelungen, mehrere Spione innerhalb der PLO anzuwerben, und Tariq beschloß, es sei Zeit, ihm das heimzuzahlen. Er schickte einen Palästinenser, der sich als Überläufer ausgab, nach Madrid. Der Palästinenser traf sich mit dem israelischen Geheimdienstagenten in der Botschaft und versprach, brisantes Material über PLO-Führer und ihre persönlichen Gewohnheiten zu liefern. Anfangs wollte der Israeli nicht recht anbeißen. Damit hatte Tariq gerechnet und dem Agenten mehrere wahre, verhältnismäßig harmlose Informationen mitgegeben – lauter Dinge, die den Israelis schon bekannt waren. Der Israeli glaubte nun, es mit einem echten Überläufer zu tun zu haben, und erklärte sich zu einem weiteren Treff bereit, das eine Woche später in einem Madrider Café stattfinden sollte. Diesmal reiste jedoch Tariq nach Madrid. Er betrat das Café zur vereinbarten Zeit, erledigte den israelischen Agenten mit zwei Kopfschüssen und verließ in aller Ruhe das Café.

Tariq erreichte die Amstel und ging ein kurzes Stück den Kai entlang, bis er Inges Hausboot erreichte. Es war eine deprimierende Unterkunft – schmuddelig, voller Drogen und Sexspielzeug –, aber das ideale Versteck, während er seinen Anschlag vorbereitete. Er überquerte das Deck und betrat die Kabine. Die Oberlichte waren mit Neuschnee bedeckt, und im Salon war es kalt. Tariq knipste eine Lampe an und schaltete den kleinen Heizlüfter ein. Durch die offene Tür der Schlafkabine war zu hören, wie die junge Frau sich unter ihren Decken bewegte. Sie war eine erbärmliche Kreatur, nicht mit dem Mädchen zu vergleichen, bei dem er in Paris gewohnt hatte. Ihr würde niemand eine Träne nachweinen, wenn sie eines Tages nicht mehr war.

Sie drehte sich um und sah ihn durch ihr strähniges blondes Haar an. »Wo hast du gesteckt? Ich hab' mir Sorgen um dich gemacht.«

»Ich bin ein bißchen herumgelaufen. Ich gehe gern in dieser Stadt spazieren – vor allem wenn es schneit.«

»Wie spät ist es?«

»Halb fünf. Mußt du nicht allmählich aufstehen?«

»Ich muß erst in einer Stunde weg.«

Tariq machte ihr einen Becher Nescafé und trug ihn in die Schlafkabine. Inge richtete sich, auf einen Ellbogen gestützt, halb auf. Dabei rutschte die Bettdecke nach unten, so daß ihre Brüste zu sehen waren. Tariq gab ihr wortlos den Becher und sah weg. Die Augen der jungen Frau beobachteten ihn über den Becherrand hinweg, während sie mit kleinen Schlucken den heißen Kaffee schlürfte. Dann fragte sie: »Irgendwas nicht in Ordnung?«

»Nein, alles bestens.«

»Warum hast du weggesehen?«

Sie setzte sich auf und schob die Decken beiseite. Tariq hätte am liebsten nein gesagt, aber er fürchtete, sie könnte es verdächtig finden, wenn ein Franzose das eindeutige Angebot einer attraktiven jungen Frau ausschlug. Deshalb blieb er an der Bettkante stehen und ließ sich von ihr ausziehen. Und als er wenige Minuten später in ihr explodierte, dachte er nicht an Inge, sondern stellte sich vor, wie er endlich Gabriel Allon erledigen würde.

Nachdem sie gegangen war, blieb er noch lange in ihrem Bett liegen und horchte auf die Geräusche, die das in der schwachen Strömung des Flusses dümpelnde Boot machte. Die Kopfschmerzen setzten eine Stunde später ein. Sie kamen jetzt häufiger – dreimal, manchmal sogar viermal pro Woche. Der Arzt hatte ihm gesagt, daß das passieren würde. Die Schmerzen wurden langsam stärker, bis sie ihn nahezu blind machten. Er legte sich ein feuchtes, kaltes Handtuch aufs Gesicht. Nur keine Schmerzmittel. Sie stumpften seine Sinne ab, ließen ihn bleischwer schlafen und gaben ihm das Gefühl, rückwärts in unendliche Tiefen zu stürzen. So lag er allein in Inges Bett, allein in einem Hausboot auf der Amstel, und litt, als gieße jemand geschmolzenes Blei durch die Augenhöhlen in seinen Schädel.

16

Valbonne, Provence

Der Morgen war klar und ziemlich frisch, obwohl die Hügel bereits in der Morgensonne lagen. Jacqueline zog eine beige Stretchhose und einen Wollpullover an und versteckte ihr langes Haar unter einem dunkelblauen Helm. Dann setzte sie eine Panoramasonnenbrille auf und begutachtete ihre Erscheinung im Spiegel. Sie sah wie ein sehr attraktiver Mann aus, so wie sie es beabsichtigt hatte. Nach einigen Aufwärm- und Dehnübungen ging sie in die Diele hinunter, in der ihr Bianchi-Rennrad an der Wand lehnte. Sie schob das Rad aus der Haustür und über die mit Kies bestreute Einfahrt, bevor sie sich in den Sattel schwang. Sekunden später rollte sie durch die kalten Schatten die lange sanfte Gefällestrecke in die kleine Stadt hinunter.

Sie fuhr durch Valbonne und nahm die lange, gleichmäßige Steigung nach Opio hinauf in Angriff, während die kalte Luft ihr Gesicht brennen ließ. Auf den ersten Kilometern trat sie langsam und gleichmäßig in die Pedale, bis ihre Muskeln warm geworden waren. Dann wechselte sie den Gang und trat schneller. Bald flog sie mit gesenktem Kopf und wie Kolben pumpenden Beinen die schmale Straße entlang. Überall hing Lavendelduft in der Luft. Neben ihr zog sich ein Olivenhain über einen terrassenförmig abgestuften Hang hinunter. Sie fuhr aus dem Schatten der Olivenbäume auf eine in warmem Sonnenschein liegende Hochebene hinaus. Kurz darauf spürte sie, daß sie in ihrem Wollpullover zu schwitzen begann.

Auf halber Strecke kontrollierte sie ihre Zwischenzeit: nur 30 Sekunden über ihrer Bestzeit. Nicht schlecht für einen kalten Dezembermorgen. Sie fuhr in einen Verkehrskreisel ein, schaltete herunter und nahm einen langen, steilen Hügel in Angriff. Schon nach kurzer Zeit kamen ihre Atemzüge heiser keuchend, und ihre Oberschenkel brannten – *die gottverdammten Zigaretten!* –, aber sie zwang sich dazu, die lange Steigung im Sattel sitzend hinaufzustrampeln. Sie dachte an Michel Duval: *Schwein!* Hundert Meter unterhalb des höchsten Punkts erhob sie sich aus dem Sattel, trat im Stehen wütend in die Pedale und ermahnte sich dabei laut, weiterzutreten und nicht auf die Schmerzen zu achten.

Dafür wurde sie nun mit einer langen Abfahrt belohnt. Sie hätte einfach den Berg hinunterrollen können, aber sie nahm rasch einen Schluck aus ihrer Trinkflasche und spurtete dann die Gefällestrecke hinunter. Als sie wieder am Ortsschild Valbonne vorbeiflitzte, sah sie erneut auf die Uhr in ihrem Radtacho. Sie hatte ihre bisherige Bestzeit um 15 Sekunden unterboten. *Danke, Michel Duval.*

Jacqueline stieg ab und schob ihr Rennrad durch die stillen Straßen der alten Stadt. Auf dem Hauptplatz lehnte sie das Rad an einen Pfeiler, kaufte eine Tageszeitung und gönnte sich ein warmes Croissant und eine große Tasse dampfend heißen Milchkaffee. Als sie fertig war, nahm sie ihr Rad und schob es eine im Schatten liegende gepflasterte Straße entlang.

Am Ende einer Terrasse mit kleinen Häusern oberhalb des öffentlichen Parkplatzes stand ein Wohn- und Geschäftshaus. Ein Schild in einem der Schaufenster verkündete, das gesamte Erdgeschoß sei zu vermieten. Es stand seit Monaten leer. Jacqueline legte ihre Hände seitlich ans Gesicht und spähte durchs staubige Glas: ein großer, freier Raum mit Holzboden und hoher Decke. Ideal für ein Ballettstudio. Sie hatte einen Traum: Sie würde nicht mehr als Model arbeiten und in Valbonne eine Ballettschule eröffnen. In den meisten Monaten des Jahres für Mädchen aus der näheren Umgebung, aber im August, wenn Valbonne von Touristen überlaufen war, würde sie Sommerkurse anbieten.

Sie würde jeden Tag einige Stunden unterrichten, mit ihrem Rennrad über die Hügel fahren und im Café am Hauptplatz Kaffee trinken und lesen. Ihren Künstlernamen und ihr Image ablegen. Wieder Sarah Halévy werden – Sarah Halévy, ein jüdisches Mädchen aus Marseille. Aber um die Schule eröffnen zu können, brauchte sie Geld, und um Geld zu verdienen, würde sie weiter als Model arbeiten müssen. Sie mußte nach Paris zurück und Typen wie Michel Duval noch eine kleine Weile ertragen. Danach wäre sie frei.

Jacqueline stieg wieder auf und fuhr langsam nach Hause. Das kleine Landhaus mit den sandsteinfarbenen Mauern und dem roten Ziegeldach stand hinter einer Zypressenreihe und war von der Straße aus kaum zu sehen. In dem großen Terrassengarten mit weitem Blick übers Tal wucherten Rosmarin und Lavendel unter Olivenbäumen und wildem Jasmin. Vor der untersten Terrasse war ein rechteckiger Swimmingpool.

Sie schloß die Haustür auf, stellte ihr Rad in die Diele und ging in die Küche. Die rote Anzeige ihres Anrufbeantworters blinkte. Sie drückte die Wiedergabetaste und machte sich einen Kaffee, während sie die gespeicherten Nachrichten abhörte.

Yvonne hatte angerufen, um sie zu einer Party in der Villa eines millionenschweren spanischen Tennisspielers in Monaco einzuladen. Michel Duval hatte angerufen, um sich für sein rüpelhaftes Benehmen während des Fototermins von neulich zu entschuldigen. Marcel hatte angerufen, um ihr zu sagen, er habe mit Robert gesprochen. Sie war wieder für den Fototermin auf Mustique engagiert. »Abreise ist in drei Wochen, mein Engel, also mach Schluß mit Käse und Pasta, und sieh zu, daß du deinen schönen Hintern in Form bringst.«

Sie dachte an ihre morgendliche Radtour und lächelte. Ihr Gesicht mochte wie das einer 33jährigen aussehen, aber ihr Körper war nie in besserer Form gewesen.

»Oh, übrigens ist ein gewisser Jean-Claude bei mir im Büro aufgekreuzt. Er wollte mit dir persönlich über einen Auftrag sprechen.«

Jacqueline stellte die Kaffeekanne ab und starrte den Anrufbeantworter an.

»Ich habe ihm gesagt, daß du im Süden bist. Er hat geantwortet, er sei dorthin unterwegs und werde dich besuchen. Sei mir nicht böse, mein Engel. Er scheint ein netter Kerl zu sein. Sieht auch gut aus. Ich bin schrecklich eifersüchtig. Ich liebe dich. *Ciao.«*

Sie drückte die Rückspultaste und hörte sich die Mitteilung nochmals an, um sicher zu sein, daß sie sich nicht geirrt hatte.

»Oh, übrigens ist ein gewisser Jean-Claude bei mir im Büro aufgekreuzt. Er wollte mit dir persönlich über einen Auftrag sprechen.«

Ihre Hand zitterte, und ihr Herz jagte, als sie die Löschtaste drückte.

Jacqueline saß auf ihrer Terrasse in der Sonne und dachte an den Abend, an dem Ari Schamron sie angeworben hatte. Von dem Geld, das sie als Model verdiente, hatte sie ihren Eltern zum Eintritt in den Ruhestand ein Geschenk gemacht: ein kleines Apartment mit Blick auf den Strand in Herzlija. Wann immer sie ein paar freie Tage hatte, besuchte sie ihre Eltern in Israel. Sie hatte sich völlig in dieses Land verliebt. Es war der einzige Ort, an dem sie sich wirklich frei und sicher fühlte. Mehr als alles andere liebte sie die Tatsache, daß sie dort ihr Judentum nicht verbergen mußte.

Als sie eines Abends in Tel Aviv in einem Jazzlokal saß, kam ein älterer Mann an ihren Tisch. Kahlköpfig, ziemlich häßlich, Nickelbrille, Khakihose und Bomberjacke mit einem Riß auf der rechten Brustseite.

»Hallo, Sarah«, sagte er zuversichtlich lächelnd. »Darf ich mich zu Ihnen setzen?«

Sie blickte erstaunt auf. »Woher wissen Sie, daß ich Sarah heiße?«

»Tatsächlich weiß ich sehr viel über Sie. Ich bin ein großer Verehrer von Ihnen.«

»Wer sind Sie?«

»Mein Name ist Ari.« Er nahm unaufgefordert Platz. »Ich arbeite bei einer Organisation, die in lockerer Verbindung mit dem Verteidigungsministerium steht und Institut für Koordination heißt. Wir sprechen einfach nur vom ›Dienst‹.«

»Nun, ich bin jedenfalls froh, daß *das* geklärt ist.«

Er warf seinen Kopf in den Nacken und lachte. »Wir möchten wegen eines Auftrags mit Ihnen reden. Stört es Sie, wenn ich Sie weiter Sarah nenne? Mir fällt es schwer, Sie mir als Jacqueline vorzustellen.«

»Meine Eltern sind die einzigen, die mich noch Sarah nennen.«

»Keine alten Freunde?«

»Ich habe nur neue Freunde«, sagte sie mit betrübtem Unterton in der Stimme. »Zumindest sind das Leute, die *behaupten,* meine Freunde zu sein. Meine alten Freunde aus Marseille haben sich zurückgezogen, als ich angefangen habe, als Model zu arbeiten. Sie dachten, meine Arbeit hätte mich verändert.«

»Aber Sie haben sich verändert, nicht wahr, Sarah?«

»Ja, das habe ich wohl.« Dann dachte sie: *Warum erzähle ich das alles einem Mann, den ich gerade erst kennengelernt habe? Ob er's bei jedem schafft, so schnell ein Vertrauensverhältnis herzustellen?*

»Und diese Arbeit ist mehr als nur ein Job, nicht wahr, Sarah? Sie ist ein Lebensstil. Sie gehen mit Modeschöpfern und berühmten Fotografen aus. Sie besuchen rauschende Parties und Luxusrestaurants mit Schauspielern, Rockstars und reichen Playboys. Wie dieser italienische Graf, mit dem Sie in Mailand eine Affäre gehabt haben, die durch alle Medien gegangen ist. Sie sind bestimmt nicht mehr dasselbe kleine Mädchen aus Marseille. Das kleine jüdische Mädchen, dessen Großeltern die Nazis in Sobibor ermordet haben.«

»Sie wissen *wirklich* viel über mich.« Sie musterte ihn prüfend. Sie war es gewohnt, von attraktiven, eleganten Menschen umgeben zu sein, und jetzt saß sie mit diesem ziemlich häßlichen Mann mit Nickelbrille und einem Riß in seiner Lederjacke zusammen. Er hatte etwas Primitives an sich – etwas von dem ungehobelten Sabra, von dem sie immer gehört hatte. Er gehörte zu dem Männertyp, der nicht wußte, wie man eine Smokingschleife band, und dem das völlig egal war. Sie fand ihn äußerst charmant. Aber vor allem war sie von ihm fasziniert.

»Als Jüdin aus Marseille wissen Sie, daß unser Volk viele Feinde hat. Viele Leute würden uns am liebsten vernichten und alles niederreißen, was wir in diesem Land aufgebaut haben.« Während er sprach, zerschnitten seine Hände die Luft. »Im Lauf der Jahre hat Israel viele Kriege gegen seine Feinde geführt. Im Augenblick wird nicht gekämpft, aber Israel ist trotzdem in einen Krieg, einen geheimen Krieg verwickelt. Dieser Krieg tobt unaufhörlich. Er wird nie enden. Wegen Ihrer Staatsbürgerschaft – und, offen gesagt, wegen Ihres Aussehens – könnten Sie uns wertvolle Hilfe leisten.«

»Wollen Sie mich als Spionin anwerben?«

Er lachte. »Ich fürchte, die Sache ist nicht ganz so dramatisch.«

»Was wollen Sie von mir?«

»Ich möchte, daß Sie eine *Bat leweja* werden.«

»Tut mir leid, aber ich spreche nicht Hebräisch.«

»Bat leweja ist unsere Bezeichnung für eine Agentenhelferin. Als *Bat leweja* können Sie aufgefordert werden, in allen möglichen Funktionen für den Dienst tätig zu werden. Manchmal könnten Sie den Auftrag erhalten, sich als Ehefrau oder Freundin eines unserer Agenten auszugeben. Manchmal könnten Sie den Auftrag erhalten, wichtige Informationen zu beschaffen, an die eine Frau wie Sie leichter herankommt als ein Agent.«

Er machte eine Pause und ließ sich viel Zeit damit, seine nächste Zigarette anzuzünden. »Und manchmal könnten wir Sie auffordern, einen Auftrag anderer Art zu übernehmen. Einen Auftrag, den manche Frauen so unangenehm finden, daß sie ihn rundweg ablehnen.«

»Zum Beispiel?«

»Wir könnten Ihnen den Auftrag erteilen, einen Mann zu verführen – beispielsweise einen unserer Feinde –, um ihn in eine kompromittierende Situation zu bringen.«

»In Israel gibt es viele schöne Frauen. Wozu um Himmels willen würden Sie mich brauchen?«

»Weil Sie *keine* Israelin sind. Weil Sie einen echten französischen Paß und einen legitimen Job haben.«

»Mit diesem *legitimen* Job, wie Sie es nennen, verdiene ich eine Menge Geld. Ich bin nicht bereit, ihn zu opfern.«

»Sollten Sie sich dafür entscheiden, für uns zu arbeiten, sorge ich dafür, daß Ihre Einsätze kurz sind und Sie für den Honorarausfall entschädigt werden.« Er lächelte freundlich. »Ich glaube allerdings nicht, daß ich mir Ihr übliches Stundenhonorar von dreitausend Dollar leisten könnte.«

»Fünftausend«, sagte sie lächelnd.

»Glückwunsch!«

»Ich muß erst darüber nachdenken.«

»Das verstehe ich, aber bedenken Sie bitte eines, während Sie darüber nachdenken: Hätte es im Zweiten Weltkrieg ein Israel gegeben, würden Maurice und Rachel Halévy vielleicht noch leben. Meine Aufgabe ist es, das Überleben des Staats zu sichern, damit unsere Leute einen Zufluchtsort haben, wenn wieder einmal ein Verrückter beschließt, aus ihnen Seife zu machen. Ich hoffe, Sie werden mir dabei helfen.«

Er gab ihr eine Karte mit einer Telefonnummer und bat sie, ihn am nächsten Nachmittag anzurufen und ihm ihre Entscheidung mitzuteilen. Dann schüttelte er ihr die Hand und ging. Es war die härteste Hand, die sie je in ihrer gehalten hatte.

Sie war keinen Augenblick im Zweifel gewesen, wie ihre Antwort lauten würde. Nach allen objektiven Maßstäben führte sie ein aufregendes und glamouröses Leben, aber im Vergleich zu dem, was Ari Schamron ihr anbot, erschien es ihr stumpfsinnig und sinnlos. Die langweiligen Fototermine, die grapschenden Agenten, die quengelnden Fotografen ... plötzlich kam ihr alles noch künstlicher und wichtigtuerischer vor.

Sie kehrte zur Herbstsaison nach Europa zurück – sie hatte Engagements in Paris, Mailand und Rom –, aber als es im November wieder ruhiger wurde, erklärte sie

Marcel Lambert, sie sei ausgebrannt und brauche dringend Urlaub. Marcel sagte ihre Termine ab, küßte sie auf die Wange und riet ihr, Paris so weit wie möglich hinter sich zu lassen. Am selben Nachmittag ging sie auf dem Flughafen Charles de Gaulle zum El-Al-Schalter, holte sich das Ticket erster Klasse ab, das Schamron für sie hinterlegt hatte, und flog mit der nächsten Maschine nach Tel Aviv.

Er erwartete sie, als sie auf dem Ben-Gurion-Airport ankam, und begleitete sie in einen speziellen Abfertigungsraum im Terminal. Alles war darauf angelegt, sie spüren zu lassen, daß sie jetzt einer Elite angehörte. Daß sie durch eine Geheimtür ging und ihr Leben nie wieder wie zuvor sein würde. Vom Flughafen fuhren sie mit einer Limousine in raschem Tempo durch Tel Aviv zu einer luxuriösen Wohnung im Opernturm, von deren großer Terrasse aus sie die Strandpromenade und Ge'ula Beach überblicken konnte. »Dies ist für die nächsten paar Wochen Ihr Heim. Ich hoffe, daß Ihnen die Wohnung gefällt.«

»Sie ist wunderschön.«

»Heute abend ruhen Sie sich aus. Morgen beginnt die wirkliche Arbeit.«

Am nächsten Morgen ging sie in die Geheimdienstschule und absolvierte einen Crashkurs über Einsatzgrundsätze und -methoden des Dienstes. Schamron hielt ihr Vorträge über die Grundlagen unpersönlicher Kommunikation. Er nahm sie auf den Schießstand mit, bildete sie mit einer Beretta aus und zeigte ihr, wo sie Schlitze in ihre Kleidung schneiden mußte, um die versteckte Waffe notfalls schnell erreichen zu können. Er brachte ihr bei, Schlösser zu öffnen und mit einem Spezialgerät Abdrücke von Schlüsseln zu machen. Er lehrte sie, Beschatter zu erkennen und abzuschütteln. Jeden Nachmittag verbrachte sie zwei Stunden mit einem Mann namens Oded, der ihr Grundkenntnisse des Arabischen vermittelte.

Der größte Teil ihrer Ausbildung diente jedoch der Schulung ihres Gedächtnisses und ihrer Auffassungsgabe. Schamron setzte sie in einen Raum, projizierte nacheinander Dutzende von Namen auf eine Leinwand und verlangte, daß sie sich möglichst viele merkte. Er führte sie in ein kleines Apartment, in dem sie sich ein paar Sekunden umsehen durfte, nahm sie wieder mit hinaus und wollte eine detaillierte Beschreibung hören. Er ging mit ihr zum Mittagessen ins Kasino und forderte sie auf, den Kellner zu beschreiben, der ihnen gerade das Essen serviert hatte. Jacqueline gab zu, nicht auf ihn geachtet zu haben. »Sie müssen sich Ihrer Umgebung ständig bewußt sein«, sagte Schamron. »Sie müssen in dem Kellner einen potentiellen Feind sehen. Sie müssen ständig auf der Hut sein, alles beobachten und ihre Umgebung im Auge behalten. Und trotzdem muß es so aussehen, als täten Sie nichts dergleichen.«

Jacquelines Ausbildung endete nicht etwa bei Sonnenuntergang. Schamron erschien jeden Abend im Opernturm und holte sie zu weiteren Übungen in den Straßen von Tel Aviv ab. Er brachte sie zum Büro eines Rechtsanwalts und wies sie an, einzubrechen und eine bestimmte Akte zu entwenden. Er führte sie in eine Straße mit Luxusboutiquen und forderte sie auf, ein Kleidungsstück zu stehlen.

»Das ist nicht Ihr Ernst!«

»Was ist, wenn Sie auf der Flucht sind? Wenn Sie kein Geld und keine Möglichkeit haben, sich mit uns in Verbindung zu setzen? Die Polizei fahndet nach Ihnen, und Sie brauchen dringend neue Klamotten, um sich zu tarnen.«

»Ich bin nicht gerade der Typ einer Ladendiebin.«

»Sorgen Sie dafür, daß Sie unauffällig wirken.«

Sie betrat eine Boutique und verbrachte zehn Minuten damit, verschiedene Sachen anzuprobieren. Als sie wieder herauskam, hatte sie nichts gekauft, aber in ihrer Handtasche lag ein aufregendes schwarzes Cocktailkleid.

»Als nächstes müssen Sie eine Möglichkeit finden, sich umzuziehen und Ihre anderen Sachen wegzuwerfen«, verlangte Schamron. »Anschließend treffen wir uns am Eiskiosk auf der Strandpromenade.«

Für Anfang November war der Abend ziemlich warm, und auf der Promenade herrschte reges Treiben. Sie gingen wie ein reicher alter Mann und seine Geliebte eingehakt den Strand entlang, und Jacqueline leckte genießerisch an ihrem Eis.

»Sie werden von drei Leuten beschattet«, sagte Schamron. »Wenn wir uns in einer halben Stunde in der Bar des Restaurants dort drüben treffen, sagen Sie mir, wer die drei sind. Aber denken Sie daran, daß ich einen *Kidon* losschicke, der die drei liquidiert, und machen Sie keinen Fehler.«

Jacqueline wendete die Standardverfahren zur Entdekkung von Beschattern an, genau wie Schamron sie ihr beigebracht hatte. Dann betrat sie die Bar, in der er allein an einem Ecktisch saß.

»Schwarze Lederjacke, Jeans mit Yale-Sweatshirt, Blondine, auf der linken Schulter eintätowierte Rose.«

»Falsch, falsch, falsch. Sie haben gerade drei harmlose Touristen zum Tod verurteilt. Kommen Sie, wir versuchen's noch mal.«

Sie fuhren mit einem Taxi die kurze Strecke bis zum Rothschild Boulevard, einer breiten Promenade mit Bäumen, Bänken, Kiosken und eleganten Cafés.

»Also, Sie werden wieder von drei Leuten beschattet. Wir treffen uns in einer halben Stunde im Café Tamar.«

»Wo ist das Café Tamar?«

Aber Schamron hatte sich bereits abgewandt und tauchte im Fußgängerstrom auf dem Gehsteig unter. Nachdem Jacqueline das elegante Café Tamar in der Sheinkin Street gefunden hatte, traf sie dort eine halbe Stunde später wieder mit ihm zusammen.

»Die junge Frau mit dem Hund, der Junge mit dem Kopfhörer und dem Springsteen-Hemd, der junge Mann aus dem Kibbuz mit der Uzi.«

Schamron lächelte anerkennend. »Sehr gut. Jetzt noch die für heute letzte Aufgabe. Sehen Sie den Mann, der dort drüben allein sitzt?«

Jacqueline nickte.

»Sie fangen eine Unterhaltung mit ihm an, bekommen möglichst viel über ihn heraus und becircen ihn, mit in Ihre Wohnung zu kommen. Aber in der Eingangshalle des Opernturms finden Sie eine Möglichkeit, ihn zu verabschieden, ohne daß er eine Szene macht.«

Schamron stand auf und verließ das Café. Jacqueline legte es darauf an, Blickkontakt mit dem Mann herzustellen. Schon nach einigen Minuten kam er herüber und fragte, ob er sich zu ihr setzen dürfe. Er sagte, er heiße Mark, komme aus Boston, arbeite bei einer Computerfirma und sei geschäftlich in Israel. Sie unterhielten sich eine halbe Stunde lang und begannen zu flirten. Aber als Jacqueline ihn zu sich einlud, bekannte er, er sei verheiratet.

»Schade«, meinte sie. »Wir hätten uns einen sehr hübschen Abend machen können.«

Er änderte rasch seine Meinung. Jacqueline entschuldigte sich, um auf die Toilette zu gehen, telefonierte aber statt dessen vom Münztelefon in der Garderobe aus. Sie rief die Rezeption im Opernturm an und hinterließ eine Nachricht für sich selbst. Dann kehrte sie an den Tisch zurück und sagte: »Komm, wir gehen!«

Sie machten einen Spaziergang zum Operntturm. Aber bevor sie zum Lift gingen, fragte Jacqueline an der Rezeption, ob etwas für sie abgegeben worden sei. »Nein, aber Ihre Schwester hat aus Herzlija angerufen«, sagte die Angestellte hinter der Theke. »Sie hat versucht, Sie zu erreichen, aber als sich in Ihrer Wohnung niemand gemeldet hat, hat sie hier angerufen und eine Nachricht für Sie hinterlassen.«

»Was gibt's?«

»Ihr Vater hat einen Herzanfall gehabt.«

»Großer Gott!«

»Sie haben ihn ins Krankenhaus gebracht. Sein Zustand ist nicht kritisch, aber Ihre Schwester möchte trotzdem, daß Sie sofort kommen.«

Jacqueline wandte sich an den Amerikaner. »Tut mir echt leid, Mark, aber ich muß natürlich hin.«

Der Amerikaner küßte sie auf die Wange und schlich trübselig davon. Schamron, der die ganze Szene aus dem rückwärtigen Teil der Eingangshalle beobachtet hatte, trat wie ein Schuljunge grinsend auf sie zu. »Das war reine Poesie! Sarah Halévy, Sie sind ein Naturtalent.«

Um ihren ersten Auftrag auszuführen, brauchte Jacqueline Paris nicht zu verlassen. Der Dienst versuchte einen irakischen Atomwaffenexperten anzuwerben, der in Paris lebte und mit den französischen Lieferanten des Iraks zusammenarbeitete. Schamron beschloß, ihm eine »Honigfalle« zu stellen, und setzte Jacqueline auf ihn an. Sie lernte den Iraker in einer Bar kennen, verführte ihn und begann ihre Nächte in seinem Apartment zu verbringen. Er verliebte sich bis über beide Ohren in sie. Jacqueline erklärte ihrem Liebhaber, wenn er sie weiterhin sehen wolle, müsse er sich mit einem ihrer Freunde treffen, der ihm ein Geschäft vorschlagen wolle. Dieser

Freund erwies sich als Ari Schamron, der einen einfachen Vorschlag zu machen hatte: Arbeiten Sie für uns, sonst erfahren Ihre Frau und die Gangster in Saddams Geheimdienst, daß Sie eine israelische Agentin gebumst haben. Der Iraker erklärte sich bereit, für Schamron zu arbeiten.

Nun hatte Jacqueline erste Erfahrungen mit richtiger Geheimdienstarbeit gesammelt. Es war ein erhebendes Gefühl. Sie hatte eine kleine Rolle in einem Unternehmen gespielt, das den Bemühungen des Iraks, zu einer Atommacht aufzusteigen, einen Schlag versetzt hatte. Sie hatte mitgeholfen, den Staat Israel vor einem Feind zu schützen, der alles tun würde, um ihn zu vernichten. Und in gewisser Weise hatte sie so auch den Tod ihrer Großeltern gerächt.

Danach mußte sie ein Jahr warten, bevor sie ihren nächsten Auftrag erhielt: einen syrischen Geheimdienstoffizier in London verführen und erpressen. Ein Dreivierteljahr später wurde sie nach Zypern geschickt, um den kaufmännischen Direktor einer deutschen Chemiefirma, die schwunghaften Handel mit Libyen trieb, zu verführen. Diesmal hatte sie einen zusätzlichen Auftrag. Schamron wollte, daß sie den Deutschen mit K.-o.-Tropfen betäubte und die Schriftstücke in seinem Aktenkoffer fotografierte, während er bewußtlos war. Auch diesen Auftrag führte sie einwandfrei aus.

Nach dem dritten Einsatz ließ Schamron sie nach Tel Aviv kommen, verlieh ihr eine geheime Auszeichnung und erklärte ihr, mit ihrer Arbeit sei nun Schluß. Manche Nachrichten brauchten nicht lange, um in Geheimdienstkreisen die Runde zu machen. Die nächste Zielperson konnte das schöne französische Model verdächtigen, mehr zu sein, als es zu sein schien. Und das konnte leicht ihr Ende bedeuten.

Jacqueline bat ihn um einen weiteren Einsatz. Schamron erklärte sich widerstrebend dazu bereit.

Ein Vierteljahr später schickte er sie nach Tunis.

Jacqueline fand es seltsam, daß Schamron sie angewiesen hatte, sich mit Gabriel Allon in einer Kirche in Turin zu treffen. Sie fand ihn auf einer Arbeitsbühne, wo er ein Fresko, das Christi Himmelfahrt darstellte, restaurierte. Sie arbeitete in ihrem Beruf jeden Tag mit gutaussehenden Männern zusammen, aber Gabriel hatte etwas an sich, das ihr den Atem verschlug. Es war die intensive Konzentration in seinem Blick. Jacqueline wollte, daß er sie so betrachtete, wie er das Fresko betrachtete. Sie beschloß, mit diesem Mann ins Bett zu gehen, bevor das Unternehmen beendet war.

Sie reisten am nächsten Morgen nach Tunis weiter und bezogen ein Zimmer in einem Strandhotel. Die ersten Tage ließ er sie allein am Strand, während er die örtlichen Gegebenheiten erkundete. Gegen Abend kam er dann wieder ins Hotel. Sie aßen zu Abend, schlenderten durch den Suk oder über die Corniche am Strand und gingen dann in ihr Zimmer. Für den Fall, daß dort Wanzen angebracht waren, sprachen sie wie ein Liebespaar miteinander. Aber er schlief voll angezogen und blieb so strikt in seiner Betthälfte, als seien sie durch eine Plexiglaswand voneinander getrennt.

Am vierten Tag nahm er sie mit, während er arbeitete. Er zeigte ihr die Bucht, an der die Kommandos an Land kommen würden, und die Villa der Zielperson. Ihre Leidenschaft für ihn wuchs. Hier war ein Mann, der sein Leben der Verteidigung Israels gewidmet hatte. Im Vergleich zu ihm fühlte sie sich unbedeutend und oberflächlich. Sie merkte auch, daß sie ihren Blick nicht mehr von ihm wenden konnte. Sie wollte ihm durchs kurze Haar fahren und sein Gesicht und seinen Körper berühren. Als sie an diesem Abend nebeneinander im Bett lagen, wälzte sie sich plötzlich ohne Ankündigung auf Gabriel und küßte ihn, aber er schob sie weg und machte sich ein Beduinenlager auf dem Fußboden.

Mein Gott, ich habe mich komplett blamiert! sagte sich Jacqueline.

Fünf Minuten später setzte Gabriel sich neben sie auf die Bettkante. Dann beugte er sich nach vorn, um ihr ins Ohr zu flüstern: »Ich möchte auch mit dir schlafen, aber das geht nicht. Ich bin verheiratet.«

»Das ist mir egal!«

»Nach diesem Unternehmen siehst du mich nie wieder.«

»Das weiß ich.«

Als Liebhaber war er genau so, wie sie ihn sich vorgestellt hatte: geschickt und raffiniert, rücksichtsvoll und zärtlich. Sie glaubte zu spüren, wie sein Blick sie berührte. Sie war töricht stolz darauf, daß sie es geschafft hatte, eine Bresche in die Wälle seiner Selbstbeherrschung zu schlagen und ihn zu verführen. Sie wünschte sich, dieses Unternehmen ginge ewig weiter. Das konnte es natürlich nicht, und der Abend, an dem sie Tunis verließen, war der traurigste ihres Lebens.

Nach Tunis stürzte sie sich in ihre Arbeit als Model. Sie sagte Marcel, er solle jedes eingehende Angebot annehmen, und arbeitete ein halbes Jahr fast bis zur völligen Erschöpfung. Sie versuchte sogar, mit anderen Männern auszugehen. Nichts half. Sie mußte ständig an Gabriel und Tunis denken. Zum ersten Mal in ihrem Leben litt sie unter einer Zwangsvorstellung, ohne imstande zu sein, auch nur das Geringste dagegen zu unternehmen. Als sie nicht mehr weiterwußte, suchte sie Schamron auf und bat ihn, sie mit Gabriel in Verbindung zu bringen. Er lehnte ab. Sie begann schreckliche Phantasien in bezug auf den Tod von Gabriels Frau zu haben. Und als sie von Schamron erfuhr, was in Wien passiert war, hatte sie schlimme Schuldgefühle.

Seit jenem Abend in Tunis hatte sie Gabriel nicht mehr gesehen oder gesprochen. Sie konnte sich nicht vorstellen, warum er sie jetzt sehen wollte. Aber als sie eine Stunde später seinen Wagen die Einfahrt heraufkommen sah, spürte sie, wie ein Lächeln sich über ihr Gesicht ausbreitete, und sie dachte: *Gott sei Dank, daß du gekommen bist, Gabriel, denn ich könnte selbst eine kleine Restaurierung brauchen.*

17

Tel Aviv

CIA-Exekutivdirektor Adrian Carter war ein Mann, der leicht unterschätzt wurde. Diese Eigenschaft hatte er in seiner langen Karriere oft und wirkungsvoll genutzt. Er war klein und hager wie ein Marathonläufer. Sein schütteres Haar und die randlose Brille verliehen ihm etwas Professorales, sein Blazer und die graue Flanellhose sahen aus, als habe er in ihnen geschlafen. In dem kalten, modernen Konferenzraum am King Saul Boulevard wirkte er so, als sei er nur versehentlich in dieses Gebäude geraten.

Ari Schamron hatte schon mit ihm zusammengearbeitet, als Carter noch das CIA-Zentrum für Terrorismusbekämpfung geleitet hatte. Er wußte, daß Carter ein erfahrener Agent war – ein Mann, der sechs Sprachen fließend beherrschte und im Gewirr Beiruter Gassen ebenso leicht untertauchen konnte wie in Warschau. Er wußte auch, daß seine Fähigkeiten im Außendienst nur von seiner Gewandtheit in bürokratischen Grabenkämpfen übertroffen wurden. In der Tat ein würdiger Gegner.

»Irgendwelche neuen Erkenntnisse bei den Pariser Ermittlungen?«

Schamron schüttelte langsam den Kopf. »Leider nein.«

»Überhaupt nichts, Ari? Das kann ich kaum glauben.«

»Sobald wir etwas erfahren, werden Sie als erster informiert. Und wie steht's bei Ihnen? Irgendwelche interessanten Abhörergebnisse, an denen Sie uns teilhaben lassen möchten? Haben irgendwelche befreundeten arabischen Dienste Ihnen etwas anvertraut, das sie dem ›zionistischen Gebilde‹ niemals mitteilen würden?«

Hinter Carter lag eine zweiwöchige Nahostrundreise, auf der er mit Geheimdienstchefs vom Persischen Golf bis nach Nordafrika konferiert hatte. Das Dienstgebäude am King Saul Boulevard war seine letzte Station. »Leider nein«, antwortete er. »Aber wir haben aus ein paar anderen Quellen bestimmte Gerüchte gehört.«

Schamron zog die Augenbrauen hoch. »Oh, wirklich?«

»Wie man hört, wird allgemein vermutet, hinter dem Pariser Attentat stecke Tariq.«

»Tariq ist längere Zeit nicht mehr aktiv gewesen. Weshalb sollte er jetzt einen Anschlag wie in Paris verüben?«

»Weil er verzweifelt ist«, antwortete Carter. »Weil die am Friedensprozeß beteiligten Parteien sich näherkommen und Tariq nichts lieber täte, als diese Einigung zu verhindern. Und weil Tariq sich als Mann der Geschichte sieht – und die Geschichte dabei ist, über ihn hinwegzugehen.«

»Das ist eine interessante Theorie, aber wir haben bisher keinen Beweis dafür, daß Tariq in diese Sache verwickelt ist.«

»Sollten Sie derartige Beweise finden, würden Sie uns selbstverständlich informieren.«

»Selbstverständlich.«

»Ich brauche Sie nicht daran zu erinnern, daß außer Ihrem Botschafter auch eine Amerikanerin ermordet wurde. Der Präsident hat dem amerikanischen Volk versprochen, daß ihr Mörder seine gerechte Strafe erhalten wird. Ich bin entschlossen, ihm zu helfen, sein Versprechen zu halten.«

»Dabei können Sie auf die Unterstützung unseres Diensts zählen«, versicherte Schamron ihm scheinheilig.

»Falls Tariq der Attentäter war, werden wir ihn aufspüren und in den Vereinigten Staaten vor Gericht stellen. Aber das können wir nicht, wenn er irgendwo von Kugeln durchsiebt tot aufgefunden wird.«

»Adrian, was versuchen Sie damit zu sagen?«

»Damit will ich sagen, was der Mann in dem großen weißen Haus an der Pennsylvania Avenue will: er will, daß mit dieser Situation zivilisiert umgegangen wird. Stellt sich heraus, daß Tariq der Mann war, der Emily Parker in Paris erschossen hat, soll er vor ein amerikanisches Gericht gestellt werden. Kein Auge-um-Auge-Scheiß in dieser Sache, Ari. Keine Hinrichtung in irgendeiner dunklen Gasse.«

»Wir sind offenbar unterschiedlicher Meinung darüber, wie man mit einem Mann wie Tariq am besten umgeht.«

»Der Präsident glaubt auch, ein Vergeltungsmord zu diesem Zeitpunkt läge nicht im Interesse des Friedensprozesses. Seiner Ansicht nach würden Sie denen, die ihn verhindern wollen, in die Hände spielen, wenn Sie Ihrerseits mit einem Attentat reagieren würden.«

»Und was sollen wir nach Auffassung des Präsidenten tun, wenn Terroristen brutale Anschläge auf unsere Diplomaten verüben?«

»Etwas gottverdammte Zurückhaltung üben! Unserer bescheidenen Meinung nach wäre es besser, wenn Sie ein paar Runden lang in den Seilen hängen und notfalls ein paar Körperhaken einstecken würden. Lassen Sie den Unterhändlern etwas Spielraum für ihre Verhandlungen. Greifen die Radikalen wieder an, nachdem eine Einigung erzielt ist, können Sie jederzeit zurückschlagen. Aber machen Sie die Sache nicht komplizierter, indem Sie jetzt Rache üben.«

Schamron beugte sich nach vorn und rieb sich die

Hände. »Ich kann Ihnen versichern, Adrian, daß weder wir noch sonst ein israelischer Sicherheitsdienst irgendein Unternehmen gegen ein Mitglied einer arabischen Terrorgruppe planen – auch nicht gegen Tariq.«

»Ich bewundere Ihren Mut und Ihre Klugheit. Das wird auch der Präsident tun.«

»Und ich respektiere Ihre Offenheit.«

»Wenn Sie gestatten, möchte ich Ihnen gern einen freundschaftlichen Rat geben.«

»Bitte«, sagte Schamron.

»Israel hat mit mehreren westlichen Geheimdiensten Abkommen geschlossen, in denen es sich verpflichtet, in den betreffenden Staaten keine Geheimdienstoperationen durchzuführen, ohne zuvor die dortigen Dienste zu benachrichtigen. Ich kann Ihnen versichern, daß die CIA – und die befreundeten Dienste – auf Verstöße gegen diese Abkommen mit aller Härte reagieren würden.«

»Das klingt mehr wie eine Warnung als ein Ratschlag unter Freunden.«

Carter lächelte und trank einen kleinen Schluck Kaffee.

Der Premierminister saß am Schreibtisch und arbeitete einen Aktenstapel durch, als Schamron sein Arbeitszimmer betrat. Der Geheimdienstchef nahm Platz und berichtete dem Premierminister von seinem Gespräch mit dem CIA-Exekutivdirektor. »Ich kenne Adrian Carter zu gut«, sagte Schamron. »Er ist ein ausgezeichneter Pokerspieler. Er weiß mehr, als er sagt. Er hat mir geraten zurückzustecken, weil es sonst Ärger gibt.«

»Oder er vermutet etwas, hat aber keine handfesten Beweise, die er auf den Tisch legen könnte«, meinte der Premierminister. »*Sie* müssen entscheiden, was zutrifft.«

»Ich muß wissen, ob ich das Unternehmen auch unter diesen neuen Umständen durchführen soll.«

Der Premierminister sah endlich von seinen Akten auf. »Und ich muß wissen, ob Sie das Unternehmen durchführen können, ohne daß die CIA davon erfährt.«

»Das kann ich.«

»Dann tun Sie's, aber machen Sie keinen Scheiß!«

18

Valbonne, Provence

Der Nachmittag war rasch kühl geworden. Jacqueline machte Sandwichs, während Gabriel im offenen Kamin Olivenholz aufstapelte und mit einer Zeitung in Brand setzte. Er war in die Hocke gegangen und beobachtete, wie die dünnen Flammenzungen an dem Holz leckten. Alle paar Sekunden griff er in den Kamin, um das gespaltene Holz oder die größeren Holzscheite zurechtzurükken. Er schien imstande zu sein, das heiße Holz lange anzufassen, ohne Schmerzen zu empfinden. Schließlich stand er auf und klatschte leicht in die Hände, um die Asche und den anhaftenden Holzstaub abzuklopfen. *Er bewegt sich so elegant,* dachte Jacqueline – *wie ein Tänzer, der sich aus kniender Haltung erhebt.* Irgendwie wirkte er jünger. Das Haar weniger grau, die Augen klarer und heller.

Sie stellte die Teller, eine Flasche Wein und zwei Gläser auf ein Tablett und trug es ins Wohnzimmer. Jahrelang hatte sie sich eine Szene wie diese ausgemalt. In gewisser Weise hatte sie diesen Raum für Gabriel geschaffen, hatte ihn so eingerichtet, wie er ihm ihrer Vorstellung nach gefallen würde – mit einem Natursteinboden, Landhausteppichen und bequemen Sitzmöbeln.

Sie stellte das Tablett auf den niedrigen Holztisch und setzte sich auf die Couch. Gabriel setzte sich neben sie, schenkte ihnen Wein ein und stieß wortlos mit ihr an. *Ja, so wäre es gewesen, wenn wir zusammengeblieben wären.* Ein einfaches Mahl, eine Fahrt in die Berge, ein Spaziergang durch ein malerisches Bergdorf. Vielleicht ein Abstecher nach Cannes, um durch den alten Hafen zu schlendern oder sich einen Film anzusehen. Dann wieder nach Hause, um sich beim Schein des Kaminfeuers zu lieben. *Schluß damit, Jacqueline!*

»Ich arbeite wieder für den Dienst«, sagte Gabriel, »und brauche deine Hilfe.«

Sein Besuch hatte also rein berufliche Gründe. Gabriel war reaktiviert worden und brauchte sie für einen Auftrag. Er wollte so tun, als sei die Vergangenheit nie passiert. Vielleicht war das die einfachere Methode.

»Ari hat mir erzählt, du hättest den Dienst verlassen.«

»Er hat mich gebeten, zurückzukommen und einen Auftrag zu übernehmen. Du weißt ja, wie hartnäckig Schamron sein kann, wenn er etwas will.«

»Ich erinnere mich«, bestätigte Jacqueline. »Hör zu, Gabriel, ich weiß nicht recht, wie ich's ausdrücken soll, deshalb sage ich's einfach. Was in Wien passiert ist, tut mir sehr leid.«

Er sah weg, aber sie merkte noch, daß sein Blick kalt und ausdruckslos geworden war. Leah war offensichtlich ein Tabuthema. Jacqueline hatte einmal ein Foto von ihr gesehen. Gabriels Frau sah genau so aus, wie Jacqueline sie sich vorgestellt hatte: eine schwarzhaarige Sabra mit dem Temperament und Selbstbewußtsein, die Jacqueline so gern besessen hätte, während sie als französische Jüdin aufgewachsen war. Die Tatsache, daß Gabriel sich für eine Frau wie Leah entschieden hatte, machte ihn in Jacquelines Augen nur noch liebenswerter.

Er wechselte abrupt das Thema. »Du hast bestimmt von dem Anschlag auf unseren Botschafter in Paris gehört?«

»Natürlich. Eine schreckliche Sache.«

»Nach Schamrons Überzeugung hat Tariq das Attentat verübt.«

»Und du sollst ihn aufspüren?«

Gabriel nickte.

»Warum gerade du, Gabriel? Du bist schon so lange nicht mehr aktiv. Warum setzt er nicht einen anderen *Katsa* ein?«

»Falls du's nicht gemerkt haben solltest: Der Dienst hat in letzter Zeit mehr Pleiten als Erfolge zu verzeichnen gehabt.«

»Aber Tariq ist dem Dienst seit vielen Jahren immer einen Schritt voraus. Wie willst du ihn jetzt aufspüren?«

»Schamron hat einen seiner Agenten in London identifiziert. Ich kann sein Telefon am Arbeitsplatz abhören, aber ich muß auch in seinem Apartment Wanzen installieren, um zu erfahren, mit wem er redet und was er sagt. Mit etwas Glück bekommen wir so vielleicht heraus, wo Tariq nächstes Mal zuschlagen will.«

»Wozu brauchst du mich?«

»Ich brauche dich, um mir Zutritt zu seiner Wohnung zu verschaffen.«

»Wieso brauchst du meine Hilfe? Du weißt, wie man Schlösser knackt und Wanzen installiert.«

»Genau das ist der springende Punkt. Ich will sein Schloß nicht knacken müssen. Einbrüche sind riskant. Merkt er, daß jemand in seinem Apartment gewesen ist, büßen wir unseren Vorteil ein. Ich möchte, daß du dir Zutritt zu seiner Wohnung verschaffst, Abdrücke von seinen Schlüsseln machst und feststellst, welches Telefon er hat, damit ich ein Duplikat vorbereiten kann.«

»Und wie soll ich in seine Wohnung kommen?« Sie wußte die Antwort natürlich schon. Sie wollte sie nur von ihm hören.

Gabriel stand auf und legte ein Stück Holz nach. »Jusef mag Frauen. Er genießt das Londoner Nachtleben. Ich möchte, daß du ihn in einer Bar oder Disko kennenlernst und dich mit ihm anfreundest. Ich möchte, daß du ihn dazu bringst, dich zu sich einzuladen.«

»Sorry, Gabriel. Kein Interesse. Laß dir von Ari eines seiner neuen Mädchen schicken.«

Er drehte sich um, sah sie an.

Er ist überrascht, weil ich nein gesagt habe, dachte sie. *Das hat er nicht erwartet.*

»Ich biete dir die Chance, mir zu helfen, Tariq al-Hourani aufzuspüren, bevor er noch mehr Juden ermordet und dem Friedensprozeß noch mehr schadet.«

»Und ich sage dir, daß ich meinen Teil getan habe. Jetzt sind andere Frauen an der Reihe.«

Er setzte sich wieder.

»Ich verstehe, warum Schamron dich reaktiviert hat«, fuhr Jacqueline fort. »Du bist in deinem Fach der Beste. Aber ich verstehe nicht, warum du mich brauchst.«

»Weil auch du gut bist«, sagte er. Dann fügte er hinzu: »Und weil ich dir vertrauen kann.«

Was versuchst du mir zu sagen, Gabriel Allon? fragte sie sich. »Ich muß in drei Wochen zu Modeaufnahmen in die Karibik«, stellte sie fest.

»Ich brauche dich nur für ein paar Tage.«

»Ich arbeite aber nicht umsonst.«

»Ich will dich und gebe mich mit keiner anderen zufrieden«, sagte Gabriel. »Deshalb kannst du dein Honorar selbst festsetzen.«

Jacqueline sah zur Decke hoch und überschlug, wieviel sie für ihr Ballettstudio brauchen würde. Miete, Renovierung, Werbung ...

»Fünfzigtausend.«

»Francs?«

»Sei nicht albern, Gabriel. Dollar.«

Er runzelte die Stirn. Sie verschränkte trotzig die

Arme. »Fünfzigtausend, oder du kannst Schamron anrufen und dir ein anderes Mädchen schicken lassen.«

»Fünfzigtausend«, sagte er.

Jacqueline lächelte.

Jacqueline rief Marcel Lambert in Paris an und bat ihn, alle Fototermine in den kommenden zwei Wochen abzusagen.

»Bist du übergeschnappt, Jacqueline? Das kann nicht dein Ernst sein! Eine Frau in deiner Lage kann nichts Schlimmeres tun, als Termine abzusagen. Das verschafft dir schnell einen schlechten Ruf in der Branche.«

»Marcel, ich bin seit siebzehn Jahren in diesem Geschäft und habe nie in dem Ruf gestanden, leichtfertig Termine abzusagen. Aber jetzt hat sich etwas ergeben, und ich muß ein paar Tage fort.«

»Das soll ich den Leuten erzählen, die so freundlich waren, dich zu engagieren? ›Etwas hat sich ergeben.‹ Nein, meine Liebe, da mußt du schon ein bißchen mehr bieten.«

»Sag ihnen, daß ich an irgendwas erkrankt bin.«

»Irgendwelche Vorschläge?«

»Lepra.«

»O ja, wundervoll!« Seine Stimme klang plötzlich ernst. »Jetzt mal ehrlich, Jacqueline. Du steckst nicht etwa in Schwierigkeiten, oder? Du weißt, daß du mir vertrauen kannst. Denk daran, daß ich schon immer an deiner Seite war. Ich kenne alle deine Geheimnisse.«

»Und vergiß nicht, daß ich *deine* alle kenne, Marcel Lambert. Aber sei unbesorgt, ich stecke nicht in Schwierigkeiten. Ich muß nur etwas erledigen, das keinen Aufschub duldet.«

»Du bist nicht etwa krank, Jacqueline?«

»Ich bin kerngesund.«

»Du kokst nicht etwa wieder?« flüsterte er.

»Marcel!«

»Operation? Du läßt dich liften?«

»Red keinen Scheiß!«

»Ein Mann. Steckt ein Mann dahinter? Hat's endlich jemand geschafft, dein Herz aus Eis zum Schmelzen zu bringen?«

»Ich lege jetzt auf, Marcel. Ich rufe in ein paar Tagen wieder an.«

»Ich habe also recht! Dahinter steckt ein Mann!«

»Du bist der einzige Mann für mich, Marcel.«

»Ich wollte, das wäre wahr.«

»À tout à l'heure.«

»Ciao.«

Sie fuhren am Spätnachmittag los und folgten der kurvenreichen Fernstraße nach Norden in die Berge. In den Schluchten hingen Wolkenfetzen. Als sie größere Höhen erreichten, prasselten schwere Regentropfen an die Windschutzscheibe von Gabriels Leihwagen. Jacqueline lehnte sich auf dem Beifahrersitz zurück, beobachtete die über die Scheibe fließenden Ströme von Regenwasser und war in Gedanken schon in London und bei der Zielperson. Sie zündete sich eine Zigarette an. »Erzähl mir von ihm«, verlangte sie.

»Nein«, sagte er. »Ich will nicht, daß du etwas im Kopf hast, das dich in eine kompromittierende Situation bringen könnte.«

»Du hast mich geholt, weil ich weiß, was ich tue, Gabriel. Erzähl mir von ihm.«

»Er heißt Jusef. Er ist in Beirut aufgewachsen.«

»Wo in Beirut?«

»Schatila.«

»O Gott«, sagte sie und schloß die Augen.

»Seine Eltern sind achtundvierzig als Flüchtlinge in den Libanon gekommen. Sie haben in dem Araberdorf Lydda gelebt, sind aber während des Kriegs geflüchtet. Nachdem sie einige Zeit im Süden gelebt hatten, sind sie auf der Suche nach Arbeit nach Beirut und dort ins Lager Schatila gekommen.«

»Wie ist er von dort nach London gelangt?«

»Ein Onkel hat ihn zu sich nach England geholt. Er hat dafür gesorgt, daß der Junge eine gute Schulbildung bekam und perfekt Englisch und Französisch lernte. Und er hat ihn jedes Jahr auf Heimaturlaub in den Libanon geschickt. Jusef ist ein politischer Radikaler geworden. Seiner Überzeugung nach haben Arafat und die PLO kapituliert. Er unterstützte die Palästinenserführer, die den Krieg fortsetzen wollten, bis Israel von der Landkarte getilgt ist. So ist Tariqs Organisation auf ihn aufmerksam geworden. Er gehört ihr seit einigen Jahren als aktives Mitglied an.«

»Klingt charmant.«

»Das ist er tatsächlich.«

»Irgendwelche Hobbys?«

»Er liebt palästinensische Lyrik und europäische Frauen. Und er hilft Tariq, Israelis zu morden.«

Gabriel bog von der Fernstraße auf eine Nebenstraße ab, die nach Osten in die Berge hineinführte. Sie fuhren durch ein schlafendes Dorf, hinter dem die Asphaltstraße aufhörte, und folgten einem unbefestigten Weg mit tiefen Fahrspuren unter kahlen, tropfnassen Platanen. Auf diesem Weg blieb er, bis er ein schief in den Angeln hängendes Holztor entdeckte, das zu einem gerodeten Stück Land führte. Er hielt an, stieg aus und stieß das Tor so weit auf, daß der Peugeot hindurchpaßte. Dann fuhr er auf die Lichtung und stellte den Motor ab, ließ aber die Scheinwerfer brennen. Er griff in Jacquelines Umhängetasche und nahm ihre Beretta und ein Reservemagazin heraus. Als nächstes riß er von einem ihrer luxuriösen Modejournale den vorderen und hinteren Umschlag ab.

»Steig aus.«

»Es regnet.«

»Macht nichts.«

Gabriel stieg aus und ging zehn Meter über den vom Regen aufgeweichten Boden zu einem Baum, an dem die Überreste eines Schilds *Betreten verboten!* an einem verbogenen rostigen Nagel hingen. Er drückte die Titelseite des Modejournals über den Nagelkopf und kam zu dem Wagen zurück. Jacqueline stand als Silhouette im Scheinwerferlicht: ihre Kapuze als Regenschutz hochgeklappt, die Arme verschränkt. Die einzigen Geräusche waren das Knacken des Autokühlers und das ferne Kläffen eines Hundes auf einem Bauernhof. Gabriel zog das Magazin aus der Beretta, überzeugte sich davon, daß die Kammer leer war, und drückte Jacqueline die Pistole samt Magazin in die Hand.

»Ich muß wissen, ob du noch damit umgehen kannst.«

»Aber ich kenne die Frau auf dem Umschlag!«

»Schieß ihr ins Gesicht.«

Jacqueline rammte das Magazin in den Griff der Beretta und schlug den Magazinboden gegen ihren Handballen, um sicher zu gehen, daß es eingerastet war. Sie trat einen Schritt vor, stand mit leicht gebeugten Knien da, hob die Pistole und drehte ihren Körper etwas zur Seite, um der imaginären Gegnerin ein kleineres Ziel zu bieten. Dann schoß sie ohne Zögern rhythmisch und gleichmäßig, bis das Magazin leer war.

Als Gabriel das Knallen der kleinen Pistole hörte, fühlte er sich plötzlich ins Treppenhaus eines Apartmentgebäudes in Rom zurückversetzt. Jacqueline ließ die

Beretta sinken, zog das Magazin heraus und überprüfte, ob die Kammer leer war. Dann warf sie die Pistole Gabriel zu und sagte: »So, jetzt bist du an der Reihe.«

Gabriel steckte die Pistole in seine Jackentasche und trat an den Baum, um ihr Trefferergebnis zu kontrollieren. Nur ein Schuß war danebengegangen; die Treffer saßen alle dicht nebeneinander rechts oben. Er riß die Titelseite ab, hängte die hintere Umschlagseite auf und gab Jacqueline die Beretta zurück. »Noch mal, aber diesmal gehst du darauf zu, während du schießt.«

Jacqueline rammte das zweite Magazin in die Beretta, zog den Schlitten zurück und ging auf die Scheibe zu, während sie einen Schuß nach dem anderen abgab. Der letzte fiel fast aus Kernschußweite. Sie riß das Blatt herunter, drehte sich damit um und hielt es so hoch, daß das Scheinwerferlicht durch die Einschußlöcher fiel. Diesmal war jeder Schuß ein Treffer gewesen. Sie ging zu Gabriel zurück und gab ihm die Beretta und den Umschlag.

»Hülsen aufsammeln«, wies er sie an.

Während Jacqueline die verschossenen Patronenhülsen auflas, zerlegte er rasch die Beretta. Dann holte er den Wagenheber aus dem Kofferraum und hämmerte damit auf den Einzelteilen herum, bis sie unbenutzbar waren. Sie stiegen wieder ein, und Gabriel fuhr in Richtung Dorf zurück. Unterwegs warf er die zertrümmerten Magazine und die demolierten Teile der Beretta aus dem Fenster. Nachdem sie das Dorf passiert hatten, öffnete er es nochmals und verstreute die Patronenhülsen.

Jacqueline zündete sich eine neue Zigarette an. »Wie habe ich abgeschnitten?«

»Du hast bestanden.«

19

Amsterdam

Tariq verbrachte den Nachmittag damit, Einkäufe zu machen. Er ging vom Hausboot zur Centraalstation, wo er eine Fahrkarte erster Klasse für den Abendzug nach Antwerpen kaufte. Vom Bahnhof aus ging er in den Rotlichtbezirk und schlenderte dort durch das Labyrinth aus engen Gassen, vorbei an Sexshops, Bordellen und schäbigen Bars, bis ihn ein Drogendealer beiseite zog und ihm Heroin anbot. Tariq feilschte um den Preis und verlangte dann eine Menge, die drei Leute auf einen Trip schicken konnte. Er gab dem Mann das Geld, steckte die kleinen Plastiktüten ein und schlenderte weiter.

Auf dem Damplatz stieg er in eine Straßenbahn und fuhr durch die Stadt nach Süden zum Bloemenmarkt, einem schwimmenden Markt unter freiem Himmel auf dem Singelkanal. Dort ging er zum größten Stand und verlangte bei einer Floristin einen großen Strauß aus traditionellen holländischen Blumen. Als die Floristin fragte, was er dafür ausgeben wolle, versicherte Tariq ihr, Geld spiele keine Rolle. Die Floristin lächelte und bat ihn, in 20 Minuten wiederzukommen.

Tariq machte einen Rundgang über den Blumenmarkt, vorbei an farbenprächtigen Tulpen und Iris, Nelken und Sonnenblumen, bis er auf einen Maler stieß. Kurzgeschnittenes schwarzes Haar, blasser Teint, eisblaue Augen. Sein Gemälde zeigte den Bloemenmarkt, vom Kanal und den spitzgiebligen Häusern eingerahmt. Es war traumartig, eine Eruption aus Licht und flüssigem Feuer.

Tariq blieb kurz stehen und sah ihm beim Malen zu. »Sprechen Sie Französisch?«

»Oui«, sagte der Maler, ohne aufzusehen.

»Ich bewundere Ihre Arbeit.«

Der Maler antwortete lächelnd: »Und ich bewundere Ihre.«

Tariq nickte ihm zu, ging davon und fragte sich, was zum Teufel der verrückte Maler damit gemeint haben konnte.

Er holte den in einer großen Klarsichtbox verpackten Blumenstrauß ab und ging zum Hausboot zurück. Inge schlief noch. Tariq kniete neben ihrem Bett nieder und rüttelte sie sanft an der Schulter. Sie öffnete kurz die Augen, starrte ihn an, als sei er übergeschnappt, und schloß die Augen wieder. »Wie spät ist es?«

»Zeit, arbeiten zu gehen.«

»Komm ins Bett.«

»Ich glaube, daß ich etwas habe, das dir besser gefallen wird.«

Sie öffnete wieder die Augen, sah die Blumen und lächelte. »Für mich? Aus welchem Anlaß?«

»Das ist meine Art, dir dafür zu danken, daß du eine so liebenswürdige Gastgeberin bist.«

»Dich mag ich lieber als Blumen. Zieh dich aus, und komm ins Bett.«

»Ich habe noch etwas.«

Er hielt die kleinen Beutel mit dem weißen Pulver hoch.

Während Inge sich rasch etwas überwarf, ging Tariq in die kleine Küche. Er holte einen Löffel aus der Besteckschublade und zündete eine Kerze an. Dann kochte er die

Droge über der Flamme auf, aber statt nur einen Beutel Heroin zu nehmen, kippte er alle drei auf den Löffel. Als er fertig war, saugte er die Flüssigkeit in eine Injektionsspritze und nahm sie in die vordere Kabine mit.

Inge saß auf der Bettkante. Sie hatte sich den linken Arm mit dem dünnen Gummischlauch abgebunden und suchte zwischen den blaugrün verfärbten Einstichstellen am Unterarm nach einer geeigneten Vene.

»Die müßte gehen«, sagte Tariq, sobald sie eine gefunden zu haben schien, und gab ihr die vorbereitete Spritze. Inge hielt sie in der Handfläche und stach die Nadel vorsichtig in ihren Arm. Tariq sah weg, als sie den Kolben mit der Daumenspitze zurückschob, so daß das aufgelöste Heroin sich mit ihrem Blut vermischte. Dann drückte sie den Kolben hinein und löste den Gummischlauch, damit die Droge sich in ihrem Kreislauf verteilen konnte.

Plötzlich sah sie mit weit aufgerissenen Augen auf. »Hey, Paul, *Mann* ... was ist ...«

Sie fiel rückwärts aufs Bett. Ihr Körper wurde von heftigen Krämpfen geschüttelt, und die leere Spritze baumelte von ihrem Arm. Tariq ging in die Küche zurück und kochte sich in aller Ruhe einen Kaffee, während er darauf wartete, daß ihr Todeskampf ein Ende fand.

Als Tariq fünf Minuten später seine Sachen in eine kleine Reisetasche packte, spürte er das Boot heftig schwanken. Er sah erschrocken auf. Jemand war an Deck gesprungen! Sekunden später ging die Tür auf, und ein großer, kräftig gebauter Mann betrat den Salon. Er war blond und trug Ohrstecker in beiden Ohren. Tariq fand, er sehe Inge entfernt ähnlich. Er tastete instinktiv nach der Makarow-Pistole, die hinten in seinem Hosenbund steckte.

Der Mann starrte Tariq an. »Wer bist du?«

»Ich bin ein Freund von Inge. Ich habe ein paar Tage

hier gewohnt.« Er sprach ruhig, während er versuchte, seine Gedanken zu sammeln. Das unerwartete Auftauchen dieses Kerls brachte sein ganzes Konzept durcheinander. Vor fünf Minuten hatte er Inge unauffällig erledigt. Jetzt stand er plötzlich jemandem gegenüber, der alles ruinieren konnte. Aber dann sagte er sich: *Bin ich wirklich Inges Freund, habe ich nichts zu befürchten.* Er rang sich ein Lächeln ab und streckte seine Hand aus. »Ich heiße Paul.«

Der Eindringling ignorierte Tariqs Hand. »Ich bin Inges Bruder Maarten. Wo ist sie?«

Tariq deutete in Richtung Schlafkabine. »Du kennst Inge ja. Sie schläft noch.« Er stellte erschrocken fest, daß er die Tür halb offengelassen hatte. »Ich mache nur schnell die Tür zu, damit wir sie nicht wecken. Ich habe gerade Kaffee gekocht. Möchtest du eine Tasse?«

Maarten ging jedoch an ihm vorbei und betrat die Schlafkabine. *Verdammt!* dachte Tariq. Er war entsetzt, wie schnell alles außer Kontrolle geraten war. Und er erkannte klar, daß er in spätestens zehn Sekunden entschieden haben mußte, wie er Maarten erledigen würde.

Die einfachste Lösung wäre natürlich gewesen, ihn zu erschießen. Aber das würde Folgen haben. Morde mit Schußwaffen waren in den Niederlanden eine Seltenheit. Eine junge Drogentote, in deren Arm noch eine Spritze steckte, würde kein Aufsehen erregen. Aber zwei Leichen, von denen eine mit Blei vollgepumpt war, waren etwas ganz anderes. Die Polizei würde umfangreiche Ermittlungen anstellen und die Bewohner der benachbarten Hausboote vernehmen. Irgend jemand würde sich an sein Gesicht erinnern. Er würde der Polizei seine Personenbeschreibung liefern, die Polizei würde sie an Interpol weiterleiten, Interpol würde sie an die Juden weitergeben. Jeder Polizei- und Sicherheitsbeamte in ganz

Westeuropa würde nach ihm fahnden. Erschoß er Maarten, war er ihn schnell los – aber dafür würde er auf Dauer teuer bezahlen müssen.

In der Besteckschublade neben dem Propangasherd lag ein großes Tranchiermesser, das wußte er. Erstach er Inges Bruder, sah das vielleicht wie ein Verbrechen aus Leidenschaft oder ein gewöhnlicher Raubmord aus. Aber für Tariq war die Vorstellung, jemanden mit einem Messer zu töten, absolut widerwärtig. Und dabei gab es ein weiteres, ernsteres Problem: Er mußte damit rechnen, daß nicht gleich der erste Stich tödlich war. Seine Krankheit hatte ihn bereits geschwächt. Er hatte an Kraft und Ausdauer verloren. Unter keinen Umständen wollte er sich in einen Kampf mit einem größeren, stärkeren Gegner verwickeln lassen. Er sah seine Träume – den Friedensprozeß zu torpedieren und endlich mit Gabriel Allon abzurechnen – zerstieben, nur weil Inges großer Bruder im unpassenden Augenblick aufgekreuzt war. Leila hätte sorgfältiger recherchieren müssen.

Tariq hörte Maarten aufschreien. Er beschloß, ihn zu erschießen.

Er zog die Makarow aus seinem Hosenbund. Der Schalldämpfer war nicht aufgeschraubt. *Wo ist das Scheißding?* In seiner Jacke, die im Salon über einem Stuhl hing. *Scheiße! Wie kann man bloß so nachlässig sein?*

Maarten kam mit aschfahlem Gesicht aus der Schlafkabine. »Sie ist tot!«

»Wovon redest du überhaupt?« fragte Tariq, der sein Bestes tat, um Zeit zu gewinnen.

»Sie ist tot! *Davon* rede ich! Sie hat sich eine Überdosis gespritzt!«

»Drogen?«

Tariq machte unauffällig einen Schritt auf den Stuhl mit seiner Jacke zu. Gelang es ihm, den Schalldämpfer aus der Tasche zu ziehen und aufzuschrauben, konnte er Maarten wenigstens fast lautlos erschießen …

»Sie hat noch die Nadel im Arm. Ihr Körper ist noch ganz warm. Wahrscheinlich hat sie sich den Stoff erst vor ein paar Minuten gespritzt. Hat sie das Scheißzeug von dir gekriegt, Mann?«

»Ich habe nichts mit irgendwelchen Drogen zu tun.« Tariq merkte, daß seine Stimme angesichts dieser Situation unangemessen ruhig klang. Er hatte sich bemüht, den Eindruck zu erwecken, Maartens Rückkehr störe ihn nicht weiter, aber jetzt schien er den Tod seiner kleinen Schwester zu sehr auf die leichte Schulter zu nehmen. Maarten glaubte ihm offenbar kein Wort. Er schrie wütend auf und stürmte mit erhobenen Armen und geballten Fäusten quer durch den Salon auf ihn zu.

Tariq gab den Versuch auf, an den Schalldämpfer heranzukommen. Er riß seine Pistole hoch, zog den Schlitten zurück, zielte auf Maartens Gesicht und schoß ihm ins linke Auge.

Tariq arbeitete schnell. Er hatte es geschafft, Maarten mit einem einzigen Schuß zu erledigen, aber er mußte davon ausgehen, daß jemand auf den benachbarten Hausbooten oder oben auf dem Kai den Knall gehört hatte. Vielleicht war die Polizei bereits unterwegs. Er steckte die Makarow wieder in seinen Hosenbund, hob die Patronenhülse auf, nahm seine Reisetasche und die Blumenbox und trat aufs Achterdeck hinaus. Inzwischen war es dunkel geworden; Schneeflocken wirbelten über die Amstel. Die Dunkelheit würde ihm die Flucht erleichtern. Tariq sah nach unten und stellte fest, daß er an Deck Fußabdrücke hinterließ. Er schlurfte zur Reling, um die Abdrücke zu verwischen, und stieg die kleine Leiter zum Kai hinauf.

Dann ging er rasch, aber ohne verdächtige Hast davon.

An einer dunklen Stelle des Kais warf er seine Reisetasche in den Fluß. Das Klatschen war kaum zu hören. Selbst wenn die Polizei die Tasche herausfischte, enthielt sie nichts, was ihn hätte verraten können. Neue Sachen und eine neue Reisetasche konnte er sich kaufen, wenn er in Antwerpen ankam. Dann dachte er: *Falls ich in Antwerpen ankomme.*

Er folgte der Herengracht westlich durch die Stadt. Einen Augenblick lang spielte er mit dem Gedanken, auf den Anschlag zu verzichten, geradewegs zur Centraalstation zu gehen und das Land mit dem nächsten Zug zu verlassen. Die Morgenthaus waren weiche Ziele, deren politischer Wert sehr gering war. Kemel hatte sie ausgewählt, weil sie leicht zu ermorden waren, was Tariq die Möglichkeit gab, den Druck auf die Friedensverhandlungen aufrechtzuerhalten. Aber durch das Fiasko auf dem Hausboot hatte sich das Risiko, geschnappt zu werden, dramatisch erhöht. Vielleicht war es besser, die ganze Sache abzublasen.

Vor ihm flogen einige Möwen von der Gracht auf. Die Vögel waren im Schneetreiben fast unsichtbar, aber ihre klagenden Schreie hallten von den Fassaden der Häuser am Kanal wider, und Tariq war für einen Augenblick wieder ein Achtjähriger, der barfuß durchs Flüchtlingslager bei Sidon rannte.

Der Brief war am späten Nachmittag angekommen. Er war an Tariqs Eltern adressiert. Darin wurde mitgeteilt, Mahmoud al-Hourani sei in Köln erschossen worden, weil er nachweislich ein Terrorist gewesen sei – und wenn Tariq, der Jüngste der Familie al-Hourani, ein Terrorist werde, erwarte ihn das gleiche Schicksal. Tariqs Vater sagte ihm, er solle zum PLO-Büro laufen und fragen, ob der Brief die Wahrheit sage. Tariq fand einen PLO-Vertreter und zeigte ihm den Brief. Der PLO-Mann las ihn, gab ihn

Tariq zurück und befahl ihm, heimzulaufen und seinem Vater auszurichten, der Brief sei wahr. Tariq, der seine Umgebung mit Tränen in den Augen nur verschwommen wahrnahm, rannte durchs Elendslager nach Hause. Er betete seinen großen Bruder Mahmoud an. Er konnte sich kein Leben ohne ihn vorstellen.

Als er zurückkam, hatte die Nachricht von dem Brief sich schon im ganzen Lager verbreitet – auch andere Familien hatten in der Vergangenheit ähnliche Briefe erhalten. Frauen versammelten sich vor der Hütte der Familie al-Hourani. Ihr Klagegeschrei und ihr Schwatzen stiegen mit dem Rauch der Kochfeuer in den Abendhimmel auf. Ihre Stimmen erinnerten Tariq an das Gezwitscher der Vögel in den Sümpfen. Er fand seinen Vater und berichtete ihm, der Brief sei wahr – Mahmoud sei tot. Sein Vater warf den Brief ins Feuer. Tariq würde seinen schmerzlichen Gesichtsausdruck nie vergessen: den Schmerz seines Vaters über die unaussprechliche Schande, vom Tod seines Ältesten von eben den Männern erfahren zu haben, die Mahmoud ermordet hatten.

Nein, sagte Tariq sich jetzt, während er die Herengracht entlangging. Er würde das Unternehmen nicht abblasen und die Flucht ergreifen, nur weil er fürchtete, er könnte festgenommen werden. Dazu hatte er schon zuviel in diese Sache investiert. Und ihm blieb nicht mehr viel Zeit.

Tariq erreichte das Haus. Er stieg die Stufen hinauf, streckte eine Hand aus und drückte auf den Klingelknopf. Sekunden später wurde die Haustür von einem jungen Dienstmädchen mit Schürze und Häubchen geöffnet.

Er hielt ihr den Blumenstrauß in der Klarsichtbox hin und sagte auf holländisch: »Den soll ich für die Morgenthaus abliefern.«

»Oh, der ist aber schön!«

»Die Box ist ziemlich schwer. Soll ich sie reintragen?«

»Danke.«

Das Dienstmädchen trat zur Seite, um Tariq einzulassen. Weil es draußen kalt war, schloß sie die Haustür und wartete mit einer Hand auf der Klinke darauf, daß er die Blumenbox auf den Tisch in der Diele stellte und wieder zurückkam. Er stellte sie ab und zog seine Pistole, während er sich umdrehte. Diesmal war der Schalldämpfer aufgeschraubt.

Das Mädchen öffnete den Mund, um zu schreien. Tariq schoß ihr zweimal in die Kehle.

Er schleppte die Tote aus der Diele und wischte die Blutspur mit einem nassen Handtuch aus dem Bad auf. Dann wartete er, im dunklen Eßzimmer sitzend, darauf, daß David und Cynthia Morgenthau nach Hause kamen.

20

Paris

Schamron beorderte Gabriel am nächsten Nachmittag zu einem dringenden Treff in den Jardin des Tuileries. Gabriel fand ihn auf einer Bank an einem Kiesweg sitzend, umgeben von einem Taubenschwarm. Er trug um den Hals einen schieferfarbenen Seidenschal, dessen Enden ordentlich unter die Aufschläge seines schwarzen Mantels gesteckt waren, so daß sein kahler Schädel auf einer Art Sockel zu sitzen schien. Er stand auf, zog einen seiner schwarzen Lederhandschuhe aus und streckte Gabriel mit einer ruckartigen Bewegung seine Rechte hin. Gabriel stellte fest, daß die Hand ungewöhnlich warm und etwas feucht war. Schamron hauchte warme Luft in seinen Handschuh und zog ihn rasch wieder an. Er war das kalte Klima nicht gewohnt, und der Pariser Winter deprimierte ihn.

Sie gingen rasch nebeneinanderher, nicht wie zwei Männer, die in einem Park miteinander reden, sondern wie zwei Männer, die eilig einem Ziel entgegenstreben – über die Fußwege der Tuilerien, über das dem Wind ausgesetzte Niemandsland der Verkehrsinsel auf der Place de la Concorde. Totes Laub raschelte unter ihren Füßen, als sie den von Bäumen gesäumten breiten Gehsteig neben der Avenue des Champs-Élysées entlangmarschierten.

»Heute morgen haben wir einen Bericht von einem *Sajan* im niederländischen Sicherheitsdienst erhalten«, sagte Schamron. »Den Doppelmord an dem Ehepaar Morgenthau in Amsterdam hat Tariq verübt.«

»Wie können sie das so bestimmt wissen?«

»*Sie* wissen es nicht bestimmt, aber ich bin mir meiner Sache sicher. Auf einem Hausboot auf der Amstel hat die Amsterdamer Polizei eine tote junge Frau gefunden. Sie ist an einer Überdosis Heroin gestorben. Ihr Bruder lag ebenfalls tot auf dem Schiff.«

»Heroin?«

»Eine einzelne Kugel durchs Auge.«

»Was ist passiert?«

»Nach Aussagen von Nachbarn der jungen Frau hatte sich vor einigen Wochen eine Araberin auf dem Hausboot einquartiert. Sie ist vor ein paar Tagen verschwunden, und an ihrer Stelle hat sich ein Mann einquartiert. Ein Franzose, der sich Paul genannt hat.«

»Tariq hat also erst mal eine Agentin nach Amsterdam geschickt, damit sie ihm eine sichere Unterkunft und ein Mädchen als Tarnung besorgt.«

»Und als er dieses Mädchen nicht mehr brauchte, hat er ihr eine Überdosis Heroin verabreicht. Nach Auskunft der Polizei war die junge Frau als drogenabhängige Gelegenheitsprostituierte bekannt. Vermutlich hat er geglaubt, ihren Tod als Unfall durch versehentliche Überdosierung tarnen zu können.«

»Wie ist der Bruder umgekommen?«

»Das Hausboot hat ihm gehört. In den letzten Monaten hat er allerdings auf einer Großbaustelle in Rotterdam gearbeitet. Denkbar wäre, daß er überraschend auf der Bildfläche erschienen ist, als Tariq gerade dabei war, seine Schwester zu beseitigen.«

»Gut möglich«, stimmte Gabriel zu.

»Es gibt sogar Hinweise, die diese Theorie bestätigen«, fuhr Schamron fort. »Einige Nachbarn haben den Schuß gehört. Hätte Tariq *beabsichtigt,* den Bruder zu ermorden, hätte er eine lautlose Methode gewählt. Wahrscheinlich ist er überrascht worden.«

»Ist das Geschoß, das den Bruder getötet hat, mit den Kugeln aus den Leichen der Morgenthaus und des Dienstmädchens verglichen worden?«

»Sie stimmen hundertprozentig überein. Alle vier sind mit derselben Waffe erschossen worden.«

Ein junges schwedisches Paar posierte für ein Foto. Gabriel und Schamron machten abrupt kehrt und gingen in die Gegenrichtung.

»Sonst noch Neuigkeiten?« fragte Gabriel.

»Ich möchte, daß Sie in London sehr vorsichtig sind. Ein Mann aus Langley hat mir letzte Woche einen Höflichkeitsbesuch abgestattet. Die Amerikaner wissen von ihren Informanten, daß Tariq hinter dem Pariser Attentat steckt. Sie wollen, daß er festgenommen und in den Vereinigten Staaten vor Gericht gestellt wird.«

»Über die CIA wollen wir jetzt natürlich auf keinen Fall stolpern.«

»Es wird noch schlimmer, fürchte ich. Der Mann aus Langley hat auch ziemlich unverblümt vor den Gefahren von nicht angemeldeten Unternehmen in befreundeten Staaten gewarnt.«

»Weiß die CIA etwas Bestimmtes?«

»Das bezweifle ich, aber ich kann es nicht völlig ausschließen.«

»Ich hatte gehofft, meine Rückkehr in den Dienst würde mich nicht in ein englisches Gefängnis bringen.«

»Das passiert auch nicht, solange Sie sich diszipliniert verhalten.«

»Danke für das mir entgegengebrachte Vertrauen.«

»Haben Sie sie gefunden?« fragte Schamron, um das Thema zu wechseln.

Gabriel nickte.

»Und macht sie's?«

»Ich habe ihr erst gut zureden müssen, aber dann hat sie ja gesagt.«

»Weshalb sträuben alle meine Kinder sich dagegen, zu mir zurückzukehren? War ich ein so schlechter Vater?«

»Nur ein übermäßig anspruchsvoller.«

Gabriel blieb vor einem Café auf den Champs-Élysées stehen. Jacqueline saß, mit einer großen Sonnenbrille getarnt, an einem Fenstertisch und blätterte in einer Zeitschrift. Sie sah kurz auf, als die beiden stehenblieben, und senkte dann ihren Blick wieder auf die Zeitschrift.

»Schön, euch mal wieder zusammenarbeiten zu sehen«, meinte Schamron. »Aber Sie dürfen ihr nicht wieder das Herz brechen. Sie ist ein gutes Mädchen.«

»Ja, ich weiß.«

»Sie werden in London einen Tarnjob für sie brauchen. Ich weiß jemanden, der eine Sekretärin sucht.«

»Ich bin Ihnen schon einen Schritt voraus.«

Schamron lächelte und ging davon. Er tauchte im Fußgängerstrom entlang der Champs-Élysées unter und war im nächsten Augenblick verschwunden.

Julian Isherwood wankte auf dem Mason's Yard über das regennasse Pflaster. Es war halb vier, und er war eben vom Lunch auf dem Weg zurück in die Galerie. Er war betrunken. Er hatte nicht gemerkt, daß er betrunken war, bis er aus dem Green's auf die Straße getreten war und ein paar Atemzüge von der feuchtkalten Luft genommen hatte. Der Sauerstoff hatte sein Gehirn wieder belebt, und sein Gehirn hatte seinem Körper gemeldet, daß er wieder einmal zuviel Wein getrunken hatte. Zu Mittag gegessen hatte er mit dem rundlichen Oliver Dimbleby, und ihr Gesprächsthema war erneut Olivers

Vorschlag gewesen, die Isherwood Fine Arts zu übernehmen. Diesmal war es Isherwood gelungen, seinen Gleichmut zu bewahren und die Situation halbwegs vernünftig zu diskutieren – allerdings nur mit Hilfe zweier Flaschen eines ausgezeichneten Sancerres. Sprach man über die Zerschlagung seines Geschäfts – seiner eigenen Seele, dachte er –, hatte man wohl das Recht, den Schmerz mit einem guten französischen Wein zu betäuben.

Er zog seinen Mantelkragen bis zu den Ohren hoch. Von der Duke Street her blies ein eisiger Wind durch die Passage. Isherwood fand sich in einem Wirbel aus feuchtem Laub und nassen Abfällen gefangen. Er stolperte mit schützend vors Gesicht gehaltenen Händen ein paar Schritte weiter, bis der Malstrom ihn wieder freiließ. *Verdammt noch mal!* Schreckliches Klima. Geradezu sibirisch. Er überlegte, ob er im Pub vorbeischauen sollte, um einen Schluck zum Aufwärmen zu trinken, entschied sich dann aber doch anders. Für heute nachmittag hatte er genug Schaden angerichtet.

Isherwood sperrte die untere Tür auf, stieg langsam die Treppe hinauf und dachte dabei, daß er wirklich etwas wegen des Läufers unternehmen sollte. Auf dem Treppenabsatz befand sich der Eingang eines kleinen Reisebüros. Die Wände hingen voller Reiseposter, auf denen tief gebräunte Amazonen halb nackt am Strand herumtobten. *Vielleicht wäre das doch das beste für mich,* dachte er, während er eine barbusige Schönheit anstarrte, die in blendendweißem Sand auf dem Bauch lag. *Vielleicht sollte ich aussteigen, solange ich noch ein paar gute Jahre vor mir habe. Aus London flüchten, in die Südsee reisen, meine Wunden lecken.*

Er steckte den Schlüssel ins Schloß, stieß die Tür auf, zog seinen Mantel aus und hängte ihn an den Haken im Vorzimmer. Dann betrat er sein Büro, tastete nach dem Lichtschalter und knipste das Licht an.

»Hallo, Julian.«

Isherwood fuhr herum und stand Gabriel Allon gegenüber. »Du! Wie zum Teufel bist du hier reingekommen?«

»Willst du das wirklich wissen?«

»Nein, lieber nicht«, antwortete Isherwood. »Was um Himmels willen tust du hier? Und wo hast du gesteckt?«

»Du mußt mir einen Gefallen tun.«

»Ich soll *dir* einen Gefallen tun? Du bist abgehauen und hast mich mit einem halbfertigen Auftrag sitzenlassen. Du hast meinen Vecellio unbewacht in einem Häuschen in Cornwall zurückgelassen.«

»Das beste Versteck für einen unbezahlbaren Vecellio kann unter Umständen ein Ort sein, an dem niemand ihn vermuten würde. Hätte ich mich in deinem Tresorraum im Keller bedienen wollen, hätte ich das mühelos tun können.«

»Weil du eine Monstrosität bist!«

»Kein Grund, persönlich zu werden, Julian.«

»Ach, wirklich? Ich kann noch viel persönlicher werden!« Er nahm seinen Kaffeebecher vom Schreibtisch und warf ihn nach Gabriels Kopf.

Gabriel merkte, daß Isherwood getrunken hatte, deshalb bugsierte er ihn wieder ins Freie, um ihn auszunüchtern. Sie waren auf einem Rundkurs durch den Green Park unterwegs, bis Isherwood müde wurde und sich auf eine Bank setzte. Gabriel nahm neben ihm Platz und wartete, bis ein Paar vorbeigegangen war, bevor er wieder zu sprechen begann.

»Kann sie tippen?« fragte Isherwood. »Weiß sie, wie man Telefondienst macht? Wie man eine Nachricht aufnimmt?«

»Ich glaube nicht, daß sie in ihrem Leben schon mal einen Tag richtig gearbeitet hat.«

»Oh, wundervoll! Absolut umwerfend!«

»Sie ist ein cleveres Mädchen. Ich bin sicher, daß sie dir im Büro zur Hand gehen kann.«

»Wie beruhigend. Darf ich fragen, weshalb ich diese junge Frau anstellen soll?«

»Julian, bitte.«

»Julian, bitte. *Julian,* kümmere dich um deinen eigenen Kram. *Julian,* halt die Klappe, und mach, was wir sagen. So ist's mit euch Leuten dauernd. Und inzwischen geht mein Geschäft geradewegs vor die Hunde. Oliver hat mir ein Übernahmeangebot gemacht. Ich werde es einfach annehmen.«

»Oliver ist nicht dein Typ, glaube ich.«

»Wer in der Klemme sitzt, kann nicht wählerisch sein. Und ich säße nicht darin, wenn du mich nicht im Stich gelassen hättest.«

»Ich habe dich nicht im Stich gelassen.«

»Wie würdest du's nennen, Gabriel?«

»Ich muß nur etwas tun. Genau wie in alten Zeiten.«

»Damals hatten wir eine Vereinbarung, die alles abgedeckt hat. Aber die alten Zeiten sind vorbei. Hier geht's ums Geschäft – knallhart ums gottverdammte Geschäft, Gabriel –, und du hast mich echt beschissen. Was soll ich mit dem Vecellio machen, während du mit Ari eure Spielchen spielst?«

»Warte, bis ich zurück bin«, sagte Gabriel. »Diese Sache ist bald vorbei, und dann arbeite ich Tag und Nacht daran, bis er fertig ist.«

»Ich will keine hingeschluderte Arbeit. Ich habe ihn zu dir gebracht, weil ich davon ausging, daß du dir Zeit lassen und sorgfältig arbeiten würdest. Hätte ich einen Schnellschuß gewollt, hätte ich einen bloßen Handwerker für ein Drittel des Honorars engagieren können, das ich dir zahle.«

»Laß mir noch etwas Zeit. Vertröste deinen Käufer – und verkaufe unter keinen Umständen an Oliver Dimbleby. Das würdest du dir nie verzeihen.«

Isherwood sah auf seine Armbanduhr und stand auf. »Ich habe einen Termin. Jemand will mir tatsächlich ein Bild abkaufen.« Er stand auf, wollte schon gehen, blieb dann aber doch noch stehen. »Übrigens hast du in Cornwall einen kleinen Jungen mit gebrochenem Herzen zurückgelassen.«

»Peel«, sagte Gabriel reserviert.

»Komisch, Gabriel, aber ich hätte dich nie für jemanden gehalten, der einem Kind etwas zuleide tun würde. Sag deiner jungen Frau, daß sie morgen früh um neun Uhr in der Galerie sein soll. Und sag ihr, daß sie pünktlich kommen soll.«

»Sie ist pünktlich da.«

»Wie soll ich diese *Sekretärin* nennen, die du mir freundlicherweise schickst?«

»Du kannst sie Dominique nennen.«

»Sieht sie wenigstens gut aus?« fragte Isherwood mit einem Anflug seines alten Humors.

»Nicht schlecht.«

21

Maida Vale, London

Gabriel trug die Koffer hinein, während Jacqueline ihr neues Zuhause begutachtete: eine kleine Einzimmerwohnung mit einem einzigen Fenster, das auf einen Innenhof hinausführte. Eine Schlafcouch, ein Klubsessel mit rissigem Lederbezug, ein kleiner Schreibtisch. An der Wand neben dem Fenster hing ein Radiator, von dem die Farbe abblätterte, und neben dem Heizkörper führte eine Tür in eine Küche, die kaum größer als die Pantry auf Gabriels Ketsch war. Jacqueline ging in die Küche und begann Schubladen und Schranktüren zu öffnen und zu schließen – trübselig, als sei jede widerwärtiger als die vorige.

»Ich habe den *Bodel* ein paar Sachen für dich einkaufen lassen.«

»Hättest du nicht etwas Hübscheres finden können?«

»Dominique Bonard ist aus Paris nach London gekommen, um hier Arbeit zu suchen. Ich glaube nicht, daß eine Dreizimmer-Maisonettewohnung in Mayfair für sie angemessen wäre.«

»Wohnst du dort?«

»Nicht gerade.«

»Bleib noch ein paar Minuten. Der Gedanke, hier allein zu sein, ist deprimierend.«

»Ein paar.«

Sie füllte den Teekessel mit Wasser, setzte ihn auf und stellte die Kochplatte an. Gabriel fand Teebeutel, Zucker und eine Dose Kondensmilch. Sie goß zwei Becher Tee auf und trug sie ins Zimmer hinüber. Gabriel hatte sich auf die Couch gesetzt. Jacqueline streifte ihre Schuhe ab, setzte sich in den Klubsessel und zog ihre Knie bis unters Kinn hoch. »Wann fangen wir an?«

»Morgen abend. Klappt das nicht, versuchen wir's übermorgen noch mal.«

Sie zündete sich eine Zigarette an, legte den Kopf in den Nacken, blies Rauch gegen die Zimmerdecke. Dann sah sie zu Gabriel hinüber und kniff die Augen zusammen. »Erinnerst du dich an die Nacht in Tunis?«

»Welche Nacht?«

»Die Nacht, in der wir das Unternehmen durchgeführt haben.«

»Natürlich erinnere ich mich daran.«

»Ich weiß noch alles wie gestern.« Sie schloß die Augen. »Vor allem erinnere ich mich an die Rückfahrt übers Meer zu unserem Boot. Ich war so aufgeregt, daß ich meinen Körper gar nicht mehr gespürt habe. Ich bin *geflogen!* Wir hatten es tatsächlich geschafft. Wir waren ins Haus dieses Dreckskerls mitten in einer PLO-Siedlung eingedrungen und hatten ihn umgelegt. Ich hätte am liebsten vor Freude geschrien. Aber deinen Gesichtsausdruck, deinen gehetzten Blick werde ich nie vergessen. Man hätte glauben können, der Ermordete säße neben dir im Boot.«

»Nur wenige Menschen verstehen, was es bedeutet, einen Mann aus nächster Nähe zu erschießen. Noch weniger wissen, wie es ist, ihm eine Waffe an die Schläfe zu setzen und abzudrücken. Auf dem geheimen Schlachtfeld zu töten ist etwas anderes, als einen Mann auf den Golanhöhen oder dem Sinai zu erschießen – selbst wenn das Opfer ein Massenmörder wie Abu Dschihad ist.«

»Das verstehe ich inzwischen auch. Als wir wieder in

Tel Aviv waren, bin ich mir wie ein Vollidiot vorgekommen. Ich hab' mich aufgeführt, als hättest du das Siegestor erzielt, und du bist in diesen Augenblicken innerlich gestorben. Ich hoffe, du kannst mir verzeihen.«

»Du brauchst dich nicht zu entschuldigen.«

»Aber ich verstehe nicht, wie es Schamron gelungen ist, dich nach all diesen Jahren zurückzulocken.«

»Das hat nichts mit Schamron zu tun. Es geht um Tariq.«

»Was ist mit Tariq?«

Gabriel saß einen Augenblick schweigend da, dann stand er auf und trat ans Fenster. Unten auf dem Hof kickten drei Jungen bei gelblichem Lampenlicht einen Ball hin und her. Im feuchten Wind trieben alte Zeitungen wie Ascheflocken über ihre Köpfe hinweg.

»Tariq hat in Wien die Sprengladung unter meinem Wagen angebracht. Tariqs älterer Bruder Mahmoud war Mitglied der Bewegung Schwarzer September. Ari Schamron hat ihn in Köln aufgespürt und mich hingeschickt, um ihn zu liquidieren. Ich habe mir Zutritt zu seiner Wohnung verschafft, als er schlief, und ihm meine Waffe vors Gesicht gehalten. Dann habe ich ihn geweckt, weil er keines friedlichen Todes sterben sollte. Ich habe ihn in beide Augen geschossen. Siebzehn Jahre später hat Tariq sich dafür gerächt, indem er meine Frau und meinen Sohn vor meinen Augen in die Luft gejagt hat.«

Jacqueline schlug eine Hand vor den Mund. Gabriel starrte weiter aus dem Fenster, aber sie wußte, daß er nicht die auf dem Hof spielenden Jungen, sondern die Szene in Wien sah.

»Ich habe lange geglaubt, Tariq habe sich geirrt«, sagte Gabriel. »Aber solche Fehler macht er nie. Er handelt sorgfältig, überlegt. Er ist das vollkommene Raubtier. Meine Familie hat er sich ganz bewußt ausgesucht. Er hat sie ermordet, um mich dafür zu bestrafen, daß ich seinen Bruder erschossen habe. Tariq wußte, daß das für mich schlimmer war als der eigene Tod.« Er drehte sich zu Jacqueline um. »Unter Profis muß ich zugeben, daß er erstklassige Arbeit geleistet hat.«

»Und jetzt willst du ihn deinerseits umlegen?«

Gabriel wich ihrem Blick aus und schwieg.

»Ich habe mich immer für das Unglück in Wien verantwortlich gefühlt«, sagte Jacqueline. »Hätten wir nicht ...«

»Das war nicht deine Schuld«, unterbrach Gabriel sie. »Das war meine Schuld, nicht deine. Ich hätte es besser wissen müssen. Ich habe töricht gehandelt. Aber dieses Kapitel ist abgeschlossen.«

Jacqueline spürte die Kälte seiner Stimme wie ein Messer in ihrer Brust. Sie drückte ihre Zigarette bewußt langsam aus, dann sah sie Gabriel an. »Warum hast du Leah von uns erzählt?«

Er blieb einen Augenblick am Fenster stehen, ohne zu antworten. Jacqueline fürchtete, sie sei zu weit gegangen. Sie suchte nach einer Möglichkeit, die Situation zu entschärfen und das Thema zu wechseln, aber sie sehnte sich verzweifelt danach, die Antwort zu wissen. Hätte Gabriel die Affäre mit ihr nicht gebeichtet, hätten Leah und Dani ihn niemals zu einem Einsatz nach Wien begleitet.

»Ich hab's ihr gesagt, weil ich sie nicht belügen wollte. Mein ganzes Leben war eine Lüge. Schamron hatte mich davon überzeugt, ich sei vollkommen, aber das war ich nicht. Zum ersten Mal in meinem Leben hatte ich mit etwas Nachgiebigkeit und menschlicher Schwäche gehandelt. Das sollte sie erfahren, fand ich. Wahrscheinlich wollte ich, daß jemand mir verzeiht.«

Er nahm seine Jacke vom Haken. Sein Gesicht war verzerrt. Er war zornig – nicht auf sie, sondern auf sich selbst. »Du hast morgen einen langen Tag vor dir.« Seine Stimme klang jetzt geschäftsmäßig. »Versuch dich einzugewöhnen und vor allem zu schlafen. Julian erwartet dich um neun Uhr.«

Und dann ging er.

Ein paar Minuten lang wurde sie durchs Ritual des Auspackens abgelenkt. Dann überwältigte der Schmerz sie langsam wie das verzögerte Brennen einer Ohrfeige. Sie brach auf der Couch zusammen und weinte. Schließlich zündete sie sich eine Zigarette an und sah sich in der schäbigen kleinen Wohnung um. *Was zum Teufel mache ich hier?* Auf dieses Unternehmen hatte sie sich nur eingelassen, weil sie gehofft hatte, sie könne Gabriel dazu bringen, sie zu lieben, aber er hatte ihre Affäre in Tunis als einen Augenblick der Schwäche bezeichnet. Aber warum war er nach all diesen Jahren zurückgekommen, um Tariq zu töten? Nur aus Rache? Auge um Auge? Nein, überlegte sie sich – Gabriels Motive waren tiefgründiger und weit komplexer als bloße Rachsucht. Vielleicht mußte er Tariq umbringen, um sich verzeihen zu können, was Leah zugestoßen war, damit er endlich sein Leben weiterleben konnte. *Aber wird er mir jemals verzeihen können?* Vielleicht konnte sie seine Verzeihung nur erlangen, indem sie ihm half, Tariq zu töten. *Und ich kann Gabriel nur helfen, Tariq zu töten, indem ich einen anderen Mann verführe und mit ihm ins Bett gehe.* Sie schloß die Augen und dachte an Jusef al-Tawfiki.

Gabriel hatte seinen Wagen auf der Ashworth Road geparkt. Er ließ die Schlüssel wie aus Versehen in den Rinnstein fallen und schien den Asphalt in der Dunkelheit nach ihnen abzutasten. In Wirklichkeit suchte er den Unterboden seines Autos nach etwas ab, das dort nicht hingehörte – nach einer dunklen Masse, einem herabhängenden Draht. Der Wagen schien in Ordnung zu sein, deshalb stieg er ein, ließ den Motor an und fuhr eine halbe Stunde lang kreuz und quer durch Maida Vale und Notting Hill, bis er sicher wußte, daß er nicht beschattet wurde.

Er ärgerte sich über sich selbst. Er hatte erst von seinem Vater, dann von Ari Schamron gelernt, daß Männer, die keine Geheimnisse behalten konnten, schwach und minderwertig waren. Sein Vater hatte Auschwitz überlebt, weigerte sich aber strikt, darüber zu sprechen. Er hatte Gabriel ein einziges Mal geschlagen – als Gabriel darauf bestanden hatte, er müsse ihm von seiner Leidenszeit als Häftling erzählen. Wäre die auf seinem rechten Unterarm eintätowierte Häftlingsnummer nicht gewesen, hätte Gabriel vielleicht nie erfahren, daß sein Vater im KZ gelitten hatte.

Tatsächlich war Israel ein Land voller beschädigter Menschen: Mütter, die in Kriegen gefallene Söhne begraben hatten; Kinder, die von Terroristen ermordete Geschwister begraben hatten. Seit dem Anschlag in Wien beherzigte Gabriel die Ratschläge seines Vaters: Manchmal sterben Menschen zu früh. Betrauere sie im stillen. Trag dein Leiden nicht zur Schau wie die Araber. Und wenn du sie lange genug betrauert hast, siehst du zu, daß du wieder auf die Beine kommst, und lebst dein Leben weiter.

Dieser letzte Teil – sein Leben weiterleben – hatte Gabriel die größten Schwierigkeiten bereitet. Er gab sich die Schuld an dem Bombenanschlag in Wien, nicht nur wegen seiner Affäre mit Jacqueline, sondern auch wegen der Art und Weise, wie er Tariqs Bruder erschossen hatte. Er hatte sich die Befriedigung verschaffen wollen, daß Mahmoud seinen Tod bewußt erlebte – daß er in dem

Augenblick, in dem Gabriels Beretta fast lautlos die erste glühendheiße Kugel in sein Gehirn jagte, Todesqualen erlitt. Schamron hatte ihn aufgefordert, die Terroristen zu terrorisieren – wie sie zu denken, wie sie zu handeln. Gabriel glaubte, er sei bestraft worden, weil er wie sein Feind geworden war.

Dafür hatte er sich selbst bestraft. Er hatte nacheinander die Türen zugeschlagen und die Fenster vergittert, die ihm einst Zugang zu den Freuden des Lebens verschafft hatten. Er trieb durch Zeit und Raum und stellte sich vor, daß die Seelen der Verdammten die Orte besuchen durften, an denen sie einst gelebt hatten: fähig, die geliebten Menschen und einstigen Besitztümer zu sehen, aber außerstande, mit jemandem zu sprechen, etwas zu schmecken, zu berühren oder zu fühlen. Schönheit erlebte er nur in der Kunst – und nur, wenn er Schäden reparierte, die achtlose Besitzer oder der Lauf der Jahre verursacht hatten. Schamron hatte ihn zu einem Zerstörer gemacht. Gabriel hatte sich in einen Heiler zurückverwandelt. Nur war er leider außerstande, sich selbst zu heilen.

Weshalb sollte er seine Geheimnisse also Jacqueline anvertrauen? Weshalb sollte er ihre verdammten Fragen beantworten? Die Antwort war ganz einfach: Weil er das Bedürfnis danach hatte. Das hatte er in dem Augenblick gespürt, in dem er ihr Landhaus in Valbonne betreten hatte – dieses prosaische Bedürfnis, seine Geheimnisse mit ihr zu teilen und ihr vergangene Schmerzen und Enttäuschungen zu offenbaren. Noch wichtiger war jedoch, daß er sich ihr gegenüber nicht rechtfertigen mußte. Er dachte an seine alberne Phantasie von einer Affäre mit Peels Mutter, die jäh zu Ende gegangen war, als er ihr die Wahrheit über sich erzählt hatte. Dieses Szenario spiegelte eine von Gabriels tiefsitzenden Ängsten wider:

Er fürchtete sich davor, einer Frau erzählen zu müssen, daß er ein Berufskiller war. Jacqueline kannte seine Geheimnisse bereits.

Vielleicht hatte Jacqueline in einem anderen Punkt recht gehabt, dachte er – vielleicht hätte er Schamron um ein anderes Mädchen bitten sollen. Jacqueline war seine *Bat leweja,* und morgen würde er sie ins Bett eines anderen Mannes schicken.

Gabriel parkte in der Nähe seiner Wohnung in einer Seitenstraße und ging rasch um die Ecke zum Eingang des Wohnblocks. Er sah zu seinem Fenster auf und murmelte: »Guten Abend, Mr. Karp.« Und er stellte sich Karp vor, der ihn durchs Visier seines Parabolmikrofons verfolgte und dabei sagte: »Willkommen daheim, Gabe. Lange nichts mehr von dir gehört.«

22

Maida Vale, London

Jacqueline empfand ein eigenartiges Hochgefühl, als sie am nächsten Morgen auf der Elgin Avenue zur U-Bahnstation Maida Vale ging. Bisher hatte sie ein Leben voller hedonistischer Exzesse geführt – zuviel Geld, zu viele Männer, Luxus als Selbstverständlichkeit. Es war beruhigend, etwas so Alltägliches zu tun, wie mit der U-Bahn zur Arbeit zu fahren, auch wenn dieser Job ihr nur als Tarnung diente.

Nachdem sie am Zeitungskiosk die *Times* gekauft hatte, betrat sie die Station und ging die Treppe zu den Fahrkartenautomaten hinunter. Am Abend zuvor hatte sie den Stadtplan studiert und sich die U-Bahnlinien eingeprägt. Sie hatten so merkwürdige Namen: Jubilee, Circle, District, Victoria. Um zur Galerie in St. James's zu kommen, mußte sie von Maida Vale mit der Bakerloo Line zum Piccadilly Circus fahren. Sie löste ihre Fahrkarte am Automaten, ging durchs Drehkreuz und fuhr mit der Rolltreppe zum Bahnsteig hinunter. So weit, so gut, sagte sie sich. Nur eine von unzähligen Londonerinnen, die zur Arbeit fuhren.

Ihre Vorstellung, sich ein paar Minuten bei Zeitungslektüre entspannen zu können, löste sich in Luft auf, als die U-Bahn einfuhr. Die Wagen waren hoffnungslos überfüllt, die Fahrgäste standen an die Scheiben gequetscht. Jacqueline, die stets darauf achtete, niemanden nah an sich herankommen zu lassen, überlegte, ob sie die nächste U-Bahn nehmen sollte, die vielleicht weniger voll war. Ein Blick auf die Uhr zeigte ihr jedoch, daß sie keine Zeit vergeuden durfte. Als die Türen sich öffneten, stiegen nur eine Handvoll Leute aus. In dem Wagen schien kein Platz mehr für sie zu sein. *Was hätte eine Londonerin getan?* Sich hineingezwängt. Jacqueline hob ihre Umhängetasche schützend vor ihre Brust und zwängte sich hinein.

Die U-Bahn fuhr mit einem Ruck an. Der Mann neben Jacqueline blies ihr eine Bierfahne ins Gesicht. Sie richtete sich zu voller Größe auf, legte ihren Kopf in den Nacken, schloß die Augen, atmete in dem schwachen Luftzug, der durch einen Spalt zwischen den Türen kam.

Wenig später hielt die U-Bahn am Piccadilly Circus. Draußen war der Nebel zu Nieselregen geworden. Jacqueline nahm ihren Schirm aus der Umhängetasche. Sie ging rasch, paßte sich dem Tempo der Büroangestellten um sie herum an und wich Entgegenkommenden automatisch aus.

Als sie in die Duke Street abbog, warf sie einen raschen Blick über ihre Schulter. Keine drei Meter hinter ihr ging Gabriel, der schwarze Jeans und eine Lederjacke trug. Sie folgte der Duke Street nach Süden, bis der Eingang zum Mason's Yard vor ihr lag.

Gabriel berührte im Vorbeigehen ihren Ellbogen. »Du bist clean. Schönen Gruß an Julian.«

Die Galerie entsprach genau Gabriels Beschreibung: zwischen der Reederei und dem Pub eingezwängt. Neben dem Eingang war eine Messingtafel mit zwei Klingelknöpfen und den dazugehörigen Namen angebracht: LOTUS TRAVEL LTD. und ISHER OO FINE AR S. Sie drückte auf den Klingelknopf, wartete, drückte erneut darauf, wartete, sah auf ihre Uhr, drückte wieder darauf. Nichts.

Jacqueline überquerte den Mason's Yard, ging auf die Duke Street zurück und fand ein kleines Café, in dem sie warten konnte. Sie bestellte einen Kaffee und setzte sich mit ihrer *Times* ans Fenster. Eine Viertelstunde später, genau um zwanzig nach neun, fiel ihr ein modisch gekleideter grauhaariger Mann auf, der die Duke Street entlanghastete, als sei er zu spät zur eigenen Beerdigung dran. Er verschwand in der Passage, die zum Masons's Yard führte. Isherwood, sagte sie sich. Das muß er gewesen sein.

Sie stopfte die *Times* in ihre Umhängetasche, verließ das Café, eilte hinter dem Mann her und folgte ihm über den Mason's Yard zur Galerie. Als er die Eingangstür aufsperren wollte, rief sie: »Mr. Isherwood, sind Sie's? Ich habe auf Sie gewartet.«

Isherwood drehte sich um. Sein Mund stand vor Erstaunen leicht offen, als er sie auf sich zukommen sah.

»Ich bin Dominique Bonard. Sie erwarten mich heute, glaube ich.«

Isherwood räusperte sich mehrmals rasch nacheinander und schien Mühe zu haben, den richtigen Schlüssel für die Eingangstür zu finden. »Ja, äh, entzückt, wirklich«, stammelte er. »Tut mir schrecklich leid, aber die verdammte U-Bahn, Sie wissen schon.«

»Lassen Sie mich Ihren Aktenkoffer halten. Vielleicht geht's dann leichter.«

»Ja, nun, Sie sind *Französin«,* sagte er, als erzähle er ihr damit etwas Neues. »Ich spreche fließend Italienisch, aber mein Französisch ist leider ziemlich gräßlich.«

»Ich bin sicher, daß wir mit Englisch sehr gut zurechtkommen werden.«

»Ja, gewiß.«

Er schaffte es endlich, die Eingangstür aufzusperren. Er hielt sie übertrieben ritterlich auf und ließ Jacqueline mit einer Handbewegung den Vortritt. Oben an der Treppe blieb er vor dem Reisebüro stehen und betrachtete das Mädchen auf einem der Poster. Er drehte sich um, musterte Jacqueline und starrte dann wieder das Model an. »Wissen Sie, Dominique, das könnte Ihre Zwillingsschwester sein.«

»Seien Sie nicht albern«, sagte Jacqueline lächelnd.

Isherwood schloß die Galerie auf und zeigte Jacqueline ihren Schreibtisch.

»Später kommt Besuch – ein Mann namens Oliver Dimbleby. Er sieht ungefähr wie ein englisches Würstchen in einem Anzug aus der Savile Row aus. Wenn er kommt, drücken Sie auf den Türöffner, um ihn einzulassen. Aber als erstes möchte ich Ihnen den Rest der Galerie zeigen.«

Er gab ihr ein Schlüsselpaar an einem blauen Kunststoffband. »Das sind Ihre. Verlassen Sie die Galerie, wenn ich nicht da bin, schalten Sie beim Absperren automatisch die Alarmanlage ein. Ausgeschaltet wird sie mit dem Tastenfeld neben der Eingangstür. Der Zahlencode lautet fünf-sieben-sechs-vier-neun-sieben-drei-zwo-sechs. Verstanden?«

Jacqueline nickte. Als er sie ungläubig anstarrte, wiederholte sie den Zahlencode rasch und fehlerlos. Isherwood war sichtlich beeindruckt.

Sie betraten den kleinen Aufzug, der kaum Platz für zwei Personen bot. Isherwood steckte seinen Schlüssel ins Sicherheitsschloß, drehte ihn nach rechts und drückte auf den Knopf K. Der Aufzug ächzte und zitterte, dann glitt er langsam im Fahrstuhlschacht in die Tiefe und kam mit einem sanften Stoß zum Stehen. Die Tür glitt auf, und sie traten in einen kühlen, dunklen Raum.

»Das ist die Grabkammer«, sagte Isherwood, während

er Licht machte. Sie standen in einem schmalen Kellerraum, der mit Gemälden angefüllt war, die teils gerahmt, teils ungerahmt in den Fächern zweistöckiger Bilderregale standen. »Dies ist mein Lagerraum. Hunderte von Werken, viele davon wertvoll, aber leider noch mehr, die wenig oder gar keinen Marktwert haben und deshalb hier unten verstauben.«

Er führte Jacqueline zum Aufzug zurück, der sie jetzt an der Galerie vorbei nach oben brachte. Dort öffnete die Tür sich zu einem großen, hohen Raum. Graues Morgenlicht sickerte durch die Glaskuppel, die den größten Teil der Decke einnahm. Jacqueline trat vorsichtig einige Schritte vor. Isherwood betätigte einen Schalter, und der Raum war hell erleuchtet.

Sie kam sich wie in einem Museum vor. Die cremefarbenen Wände waren in tadellosem Zustand, das Parkett war auf Hochglanz gebohnert. In der Mitte des Raums genau unter der Kuppel stand ein mit weinrotem Samt bezogenes niedriges Sofa. An den Wänden hingen riesige Gemälde, die von in die Decke eingelassenen Halogenstrahlern ausgeleuchtet wurden. Regen plätscherte leise auf die Glaskuppel. Jacqueline setzte sich auf das Sofa. Vor sich hatte sie eine Venus von Luini, eine Geburt Christi von del Vaga, eine Taufe Christi von Bordone und eine überwältigend schöne Landschaft von Claude.

»Atemberaubend schön«, meinte sie. »Ich komme mir wie im Louvre vor. Sie sind bestimmt oft hier oben.«

»Immer wenn ich nachdenken muß. Sie können heraufkommen, wann immer Sie wollen. Bringen Sie Ihren Lunch mit.«

»Das tue ich bestimmt. Danke, daß Sie mir diesen Raum gezeigt haben.«

Sie fuhren mit dem Aufzug in den ersten Stock hinunter. Jacqueline setzte sich an ihren neuen Schreibtisch, zog die Schubladen auf, wühlte in der Schale mit Stiften und Büroklammern und experimentierte mit dem Fotokopierer.

»Sie wissen, wie man diese Geräte bedient, nicht wahr?« fragte Isherwood.

»Keine Angst, ich komme bestimmt damit zurecht.«

»O Gott«, murmelte er.

Oliver Dimbleby kam pünktlich um elf Uhr. Jacqueline begutachtete ihn durch die Sicherheitskamera – er sah wirklich wie ein englisches Würstchen in einem Anzug aus der Savile Row aus – und drückte auf den Türöffner. Als er ihrer ansichtig wurde, zog er seinen Bauch ein und lächelte strahlend. »Sie sind also Julians neues Mädchen«, sagte er, indem er ihr die Hand schüttelte. »Ich bin Oliver Dimbleby. Freut mich *sehr,* Sie kennenzulernen. Freut mich *wirklich* sehr.«

»Komm schon, Oliver!« rief Isherwood aus seinem Büro. »Laß ihre Hand los und komm rein. Wir haben nicht den ganzen Tag Zeit.«

Oliver ließ widerstrebend Jacquelines Hand los und trat in Isherwoods Büro. »Eines interessiert mich, Julie, mein Lieber. Nehmen wir mal an, ich kaufe deinen Laden tatsächlich – gehört dieser Engel dort draußen dann mit dazu?«

»Ach, halt die Klappe, Oliver.« Isherwood machte die Tür hinter ihm zu.

Jacqueline ging an ihren Schreibtisch zurück und versuchte das Faxgerät zu enträtseln.

Der Anruf in der Kebab Factory kam um Punkt vier Uhr. Gabriel wartete drei Minuten und 20 Sekunden darauf, daß Jusef ans Telefon ging – das wußte er anschließend so genau, weil er es für ratsam gehalten hatte, diese Zeit mitzustoppen. Bis Jusef kam, hörte er, wie die Küchenhelfer in libanesisch gefärbtem Arabisch miteinander schwatzten und Mohammed, der das Restaurant nachmittags leitete, nach einem Abräumer für Tisch 17 rief. Als Jusef endlich ans Telefon kam, schien er leicht außer Atem zu sein. Das gesamte Gespräch dauerte nur 12 Sekunden. Als es zu Ende war, ließ Gabriel das Band zurücklaufen und hörte sich die Aufzeichnung immer wieder an, bis Karp ihn bat, damit aufzuhören.

»Glaub mir, Gabe, dahinter steckt gar nichts. Das sind zwei Jungs, die darüber reden, daß sie sich ein paar Drinks genehmigen und vielleicht eine Frau fürs Bett finden wollen. Du weißt noch, wie es war, mit einer Frau ins Bett zu gehen, stimmt's?«

Aber Gabriel war dabei, die nächste Phase des Unternehmens einzuleiten – er würde Jacqueline auf feindliches Gebiet entsenden –, und wollte sicher sein, daß er sie nicht in eine Falle schickte. Deshalb hörte er sich die Aufzeichnung erneut an:

»Bleibt's bei dem Treffen heute abend?«

»Unbedingt. Wo?«

»All Bar One, Leicester Square, neun Uhr.«

»Ich bin pünktlich da.«

STOP. RÜCKLAUF. PLAY.

»Bleibt's bei dem Treffen heute abend?«

»Unbedingt. Wo?«

»All Bar One, Leicester Square, neun Uhr.«

»Ich bin pünktlich da.«

STOP. RÜCKLAUF. PLAY.

»All Bar One, Leicester Square, neun Uhr.«

STOP. PLAY.

»Ich bin pünktlich da.«

Gabriel griff nach dem Telefonhörer und tippte die Nummer von Isherwood Fine Arts ein.

23

Leicester Square, London

Die All Bar One lag am Leicester Square in der Südwestecke des Platzes. Sie hatte zwei Etagen und zur Straße hin Panoramafenster, so daß Gabriel, der draußen auf einer kalten Holzbank saß, den Betrieb im Inneren wie ein Theaterstück auf einer Bühne mit mehreren Ebenen beobachten konnte. Massen von Touristen und Kinogängern strömten an ihm vorbei. Auch die Straßenkünstler waren im Einsatz. Auf einer Seite des Platzes sang ein Deutscher, der dazu Elektrogitarre spielte, Jimi-Hendrix-Songs in ein knackendes Mikrofon. Auf der anderen Seite spielte und sang eine peruanische Gruppe die Lieder ihrer Bergheimat vor einer unglücklich aussehenden Bande von Großstadtpunks mit purpurroten Haaren. Dicht neben dem Eingang zur Bar stand eine menschliche Statue mit titanweiß geschminktem Gesicht unbeweglich auf einem Podest und schien Gabriel boshaft anzustarren.

Jusef erschien fünf Minuten später in Begleitung eines schlanken, rotblonden Mannes. Sie vermieden es, in der kurzen Schlange vor dem Eingang warten zu müssen, indem sie dem Gorilla von Türsteher einen Schein zusteckten. Wenige Augenblicke später tauchten sie am Fenster im ersten Stock auf, wo Jusef eine überschlanke Blondine begrüßte. Gabriel holte sein Mobiltelefon aus der Tasche, gab eine Nummer ein, murmelte ein paar Worte und schaltete das Gerät wieder aus.

Als Jacqueline fünf Minuten später aufkreuzte, trug sie dieselben Sachen wie tagsüber in Isherwoods Galerie, aber sie hatte ihr schwarzes Haar nicht mehr aufgesteckt, sondern trug es offen. Sie ging zu dem Türsteher und erkundigte sich, wie lange die Wartezeit sei. Der Türsteher trat prompt beiseite, worüber sich die Wartenden ärgerten. Als Jacqueline in der Bar verschwand, hörte Gabriel jemanden laut sagen: »Französisches Miststück!«

Sie ging nach oben, holte sich an der Bar ein Glas Wein und setzte sich damit ganz in der Nähe von Jusef und seinem Freund ans Fenster. Jusef unterhielt sich weiter angeregt mit der Blondine, aber schon nach kurzer Zeit sah Gabriel, wie seine Blicke immer wieder zu der großen Schwarzhaarigen rechts von ihm wanderten.

Zwanzig Minuten später hatten weder Gabriel noch die Statue sich bewegt, aber Jusef hatte die Blondine seinem Freund überlassen und saß jetzt neben Jacqueline. Sie hing förmlich an seinen Lippen, als sei jedes Wort, das er sagte, das Faszinierendste, was sie seit Jahren gehört hatte.

Gabriel starrte die Statue an, und die Statue erwiderte seinen Blick.

Kurz nach Mitternacht verließen sie die Bar und gingen bei eisigem Wind über den Platz. Jacqueline fröstelte und verschränkte die Arme unter ihren Brüsten. Jusef legte einen Arm um ihre Taille und zog sie an sich. Sie spürte den Wein, den sie im Lauf des Abends getrunken hatte. Aus Erfahrung wußte sie, daß besonnener Genuß von Alkohol in solchen Situationen nützlich war. Sie hatte gerade genug getrunken, um ohne Hemmungen mit einem völlig Unbekannten zu schlafen – Hemmungen, die sie hätten verraten können –, aber nicht genug, um ihre Sinne oder ihren Selbsterhaltungstrieb abzustumpfen.

An der Charing Cross Road stiegen sie in ein Taxi.

»Wo wohnst du?« fragte Jacqueline. Das wußte sie bereits, aber Dominique Bonard wußte es nicht.

»Ich habe eine Wohnung in Bayswater. Sussex Gardens. Fahren wir zu mir?«

Sie nickte. Das Taxi fuhr die Charing Cross Road entlang, in der fast alle Schaufenster dunkel waren, und folgte dann der Oxford Street nach Westen in Richtung Marble Arch und Hyde Park. Kamen sie an einem beleuchteten Schaufenster oder unter einer Straßenlampe vorbei, sah sie kurz sein Gesicht wie ein Foto, das für einen Augenblick auf eine Leinwand projiziert wird. Sie studierte ihn im Profil. Sein Kiefergelenk bildete einen perfekten rechten Winkel, seine Nase war lang und schmal mit klar definierten Linien, seine Lippen waren voll. Lange Wimpern, weit geschwungene Augenbrauen. Er hatte sich sorgfältig rasiert und duftete schwach nach einem teuren Rasierwasser.

Nach dem, was Gabriel ihr erzählt hatte, hatte Jacqueline erwartet, Jusef werde arrogant und übertrieben selbstsicher auftreten. Aber statt dessen ließ er eine angenehme, eher zurückhaltende Intelligenz erkennen. Sie dachte an den Deutschen, den Direktor einer Chemiefirma, den sie auf Zypern verführt hatte. Er hatte eine Glatze und Mundgeruch gehabt. Beim Abendessen hatte er ihr erzählt, wie sehr er die Juden haßte. Und später im Bett hatte er Dinge von ihr verlangt, bei denen ihr fast schlecht geworden war.

Ihr Taxi fuhr die Edgware Road entlang und bog in die Wohnanlage Sussex Gardens ab. Jacqueline hätte am liebsten die Fassaden abgesucht, um die Wohnung zu finden, in der Gabriel seinen Horchposten eingerichtet hatte. Statt dessen zwang sie sich dazu, Jusef anzusehen. Sie verfolgte die Linie seines Unterkiefers spielerisch mit dem Zeigefinger. »Du bist ein schöner Mann, weißt du.«

Er lächelte, und sie dachte: *Er ist Komplimente von Frauen gewohnt.*

Der Wagen hielt vor seinem Haus. Ein reizloser Wohnblock, ein nüchterner Zweckbau aus den ersten Nachkriegsjahren mit der Atmosphäre einer verfallenden Wohltätigkeitseinrichtung. Jusef half ihr auszusteigen, bezahlte das Taxi und führte sie die wenigen Stufen zum Eingang hinauf. Er ging auf den Fußballen – genau wie Gabriel, dachte sie –, als sei er ständig auf dem Sprung und bereit, sich auf jemanden zu stürzen. Sie fragte sich, ob Gabriel sie jetzt beobachtete.

Jusef zog seine Schlüssel aus der Tasche, wählte den für die Haustür aus – ein Yale-Schlüssel, stellte sie fest – und steckte ihn ins Schloß. Er führte sie durch den kleinen Vorraum mit schwarzweißem Linoleumboden und eine schwach beleuchtete Treppe hinauf. Jacqueline überlegte, wie er vorgehen würde. Würde er Kerzen anzünden, sanfte Musik auflegen und eine Flasche Wein aufmachen? Oder würde er die Sache direkt und nüchtern angehen? Kamen sie ins Gespräch, konnte sie vielleicht etwas über ihn erfahren, das Gabriel nützen würde. Sie würde versuchen, die Verführung noch etwas länger hinauszuzögern.

An seiner Wohnungstür benutzte Jusef einen weiteren Yale-Schlüssel, um das Sicherheitsschloß aufzusperren, und einen altmodischen Bartschlüssel fürs eigentliche Türschloß. *Drei Schlösser, drei einzelne Schlüssel. Kein Problem.*

Sie betraten die Wohnung, in der kein Licht brannte. Jusef schloß die Tür. Dann küßte er sie zum ersten Mal.

»Das wollte ich schon den ganzen Abend tun«, sagte Jacqueline. »Du hast so schöne Lippen.«

»Ich wollte den ganzen Abend schon viel mehr tun.« Er küßte sie wieder. »Kann ich dir etwas zu trinken anbieten?«

»Ein Glas Wein wäre schön, wenn du welchen hast.«

»Ich denke schon. Laß mich nachsehen.«

Er schaltete eine Lampe ein, eine billige Stehlampe, und warf die Schlüssel auf einen kleinen Tisch neben einem Sessel. Jacqueline stellte ihre Umhängetasche daneben. Dank Schamrons Ausbildung wußte sie, was sie zu tun hatte. Sie sah sich rasch um. Dies war die Unterkunft eines intellektuellen Revolutionärs, ein spärlich möbliertes, funktionelles Basislager. Drei billige Orientteppiche bedeckten den Linoleumboden. Der Couchtisch bestand aus einer großen quadratischen Preßspanplatte auf vier grauen Hohlblocksteinen, die von einem Quartett aus nicht zusammenpassenden Sesseln umgeben waren. In der Tischmitte stand ein Aschenbecher von der Größe eines Eßtellers, in dem Zigarettenstummel mehrerer Marken lagen. Einige trugen Lippenstiftspuren – in zwei verschiedenen Farbtönen. Um den Aschenbecher herum stand ein halbes Dutzend Mokkatassen; der Kaffeesatz darin erinnerte sie an Rorschach-Tests.

Sie wandte ihre Aufmerksamkeit den Wänden zu. Dort hingen Poster von Bob Marley und Che Guevara, ein weiteres von Tommie Smith und John Carlos, die 1968 bei den Olympischen Spielen in Mexico City ihre behandschuhten Fäuste in die Höhe reckten. Außerdem eine schwarz-grün-rote Palästinenserfahne und ein Farbdruck eines Gemäldes, auf dem eine Dorfschöne am Abend vor ihrer Hochzeit von anderen Frauen gebadet wurde. Sie erkannte es als ein Gemälde von Ibrahim Ghannan. Überall lagen Bücher, teils aufgestapelt, teils in Haufen, als warteten sie nur auf Benzin und ein Streichholz – Werke über die Geschichte des Nahen Ostens, Bücher über die Nahostkriege, Biographien von Arafat, Sadat, Ben-Gurion, Rabin.

»Du liest sehr viel.«

»Das ist eine Sucht von mir.«

»Woher stammst du, wenn ich fragen darf?«

»Palästina.«

Er kam aus der Küche und brachte ihr ein Glas Wein mit. Dann streckte er ihr seine Hand hin. »Kommst du mit?«

Gabriel stand am Fenster. Karps Lasermikrofon nahm Teile ihrer Unterhaltung auf, aber die Tonqualität erinnerte an eine Vinylschallplatte, auf der die Nadel immer wieder Spuren übersprang. Als die beiden ins Schlafzimmer gingen, um sich zu lieben, sagte Gabriel: »Stell das Ding ab.«

»Aber jetzt wird's doch erst interessant, Gabe!«

»Du sollst es abstellen, hab' ich gesagt.«

Karp ließ das Mikrofon sinken und schaltete den Strom ab. »Ich habe Hunger. Ich gehe einen Hamburger essen.«

»Geh nur.«

»Alles in Ordnung mit dir, Gabe?«

»Alles bestens.«

»Weißt du das bestimmt?«

»Geh!«

Eine Stunde später stand Jusef auf, trat ans Fenster und zog die Vorhänge auf. Im gelblichen Schein der Straßenbeleuchtung nahm sein olivfarbener Teint den Farbton von altem Zeitungspapier an. Jacqueline lag im Bett auf dem Bauch. Sie stützte das Kinn in ihre Hände, betrachtete ihn und verfolgte mit ihrem Blick die Linie von seinen breiten Schultern zu seiner schlanken, straffen Taille hinunter. Sie fragte sich, ob Gabriel ihn ebenfalls ansah.

Jusef beobachtete die Straße – er sah in geparkte Wagen, suchte das Gebäude gegenüber ab. Als er sich etwas zur Seite drehte, sah sie eine breite, flache Narbe auf seinem Rücken, die sich vom rechten Schulterblatt bis zur Mitte des deutlich hervortretenden Rückgrats hinunterzog. Die hatte sie gespürt, als sie sich geliebt hatten. Sie war hart und rauh wie Sandpapier. Wie Haifischhaut.

Er war ein sanfter Liebhaber gewesen, sorgfältig darauf bedacht, ihr Vergnügen zu verschaffen. Als er in sie eingedrungen war, hatte sie die Augen geschlossen und sich vorgestellt, er sei Gabriel, und als sie die Narbe zwischen seinen Schulterblättern spürte, hatte sie sich vorgestellt, das sei Gabriels Narbe – ein Überbleibsel von einem seiner Geheimeinsätze –, und sich gewünscht, sie könnte mit der Hand darüberfahren und sie zum Verschwinden bringen.

»Was gibt's dort unten zu sehen?« fragte sie.

Jusef drehte sich um und verschränkte die Arme vor der Brust.

»Hast du schon mal mit einem Araber geschlafen, Dominique?«

Sie dachte: *Und du weichst meiner Frage aus.* Sie sagte: »Du bist mein erster. Vielleicht muß ich's mal wieder versuchen.«

»Nicht, solange du mit mir schläfst.«

»Schlafen wir jetzt miteinander?«

»Das hängt von dir ab.«

»Also gut, wir schlafen jetzt offiziell miteinander.« Sie wälzte sich auf den Rücken, sah das von der Straße auf ihren Körper fallende Licht und stellte sich vor, es sei Gabriels Blick. »Glaubst du, wir sollten uns etwas besser kennenlernen, nachdem wir jetzt offiziell miteinander schlafen?«

Er lächelte, dann fragte er: »Was möchtest du wissen?«

»Mich interessiert, woher du die Narbe hast.«

Er wandte sich ab und sah wieder aus dem Fenster.

Sie studierte den Radiowecker auf seinem Nachttisch.

»In meiner Vergangenheit gibt es einige Dinge, die du unerfreulich finden könntest«, sagte er.

»Schlimme Dinge, die du getan hast?«

»Nein, Dominique. Schlimme Dinge, die mir angetan wurden.«

»Woher hast du diese Narbe am Rücken?«

Jusef drehte sich wieder um und sah sie an. »Ich bin in einem Flüchtlingslager im Libanon aufgewachsen – im Lager Schatila im Süden von Beirut. Von Schatila hast du vielleicht schon mal gehört, Dominique.«

»Natürlich habe ich von Schatila gehört.«

»Die PLO hatte Verbindungsstellen im Lager Schatila, deshalb haben die Israelis das Lager Tag und Nacht beschossen, als sie zweiundachtzig in den Libanon eingefallen sind. Eine Rakete hat das Haus getroffen, in dem meine Familie wohnte. Es ist über mir eingestürzt, und ein Betonbrocken hat mir die Haut vom Rücken gerissen.«

»Wieso wart ihr im Libanon?«

»Weil meine Familie dort gestrandet ist, nachdem die Juden sie aus ihrer angestammten Heimat in Palästina vertrieben hatten.«

Jacqueline sah zur Zimmerdecke auf.

»Warum siehst du weg, wenn ich dir das erzähle?« fragte Jusef.

»In einem Pariser Nachtclub habe ich mal ein paar Israelis kennengelernt. Sie haben mit jungen Franzosen über diese Frage diskutiert. Sie haben gesagt, die Juden hätten die Araber nicht aus Palästina vertreiben müssen, weil die Araber es aus eigenem Antrieb verlassen hätten.«

Jusef schüttelte lachend den Kopf. »Ich fürchte, du bist auf den großen zionistischen Schwindel reingefallen, Dominique. Auf den Schwindel, daß die Palästinenser das Land, das seit Jahrhunderten ihre Heimat war, freiwillig gegen Exil und Flüchtlingslager eingetauscht hätten. Auf den Schwindel, daß die arabischen Regierungen die Palästinenser aufgefordert hätten, ihr Land zu verlassen.«

»Das ist also nicht wahr?«

»Klingt es so, als könnte es wahr sein?«

»Eigentlich nicht.«

»Dann vertraue auf deinen Instinkt, Dominique. Klingt es nicht plausibel, ist es vermutlich nicht glaubwürdig. Willst du die Wahrheit darüber hören, was die Juden meinem Volk angetan haben? Willst du erfahren, warum meine Familie in einem Flüchtlingslager in Beirut gelandet ist?«

»Ich will mehr von dir erfahren.«

»Ich bin Palästinenser. Es ist unmöglich, mich von der Geschichte meines Volkes zu trennen.«

»Erzähl's mir«, forderte sie ihn auf.

»Übrigens, in welchem Pariser Nachtclub?«

»Was?«

»Ich meine den Nachtclub, in dem du die Israelis kennengelernt hast. Welcher war das?«

»Weiß ich nicht mehr. Das ist zu lange her.«

»Versuch bitte, dich daran zu erinnern. Es ist wichtig.«

»Wir nennen es *al-Nakba* – die Katastrophe.«

Er hatte eine weite baumwollene Schlafanzughose und ein Sweatshirt der London University angezogen, als mache seine Nacktheit ihn plötzlich verlegen. Jacqueline gab er ein blaues Oberhemd. Das geschah wortlos, aber die Bedeutung war klar: über etwas so Heiliges wie *al-Nakba* durfte man nicht in einem Zustand postkoitaler Nacktheit sprechen. Jacqueline saß in der Bettmitte und hatte ihre langen Beine untergeschlagen, während Jusef vor ihr auf und ab ging.

»Als die Vereinten Nationen den Plan vorlegten, Palästina in zwei Staaten aufzuteilen, erkannten die Juden, daß sie vor einem schwierigen Problem standen. Die Zionisten waren nach Palästina gekommen, um einen *jüdischen* Staat aufzubauen, aber fast die Hälfte der Bevölkerung ihres neuen Teilstaats wären Araber gewesen. Die Juden akzeptierten trotzdem den Teilungsplan, weil sie genau wußten, daß er für die Araber unannehmbar sein würde. Und warum hätten die Araber ihn akzeptieren sollen? Die Juden besaßen sieben Prozent der Fläche Palästinas, aber nun sollten sie fünfzig Prozent bekommen – vor allem das fruchtbare Land in der Küstenebene und in Obergaliläa. Hörst du mir zu, Dominique?«

»Natürlich höre ich dir zu.«

»Die Juden arbeiteten einen Plan für die Ausweisung der Araber aus den für den jüdischen Staat vorgesehenen Gebieten aus. Sie hatten sogar einen Namen dafür: Plan Dalet. Und sie setzten ihn in dem Augenblick in die Tat um, als die Araber angriffen. Ihr Plan war, die Araber auszuweisen, sie zu vertreiben, wie Ben-Gurion es ausdrückte. Das jüdische Palästina von Arabern zu säubern. Ja, *säubern.* Ich benutze dieses Wort nicht leichtfertig, Dominique. Es ist nicht mein Ausdruck. Mit genau diesem Wort haben die Zionisten ihren Plan beschrieben, mein Volk aus Palästina zu vertreiben.«

»Das klingt so, als hätten sie sich wie die Serben aufgeführt.«

»Das haben sie getan. Hast du jemals von einem Ort namens Deir Jassin gehört?«

»Nein«, sagte sie.

»Die Zionisten haben deine Sicht des Nahostkonflikts geprägt, deshalb bin ich nicht sonderlich überrascht, daß du nie von Deir Jassin gehört hast.«

»Erzähl mir von Deir Jassin.«

»Das war ein arabisches Dorf außerhalb von Jerusalem an der Straße zur Küste und nach Tel Aviv. Heute existiert es nicht mehr. Wo früher Deir Jassin gelegen hat, liegt jetzt eine jüdische Kleinstadt. Sie heißt Kfar Scha'ul.«

Jusef schloß kurz die Augen, als sei der nächste Teil zu schmerzlich, um darüber zu sprechen. Als er weitersprach, verfiel er in den ausdruckslosen Tonfall eines Hinterbliebenen, der die letzten prosaischen Ereignisse aus dem Leben eines lieben Verstorbenen schildert.

»Die Dorfältesten hatten eine Vereinbarung mit den Zionisten geschlossen, deshalb glaubten die vierhundert Araber, die in Deir Jassin lebten, ungefährdet zu sein. Die Zionisten hatten ihnen versprochen, das Dorf nicht anzugreifen. Aber um vier Uhr an einem Aprilmorgen wurde Deir Jassin von Männern der Irgun und der Stern-Bande überfallen. Bis Mittag waren zwei Drittel der Dorfbewohner niedergemetzelt worden. Die Juden trieben die Männer und Jungen zusammen, stellten sie an einer Mauer auf und begannen zu schießen. Sie zogen von Haus zu Haus und ermordeten die Frauen und Kinder. Sie sprengten die Häuser. Sie erschossen eine im neunten Monat schwangere Frau, schnitten ihr danach den Bauch auf und rissen das Ungeborene heraus. Eine andere Frau stürzte vor, um das Leben des Säuglings zu retten. Sie wurde von einem Juden erschossen.«

»Ich kann nicht glauben, daß in Palästina solche Greueltaten verübt wurden.«

»Natürlich wurden sie verübt, Dominique. Die Nachricht von dem Massaker machte in den arabischen Dörfern wie ein Lauffeuer die Runde. Die Juden nutzten die Situation geschickt für ihre Zwecke aus. Sie montierten Lautsprecher auf Lastwagen und verbreiteten Warnungen. Sie forderten die Araber auf, das Land zu verlassen, sonst werde es ein weiteres Deir Jassin geben. Sie setzten Gerüchte über den Ausbruch von Typhus und Cholera in Umlauf. Sie sendeten im Rundfunk heimlich in arabischer Sprache, gaben sich als arabische Führer aus und drängten die Palästinenser zur Flucht, um ein Blutbad zu verhüten. Das sind die wahren Gründe, aus denen die Palästinenser ihr Land verlassen haben.«

»Das habe ich nicht gewußt«, sagte sie.

»Meine eigene Familie stammt aus dem Dorf Lydda. Wie Deir Jassin existiert auch Lydda nicht mehr. Es heißt jetzt Lod. Die Zionisten haben dort ihren verdammten Flughafen Tel Aviv erbaut. Nach heftigem Kampf mit den arabischen Verteidigern sind die Juden in Lydda eingedrungen. Es kam zu einer unbeschreiblichen Panik. Zweihundertfünfzig arabische Dorfbewohner fanden im Kreuzfeuer den Tod. Als der Ort erobert war, haben die Kommandeure Ben-Gurion gefragt, was mit den Arabern geschehen solle. ›Vertreibt sie!‹ hat er gesagt. Den eigentlichen Vertreibungsbefehl hat damals Jitzhak Rabin unterzeichnet. Meine Angehörigen bekamen zehn Minuten Zeit, soviel zusammenzupacken, wie sie tragen konnten, dann wurden sie aus dem Haus gejagt. Sie machten sich zu Fuß auf den Weg. Die Juden lachten sie aus. Spuckten sie an. Das ist die Wahrheit über das Schicksal der Palästinenser. Das hat mich geprägt. Deshalb hasse ich die Zionisten.«

Jacqueline dachte jedoch nicht an die Araber von Lydda, sondern an die Juden von Marseille – an Maurice und Rachel Halévy und die Nacht, in der sie von Gendarmen des Vichy-Regimes abgeholt worden waren.

»Du zitterst«, sagte er.

»Deine Erzählung hat mich betroffen gemacht. Komm wieder ins Bett. Ich will dich in den Armen halten.«

Jusef kam wieder ins Bett, bedeckte ihren Körper sanft

mit seinem und küßte sie. »Ende der Vorlesung«, sagte er dann. »Wenn dich das interessiert, können wir morgen weitermachen.«

»Es interessiert mich – sogar sehr.«

»Glaubst du, daß ich die Wahrheit sage, oder hältst du mich nur für einen weiteren fanatischen Araber, der davon träumt, die Juden ins Meer zu treiben?«

»Ich glaube dir, Jusef.«

»Magst du Lyrik?«

»Ich liebe Gedichte.«

»Für Palästinenser ist Lyrik sehr wichtig. Die Lyrik gibt uns die Möglichkeit, unser Leid auszudrücken. Sie gibt uns den Mut, uns der Vergangenheit zu stellen. Der Poet Mu'in Basisu gehört zu meinen Lieblingsdichtern.«

Er küßte sie nochmals, dann begann er zu rezitieren:

Und nach der Flut war nichts übrig von diesem Volk,
diesem Land, als ein Strick und ein Pfahl;
nichts als im Morast treibende nackte Körper,
Überreste von Kindern und Verwandten;
nichts als aufgedunsene Leichname,
die keiner mehr zählen wird.
Hier Trümmer, hier Tod, hier in tiefem Wasser ertränkt,
Brotbrocken umklammert noch meine Hand.

»Ein schönes Gedicht«, sagte sie.

»Auf arabisch klingt es besser.« Jusef machte eine Pause, dann fragte er: »Sprichst du zufällig Arabisch, Dominique?«

»Natürlich nicht. Wie kommst du darauf?«

»Das war nur so eine Idee.«

Morgens brachte Jusef ihr einen Kaffee ans Bett. Jacqueline setzte sich auf und trank ihn sehr schnell. Sie brauchte die anregende Wirkung des Koffeins, um wieder klar denken zu können. Sie hatte nicht geschlafen. Nachts hatte sie mehrmals überlegt, ob sie aus dem Bett schlüpfen sollte, aber Jusef schlief so unruhig, daß sie fürchtete, er könnte aufwachen. Ertappte er sie dabei, wie sie mit einem Spezialgerät, das als Etui für Wimperntusche getarnt war, Abdrücke von seinen Schlüsseln machte, würde sie sich nicht herausreden können. Er würde annehmen, sie sei eine israelische Agentin. Wahrscheinlich würde er sie sogar umbringen. Es war besser, seine Wohnung ohne die Abdrücke zu verlassen, als erwischt zu werden. Sie wollte gute Arbeit leisten – Gabriel und sich selbst zuliebe.

Sie sah auf den Radiowecker. Es war kurz vor neun Uhr.

»Entschuldige, daß ich dich nicht früher geweckt habe«, sagte Jusef.

»Schon in Ordnung. Ich war müde.«

»Angenehm müde, ja?«

Sie küßte ihn und sagte: »*Sehr* angenehm müde.«

»Ruf deinen Chef an und sag ihm, daß du dir den Tag frei nimmst, um dich mit einem Palästinenser namens Jusef al-Tawfiki im Bett zu vergnügen.«

»Ich glaube nicht, daß er das komisch finden würde.«

»Dieser Mann hat sich nie gewünscht, einen Tag damit zu verbringen, eine Frau zu lieben?«

»Da bin ich mir nicht so sicher.«

»Ich gehe jetzt unter die Dusche. Du kannst gern mitkommen.«

»So komme ich nie ins Büro.«

»Das war die Absicht dabei.«

»Marsch unter die Dusche! Gibt's noch mehr Kaffee?«

»In der Küche.«

Jusef ging ins Bad und schloß die Tür nur halb. Jacqueline blieb im Bett, bis sie hörte, daß er unter die Dusche trat; dann schlüpfte sie aus dem Bett und ging barfuß in die Küche. Sie goß sich Kaffee nach, ging ins Wohnzimmer, stellte ihre Tasse neben Jusefs Schlüssel und sank in den Sessel. Die Dusche lief noch immer.

Sie griff in ihre Umhängetasche, holte das Mascara-Etui heraus, klappte es auf und warf einen Blick hinein. Es war mit einer weichen Kunststoffmasse angefüllt. Sie brauchte nur einen Schlüssel hineinzulegen und den Deckel fest zuzudrücken, dann machte das angebliche Mascara-Etui einen perfekten Abdruck davon.

Ihre Hände zitterten. Sie nahm die Schlüssel vorsichtig vom Tisch, damit sie nicht klirrten, und wählte den ersten aus: den Yale-Schlüssel für die Haustür. Sie legte ihn ins Etui, schloß den Deckel und drückte ihn fest zu. Dann klappte sie den Deckel wieder auf und nahm den Schlüssel heraus. Der Abdruck war tadellos scharf. Diesen Vorgang wiederholte sie noch zweimal mit dem Yale-Schlüssel für das Sicherheitsschloß und dem Bartschlüssel für die Wohnungstür. Nun hatte sie drei perfekte Abdrücke.

Sie klappte das Mascara-Etui zu, legte die Schlüssel wieder genau so hin, wie sie gelegen hatten, und steckte das Etui in ihre Umhängetasche.

»Was machst du da?«

Sie sah erschrocken auf, fing sich aber sofort wieder. Jusef, der seinen tropfnassen Körper in ein beiges Badetuch gewickelt hatte, stand mitten im Wohnzimmer. Wie lange stand er schon dort? Wieviel hatte er gesehen? *Verdammt, Jacqueline! Warum hast du die Tür nicht im Auge behalten?*

»Ich suche meine Zigaretten«, sagte sie. »Hast du sie irgendwo gesehen?«

Er zeigte ins Schlafzimmer. »Du hast sie dort drinnen gelassen.«

»O ja! Gott, manchmal ist mein Gedächtnis wirklich das reinste Sieb!«

»Sonst hast du nichts gemacht? Nur deine Zigaretten gesucht?«

»Was hätte ich sonst tun sollen?« Sie breitete die Arme aus, um auf die spartanische Dürftigkeit seiner Einrichtung hinzuweisen. »Glaubst du, ich wollte mich mit deinen Wertsachen davonmachen?«

Sie stand auf und nahm ihre Umhängetasche mit. »Ist das Bad jetzt frei?«

»Ja, aber wieso nimmst du deine Tasche ins Bad mit?«

Sie sagte sich: *Er hat einen Verdacht.* Plötzlich wollte sie nur noch möglichst schnell diese Wohnung verlassen. Dann dachte sie: *Auf solche Fragen müßte ich beleidigt reagieren.*

»Ich glaube, ich bekomme meine Tage«, antwortete sie eisig. »Im übrigen gefällt mir dein Benehmen nicht. Ist das die Art, wie arabische Männer ihre Geliebten am Morgen danach behandeln?«

Sie rauschte an Jusef vorbei und verschwand im Schlafzimmer. Sie staunte selbst darüber, wie überzeugend ihre Ausrede geklungen hatte. Ihre Hände zitterten, als sie ihre Sachen zusammensuchte und ins Bad ging. Sie ließ Wasser ins Waschbecken laufen, während sie sich anzog. Dann öffnete sie die Tür und kam wieder heraus. Jusef war im Wohnzimmer. Er trug ausgebleichte Jeans, einen Pullover und italienische Slipper ohne Socken.

»Ich rufe dir ein Taxi«, sagte er.

»Nicht nötig. Ich komme auch so nach Hause.«

»Ich begleite dich hinunter.«

»Danke, ich finde selbst hinaus.«

»Was hast du plötzlich? Warum bist du so abweisend?«

»Weil mir nicht gefällt, wie du mich angefahren hast. Ich fand dich sehr nett – bis vorhin. Vielleicht laufen wir uns mal wieder über den Weg.«

Jacqueline öffnete die Wohnungstür und trat auf den Flur hinaus. Jusef folgte ihr. Sie ging rasch die Treppe hinunter und durchquerte den Vorraum.

An der Haustür packte er sie am Arm. »Tut mir leid, Dominique. Ich bin manchmal ein bißchen paranoid. Hättest du mein Leben geführt, wärst du auch paranoid. Ich hab's nicht so gemeint. Wie kann ich es wiedergutmachen?«

Es gelang ihr, sich ein Lächeln abzuringen, obwohl ihr Herz wie rasend schlug. Sie hatte keine Ahnung, was sie tun sollte. Sie hatte die Abdrücke, aber sie mußte damit rechnen, daß er sie bei der Anfertigung beobachtet hatte – oder daß er zumindest vermutete, sie habe *irgend etwas* gemacht. Wäre sie schuldig, würde sie sein Versöhnungsangebot natürlich ablehnen. Sie beschloß, es anzunehmen. Hielt Gabriel das für einen Fehler, konnte sie die Verabredung unter irgendeinem Vorwand absagen.

»Du darfst mich zu einem anständigen Abendessen einladen«, sagte sie.

»Um wieviel Uhr?«

»Hol mich um halb sieben in der Galerie ab.«

»Wunderbar.«

»Und sei pünktlich! Ich kann unpünktliche Männer nicht ausstehen.«

Dann küßte sie ihn und verließ das Haus.

24

Maida Vale, London

Als Jacqueline in ihre Wohnung zurückkam, saß Gabriel auf der Couch und trank Kaffee. »Wie hat's geklappt?«

»Es war wundervoll. Bring mir eine Tasse Kaffee, ja?«

Sie ging ins Bad, schloß die Tür und ließ Badewasser einlaufen. Dann streifte sie rasch ihre Kleidung ab und glitt ins warme Wasser. Im nächsten Augenblick klopfte Gabriel an die Tür.

»Herein!«

Gabriel schien überrascht zu sein, daß sie bereits in der Wanne war. Er sah weg, als suche er einen Platz für die Tasse. »Wie fühlst du dich?« fragte er mit abgewandtem Blick.

»Wie fühlst du dich, wenn du jemanden umgebracht hast?«

»Ich komme mir immer schmutzig vor.«

Jacqueline schöpfte eine Handvoll Wasser aus der Wanne und ließ es sich übers Gesicht laufen.

»Ich muß dir ein paar Fragen stellen«, sagte Gabriel.

»Von mir aus kannst du gleich anfangen.«

»Das hat Zeit, bis du wieder angezogen bist.«

»Wir haben als Mann und Frau zusammengelebt, Gabriel. Wir haben uns sogar *benommen* wie Mann und Frau.«

»Das war etwas anderes.«

»Wieso anders?«

»Weil es als Bestandteil eines Unternehmens notwendig war.«

»Im selben Bett schlafen oder sich lieben?«

»Jacqueline, bitte.«

»Vielleicht willst du mich nicht ansehen, weil ich gerade mit Jusef geschlafen habe.«

Gabriel funkelte sie an und stürmte hinaus. Jacqueline gestattete sich ein kleines Lächeln, hielt die Luft an und glitt unter Wasser.

»Das Telefon stammt von der British Telecom.«

Sie saß in einem dicken weißen Bademantel in dem Klubsessel mit dem rissigen Lederbezug. Sie rasselte den Namen und die Seriennummer des Telefons herunter, während sie ihr nasses Haar mit einem Handtuch frottierte.

»Im Schlafzimmer steht kein Telefon, aber er hat einen Radiowecker.«

»Welche Marke?«

»Sony.« Sie nannte Modell und Seriennummer.

»Kommen wir noch einen Augenblick aufs Telefon zurück«, sagte Gabriel. »Irgendwelche besonderen Kennzeichen? Ein altes Preisschild oder Aufkleber mit Telefonnummern? Irgendwas, das uns Probleme machen könnte?«

»Er sieht sich gern als Poet und Historiker. Er schreibt dauernd. Telefonnummern tippt er anscheinend oft mit einem Stift ein. Das Tastenfeld ist mit Spuren übersät.«

»In welchen Farben?«

»Blau und rot.«

»Was für ein Stift?«

»Wie soll ich das verstehen? Irgendein Ding, mit dem man schreibt.«

Gabriel verdrehte seufzend die Augen. »Ist dieses Ding ein Kugelschreiber? Ist es ein Füller? Oder vielleicht ein Filzstift?«

»Filzstift, glaube ich.«
»Das *glaubst* du?«
»Filzstift. Das weiß ich bestimmt.«
»Sehr gut«, sagte er, als spreche er mit einem Kind. »Und die Strichstärke? Fein, mittel oder breit?«
Jaqueline hob langsam den langen, schlanken Mittelfinger ihrer linken Hand und reckte ihn Gabriel entgegen.
»Ich nehme an, daß das breit heißen soll. Was ist mit den Schlüsseln?«
Sie wühlte in ihrer Umhängetasche und warf ihm das silberne Mascara-Etui zu. Gabriel öffnete den Verschluß, klappte den Deckel auf und begutachtete die Abdrücke.
»Möglicherweise haben wir ein Problem«, sagte sie.
Gabriel klappte den Deckel zu und sah auf.
»Ich denke, er hat mich vielleicht mit seinen Schlüsseln gesehen«, sagte Jacqueline.
»Erzähl.«
Sie schilderte ihm den gesamten Ablauf der Ereignisse und fügte dann vorsichtig hinzu: »Er will mich wiedersehen.«
»Wann?«
»Heute abend um halb sieben. Er will mich in der Galerie abholen.«
»Hast du zugesagt?«
»Ja, aber ich kann …«
»Nein«, unterbrach Gabriel sie, »das ist sehr gut. Ich möchte, daß du dich mit ihm triffst und ihn lange genug unterhältst, damit ich mir seine Wohnung vornehmen und die Wanzen installieren kann.«
»Und dann?«
»Dann ist der Fall für dich erledigt.«

Gabriel verließ das Gebäude durch den Hinterausgang. Er ging über den Hof, kletterte ungesehen auf eine halbhohe

Mauer aus Hohlblocksteinen und sprang auf der anderen Seite auf einen Bürgersteig, der mit Bierdosen und Glassplittern übersät war. Von dort aus ging er zur U-Bahnstation Maida Vale weiter. Er war etwas beunruhigt. Daß Jusef Jacqueline wiedersehen wollte, gefiel ihm nicht.

Er fuhr mit der U-Bahn zum Covent Garden. Der *Bodel* stand auf dem Markt in der Schlange vor dem Kaffeestand. Er war derselbe junge Mann, der Gabriels Bericht für Schamron im Eurostar-Terminal übernommen hatte. Seine Aktentasche aus schwarzem Nappaleder trug er an einem Tragegurt so auf dem Rücken, daß das Seitenfach nach außen zeigte. Gabriel hatte das Silberetui mit den Abdrücken von Jusefs Schlüsseln in einen braunen Umschlag gesteckt – Standardgröße, unbeschriftet, ohne Aufkleber. Jetzt saß er an einem Tisch des Marktcafés, trank Tee und suchte die Menge systematisch nach einem bekannten Gesicht ab.

Der *Bodel* bekam seinen Kaffee, ging mit dem Becher in der Hand weg. Gabriel stand auf, folgte ihm und schlängelte sich durchs Gedränge auf dem Markt, bis er unmittelbar hinter ihm war. Als der *Bodel* den ersten Schluck Kaffee nahm, stieß Gabriel ihn so an, daß er einen Teil davon auf seine Jacke verschüttete. Er entschuldigte sich und ging weiter, während der braune Umschlag jetzt sicher im Seitenfach der Aktentasche des *Bodels* steckte.

Gabriel schlenderte durch St. Giles, überquerte die New Oxford Street und ging die Tottenham Court Road entlang, in der es mehrere Elektronikshops gab. Nachdem er in zwei Geschäften eingekauft hatte, saß er eine Viertelstunde später in einem Taxi, das ihn quer durch London zu seinem Horchposten in Sussex Gardens zurückbrachte. Neben ihm auf dem Sitz lag eine Tragetasche mit vier Artikeln: ein Radiowecker von Sony, ein

Telefon der British Telecom und zwei Filzstifte, einer rot, einer blau, beide mit breiter Spitze.

Karp saß am Eßtisch und studierte die freigelegten Innereien des Telefons und des Radioweckers mit Hilfe einer Leuchtlupe. Während Gabriel ihm bei der Arbeit zusah, dachte er an sein Atelier in Cornwall und stellte sich vor, er betrachte die Oberfläche des Vecellios durch sein Wild-Mikroskop.

»Wir nennen das ein heißes Mikrofon«, sagte Karp. »Euer Dienst bezeichnet es als Glas, wenn ich mich nicht irre.«

»Du hast wie üblich recht.«

»Ein wundervolles kleines Gerät, mit dem wir die Wohnung *und* das Telefon abhören können. Zwei zum Preis von einem, könnte man sagen. Und man braucht sich nie Sorgen wegen eines Batteriewechsels zu machen, weil der Sender mit Telefonstrom arbeitet.«

Karp machte eine kurze Pause, um sich auf seine Arbeit zu konzentrieren. »Sobald die installiert sind, findet die weitere Überwachung im Prinzip automatisch statt. Die Tonbandgeräte sind sprachgesteuert. Sie laufen nur, wenn drüben gesprochen wird. Mußt du aus irgendeinem Grund mal weg, kannst du die Bänder nach deiner Rückkehr kontrollieren. Meine Arbeit hier ist praktisch beendet.«

»Du wirst mir fehlen, Randy.«

»Gabe, ich bin gerührt.«

»Ich weiß.«

»Daß du das Mädchen auf ihn angesetzt hast, war eine elegante Lösung. Einbrüche sind verdammt riskant. Immer besser, die Schlüssel und das Telefon zu haben, bevor man die Wanzen anbringt.«

Karp schraubte das Telefongehäuse wieder zusammen,

schob den Apparat Gabriel hin. »Jetzt bist du an der Reihe.«

Gabriel, der Restaurator, griff nach den Filzstiften und machte sich daran, Spuren auf dem Tastenfeld zu hinterlassen.

Kemel Azouri war morgens zu einer Besprechung mit Verkaufsleitern in der Pariser Niederlassung von Schloss Pharmaceuticals, als er eine SMS-Nachricht erhielt: Mr. Taylor wünsche ihn wegen Problemen mit der Lieferung vom vergangenen Donnerstag zu sprechen. Kemel brach die Besprechung ab, fuhr mit einem Taxi zur Gare du Nord und stieg in den nächsten Eurostar nach London. Die sehr kurzfristige Nachricht hatte ihn neugierig gemacht. »Mr. Taylor« war der Deckname eines Agenten in London. »Probleme mit der Lieferung« hieß, daß die Sache dringend war. Und »Donnerstag« bedeutete, daß der Agent sich um Viertel nach vier am Cheyne Walk mit ihm treffen wollte. Kemel durchquerte die Halle des Waterloo-Bahnhofs und stieg ins erste wartende Taxi. Wenig später fuhr es bereits über die Westminster Bridge.

Er wies den Taxifahrer an, ihn am Royal Hospital Chelsea abzusetzen. Von dort aus ging er bei einbrechender Abenddämmerung die Themse entlang und wartete am Fuß der Battersea Bridge.

Kemel sah auf seine Armbanduhr: 16.12 Uhr.

Er zündete sich eine Zigarette an und wartete.

Drei Minuten später, Punkt 16.15 Uhr, tauchte ein gutaussehender junger Mann in schwarzer Lederjacke neben ihm auf.

»Mr. Taylor, nehme ich an.«

»Ich schlage vor, wir machen einen Spaziergang.«

»Tut mir leid, daß Sie eigens nach London kommen mußten, Kemel, aber Sie wollten über jeden potentiellen Anwerbeversuch informiert werden.»

»Um wen handelt es sich?«

»Sie nennt sich Dominique Bonard.«

»Französin?«

»Sagt sie jedenfalls.«

»Sie glauben, daß sie lügt?«

»Schwer zu beurteilen. Ich weiß es nicht bestimmt, aber sie könnte heute morgen meine Sachen durchwühlt haben.«

»Sind Sie in letzter Zeit beschattet worden?«

»Nicht, daß ich wüßte.«

»Wo kommt sie her?«

»Angeblich aus Paris.«

»Was macht sie in London?«

»Sie arbeitet in einer Kunstgalerie.«

»Welcher?«

»Isherwood Fine Arts in St. James's.«

»In welcher Beziehung stehen Sie zu dieser Frau?«

»Ich soll mich in zwei Stunden mit ihr treffen.«

»Gehen Sie unbedingt zu diesem Rendezvous. Ich möchte sogar, daß Sie ein sehr enges Verhältnis zu ihr aufbauen. Trauen Sie sich das zu?«

»Das schaffe ich.«

»Ich melde mich wieder.«

25

St. James's, London

Der Türsummer ertönte am frühen Abend, als Julian Isherwood eben einen Stapel Rechnungen sortierte und dazu mit kleinen Schlucken einen guten Whiskey trank. Er blieb am Schreibtisch sitzen – schließlich war das Mädchen für die Tür zuständig –, aber als der Summer nochmals ertönte, sah er auf. »Dominique, unten ist jemand. Sind Sie so nett? *Dominique?*«

Dann fiel ihm ein, daß er sie ins Lager hinuntergeschickt hatte, ein paar Gemälde zurückzubringen. Er stand auf, ging langsam ins Vorzimmer und sah auf den Bildschirm der Überwachungskamera. Unten stand ein junger Mann. Irgendwie mediterran, gutaussehend. Isherwood drückte die Sprechtaste. »Sorry, wir haben geschlossen. Wie Sie sehen, haben wir nur nach Vereinbarung geöffnet. Wollen Sie nicht morgen früh anrufen? Meine Sekretärin gibt Ihnen gern einen Termin.«

»Tatsächlich bin ich hier, um Ihre Sekretärin abzuholen. Mein Name ist Jusef.«

Dominique trat aus dem Aufzug und kam ins Vorzimmer.

»Unten steht ein junger Mann namens Jusef«, sagte Isherwood. »Er will Sie abholen, sagt er.«

Jacqueline sah auf den Bildschirm.

»Kennen Sie ihn?« fragte Isherwood.

Sie drückte den Knopf für den Türöffner. »Ja, ich kenne ihn.«

»Wer ist er?«

»Ein Freund. Ein *guter* Freund.«

Isherwood machte große Augen und bekam vor Erstaunen den Mund nicht mehr zu.

»Falls Ihnen das unangenehm ist, sollten Sie vielleicht gehen«, schlug Dominique vor.

»Ja, ich denke, das wäre ratsam.« Er verschwand in seinem Büro und zog seine Jacke an. Als er ins Vorzimmer zurückkam, küßte der Araber Dominique auf die Wange. »Jusef, ich möchte dich mit Mr. Isherwood bekannt machen«, sagte sie. »Er ist der Eigentümer dieser Galerie.«

»Freut mich, Ihre Bekanntschaft zu machen, Jusef. Würde gern ein bißchen mit Ihnen plaudern, aber ich komme schon zu spät zu einem wichtigen Termin. Tut mir leid, ich muß wirklich schnellstens los.«

»Sie haben doch nichts dagegen, wenn ich Jusef die Galerie zeige?«

»Natürlich nicht. Jederzeit. Aber denken Sie daran, alles abzuschließen, Dominique, Schätzchen. Danke. Gut, dann bis morgen. Hat mich gefreut, Sie kennenzulernen, Jusef. *Ciao.*«

Isherwood polterte die Treppe hinunter, hastete über den Mason's Yard und suchte Zuflucht in der Bar von Green's. Er bestellte sich einen Whiskey, den er gleich kippte, während er sich fragte, ob es tatsächlich möglich war, daß Gabriels Mädchen eben einen Terroristen in seine Galerie geholt hatte.

Gabriel saß auf einer Bank am Victoria Embankment und beobachtete, wie die grauen Wassermassen der Themse sich träge unter der Blackfriars Bridge hindurchwälzten. Unter seinem Arm steckte ein Exemplar des *Daily Telegraph,* in dem auf Seite 13 unter einer Anzeige ein verschlüsselter Zwischenbericht für Schamron versteckt war. Der *Bodel* erschien zehn Minuten später und ging an Gabriel vorbei in Richtung U-Bahnstation Temple. Er trug eine Mütze, was bedeutete, daß er nicht beschattet wurde; die Übergabe konnte wie vorgesehen stattfinden. Gabriel folgte ihm zum Bahnsteig hinunter. Als die U-Bahn einfuhr, zwängten beide Männer sich in denselben überfüllten Wagen. Drinnen standen sie dicht nebeneinander, so daß der Tausch – Jusefs Schlüssel gegen die Zeitung mit Gabriels Bericht – unmöglich zu entdecken war. Gabriel stieg am Bahnhof Paddington aus und fuhr zu seinem Horchposten zurück.

»Hier gibt's etwas Besonderes, das ich dir zeigen möchte«, sagte Jacqueline. Sie nahm Jusef in den Aufzug mit, und sie fuhren schweigend nach oben. Als die Türen sich öffneten, ergriff sie seine Hand und führte ihn in die Mitte der dunklen Galerie. »Mach die Augen zu«, forderte sie ihn auf.

»Ich mag solche Spiele nicht.«

»Mach die Augen zu.« Dann fügte sie neckend hinzu: »Du wirst's nicht bereuen, das verspreche ich dir.«

Er schloß die Augen. Jacqueline ging quer durch den Raum zu den Lichtschaltern und legte ihre Hand auf den zentralen Dimmerschalter. »Jetzt darfst du sie wieder aufmachen.«

Sie drehte die Beleuchtung langsam heller, bis die volle Lichtstärke erreicht war. Jusef war sichtlich beeindruckt, als er die Gemälde betrachtete, von denen sie umgeben waren. »Wundervoll!«

»Hier oben ist mein Lieblingsplatz.«

Jusef trat ein paar Schritte vor und blieb vor einem der Gemälde stehen. »Mein Gott, ist das wirklich ein Claude?«

»Ja, eine seiner ersten Flußlandschaften. Ein sehr wertvolles Gemälde. Sieh dir nur an, wie er die Sonne dargestellt hat. Claude hat als einer der ersten Maler die Sonne als Lichtquelle für eine Gesamtkomposition benutzt.«

»Claude war Franzose, hat aber fast sein ganzes Leben in Venedig verbracht, wenn ich mich nicht irre.«

»Leider irrst du dich. Claude hat in Rom gelebt und gearbeitet – in einem kleinen Atelier in der Via Margutta unweit der Piazza di Spagna. Er war zu seiner Zeit der gesuchteste Landschaftsmaler Italiens.«

Jusef kehrte dem Bild den Rücken zu und sah sie an. »Du verstehst wohl viel von Malerei?«

»Eigentlich nicht besonders viel, aber ich arbeite in einer Kunstgalerie.«

»Wie lange arbeitest du schon hier?« fragte Jusef.

»Ungefähr fünf Monate.«

»Ungefähr fünf Monate? Was bedeutet das genau? Heißt das vier Monate oder sechs Monate?«

»Es bedeutet fast fünf Monate. Und warum willst du das wissen? Warum ist das für dich wichtig?«

»Dominique, wenn diese Beziehung Bestand haben soll, muß zwischen uns absolute Ehrlichkeit herrschen.«

»Beziehung? Ich dachte, wir schlafen nur miteinander.«

»Vielleicht kann sich daraus noch mehr entwickeln – aber nur, wenn's keine Lügen gibt. Keine Geheimnisse.«

»Rückhaltlose Ehrlichkeit? Willst du das wirklich? Kann es jemals völlige Ehrlichkeit zwischen zwei Menschen geben? Wäre das wünschenswert? Ist es nicht besser, manche Dinge für sich zu behalten? Hast du mir denn alle deine Geheimnisse erzählt, Jusef?«

Er ignorierte ihre Frage.

»Noch etwas, Dominique«, sagte er. »Liebst du einen anderen Mann?«

»Nein, ich liebe keinen anderen Mann.«

»Sagst du die Wahrheit?«

»Natürlich tue ich das!«

»Das glaube ich nicht.«

»Wie kommst du darauf?«

»Wegen deines Verhaltens letzte Nacht.«

»Du hast schon viele Frauen geliebt? Du bist Experte auf diesem Gebiet?«

Auf seinen Lippen erschien ein bescheidenes Lächeln.

»Was an meinem Verhalten läßt dich glauben, daß ich einen anderen Mann liebe?« fragte Jacqueline.

»Du hast die Augen geschlossen, während ich in dir war. Du hast die Augen geschlossen, als wolltest du mich nicht sehen. Du hast die Augen geschlossen, als dächtest du an einen anderen.«

»Und was wäre, wenn ich zugeben würde, einen anderen Mann zu lieben? Wie würdest du darauf reagieren? Würde sich dadurch irgend etwas zwischen uns ändern?«

»Vielleicht würde ich mich dann noch mehr um dich bemühen.«

»Ich schließe gern die Augen, wenn mich ein Mann liebt, Jusef. Das hat nichts zu bedeuten.«

»Hast du irgendwelche Geheimnisse vor mir?«

»Keine wichtigen.« Jacqueline lächelte. »Führst du mich jetzt zum Abendessen aus?«

»Paß auf, ich habe eine bessere Idee. Wir fahren zu mir, und ich koche uns etwas Schönes.«

Jähe Panik traf sie wie ein Stich ins Herz. Er schien ihr Unbehagen zu spüren, denn er legte den Kopf schief und fragte: »Hast du was, Dominique?«

»Nein, nichts«, beteuerte sie und rang sich ein schwaches Lächeln ab. »Abendessen bei dir klingt wunderbar.«

Gabriel überquerte die Straße mit einem Nylonrucksack über der rechten Schulter. Im Rucksack hatte er die

Duplikate von Jusefs Telefon und Radiowecker. Er sah zu seinem Horchposten hoch. Karp hatte die Lampe am Fenster eingeschaltet, die ihm signalisierte, daß er ungefährdet weitermachen konnte. Sie wollten sich durch Lichtsignale verständigen, aber Gabriel hatte für Notfälle ein Mobiltelefon in der Tasche.

Er stieg die Stufen zur Haustür hinauf und holte den Bund Nachschlüssel aus seiner Tasche. Er wählte den Hausschlüssel aus, steckte ihn ins Zylinderschloß und drehte ihn nach links. Der Schlüssel klemmte. Gabriel fluchte halblaut vor sich hin. Er bewegte den Schlüssel mehrmals hin und her, dann machte er einen neuen Versuch. Diesmal ließ das Schloß sich aufsperren.

Drinnen durchquerte er ohne Zögern den Vorraum. Das entsprach der Doktrin, die Schamron ihm vor den Einsätzen gegen die Terrorgruppe Schwarzer September eingebleut hatte. Hart und schnell zuschlagen, sich keine Sorgen wegen eines bißchen Lärms machen, rasch wieder verschwinden. Bei seinem ersten Einsatz, der Ermordung des Chefs der Terrorgruppe in Rom, hatte Gabriel binnen einer Stunde nach dem Mord im Flugzeug nach Genf gesessen. Das heutige Unternehmen würde hoffentlich ebenso reibungslos klappen.

Gabriel erreichte die Treppe und stieg rasch in den ersten Stock hinauf. Von oben kamen ihm drei Inder entgegen: zwei junge Männer und ein hübsches Mädchen. Als sie auf dem Treppenabsatz an ihm vorbeigingen, wandte er das Gesicht ab und fummelte an einem Reißverschluß seines Rucksacks herum. Sobald die Inder an ihm vorbei waren, riskierte er einen Blick über die Schulter. Keiner sah sich nach ihm um. Im ersten Stock wartete er einen Augenblick, bis er hörte, daß die drei den Vorraum durchquerten und das Haus verließen. Erst dann ging er zu Jusefs Wohnung weiter.

Diesmal sperrten beide Schlüssel gleich beim ersten Versuch, ohne zu klemmen, und Gabriel war sekundenschnell in der Wohnung. Er schloß die Tür hinter sich, machte aber kein Licht, sondern holte eine kleine Stabtaschenlampe aus seinem Rucksack. Er schaltete sie ein, ließ den Lichtstrahl über den Fußboden in Türnähe wandern und schaute nach einem möglicherweise heruntergefallenen Anzeiger – einem Papierschnitzel oder einem ähnlich unverfänglichen Gegenstand, der in die Tür geklemmt gewesen war und Jusef verraten würde, daß jemand in seiner Wohnung gewesen war. Aber er sah nichts.

Gabriel richtete sich auf und leuchtete rasch das Wohnzimmer ab. Er widerstand dem instinktiven Drang, Jusefs Wohnung zu durchsuchen. Da er ihn seit mehreren Tagen aus der Ferne beobachtete, hatte er eine natürliche Neugier in bezug auf den Mann entwickelt. War er pedantisch ordentlich oder ein Schwein? Wovon ernährte er sich? Hatte er Schulden? War er drogenabhängig? Trug er merkwürdige Unterwäsche? Gabriel wollte seine Schubladen durchsuchen und seine Privatpapiere lesen. Er wollte sich sein Bad und seinen Kleiderschrank ansehen. Er wollte alles sehen, was das Bild abrunden konnte – jeden Hinweis, der ihm helfen konnte, besser zu verstehen, welche Rolle Jusef in Tariqs Organisation spielte. Aber für diese Art Suche war es noch zu früh. Zu riskant, die Gefahr, dabei überrascht zu werden, zu groß.

Der Lichtstrahl seiner Taschenlampe zeigte ihm Jusefs Telefon. Gabriel durchquerte den Raum, kniete davor nieder. Er holte das mitgebrachte Telefon aus seinem Rucksack und verglich es mit dem Original. Nahezu identisch. Jacqueline hatte gute Arbeit geleistet. Er steckte Jusefs Telefon aus und ersetzte es durch das Duplikat. An Jusefs Apparat war das Spiralkabel zwischen Hörer und Gehäuse alt und ausgeleiert; das Kabel des Duplikats war fabrikneu, deshalb vertauschte Gabriel die beiden Kabel rasch.

Danach sah er aus dem Fenster zu seinem Horchposten hinüber. Karps Signallampe brannte noch immer. Er konnte ungefährdet weitermachen. Er steckte Jusefs Telefon in seinen Rucksack, während er aus dem Wohnzimmer ins Schlafzimmer hinüberging.

Als er am Bett vorbeikam, befiel ihn eine beunruhigende Vorstellung davon, wie Jacquelines nackter Leib sich auf dem zerwühlten Laken wand. Er fragte sich, ob seine Neugier in bezug auf Jusef ausschließlich professionelle Gründe hatte. Oder waren persönliche Gründe hinzugekommen? Betrachtete er den Palästinenser jetzt als eine Art Rivalen?

Er merkte, daß er das leere Bett einige Sekunden lang angestarrt hatte. *Was zum Teufel ist in dich gefahren?*

Gabriel wandte sich ab und konzentrierte seine Aufmerksamkeit auf den Radiowecker. Bevor er ihn aussteckte, kontrollierte er die Einstellungen. Der Wecker stand auf acht Uhr. Er stellte das Radio an: BBC Five, Lautstärke ziemlich gering.

Er stellte das Radio wieder ab, zog das Stromkabel aus der Steckdose.

In diesem Augenblick klingelte sein Mobiltelefon.

Gabriel richtete sich auf und sah aus dem Fenster. Die Signallampe brannte nicht mehr.

Die Vorstellung von Jacqueline auf dem Bett hatte ihn so entnervt, daß er ganz vergessen hatte, den Horchposten im Auge zu behalten. Er drückte die Sprechtaste seines Mobiltelefons, bevor es zum zweiten Mal klingelte, und meldete sich.

»Verschwinde, und zwar schnell!« sagte Karp. »Wir haben Besuch!«

Gabriel lief ans Fenster und sah auf die Straße hinunter. Jacqueline und Jusef stiegen aus einem Taxi. *Was ist aus der Einladung zum Abendessen geworden?*

Er drehte sich um. Jetzt hatte er ein ernstes Problem. Er hatte Jusefs Radiowecker ausgesteckt. Bevor er ging, mußte er ihn wieder einstecken und neu programmieren. Sonst würde Jusef vermuten, jemand sei in seiner Wohnung gewesen.

Gabriel überlegte, wie lange die beiden brauchen würden, um heraufzukommen. Zehn Sekunden, um die Haustür zu erreichen ... zwei Sekunden, um sie aufzuschließen ... noch ein paar Sekunden, um den Vorraum zu durchqueren ... etwa 45 Sekunden, um die Treppe hinaufzusteigen und den Flur zur Wohnungstür entlangzugehen. Also blieb ihm knapp eine Minute Zeit.

Er mußte es versuchen.

Gabriel holte den mitgebrachten Radiowecker aus seinem Rucksack und steckte ihn ein. Die roten Leuchtziffern blinkten 12:00 ... 12:00 ... 12:00 ... Das Absurde der Situation reizte zum Lachen. Die Zukunft des gesamten Unternehmens hing davon ab, ob er es schaffte, einen Radiowecker schnell genug zu stellen, um nicht in dieser Wohnung erwischt zu werden. Ari Schamron hatte ihn überredet, zurückzukommen und ihm zu helfen, den guten Ruf des Diensts wiederherzustellen, aber jetzt stand ein weiteres Fiasko bevor!

Er begann den Knopf zu drücken, mit dem die Stunden eingestellt wurden. Die Zahlen rückten vor, aber das Adrenalin ließ seine Finger so zittern, daß er den Wecker versehentlich auf 9.00 Uhr stellte. *Scheiße!* Nun mußte er den ganzen 24-Stunden-Zyklus wiederholen. Beim zweiten Mal machte er's richtig. Nachdem er die Uhrzeit eingestellt hatte, schaltete er das Radio ein, fand BBC Five und paßte die Lautstärke an.

Keine Ahnung, wie lange das alles gedauert hatte.

Gabriel nahm seinen Rucksack, schaltete die Taschenlampe aus und hastete aus dem Schlafzimmer zur Wohnungstür. Unterwegs zog er seine Beretta aus dem Hosenbund und steckte sie in seine rechte Jackentasche.

Er blieb an der Wohnungstür stehen und drückte sein Ohr daran. Auf dem Flur war es still. Er mußte versuchen, hier rauszukommen. In der Wohnung gab es keine Möglichkeit, sich zu verstecken, um später heimlich hinauszuschlüpfen. Er öffnete die Tür und trat auf den Flur hinaus.

Als er die Wohnungstür absperrte, waren im Treppenhaus Schritte zu hören.

Er wandte sich ab, umfaßte den Griff der Beretta in seiner Jackentasche und ging zur Treppe.

Unterwegs im Taxi zwang Jacqueline sich dazu, Ruhe zu bewahren. Sie hatte den Auftrag gehabt, Jusef von seiner Wohnung fernzuhalten, aber wenn sie seinen Vorschlag, er würde für sie beide kochen, abgelehnt hätte, wäre er vielleicht mißtrauisch geworden. Daß Gabriel ausgerechnet dann in der Wohnung sein würde, wenn sie zurückkamen, war äußerst unwahrscheinlich. Seine Arbeit würde nur wenige Minuten dauern. Die Chancen standen gut, daß er die Wanzen bereits installiert hatte und längst wieder fort war. Und es gab eine weitere, beruhigende Möglichkeit; Gabriel hatte damit gerechnet, daß Jusef sie um halb sieben von der Galerie abholen und anschließend mit ihr zum Essen gehen würde. Vielleicht war er noch gar nicht in der Wohnung gewesen. Er würde sehen, daß sie unerwartet früh zurückkamen, sein Vorhaben abblasen und ein andermal versuchen, die Wanzen zu installieren.

Sie durchquerten den Vorraum und gingen die Treppe

hinauf. Oben kam ihnen ein Mann aus dem Flur entgegen: Gabriel, den Kopf tief gesenkt, seinen Rucksack über der linken Schulter.

Jacqueline zuckte unwillkürlich zusammen. Sie gewann ihre Fassung zurück, aber da hatte Jusef bereits gemerkt, daß sie durcheinander war. Er blieb stehen und beobachtete, wie Gabriel die Treppe hinunterging, dann musterte er Jacqueline forschend. Er nahm ihren Arm und führte sie zu seiner Wohnung. Nachdem er aufgesperrt hatte, sah er sich rasch in der Wohnung um, bevor er ans Fenster trat und Gabriel nachsah, der in die Dunkelheit davonging.

26

Lissabon

Dichter Atlantiknebel wogte den Rio Tejo hinauf, als Kemel sich bedächtig einen Weg durch die belebten Straßen im Bairro Alto suchte. Früher Abend, Büroangestellte auf dem Heimweg, Bars und Cafés gut besucht, Lissabonner an den Tresen der *Cervejarias* aufgereiht, um ihr Abendessen einzunehmen. Kemel überquerte einen kleinen Platz: alte Männer, die in der kühlen Abendluft Rotwein tranken; Varinas – Fischweiber –, die in ihren großen Körben Barsche wuschen. Er schlenderte durch eine enge Gasse, in der Straßenhändler billige Kleidung und Schmuck anboten. Ein blinder Bettler bat ihn um ein Almosen. Kemel warf ein paar Escudos in den schwarzen Holzkasten, den er vor der Brust trug. Eine Zigeunerin erbot sich, ihm sein Schicksal aus der Hand zu lesen. Kemel lehnte höflich ab und ging weiter. Das Bairro Alto erinnerte ihn an Beirut in alten Zeiten – an Beirut und die Flüchtlingslager. Im Vergleich dazu wirkte Zürich kalt und steril. Kein Wunder, daß Tariq Lissabon so liebte.

Kemel betrat ein gut besetztes *Fado*-Haus und nahm an einem der wenigen noch freien Tische Platz. Ein Kellner stellte ihm eine grüne Flasche Hauswein und ein Glas hin. Er zündete sich eine Zigarette an und schenkte sich ein Glas Wein ein. Einfach, bestimmt kein großer Wein, aber überraschend befriedigend.

Wenig später ging der Kellner durchs Lokal nach vorn

und stellte sich neben zwei Gitarristen. Als die Musiker die ersten melancholischen Takte des Stücks spielten, schloß der Kellner die Augen und begann zu singen. Kemel verstand den Text nicht, aber die sehnsüchtigen Klänge der Melodie nahmen ihn bald gefangen.

Mitten im Lied setzte sich ein Mann an Kemels Tisch, ohne um Erlaubnis zu fragen. Dicker Wollpullover, schäbige Seemannsjacke, unter dem Kinn verknotetes Halstuch, unrasiert. Anscheinend ein Hafenarbeiter. Er beugte sich zu Kemel hinüber und murmelte ein paar Worte auf portugiesisch. Kemel zuckte mit den Schultern. »Tut mir leid, ich verstehe kein Portugiesisch«, sagte er auf englisch.

Er konzentrierte sich wieder auf den Sänger. Das Lied näherte sich seinem emotionalen Höhepunkt, aber nach alter *Fado*-Tradition hielt der Sänger sich stocksteif, als stehe er stramm wie ein Soldat.

Der Hafenarbeiter tippte Kemel auf den Arm und sprach ihn erneut auf portugiesisch an. Diesmal schüttelte Kemel einfach den Kopf, ohne seinen Blick von dem Sänger zu nehmen.

Nun beugte der Hafenarbeiter sich zu ihm hinüber und sagte halblaut auf arabisch: »Ich habe gefragt, ob du *Fado*-Musik magst.«

Kemel wandte sich dem Mann zu und studierte ihn aufmerksam.

»Komm, wir gehen irgendwohin, wo's ruhiger ist, damit wir reden können«, sagte Tariq.

Sie gingen vom Bairro Alto zur Alfama, einem Labyrinth aus schmalen Gassen und Steintreppen, die sich zwischen weißgestrichenen Häusern hindurchschlängelten. Kemel staunte wieder einmal über Tariqs fast unheimliche Fähigkeit, mit seiner Umgebung zu verschmelzen. Der

Weg über die steilen Hügel schien ihn zu ermüden. Kemel fragte sich, wie lange er noch durchhalten würde.

»Du hast meine Frage nicht beantwortet«, sagte Tariq.

»Welche Frage meinst du?«

»Magst du *Fado*-Musik?«

»Man kann Geschmack daran finden, glaube ich.« Er fügte lächelnd hinzu: »Wie an Lissabon selbst. Irgendwie erinnert es mich an die alte Heimat.«

»*Fado* ist eine Musik, die Leid und Schmerz gewidmet ist. Deshalb erinnert sie dich an die Heimat.«

»Vermutlich hast du recht.«

Sie kamen an einer alten Frau vorbei, die auf den Stufen vor ihrer Haustür kehrte.

»Erzähl mir von London«, verlangte Tariq.

»Allon scheint aktiv geworden zu sein.«

»Das hat nicht lange gedauert. Was ist passiert?«

Kemel erzählte ihm von Jusef und der jungen Frau aus der Kunstgalerie. »Gestern ist Jusef in seinem Hausflur einem Unbekannten begegnet, der ein Israeli gewesen sein könnte. Er vermutet, daß dieser Mann in seiner Wohnung eine Wanze installiert hat.«

Kemel bemerkte, daß Tariq bereits überlegte, welche Möglichkeiten sich daraus ergaben. »Ist dein Londoner Agent jemand, dem man einen wichtigen Auftrag anvertrauen kann?«

»Er ist ein hochintelligenter junger Mann. Und unbedingt loyal. Ich habe seinen Vater gekannt. Die Israelis haben ihn zweiundachtzig umgebracht.«

»Hat er nach der Wanze gesucht?«

»Ich habe ihn angewiesen, das nicht zu tun.«

»Gut«, sagte Tariq. »Sie bleibt vorläufig, wo sie ist. Wir können sie zu unserem Vorteil nutzen. Was ist mit dieser jungen Frau? Spielt sie noch eine Rolle?«

»Jusef hat Anweisung, sich weiter mit ihr zu treffen.«

»Wie sieht sie aus?«

»Anscheinend sehr attraktiv.«

»Hast du genügend Leute in London, um sie beschatten zu lassen?«

»Jederzeit.«

»Laß sie beobachten. Und besorg mir ein Foto von ihr.«

»Du hast eine Idee?«

Sie überquerten einen kleinen Platz und begannen einen langen, steilen Anstieg. Bis sie oben anlangten, hatte Tariq seinen Plan erläutert.

»Brillant!« sagte Kemel. »Aber er hat einen Fehler.«

»Welchen?«

»Du wirst ihn nicht überleben.«

Tariq lächelte trübselig. »Das ist die beste Nachricht, die ich seit langem erhalten habe.«

Er wandte sich ab und ging davon. Im nächsten Augenblick war er im Nebel verschwunden. Kemel fröstelte. Er schlug den Mantelkragen hoch und ging ins Bairro Alto zurück, um wieder *Fado* zu hören.

27

Bayswater, London

Bei der Überwachung stellte sich eine bequeme, aber ziemlich langweilige Routine ein. Gabriel verbrachte endlos lange Stunden, in denen er nichts anderes zu tun hatte, als die trivialen Details von Jusefs Leben zu belauschen, die wie ein zweitklassiges Hörspiel aus seinen Lautsprechern drangen. Jusef, der bei Zigaretten und türkischem Kaffee mit seinen palästinensischen Freunden über Politik diskutierte. Jusef, der einem schluchzenden Mädchen am Telefon erklärte, sie könnten sich nicht mehr treffen, weil er jetzt eine feste Freundin habe. Gabriel stellte fest, daß sein Leben sich dem Rhythmus von Jusefs Leben anpaßte. Er aß, wenn Jusef aß, schlief, wenn Jusef schlief, und wenn Jusef Jacqueline liebte, liebte Gabriel sie ebenfalls.

Aber nach zehn Tagen hatten Gabriels Wanzen noch nichts Verwertbares aufgefangen. Dafür gab es mehrere mögliche Erklärungen. Vielleicht hatte Schamron sich einfach getäuscht. Vielleicht war Jusef tatsächlich nur ein Kellner und Student. Vielleicht war er ein Agent, aber im Augenblick nicht aktiv. Oder vielleicht war er ein aktiver Agent, der tote Briefkästen und andere unpersönliche Kommunikationsmethoden benutzte, um mit seinem Führungsoffizier in Verbindung zu bleiben. Um das überprüfen zu können, hätte Gabriel ihn Tag und Nacht überwachen lassen müssen. Dafür brauchte man mehrere Teams, mindestens ein Dutzend Leute – sichere Wohnungen, Autos, Funkgeräte… Es wäre sehr schwierig gewesen, ein Großunternehmen dieser Art vor dem britischen Geheimdienst MI5 zu tarnen.

Aber die meisten Sorgen machte Gabriel eine andere Möglichkeit: die Gefahr, das Unternehmen könnte schon aufgeflogen sein. Vielleicht war seine Überwachung ergebnislos, weil Jusef bereits den Verdacht hegte, er werde überwacht. Vielleicht hatte er den Verdacht, in seiner Wohnung und seinem Telefon seien Wanzen installiert. Und vielleicht vermutete er, die schöne Französin aus der Kunstgalerie sei in Wirklichkeit eine israelische Agentin.

Gabriel entschied, es sei Zeit für einen weiteren Treff mit Schamron in Paris.

Am nächsten Morgen traf er sich mit Schamron in einem Tearoom in der Rue Mouffetard. Schamron zahlte seine Rechnung, und sie gingen langsam durch die Märkte und an den Straßenhändlern vorbei den Hügel hinauf. »Ich will sie abziehen«, sagte Gabriel.

Schamron blieb an einem Obststand stehen, nahm eine Orange in die Hand und studierte sie einen Augenblick, bevor er sie vorsichtig in die Steige zurücklegte. Dann sagte er: »Erzählen Sie mir bitte nicht, daß Sie mich wegen dieser Verrücktheit nach Paris haben kommen lassen.«

»Ich habe kein gutes Gefühl bei dieser Sache. Ich will sie rausholen, bevor es zu spät ist.«

»Sie ist nicht enttarnt, und die Antwort lautet nein.« Schamron musterte Gabriel prüfend. »Weshalb so trübselig, Gabriel? Hören Sie sich die Tonbänder an, bevor Sie sie mir schicken?«

»Natürlich höre ich sie mir an.«

»Kapieren Sie nicht, was da gespielt wird? Die endlosen Vorträge über die Leiden der Palästinenser? Über die Brutalität der Israelis? Die Rezitation palästinensischer Lyrik? Und immer wieder die alte Mär, wie schön das Leben in Palästina vor Ankunft der Juden gewesen ist?«

»Worauf wollen Sie hinaus?«

»Der Junge ist entweder verliebt oder verfolgt andere Absichten.«

»Gerade die zweite Möglichkeit macht mir Sorgen.«

»Sind Sie jemals auf die Idee gekommen, Jusef könnte in ihr mehr als nur eine schöne Frau sehen? Sind Sie jemals auf die Idee gekommen, daß er sie für ein leicht beeinflußbares Mädchen hält, das für Tariq und seine Organisation nützlich sein könnte?«

»Natürlich, aber auf ein Unternehmen dieser Art ist sie nicht vorbereitet. Und wir sind's offen gesagt auch nicht.«

»Sie wollen also Ihre Zelte abbrechen und heimgehen?«

»Nein, ich will nur Jacqueline abziehen.«

»Und was passiert dann? Unser Junge wird nervös. Jusef wird mißtrauisch und stellt seine Wohnung auf den Kopf. Ist er diszipliniert, wirft er alle seine Elektrogeräte weg. Und Ihre Mikrofone damit ebenfalls.«

»Inszenieren wir ihren Abgang sorgfältig, hat er keinen Grund, mißtrauisch zu werden. Außerdem habe ich ihr einen kurzen Einsatz versprochen, als ich sie engagiert habe. Sie wissen, daß sie anderweitige Verpflichtungen hat.«

»Keine, die wichtiger sind als dieses Unternehmen. Zahlen Sie ihr einfach, was sie sonst verdient hätte. Sie bleibt, Gabriel. Ende der Diskussion.«

»Bleibt sie, gehe ich.«

»Dann gehen Sie!« knurrte Schamron. »Gehen Sie nach Cornwall zurück, und vergraben Sie sich wieder in Ihren Vecellio. Ich schicke jemanden, der Sie ablöst.«

»Sie wissen, daß ich nicht daran denke, sie in Ihren Händen zu lassen.«

Schamron bemühte sich rasch, ihn zu beschwichtigen. »Sie sind zu lange ununterbrochen im Einsatz gewesen. Sie sehen angegriffen aus. Ich weiß sehr gut, wie anstrengend diese Arbeit ist. Vergessen Sie Jusef für ein paar Tage. Er läuft uns nicht weg. Spannen Sie ein bißchen aus. Tun Sie etwas, das Sie auf andere Gedanken bringt. Ich brauche Sie frisch und leistungsfähig.«

Auf der Rückfahrt nach London betrat Gabriel die Zugtoilette und sperrte die Tür ab. Er blieb lange vor dem Spiegel stehen. Er entdeckte neue Falten um seine Augen, eine Verkniffenheit um die Mundwinkel, ein schärferes Profil der Backenknochen. Unter den Augen hatte er wie mit Kohlestift gezeichnete dunkle Ringe.

»Ich weiß sehr gut, wie anstrengend diese Arbeit ist.«

Das Unternehmen gegen die Terrorgruppe Schwarzer September ... Damals hatten sie alle irgend etwas bekommen: Herzprobleme, Bluthochdruck, Ausschlag, chronische Erkältung. Die Attentäter hatten am meisten gelitten. Nach dem Einsatz in Rom hatte Gabriel nicht mehr schlafen können. Sobald er die Augen schloß, hörte er Kugeln, die Fleisch durchschlugen, und sah Feigenwein, der sich auf dem Marmorboden mit Blut vermischte. Schamron fand einen Pariser Arzt, einen *Sajan,* der Gabriel ein Fläschchen mit starken Beruhigungspillen gab. Binnen weniger Wochen war er süchtig.

Die Pillen und der Streß ließen Gabriel erschreckend altern. Seine Haut verhärtete sich, die Mundwinkel gingen nach unten, seine Augen wurden glanzlos. Sein schwarzes Haar ergraute an den Schläfen. Er war damals 22 Jahre alt, sah aber mindestens wie 40 aus. Als er nach Hause kam, erkannte Leah ihn kaum wieder. Als sie sich liebten, sagte sie, ihr komme es vor, als schlafe sie mit einem anderen Mann – nicht mit einem älteren Gabriel, sondern mit einem Wildfremden.

Er spritzte sich kaltes Wasser ins Gesicht, schrubbte es kräftig mit einem Papierhandtuch ab und begutachtete sein Spiegelbild dann erneut. Wie zuvor. Er dachte über die Kette von Ereignissen nach – das bizarre Roulett des Schicksals –, die ihn an diesen Ort geführt hatte. Hätte es keinen Hitler, keinen Holocaust gegeben, wären seine Eltern in Europa geblieben, statt in einen staubigen Kibbuz im Jezreeltal zu fliehen. Vor dem Krieg war sein Vater Essayist und Historiker in München gewesen, seine Mutter, eine begabte Malerin, stammte aus Prag, und beide hatten sich nicht recht an den Kollektivismus der Siedler oder die Begeisterung der Zionisten für körperliche Arbeit gewöhnen können. Gabriel behandelten sie weniger wie einen Jungen, der andere Bedürfnisse hatte als sie, sondern mehr als einen kleinen Erwachsenen. Sie erwarteten, daß er sich selbst unterhielt und versorgte. Seine früheste Kindheitserinnerung betraf eine Szene aus ihrem kleinen Zweizimmerhaus in der Siedlung: sein Vater lesend in einem Sessel, seine Mutter an ihrer Staffelei, Gabriel auf dem Fußboden zwischen ihnen, wo er mit primitiven Bauklötzen ganze Städte errichtete.

Seine Eltern verabscheuten das Hebräische, deshalb unterhielten sie sich miteinander in den Sprachen, die sie in Europa gesprochen hatten: Deutsch, Französisch, Tschechisch, Russisch und Jiddisch. Gabriel lernte sie alle spielerisch. Zu diesen europäischen Sprachen kamen später Hebräisch und Arabisch hinzu. Von seinem Vater hatte er sein perfektes Gedächtnis, von seiner Mutter unerschütterliche Geduld und Liebe zum Detail geerbt. Ihre Verachtung für das Kollektiv zeitigte in Gabriel Arroganz und Einzelgängertum. Ihr weltlicher Agnostizismus war daran schuld, daß er kein Empfinden für jüdische Moral oder Ethik besaß. Wandern war ihm lieber als Fußball, Lesen lieber als Landwirtschaft. Er hatte fast pathologische Angst davor, sich die Hände schmutzig zu machen. Er hatte viele Geheimnisse. Einer seiner Lehrer schilderte ihn als »kalt, egoistisch, gefühlsarm und rundweg brillant«. Auf der Suche nach Soldaten für den neuen Geheimkrieg gegen arabischen Terror in Europa stieß Ari Schamron auf diesen Jungen aus dem Jezreeltal, der wie sein Namensvetter, der Erzengel Gabriel, ungewöhnlich sprachbegabt war und die Geduld Salomons besaß. Schamron entdeckte in ihm einen weiteren wertvollen Charakterzug: die Gefühlskälte eines Killers.

Gabriel verließ die Toilette und ging an seinen Platz zurück. Vor dem Fenster zog East London vorbei: endlose Reihen verfallender viktorianischer Lagerhäuser, überall eingeworfene Scheiben und bröckelndes Mauerwerk. Er schloß die Augen. Noch etwas anderes hatte sie während des Unternehmens gegen den Schwarzen September alle krank gemacht: Angst. Je länger sie im Einsatz blieben, desto höher wurde das Risiko, enttarnt zu werden – nicht nur von den europäischen Geheimdiensten, sondern auch von den Terroristen. Unterstrichen wurde das im Verlauf des Unternehmens, als der Schwarze September einen *Katsa* in Madrid ermordete. Plötzlich wußte jedes Mitglied des Teams, daß es verwundbar war. Für sich zog Gabriel daraus die wertvollste Lehre seiner Laufbahn: Sind Agenten fern der Heimat in feindlichem Gebiet im Einsatz, können Jäger leicht zu Gejagten werden.

Der Zug fuhr in den Waterloo-Bahnhof ein. Gabriel ging mit großen Schritten über den Bahnsteig, bahnte sich seinen Weg durch das Gedränge in der Bahnhofshalle. Sein Wagen war in einer Tiefgarage geparkt. Gabriel ließ die Autoschlüssel fallen, nahm seine rituelle

Inspektion des Wagenbodens vor, setzte sich dann ans Steuer und fuhr nach Surrey.

Am Tor war kein Schild angebracht. Gabriel hatte sich immer ein Landhaus ohne Schild am Tor gewünscht. Hinter der Mauer lag ein gepflegter Rasen mit malerisch gruppierten alten Bäumen. Am Ende der sich sanft durchs Gelände schlängelnden Zufahrt stand der weitläufige Klinkerbau eines viktorianischen Landhauses. Er ließ sein Fenster herunter und drückte auf den Klingelknopf der Sprechanlage. Das Objektiv einer Überwachungskamera starrte wie ein mittelalterlicher Wasserspeier auf ihn herab. Gabriel drehte instinktiv sein Gesicht von der Kamera weg und tat so, als müsse er etwas aus dem Handschuhfach angeln.

»Was kann ich für Sie tun?« Eine Frauenstimme. Mitteleuropäischer Akzent.

»Ich möchte Miss Martinson besuchen. Dr. Avery erwartet mich.«

Gabriel schloß sein Fenster und wartete darauf, daß das elektrische Tor zur Seite rollte; dann fuhr er langsam die Zufahrt hoch. Ein kalter, grauer Spätnachmittag mit leichtem Wind, der die kahlen Zweige der Bäume bewegte. Als er sich dem Haus näherte, sah er einige der Patienten. Eine Frau, die in ihrem Sonntagsstaat auf einer Bank saß und ausdruckslos ins Leere starrte. Ein Mann in Ölzeug und Gummistiefeln, der am Arm eines hünenhaften schwarzen Krankenpflegers einen Spaziergang machte.

Avery erwartete ihn in der Eingangshalle. Er trug eine teure Cordsamthose, rostbraun und sorgfältig gebügelt, und einen grauen Kaschmirpullover, der eher auf den Golfplatz als in eine psychiatrische Klinik gepaßt hätte. Er schüttelte Gabriel mit kalter Förmlichkeit die Hand, als sei Gabriel der Vertreter einer Besatzungsmacht, und führte ihn dann einen mit Teppichboden ausgelegten langen Korridor hinunter.

»Sie hat diesen Monat einiges mehr geredet«, berichtete Avery. »Es war tatsächlich mehrfach möglich, ein vernünftiges Gespräch mit ihr zu führen.«

Gabriel rang sich ein nervöses Lächeln ab. Mit ihm hatte sie in all diesen Jahren nie gesprochen. »Und ihr körperlicher Zustand?«

»Unverändert. Sie ist den Umständen entsprechend fit.«

Avery benutzte eine Magnetkarte, um eine Sicherheitstür zu öffnen. Dahinter lag ein weiterer Korridor, dieser nicht mit Teppichboden, sondern mit Terrakottafliesen. Unterwegs sprach Avery über die Medikamente, die sie bekam. Er hatte die Dosierung eines Mittels erhöht, die eines anderen verringert und ein drittes völlig abgesetzt. Es gab ein neues, noch in der Erprobung befindliches Medikament, mit dem bei Patienten, die an einer vergleichbaren Kombination aus akutem posttraumatischem Streßsyndrom und psychotischer Depression litten, vielversprechende Ergebnisse erzielt worden waren.

»Wenn Sie meinen, daß es hilft ...«

»Das erfahren wir nur, wenn wir's versuchen.«

Klinische Psychiatrie, sagte Gabriel sich, hat viel Ähnlichkeit mit Geheimdienstarbeit.

Am Ende des Korridors betraten sie einen kleinen Raum. Hier lagerten Gartengeräte – Rosenscheren, Schaufeln, Pflanzkellen –, Tüten mit Blumensamen und Düngersäcke. In der gegenüberliegenden Wand dieses Geräteraums war eine zweiflüglige Tür mit kreisrunden Bullaugen.

»Sie ist dort, wo sie immer sitzt. Sie erwartet Sie. Bitte,

bleiben Sie nicht zu lange. Ich denke, eine halbe Stunde wäre angemessen. Ich hole Sie ab, wenn's Zeit ist.«

Ein Gewächshaus, bedrückend feuchtheiß. Leah in einer Ecke, auf einem schmiedeeisernen Gartenstuhl mit gerader Rückenlehne sitzend, junge Rosen in Blumentöpfen zu ihren Füßen. Sie trug Weiß. Den weißen Rollkragenpullover, den Gabriel ihr zu ihrem letzten Geburtstag geschenkt hatte. Die lange weiße Hose, die er ihr während eines Sommerurlaubs auf Kreta gekauft hatte. Er versuchte sich an das Jahr zu erinnern, aber es gelang ihm nicht. Es schien nur Leah vor Wien und Leah nach Wien zu geben. Sie saß steif wie ein prüdes Schulmädchen da und blickte über die Rasenflächen hinter der Klinik hinweg. Ihr Haar war, wie in Anstalten üblich, kurz geschnitten. Ihre Füße waren nackt.

Als Gabriel auf sie zutrat, drehte sie den Kopf zur Seite. Erst jetzt konnte er den breiten Streifen Narbengewebe sehen, der ihre rechte Gesichtshälfte bedeckte. Wie jedes Mal durchlief ihn bei diesem Anblick ein eisiger Schauder. Dann sah er ihre Hände – oder was von ihren Händen übriggeblieben war. Das verhärtete weiße Narbengewebe erinnerte ihn an die bloßgelegte Leinwand eines beschädigten Gemäldes. Er wünschte sich, er könnte einfach etwas Pigment auf seiner Palette anmischen und Leah ihr normales Aussehen zurückgeben.

Er küßte sie auf die Stirn, roch an ihrem Haar, um vielleicht die vertrauten Spuren von Lavendel und Zitrone zu entdecken, und nahm statt dessen nur die drückend feuchte Treibhausatmosphäre und die starken Pflanzengerüche in diesem geschlossenen Raum wahr. Avery hatte einen zweiten Stuhl hinstellen lassen, den Gabriel eine Handbreit näher heranzog. Leah zuckte zusammen, als die schmiedeeisernen Beine über die Bodenfliesen scharrten. Er murmelte eine Entschuldigung und setzte sich. Leah sah weg.

So war es immer. Hier saß nicht Leah neben ihm, sondern nur ein Denkmal zur Erinnerung an Leah. Ein Grabmal. Früher hatte er versucht, mit ihr zu reden, aber jetzt war er damit zufrieden, einfach in ihrer Gegenwart zu sitzen. Er folgte ihrem Blick über die im Nebeldunst liegende Landschaft und fragte sich, was sie dort draußen ansah. Von Avery wußte er, daß es Tage gab, an denen sie nur dasaß und alle entsetzlichen Einzelheiten wieder und wieder durchlebte, ohne damit aufhören zu können oder zu wollen. Wie sehr sie litt, konnte Gabriel sich nicht einmal vorstellen. Er durfte eine Art Abklatsch seines früheren Lebens weiterführen, aber Leah war alles geraubt worden – ihr Kind, ihr Körper, ihr Verstand. Alles außer ihrem Gedächtnis. Gabriel fürchtete, ihre ohnehin schwache Lebenskraft hinge irgendwie von seiner fortgesetzten Treue ab. Ließ er es zu, daß er sich in eine andere Frau verliebte, würde Leah sterben.

Nach einer halben Stunde stand er auf und zog sein Sakko wieder an; dann ging er vor ihr in die Hocke und ließ seine Hände auf ihren Knien ruhen. Sie sah einige Sekunden lang über ihn hinweg, bevor sie ihren Kopf senkte und seinen Blick erwiderte. »Ich muß gehen«, sagte er. Leah reagierte nicht darauf.

Als er eben aufstehen wollte, streckte sie plötzlich die Hand aus und berührte eine Seite seines Gesichts. Gabriel bemühte sich, nicht zurückzuzucken, als er spürte, wie das Narbengewebe über die Haut neben seinem äußeren Augenwinkel glitt. Sie lächelte traurig und ließ ihre Hand sinken. Sie legte sie auf ihren Schoß, bedeckte sie mit der anderen und nahm wieder die starre Haltung ein, in der Gabriel sie angetroffen hatte.

Er stand auf und ging. Avery erwartete ihn im Vorraum

des Gewächshauses. Er begleitete Gabriel zu seinem Wagen hinaus. Bevor Gabriel den Motor anließ, saß er lange am Steuer und dachte über ihre Hand auf seinem Gesicht nach. Es war gar nicht Leahs Art, ihn so zu berühren. Was hatte sie in seinem Gesicht gesehen? Den Streß des Unternehmens? Oder den Schatten von Jacqueline Delacroix?

28

Lissabon

Tariq erschien am Eingang des *Fado*-Hauses. Auch diesmal war er als Hafenarbeiter getarnt. Leichenblaß, seine Hand zitternd, als er sich eine Zigarette anzündete. Er durchquerte das Lokal und setzte sich an Kemels Tisch. »Was führt dich wieder nach Lissabon?«

»Unser Vertrieb auf der iberischen Halbinsel muß umstrukturiert werden. Dafür bin ich mehrere Tage in Lissabon und Madrid.«

»Das ist der einzige Grund?«

»Und dies hier.« Kemel legte ein großes Farbfoto auf den Tisch. »Ich darf vorstellen: Dominique Bonard.«

Tariq griff nach dem Foto und studierte es sorgfältig. »Komm, wir gehen zu mir«, sagte er ruhig. »Ich will dir etwas zeigen, das dich bestimmt interessieren wird.«

Tariqs kleine Wohnung lag hoch in der Alfama. Zwei Zimmer, durchhängende Holzböden, eine winzige Veranda mit Blick auf einen ruhigen Innenhof. Er bereitete Tee auf arabische Art zu, stark und süß, und sie saßen an der offenen Verandatür, während der Regen aufs Pflaster des Innenhofs prasselte.

»Weißt du noch, wie wir Allon in Wien aufgespürt haben?« fragte Tariq.

»Das ist schon lange her. Du mußt meinem Gedächtnis etwas nachhelfen.«

»Mein Bruder wurde in seinem Bett erschossen. Ein

Mädchen war bei ihm – eine deutsche Studentin, eine Linksradikale. Einige Wochen nach Mahmouds Tod hat sie an meine Eltern geschrieben und ihnen geschildert, wie alles passiert ist. Sie werde das Gesicht des Killers ihr Leben lang nicht vergessen, hat sie geschrieben. Mein Vater hat den Brief dem PLO-Sicherheitsoffizier im Lager gebracht. Der Sicherheitsoffizier hat ihn an den PLO-Geheimdienst weitergeleitet.«

»Das kommt mir alles vage bekannt vor«, sagte Kemel.

»Nachdem Abu Dschihad in Tunis ermordet worden war, hat der PLO-Sicherheitsdienst Ermittlungen angestellt. Er ist dabei von einer einfachen Annahme ausgegangen. Der Attentäter kannte die Villa offenbar sehr genau. Folglich mußte er sich längere Zeit in der Nähe aufgehalten haben, um sie auszukundschaften und den Überfall zu planen.«

»Brillante Detektivarbeit«, warf Kemel sarkastisch ein. »Hätten die Leute vom Sicherheitsdienst gleich anständig gearbeitet, wäre Abu Dschihad noch am Leben.«

Tariq ging ins Schlafzimmer und kam wenig später mit einem großen braunen Umschlag zurück. »Sie haben die Videobänder aller Sicherheitskameras ausgewertet und mehrere Aufnahmen eines kleinen schwarzhaarigen Mannes herausvergrößert.« Er öffnete den Umschlag und gab Kemel mehrere grobkörnige Fotos. »Der Sicherheitsdienst hat die Verbindung zu der deutschen Freundin meines Bruders nie ganz abreißen lassen. Als ihr diese Aufnahmen gezeigt wurden, hat sie spontan gesagt, dies sei der Mann, der Mahmoud erschossen habe. Ganz ohne Zweifel. Also haben wir begonnen, nach ihm zu fahnden.«

»Und ihr habt ihn in Wien aufgespürt?«

»Richtig.«

Kemel hielt ihm die Fotos hin. »Was haben die mit Dominique Bonard zu tun?«

»Das hängt wieder mit den Ermittlungen nach dem Mord in Tunis zusammen. Die Leute vom PLO-Sicherheitsdienst wollten feststellen, wo der Attentäter sich in der Planungsphase in Tunis aufgehalten hatte. Sie wußten aus Erfahrung, daß israelische Agenten sich bei solchen Unternehmen gern als Europäer tarnen. Hatte der Mann sich als Europäer ausgegeben, hatte er vermutlich in einem Hotel gewohnt. Deshalb haben sie alle Hotels von Tunis abgeklappert und dem Personal diese Fotos vorgelegt. Der Portier eines Strandhotels sagte, der Mann habe mit seiner französischen Freundin bei ihnen gewohnt. Deswegen wurden die Videobänder nochmals angeschaut – diesmal wurde nach einem Mädchen gesucht. Sie fanden eines und legten die Aufnahme dem Portier vor.«

»Dasselbe Mädchen?«

»Dasselbe Mädchen.«

Tariq griff in den Umschlag und zog eine weitere Überwachungsaufnahme heraus, die ein schönes schwarzhaariges Mädchen zeigte. Er legte sie Kemel hin, der sie mit dem Foto der Frau in London verglich.

»Ich mag mich irren«, sagte Tariq, »aber ich vermute, daß Jusefs neue Freundin schon früher mit Gabriel Allon zusammengearbeitet hat.«

Sie sprachen ihren Plan ein letztes Mal durch, während sie im Gassengewirr der Alfama unterwegs waren.

»Der Premierminister und Arafat reisen in fünf Tagen in die Vereinigten Staaten«, sagte Kemel. »Zuerst fliegen sie nach Washington zu einem Treffen im Weißen Haus, dann geht's weiter nach New York zur Unterzeichnung des Abkommens bei den Vereinten Nationen. Unsere Vorbereitungen in New York sind abgeschlossen.«

»Dann brauche ich nur noch eine Reisebegleiterin«,

sagte Tariq. »Am liebsten wäre mir eine schöne Französin – der Typ Frau, der sich am Arm eines erfolgreichen Unternehmers gut macht.«

»Ich denke, ich weiß, wo eine Frau dieser Art zu finden ist.«

»Stell dir vor, mit einem letzten glorreichen Einsatz den Friedensprozeß *und* Gabriel Allon zu erledigen! Wir werden die Welt erschüttern, Kemel. Und anschließend werde ich sie verlassen.«

»Weißt du bestimmt, daß du dieses Unternehmen durchziehen willst?«

»Du machst dir doch nicht etwa Sorgen um meine persönliche Sicherheit?«

»Natürlich tue ich das.«

»Weshalb? Du weißt, was mit mir geschieht.«

»Meistens versuche ich, nicht daran zu denken.«

Am Fuß des Hügels erreichten sie einen Taxistand. Tariq küßte Kemel auf beide Wangen, dann packte er ihn an den Schultern. »Keine Tränen, mein Bruder. Ich kämpfe nun schon lange. Ich bin müde. So ist's am besten.«

Kemel umarmte ihn zum Abschied, dann öffnete er die Tür des ersten wartenden Taxis.

»Er hätte das Mädchen erschießen sollen«, sagte Tariq.

Kemel drehte sich um. »Was?«

»Allon hätte das deutsche Mädchen im Bett meines Bruders erschießen müssen. Damit wäre alles vorbei gewesen.«

»Wahrscheinlich hast du recht.«

»Das war ein dummer Fehler«, sagte Tariq. »Mir wäre solch ein Fehler nicht passiert.«

Dann wandte er sich ab und ging langsam hügelaufwärts in die Alfama zurück.

29

St. James's, London

Jacqueline drehte sich um, als der Türsummer ertönte, und warf einen Blick auf den Monitor: ein Fahrradkurier. Sie sah auf ihre Armbanduhr: Viertel nach sechs. Sie drückte den Türöffnerknopf, um ihn einzulassen, und trat ins Treppenhaus hinaus, um für die Sendung zu unterschreiben. Ein großer brauner Umschlag. Sie ging ins Vorzimmer zurück, setzte sich an ihren Schreibtisch und öffnete den Umschlag. Er enthielt einen einzelnen Briefbogen, hellgraues schweres Papier, exakt in der Mitte gefaltet. Der Briefkopf trug den Absender Randolph Stewart, Kunsthändler. Sie las die handschriftliche Mitteilung: *Gerade aus Paris zurück… Sehr erfolgreiche Reise… Kein Problem mit dem Ankauf… Auktion wie besprochen vorbereiten…* Sie steckte den Brief in Isherwoods Aktenvernichter und sah zu, wie er sich in unleserliche Streifen verwandelte.

Sie stand auf, zog ihren Mantel an und betrat dann Isherwoods Büro. Er saß über Kontoauszüge gebeugt und kaute auf dem Ende seines Bleistifts herum. Als sie hereinkam, sah er auf und bedachte sie mit einem schwachen Lächeln. »Sie gehen schon, meine Liebe?«

»Ja, ich muß leider.«

»Ich werde die Stunden zählen, bis wir uns wiedersehen.«

»Und ich tue das gleiche.«

Als sie hinausging, merkte sie, daß Isherwood ihr fehlen würde, wenn dieser Einsatz vorbei war. Er war ein anständiger Kerl. Sie fragte sich, wieso er sich jemals mit Leuten wie Ari Schamron und Gabriel eingelassen hatte. Sie hastete bei Wind und Regen über den Mason's Yard, folgte der Duke Street in Richtung Piccadilly und dachte unterwegs über den Brief nach. Er deprimierte sie. Und sie konnte sich den Rest des Abends vorstellen. Sie würde Jusef in seiner Wohnung abholen. Sie würden zum Abendessen ausgehen, dann in die Wohnung zurückfahren und sich lieben. Dann zwei Stunden Nahostgeschichte. Die ungerechte Behandlung der wehrlosen Palästinenser. Die Verbrechen der Juden. Die Unausgewogenheit der gegenwärtig auf dem Verhandlungstisch liegenden Zweistaatenlösung. Ihr fiel es immer schwerer, so zu tun, als interessiere sie das alles brennend.

Gabriel hatte ihr einen kurzen Einsatz versprochen: Jusef verführen, sich in seine Wohnung mitnehmen lassen, sich darin umsehen, Abdrücke von seinen Schlüsseln machen und wieder verschwinden. Sie hatte sich für keine langfristige Romanze verpflichtet. Sie schauderte bei dem Gedanken, wieder mit Jusef schlafen zu müssen. Sie hatte zugestimmt, nach London zu kommen, weil sie geglaubt hatte, die Zusammenarbeit mit Gabriel würde ihre Romanze neu aufflammen lassen. Dieser Einsatz hatte sie im Gegenteil eher entfremdet. Sie sah Gabriel kaum – seine Mitteilungen kamen brieflich –, und bei ihren wenigen Treffs war er kalt und abweisend gewesen. Sie war töricht gewesen, als sie gehofft hatte, zwischen ihnen könnte es wieder so werden wie in Tunis.

Jacqueline betrat die U-Bahnstation Piccadilly und fuhr ins Gedränge auf dem Bahnsteig hinunter. Sie dachte an ihr Landhaus, an Radtouren über die im Sonnenglanz liegenden Hügel um Valbonne. Einen Augenblick lang stellte sie sich vor, daß Gabriel neben ihr fuhr, wie seine

Beine rhythmisch pumpten. Dann kam sie sich albern vor, weil sie sich gestattete, solchen Tagträumen nachzuhängen. Als die U-Bahn einfuhr, zwängte sie sich in einen überfüllten Wagen und hielt sich an einer Haltestange fest. Während die U-Bahn ruckend anfuhr, beschloß sie, dies sei die letzte Nacht. Morgen früh würde sie Gabriel sagen, daß sie aufhören wolle.

Gabriel ging auf dem Teppich seines Wohnzimmers auf und ab und trieb spielerisch einen hellgrünen Tennisball vor sich her. Es war kurz vor Mitternacht. Jacqueline und Jusef hatten gerade ihren Liebesakt beendet. Er hörte mit, als sie sich gegenseitig versicherten, es sei wundervoll gewesen. Er hörte mit, als Jusef die Toilette benutzte. Er hörte mit, als Jacqueline barfuß in die Küche tappte, um sich etwas zu trinken zu holen. Er hörte mit, als sie Jusef fragte, wo er ihre Zigaretten versteckt habe.

Er lag auf der Couch, hatte den Kopf auf die Armlehne gestützt, warf den Ball hoch und fing ihn wieder auf, während er auf den Beginn des nächtlichen Seminars wartete. Er überlegte, wie das Thema diesmal lauten würde. Worüber hatte Jusef letzte Nacht referiert? Über den Mythos, nur die Juden könnten die Wüste zum Blühen bringen? Nein, das war vorletzte Nacht gewesen. Letzte Nacht hatte er darüber gesprochen, wie der Rest der arabischen Welt die Palästinenser verraten habe. Gabriel knipste die Stehlampe aus, warf den Ball aber weiter hoch und fing ihn in der Dunkelheit auf, um seine Reflexe und sein Wahrnehmungsvermögen zu testen.

Jusef kam barfuß ins Schlafzimmer zurück.

»Wir müssen miteinander reden«, sagte er ernsthaft. »Ich habe dich in einem Punkt getäuscht. Aber jetzt mußt du die Wahrheit erfahren.«

Gabriel schnappte sich den Tennisball aus der Luft und

hielt ihn mit einer Hand umklammert. Er dachte an Leah und an die Nacht, in der sie fast dieselben Worte benutzt hatte, bevor sie ihm erzählte, daß sie sich ihrerseits Liebhaber genommen habe, um sich für seine Untreue zu rächen.

»Klingt schrecklich ernst«, sagte Jacqueline leichthin.

Gabriel warf den Ball mit einer lockeren Bewegung seines Handgelenks wieder ins Dunkel hinauf.

»Es geht um die Narbe auf meinem Rücken.«

Gabriel stand auf und machte wieder Licht. Dann kontrollierte er seine Tonbandgeräte, um sich zu vergewissern, daß sie einwandfrei funktionierten.

»Was ist mit der Narbe auf deinem Rücken?« fragte Jacqueline.

»Wie sie dort hingekommen ist.«

Jusef setzte sich ans Fußende des Betts. »Ich habe gelogen, als ich erzählt habe, wo ich sie herhabe. Ich möchte dir die Wahrheit sagen.«

Er holte tief Luft, atmete langsam aus und fing an, leise und bedächtig zu sprechen.

»Unsere Familie ist in Schatila geblieben, auch als die PLO aus dem Libanon vertrieben wurde. Vielleicht erinnerst du dich an jenen Tag, Dominique, an dem Arafat und seine Guerillas das Land verließen, während die Israelis und die Amerikaner ihnen am Hafen zum Abschied nachwinkten. Nach dem Abzug der PLO waren wir schutzlos. Der Libanon lag in Trümmern. Christen, Sunniten, Schiiten, Drusen – jeder kämpfte gegen jeden, und die Palästinenser gerieten zwischen alle Fronten. Wir lebten in großer Angst, daß etwas Schreckliches passieren könnte. Erinnerst du dich daran?«

»Ich war noch klein, aber ich glaube, daß ich mich daran erinnere.«

»Die Situation glich einem Pulverfaß. Ein einziger Funke würde genügen, um einen Holocaust auszulösen. Als dieser Funke erwies sich die Ermordung Baschir Gemayels. Er war das Oberhaupt der maronitischen Kirche und der designierte Präsident des Libanons. Gemayel wurde bei der Detonation einer Autobombe vor der Parteizentrale der christlichen Falangisten getötet.

In dieser Nacht schrie halb Beirut nach Rache, während die andere Hälfte sich angstvoll duckte. Niemand wußte, wer die Bombe gelegt hatte. Es hätte jeder sein können, aber nach Überzeugung der Falangisten war der Anschlag von den Palästinensern verübt worden. Sie haßten uns. Die Christen hatten uns nie im Libanon haben wollen, und da die PLO uns nicht mehr schützen konnte, wollten sie das palästinensische *Problem* im Libanon endgültig eliminieren. Das hatte Gemayel vor seinem Tod sehr deutlich gesagt: ›Hier gibt es ein Volk zuviel: das palästinensische Volk.‹

Nach dem Attentat rückten die Israelis in Westbeirut ein und bezogen Stellungen oberhalb von Sabra und Schatila. Sie wollten die Lager von den restlichen PLO-Kämpfern säubern, und um israelische Verluste zu vermeiden, schickten sie die Falange-Miliz los, um sie die Schmutzarbeit erledigen zu lassen. Jeder wußte, was passieren würde, wenn die Miliz auf die Lager losgelassen würde. Gemayel war tot, und wir würden dafür bezahlen müssen. Es würde ein Blutbad geben, aber die israelische Armee schickte sie trotzdem in die Lager.

Bei Sonnenuntergang ließen die Israelis die ersten Falangisten – hundertfünfzig Milizionäre – nach Schatila hinein. Sie hatten natürlich Schußwaffen, aber die meisten von ihnen hatten auch Messer und Beile. Das Gemetzel dauerte achtundvierzig Stunden. Die Glücklichen wurden erschossen. Die weniger Glücklichen starben grausigere Tode. Die Falangisten hackten Menschen in Stücke. Sie schlitzten ihnen den Bauch auf und ließen sie sterbend liegen. Sie zogen ihnen bei lebendigem Leib die Haut ab. Sie stachen ihnen die Augen aus und ließen sie blind durchs Gemetzel irren, bis sie erschossen wurden. Sie banden sie an Lastwagen und schleiften sie durch die Straßen, bis sie tot waren.

Kinder wurden nicht verschont. Nach Ansicht der Falangisten kann ein Kind zu einem Terroristen heranwachsen, deshalb brachten sie alle Kinder um. Frauen wurden nicht verschont, weil eine Frau einen Terroristen gebären kann. Sie legten es darauf an, Palästinenserinnen rituell die Brüste abzuschneiden. Brüste geben Milch. Brüste nähren ein Volk, das die Falangisten ausrotten wollten. Die ganze Nacht hindurch brachen sie in Häuser ein und metzelten die Bewohner nieder. Bei Einbruch der Dunkelheit erhellten die Israelis den Himmel mit Leuchtkugeln, damit die Falangisten ihr grausiges Werk leichter fortsetzen konnten.«

Jacqueline legte ihre Hände aneinander und drückte die Fingerspitzen an ihre Lippen. Jusef erzählte weiter.

»Die Israelis wußten genau, was sich dort ereignete. Ihr Befehlsstand war keine zweihundert Meter vom Rand des Lagers Schatila entfernt. Vom Flachdach des Gebäudes aus konnten sie direkt ins Lager sehen. Sie konnten den Sprechfunkverkehr der Falangisten mithören. Aber sie rührten keinen Finger, um das Gemetzel zu beenden. Und weshalb sahen sie ihm untätig zu? Weil es genau das war, was sie wollten.

Ich war damals erst sieben. Mein Vater war tot. Er war im Sommer umgekommen, als die Israelis während des Kampfs um Beirut die Lager beschossen. Ich lebte mit meiner Mutter und meiner kleinen Schwester in Schatila. Meine Schwester war damals erst eineinhalb. Wir versteckten uns unterm Bett, horchten auf die Schüsse und Schreie, beobachteten den Feuerschein, der über die Wände tanzte. Wir beteten, daß die Falangisten irgendwie unsere Hütte übersehen würden. Manchmal hörten wir sie draußen vor dem Fenster. Sie lachten. Sie ermordeten alle, und sie lachten. Sobald sie in der Nähe waren, hielt meine Mutter uns den Mund zu, damit wir keinen Laut von uns gaben. Meine Schwester wäre dabei fast erstickt.

Schließlich brachen sie unsere Tür auf. Ich entwand mich dem Griff meiner Mutter und trat ihnen entgegen. Als sie nach meiner Familie fragten, sagte ich, meine Familie sei tot. Sie erklärten lachend, ich würde bald bei ihnen sein. Einer der Falangisten hatte ein Messer. Er packte mich am Haar, schleifte mich aus dem Haus, riß mir das Hemd vom Leib und zog mir ein Stück Rückenhaut ab. Dann banden sie mich an einen Lastwagen und schleiften mich durch die Straßen. Irgendwann wurde ich bewußtlos, aber zuvor merkte ich noch, daß die Falangisten auf mich schossen. Sie benutzten mich als Zielscheibe.

Irgendwie habe ich überlebt. Vielleicht haben sie mich für tot gehalten. Ich weiß es nicht. Als ich wieder zu mir kam, war das Seil, mit dem sie mich hinter dem Lastwagen hergeschleppt hatten, noch um meinen rechten Knöchel verknotet. Ich kroch hinter einen Trümmerhaufen und wartete. Dort hielt ich mich eineinhalb Tage lang versteckt. Endlich war das Massaker beendet, und die Falangisten zogen sich aus den Lagern zurück. Ich kam aus meinem Versteck und schaffte es, zu unserer Hütte zurückzukriechen. Ich fand die Leiche meiner Mutter auf unserem Bett. Sie war nackt und war vergewaltigt worden, bevor man ihr die Brüste abgeschnitten hatte. Ich suchte meine Schwester und fand sie auf

dem Küchentisch. Die Falangisten hatt
und die Teile kreisförmig mit dem Ko
angeordnet.«

Jacqueline wälzte sich aus dem Bett, kroc
mußte sich heftig übergeben. Jusef kniete ne
legte ihr eine Hand auf den Rücken, wa
krampfhaft würgte.

Als ihr Brechreiz abgeklungen war, sagte er: »L
mich, warum ich die Israelis so hasse. Ich hasse si
sie die Falangisten entsandt haben, um uns massakr
zu lassen. Ich hasse sie, weil sie untätig zugesehen ha
wie die Christen, ihre besten Freunde im Liban
meine Mutter vergewaltigt und ermordet und mein
Schwester zerstückelt und ihre Leiche kreisförmig ausgelegt haben. Jetzt weißt du, warum ich den sogenannten Friedensprozeß strikt ablehne. Wie könnte ich diesen Leuten trauen?«

»Ja, ich verstehe.«

»Verstehst du das *wirklich,* Dominique? Ist das möglich?«

»Vermutlich nicht.«

»Jetzt habe ich dir rückhaltlos ehrlich alles über mich erzählt. Gibt es etwas, das du mir von dir erzählen möchtest? Irgendwelche Geheimnisse, die du mir bisher verschwiegen hast?«

»Nichts von Belang.«

»Sagst du die Wahrheit, Dominique?«

»Ja.«

Der Anruf kam morgens um Viertel nach vier. Er weckte Jusef, nicht aber Gabriel, der sich bis zum frühen Morgen wieder und wieder Jusefs Bericht über die Ereignisse in Sabra und Schatila angehört hatte. Das Telefon klingelte nur einmal. Jusef sagte schlaftrunken: »Hallo.«

»Lancaster Gate, morgen, vierzehn Uhr.«

KLICK.

»Wer war das?« fragte Jacqueline.

»Jemand hat sich verwählt. Schlaf weiter.«

Maida Vale frühmorgens. Eine Gruppe von Schuljungen neckte ein hübsches Mädchen. Jacqueline stellte sich vor, sie seien mit Messern und Beilen bewaffnete Falangisten. Ein Lastwagen, der schwarze Dieselqualmwolken ausstieß, röhrte an ihr vorbei. Jacqueline sah einen an die hintere Stoßstange gebundenen Mann, der zu Tode geschleift wurde. Vor ihr ragte ihr Wohnblock auf. Sie hob den Kopf und stellte sich vor, auf dem Dach stünden israelische Soldaten, die das Gemetzel durch Ferngläser verfolgten und Leuchtkugeln abschossen, damit die Killer ihre Opfer besser sehen konnten. Sie betrat das Gebäude, stieg die Treppe hinauf und sperrte ihre Wohnungstür auf. Drinnen saß Gabriel auf der Couch.

»Warum hast du mir das verschwiegen?«

»Was verschwiegen?«

»Warum hast du mir verschwiegen, daß er Schatila überlebt hat? Warum hast du mir verschwiegen, daß seine Angehörigen dort abgeschlachtet wurden?«

»Welchen Unterschied hätte das gemacht?«

»Ich wünschte nur, ich hätte's gewußt!« Sie zündete sich eine Zigarette an und inhalierte tief. »Ist das wahr? Sind die Dinge, die er mir erzählt hat, wahr?«

»Welcher Teil davon?«

»Alles, Gabriel! Hör auf mit diesem Scheißspiel!«

»Ja, es ist wahr! Seine Angehörigen sind in Schatila umgekommen. Er hat gelitten. Und wenn schon? Wir haben alle gelitten. Das gibt ihm kein Recht, Unschuldige zu ermorden, nur weil die Geschichte ihm übel mitgespielt hat!«

»*Er* war unschuldig, Gabriel! Er war noch ein Kind.«

»Wir sind mitten in einem Unternehmen, Jacqueline. Dies ist nicht der richtige Zeitpunkt für eine Debatte über moralische Gleichwertigkeit und die Ethik der Terrorismusbekämpfung.«

»Ich entschuldige mich dafür, zugelassen zu haben, daß moralische Erwägungen mein Denken beeinflussen. Ich hatte vergessen, daß ihr, Schamron und du, nie über solche Bagatellen stolpern würdet.«

»Wirf mich nicht mit Schamron in einen Topf.«

»Warum nicht? Weil er Befehle erteilt, und du sie ausführst?«

»Was war mit Tunis?« fragte Gabriel. »Obwohl du wußtest, daß dort ein Attentat verübt werden sollte, hast du bereitwillig an diesem Unternehmen teilgenommen. Du hast dich sogar freiwillig dafür gemeldet, in der Tatnacht einen der Wagen zu fahren.«

»Aber nur, weil Abu Dschihad die Zielperson war. An seinen Händen klebte das Blut von Hunderten von Israelis und Juden.«

»Auch an den Händen dieses Mannes klebt Blut. Vergiß das nicht.«

»Er ist nur ein Junge, dessen Familie abgeschlachtet wurde, während die israelische Armee untätig zugesehen hat.«

»Er ist kein Junge. Er ist ein Fünfundzwanzigjähriger, der Tariq hilft zu morden.«

»Und du benutzt ihn, um an Tariq heranzukommen, damit du rächen kannst, was Tariq dir angetan hat? Wann hört das auf? Wann ist endlich Schluß mit dem Blutvergießen? Wann, Gabriel?«

Er stand auf und zog seine Jacke an.

»Ich steige aus«, sagte Jacqueline.

»Du kannst jetzt nicht abhauen.«

»Doch, das kann ich. Ich will nicht mehr mit Jusef schlafen.«

»Warum?«

»Warum? Du hast den Nerv, mich nach dem *Warum* zu fragen?«

»Tut mir leid, Jacqueline. Das ist nicht so rausgekommen, wie ich ...«

»Du hältst mich für eine Nutte, hab' ich recht, Gabriel? Du denkst, daß es mir nichts ausmacht, mit einem Mann zu schlafen, der mir egal ist.«

»Das stimmt nicht.«

»Bin ich das für dich in Tunis gewesen? Bloß eine Nutte?«

»Du weißt, daß das nicht stimmt.«

»Dann erzähl mir, was ich war.«

»Was hast du vor? Willst du nach Frankreich zurück? Zurück in dein Landhaus in Valbonne? Zurück zu deinen Pariser Parties, deinen Fototerminen und Modeschauen, bei denen die schwierigste Frage die Entscheidung ist, welchen Lippenstiftfarbton man auflegen soll?«

Ihr Schlag mit dem Handrücken traf seine linke Gesichtshälfte. Er starrte sie kalt an, während die Haut über seinem Backenknochen sich rot verfärbte. Sie holte wieder aus, um ihn erneut zu schlagen, aber er hob lässig die linke Hand und wehrte den Schlag mühelos ab.

»Merkst du nicht, was passiert?« fragte Gabriel. »Er hat dir die Geschichte seiner Leiden in Schatila aus einem ganz bestimmten Grund erzählt. Er stellt dich auf die Probe. Er will dich für etwas.«

»Das ist mir scheißegal!«

»Ich dachte, du wärst jemand, auf den ich mich verlassen kann. Nicht jemand, der mitten im Spiel schlappmacht.«

»Halt die Klappe, Gabriel!«

»Gut, ich rufe Schamron an – sage ihm, daß wir nicht weitermachen.«

Er streckte eine Hand nach der Türklinke aus. Sie hielt seine Hand fest. »Tariq zu beseitigen bringt nichts wieder in Ordnung. Das ist nur eine Illusion. Du stellst dir die Sache wie die Restaurierung eines Gemäldes vor: Du findest die schadhafte Stelle, du besserst sie aus, und alles ist wieder wie zuvor. Aber so ist es bei Menschen nicht. Eigentlich ist es nicht mal bei einem Gemälde so. Sieht man genau hin, kann man immer erkennen, wo es ausgebessert worden ist. Die Narben verschwinden nie ganz. Der Restaurator heilt das Gemälde nicht. Er verbirgt nur die Wunden.«

»Ich muß wissen, ob du bereit bist weiterzumachen.«

»Und ich will wissen, ob ich in Tunis bloß deine Nutte gewesen bin.«

Gabriel streckte eine Hand aus und berührte ihre Wange. »In Tunis warst du meine Geliebte.« Seine Hand fiel an seine Seite herab. »Und dafür ist meine Familie zerstört worden.«

»Ich kann die Vergangenheit nicht ändern.«

»Das weiß ich.«

»Hast du mich geliebt?«

Er zögerte kurz, dann sagte er: »Ja, sehr.«

»Liebst du mich jetzt?«

Er schloß die Augen. »Ich muß wissen, ob du weitermachen kannst.«

30

Hyde Park, London

»Dein Freund hat sich einen verdammt schlechten Ort für einen Treff ausgesucht«, sagte Karp.

Die beiden saßen hinten in einem weißen Ford Transit, der auf der Bayswater Road nur wenige Meter vom Lancaster Gate entfernt geparkt war. Karp beugte sich über seine Gerätekonsole und regelte die Lautstärke. Gabriel konnte sich wegen des brausenden Lärms von Autos, Taxis, Lastwagen und Doppeldeckerbussen kaum denken hören. Über ihnen bewegten die Zweige der Bäume am Nordrand des Parks sich im Wind. In Gabriels Kopfhörer klang das von Karps Mikrofonen aufgefangene Windrauschen wie ein Wildwasserfluß. Hinter dem Lancaster Gate sprangen und plätscherten die Springbrunnen der Italienischen Gärten. Die Mikrofone nahmen diese Geräusche wie einen Monsun-Wolkenbruch auf.

»Wie viele deiner Lauscher sind dort draußen unterwegs?« fragte Gabriel.

»Drei«, antwortete Karp. »Der Mann auf der Parkbank, der wie ein Bankangestellter aussieht, das hübsche Mädchen, das die Enten füttert, und der Mann, der hinter dem Tor Eis verkauft.«

»Nicht schlecht«, meinte Gabriel.

»Unter diesen Umständen darfst du keine Wunder erwarten«, sagte Karp warnend.

Gabriel sah wieder auf seine Armbanduhr: Drei Minuten nach zwei. *Er kommt nicht,* dachte er. *Sie haben Karps Team entdeckt und den Treff abgesagt.* »Wo zum Teufel bleibt der Kerl?« murmelte er.

»Nur Geduld, Gabe.«

Im nächsten Augenblick tauchte Jusef aus der Westbourne Street auf und überquerte vor einem heranrasenden Lieferwagen die Fahrbahn. Karp machte mehrere Fotos, als Jusef den Park betrat und langsam einen Rundgang um die Brunnen machte. In der zweiten Runde gesellte sich ein Mann zu ihm, der einen grauen Mantel trug und sich mit einer Sonnenbrille und einem weichen Filzhut getarnt hatte. Karp setzte ein Teleobjektiv an seine Kamera und machte noch ein paar Aufnahmen.

Die beiden Männer machten schweigend einen Rundgang um die Springbrunnen, dann begannen sie sich halblaut auf englisch zu unterhalten. Gabriel konnte nur jedes dritte oder vierte Wort verstehen.

Karp fluchte leise.

Nach mehreren Rundgängen um die Brunnen gingen die beiden die kleine Anhöhe zum Spielplatz hinauf. Das Mädchen, das die Enten gefüttert hatte, folgte ihnen langsam. Nach kurzer Pause füllte das fröhliche Kreischen spielender Kinder den Überwachungswagen.

Karp drückte die Fäuste gegen seine Augen und schüttelte den Kopf.

Drei Stunden später lieferte Karp mit der resignierten Miene eines Chirurgen, der alles versucht hat, um den Patienten zu retten, die Aufnahme bei Gabriel im Horchposten ab. »Ich habe sie am Computer bearbeitet, die Hintergrundgeräusche herausgefiltert und die brauchbaren Sachen verstärkt. Aber wir haben nur ungefähr zehn Prozent, fürchte ich, und selbst die klingen wie Scheiße.«

Gabriel streckte eine Hand aus und ließ sich die Kassette geben. Er schob sie in den Recorder, drückte auf PLAY und hörte sich die Aufnahme an, während er im Wohnzimmer auf und ab ging.

»... braucht jemanden ... nächsten Einsatz ...«

Ein lautes Rauschen und Pfeifen wie von einem schlecht eingestellten Kurzwellenradio machte den Rest des Satzes unhörbar. Gabriel drückte auf PAUSE und sah fragend zu Karp hinüber.

»Das ist der Springbrunnen«, sagte Karp entschuldigend. »Den kann ich nicht rausfiltern.«

Gabriel ließ das Band weiterlaufen.

»... nach Paris geschickt ... ihre Story überprüfen ... Probleme ... andererseits ... in Ordnung.«

Gabriel hielt das Band an, spulte es zurück und drückte erneut auf PLAY.

»... nach Paris geschickt ... ihre Story überprüfen ... Probleme ... andererseits ... in Ordnung.«

»... nicht recht ... der richtige Mann für ... Art Auftrag ...«

»... müssen sie überreden ... erklären, wie wichtig ...«

»... soll ich ... genau erzählen?«

»... wichtige diplomatische Mission ... Sache des wahren Friedens im Nahen Osten ... die üblichen Sicherheitsmaßnahmen ...«

»... soll die Sache ... falls alles wie geplant ...«

Die Lautstärke fiel schlagartig ab. »Jetzt gehen sie zum Spielplatz«, sagte Karp erklärend. »Sie sind gleich wieder zu hören, wenn das Mädchen zu ihnen aufschließt.«

»... treffen uns mit ihm ... de Gaulle ... fliegen gemeinsam zum Zielort weiter.«

»... wo ...«

Ein Kind, das sich weh getan hatte, rief nach seiner Mutter und machte die Antwort unverständlich.

»... passiert mit ihr, nachdem ...«

»... muß er entscheiden, was ...«

»... was ist ... sie nein sagt oder ...«

»Keine Sorge, Jusef. Ihre Freundin kann Ihnen nichts abschlagen.«

STOP. ZURÜCKSPULEN. PLAY.

»Keine Sorge, Jusef. Ihre Freundin kann Ihnen nichts abschlagen.«

Als nächstes hörte Gabriel, wie eine Mutter ihren kleinen Jungen schimpfte, weil er einen unter der Wippe klebenden Kaugummi abgelöst und in den Mund gesteckt hatte.

An diesem Abend kaufte Jacqueline nach der Arbeit ein Currygericht und brachte es in Jusefs Wohnung mit. Während sie aßen, sahen sie sich einen Fernsehfilm über einen deutschen Terroristen an, der Manhattan unsicher machte. Gabriel sah ihn sich gemeinsam mit ihnen an. Er stellte den Ton seines Fernsehers ab und hörte statt dessen bei Jusef mit. Als der Film zu Ende war, bezeichnete Jusef ihn als »totalen Scheiß« und stellte den Fernseher ab.

Dann sagte er: »Wir müssen über etwas reden, Dominique. Ich muß dich etwas Wichtiges fragen.«

Gabriel schloß die Augen und hörte zu.

Am nächsten Morgen stieg Jacqueline an der U-Bahnstation Piccadilly aus und ließ sich in der Menge zum Ausgang treiben. Als sie die Rolltreppe hinauffuhr, sah sie sich unauffällig um. Sie mußten ihr gefolgt sein: Jusefs Beschatter. Er konnte sie nicht auf den Straßen von London herumlaufen lassen, ohne sie heimlich überwachen zu lassen – nicht nach dem Ansinnen, das er gestern abend formuliert hatte. Ein schwarzhaariger Mann starrte sie von einer Parallelrolltreppe aus an. Als ihre Blicke sich begegneten, lächelte er und versuchte, ihren Blick zu halten. Jacqueline merkte, daß er nur mit ihr anbändeln wollte. Sie wandte sich ab und sah demonstrativ geradeaus.

Als sie auf der Straße zur Galerie unterwegs war, glaubte sie, in einer Telefonzelle Gabriel stehen zu sehen, aber das war nur ein Doppelgänger Gabriels. Dann bildete sie sich ein, ihn aus einem Taxi steigen zu sehen, aber das war nur Gabriels nicht existierender jüngerer Bruder. Ihr wurde klar, daß sie auf allen Seiten von Männern umgeben war, die Gabriel ähnlich sahen. Jungen in Lederjacken. Junge Männer in modischen Geschäftsanzügen. Künstler, Studenten, Austräger – nach kleinen Veränderungen hätte Gabriel für jeden von ihnen durchgehen können.

Isherwood war heute früher da als sonst. Er saß an seinem Schreibtisch, telefonierte auf italienisch und sah verkatert aus. Er hielt die Sprechmuschel mit einer Hand zu und sagte nur mit Lippenbewegungen: »Kaffee, bitte.«

Jacqueline hängte ihren Mantel auf und setzte sich an ihren Schreibtisch. Isherwood würde auch noch einen Moment länger ohne seinen Kaffee überleben. Mit der Morgenpost, die vor ihr lag, war auch ein großer brauner Umschlag gekommen. Sie riß ihn auf, zog den Brief heraus.

Ich fahre nach Paris. Bleib unbedingt in der Galerie, bis Du von mir hörst.

Sie knüllte den Brief zu einer kleinen Kugel zusammen.

31

Paris

Gabriel hatte sein Frühstück nicht angerührt. Er saß im Eurostar in der ersten Klasse, hatte seinen Kopfhörer aufgesetzt und hörte sich Kassetten an, die er in seinem Walkman abspielte. Die ersten Begegnungen zwischen Jusef und Jacqueline. Jusef, der Jacqueline von dem Massaker im Lager Schatila erzählte. Jusefs Gespräch mit Jacqueline vom Vorabend. Er nahm diese Kassette heraus und legte eine neue ein: Jusefs Treff mit seinem Kontaktmann im Hyde Park. Wie oft er sich diese Aufnahme schon angehört hatte, wußte er nicht. Zehnmal? Zwanzigmal? Sie beunruhigte ihn von Mal zu Mal mehr. Er drückte die Rückspultaste und beobachtete das digitale Bandzählwerk, um die Kassette genau an der gewünschten Stelle anzuhalten.

»... nach Paris geschickt ... ihre Story überprüfen ... Probleme ... andererseits ... alles in Ordnung.«

STOP.

Er setzte den Kopfhörer ab, zog ein kleines Notizbuch mit Spiralbindung aus der Tasche, schlug eine leere Seite auf. Dann schrieb er: *nach Paris geschickt ... ihre Story überprüfen ... Probleme ... andererseits ... alles in Ordnung.* Zwischen den Satzfetzen ließ er Lücken, deren Länge ungefähr den Pausen auf dem Tonband entsprach.

Darunter schrieb er: *Wir haben einen Mann nach Paris geschickt, um ihre Story überprüfen zu lassen. Dabei hat's keine Probleme gegeben. Auch andererseits ist alles in Ordnung.*

Denkbar war, daß der Unbekannte das gesagt hatte – oder er konnte gesagt haben: *Wir haben einen Mann nach Paris geschickt, um ihre Story überprüfen zu lassen. Dabei hat's große Probleme gegeben. Aber andererseits ist das alles in Ordnung.*

Das ergab keinen rechten Sinn. Gabriel strich durch, was er geschrieben hatte, setzte den Kopfhörer wieder auf und hörte sich die Aufnahme zum x-tenmal an. Augenblick! dachte er dann. Hat Jusefs Kontaktmann *andererseits* oder *andere Seite* gesagt?

Diesmal schrieb er: *Wir haben einen Mann nach Paris geschickt, um ihre Story überprüfen zu lassen. Dabei hat's Probleme gegeben. Wir glauben, daß sie für die andere Seite arbeitet. Aber das ist alles in Ordnung.*

Weshalb sollten diese Leute Jacqueline auffordern, einen ihrer Agenten zu begleiten, wenn sie sie verdächtigten, für die andere Seite zu arbeiten?

Gabriel ließ das Band schnell vorlaufen, hielt es an und drückte auf PLAY.

»Keine Sorge, Jusef. Ihre Freundin kann Ihnen nichts abschlagen.«

STOP. ZURÜCKSPULEN. PLAY.

»Keine Sorge, Jusef. Ihre Freundin kann Ihnen nichts abschlagen.«

An der Gare du Nord stieg Gabriel in ein Taxi und gab dem Fahrer eine Adresse in der Avenue Foche an. Zehn Minuten später erklärte er ihm, er habe sich die Sache anders überlegt, bezahlte die Fahrt und stieg aus. Dann nahm er sich ein anderes Taxi. Mit italienischem Akzent gab er als Fahrtziel die Kathedrale Notre-Dame an. Von dort aus ging er über die Seine zur Metrostation St. Michel. Als er sicher war, daß er nicht beschattet wurde, hielt er ein Taxi an und nannte dem Fahrer eine

Adresse im 16. Arrondissement am Bois de Boulogne. Von dort aus brauchte er zu Fuß eine Viertelstunde zu einem Apartmentgebäude in einer baumbestandenen Wohnstraße unweit der Place de Colombie.

In die Wand neben der Haustür war eine Sprechanlage mit Klingelknöpfen eingelassen. Gabriel drückte auf den Knopf von Apartment 4B, neben dem in verblaßter blauer Schrift der Name *Guzman* stand. Als sich eine kratzige Stimme meldete, murmelte er ein paar Worte, richtete sich auf und wartete, bis der Türöffner summte. Er durchquerte die Eingangshalle, fuhr mit dem Lift in den vierten Stock hinauf und klopfte leise an die Wohnungstür. Er hörte, wie die Sicherungskette ausgehakt wurde und der Riegel zurückschnappte. In Gabriels Ohren klang das, als werfe ein Bewaffneter eine verschossene Hülse aus und befördere eine neue Patrone in die Kammer.

Die Tür wurde geöffnet. Auf der Schwelle stand ein Mann von Gabriels Größe, stämmig und breitschultrig, mit stahlblauen Augen und rötlichblondem Haar. Er wirkte ungeheuer selbstgefällig – wie ein Mann, der zuviel Erfolg bei Frauen hat. Er schüttelte Gabriel nicht die Hand, sondern zog ihn nur am Ellbogen herein und schloß rasch die Tür, als müsse er die Kälte aussperren.

Eine geräumige Wohnung, etwas düster, der Geruch von frischem Kaffee und Schamrons Zigaretten in der Luft. Große Ledersofas, verstellbare Ledersessel, dicke Kissen – ein Ort, an dem Agenten warten konnten. An der Wand gegenüber eine Anlage mit japanischen Geräten und amerikanischen Videofilmen. Keine Pornofilme in sicheren Wohnungen – darauf bestand der Boß.

Ari Schamron kam aus dem Nebenzimmer. Er sah mit großer Geste auf seine Armbanduhr. »Eineinhalb Stunden«, sagte er. »Ihr Zug ist vor eineinhalb Stunden angekommen. Wo zum Teufel haben Sie gesteckt? Ich wollte schon einen Suchtrupp losschicken.«

Dabei habe ich nicht gesagt, wie ich nach Paris komme und wann ich ankomme...

»Sich hundertprozentig zu vergewissern, daß man nicht beschattet wird, dauert seine Zeit. Sie erinnern sich, wie man das macht, Ari, oder lehren Sie dieses Fach an der Akademie nicht mehr?«

Schamron streckte seine hagere Hand aus. »Haben Sie die Bänder mitgebracht?«

Aber Gabriel sah den anderen Mann an. »Wer ist das?«

»Dies ist Uzi Navot. Uzi ist jetzt unser *Katsa* in Paris, einer meiner besten Leute. Er bearbeitet diesen Fall gemeinsam mit mir. Dies ist der große Gabriel, Uzi. Schütteln Sie dem großen Gabriel Allon die Hand.«

Gabriel merkte sofort, daß Navot einer von Schamrons Jüngern war. Im Dienst gab es sie in Massen: Männer, die *alles* getan hätten – die gelogen, betrogen, gestohlen und sogar gemordet hätten –, um sich Schamrons Anerkennung zu sichern. Navot war jung und dreist, und er hatte etwas Selbstgefälliges, das ihn Gabriel sofort unsympathisch machte. Er glänzte wie eine prägefrische Münze. Seine Ausbilder an der Akademie hatten ihm erzählt, er gehöre jetzt der Elite an – er sei ein Prinz –, und Navot hatte das für bare Münze genommen.

Während Gabriel dem Alten die Kassetten überließ und in einen Ledersessel sank, konnte er nur an eines denken: In Cornwall hatte Schamron ihm versprochen, das Unternehmen werde ein selbst am King Saul Boulevard gutgehütetes Geheimnis bleiben. Wenn das stimmte, wer zum Teufel war dann Uzi Navot, und was hatte er hier zu suchen?

Schamron durchquerte den Raum, legte eine Kassette in die Stereoanlage ein und drückte auf PLAY. Dann setzte er sich Gabriel gegenüber und verschränkte die Arme. Als Jusef zu reden begann, schloß er die Augen und hielt den Kopf leicht schief. Gabriel hatte den Eindruck, er lausche den Klängen einer fernen Musik.

»Ein Freund von mir, ein sehr wichtiger Palästinenser, muß zu einer äußerst wichtigen Besprechung ins Ausland reisen. Leider wäre es den Zionisten und ihren Freunden lieber, wenn dieser Mann nicht an dieser Besprechung teilnähme, und wenn sie ihn unterwegs entdecken, nehmen sie ihn vermutlich fest und schaffen ihn nach Hause zurück.«

»Warum sollten sie das tun?«

»Weil er den Mut gehabt hat, die Fairneß des sogenannten Friedensprozesses in Frage zu stellen. Weil er gewagt hat, die Führungsspitze der Palästinenser herauszufordern. Weil er der Überzeugung ist, die einzig gerechte Lösung des Palästinenserproblems bestehe darin, uns in unsere alte Heimat zurückkehren und in Palästina einen wahrhaft binationalen Staat aufbauen zu lassen. Selbstverständlich hat er sich mit diesen Ansichten sehr unbeliebt gemacht – nicht nur bei den Zionisten und ihren Freunden, sondern auch bei manchen Palästinensern. Deshalb ist er ins Exil gegangen und hält sich versteckt.«

»Was willst du von mir?«

»Da dieser Mann in ständiger Gefahr lebt, ist er gezwungen, bestimmte Vorsichtsmaßnahmen zu ergreifen. Zum Beispiel benutzt er auf Reisen falsche Namen. Er ist hochgebildet und spricht viele Sprachen. So kann er sich immer wieder als ein anderer ausgeben.«

»Ich weiß noch immer nicht, was du von mir willst, Jusef.«

»Die Beamten der Paßkontrollen aller westlichen Staaten gehen nach sogenannten Profilen vor, um Reisende zu bestimmen, die genauer unter die Lupe genommen werden sollen. Das Phänomen des arabischen Terrorismus ist schuld daran, daß allein reisende Araber am schärfsten kontrolliert werden. Daher

zieht dieser Mann es vor, mit einem westlichen Paß und in Begleitung zu reisen – mit einer Frau.«

»Warum mit einer Frau?«

»Weil ein Mann und eine Frau, die gemeinsam reisen, weniger verdächtig sind als zwei Männer. Dieser Mann braucht eine Reisebegleiterin, eine Partnerin, wenn du so willst. Ich möchte, daß du ihn auf dieser Reise begleitest.«

»Das kann nicht dein Ernst sein!«

»In solch ernsten Dingen würde ich nie scherzen. Die Besprechung, zu der dieser Mann reisen muß, könnte den Lauf der Geschichte im Nahen Osten und für das palästinensische Volk ändern. Es ist äußerst wichtig, daß er sein Reiseziel erreicht und Gelegenheit erhält, an dieser Besprechung teilzunehmen und die Überzeugung einer großen Zahl von Palästinensern zu vertreten.«

»Warum ich?«

»Ein Grund ist natürlich dein Aussehen. Du bist eine sehr attraktive Frau, die überall Aufsehen erregt. Aber auch wegen deiner Nationalität. Dieser Mann – tut mir leid, Dominique, aber ich darf dir seinen Namen nicht sagen – zieht es vor, mit einem französischen Paß zu reisen. Ihr werdet euch als Liebespaar ausgeben: ein erfolgreicher Geschäftsmann und seine jüngere Geliebte.«

»Als Liebespaar?«

»Ja, ihr würdet ein Liebespaar spielen. Nicht mehr, das verspreche ich dir. Dieser Palästinenserführer hat nichts anderes im Sinn als das Wohlergehen und die Zukunft unseres Volkes.«

»Ich bin Sekretärin in einer Kunstgalerie, Jusef. Ich kann so etwas doch gar nicht. Und warum sollte ich für dich und die Palästinenser etwas riskieren? Such dir dafür eine Palästinenserin.«

»Wir würden eine Palästinenserin nehmen, wenn wir könnten. Leider wird eine Europäerin gebraucht.«

»Wir, Jusef? Was meinst du mit wir? Ich dachte, du wärst

Student. Verdammt noch mal, ich dachte, du wärst Kellner. Seit wann haben wir *etwas mit einem Mann zu schaffen, der unter falschem Namen zu einer Besprechung reisen muß, die den Lauf der Geschichte im Nahen Osten ändern wird? Soviel zu rückhaltloser Ehrlichkeit, was, Jusef?«*

»Ich habe kein Geheimnis aus meinen politischen Überzeugungen gemacht. Ich habe kein Geheimnis aus meiner Ablehnung des Friedensprozesses gemacht.«

»Ja, aber du hast ein Geheimnis daraus gemacht, daß du Kontakt mit solchen Leuten hast. Was ist er, Jusef? Ist er etwa eine Art Terrorist?«

»Sei nicht albern, Dominique! Die Leute, mit denen ich zu tun habe, würden niemals Gewalt anwenden, und sie verurteilen jeden, der das tut. Komme ich dir etwa wie ein Terrorist vor?«

»Wohin will er also? Wie soll das funktionieren?«

»Soll das heißen, daß du's machst?«

»Ich frage dich, wohin dein Freund will und wie das funktionieren soll – sonst nichts.«

»Ich kann dir nicht sagen, wohin er reisen will.«

»Oh, Jusef, bitte. Dies ist ...«

»Ich kann dir das Reiseziel nicht sagen, weil ich es selbst nicht weiß. Aber ich kann dir sagen, wie es funktionieren soll.«

»Ich höre.«

»Du fliegst nach Paris – zum Flughafen Charles de Gaulle. Im Terminal triffst du mit diesem Palästinenserführer zusammen. Das Reiseziel kennen nur er und einige seiner engsten Mitarbeiter. Du begleitest ihn. Die Besprechung kann am Zielort stattfinden, aber vielleicht müßt ihr einen Anschlußflug nehmen – oder einen Zug, eine Fähre oder einen Leihwagen. Das weiß ich nicht. Sobald die Besprechung zu Ende ist, kehrt ihr nach Paris zurück und geht dort eurer Wege. Du siehst ihn niemals wieder und erzählst keinem Menschen von ihm.«

»Und was ist, wenn er verhaftet wird? Was geschieht dann mit mir?«

»Du hast nichts Strafbares getan. Du reist mit deinem eigenen Paß. Du sagst, daß dieser Mann dich eingeladen hat, ihn auf einer Reise zu begleiten, und du sein Angebot angenommen hast. Ganz einfach, keine Probleme.«

»Wie lange?«

»Du solltest eine Woche einplanen, aber mit weniger rechnen.«

»Ich kann nicht einfach eine Woche blaumachen. Ich habe keinen Urlaub mehr, und Isherwood kommt ohne mich nicht zurecht.«

»Du erzählst Mr. Isherwood, daß du wegen einer dringenden Familienangelegenheit nach Paris mußt. Du sagst, daß du unbedingt hinmußt.«

»Was ist, wenn er mich deswegen rausschmeißt?«

»Er schmeißt dich nicht raus. Und falls du Geldsorgen hast, können wir etwas für dich arrangieren.«

»Ich will kein Geld, Jusef. Wenn ich's mache, tue ich's, weil du mich darum gebeten hast. Ich tue es, weil ich dich liebe, obwohl ich nicht recht glaube, daß du wirklich der Mann bist, der du zu sein scheinst.«

»Ich bin nur ein Mann, der sein Land und sein Volk liebt, Dominique.«

»Ich muß darüber nachdenken.«

»Natürlich mußt du darüber nachdenken. Aber es ist äußerst wichtig, daß du mit niemandem über diese Sache sprichst.«

»Das ist verständlich, nehme ich an. Wann brauchst du eine Antwort?«

»Morgen abend.«

Als das Band abgelaufen war, sah Schamron auf.

»Warum so trübselig, Gabriel? Warum vollführen Sie keinen Freudentanz?«

»Weil das zu gut klingt, um wahr zu sein.«

»Sie wollen doch nicht etwa wieder mit der alten Leier

anfangen, Gabriel? Würde sie verdächtigt, für uns zu arbeiten, wäre sie längst tot, und Jusef wäre untergetaucht.«

»Das ist nicht Tariqs Art, dieses Spiel zu spielen.«

»Was wollen Sie damit sagen?«

»Vielleicht will er mehr als nur eine kleine Agentin wie Jacqueline. Sie erinnern sich, wie er Ben-Eliezer in Madrid ermordet hat? Er hat ihm eine Falle gestellt, sie mit einem Köder bestückt, ihn hineingelockt. Er hat nichts dem Zufall überlassen. Dann hat er ihn ins Gesicht geschossen und ist davongegangen, als sei nichts passiert. Er hat uns in unserem eigenen Spiel geschlagen, und Ben-Eliezer hat dafür bezahlen müssen.«

»Er hat *mich* geschlagen. Das meinen Sie doch, nicht wahr, Gabriel? Wäre ich vorsichtiger gewesen, hätte ich Ben-Eliezer nicht in dieses Café gehen lassen.«

»Ich mache Ihnen deswegen keinen Vorwurf.«

»Wenn nicht mir, wem dann, Gabriel? Ich war damals Operationschef. Letztlich war ich für seinen Tod verantwortlich. Aber was soll ich Ihrer Meinung nach jetzt tun? Weglaufen und mich verstecken, weil Tariq damals gewonnen hat? Meine Zelte abbrechen und heimgehen? Nein, Gabriel.«

»Schnappen Sie sich Jusef. Geben Sie sich mit ihm zufrieden.«

»Ich will nicht Jusef! Ich will *Tariq!*« Schamrons breite Faust schlug auf die Armlehne seines Sessels. »Alles klingt völlig logisch. Der Kerl tarnt sich am liebsten mit ahnungslosen Frauen. Das war schon immer seine Spezialität. Hier in Paris war's die amerikanische Studentin. In Amsterdam war's eine heroinsüchtige Nutte. Sogar in …«

Schamron sprach nicht weiter, aber Gabriel wußte, woran er dachte. Auch in Wien hatte Tariq sich mit einer Frau getarnt – mit einer hübschen Verkäuferin, die am

Abend nach dem Bombenanschlag mit durchschnittener Kehle in der Donau treibend gefunden worden war.

»Nehmen wir mal an, Sie hätten recht, Gabriel. Nehmen wir mal an, Tariq verdächtige Jacqueline, für den Dienst zu arbeiten. Nehmen wir mal an, er versuche wirklich, uns eine Falle zu stellen. Selbst wenn es so wäre, hätten wir trotzdem die Oberhand. *Wir* entscheiden, wann wir die Entwicklung forcieren wollen. *Wir* wählen Ort und Zeitpunkt aus, nicht Tariq.«

»Während Jacqueline in ständiger Lebensgefahr schwebt. Das Risiko ist zu groß. Ich will nicht, daß sie wie diese anderen Frauen endet.«

»Das tut sie nicht. Sie ist ein Profi, und wir begleiten sie auf Schritt und Tritt.«

»Vor zwei Wochen hat sie noch als Model gearbeitet. Sie ist seit Jahren nicht mehr im Einsatz gewesen. Sie mag ein Profi sein, aber auf etwas in dieser Art ist sie nicht vorbereitet.«

»Ich will Ihnen ein kleines Geheimnis verraten, Gabriel. *Niemand* kann jemals ganz auf etwas in dieser Art vorbereitet sein. Aber um Jacqueline brauchen wir keine Angst zu haben.«

»Außerdem gefallen mir die Spielregeln der anderen Seite nicht. Jacqueline soll nach Paris fliegen und in ein anderes Flugzeug steigen, von dem wir nicht einmal wissen, wohin es fliegt. Das heißt, daß wir von Spielbeginn an hinter ihnen herhecheln werden.«

»Wohin der Flug geht, wissen wir, sobald die beiden zum Flugsteig gehen, und wir beschatten sie, sobald sie aussteigen. Wir lassen Jacqueline keine Minute aus den Augen.«

»Und dann?«

»Sobald sich die Gelegenheit bietet, liquidieren Sie Tariq – und das war's dann.«

»Lassen Sie ihn hier im Flughafen verhaften.«

Der Alte schob seine Unterlippe vor und schüttelte den Kopf.

»Warum nicht?« fragte Gabriel.

Schamron hielt einen dicken Zeigefinger hoch. »Erstens müßten wir dafür die Unterstützung der Franzosen anfordern, was ich unter keinen Umständen tun möchte. Zweitens ist es bisher noch niemandem gelungen, genügend Beweise gegen Tariq zusammenzutragen, die für eine Verurteilung ausreichen würden. Drittens würden die Franzosen und unsere Freunde in Langley sofort fragen, woher wir diese Informationen haben, wenn wir ihnen mitteilen, daß wir wissen, wo Tariq an einem bestimmten Tag sein wird. Dann müßten wir auch unseren Kollegen in London beichten, daß wir auf englischem Boden operiert und leider versäumt haben, ihnen das mitzuteilen. Daß sie verärgert reagieren würden, versteht sich von selbst. Und schließlich wollen wir auf keinen Fall, daß Tariq als Symbolfigur für alle, die den Friedensprozeß torpedieren, hinter Gittern sitzt. Mir wär's lieber, wenn er unauffällig verschwinden würde.«

»Und wenn wir ihn entführen?«

»Glauben Sie wirklich, wir könnten Tariq in einem belebten Terminal auf dem Pariser Flughafen entführen? Natürlich nicht. Nein, wenn wir Tariq wollen, müssen wir ein paar Stunden nach seinen Regeln spielen.«

Schamron zündete sich eine Zigarette an und wedelte energisch mit dem Streicholz, um die Flamme zu löschen. »Die Entscheidung liegt bei Ihnen, Gabriel. Ein Unternehmen dieser Art muß vom Premierminister persönlich genehmigt werden. Er sitzt jetzt in seinem Büro und wartet auf unsere Mitteilung. Was soll ich ihm sagen?«

32

St. James's, London

Der Nachmittag zwischen drei und vier, zu diesem Schluß war Julian Isherwood gelangt, war der grausamste Teil des Tages. Woran lag das? An der Ermattung nach einem guten Lunch? Dem frühen Einsetzen der Dämmerung im Londoner Winter? Dem schläfrigen Rhythmus des an das Fenster klatschenden Regens? Diese zweite Tageshälfte war zu Isherwoods persönlichem Fegefeuer geworden: ein herzloser Zeitabschnitt, eingekeilt zwischen der sentimentalen Hoffnung, die er jeden Morgen empfand, wenn er die Galerie betrat, und der kalten Realität des Niedergangs, die er jeden Abend spürte, wenn er nach South Kensington heimfuhr. Drei Uhr nachmittags, die Stunde des Todes: zu früh, um zu schließen – das wäre ihm wie eine völlige Kapitulation erschienen –, allzu viele Stunden, die sich nicht mit sinnvoller Arbeit füllen ließen.

Also saß er an seinem Schreibtisch; seine Linke umfaßte die tröstliche Form eines Bechers mit heißem Tee, während seine Rechte mißmutig in einem Stapel Papiere blätterte: Rechnungen, die er nicht bezahlen, und Mitteilungen über auf den Markt kommende gute Gemälde, die er nicht kaufen konnte.

Er hob den Kopf und warf einen Blick durch die offene Tür ins Vorzimmer – auf das Wesen, das dort an dem kleinen Schreibtisch saß, der zu einer Rektorin gepaßt hätte. Eine auffallende Erscheinung, diese schwarzgelockte junge Frau, die sich Dominique nannte, ein wahrhaftes Kunstwerk. Zum mindesten hatte sie den Alltag in der Galerie interessanter gemacht, wer sie auch sein mochte.

Früher hatte er darauf bestanden, die Tür zwischen seinem Büro und dem Vorzimmer stets geschlossen zu halten. Er hatte sich gern eingeredet, als wichtiger Mann – jemand, der mit wichtigen Leuten wichtige Gespräche führte – brauche er eine Barriere zwischen sich und seiner Sekretärin. Jetzt merkte er, daß er es vorzog, sie offenzulassen. Oh, wäre er doch zwanzig Jahre jünger, auf dem Zenit seiner Leistungsfähigkeit gewesen! Damals hätte er sie haben können. Damals hatte er viele gehabt, Mädchen wie sie. Das hatte nicht nur am Geld, an der Villa in Saint-Tropez oder der Jacht gelegen. Es hatte an der Kunst gelegen. Gemälde waren ein besseres Aphrodisiakum als Kokain.

In seiner reichlich bemessenen Freizeit hatte Isherwood alle möglichen phantastischen Mutmaßungen über sie angestellt. Ob sie wirklich eine Französin oder nur eine dieser Israelinnen war, die in fast jede Rolle schlüpfen konnten. Ihm war aufgefallen, daß er sie leicht einschüchternd fand, was es ganz unmöglich machte, sich den körperlichen Liebesakt mit ihr auch nur vorzustellen. *Oder liegt das nur an mir?* dachte er. *Kommen wir so mit dem altersbedingten Verfall zurecht? Mit dem Nachlassen unserer Kräfte? Dem Schwinden unserer Fähigkeiten? Erlöst der Verstand uns gnädigerweise vom Begehren, damit wir in Würde der jüngeren Generation Platz machen können, statt uns wegen Frauen wie Dominique Bonard unsäglich zu blamieren?*

Aber als Isherwood sie jetzt beobachtete, wußte er, daß etwas nicht in Ordnung war. Sie war schon den ganzen Tag nervös. Sie hatte sich geweigert, die Galerie zu verlassen. Er hatte sie zum Lunch ins Wilton's eingeladen –

ganz harmlos, versteht sich, ohne irgendwelche Hintergedanken –, aber sie hatte dankend abgelehnt und sich aus dem Pub ein Sandwich heraufbringen lassen. Vielleicht hing das mit dem jungen Araber zusammen, der neulich hier aufgekreuzt war – Jusef, so hatte sie ihn genannt. Oder vielleicht war *Gabriel* daran schuld. Eines wußte Isherwood ganz bestimmt: Tat Gabriel ihr jemals weh, wie er diesem kleinen Jungen in Cornwall wehgetan hatte – Gott, wie hieß er gleich wieder? Pearl? Puck? Nein, *Peel!* –, dann … Leider konnte er Gabriel nicht viel mehr anhaben, als ihm das nie zu verzeihen.

Auf dem Mason's Yard hupte ein Auto zweimal kurz. Isherwood stand auf und trat ans Fenster. Unten stand ein Lieferwagen vor dem geschlossenen Rolltor der Ladebucht.

Komisch, aber heute sollte gar keine Lieferung kommen. Der Fahrer hupte erneut – diesmal lange und laut. *Herrgott noch mal!* dachte Isherwood. *Wer zum Teufel bist du? Und was willst du?*

Dann starrte er mit zusammengekniffenen Augen durch die Windschutzscheibe. Wegen des Blickwinkels konnte er das Gesicht des Fahrers nicht erkennen, er sah nur zwei Hände, die das Steuer umfaßten. Dieses Händepaar hätte er überall wiedererkannt. Die talentiertesten Hände in der Branche.

Sie fuhren mit dem Lift in die obere Galerie hinauf, Jacqueline wie eine Gefangene zwischen den beiden Männern, Gabriel links neben ihr, Schamron rechts neben ihr. Sie versuchte Blickkontakt zu Gabriel aufzunehmen, aber er sah angelegentlich geradeaus. Als die Tür aufging, führte Schamron sie zu dem weinroten Sofa, als bringe er eine Zeugin in den Zeugenstand. Sie saß mit übergeschlagenen Beinen da, stützte ihre Ellbogen auf die Knie und ihr Kinn in die Hände. Gabriel stand hinter ihr. Schamron ging auf und ab wie ein potentieller Käufer, den die angebotene Ware nicht beeindruckt.

Er sprach 20 Minuten ohne Pause. Während Jacqueline ihn beobachtete, erinnerte sie sich an den Abend, an dem er sie für den Dienst angeworben hatte. Sie empfand dieselbe Entschlossenheit, dasselbe Pflichtbewußtsein wie an jenem Abend. Schamrons stämmiger kleiner Körper strahlte so viel Kraft aus, daß ihre Ängste dahinzuschmelzen schienen. Auf den ersten Blick war sein Ansinnen empörend – sie sollte den gefährlichsten Terroristen der Welt bei einem Einsatz begleiten –, aber sie war imstande, seine Ausführungen zu bewerten, ohne durch lästige Angstgefühle behindert zu werden.

Schamron hat keine Angst, dachte Jacqueline, *deshalb habe ich keine Angst.* Sie mußte sich eingestehen, daß allein die Idee sie faszinierte. Man stelle sich vor: ein Mädchen aus Marseille, dessen Großeltern im Holocaust ermordet worden waren, trug mit dazu bei, Tariq al-Hourani zu beseitigen und die Sicherheit Israels zu erhalten. Das wäre der vollkommene Abschluß ihrer Laufbahn im Dienst – die Erfüllung all ihrer Wünsche, derentwegen sie sich ursprünglich hatte anwerben lassen. Und es würde Gabriel beweisen, daß auch sie tapfer sein konnte.

»Es ist Ihr gutes Recht, nein zu sagen«, sagte Schamron. »Sie haben sich zu einem völlig anderen Einsatz verpflichtet – zu einem viel kürzeren und viel weniger gefährlichen Unternehmen. Aber die Lage hat sich geändert. Das kommt im Einsatz manchmal vor.«

Er ging nicht mehr auf und ab, sondern blieb direkt vor ihr stehen. »Aber eines kann ich Ihnen versichern, Jacqueline: Ihre Sicherheit ist unser oberstes Anliegen. Sie sind niemals allein. Wir begleiten Sie an Bord des Flugzeugs und erwarten Sie, wenn Sie es wieder verlassen.

Wir sind immer in Ihrer Nähe, wohin Sie auch gehen. Und sobald sich die Gelegenheit bietet, greifen wir ein und beenden die Sache. Außerdem gebe ich Ihnen mein Wort, daß wir ohne Rücksicht auf etwaige Konsequenzen sofort eingreifen, falls Ihr Leben in Gefahr ist. Haben Sie das alles verstanden?«

Sie nickte. Schamron griff in seinen Aktenkoffer, holte ein etwa fünf mal acht Zentimeter großes Schmucketui heraus und gab es Jacqueline. Sie klappte es auf. Das Etui enthielt ein goldenes Feuerzeug auf einem weißen Samtkissen.

»Es sendet ein Peilsignal mit fünfzig Kilometer Reichweite«, erklärte ihr Schamron. »Sollte wider Erwarten etwas schiefgehen – falls die Verbindung aus irgendeinem Grund abreißt –, können wir Sie damit immer wiederfinden.«

Jacqueline nahm das Feuerzeug aus dem Etui, um es auszuprobieren. Es brannte mit langer, schlanker Flamme. Als sie das Feuerzeug in die Brusttasche ihrer Bluse gleiten ließ, gestattete Schamron sich ein kurzes Lächeln. »Ich fühle mich verpflichtet, Ihnen mitzuteilen, daß Ihr Freund Gabriel ernste Bedenken gegen das ganze Unternehmen hegt.« Er war wieder unterwegs, blieb jetzt vor der von Claude gemalten Landschaft stehen. »Gabriel fürchtet, Sie könnten geradewegs in eine Falle laufen. Im allgemeinen vertraue ich auf Gabriels Einschätzungen. Schließlich arbeiten wir schon viele Jahre erfolgreich zusammen. Aber in diesem Fall bin ich bei allem Respekt anderer Meinung als er.«

»Ich verstehe«, murmelte Jacqueline, aber sie dachte an den Abend, an dem sie mit Jusef hier oben gewesen war.

»Claude war Franzose, hat aber fast sein ganzes Leben in Venedig verbracht, wenn ich mich nicht irre.«

»Leider irrst du dich. Claude hat in Rom gelebt und gearbeitet.«

Vielleicht hatte er sie auf die Probe gestellt, schon damals.

»Ich könnte Ihnen alles mögliche erzählen«, fuhr Schamron fort. »Ich könnte Ihnen erzählen, daß Tariq eine Bestie ist, an deren Händen das Blut von Hunderten von Juden klebt. Ich könnte Sie daran erinnern, daß er in Paris unseren Botschafter und seine Frau eiskalt ermordet hat. Ich könnte Sie daran erinnern, daß er in Amsterdam einen großen Freund Israels und seine Frau erschossen hat. Ich könnte Ihnen sagen, daß er weitere Anschläge plant. Daß Sie dem Staat Israel und dem jüdischen Volk einen großen Dienst erweisen würden. Das alles könnte ich Ihnen erzählen – aber ich kann Ihnen nicht vorschreiben, wie Sie sich entscheiden sollen.«

Jacqueline sah zu Gabriel hinüber, aber er stand vor dem del Vaga und betrachtete ihn mit schiefgelegtem Kopf, als suche er Mängel der letzten Restaurierung. Sieh mich nicht an, besagte seine Haltung. Dies ist deine Entscheidung, allein deine.

Schamron ließ sie allein. Gabriel durchquerte den Raum und blieb dort stehen, wo Schamron gestanden hatte. Jacqueline hätte ihn gern näher bei sich gehabt, aber Gabriel schien eine Pufferzone zu brauchen. Sein Gesichtsausdruck hatte sich bereits verändert. Diese Veränderung hatte sie schon in Tunis beobachtet. In Tunis hatte es zwei Gabriels gegeben. Den Gabriel der Überwachungsphase, als sie ein Liebespaar gewesen waren, und den Gabriel in der Nacht des Einsatzes. Sie erinnerte sich an seinen Gesichtsausdruck auf der Fahrt vom Strand zu der Villa: halb angstvoll, halb grimmig entschlossen. So sah er auch jetzt aus. Das ist sein Killergesicht, dachte sie. Als er sprach, machte er dort weiter, wo Schamron aufgehört hatte. Nur sein Tonfall war anders. Sprach Schamron zu ihr, glaubte Jacqueline fast, einen Trommelwirbel zu hören. Gabriel sprach sanft und leise, als erzähle er einem Kind eine Gutenachtgeschichte.

»Verbindung zum Dienst hast du über das Telefon in deiner Wohnung hier in London. Eingehende Gespräche werden automatisch über eine abhörsichere Leitung in die Zentrale in Tel Aviv weitergeleitet. Nach der Ankunft am Zielort erklärst du Tariq, daß du deinen Anrufbeantworter abhören mußt. Sobald du anrufst, sehen die Techniker in der Zentrale, von welchem Apparat aus du telefonierst, und lokalisieren ihn. Bist du allein, kannst du sogar mit ihnen reden und Nachrichten für uns durchgeben. Das ist ein sehr sicheres Verfahren.«

»Und wenn er sich weigert, mich telefonieren zu lassen?«

»Dann bekommst du einen Wutanfall. Du erklärst ihm, daß Jusef nie gesagt hat, du dürftest nicht telefonieren. Du erklärst ihm, daß Jusef nie gesagt hat, du würdest seine Gefangene sein. Du erklärst ihm, daß du sofort gehst, wenn er dich nicht telefonieren läßt. Vergiß nicht, daß dieser Mann nach allem, was du weißt, nur irgendein Palästinenserführer ist. Er ist in diplomatischer Mission unterwegs. Er ist niemand, den du fürchten müßtest. Sobald er spürt, daß du Angst vor ihm hast, wird er vermuten, du wüßtest mehr, als du wissen solltest.«

»Ich verstehe.«

»Sei nicht überrascht, wenn auf deinem Anrufbeantworter Nachrichten sind. Wir sorgen dafür, daß ein paar aufgesprochen werden. Vergiß nicht, daß nach den von Jusef festgelegten Regeln nur Julian Isherwood weiß, daß du verreist bist. Vielleicht ruft Isherwood an, um zu fragen, wann du voraussichtlich zurückkommst. Vielleicht hat sich in der Galerie etwas ergeben, das deine Anwesenheit erfordert. Vielleicht ruft ein Angehöriger oder eine Freundin aus Paris an, um sich zu erkundigen, wie es dir in London geht. Vielleicht ruft ein Mann an und will dich zum Abendessen einladen. Du bist eine attraktive Frau. Es wäre verdächtig, wenn nicht auch andere Männer hinter dir herwären.«

Sie dachte: *Warum also nicht du, Gabriel?*

»Jetzt zu heute abend: Ich möchte, daß du nochmals schwere Bedenken gegen die ganze Sache vorbringst, bevor du Jusef deine Entscheidung mitteilst. Für Jacqueline Delacroix mag die Idee, mit einem fremden Mann zu verreisen, nicht besonders ungewöhnlich sein, aber für Dominique Bonard muß sie völlig abwegig klingen. Ich möchte, daß du dich mit ihm streitest. Ich möchte, daß du ihn dazu zwingst, Garantien für deine Sicherheit abzugeben. Letzten Endes erklärst du dich natürlich einverstanden – aber nicht ohne erregte Diskussion. Hast du verstanden?«

Jacqueline nickte langsam, von der ruhigen Intensität Gabriels wie hypnotisiert.

»Sorg dafür, daß dieses Gespräch in seiner Wohnung stattfindet. Ich will hören, was er dir sagt. Ich will seinen Tonfall noch ein letztes Mal analysieren. Nachdem du zugestimmt hast, darfst du nicht überrascht sein, wenn er dich nicht mehr wegläßt. Sei nicht überrascht, wenn er dich für diese Nacht anderswo unterbringt. Dominique Bonard kann sich darüber beschweren – sie kann sogar leere Drohungen ausstoßen, sie wolle auf der Stelle gehen –, aber Jacqueline Delacroix darf sich von nichts überraschen lassen. Und vergiß nicht, daß wir in der Nähe sind, wo immer er dich hinbringt. Wir passen auf dich auf. Ich passe auf dich auf.«

Er blieb kurz stehen und begann dann wie zuvor Schamron langsam in der Galerie auf und ab zu gehen. Dabei machte er einen Augenblick vor dem Luini halt und betrachtete die Venus. Jacqueline fragte sich, ob er imstande war, die Schönheit eines Kunstwerks zu würdigen, oder dazu verdammt, überall nur Mängel zu suchen. Gabriel machte kehrt, kam zurück und setzte sich neben sie aufs Sofa.

»Eines möchte ich noch sagen. Ich möchte, daß du darauf vorbereitet bist, wie alles enden wird. Es kann an einem ruhigen, völlig geheimen Ort passieren, oder es kann mitten auf einer belebten Straße geschehen. Ich will darauf hinaus, daß du nicht vorher wissen wirst, wann es soweit ist. Vielleicht siehst du mich kommen, vielleicht auch nicht. Siehst du mich kommen, darfst du mich nicht ansehen. Du darfst nicht zusammenzucken. Du darfst keinen Laut von dir geben. Du darfst nichts tun, was ihn auf mich aufmerksam machen könnte. Sonst sind wir unter Umständen beide tot.«

Gabriel machte eine Pause, dann fügte er hinzu: »Er ist nicht gleich tot. So wirkungsvoll ist eine Beretta Kaliber zweiundzwanzig nicht. Dazu sind mehrere Treffer an der richtigen Stelle nötig. Wenn ich ihn niedergeschossen habe, muß ich die Sache zu Ende bringen. Dafür gibt's nur eine sichere Methode.«

Er machte aus seiner rechten Hand eine Pistole und setzte den Zeigefinger an die Schläfe.

»Ich will nicht, daß du mir zusiehst, wenn ich das tue. Der Mann, der das tut, bin nicht wirklich ich.«

Sie streckte ihre Hand aus und nahm seine Hand von der Schläfe. Sie drückte den Zeigefinger sanft in die Handfläche, so daß seine Hand nicht mehr einer Beretta glich. Dann beugte Gabriel sich endlich zu ihr hinüber und küßte sie.

»In welcher Stimmung ist sie?« fragte Schamron, als Gabriel auf die Oxford Street abbog und nach Osten weiterfuhr.

»Sie ist entschlossen.«
»Und Sie?«
»Meine Gefühle sind jetzt irrelevant.«
»Sie sind kein bißchen aufgeregt? Die Aussicht, in den Kampf zu ziehen, begeistert Sie nicht? Die Jagd gibt Ihnen nicht das Gefühl, vollkommen lebendig zu sein?«
»So etwas empfinde ich schon lange nicht mehr.«
»Sie und ich sind verschieden, Gabriel. Ich schäme mich nicht, offen zuzugeben, daß ich für diesen Augenblick lebe. Ich lebe für den Augenblick, in dem ich den Fuß auf die Kehle meines Feindes setzen und ihm die Luft abdrücken kann.«
»Sie haben recht. Wir sind *sehr* verschieden.«
»Wüßte ich's nicht besser, würde ich sagen, daß Sie zarte Gefühle für sie empfinden.«
»Ich habe sie immer gern gemocht.«
»Sie haben niemals etwas oder jemanden *gern gemocht,* Gabriel. Sie lieben, Sie hassen, oder Sie empfinden gar nichts. Für Sie gibt es keinen Mittelweg zwischen den Extremen.«
»Haben Sie das von den Psychologen in der Zentrale über mich gehört?«
»Ich brauche keine Psychologen, um etwas so Offensichtliches zu erkennen.«
»Können wir bitte das Thema wechseln?«
»Gut, wechseln wir also das Thema. Was empfinden Sie in bezug auf mich, Gabriel? Liebe, Haß oder gar nichts?«
»Manche Dinge bleiben besser ungesagt.«
Gabriel fuhr über die Tottenham Court Road und erreichte Holborn. Am New Square hielt er an. Schamron nahm einen dünnen Schnellhefter aus seinem Aktenkoffer und reichte ihn Gabriel. »Hier sind sämtliche Fotos, die wir von Tariq haben. Es sind nicht allzu viele, und sie sind

natürlich ziemlich veraltet. Aber sehen Sie sich die Aufnahmen trotzdem noch mal an. Es wäre verdammt peinlich, wenn wir den Falschen erschießen würden.«

»Wie in Lillehammer«, sagte Gabriel.

Schamron verzog das Gesicht bei der bloßen Erwähnung des norwegischen Wintersportzentrums Lillehammer, in dem der israelische Geheimdienst sein größtes operatives Fiasko erlebt hatte. Im Juli 1973 hatten zwei *Kidons* aus Schamrons Team dort einen Mann ermordet, den sie für Ali Hassan Salameh hielten – den Operationschef der Terrororganisation Schwarzer September, der das Olympiamassaker von München geplant hatte. Dabei war ihnen eine tragische Verwechslung unterlaufen, denn dieser Mann war nicht Salameh gewesen, sondern ein mit einer Norwegerin verheirateter marokkanischer Kellner. Schamron und einem *Kidon* war nach der Tat die Flucht gelungen, aber mehrere Miglieder ihres Killerteams waren von der norwegischen Polizei geschnappt worden. Dieser Vorfall hätte fast das Ende von Schamrons Karriere bedeutet. Am King Saul Boulevard war das Desaster in Lillehammer als Leyl-ha-Mar – Nacht der Bitterkeit – bekannt.

»Bitte, denken Sie wirklich, jetzt sei der richtige Moment, die Leyl-ha-Mar zu erwähnen?« fragte Schamron. Er machte eine Pause, dann lächelte er überraschend herzlich. »Ich weiß, daß Sie mich für ein Monster halten. Ich weiß, daß Sie mich für einen Mann ohne moralische Grundsätze halten. Vielleicht haben Sie recht. Aber ich habe Sie immer geliebt, Gabriel. Sie waren immer mein Favorit. Sie waren mein Fürst des Feuers. Daran sollen Sie sich erinnern, was auch immer geschieht.«

»Wohin gehen Sie jetzt eigentlich?«

»Wir werden morgen ein Flugzeug brauchen. Ich dachte, ich sollte einen Flug bei der ›Air Stone‹ buchen.«

»Ari, Sie trinken nichts! Unfair!«

»Tut mir leid, Benjamin, aber ich habe eine lange Nacht vor mir.«

»Arbeit?«

Schamron begnügte sich mit einem kaum merklichen Nicken.

»Was führt Sie also zu mir?«

»Sie müssen mir einen Gefallen tun.«

»Natürlich muß ich Ihnen einen Gefallen tun, Sie wären sonst nicht hier. Hoffentlich wollen Sie kein Geld, denn die Stone Bank ist vorübergehend geschlossen, und Sie haben Ihr Konto weit überzogen. Außerdem ist das Geld futsch. Meine Gläubiger singen ein garstiges Lied. Sie fordern, was ihnen rechtmäßig zusteht. Komisch, wie hartnäckig Gläubiger sein können. Und was meine Geldgeber betrifft ... nun, die steuern ruhigere Gewässer an, um es mal so auszudrücken. Damit versuche ich Ihnen beizubringen, Ari, alter Kauz, daß ich in verdammt *ernsten* Geldnöten stecke.«

»Ich will kein Geld.«

»Was denn sonst? Reden Sie schon, Ari!«

»Ich brauche Ihren Privatjet. Tatsächlich brauche ich Sie *und* Ihr Flugzeug.«

»Ich höre. Bin gespannt, was Sie vorhaben.«

»Morgen geht ein Feind des Staats Israel auf dem Flughafen Charles de Gaulle an Bord einer Maschine. Leider wissen wir nicht, mit welchem Ziel. Das erfahren wir erst, wenn er das Flugzeug besteigt. Wir müssen ihm unbedingt folgen und einigermaßen unauffällig ankommen. Ein außerplanmäßiger El-Al-Charterflug könnte unliebsames Aufsehen erregen. Sie dagegen stehen in dem Ruf, impulsive Reiseentschlüsse zu fassen und Ihre Terminplanung nach Belieben umzustoßen.«

»Da haben Sie verdammt recht, Ari. Komme und gehe

wie der Wind. Hält meine verdammten Leute auf Trab. Dahinter steckt die Sache in Paris, stimmt's? Wegen der Sie mich um Geld angeschnorrt haben. Ich bin fasziniert, muß ich sagen. Sieht so aus, als sollte ich bei einem *richtigen* Unternehmen mitmachen. Vorderste Front, schwere Verantwortung. Wie sollte ich da nein sagen können?«

Stone riß den Telefonhörer von der Gabel. »Lassen Sie das Flugzeug fertigmachen. Paris, in einer Stunde, übliche Suite im Ritz, übliches Mädchen. Das mit dem Brillantstecker in der Zunge. Ein Traum, die Kleine. Sie soll in der Suite auf mich warten. *Ciao.*«

Er legte auf, schenkte sich Champagner nach und hob sein Glas in Schamrons Richtung.

»Ich kann Ihnen nicht genug danken, Benjamin.«

»Sie sind mir was schuldig, Ari. Eines Tages müssen Sie *mir* einen Gefallen tun. Irgendwann werden alle Schulden fällig.«

33

St. James's, London

Jacqueline hatte gehofft, ein kurzer Spaziergang werde ihre Nerven beruhigen. Das war ein Irrtum gewesen. Sie hätte sich von einem Taxi direkt vor Jusefs Tür absetzen lassen sollen, denn jetzt wäre sie am liebsten umgekehrt und hätte Schamron und Gabriel zum Teufel geschickt. Ihr blieben nur noch ein paar Sekunden Zeit, um sich zusammenzureißen. Ihr fiel auf, daß sie nicht an Angst gewöhnt war, zumindest nicht an diese Art Angst, die einem fast den Atem verschlug. Solche Angst hatte sie nur einmal in ihrem Leben verspürt – in der Nacht des Attentats in Tunis –, aber damals hatte sie Gabriel an ihrer Seite gehabt. Diesmal war sie allein. Sie dachte an ihre Großeltern und die Angst, die sie empfunden haben mußten, als sie in Sobibor auf den Tod gewartet hatten. *Wenn sie dem Tod durch die Nazis ins Auge sehen konnten, kann ich dieser Sache ins Auge sehen,* dachte sie.

Aber sie empfand auch etwas anderes: Liebe. Glühende, unerträgliche, überwältigende Liebe. Vollkommene Liebe. Eine Liebe, die zwölf Jahre und belanglose Beziehungen zu anderen Männern überdauert hatte. Es war die Hoffnung, Gabriel für sich zu gewinnen, die sie endlich zu Jusefs Tür trieb. Sie erinnerte sich an etwas, das Schamron am Abend ihrer Anwerbung zu ihr gesagt hatte: »Sie müssen an das glauben, was Sie tun.« *O ja, Ari,* dachte sie. *Ich glaube fest an das, was ich jetzt tue.*

Sie klingelte bei Jusef und wartete. Nichts. Sie klingelte erneut, wartete wieder, sah auf ihre Armbanduhr. Er hatte sie gebeten, um neun zu kommen. Vor lauter Nervosität hatte sie es geschafft, fünf Minuten zu früh zu kommen. *Was soll ich jetzt tun, Gabriel? Bleiben? Einen Spaziergang um den Block machen?* Ging sie von hier weg, würde sie vielleicht nie zurückkommen. Sie zündete sich eine Zigarette an, stampfte in der feuchten Kälte mit den Füßen, wartete.

Einige Minuten später hielt ein Ford Transit am Randstein vor dem Haus. Die Schiebetür wurde geöffnet, und Jusef sprang heraus. Er kam auf sie zu, die Hände in den Taschen seiner Lederjacke vergraben, und suchte die Umgebung des Hauses mit den Augen ab. »Wie lange stehst du schon hier?«

»Keine Ahnung. Drei Minuten, fünf Minuten. Wo zum Teufel hast du gesteckt?«

»Ich habe dir gesagt, du sollst um neun kommen. Von fünf vor neun war nicht die Rede. Ich habe neun gesagt.«

»Dann war ich eben ein paar Minuten zu früh da. Was regst du dich darüber auf?«

»Weil die Regeln sich geändert haben.«

Sie erinnerte sich daran, was Gabriel ihr eingebleut hatte: Du hast keinen Grund, Angst zu haben. Setzen sie dich unter Druck, machst du Gegendruck.

»Hör zu, die Regeln ändern sich erst, wenn *ich* damit einverstanden bin. Ich weiß noch gar nicht, ob ich mitkommen werde. Diese ganze Sache ist verrückt, Jusef. Du sagst mir nicht, wohin die Reise gehen soll. Du sagst mir nicht, wann ich zurückkomme. Ich liebe dich, Jusef. Ich möchte dir helfen. Aber du mußt dich in meine Lage versetzen.«

Er lenkte sofort ein. »Entschuldige, Dominique. Ich bin ein bißchen nervös. Alles muß wie geplant klappen. Ich wollte meinen Frust nicht an dir auslassen. Komm jetzt rauf. Wir reden noch mal darüber. Aber wir haben nicht allzuviel Zeit.«

Gabriel hatte den Ford Transit noch nie gesehen; er schrieb sich das Kennzeichen auf, als der Wagen davonfuhr. Schamron war zu ihm ans Fenster getreten. Gemeinsam beobachteten sie, wie Jusef und Jacqueline im Haus gegenüber verschwanden. Gleich darauf ging in Jusefs Wohnung das Licht an. Gabriel konnte zwei Stimmen hören. Jusef sprach gelassen und beruhigend, Jacqueline nervös und gestreßt. Schamron ließ sich am Ende des Sofas häuslich nieder und verfolgte die Szene auf der anderen Straßenseite, als sehe er sie auf einer Kinoleinwand. Gabriel schloß die Augen und hörte zu. Die beiden umkreisten sich, tänzelten wie Boxer durch den Raum. Gabriel brauchte sie nicht zu beobachten. Wie sie sich bewegten, zeigte ihm das Anschwellen der Lautstärke, wenn einer von ihnen am Telefon vorbeikam.

»Was ist es, Jusef? Drogen? Eine Bombe? Nun sag schon!«

Ihr Auftritt war so überzeugend, daß Gabriel fast fürchtete, Jusef könnte sich die Sache anders überlegen. Schamron genoß die Vorführung sichtlich. Als Jacqueline schließlich zustimmte, sah er zu Gabriel auf: »Das war wundervoll. Ein hübscher Touch. Gut gemacht. Bravo!«

Fünf Minuten später beobachtete Gabriel, wie die beiden hinten in einen dunkelblauen Vauxhall einstiegen. Wenige Sekunden nachdem der Vauxhall weggefahren war, fuhr ein weiteres Auto unter Gabriels Fenster vorbei. Schamrons Beschatter. Jetzt konnten sie nur noch warten. Um sich die Zeit zu vertreiben, spulte er das Tonband zurück und hörte sich ihr Gespräch erneut an. *»Eines will ich noch wissen«*, hatte Jacqueline gesagt. *»Sehe ich dich jemals wieder, wenn diese Sache vorbei ist?«* Gabriel hielt das Band an und fragte sich, ob sie mit Jusef oder mit ihm gesprochen hatte.

Die Cromwell Road gegen Mitternacht: der trostlose Straßenzug, der Central London mit den westlichen Vororten verband, war Jacqueline noch nie so schön erschienen. Die düsteren viktorianischen Hotels mit ihren *Zimmer-frei*-Zeichen in flackernder Leuchtschrift kamen ihr bezaubernd vor. Sie beobachtete die wechselnden Lichtmuster der Verkehrsampeln auf dem nassen Asphalt und sah in ihnen ein urbanes Meisterwerk. Sie öffnete ihr Fenster einen Spalt weit und sog prüfend die Luft ein: Dieselqualm, Modergeruch, Frittierdunst aus einer Snackbar. London bei Nacht. Spektakulär.

Sie hatten das Fahrzeug gewechselt, den blauen Vauxhall mit einem grauen Toyota mit einem Sprung in der Windschutzscheibe vertauscht. Den Vauxhall hatte ein gutaussehender Junge gefahren, der sein Haar zu einem Pferdeschwanz zusammengefaßt trug. Am Steuer saß jetzt ein älterer Mann – mindestens fünfzig, schätzte sie – mit schmalem Gesicht und nervösen schwarzen Augen. Er fuhr ziemlich schnell.

Jusef murmelte ein paar Worte auf arabisch.

»Sprich französisch, englisch oder gar nicht«, verlangte Jacqueline.

»Wir sind Palästinenser«, sagte Jusef. »Arabisch ist unsere Sprache.«

»Das ist mir scheißegal! Ich spreche kein Arabisch. Ich kann nicht verstehen, was du sagst, und das ist mir unangenehm. Sprich bitte gottverdammtes Englisch, sonst kannst du dir eine andere suchen!«

»Ich habe ihn nur aufgefordert, ein bißchen langsamer zu fahren.«

In Wirklichkeit, Jusef, soll er sich vergewissern, daß wir nicht verfolgt werden, aber wir wollen uns nicht über Kleinigkeiten streiten.

Auf dem Rücksitz zwischen ihnen lag ein kleiner Koffer. Jusef war mit ihr in ihre Wohnung gefahren und hatte ihr packen geholfen. »Die Zeit reicht nicht, um lange aufs Gepäck zu warten«, hatte er ihr erklärt. »Brauchst du weitere Sachen, bekommst du Geld, um dir Kleidung zu kaufen.« Beim Packen hatte er aufmerksam zugesehen und alles, was sie in den Koffer legte, sorgfältig inspiziert. »Wie soll ich mich anziehen?« hatte sie sich spöttisch erkundigt. »Für warmes oder kaltes Klima? Fliege ich nach Norwegen oder Neuseeland? Nach Schweden oder Swasiland? Was für Kleidung brauche ich? Gesellschafts- oder Freizeitkleidung?«

Jetzt zündete sie sich eine Zigarette an. Auch Jusef nahm eine zwischen die Lippen und streckte eine Hand aus, um sich Jacquelines Feuerzeug geben zu lassen. Sie gab es ihm und sah zu, wie er sich seine Zigarette anzündete. Er wollte ihr das Feuerzeug eben zurückgeben, als etwas ihn dazu bewog, es genauer zu betrachten.

Jacqueline stockte der Atem.

»Wirklich sehr hübsch.« Er drehte es um und las die eingravierte Widmung. »*›Für Dominique – mit liebevollen Erinnerungen.‹* Wo hast du dieses Feuerzeug her?«

»Das habe ich schon seit ungefähr hundert Jahren.«

»Wo hast du's her?«

»Ein Mann hat es mir geschenkt. Ein Mann, der mich nicht mit einem Wildfremden auf Reisen geschickt hat.«

»Er muß sehr liebenswürdig gewesen sein, dieser Mann. Wie kommt's, daß ich dieses Feuerzeug noch nie gesehen habe?«

»Du hast vieles noch nicht gesehen. Das hat nichts zu bedeuten.«

»Sollte ich eifersüchtig sein?«

»Sieh dir das Datum an, du Idiot.«

»›Neunzehnter Juni neunzehnhundertfünfundneunzig‹«, las er vor. »Ist dieser Mann noch im Spiel?«

»Wäre er das, wäre ich nicht mit dir zusammen.«

»Wann hast du ihn zuletzt gesehen?«

»Am neunzehnten Juni fünfundneunzig – *mit liebevollen Erinnerungen.«*

»Er muß dir sehr wichtig gewesen sein. Sonst hättest du sein Feuerzeug nicht behalten.«

»Das ist nicht sein Feuerzeug, sondern meines. Und ich habe es behalten, weil es ein gutes Feuerzeug ist.«

Gabriel hat recht, sagte sich Jacqueline. *Er verdächtigt mich. Ich werde sterben. Er wird mich heute nacht umbringen.* Sie sah aus dem Fenster und fragte sich, ob die Cromwell Road in einer naßkalten Winternacht ihr letzter Eindruck von dieser Welt sein würde. Sie hätte einen Abschiedsbrief an ihre Mutter schreiben und in einem Bankschließfach hinterlegen sollen. Sie fragte sich, wie Schamron ihr die traurige Nachricht beibringen würde. Würde er ihr erzählen, daß sie für den Dienst gearbeitet hatte? Oder würden sie ihren Tod irgendwie tarnen? Würde ihre Mutter erst aus der Zeitung davon erfahren?

Jacqueline Delacroix, die Marseiller Göre, die zu einem der bestbezahlten Models Europas aufstieg, bevor ihr ebenso steiler Niedergang einsetzte, wurde in London unter rätselhaften Umständen tot aufgefunden …

Sie fragte sich, ob die Journalisten, die sie zeitlebens so verächtlich behandelt hatte, sich massenhaft erheben und sie im Tode zerfleischen würden. Wenigstens würde Rémy nur Gutes über sie schreiben. Ihr Verhältnis war immer herzlich gewesen. Auch Jacques würde bestimmt ein paar freundliche Worte für sie finden. Vielleicht sogar Gilles … *halt, erinnerst du dich an die Party in Mailand, an den*

Streit wegen des Kokains? Verdammt, Gilles würde sie in Fetzen reißen.

Jusef gab ihr das goldene Feuerzeug zurück. Sie ließ es wieder in ihre Umhängetasche fallen. Das Schweigen war beängstigend. Sie wollte, daß er weitersprach; irgendwie fühlte sie sich sicher, solange er sprach, selbst wenn er log. »Du hast meine Frage nicht beantwortet«, sagte sie.

»Welche Frage meinst du? Du hast mir heute abend so viele gestellt.«

»Sehe ich dich wieder, wenn diese Sache vorbei ist?«

»Das hängt ganz von dir ab.«

»Damit ist die Frage noch immer nicht beantwortet«, warf sie ihm vor.

»Ich beantworte alle deine Fragen.«

»Ach, wirklich? Ich bezweifle, daß ich morgen früh mit einem wildfremden Mann verreisen würde, wenn du mir von Anfang an die Wahrheit gesagt hättest.«

»Ich konnte dir nicht gleich alles erzählen. Und was ist mit dir, Dominique? Bist du mir gegenüber immer ehrlich gewesen? Hast du mir alles über dich erzählt?«

»Alles von Bedeutung.«

»Das ist eine sehr praktische Antwort. Du setzt sie sehr wirkungsvoll ein, wenn du vermeiden willst, daß wir weiter über dich sprechen.«

»Zufällig ist das auch die Wahrheit. Beantworte jetzt meine Frage. Sehe ich dich jemals wieder?«

»Das will ich hoffen!«

»Du bist ein Scheißkerl, Jusef.«

»Und du bist übermüdet. Mach die Augen zu. Ruh dich ein bißchen aus.«

Sie lehnte ihren Kopf an die Fensterscheibe. »Wohin fahren wir überhaupt?«

»An einen sicheren Ort.«

»Ja, das hast du mir gesagt, aber willst du mir nicht erzählen, wohin?«

»Das siehst du, wenn wir ankommen.«

»Wozu brauchen wir einen sicheren Ort? Was ist gegen deine Wohnung einzuwenden? Oder gegen meine Wohnung?«

»Das Apartment gehört einem Freund von mir. Es liegt günstig zum Flughafen Heathrow.«

»Ist dein Freund zu Hause?«

»Nein.«

»Bleibst du über Nacht?«

»Ja. Und morgen früh fliege ich mit dir nach Paris.«

»Und danach?«

»Danach bist du in Gesellschaft eines Palästinenserführers, und deine Reise beginnt. Ich wollte, ich wäre an deiner Stelle. Für mich wäre es eine große Ehre, diesen Mann auf seiner Reise zu begleiten. Du hast keine Ahnung, wieviel Glück du hast, Dominique.«

»Wie heißt dieser große Mann denn? Vielleicht kenne ich ihn.«

»Ich bezweifle, daß du ihn kennst, aber ich darf dir seinen Namen trotzdem nicht sagen. Du darfst nur seinen Decknamen erfahren.«

»Und der ist?«

»Lucien. Lucien Daveau.«

»Lucien«, wiederholte sie leise. »Der Name Lucien hat mir schon immer gefallen. Wohin bringst du mich, Jusef?«

»Mach die Augen zu. Es ist nicht mehr weit.«

Schamron nahm den Hörer ab, bevor das Telefon des Horchpostens zum zweitenmal klingeln konnte. Er hörte schweigend zu und legte dann so behutsam auf, als habe er eben vom Tod eines alten Widersachers erfahren.

»Sieht so aus, als hätten sie sich über Nacht einquartiert«, sagte er.

»Wo?«

»In einem Wohngebiet mit Sozialwohnungen in Hounslow in der Nähe des Flughafens.«

»Und das Team?«

»In Position, gut versteckt. Es bewacht sie nachts.«

»Mir wär's wohler, wenn ich auch dort wäre.«

»Sie haben morgen einen langen Tag vor sich. Ich schlage vor, daß Sie sich ein paar Stunden aufs Ohr legen.«

Gabriel ging ins Schlafzimmer, kam im nächsten Augenblick aber mit einem Nylonrucksack über der Schulter zurück.

»Wohin wollen Sie?« fragte Schamron erstaunt.

»Ich muß noch etwas Persönliches erledigen.«

»Wohin wollen Sie? Wann kommen Sie zurück?«

Aber Gabriel verließ die Wohnung ohne weitere Erklärungen und ging die Treppe hinunter. Als er auf dem Gehsteig am Haus vorbeikam, glaubte er zu sehen, daß Schamron ihn durch einen Schlitz in der Jalousie beobachtete. Und als er in Richtung Edgware Road davonging, hatte er das unbehagliche Gefühl, Schamron lasse auch ihn von einem seiner Teams beschatten.

34

Hounslow, England

Der Toyota setzte sie ab und raste davon. Ein Parkplatz im gelblichen Licht von Natriumdampflampen, eine Kolonie gedrungener Sozialwohnblocks aus roten Ziegeln, die an einen Industriekomplex erinnerte, der bessere Zeiten gesehen hat. Jacqueline erbot sich, ihren Koffer selbst zu tragen, aber davon wollte Jusef nichts hören. Er nahm ihre Hand und führte sie über den Parkplatz, dann über eine mit zerquetschten Bierdosen und kaputten Spielsachen übersäte Grünfläche. Ein roter Wagen ohne Vorderräder. Eine nackte Babypuppe ohne Kopf. Eine Plastikpistole. *Gabriels Pistole,* dachte Jacqueline. Sie erinnerte sich, wie er nachts im provenzalischen Bergland ihre Zielsicherheit getestet hatte. Das schien ewig lange zurückzuliegen. Ein Leben lang. Eine Katze fauchte sie aus den Schatten an. Jacqueline umklammerte Jusefs Ellbogen und hätte fast geschrien. Dann begann ein Hund zu kläffen, und die Katze huschte über den Gehsteig und schlüpfte unter einem Zaun hindurch.

»Hübsch ist es hier, Jusef. Warum hast du mir nie erzählt, daß du ein Häuschen auf dem Land hast?«

»Sprich bitte nicht, bis wir drinnen sind.«

Er führte sie in ein Treppenhaus. Trocknes Laub und alte Zeitungen in den Ecken, hellgrüne Wände, gelbliches Licht von oben. Die sich beißenden Farben bewirkten, daß sie beide aussahen, als sei ihnen übel. Sie stiegen zwei Treppen hinauf, gingen durch eine Verbindungstür und folgten einem langen Korridor. Eine Kakophonie disharmonischer Geräusche empfing sie. Ein Kleinkind, das nach seiner Mutter schrie. Ein Paar, das sich in karibisch gefärbtem Englisch stritt. Ein knackendes Radio, das ein BBC-Hörspiel plärrte – *The Real Thing* von Tom Stoppard. Jusef blieb vor einer Wohnungstür stehen, an der unter dem Spion die Nummer 23 angebracht war. Er schloß auf, ließ Jacqueline den Vortritt und knipste eine kleine Lampe mit Pergamentschirm an.

Das Wohnzimmer war leer bis auf einen Sessel mit verschlissenem Bezug und einen Fernseher. Das Kabel schlängelte sich wie eine tote Ringelnatter übers Linoleum. Durch eine halboffene Tür konnte sie ins Schlafzimmer sehen, in dem eine Matratze auf dem Fußboden lag. Eine weitere Tür führte in die kleine Küche, in der auf der Arbeitsplatte neben dem Herd eine Tragetasche mit Lebensmitteln stand. Trotz der spärlichen Einrichtung war die Wohnung makellos sauber und roch nach einem Raumspray mit Zitronenduft.

Jacqueline öffnete das Fenster; kalte Luft strömte herein. Unter dem Fenster verlief ein Zaun, hinter dem ein Fußballplatz lag. Ein halbes Dutzend junger Männer, die bunte Trainingsanzüge und Wollmützen trugen, kickten im Scheinwerferlicht eines an der Seitenlinie geparkten Autos. Ihre langen Schatten huschten über die Ziegelmauer unter dem Fenster. Aus der Ferne drang das gedämpfte Brausen der Autobahn herüber. Auf einem Hochbahngleis ratterte ein leerer Zug vorbei. Ein Verkehrsflugzeug im Steigflug donnerte übers Haus hinweg.

»Mir gefällt, wie dein Freund sich eingerichtet hat, Jusef, aber es ist nicht wirklich mein Stil. Was hältst du davon, wenn wir uns ein Zimmer in einem der Hotels am Flughafen nehmen? Mit Zimmerservice und einer anständigen Bar?«

Jusef war in der Küche damit beschäftigt, die Lebensmittel auszupacken. »Wenn du Hunger hast, kann ich dir etwas machen. Es gibt Brot, Käse, Eier, eine Flasche Wein und Kaffee und Milch für morgen früh.«

Jacqueline ging zu ihm in die Küche. Der enge kleine Raum bot kaum für sie beide Platz. »Nimm nicht alles so wörtlich. Aber das hier ist eine Bruchbude. Warum ist die Wohnung leer?«

»Mein Freund hat sie erst seit kurzem. Er hat noch keine Gelegenheit gehabt, seine Sachen herzuschaffen. Bisher hat er bei seinen Eltern gewohnt.«

»Schön für ihn, aber ich verstehe trotzdem nicht, wieso wir hier übernachten müssen.«

»Das habe ich dir schon erklärt, Dominique. Wir übernachten hier, weil wir hier sicher sind.«

»Vor wem sicher? Vor was sicher?«

»Du hast vielleicht schon von dem britischen Inlands-Geheimdienst gehört, der besser unter dem Kürzel MI5 bekannt ist. Er macht es sich zur Aufgabe, Exilanten- und Dissidentengruppen zu unterwandern. Er beobachtet Leute wie uns.«

»Wie *uns?«*

»Wie *mich*. Und dann gibt's noch die Kerle aus Tel Aviv.«

»Da komme ich nicht mehr mit, Jusef. Wer sind die Kerle aus Tel Aviv?«

Jusef sah auf und starrte sie ungläubig an. »Wer die Kerle aus Tel Aviv sind? Der gewalttätigste, mörderischste Geheimdienst der Welt. Eine Bande von Profikillern wäre vielleicht eine bessere Beschreibung.«

»Und weshalb könnten die Israelis uns hier in England gefährlich werden?«

»Die Israelis sind überall, wo wir sind. Um Staatsgrenzen kümmern sie sich nicht.«

Jusef steckte die leere Tragetasche als Müllbeutel in den Abfalleimer. »Hast du Hunger?« fragte er.

»Nein, ich bin nur sehr müde. Es ist spät.«

»Geh schlafen. Ich habe noch etwas zu erledigen.«

»Du läßt mich doch nicht etwa hier allein?«

Er hielt sein Mobiltelefon hoch. »Ich muß nur ein paar Leute anrufen.«

Jacqueline schlang ihre Arme um seine Taille. Jusef umfaßte ihren Kopf und küßte sie sanft auf die Stirn.

»Ich wollte, du würdest nicht darauf bestehen, daß ich das mache.«

»Es dauert nur ein paar Tage. Und wenn du zurückkommst, kann uns nichts mehr trennen.«

»Ich wollte, ich könnte dir glauben, aber ich weiß überhaupt nicht mehr, was ich glauben soll.«

Er küßte sie nochmals auf die Stirn, dann legte er seinen Zeigefinger unter ihr Kinn und hob ihr Gesicht, damit er ihr in die Augen sehen konnte. »Das würde ich nicht sagen, wenn es nicht mein Ernst wäre. Geh ins Bett. Versuch ein bißchen zu schlafen.«

Jacqueline ging ins Schlafzimmer. Sie machte sich nicht die Mühe, das Licht anzuknipsen; der Raum würde weniger deprimierend sein, wenn sie ihn nur vage wahrnahm. Sie bückte sich, hob die Bettdecke hoch und roch daran. Der Überzug war frisch gewaschen. Trotzdem beschloß sie, lieber angezogen zu schlafen. Sie streckte sich auf der Matratze aus und achtete darauf, daß das Kopfkissen keinen Teil ihres Gesichts oder Halses berührte. Sogar ihre Schuhe behielt sie an. Sie rauchte eine letzte Zigarette, um den durchdringenden Geruch des Desinfektionsmittels zu überdecken. Sie dachte an Gabriel, an ihre Ballettschule in Valbonne. Sie horchte auf die Verkehrsmaschinen, die Züge und die dumpfen Schläge, mit denen Stiefel draußen auf dem Fußballplatz den Ball trafen. Sie beobachtete die Schatten der rennenden Sportler, die wie Marionetten über die Wand des Schlafzimmers tanzten.

Dann hörte sie Jusef, der leise murmelnd in sein Mobiltelefon sprach. Sie konnte nicht ganz verstehen, was er sagte. Aber das war ihr jetzt egal. Bevor sie in fiebrigen Schlaf versank, war ihr letzter Gedanke, Jusef, ihr palästinensischer Lover, habe wahrscheinlich nicht mehr lange zu leben.

Julian Isherwood öffnete die Tür seines Hauses in Onslow Gardens einen Spalt weit und starrte Gabriel über die Sicherungskette hinweg aufgebracht an. »Weißt du überhaupt, wie spät es ist?« Er hakte die Kette aus. »Komm rein, bevor wir uns beide eine Lungenentzündung holen.«

Zu seinem Pyjama trug Isherwood bestickte Lederpantoffeln und einen seidenen Schlafrock. Er führte Gabriel ins Wohnzimmer und verschwand in die Küche. Nach ein paar Minuten kam er mit einer Thermoskanne und zwei Kaffeebechern zurück. »Hoffentlich trinkst du deinen Kaffee schwarz – die Milch ist leider aus.«

»Schwarz ist in Ordnung.«

»Also, Gabriel, mein Lieber. Was führt dich um …« Isherwood sah auf die alte Standuhr und verzog das Gesicht. »Großer Gott, was führt dich um Viertel vor drei Uhr morgens zu mir?«

»Du wirst Dominique verlieren.«

»Das habe ich vermutet, als Ari Schamron sich wie eine Giftgaswolke in mein Büro gewälzt hat. Wohin ist sie unterwegs? In den Libanon? Nach Libyen? In den Iran? Wie heißt sie eigentlich wirklich?«

Gabriel trank seinen Kaffee mit kleinen Schlucken und schwieg.

»Daß sie geht, ist wirklich schade. Ein wahrer Engel! Und keine schlechte Sekretärin, nachdem sie sich erst mal eingearbeitet hatte.«

»Sie kommt nicht zurück.«

»Das tun sie nie. Ich habe eine Art, Frauen zu vertreiben. Schon immer.«

»Wie ich höre, verhandelst du mit Oliver Dimbleby wegen des Verkaufs deiner Galerie.«

»Man verhandelt nicht wirklich, wenn man gefesselt auf den Schienen liegt, Gabriel. Man fleht. Man bettelt.«

»Tu's nicht.«

»Du hast vielleicht Nerven! Was fällt dir ein, dich hier hinzusetzen und mir geschäftliche Ratschläge zu geben? Daß ich in der Scheiße sitze, verdanke ich allein dir und deinem Freund, Herrn *Heller.*«

»Das Unternehmen ist vielleicht früher zu Ende, als wir gedacht haben.«

»Und?«

»Und dann kann ich an dem Vecellio weiterarbeiten«, sagte Gabriel.

»Damit wirst du unmöglich rechtzeitig fertig, um meinen Kopf zu retten. Ich bin jetzt offiziell zahlungsunfähig, deshalb verhandle ich mit Oliver Dimbleby.«

»Dimbleby ist ein Krämer. Er würde deine Galerie ruinieren.«

»Ich bin ehrlich gesagt so müde, Gabriel, daß mir das im Augenblick scheißegal ist. Ich brauche etwas Stärkeres als Kaffee. Du?«

Gabriel schüttelte den Kopf. Isherwood schlurfte zum Sideboard hinüber und kippte zwei Fingerbreit Gin in ein Wasserglas. »Was hast du in dem Rucksack?«

»Eine Versicherungspolice.«

»Eine Versicherung gegen was?«

»Gegen die Möglichkeit, daß ich die Restaurierung

des Vecellios nicht rechtzeitig fertigbekomme.« Er gab Isherwood den Rucksack. »Mach ihn auf.«

Isherwood stellte sein Glas ab und zog den Reißverschluß auf. »Mein Gott, Gabriel! Wieviel ist das?«

»Hunderttausend.«

»Ich kann dein Geld nicht annehmen.«

»Das ist nicht mein Geld. Schamron hat es von Benjamin Stone bekommen.«

»Du meinst *den* Benjamin Stone?«

»In seiner ganzen Pracht.«

»Was zum Teufel machst du mit hunderttausend Pfund von Benjamin Stones Geld?«

»Nimm's einfach, und stell keine weiteren Fragen.«

»Das tue ich glatt, wenn es wirklich Benjamin Stone gehört.« Isherwood hob sein Glas Gin. »Cheers, Gabriel. Entschuldige, daß ich in den letzten Wochen soviel Schlechtes von dir gedacht habe.«

»Das hatte ich verdient. Ich hätte dich nicht so im Stich lassen dürfen.«

»Alles vergeben und vergessen.« Isherwood starrte für einen langen Augenblick in sein Glas. »Wo ist sie also? Endgültig weg?«

»Das Unternehmen befindet sich in der Schlußphase.«

»Du hast das arme Ding nicht irgendwelchen Gefahren ausgesetzt, stimmt's?«

»Hoffentlich nicht.«

»Das hoffe ich auch – um ihret- und deinetwillen.«

»Wie meinst du das?«

»Weißt du, ich arbeite seit fast vierzig Jahren in dieser gräßlichen Branche, aber in dieser ganzen Zeit hat's nie jemand geschafft, mir eine Fälschung anzudrehen. Dimbleby hat sich die Finger verbrannt. Sogar der große Giles Pittaway ist ein paarmal Fälschern aufgesessen. Aber ich nicht. Ich habe eine besondere Gabe, weißt du. Ich bin vielleicht ein miserabler Geschäftsmann, aber ich kann Echtes von Unechtem unterscheiden.«

»Worauf willst du hinaus?«

»Sie ist durch und durch echt, Gabriel. Sie ist golden. So eine Chance bekommst du vermutlich nie wieder. Halt sie fest, denn wenn du's nicht tust, machst du den größten Fehler deines Lebens.«

Teil III

Restaurierung

35

Vor der Katastrophe lebte Daoud al-Hourani in Obergaliläa. Er war Muchtar, Ortsvorsteher, und der reichste Mann seines Dorfs. Er besaß Vieh – mehrere Kühe, viele Ziegen und eine große Schafherde – sowie einen Hain mit Zitronen-, Orangen- und Olivenbäumen. Wurde es Zeit, die Früchte zu ernten, organisierten die Dorfältesten und er die Arbeit gemeinsam. Die Familie lebte in einem weißgetünchten Haus mit kühlen Steinböden, wertvollen Teppichen und Sitzkissen. Seine Frau schenkte ihm fünf Töchter, aber nur einen Sohn, der den Namen Mahmoud erhielt.

Daoud al-Hourani pflegte gute Beziehungen zu den Juden, die sich in der Nähe des Dorfs niedergelassen hatten. Als der Brunnen der Juden versiegte, holte er Männer aus dem Dorf zusammen, damit sie ihnen halfen, einen neuen zu graben. Als mehrere Dorfbewohner an Malaria erkrankten, kamen Juden aus der Siedlung und legten einen in der Nähe gelegenen Sumpf trocken. Daoud al-Hourani lernte Hebräisch. Als eine seiner Töchter sich in einen Juden aus der Siedlung verliebte, erlaubte er ihnen zu heiraten.

Dann kam der Krieg und damit die Katastrophe. Wie die meisten Araber aus Obergaliläa flüchtete die Großfamilie al-Hourani über die Grenze in den Libanon und ließ sich in einem Flüchtlingslager bei Sidon nieder. Dieses Lager war in vielem ähnlich wie die Dörfer Obergaliläas organisiert, und Daoud al-Hourani behielt seinen Status als Ältester und geachteter Mann, obwohl er Grundbesitz und Vieh verloren hatte. Statt in einem großen weißgetünchten Haus lebten sie beengt im Zelt, das in der Sommerhitze glühendheiß, im kalten Winterregen feucht und eiskalt war. An den Abenden saßen die Männer vor ihren Zelten und erzählten Geschichten aus Palästina. Daoud al-Hourani versicherte seinen Leuten, ihr Exil sei nur vorübergehend – die arabischen Armeen würden sich sammeln und die Juden ins Meer werfen.

Aber die arabischen Armeen sammelten sich nicht, und sie versuchten auch nicht, die Juden ins Meer zu werfen. Im Lager Sidon wurden die zerschlissenen Zelte durch primitive Hütten zwischen offenen Abwassergräben ersetzt. Im Lauf der Jahre verlor Daoud al-Hourani allmählich seinen Einfluß auf die Leute aus seinem Dorf. Er hatte ihnen Geduld gepredigt, aber ihre Geduld war nicht belohnt worden. Statt dessen schien die Lage der Palästinenser immer schlimmer zu werden.

In diesen ersten schrecklichen Jahren im Flüchtlingslager gab es nur eine einzige Freudenbotschaft: Daoud al-Houranis Frau wurde schwanger, obwohl sie das Alter erreicht hatte, in dem die meisten Frauen keine Kinder mehr gebären können. Im folgenden Frühjahr, auf den Tag genau fünf Jahre nach der Flucht der Großfamilie al-Hourani aus Obergaliläa, brachte sie im Krankenrevier des Lagers einen Jungen zur Welt. Daoud al-Hourani gab ihm den Namen Tariq.

Angehörige der Großfamilie al-Hourani waren in der gesamten Diaspora verstreut. Einige lebten jenseits der Grenze in Syrien, einige in Lagern in Jordanien. Einige wenige, darunter al-Houranis Bruder, hatten es geschafft, nach Kairo zu gelangen. Einige Jahre nach Tariqs Geburt starb sein Onkel in Kairo. Um an der Bestattung seines Bruders teilnehmen zu können, reiste Daoud al-Hourani nach Beirut und beschaffte sich die nötigen Visa und Genehmigungen. Als Palästinenser besaß er keinen Reisepaß. Am nächsten Tag flog er nach Kairo, wurde aber an der Paßkontrolle auf dem Flughafen zurückgewiesen, weil seine Papiere angeblich nicht in Ordnung waren. Als er nach Beirut zurückkehrte, verweigerte ein Beamter der Einwanderungsbehörde ihm die Wiedereinreise in den Libanon. Er wurde auf dem Flughafen in eine Arrestzelle gesteckt und bekam weder Essen noch Wasser.

Nach einigen Stunden wurde ein Hund zu ihm in die Zelle gesperrt. Das Tier war unbegleitet mit einem Flugzeug aus London angekommen, und seine Papiere waren wie die Daoud al-Houranis angeblich nicht in Ordnung. Aber schon eine Stunde später kam ein hoher Zollbeamter und befreite den Hund aus der Haft. Das Tier hatte eine Sondererlaubnis zur Einreise in den Libanon erhalten.

Erst nach einer Woche durfte Daoud al-Hourani endlich den Flughafen verlassen und ins Lager bei Sidon zurückkehren. Als die Männer abends an ihren Feuern saßen, rief er seine Söhne zu sich und erzählte ihnen von den Qualen, die er erlitten hatte.

»Ich habe unsere Leute aufgefordert, Geduld zu haben. Ich habe ihnen erzählt, die Araber würden uns zu Hilfe kommen, aber seither sind viele Jahre vergangen, und wir sitzen noch immer in den Lagern. Die Araber behandeln uns schlimmer als die Juden. Die Araber behandeln uns schlimmer als Hunde. Die Zeit der Geduld ist vorbei. Die Zeit des Kampfes ist gekommen.«

Tariq war zu jung, um zu kämpfen; er war noch ein kleiner Junge. Aber Mahmoud war jetzt fast zwanzig und bereit, mit Waffengewalt gegen die Juden zu kämpfen. In derselben Nacht schloß er sich den Fedajin an. Dies war das letzte Mal, daß Tariq seinen Bruder lebend sah.

Flughafen Charles de Gaulle, Paris

Jusef nahm Jacqueline an der Hand und führte sie durchs Gedränge im Terminal. Sie war erschöpft. Sie hatte miserabel geschlafen und war kurz vor Tagesanbruch aus einem Alptraum hochgefahren, in dem Gabriel Jusef umgebracht hatte, während Jusef sie liebte. Sie hatte ein Summen in den Ohren, und an den Rändern ihres Gesichtsfelds flackerten Lichter wie die Blitzleuchten einer Startbahnbefeuerung. Sie verließen die Lounge für ankommende Fluggäste, passierten eine Sicherheitskontrolle und gingen ins Abfluggebäude hinüber. Jusef ließ ihre Hand los, küßte sie auf die Wange und brachte seine Lippen dicht an ihr Ohr. Als er dann sprach, klang er in Jacquelines Ohren so wie Gabriel am Vorabend in der Galerie – als erzähle er ihr eine Gutenachtgeschichte.

»Du wartest im Café dort drüben. Du bestellst dir einen Kaffee und liest die Zeitung, die ich ins Außenfach deines Koffers gesteckt habe. Du verläßt das Café unter keinen Umständen. Er holt dich dort ab, außer er sieht irgendwo ein Problem. Kommt er nicht innerhalb einer Stunde...«

»... fliege ich mit der nächsten Maschine nach London zurück, versuche aber nicht, dort Verbindung mit dir aufzunehmen«, ergänzte Jacqueline den Satz an seiner Stelle. »Keine Angst, ich habe mir alles genau gemerkt.«

Ein weiterer Kuß, diesmal auf die andere Wange. »Du hast das Gedächtnis einer Spionin, Dominique.«

»Nein, ich habe das Gedächtnis meiner Mutter.«

»Denk daran, du hast von diesem Mann nichts zu befürchten und tust nichts, was dich mit dem Gesetz in Konflikt bringen könnte. Ich weiß, daß du dich in seiner Gesellschaft wohlfühlen wirst. Gute Reise – wir sehen uns wieder, wenn du zurückkommst.«

Jusef küßte sie auf die Stirn und gab ihr einen kleinen Schubs in Richtung Café, als setze er ein Modellboot auf einen Teich. Sie machte ein paar Schritte, blieb dann stehen und sah sich ein letztes Mal nach ihm um, aber er war bereits in der Menge verschwunden.

Vor dem kleinen Café standen einige gußeiserne Tische ins Terminal hinaus, um die Illusion eines Pariser Straßencafés zu schaffen. Jacqueline nahm Platz und bestellte einen Café au lait. Ihr Aussehen machte ihr plötzlich Sorgen, und sie empfand den absurden Wunsch, einen guten ersten Eindruck zu machen. Unter ihrem Mantel trug sie schwarze Jeans und einen aschgrauen Kaschmirpullover. Sie hatte keine Zeit gehabt, sich zu schminken, und ihr Haar nur rasch zu einem Nackenkoten zusammengefaßt. Als der Ober ihr den Kaffee brachte, beugte sie sich über das verchromte Tablett und betrachtete ihr leicht verzerrtes Spiegelbild. Ihre Augen waren rotgerändert und geschwollen.

Jacqueline rührte Zucker in ihren Kaffee und sah sich um. Am Tisch hinter ihr zankte ein junges amerikanisches Paar sich halblaut, aber intensiv. Am Tisch neben ihr studierten zwei deutsche Geschäftsleute bunte Charts auf dem Bildschirm eines Laptops.

Plötzlich fiel ihr ein, daß sie die Zeitung aus dem Seitenfach ihres Koffers lesen sollte. Sie zog die *Times* heraus, die Jusef dort hineingesteckt hatte, und schlug sie auf. Dabei fiel eine Cocktailserviette von British Airways auf den Tisch. Jacqueline griff danach und drehte sie um. Auf die Rückseite hatte Jusef in seiner Schmierschrift gekritzelt: *Du wirst mir fehlen. Mit liebevollen Erinnerungen, Jusef.*

Sie knüllte die Serviette zusammen und ließ sie neben ihrer Tasse liegen. *Klingt wie ein Abschiedsgruß.* Sie griff erneut nach der Zeitung, blätterte den ersten Teil durch und überflog die Meldungen aus dem Nahen Osten: *US-Präsident lobt vorläufiges Abkommen zwischen Israel und den Palästinensern … Feierliche Unterzeichnung nächste Woche bei den Vereinten Nationen.* Sie blätterte weiter.

Die Deckenlautsprecher plärrten eine Durchsage nach der anderen. Jacqueline hatte schreckliche Kopfschmerzen. Sie griff in ihre Umhängetasche, holte ein Röhrchen Aspirin heraus und nahm zwei Tabletten, die sie mit Kaffee hinunterschluckte. Dabei sah sie sich nach Gabriel um. Er war nirgends zu sehen. *Verdammt, wo zum Teufel steckst du, Gabriel? Zeig mir, daß du mich nicht mit diesen Leuten allein läßt ...*

Jacqueline wollte eben weiterlesen, als eine atemberaubend attraktive junge Frau mit glänzendem schwarzem Haar und großen braunen Augen an ihren Tisch kam. »Darf ich mich zu Ihnen setzen?« fragte sie auf französisch.

»Eigentlich warte ich hier auf jemanden.«

»Sie warten auf Lucien Daveau. Ich bin Luciens Freundin.« Sie zog einen Stuhl heraus und setzte sich. »Lucien hat mich gebeten, Sie abzuholen und zu Ihrer Maschine zu bringen.«

»Mir hat man gesagt, *Lucien* würde mich selbst abholen.«

»Ja, ich weiß, aber der ursprüngliche Plan mußte leider etwas geändert werden.« Sie lächelte ein strahlendes, verführerisches Lächeln. »Sie können ganz unbesorgt sein. Lucien möchte, daß ich mich gut um Sie kümmere.«

Jacqueline hatte keine Ahnung, was sie tun sollte. Diese Leute hielten sich nicht an die getroffene Vereinbarung. Es wäre ihr gutes Recht gewesen, aufzustehen und wortlos zu gehen. *Aber was dann?* Tariq würde wieder einmal entkommen und seinen Terrorfeldzug fortsetzen. Weitere unschuldige Juden würden sterben. Der Friedensprozeß wäre gefährdet. Und Gabriel würde weiterhin glauben, was Leah und seinem Sohn in Wien zugestoßen war, sei seine Schuld.

»Das gefällt mir nicht, aber ich komme mit.«

»Gut, denn unser Flug ist eben aufgerufen worden.«

Jacqueline stand auf, griff nach ihrem Koffer und folgte der jungen Frau aus dem Café. »*Unser* Flug?« fragte sie.

»Ganz recht. Ich begleite Sie auf der ersten Etappe Ihrer Reise. Lucien kommt später dazu.«

»Wohin fliegen wir?«

»Das werden Sie gleich sehen.«

»Wollen Sie mir nicht wenigstens Ihren Namen sagen, wenn wir schon gemeinsam reisen?«

Die junge Frau lächelte wieder ihr strahlendes Lächeln. »Wenn Sie glauben, mich irgendwie nennen zu müssen, können Sie mich Leila nennen.«

Gabriel stand dreißig Meter entfernt in einem Duty-free-Shop und tat so, als interessiere er sich für Parfüms, während er Jacqueline im Café beobachtete. Schamron wartete in Benjamin Stones Privatflugzeug. Jetzt mußte nur noch Tariq kommen.

Er merkte plötzlich, daß er bei der Vorstellung, Tariq endlich zu Gesicht zu bekommen, aufgeregt war. Die Fotos in Schamrons Fahndungsakte waren wertlos – zu alt, zu grobkörnig. Drei von ihnen zeigten *vermutlich* Tariq. Tatsächlich wußte niemand im Dienst genau, wie der Kerl aussah. Gabriel stand kurz davor, ihn erstmals seit Jahren wieder mehr als nur flüchtig zu Gesicht zu bekommen. War er groß oder klein? Sah er gut oder nur durchschnittlich aus? Sah man ihm den eiskalten Killer an? *Selbstverständlich nicht,* dachte Gabriel. *Er ist jemand, der sich seiner Umgebung unauffällig anpaßt.*

Er wird sein wie ich. Dann fragte er sich: *Oder bin ich wie er?*

Als die bildhübsche Schwarzhaarige sich an Jacquelines Tisch setzte, glaubte er im ersten Augenblick, das sei einer jener gräßlichen Zufälle, die ein Unternehmen ins Trudeln bringen konnten – junge Frau sucht einen Platz, junge Frau nimmt an, Jacqueline sei allein, junge Frau setzt sich einfach zu ihr. Dann merkte er, daß das zu

Tariqs Spiel gehörte. Tariq hatte in all den Jahren nur überlebt, weil er unberechenbar war. Er machte Pläne, änderte sie ständig und erzählte verschiedenen Mitgliedern seiner Organisation verschiedene Versionen davon. Er ließ niemals die linke Hand wissen, was die rechte tat.

Die beiden Frauen standen auf und gingen davon. Gabriel wartete noch einen Augenblick, bevor er ihnen in sicherer Entfernung folgte. Er war deprimiert. Das Spiel hatte gerade erst begonnen – und schon hatte Tariq sie ausgetrickst. Gabriel überlegte, ob er wirklich darauf vorbereitet war, es mit einem Mann wie Tariq aufzunehmen. Er war schon zu lange nicht mehr im Einsatz gewesen. Vielleicht hatte sein Reaktionsvermögen nachgelassen, vielleicht war sein Überlebenstrieb schwächer geworden. Er dachte an die Nacht, in der er die Wanzen in Jusefs Wohnung installiert hatte – wie er fast geschnappt worden war, weil er ein paar Sekunden lang unkonzentriert gewesen war.

Er spürte wieder einen leicht schwindelerregenden Adrenalinschub. Einen Augenblick überlegte er, ob er losrennen und Jacqueline aus den Klauen der Unbekannten befreien sollte. Aber dann zwang er sich dazu, Ruhe zu bewahren und nüchtern nachzudenken. Sie ging nur an Bord eines Flugzeugs. Solange es in der Luft war, konnte ihr nichts passieren, und am Landeort würde Schamron ein Team in Bereitschaft haben. Tariq hatte die erste Runde gewonnen, aber Gabriel beschloß, das Spiel weiterlaufen zu lassen.

Die junge Frau führte Jacqueline in den von hohen Glaswänden umschlossenen Vorraum eines Flugsteigs. Gabriel beobachtete, wie sie die letzte Sicherheitskontrolle passierten und einer Angestellten der Fluggesellschaft ihre Tickets gaben. Dann verschwanden sie in dem Tunnel, der zu der bereitstehenden Maschine führte.

Gabriel sah nochmals zu dem Monitor auf, um sich zu vergewissern, daß er sich den richtigen Flug gemerkt hatte: Air-France-Flug 382 nach Montreal.

Kurz nach dem Start legte Schamron im Büro von Benjamin Stones Privatjet den Hörer des abhörsicheren Telefons auf und kam wieder zu Gabriel in den luxuriös eingerichteten Salon. »Ich habe eben die Station Ottawa benachrichtigt.«

»Wer ist derzeit in Ottawa?«

»Ihr alter Freund Zvi Jadin. Er ist jetzt mit einem kleinen Team nach Montreal unterwegs. Sie sind da, wenn die Maschine landet, und beschatten dann Jacqueline und ihre neue Freundin.«

»Wieso Montreal?«

»Lesen Sie keine Zeitungen?«

»Tut mir leid, Ari, aber ich war in letzter Zeit ziemlich beschäftigt.«

Auf dem Tisch neben Schamrons Sessel waren mehrere Tageszeitungen so gestaffelt ausgelegt, daß ihre Schlagzeilen zu sehen waren. Er griff nach der obersten und warf sie Gabriel auf den Schoß. »In drei Tagen findet bei den Vereinten Nationen die feierliche Unterzeichnung des vorläufigen Abkommens statt. Alle nehmen daran teil: der amerikanische Präsident, der Premierminister, Arafat und seine engsten Mitarbeiter. Sieht so aus, als hätte Tariq vor, ihnen die Party zu verderben.«

Nach einem Blick auf die Schlagzeile legte Gabriel die Zeitung auf den Tisch zurück.

»Für einen Mann wie Tariq bietet sich Montreal als Ausgangsbasis an. Er spricht fließend französisch und kann sich gefälschte Pässe verschaffen. Er fliegt als Franzose nach Montreal und reist in Quebec ein, ohne ein Visum zu benötigen. Ist er erst einmal in Kanada, hat er's praktisch schon geschafft. In Montreal und Umgebung leben Zehntausende von Arabern. Bei denen findet er genügend Verstecke. Die Grenzkontrollen an der amerikanisch-kanadischen Grenze sind lax, teilweise nichtexistent. An manchen Straßen gibt's überhaupt keine festen Kontrollstellen. In Montreal kann Tariq seine Identität wechseln – Amerikaner oder Kanadier werden – und einfach mit dem Auto in die Vereinigten Staaten fahren. Und falls er Lust auf ein Abenteuer hat, kann er zu Fuß über die Grenze gehen.«

»Tariq ist mir nie als jemand aufgefallen, der sich gern im Freien bewegt.«

»Er tut, was nötig ist, um an die Zielperson heranzukommen. Muß er dazu zwanzig Kilometer durch den Schnee marschieren, marschiert er durch den Schnee.«

»Mir gefällt nicht, daß sie die Regeln in Paris geändert haben«, sagte Gabriel. »Mir gefällt nicht, daß Jusef Jacqueline über den geplanten Ablauf belogen hat.«

»Das bedeutet nur, daß Tariq es aus Sicherheitsgründen für notwendig hält, seine eigenen Leute zu täuschen. Für einen Mann wie ihn ist das ein Standardverfahren. Arafat hat es jahrelang angewendet. So hat er bis heute überlebt. Seine Feinde innerhalb der PLO sind nie an ihn herangekommen.«

»Und *Sie* auch nicht.«

»Ganz recht.«

Die Verbindungstür öffnete sich, und Stone kam aus seinem Büro in den Salon.

»Im Heck gibt's eine Kabine mit Betten«, sagte Schamron zu Gabriel. »Versuchen Sie etwas zu schlafen. Sie sehen schrecklich aus.«

Gabriel stand wortlos auf und verließ den Salon. Stone ließ seinen massigen Körper in einen Sessel fallen und nahm sich aus einer Schale eine Handvoll Paranüsse. »Er ist leidenschaftlich«, sagte er, während er sich zwei Nüsse in den Mund schob. »Ein Attentäter mit Gewissen. Das gefällt mir. Und dem Rest der Welt wird er noch besser gefallen.«

»Was zum Teufel soll das heißen, Benjamin?«

»Er ist die Kuh, die ich melken werde. Begreifen Sie das nicht, Ari? Mit ihm können Sie alle Ihre Schulden bei mir bezahlen. Alle auf einen Schlag!«

»Ich wußte nicht, daß Sie darüber Buch führen. Ich dachte, Sie helfen uns, weil Sie an unsere Sache glauben. Ich dachte, Sie helfen uns, weil Sie dazu beitragen wollen, den Staat zu schützen.«

»Lassen Sie mich ausreden, Ari. Hören Sie sich an, was ich vorzuschlagen habe. Ich will nicht Ihr Geld, ich will *ihn*. Ich will, daß Sie mich seine Geschichte erzählen lassen. Ich setze meinen besten Reporter darauf an. Lassen Sie mich die Story von dem Israeli veröffentlichen, der tagsüber die Gemälde alter Meister restauriert und nachts palästinensische Terroristen ermordet.«

»Sind Sie übergeschnappt?«

»Ganz im Gegenteil, Ari. Das ist mein voller Ernst. Daraus mache ich eine Fortsetzungsgeschichte. Ich verkaufe die Filmrechte an Hollywood. Überlassen Sie die Exklusivrechte an dieser Menschenjagd mir. Ein spannender Insiderbericht. Der signalisiert meinen Leuten, daß wir wie früher imstande sind, die Fleet Street aufzumischen. *Und* – das ist das Beste daran, Ari – er signalisiert meinen Geldgebern in der City überzeugend, daß ich weiterhin jemand bin, mit dem man rechnen muß.«

Schamron zündete sich betont umständlich die nächste Zigarette an. Er betrachtete Stone durch eine Rauchwolke hindurch und nickte langsam, während er über den Vorschlag nachdachte. Stone war ein Ertrinkender, und wenn Schamron nichts unternahm, würde Stone ihn mit in die Tiefe reißen.

Gabriel versuchte zu schlafen, aber das war zwecklos. Sobald er die Augen schloß, erschien vor seinem inneren Auge eine Bilderflut. Er sah sie als bewegungslose Reproduktionen, in Öl auf Leinwand gebannt. Schamron, der ihn auf Lizard Point in den Dienst zurückholte. Jacqueline mit Jusef im Bett. Leah in ihrem Treibhaus-Gefängnis in Surrey. Jusef, der sich mit seinem Kontaktmann im Hyde Park traf... *»Keine Sorge, Jusef. Ihre Freundin kann Ihnen nichts abschlagen.«*

Dann dachte er an die Szene, die er erst vor kurzem auf dem Flughafen beobachtet hatte. Seiner Arbeit als Restaurator verdankte Gabriel eine wertvolle Erkenntnis: Was an der Oberfläche zu sehen ist, kann sich erheblich von dem unterscheiden, was darunterliegt. Vor drei Jahren hatte er den Auftrag gehabt, einen van Dyck zu restaurieren – eine Himmelfahrt Mariens, die der Künstler für eine Privatkapelle in Oberitalien gemalt hatte. Bei der ersten Untersuchung des Gemäldes hatte Gabriel den Eindruck gehabt, unter dem Gesicht der Maria etwas anderes zu sehen. Die hellen Hauttöne, die van Dyck aufgetragen hatte, waren im Lauf der Zeit verblaßt, und darunter schien sich ein anderes Gesicht abzuzeichnen. Gabriel nahm eine gründliche Untersuchung des Gemäldes mit Röntgenstrahlen vor, um festzustellen, was unter der Oberfläche lag. Er entdeckte ein vollständiges Werk: das Porträt einer ziemlich korpulenten Dame in einer weißen Robe. Die schwarzweiße Röntgenaufnahme ließ sie geisterhaft erscheinen. Trotzdem erkannte Gabriel den leuchtenden Seidenglanz der Van-Dyck-Farben und die ausdrucksvollen Hände, die für seine in Italien entstandenen Gemälde charakteristisch waren. Später erfuhr er, daß dieses Porträt eine Auftragsarbeit für einen genuesischen Aristokraten gewesen war, dessen Frau es so gräßlich fand, daß sie die Annahme verweigert hatte. Als van Dyck später den Auftrag erhielt, Mariä Himmelfahrt für die Kapelle zu malen, hatte er das alte Porträt weiß übermalt und die Leinwand wiederverwendet. Und als Gabriel das Gemälde restaurieren sollte – über dreieinhalb Jahrhunderte später –, hatte die Frau des genuesischen Aristokraten sich an dem Künstler gerächt, indem sie an die Oberfläche seines Gemäldes emporgestiegen war.

Er schloß erneut die Augen und verfiel in einen unruhigen Schlaf. Das letzte Bild, das vor seinem inneren Auge erschien, bevor der Schlaf ihn doch übermannte, war eine impressionistische Straßenszene: Jacqueline und die schwarzhaarige Unbekannte saßen in dem Café am Flughafen, und im Hintergrund stand als geisterhaft durchsichtige Gestalt Tariq, der Gabriel mit einer exquisiten Van-Dyck-Hand zu sich heranwinkte.

36

Paris

Jusef fuhr vom Flughafen mit einem Taxi in die Innenstadt. Er war zwei Stunden lang kreuz und quer durch Paris unterwegs – mit der Metro, mit Taxis, zu Fuß. Als er sicher war, daß er nicht beschattet wurde, ging er zu einem Apartmenthaus im 16. Arrondissement am Bois de Boulogne. In die Wand neben der Haustür war eine Sprechanlage mit Klingelknöpfen eingelassen. Jusef drückte auf den Knopf von Apartment 4B, neben dem in verblaßter blauer Schrift der Name Guzman stand. Als der Türöffner summte, trat er rasch ein, durchquerte die Eingangshalle und fuhr mit dem Lift in den vierten Stock hinauf. Er klopfte an die Wohnungstür. Sie wurde sofort von einem stämmigen Mann mit stahlblauen Augen und rötlichblondem Haar aufgerissen. Er zog Jusef herein und schloß lautlos die Tür.

In Tel Aviv war es früher Abend, als Mordechai sein Büro in der Führungsetage am King Saul Boulevard verließ und den Korridor hinunter zur Operationsabteilung ging. Als er an der Tür des ersten Raums stehenblieb, starrten zwei von Levs Mitarbeitern ihn über ihre Bildschirme hinweg mit schwarzen Augen verächtlich an. »Ist er noch da?«

Einer der beiden jungen Männer deutete mit seinem angekauten Bleistift in Richtung von Levs Büro. Mordechai wandte sich ab und ging weiter. Er kam sich wie ein

Fremder in einem belagerten Dorf vor. Außenstehende waren in Levs Reich nicht willkommen, auch wenn der Außenstehende zufällig der zweithöchste Beamte des Diensts war.

Lev saß in seinem nüchtern eingerichteten Büro: Schultern hochgezogen, Ellbogen auf die Schreibtischplatte gestützt, das Kinn in seinen langen Händen ruhend, deren Finger bis zu den Schläfen hinaufreichten. Mit seinem kahlen Schädel, den hervorquellenden Augen und seinen Spinnenfingern erinnerte er stark an eine Gottesanbeterin. Als Mordechai eintrat, sah er, daß Levs Aufmerksamkeit nicht etwa einem Agentenbericht, sondern einem großformatigen Werk über die Insekten des Amazonasbeckens galt. Lev klappte das Buch ohne Eile zu und schob es beiseite.

»Geht in Kanada etwas vor, über das ich informiert sein sollte?« fragte Mordechai.

»Wie kommst du darauf?«

»Bei der Durchsicht der Spesenabrechnungen der Station Ottawa ist mir eine kleine Unstimmigkeit in den Zahlungen an Informanten aufgefallen. Um Zeit zu sparen, wollte ich die Sache telefonisch klären, statt erst umständlich ein Kabel zu schicken. Der Fehlbetrag ist wirklich unbedeutend. Ich dachte, Zvi und ich könnten die kleine Unstimmigkeit sofort klären.«

Levs Finger trommelten ungeduldig auf die Schreibtischplatte. »Was hat das alles mit der Operationsabteilung zu tun?«

»Ich konnte Zvi nicht erreichen. Ich konnte überhaupt niemanden erreichen. Unsere gesamte Station Ottawa scheint verschwunden zu sein.«

»Was meinst du mit verschwunden?«

»Damit meine ich nirgends zu finden. Ohne Erklärung ausgeflogen.«

»Mit wem hast du gesprochen?«

»Mit einer Angestellten aus dem Schlüsselraum.«

»Was hat sie gesagt?«

»Daß Zvi vor ein paar Stunden mit allen seinen Leuten in größter Eile abgehauen ist.«

»Wo ist der Alte?«

»Irgendwo in Europa.«

»Er ist gerade erst aus Europa zurückgekommen. Warum ist er schon wieder weg?«

Mordechai runzelte die Stirn. »Glaubst du, daß der Alte mir irgendwas erzählt? Der alte Hundesohn ist so auf Geheimhaltung versessen, daß er vermutlich oft nicht einmal *selbst* weiß, wohin er unterwegs ist.«

»Wir müssen ihn finden«, sagte Lev.

37

Montreal

Am Flughafen mietete Leila einen Wagen. Sie fuhr sehr schnell auf einer aufgeständerten Autobahn in Richtung Innenstadt. Rechts von ihnen lag der St. Lorenz-Strom, auf dem Eisschollen trieben; links waberte gefrierender Nebel wie Pulverdampf über einen weitläufigen Güterbahnhof. Vor ihnen schimmerten die durch tiefhängende Wolken und leichten Schneefall teilweise verdeckten Lichter der Innenstadt von Montreal. Leila fuhr, als kenne sie die Strecke.

»Kennen Sie Montreal?« fragte Leila. Das waren die ersten Worte, die sie an Jacqueline richtete, seit sie das Café im Flughafen Charles de Gaulle verlassen hatten.

»Nein, überhaupt nicht. Und Sie?«

»Ich auch nicht.«

Jacqueline, die vor Kälte zitterte, schlang die Arme um ihren Oberkörper. Obwohl die Heizung auf vollen Touren arbeitete, war es im Auto so kalt, daß sie ihren Atem sehen konnte. »Für diese Kälte habe ich nicht die richtige Kleidung«, sagte sie.

»Lucien kauft Ihnen, was immer Sie brauchen.«

Lucien würde sich also hier in Montreal mit ihr treffen. Jacqueline hauchte in ihre Hände. »Für eine Einkaufstour ist's zu kalt.«

»Die besten Boutiquen Montreals liegen in unterirdischen Einkaufspassagen. Um dort einzukaufen, muß man überhaupt nicht ins Freie gehen.«

»Haben Sie nicht gesagt, Sie seien noch nie hier gewesen?«

»Bin ich auch nicht.«

Jacqueline lehnte ihren Kopf ans Seitenfenster und schloß kurz die Augen. Sie waren in der Business Class geflogen – Leila eine Reihe hinter ihr auf der anderen Gangseite. Eine Stunde vor der Landung war Leila auf die Toilette gegangen. Bei der Rückkehr hatte sie Jacqueline einen Zettel zugesteckt: *Sie gehen allein durch Paßkontrolle und Zollabfertigung; wir treffen uns am Hertz-Schalter.*

Leila verließ die Autobahn und bog auf den Boulevard René Lévesque ab. Ein eisiger Wind heulte durch die Schluchten zwischen den Bürotürmen und Hotels. Auf den schneebedeckten Gehsteigen war keine Menschenseele unterwegs. Sie fuhr ein paar Straßenblocks weit, hielt vor einem großen Hotel. Ein Portier stürzte heraus und riß Jacquelines Tür auf. »Willkommen im Queen Elizabeth. Sie checken ein?«

»Ja«, sagte Leila. »Mit unserem Gepäck kommen wir selbst zurecht, danke.«

Der Portier gab ihr einen Abholschein für den Wagen und setzte sich ans Steuer. Leila führte Jacqueline in die große, laute Hotelhalle, in der es von japanischen Touristen wimmelte. Jacqueline fragte sich, was sie um Himmels willen im tiefsten Winter nach Montreal geführt hatte. Leila wechselte ihren Koffer von der rechten in die linke Hand. Jacqueline zwang sich dazu, nicht darauf zu achten. Da sie selbst eine Ausbildung in unpersönlicher Kommunikation erhalten hatte, erkannte sie sofort, wenn jemand etwas durch Zeichensprache signalisierte. Der Beginn des nächsten Akts stand unmittelbar bevor.

Tariq beobachtete sie aus der Hotelbar. Sein Aussehen hatte sich seit Lissabon verändert: anthrazitgraue Hose, cremefarbener Pullover, schneeweißes Hemd, modische Krawatte, italienischer Blazer. Er war sorgfältig rasiert und trug eine goldgeränderte Brille mit kleinen ungeschliffenen Gläsern. Sein Haar war an den Schläfen leicht ergraut.

Obwohl er bereits ein Foto dieser Frau, die sich Dominique Bonard nannte, gesehen hatte, staunte er jetzt über ihre Erscheinung. Er fragte sich, wie Schamron und Gabriel Allon es rechtfertigen konnten, eine Frau wie sie solcher Gefahr auszusetzen.

Er sah sich in der Hotelhalle um. Er wußte, daß sie hier waren, irgendwo zwischen den Touristen, den Geschäftsleuten und den Hotelangestellten verborgen. Schamrons Beobachter. Tariq hatte ihre Ressourcen strapaziert, indem er die Frau aus London über Paris nach Montreal gebracht hatte. Aber sie hatten sich bestimmt umgruppiert und ihre Leute in Stellung gebracht. Er wußte, daß er sich seinen Feinden erstmals zeigen würde, wenn er sich der Frau näherte.

Tariq merkte, daß er sich tatsächlich auf diesen Augenblick freute. Nach all den Jahren im Schatten würde er endlich ans Licht treten. Am liebsten hätte er gerufen: *Hier bin ich! Seht, ich bin ein Mensch wie ihr, aus Fleisch und Blut, kein Monster!* Er schämte sich seines Lebenswerks nicht. Ganz im Gegenteil: Er war stolz darauf. Und er fragte sich, ob Allon das ebenfalls sagen konnte.

Ihm war bewußt, daß er Allon gegenüber in einem entscheidenden Punkt im Vorteil war. Er wußte, daß er bald sterben würde. Sein Leben war zu Ende. Allen Gefahren zum Trotz hatte er lange überlebt, nur um zuletzt nicht von seinen Feinden, sondern von seinem eigenen Körper besiegt zu werden. Das Wissen von seinem bevorstehenden Tod würde er wie eine Waffe einsetzen – als die wirksamste Waffe, die er je besessen hatte.

Tariq stand auf, strich die Revers seines Blazers glatt und durchquerte die Hotelhalle.

Sie fuhren mit dem Lift in den 14. Stock hinauf, gingen einen stillen Korridor entlang, blieben vor Zimmer 1417 stehen. Er öffnete die Tür mit einer elektronischen Schlüsselkarte, die er danach wieder in seine Jackentasche steckte. Als Jacqueline eintrat, notierte sie automatisch: eine kleine Suite, Wohn- und Schlafzimmer getrennt. Auf dem Couchtisch ein Tablett mit einem nur halb aufgegessenen Salat. Auf dem Teppichboden ein Schalenkoffer, aufgeklappt, noch unausgepackt.

Er streckte ihr seine Hand hin. »Ich bin Lucien Daveau.«

»Dominique Bonard.«

Er lächelte: herzlich, selbstbewußt. »Meine Mitarbeiter haben mir berichtet, daß Sie eine sehr schöne Frau sind, aber ich sehe, daß die Beschreibung Ihnen nicht gerecht geworden ist.«

Sein Benehmen und seine Ausdrucksweise waren ganz und gar französisch. Hätte sie nicht gewußt, daß er ein Palästinenser war, hätte sie ihn für einen wohlhabenden Pariser gehalten.

»Sie sind anders, als ich erwartet hatte«, gab sie ehrlich zu.

»Ach, wirklich? Was hatten Sie denn erwartet?« Er testete sie bereits – das spürte sie deutlich.

»Jusef hat gesagt, Sie seien ein Intellektueller. Vermutlich habe ich jemanden mit langen Haaren erwartet, der Jeans und einen Pullover mit Löchern an den Ellbogen trägt.«

»Jemanden, der studentenhafter ist?«

»Ja, das ist der richtige Ausdruck.« Sie lächelte mühsam. »Sie sehen nicht *schrecklich* studentenhaft aus.«

»Das liegt daran, daß ich kein Student bin.«

»Ich würde fragen, was Sie von Beruf sind, aber Jusef hat mich gebeten, nicht zu viele Fragen zu stellen. Deshalb werden wir uns wohl darauf beschränken müssen, freundlich Konversation zu machen.«

»Daß ich zuletzt mit einer schönen Frau freundlich Konversation gemacht habe, liegt lange zurück. Ich glaube, ich werde die kommenden Tage sehr genießen.«

»Sind Sie schon lange in Montreal?«

»Sie haben mir eben eine Frage gestellt, Dominique.«

»Entschuldigung, ich wollte nur …«

»Sie brauchen sich nicht zu entschuldigen. Das war nur ein Scherz. Ich bin heute morgen angekommen. Wie Sie sehen, habe ich noch nicht mal Zeit gehabt, meinen Koffer auszupacken.«

Sie ging vom Wohnzimmer ins Schlafzimmer hinüber.

»Sie können ganz unbesorgt sein«, sagte er. »Ich schlafe auf dem Sofa.«

»Ich dachte, wir sollten uns als Liebespaar ausgeben?«

»Das tun wir.«

»Dann müssen wir als erstes aufhören, uns zu siezen.«

»Gern«, sagte er lächelnd.

»Was ist, wenn das Zimmermädchen merkt, daß du auf dem Sofa geschlafen hast?«

»Es könnte vermuten, wir hätten uns gestritten. Oder es könnte annehmen, ich hätte bis in die Nacht hinein gearbeitet und dich nicht stören wollen, sondern mich lieber aufs Sofa gelegt.«

»Das *könnte* es vermuten.«

»Jusef hat gesagt, du seist intelligent, aber er hat zu erwähnen vergessen, daß du auch konspirativ denken kannst.«

Alles in allem war das kein schlechter Auftakt gewesen. Jacqueline war stolz darauf, daß nicht etwa er, sondern *sie* das Gespräch dominiert hatte. Das gab ihr das Gefühl, wenigstens *irgend etwas* unter Kontrolle zu haben.

»Stört es dich, wenn ich rauche?«

»Durchaus nicht.«

Jacqueline steckte sich eine Zigarette zwischen die Lippen und zündete sie sich mit dem goldenen Feuerzeug an, das Schamron ihr gegeben hatte. Sie glaubte fast zu spüren, wie es sein Peilsignal ausstrahlte, das einen Empfänger suchte.

»Fürs hiesige Wetter habe ich keine Kleidung eingepackt. Leila hat gesagt, du würdest mit mir einkaufen gehen, damit ich nicht frieren muß.«

»Mit Vergnügen. Ich entschuldige mich dafür, daß wir dir das Reiseziel nicht genannt haben. Aber ich kann dir versichern, daß es unumgänglich war.«

»Ja, ich verstehe.« Eine Pause. »Ich glaube schon.«

»Beantworte mir eine Frage, Dominique. Weshalb hast du dich einverstanden erklärt, mich auf dieser Reise zu begleiten? Handelst du aus Überzeugung? Oder tust du es nur aus Liebe?«

Diese Frage schien ihr fast zu plump, um darüber nachzudenken. Sie steckte das Feuerzeug gelassen ins Seitenfach ihrer Umhängetasche und sagte: »Ich tue es, weil ich an Liebe glaube. Glaubst du an Liebe?«

»Ich glaube an das Recht meines Volkes, in seiner angestammten Heimat zu leben. Liebe ist ein Luxus, den ich nie genossen habe.«

»Das tut mir leid für dich …« Sie hatte ihn Lucien nennen wollen, aber aus irgendeinem Grund wollte ihr der Name nicht über die Lippen.

»Du willst meinen Namen nicht sagen, Dominique? Weshalb willst du mich nicht Lucien nennen?«

»Weil ich weiß, daß das nicht dein richtiger Name ist.«

»Woher weißt du das?«

»Jusef hat's mir gesagt.«
»Jusef ist ein guter Mann.«
»Ich habe ihn sehr gern.«
»Heißt du wirklich Dominique?«
Seine Frage kam überraschend. »Wie meinst du das?«
»Das war eine ganz einfache Frage. Ich möchte wissen, ob du wirklich Dominique heißt.«
»Du hast meinen Paß gesehen.«
»Pässe kann man leicht fälschen.«
»Vielleicht Leute wie du«, fauchte sie. »Hör zu, Lucien, oder wie zum Teufel du sonst heißt, dieses Verhör gefällt mir nicht. Diese Ausfragerei ist mir unangenehm.«
Er ließ sich aufs Sofa fallen und rieb sich die Schläfen. »Tut mir leid, du hast recht. Ich muß mich entschuldigen. Die Nahostpolitik macht alle Beteiligten nach einiger Zeit paranoid. Ich hoffe, du verzeihst mir.«
»Ich möchte meinen Anrufbeantworter in London abhören.«
»Natürlich.« Er streckte eine Hand aus und schaltete den Lautsprecher des Telefons auf dem Tischchen neben dem Sofa ein. »Sag mir die Nummer, dann wähle ich für dich.«
Sie diktierte ihm ihre Telefonnummer, die sein Zeigefinger rasend schnell eintippte. Wenige Sekunden später klingelte ihr Telefon in London mit dem charakteristischen doppelten Wählton britischer Telefone, dann hörte sie ihre eigene Tonbandstimme. Sie stellte sich einen Techniker in Tel Aviv vor, auf dessen Bildschirm die Information *Hotel Queen Elizabeth, Montreal, Zimmer 1417* erschien. Jacqueline wollte nach dem Hörer greifen, aber er bedeckte ihn mit einer Hand und sah sie an. »Wenn du nichts dagegen hast, möchte ich mithören. Meine Paranoia macht sich wieder bemerkbar.«
Auf dem Anrufbeantworter waren drei Nachrichten

gespeichert. Die erste war von einer Frau, die sich als Dominiques Mutter ausgab. Die zweite kam von Julian Isherwood – er hatte eine Akte verlegt und bat sie, gelegentlich zurückzurufen und ihm zu helfen, sie wiederzufinden. Der dritte Anrufer war ein Mann, der seinen Namen nicht nannte. Jacqueline erkannte sofort Gabriels Stimme. *»Ich wollte dir nur sagen, daß ich oft an dich denke. Solltest du irgendwas brauchen, bin ich immer für dich da. Hoffentlich bis bald. Ciao.«*

»Danke, das war alles.«

Er schaltete den Lautsprecher aus und legte langsam den Hörer auf. »Das hat nicht sehr nach Jusef geklungen.«

»Das war nicht Jusef. Das war ein Mann, den ich vor Jusef gekannt habe.«

»Er scheint sich noch immer viel aus dir zu machen.«

»Nein, er hat sich nie wirklich etwas aus mir gemacht.«

»Aber du offenbar aus ihm. Vielleicht tust du's noch immer.«

»Ich liebe Jusef.«

»Ah, richtig, das hatte ich vergessen.« Er stand ruckartig auf. »Komm, wir gehen einkaufen.«

38

Montreal

Zvi Jadin holte Schamron und Gabriel vom Flughafen ab und brachte sie nach Montreal. Er hatte dichtes lockiges Haar, einen ziemlich struppigen Vollbart und den Körperbau eines Rugbyspielers. Weil er groß war, neigten die Leute dazu, ihn für einen dummen, tolpatschigen Bären zu halten, was er keineswegs war. Gabriel kannte ihn seit ihrer gemeinsamen Zeit in der Geheimdienstschule. Trotz ihres auffälligen Größenunterschieds waren sie in der Nahkampfausbildung zusammengespannt worden. Am letzten Tag hatte Zvi Gabriel zwei Rippen gebrochen. Gabriel hatte sich mit einem Ellbogenstoß revanchiert, der ihm den Unterkiefer ausgerenkt hatte. Als sie später auf dem Krankenrevier verarztet wurden, hatte Zvi zugegeben, daß Schamron ihn dazu angestiftet hatte – um zu testen, wie gut Gabriel Schmerzen ertrug. Damals hatte Gabriel sich gewünscht, er hätte ihm den Unterkiefer gebrochen.

»Heute nacht soll's dreißig Grad minus haben«, berichtete Jadin, während er über die Autobahn in Richtung Innenstadt raste. »Ich habe euch Parkas, Mützen und Handschuhe gekauft. Und dir habe ich das hier mitgebracht, Gabriel.«

Er hielt ihm einen Edelstahlkasten hin. Als Gabriel ihn aufklappte, lag vor ihm das Sportschützenmodell einer Beretta Kaliber 22. Er fuhr mit einer Hand über den Lauf und die Griffschalen aus Walnußholz. Die Pistole fühlte sich kalt an. Er klappte den Deckel zu und schob den Kasten unter den Beifahrersitz.

»Danke für die Wetterinformationen, Zvi«, sagte Schamron, »aber wo zum Teufel ist Jacqueline?«

Jadin brachte sie rasch auf den neuesten Stand. Die Air-France-Maschine aus Paris war mit 20 Minuten Verspätung gelandet. Jadins Team hatte die beiden Frauen überwacht, sobald sie die Paß- und Zollkontrolle passiert hatten. Jacquelines Begleiterin hatte sich bei Hertz einen Leihwagen genommen, und sie waren ins Hotel Queen Elizabeth gefahren. Dort hatte sie Jacqueline einem Mann übergeben: Anfang Vierzig, gutgekleidet, anständig aussehend. Die beiden waren nach oben in sein Zimmer gefahren. Jadin hatte im Hotel einen *Sajan,* der an der Rezeption arbeitete. Von ihm wußte er, daß der fragliche Gast vormittags angekommen war und sich unter dem Namen Lucien Daveau ein Zimmer genommen hatte. Zimmer 1417.

»Fotos?« fragte Schamron hoffnungsvoll.

»Nichts zu machen. Nicht unter diesen Umständen.«

»Ist das Tariq gewesen?«

»Schon möglich. Schwer zu sagen.«

»Was ist aus der jungen Frau geworden?«

»Nachdem sie Jacqueline übergeben hatte, hat sie das Hotel verlassen. Auf dem Boulevard René Lévesque ist sie von einem anderen Wagen abgeholt worden. Wir haben nicht versucht, sie zu beschatten. Dafür ist unsere Personaldecke zu dünn.«

»Wie viele Leute haben Sie?«

»Drei erfahrene Männer und das neue Mädchen, das Sie mir frisch von der Schule geschickt haben.«

»Wie sind sie eingesetzt?«

»Zwei Leute sind in der Hotelhalle. Die beiden anderen sitzen draußen in einem Auto.«

»Kann dein Freund in der Rezeption uns Zutritt zu dem Zimmer verschaffen?« fragte Gabriel.

»Klar.«

»Ich möchte in seinem Telefon eine Wanze installieren.«

»Kein Problem. Ich habe welche aus Ottawa mitgebracht. Wir können ein Zimmer mieten und es als Horchposten einrichten. Damit wäre allerdings jemand aus meinem Team blockiert.«

»Die Möglichkeit, sein Telefon abzuhören, ist das wert.«

»Ich setze die Neue darauf an.«

»Nein, die brauche ich vielleicht als Begleiterin.«

Jadin sah zu Schamron hinüber. »Jetzt zu den Problemen, Boß.«

»Welche Probleme?«

»Lev.«

»Was ist mit Lev?«

»Während ich auf Sie gewartet habe, habe ich bei der Station angerufen.«

»Und?«

»Nachdem wir abgereist waren, hat Mordechai wegen irgendeiner Spesenabrechnung angerufen. Er muß Lev erzählt haben, daß die Station verwaist ist, denn eine halbe Stunde später hat Lev ein Kabel geschickt und wissen wollen, was zum Teufel bei uns los sei.«

»Was hat er zur Antwort bekommen?« fragte Schamron müde.

»Ich hatte unsere Sekretärin entsprechend präpariert. Sie hat Lev mitgeteilt, ein Freund im kanadischen Geheimdienst habe uns den Tip gegeben, in Quebec City lebe möglicherweise ein Mitglied des Islamischen Dschihads, und wir seien nach QC unterwegs, um uns den Mann anzusehen. Daraufhin kommt die nächste

Zigarre von Lev: *Mit wessen Genehmigung? Erbitte Namen des mutmaßlichen ID-Aktivisten.* Sie verstehen, was ich meine, Boß.«

Schamron fluchte leise. »Schicken Sie ihm eine Nachricht, wenn Sie wieder in Ottawa sind. Teilen Sie ihm mit, der Tip sei wertlos gewesen.«

»Hören Sie, Boß, wir arbeiten schon lange zusammen. Aber Sie gehen bald wieder in den Ruhestand, und dann wird Lev vielleicht Ihr Nachfolger. Er könnte mir das Leben zur Hölle machen. So was macht ihm Spaß. Er ist ein Dreckskerl.«

»Lassen Sie Lev meine Sorge sein. Sie haben nur getan, was ich Ihnen aufgetragen habe.«

»Ich bin nur Befehlsempfänger – stimmt's, Boß?«

Jadins Mobiltelefon zirpte leise. Er klappte es auf und hielt es an sein Ohr. »Ja?«

Eine Pause.

»Wann?«

Wieder eine Pause.

»Wohin?«

Erneut eine Pause, diesmal etwas länger.

»Bleibt dran. Aber denkt daran, mit wem ihr's zu tun habt. Haltet sicheren Abstand.«

Jadin klappte das Mobiltelefon zu und warf es auf die Abdeckung über dem Armaturenbrett.

»Was gibt's?« fragte Schamron.

»Er ist unterwegs.«

»Was ist mit Jacqueline?«

»Mit ihm zusammen.«

»Wohin unterwegs?«

»Anscheinend zu einem Einkaufsbummel.«

»Beschaffen Sie mir ein Foto, Zvi. Ich muß wissen, ob er's wirklich ist.«

Es gibt zwei Montreals. Das eine ist das oberirdische Montreal, das sich im Winter in eine Schneewüste verwandelt. Eisige arktische Winde heulen zwischen den Wolkenkratzern hindurch und pfeifen durchs Gassengewirr der Old City am Fluß. Und dann gibt es das unterirdische Montreal: ein Labyrinth aus glitzernden Läden, Cafés, Bars, Märkten und Boutiquen für Designermode, das sich unter einem großen Teil der Innenstadt ausbreitet und eine viele Straßenblocks lange Fußgängerzone bildet.

Der passende Ort, um diese Geschichte zu beenden, dachte Jacqueline; *zwei Welten, zwei Ebenen, zwei Realitäten. Ich bin Jacqueline Delacroix, das Model. Ich bin Dominique Bonard, Sekretärin bei Isherwood Fine Arts in London. Ich bin Sarah Halévy, das jüdische Mädchen aus Marseille, eine Agentin des Diensts.* Sie hatte mehr Schichten als Montreal.

Sie ging neben ihm her. Seine Hand lag leicht auf ihrer Schulter, und er benutzte sie, um sie durch die Masse der abends Einkaufenden zu dirigieren. Jacqueline studierte das an ihr vorbeiströmende Kaleidoskop aus Gesichtern: gutaussehende junge Franzosen und Französinnen, Araber, Afrikaner, Juden – die buntscheckige ethnische Vielfalt, die Montreal ausmachte. Hätte deren Französisch nicht eigenartig stumpf geklungen, hätte sie vergessen können, daß sie Paris jemals verlassen hatte.

Er kontrollierte, ob sie beschattet wurden – das merkte Jacqueline deutlich. Er blieb vor Schaufenstern stehen, wechselte abrupt die Richtung und erfand Ausreden, um mehrmals ein Stück zurückgehen zu können. Sie konnte nur hoffen, daß Schamrons Leute gut waren. Waren sie das nicht, würde Tariq sie entdecken.

Sie gingen durch die exklusiven Shops unter der Rue Ste. Catherine. In einem suchte sie sich einen langen Daunenmantel aus. In einem anderen entschied sie sich für eine Pelzmütze. Im dritten kaufte sie zwei Jeans und mehrere Garnituren lange Unterwäsche. Er wich keinen Augenblick von ihrer Seite. Als sie in einer Umkleidekabine verschwand, um die Jeans anzuprobieren, wartete er davor und lächelte die Verkäuferinnen freundlich an. Er bezahlte alles mit einer auf den Namen Lucien Daveau ausgestellten Kreditkarte.

Nachdem die Einkäufe erledigt waren, gingen sie in Richtung Hotel zurück. *Worauf wartet ihr noch?* fragte sich Jacqueline. *Los, schlagt zu! Erledigt ihn.* Aber das war hier nicht möglich – nicht im unterirdischen Montreal. Das gesamte Labyrinth aus Einkaufspassagen ließ sich minutenschnell abriegeln. Gabriel und alle Mitglieder des Teams wären darin gefangen gewesen. Sie wären festgenommen und verhört worden. Die Polizei hätte eine Verbindung zum Dienst hergestellt, und dieser Skandal hätte Schamron den Kopf gekostet.

Da er vorschlug, vor dem Abendessen einen Kaffee zu trinken, betraten sie eine Espressobar in der Nähe des Hotels. Während er mit kleinen Schlucken seinen Cappuccino trank, blätterte Jacqueline eine ausliegende Touristenbroschüre durch. Kurze Zeit später holte er ein Tablettenröhrchen aus der Jackentasche und schluckte zwei Tabletten. Fünf Minuten später – das wußte sie genau, weil sie auf dieser Exkursion alles aufmerksam beobachtete, wie sie es bei Schamron gelernt hatte – nahm ein Mann in einem grauen Anzug am Nebentisch Platz. Er stellte seinen Aktenkoffer neben sich: schwarzes Leder, Faltenbälge an den Seiten, goldfarbene Zahlenschlösser. Nach kaum einer Minute stand der Mann wieder auf, ging davon und ließ den Aktenkoffer stehen. Als Tariq seinen Cappuccino ausgetrunken hatte, nahm er außer Jacquelines Tragetaschen wie selbstverständlich den Aktenkoffer des Unbekannten mit.

Zwei Montreals, zwei Realitäten, dachte Jacqueline, als sie ins Hotel zurückgingen. In der einen Realität kamen sie gerade von einem Einkaufsbummel zurück. In der anderen hatte Tariq eine Stunde lang kontrolliert, ob er beschattet wurde, und dann eine Schußwaffe übernommen.

Gabriel trat im Queen Elizabeth an die Rezeption und fragte den jungen Mann hinter der Theke, ob er ihm ein gutes französisches Restaurant empfehlen könne. Der Hotelangestellte war klein und adrett, mit dem bleistiftdünnen Schnurrbart und dem starren Lächeln eines perfekten Hoteliers. Gabriel sprach rasend schnell französisch, der junge Mann ebenfalls. Er empfahl Gabriel das Alexandre, ein ausgezeichnetes Bistro im Pariser Stil, nannte ihm die Adresse und gab ihm einen zusammengefalteten Stadtplan mit. Gabriel bedankte sich für die Auskunft, steckte den Stadtplan in die Innentasche seiner Jacke und ging. Statt jedoch das Hotel zu verlassen, durchquerte er die Hotelhalle, betrat einen wartenden Lift und fuhr in den 14. Stock hinauf.

Oben ging er rasch den Korridor entlang. In seiner rechten Hand hatte er eine Tragetasche aus einer der Boutiquen in der Hotelhalle; in der Tragetasche lag ein in Seidenpapier gewickeltes Hoteltelefon. Als er sich der Tür von Zimmer 1417 näherte, zog er den Stadtplan aus seiner Jacke und faltete ihn auseinander. Im Stadtplan steckte ein Duplikat von Tariqs Schlüsselkarte. Am Türknopf hing ein Schild *Bitte nicht stören.* Gabriel schob die Magnetkarte ins Schloß, zog sie wieder heraus, betrat das Zimmer und machte leise die Tür hinter sich zu.

Für ihre Einsatzzentrale hatte Jadin eine Suite im Sheraton gemietet, das am Boulevard René Lévesque einige Straßenblocks vom Queen Elizabeth entfernt war. Als Gabriel die Suite betrat, traf er Jadin mit Schamron und einer schwarzhaarigen jungen Frau an, die Zvi ihm als Deborah vorstellte. Sie erinnerte Gabriel ziemlich stark an Leah, vielleicht mehr, als ihm im Augenblick lieb war. Auf dem Teppich war ein großer Stadtplan von Montreal ausgebreitet. Schamron hatte seine Brille hochgeschoben und rieb sich den Nasenrücken, während er auf und ab ging. Gabriel goß sich einen Kaffee ein und umfaßte die Tasse mit beiden Händen, um sie zu wärmen.

»Sie sind wieder im Zimmer. Die Wanze nimmt jedes Wort ihrer Unterhaltung auf. Klasse gemacht, Gabriel.«

»Worüber reden sie?«

»Belanglose Dinge. Ich schicke später einen Mann rüber, der die Bänder holt. Sollte sich etwas Dringendes ergeben, ruft unser Horchposten an.«

»Wo sind sie gewesen, als sie unterwegs waren?«

»Hauptsächlich einkaufen, aber wir denken, daß Tariq jetzt eine Waffe hat.«

Gabriel stellte die Tasse ab und hob ruckartig den Kopf.

»Zu diesem Zeitpunkt hat Deborah ihn beschattet«, erklärte Jadin. »Sie hat alles genau gesehen.«

Die junge Frau beschrieb ihm rasch die Szene in der Kaffeebar. Sie sprach Englisch mit amerikanischem Akzent.

»Wie hält Jacqueline sich?«

»Sie sah gut aus. Ein bißchen müde, aber sonst in guter Verfassung.«

Das Telefon klingelte. Jadin nahm den Hörer schon vor dem zweiten Klingeln ab. Er hörte kurz zu, ohne etwas zu sagen, legte dann auf und sah zu Schamron hinüber. »Er hat gerade einen Tisch in einem Restaurant in der Rue St. Denis bestellt.«

»Was für ein Viertel ist das?«

»Cafés, Shops, Bars, Diskos«, antwortete Jadin. »Sehr lebhaft, unkonventionell.«

»Ein Viertel, in dem wir eine Überwachung durchführen könnten?«

»Jederzeit.«

»Auch ein Viertel, in dem ein *Kidon* an eine Zielperson herankommen könnte?«

»Kein Problem.«

»Wie sieht's mit Fluchtwegen aus?« fragte Gabriel.

»Wir hätten mehrere«, sagte Jadin. »Du könntest dich nach Norden in Richtung Outremont oder Mont Royal oder nach Süden direkt zur Autobahn absetzen. Die anderen könnten in der Old City untertauchen.«

In diesem Augenblick wurde leise angeklopft. Jadin murmelte ein paar Worte durch die geschlossene Tür, dann öffnete er sie. Ein jungenhafter Mann mit blondem Haar und blauen Augen trat ein.

»Ich habe sie auf Video.«

»Lassen Sie mal sehen«, verlangte Schamron.

Der junge Mann verband seinen tragbaren Recorder mit dem Fernseher und zeigte ihnen die Aufnahme: Jacqueline und der Mann, der sich Lucien Daveau nannte, schlenderten durch die unterirdische Einkaufspassage. Der Videofilm war von der nächsthöheren Ebene aus aufgenommen worden.

Schamron lächelte zufrieden. »Das ist er! Todsicher.«

»Wie können Sie das bei diesem Aufnahmewinkel beurteilen?« fragte Gabriel.

»Sehen Sie sich diesen Mann an. Sehen Sie sich die Fotos an. Das ist er!«

»Wissen Sie das bestimmt?«

»Ja, das weiß ich bestimmt!« Schamron stellte den Fernseher ab. »Was ist los, Gabriel?«

»Ich will nur nicht den Falschen erschießen.«

»Das ist Tariq. Verlassen Sie sich darauf.« Schamron betrachtete den Stadtplan von Montreal. »Zvi, zeigen Sie mir die Rue St. Denis. Ich will diese Sache heute abend zu Ende bringen und nach Hause fliegen.«

39

Montreal

Um acht Uhr verließen sie das Hotelzimmer und fuhren mit dem Aufzug in die Hotelhalle hinunter. Der abendliche Andrang an der Rezeption war vorüber. Ein japanisches Paar ließ sich von einem Fremden fotografieren. Tariq blieb stehen, wandte sich ab und klopfte demonstrativ seine Taschen ab, als habe er etwas Wichtiges vergessen. Als das Foto geknipst war, ging er weiter. Aus der Hotelbar drang Gebrüll: Amerikaner, die sich im Fernsehen ein Footballspiel ansahen. Sie fuhren mit einer Rolltreppe ins unterirdische Montreal hinunter und gingen die kurze Strecke zur nächsten Metrostation. Er achtete darauf, sie immer rechts neben sich zu haben. Ihr fiel ein, daß er Linkshänder war – offenbar wollte er vermeiden, daß sie seinen Arm festhalten konnte, wenn er nach seiner Waffe greifen mußte. Sie überlegte, welche Art Waffe er bevorzugte. Richtig, eine Makarow-Pistole. Er hatte eine Vorliebe für die Makarow.

Tariq ging durch die Metrostation, als kenne er sich dort aus. Sie stiegen in eine U-Bahn und fuhren nach Osten zur Rue St. Denis. Als sie aus der Metrostation auf den belebten Boulevard traten, verschlug die schneidende Kälte Jacqueline fast den Atem.

Es kann an einem ruhigen, völlig geheimen Ort passieren, oder es kann mitten auf einer belebten Straße geschehen ...

Sie hielt ihren Blick gesenkt und widerstand dem Drang, sich nach Gabriel umzusehen.

Vielleicht siehst du mich kommen, vielleicht auch nicht. Siehst du mich kommen, darfst du mich nicht ansehen. Du darfst nicht zusammenzucken. Du darfst keinen Laut von dir geben …

»Etwas nicht in Ordnung?« Er sprach, ohne sie dabei anzusehen.

»Ich friere entsetzlich.«

»Bis zum Restaurant ist's nicht weit.«

Sie kamen an einigen Bars vorbei. Aus einer Kellertaverne drang der wehmütige Sound einer Bluesband herauf. Ein Laden für gebrauchte CDs und Schallplatten. Ein vegetarisches Restaurant. Ein Tätowierstudio. Dann kam ihnen eine Gruppe von Skinheads entgegen. Einer der jungen Männer sagte etwas Ordinäres zu Jacqueline. Tariq musterte ihn eisig; der Skinhead hielt den Mund und ging rasch weiter.

Sie erreichten das Restaurant, ein etwas von der Straße zurückgesetztes viktorianisches Gebäude. Der Maître d'hôtel half ihnen aus den Mänteln und begleitete sie zu einem Fenstertisch im ersten Stock. Tariq setzte sich so, daß er hinaussehen konnte. Jacqueline sah, wie seine Augen die Straße absuchten. Als der Ober kam, bestellte sie sich ein Glas Bordeaux.

»Monsieur Daveau?«

»Für mich bitte nur ein Mineralwasser«, sagte er. »Ich habe etwas Kopfschmerzen.«

Das italienische Restaurant lag genau gegenüber auf der anderen Seite der Rue St. Denis. Um es zu erreichen, mußten Gabriel und Deborah einige mit Eis bedeckte Stufen hinuntergehen. Direkt am Fenster war kein Tisch mehr frei, aber auch aus der zweiten Reihe konnte Gabriel noch Jacquelines langes schwarzes Haar hinter dem Fenster im ersten Stock sehen. Schamron und Zvi

Jadin saßen draußen in einem gemieteten Van. Am südlichen Ende des Straßenblocks, näher am Rand der Old City, wartete einer von Jadins Männern am Steuer des Fluchtfahrzeugs. Ein weiterer Mann saß in einem Kombi, der einen Block weiter westlich auf der Rue Sanguinet geparkt war. Tariq war eingekesselt.

Gabriel bestellte Wein, trank aber keinen Schluck davon. Er bestellte Tagliatelle und einen Salat, aber vom Geruch des Essens wurde ihm fast schlecht. Zum Glück hatte die junge Frau eine gute Ausbildung gehabt. Sie übernahm die führende Rolle. Sie flirtete mit dem Kellner. Sie unterhielt sich mit dem Paar am Nebentisch. Sie verschlang ihr Essen und aß danach seinen Teller halb leer. Sie hielt seine Hand. Vieles an ihr erinnerte Gabriel wieder unangenehm an Leah. Ihr Duft. Die goldenen Flecken in ihren dunkelbraunen Augen. Die ausdrucksvollen Bewegungen ihrer langen Hände, mit denen sie ihre Worte unterstrich. Gabriel sah aus dem Fenster aufs Pflaster der Rue St. Denis hinaus, aber in Gedanken war er wieder in Wien und saß mit Leah und Dani in der Trattoria im jüdischen Viertel.

Er war in Schweiß gebadet. Er spürte, wie kalte Tropfen ihm über Rückgrat und Rippen liefen. Die Beretta steckte in der Außentasche seiner Parka, die er so über die Stuhllehne gehängt hatte, daß er das beruhigende Gewicht der Waffe am Oberschenkel spüren konnte. Deborah plauderte munter. »Wir sollten einfach abhauen«, sagte sie gerade. »In die Karibik, nach St. Bart's, auf eine Tropeninsel mit gutem Essen und gutem Wein.« Gabriel hörte ihr mit einem Ohr zu – er nickte an den richtigen Stellen und warf ab und zu sogar ein paar Worte ein –, aber hauptsächlich stellte er sich vor, wie er Tariq erschießen würde. Das waren keine Gedanken, die ihm Freude machten. Er hatte sie nicht aus Zorn oder Rachsucht, sondern weil er die Tat wie ein Wendemanöver bei besonders schwierigen Wind- und Strömungsverhältnissen plante – oder wie die Ausbesserung einer abgeplatzten Stelle eines fünf Jahrhunderte alten Gemäldes.

Er stellte sich vor, was passieren würde, nachdem er Tariq erschossen hatte. Deborah würde allein zurechtkommen. Gabriel war für Jacqueline verantwortlich. Er würde schnellstmöglich den Tatort mit ihr verlassen. Einer von Jadins Männern, der in einem gemieteten grünen Ford wartete, würde sie in der Rue St. Denis aufnehmen und zum Flughafen fahren. Unterwegs würden sie einmal das Fahrzeug wechseln. Auf dem Flughafen würden sie direkt zum General Aviation Terminal fahren und an Bord von Benjamin Stones Privatjet gehen. Klappte alles nach Plan, konnten sie morgen nachmittag in Israel sein.

Falls nicht …

Gabriel zwang sich, nicht an einen möglichen Fehlschlag zu denken.

In diesem Augenblick zirpte sein Mobiltelefon. Er hielt es ans Ohr, hörte schweigend zu. Dann drückte er die rote Taste, gab das Mobiltelefon der jungen Frau, stand auf und zog seine Parka an. Die Beretta schlug an seine Hüfte. Er steckte seine Hand in die Tasche, hielt die Waffe am Griff fest.

Gezahlt hatte er längst, um nicht auf die Rechnung warten zu müssen, wenn sie plötzlich gehen mußten. Die junge Frau ging durchs Lokal voraus. Gabriel hatte das Gefühl, in Flammen zu stehen. Draußen rutschte er auf den eisigen Stufen aus und wäre hingefallen, wenn Deborah ihn nicht am Arm erwischt und gehalten hätte. Als sie den Gehsteig erreichten, waren Tariq und Jacqueline nirgends zu sehen. Gabriel stand so vor der jungen Frau, daß er dem Restaurant auf der anderen Straßenseite den Rücken zukehrte. Er küßte sie auf die Wange, dann brachte er seine Lippen dicht an ihr Ohr. »Sag mir, wenn du sie siehst.«

Gabriel vergrub sein Gesicht seitlich an Deborahs Hals. Ihre Haare fielen über sein Gesicht. Ihr Duft war dem Leahs schockierend ähnlich. Er hielt sie mit der linken Hand an sich gedrückt. Die rechte Hand blieb in der Tasche seiner Parka, umklammerte den Griff der Beretta.

Er ging den Ablauf in Gedanken ein letztes Mal durch. Er glaubte die Stimme eines Vortragenden bei der Ausbildung zu hören. *Dreh dich um, geh direkt auf ihn zu. Nicht zögern oder bummeln, sondern zügig gehen. Sobald du nahe genug heran bist, ziehst du mit der rechten Hand deine Pistole und schießt. Denk nicht an die Umstehenden, denk nur an die Zielperson. Werde der Terrorist. Du hörst erst auf, wenn der Terrorist tot ist. Das Reservemagazin steckt in deiner linken Tasche, falls du es brauchst. Laß dich nicht schnappen. Du bist ein Prinz. Du bist wertvoller als alle anderen. Tu alles, um nicht gefaßt zu werden. Versucht ein Polizeibeamter, dich aufzuhalten, erschießt du ihn ebenfalls. Du darfst dich unter keinen Umständen verhaften lassen.*

»Da kommen sie!«

Sie gab ihm einen kleinen Schubs, damit ihre Körper sich trennten. Gabriel drehte sich um, überquerte die Straße und nahm seinen Blick nur lange genug von Tariqs Gesicht, um sich zu vergewissern, daß er nicht etwa vors nächste Auto lief. Trotz der Kälte war seine Hand mit der Pistole schweißnaß. Er hörte nur seinen rasselnden Atem und das Rauschen seines Bluts im Innenohr. Jacqueline sah auf. Ihre Blicke begegneten sich für Bruchteile einer Sekunde; dann sah sie rasch weg. Tariq faßte sie am Ellbogen.

Als Gabriel die Beretta aus der Tasche zog, raste ein Wagen mit quietschenden Reifen um die nächste Straßenecke. Ihm blieb nichts anderes übrig, als hastig einige Schritte zurückzuweichen. Als das Auto hielt, war Gabriel auf der linken Seite und Tariq mit Jacqueline auf der rechten.

Die hintere Tür auf Tariqs Seite wurde aufgestoßen. Tariq zwang Jacqueline, vor ihm einzusteigen. Die Umhängetasche rutschte ihr von der Schulter und fiel auf den Asphalt. Tariq grinste Gabriel höhnisch an, duckte sich und stieg neben Jacqueline ein.

Der Wagen raste davon. Gabriel überquerte die Straße und hob Jacquelines Handtasche auf. Dann ging er zu dem Italiener zurück, um Deborah abzuholen. Sie gingen nebeneinander die Rue St. Denis hinauf. Gabriel öffnete Jacquelines Tasche und warf einen Blick hinein. Sie enthielt ihre Geldbörse, ihren Reisepaß, ein Schminktäschchen und das goldene Feuerzeug, das Schamron ihr gegeben hatte.

»Sie hätten schießen müssen, Gabriel!«

»Ich konnte nicht schießen!«

»Sie hätten übers Autodach hinweg schießen können!«

»Bockmist!«

»Sie hätten schießen können, aber Sie haben gezögert!«

»Ich habe *gezögert,* denn hätte die Kugel übers Autodach hinweg ihn verfehlt, wäre sie ins Restaurant auf der anderen Straßenseite gegangen – und dann hätte es vielleicht einen toten Unbeteiligten gegeben.«

»Früher haben Sie nie gedacht, Sie könnten Ihr Ziel verfehlen.«

Der Van fuhr mit quietschenden Reifen an. Gabriel hockte auf dem Teppichboden des Laderaums; Deborah saß ihm gegenüber, die Knie bis unters Kinn hochgezogen, und beobachtete ihn aufmerksam. Er schloß die Augen und versuchte, einen Moment ruhig nachzudenken. Der Anschlag hatte mit einem völligen Desaster geendet. Tariq hatte Jacqueline entführt. Sie hatte keinen Reisepaß, keine Papiere und vor allem keinen Peilsender mehr. Bisher waren sie Tariq gegenüber in einem wesentlichen Punkt im Vorteil gewesen: Sie hatten immer gewußt, wo er war. Jetzt hatte dieser Vorteil sich in Luft aufgelöst.

Er ließ die Ereignisse wie einen Film vor sich ablaufen. Tariq und Jacqueline, die das Restaurant verließen. Der Wagen, der plötzlich wie aus dem Nichts auftauchte. Tariq, der Jacqueline auf den Rücksitz stieß. Tariq, der ihn übers Wagendach hinweg höhnisch angrinste.

Gabriel glaubte wieder zu sehen, wie Tariqs geisterhafte Erscheinung ihn mit einer Van-Dyck-Hand zu sich heranwinkte. *Er hat's von Anfang an gewußt,* sagte Gabriel sich. *Er hat gewußt, daß ich ihm in der Rue St. Denis auflauern würde. Er hat mich dorthin gelockt.*

Schamron machte ihm wieder Vorwürfe. »Sie waren vor allem für Jacqueline verantwortlich. Nicht für jemanden in einem Restaurant hinter ihr. Sie hätten ohne Rücksicht auf die Konsequenzen schießen müssen!«

»Selbst wenn ich ihn getroffen hätte, wäre Jacqueline jetzt fort. Sie war im Auto, der Motor lief. Sie sollte entführt werden, und ich konnte es nicht verhindern.«

»Sie hätten aufs Auto schießen müssen. Vielleicht hätten wir sie auf der Straße anhalten können.«

»Hätten Sie das gewollt? Eine wilde Schießerei mitten in Montreal? Das wäre ein weiteres Lillehammer geworden. Ein weiteres Amman. Ein weiteres Desaster für den Dienst.«

Schamron drehte sich um, funkelte Gabriel an und starrte wieder nach vorn.

»Was nun, Ari?« fragte Gabriel.

»Wir finden sie.«

»Wie?«

»Ich kann mir denken, wohin sie wollen.«

»Wir können Tariq in den Staaten unmöglich allein aufspüren.«

»Was schlagen Sie vor, Gabriel?«

»Wir müssen die Amerikaner warnen, daß er wahrscheinlich zu ihnen unterwegs ist. Die Kanadier müssen wir auch alarmieren. Vielleicht können sie verhindern, daß Tariq Jacqueline über die Grenze bringt. Mit etwas Glück schnappen sie ihn, bevor er mit ihr die Grenze erreicht.«

»Die Amerikaner und die Kanadier informieren? Was sollen wir ihnen erzählen? Daß wir in Kanada einen Palästinenser liquidieren wollten? Daß wir die Sache vermurkst haben und jetzt ihre Hilfe benötigen, um aus dem Schlamassel rauszukommen? Ich glaube nicht, daß das in Ottawa oder Washington große Begeisterung auslösen würde.«

»Was machen wir dann? Untätig abwarten?«

»Nein, wir fliegen in die Staaten und verstärken die Sicherheitsvorkehrungen zum Schutz des Premierministers. Tariq ist nicht umsonst nach Nordamerika gekommen. Irgendwann muß er sein Vorhaben ausführen.«

»Und was ist, wenn er's nicht auf den Premierminister abgesehen hat?«

»Im Augenblick geht's mir allein um die Sicherheit des Premierministers.«

»Jacqueline wäre sicher beruhigt, wenn sie das wüßte.«

»Sie wissen, was ich meine, Gabriel. Kommen Sie mir nicht mit Haarspaltereien.«

»Eines haben Sie vergessen, Ari. Sie hat keinen Reisepaß mehr.« Gabriel hielt ihre Umhängetasche hoch. »Der ist hier drin. Wie will er sie ohne Paß über die Grenze bringen?«

»Tariq hat offenbar andere Vorkehrungen getroffen.«

»Oder vielleicht hat er gar nicht vor, sie über die Grenze zu bringen. Vielleicht ermordet er sie vorher.«

»Deshalb hätten Sie schießen sollen, Gabriel.«

40

Sabrevois, Quebec

Jacqueline hatte versucht, sich die Straßenschilder zu merken. Route 40 durch Montreal. Route 10 über den Fluß. Route 35 aufs Land. Jetzt dies hier: Route 133, eine einspurige Provinzstraße, die sich durch die Ebenen Südquebecs zog. Eigenartig, wie rasch das kosmopolitische Montreal dieser dünnbesiedelten Schneewüste gewichen war. Eine schwach leuchtende Mondsichel hing, von einem Hof aus Eiskristallen umgeben, tief über dem Horizont. Vom Wind getriebener Schnee wirbelte wie ein Sandsturm über den Asphalt. Von Zeit zu Zeit tauchten Objekte aus dem Dunkel auf. Getreidesilos, die über den Schneewall am Straßenrand aufragten. Eine abgedunkelte landwirtschaftliche Lagerhalle. Weit voraus sah sie buntes Neonlicht. Als sie näher kamen, erkannte sie, daß die Neonröhren die Umrisse von Frauen mit Riesenbrüsten nachbildeten: ein Striplokal am Ende der Welt. Sie fragte sich, wo sie ihre Mädchen herbekamen. Vielleicht hatten die Farmer Spaß daran, ihre Schwestern und Freundinnen oben ohne tanzen zu sehen. *Ödnis,* dachte sie. *Dieses Wort muß hier entstanden sein.*

Nach einer Stunde Fahrt waren sie nur noch wenige Meilen von der US-Grenze entfernt. *Wie will er mit mir über die Grenze kommen,* fragte sie sich, *wenn mein Paß mit meinen übrigen Sachen auf der Rue St. Denis in Montreal liegt?*

Mein Reisepaß und das Feuerzeug mit dem Peilsender …

Alles war rasend schnell gegangen. Nachdem sie Gabriel erkannt hatte, hatte sie weggesehen und sich darauf gefaßt gemacht, was ihrer Überzeugung nach als nächstes passieren würde. Dann war plötzlich der Wagen aufgetaucht, und Tariq hatte sie so brutal hineingestoßen, daß die Tasche von ihrer Schulter gerutscht war. Als sie davonrasten, hatte sie ihn angeschrien, er solle umkehren, weil sie ihre Tasche verloren habe, aber er hatte sie ignoriert und den Fahrer aufgefordert, schneller zu fahren. Erst dann hatte Jacqueline gesehen, daß die Frau, die sie als Leila kannte, am Steuer saß. Einige Straßenblocks weiter hatten sie das Fahrzeug gewechselt. Ihr neuer Fahrer war der Mann, der in der unterirdischen Espressobar seinen Aktenkoffer für Tariq zurückgelassen hatte. Diesmal fuhren sie etwas weiter bis nach Montreal-Outremont. Dort wechselten sie erneut das Fahrzeug. Jetzt fuhr Tariq.

Er schwitzte stark. Im rötlichen Licht der Instrumentenbeleuchtung sah Jacqueline seine Haut schweißnaß glänzen. Er war leichenblaß und hatte dunkle Ringe unter den Augen. Seine rechte Hand zitterte.

»Willst du mir nicht wenigstens erklären, was in Montreal passiert ist?«

»Das war eine Sicherheitsmaßnahme, reine Routine.«

»So was nennst du *Routine?* Wieso sind wir dann nicht umgekehrt und haben meine Tasche geholt?«

»Ich werde häufig vom israelischen Geheimdienst und seinen Freunden im Westen überwacht. Auch meine Feinde innerhalb der Palästinenserbewegung lassen mich beschatten. Mein Instinkt hat mir gesagt, daß mich *irgend jemand* in Montreal beobachtet hat.«

»Diese Farce hat mich meine Handtasche mit dem gesamten Inhalt gekostet.«

»Mach dir deswegen keine Sorgen, Dominique. Ich ersetze dir alles.«

»Manche Dinge sind unersetzlich.«

»Wie dein goldenes Feuerzeug?«

Jacqueline spürte, daß ihre Magennerven sich verkrampften. Sie erinnerte sich, wie Jusef auf der Fahrt zu der Wohnung in Hounslow mit ihrem Feuerzeug gespielt hatte.

O Gott, er weiß Bescheid. Sie wechselte das Thema. »Ich habe eher an meinen Paß gedacht.«

»Auch dein Paß läßt sich ersetzen. Wir fahren zum französischen Konsulat in Montreal. Du meldest, er sei verloren oder gestohlen worden, und bekommst einen neuen ausgestellt.«

Nein, sie stellen fest, daß er gefälscht war, und ich lande in einem kanadischen Gefängnis.

»Wieso überwachen diese Leute dich?«

»Weil sie es interessiert, wohin ich gehe und mit wem ich mich treffen will.«

»Weshalb?«

»Weil sie nicht wollen, daß ich Erfolg habe.«

»Was versuchst du zu erreichen, das sie so besorgt machen könnte?«

»Ich versuche nur, den sogenannten Friedensprozeß etwas gerechter zu gestalten. Ich will nicht, daß mein Volk sich mit einem schmalen Streifen Land abspeisen läßt, nur weil die Amerikaner und eine Handvoll Israelis jetzt bereit sind, ihn uns zu überlassen. Sie bieten uns Brosamen, die von des Reichen Tisch fallen. Ich will keine Brosamen, Dominique. Ich will den ganzen Brotlaib.«

»Ein halber Laib ist besser als gar nichts.«

»Mit Verlaub, da bin ich anderer Meinung.«

Ein Straßenschild tauchte aus dem Schneetreiben auf und verschwand sofort wieder. Noch drei Meilen bis zur Grenze.

»Wohin fahren wir?« fragte Jacqueline.

»Auf die andere Seite.«

»Und wie soll ich ohne Reisepaß über die Grenze kommen?«

»Wir haben andere Vorkehrungen getroffen.«

»*Andere* Vorkehrungen? Was für Vorkehrungen?«

»Ich habe einen Paß für dich. Einen kanadischen Paß.«

»Wie kommst du an einen kanadischen Paß?«

Wieder ein Schild: zwei Meilen bis zur Grenze.

»Er gehört natürlich nicht dir.«

»Augenblick mal! Jusef hat mir versprochen, ich bräuchte nichts Illegales zu tun.«

»Du tust nichts Illegales. Die Grenze ist frei passierbar, und dein kanadischer Paß ist echt.«

»Das mag schon sein, aber er gehört nicht mir!«

»Daß er nicht dir gehört, spielt keine Rolle. Kein Mensch wird dich danach fragen.«

»Ich denke nicht daran, mit einem gefälschten Paß in die Vereinigten Staaten einzureisen! Halt sofort an! Ich will aussteigen!«

»Lasse ich dich hier aussteigen, erfrierst du, bevor du dich in Sicherheit bringen kannst.«

»Dann setz mich irgendwo ab! Ich will hier raus!«

»Dominique, du bist aus London hierhergeflogen, damit du mir hilfst, über diese Grenze zu kommen.«

»Ihr habt mich belogen! Jusef und du!«

»Ja, es war leider notwendig, dich ein bißchen irrezuführen.«

»Ein bißchen!«

»Aber das spielt jetzt keine Rolle mehr. Wichtig ist nur, daß ich über diese Grenze muß – und dazu brauche ich deine Hilfe.«

Noch eine Meile bis zur Grenze. Jacqueline konnte bereits das weiße Flutlicht des Grenzübergangs sehen. Sie überlegte, was sie tun sollte. Sollte sie sich einfach weigern? Was würde er dann tun? Er würde wenden, sie erschießen, ihre Leiche in eine Schneewehe werfen und die Grenze allein passieren. Sie spielte mit dem Gedanken, ihn zu täuschen: scheinbar zuzustimmen und dann den Beamten an der Grenze zu alarmieren. Aber Tariq würde einfach sie *und* den Grenzpolizisten erschießen. Es gäbe eine Untersuchung, bei der die Beteiligung des Diensts aufgedeckt werden würde. Für Ari Schamron wäre das ein peinliches Fiasko, und sie wäre tot. Sie mußte noch etwas länger mitspielen und eine Möglichkeit finden, Gabriel zu benachrichtigen.

»Ich möchte den Paß sehen«, verlangte sie.

Er gab ihn ihr.

Jacqueline schlug ihn auf und las den Namen: Hélène Sarrault. Sie betrachtete das Foto: Leila. Die Ähnlichkeit war vage, aber überzeugend genug. Nachts und bei Schneetreiben konnte sie damit jede Grenze passieren.

»Tust du's?«

»Fahr weiter«, sagte Jacqueline.

Er rollte über den schneebedeckten weiten Platz vor der Grenzkontrolle und hielt an der offenen Schranke. Ein Grenzpolizist trat aus dem Wachhäuschen und sagte: »Guten Abend. Wohin wollen Sie heute abend?«

»Nach Burlington«, antwortete Tariq.

»Geschäftlich oder privat?«

»Meine Schwester ist plötzlich erkrankt.«

»Tut mir leid, das zu hören. Wie lange wollen Sie bleiben?«

»Einen Tag, höchstens zwei.«

»Ihre Pässe, bitte.«

Tariq reichte sie ihm hinaus. Der Uniformierte schlug sie auf, betrachtete die Fotos und las die Namen. Dann sah er in den Wagen und verglich ihre Gesichter mit den Paßfotos.

Er klappte die Pässe zu und gab sie zurück. »Gute

Fahrt. Aber fahren Sie vorsichtig. Der Wetterbericht kündigt für heute nacht einen schweren Schneesturm an.«

Tariq nahm ihre Pässe entgegen, gab wieder Gas und fuhr langsam über die Grenze nach Vermont hinein. Er steckte die Pässe wieder ein; als sie die Grenze weit genug hinter sich gelassen hatten, zog er eine Makarow und setzte sie Jacqueline an die Schläfe.

41

Washington

Jassir Arafat saß in der Präsidentensuite des Hotels Madison am Schreibtisch, arbeitete Akten durch und hörte dabei das Brausen des spätabendlichen Verkehrs auf dem nassen Asphalt der Fifteenth Street. Er machte einen Augenblick Pause, steckte sich eine tunesische Dattel in den Mund und aß ein paar Löffel Joghurt hinterher. Er hielt gewissenhaft Diät, rauchte nicht, trank weder Alkohol noch Kaffee. Das hatte ihm geholfen, das körperlich sehr anstrengende Leben eines Revolutionärs durchzustehen, dem andere Männer vielleicht längst zum Opfer gefallen wären.

Da er an diesem Abend keinen Besuch mehr erwartete, hatte er seine Uniform mit einem blauen Jogginganzug vertauscht. Sein kahler Schädel war unbedeckt, und die untere Hälfte seines dicklichen Gesichts verschwand wie immer hinter einem Dreitagebart. Er trug eine Lesebrille, die seine Glupschaugen vergrößerte. Seine vorstehende dicke Unterlippe verlieh ihm den Gesichtsausdruck eines Kindes, das kurz davor ist, in Tränen auszubrechen.

Da er ein nahezu fotografisches Gedächtnis für Schriftstücke und Gesichter besaß, konnte er die Akten rasch durcharbeiten, wobei er nur gelegentlich eine Pause machte, um Bemerkungen an den Rand zu kritzeln oder sie mit seiner Paraphe abzuzeichnen. Ihm unterstanden jetzt der Gaza-Streifen und große Teile der West Bank – eine Entwicklung, die noch vor wenigen Jahren als undenkbar gegolten hätte. Die palästinensische Selbstverwaltung war für die profanen Details gewöhnlicher Regierungstätigkeit wie Schulen und Müllabfuhr zuständig. Ein unübersehbarer Niedergang im Vergleich zu alten Zeiten, in denen er der berühmteste Guerilla der Welt gewesen war.

Er schob die unbearbeiteten Akten beiseite und schlug eine Dokumentenmappe aus Leder auf. Sie enthielt ein Exemplar des vorläufigen Abkommens, das er morgen bei den Vereinten Nationen in New York unterzeichnen würde. Dieses Abkommen war ein weiterer kleiner Schritt auf dem Weg zur Vollendung seines Lebenswerks: der Schaffung eines Palästinenserstaats. Es war weit weniger, als er sich anfangs vorgenommen hatte – ursprünglich hatte er davon geträumt, Israel von der Landkarte zu tilgen –, aber mehr war gegenwärtig nicht zu erreichen. Innerhalb der Bewegung gab es Leute, die sein Scheitern wünschten, einige sogar seinen Tod. Die Verweigerer, die Träumer. Hätten sie sich durchgesetzt, wären die Palästinenser dazu verdammt gewesen, auf ewig in den Flüchtlingslagern in der Diaspora zu leben.

Ein Mitarbeiter klopfte an die Tür. Arafat sah auf, als er hereinkam. »Entschuldigen Sie die Störung, Abu Amar, aber der Präsident ist am Telefon.«

Arafat lächelte. Auch das wäre noch vor wenigen Jahren undenkbar gewesen. »Was will er so spät nachts?«

»Er sagt, seine Frau sei verreist und er langweile sich. Er läßt fragen, ob Sie Lust hätten, ins Weiße Haus zu kommen und ihm Gesellschaft zu leisten.«

»Jetzt?«

»Ja, jetzt.«

»Um was zu tun?«

Sein Mitarbeiter zuckte mit den Schultern. »Reden, nehme ich an.«

»Bestellen Sie ihm, daß ich in zehn Minuten da bin.«

Arafat stand auf und vertauschte seinen blauen Jogginganzug mit der schlichten Khakiuniform, die sein Markenzeichen war, und dem traditionellen Palästinenserkopftuch. Er trug die schwarzweiße *Kaffijah* eines Bauern, die er vorn spitz auslaufen ließ, damit sie eine Karte Palästinas symbolisierte. Der Mitarbeiter kam mit einem Mantel zurück, den er Arafat über die Schultern hängte. Als sie auf den Korridor hinaustraten, wurden sie sofort von Sicherheitsbeamten umringt. Einige der Männer gehörten zu Arafats Leibwache, die übrigen waren vom amerikanischen Diplomatic Security Service abgestellt. Mit Arafat in ihrer Mitte gingen sie den Korridor entlang zu einem Lift, der sie direkt in die Tiefgarage hinunterbrachte. Dort nahm Arafat auf dem Rücksitz einer gepanzerten Limousine Platz. Wenig später war seine kleine Autokolonne auf der Fifteenth Street unterwegs zum Weißen Haus.

Arafat sah aus dem Fenster. Diese nächtliche schnelle Fahrt auf regennassen Straßen erinnerte ihn ein wenig an alte Zeiten, in denen er nie zwei Nächte nacheinander im selben Bett geschlafen hatte. Manchmal hatte er seinen Aufenthaltsort sogar mitten in der Nacht gewechselt, wenn sein untrüglicher Instinkt etwas Verdächtiges witterte. Er mied die Öffentlichkeit – aß nie in Restaurants, ging nie ins Kino oder ins Theater. Seine Haut wurde fleckig, weil er nie an die Sonne kam. Dank seiner Überlebenskunst waren Hunderte von Attentaten der Israelis und seiner Feinde innerhalb der Bewegung fehlgeschlagen. Andere waren weniger glücklich gewesen. Er dachte an seinen alten Kampfgefährten und Stellvertreter Abu Dschihad, der den Widerstand in den besetzten Gebieten geleitet und mitgeholfen hatte, die *Intifada* zu organisieren. Deswegen hatten die Israelis ihn in seiner Villa in

Tunis ermordet. Arafat wußte, daß er ohne Abu Dschihad nicht dorthin gelangt wäre, wo er jetzt war: auf der Fahrt durch Washington zu einem Geheimtreffen mit dem US-Präsidenten. Schade, daß sein alter Freund das alles nicht mehr miterleben durfte.

Die Autokolonne passierte die Absperrung an der Pennsylvania Avenue und fuhr aufs Gelände des Weißen Hauses. Wenige Augenblicke später hielt Arafats Limousine unter dem Dach des nördlichen Säulenvorbaus.

Einer der wachhabenden Marineinfanteristen trat vor und riß den Schlag auf. »Guten Abend, Mr. Arafat. Wenn Sie bitte mitkommen wollen …«

Präsident James Beckwith erwartete ihn im Salon seiner Wohnung im Executive Mansion. In einer verknitterten Khakihose und einem Troyer sah er aus, als komme er eben von Bord seiner Segeljacht. Er war ein großgewachsener Mann mit vollem silbergrauem Haar von vornehmer Wesensart. Obwohl er fast siebzig war, strahlte sein stets braungebranntes Gesicht Jugendlichkeit und Tatendrang aus.

Sie saßen am offenen Kamin: Beckwith mit einem Glas Whiskey, aus dem er ab und zu einen kleinen Schluck nahm, während Arafat mit Honig gesüßten Tee trank. Als Senator hatte Beckwith zu den treusten Freunden Israels gehört, den Widerstand gegen die Anerkennung der PLO durch die Vereinigten Staaten angeführt und Arafat und die PLO regelmäßig als »blutrünstige Terroristen« bezeichnet. Jetzt waren die beiden Männer enge Verbündete im Streben nach einem Friedensabkommen für den Nahen Osten. Sie waren aufeinander angewiesen, wenn sie Erfolg haben wollten. Arafat brauchte Beckwith, um die Israelis unter Druck zu setzen, damit sie am Verhandlungstisch auf Kompromißvorschläge eingingen. Beckwith brauchte Arafat, um die radikalen Fundamentalisten in Schach zu halten, damit die Gespräche weitergehen konnten.

Nach etwa einer Stunde brachte Beckwith das Gespräch auf die Ermordung von Botschafter Elijahu und David Morgenthau. »Der CIA-Direktor sagt mir, daß Ihr alter Freund Tariq hinter beiden Anschlägen stekken dürfte, aber dafür gibt es keine Beweise.«

Arafat lächelte. »Ich habe nie daran gezweifelt, daß Tariq diese Anschläge verübt hat. Aber wenn Ihre CIA glaubt, dafür *Beweise* finden zu können, ist das ein bedauerlicher Irrtum. So arbeitet Tariq nicht.«

»Verübt er weitere Anschläge auf Juden, wird der Weg zu einem endgültigen Friedensabkommen wieder schwieriger.«

»Entschuldigen Sie meine Offenheit, Mr. President, aber Tariq ist nur ein Faktor, wenn Sie und die Israelis ihm gestatten, einer zu sein. Er handelt nicht in meinem Auftrag. Er operiert von keinem Gebiet aus, das der palästinensischen Selbstverwaltung untersteht. Er spricht nicht für die Palästinenser, die Frieden wünschen.«

»Gewiß, aber können Sie denn nichts tun, um ihn von weiteren Anschlägen abzuhalten?«

»Tariq?« Arafat schüttelte langsam den Kopf. »Früher waren wir gute Freunde. Er war einer meiner besten Geheimdienstleute. Aber er hat sich wegen meiner Entscheidung, dem Terrorismus abzuschwören und Friedensgespräche aufzunehmen, von mir losgesagt. Wir haben seit Jahren nicht mehr miteinander gesprochen.«

»Vielleicht würde er jetzt auf Sie hören.«

»Tariq hört nur auf seine innere Stimme, fürchte ich. Er ist ein Mann, der von Dämonen verfolgt wird.«

»Das werden wir alle – vor allem in meinem Alter.«

»Und in *meinem«,* stellte Arafat fest. »Aber Tariq wird

leider von anderen Dämonen verfolgt. Sehen Sie, er ist ein junger Mann, der langsam stirbt und noch ein paar Rechnungen begleichen will, bevor er abtritt.«

Beckwith zog überrascht die Augenbrauen hoch. »Stirbt?«

»Ich weiß aus sicherer Quelle, daß er einen inoperablen Gehirntumor hat.«

»Wissen die Israelis das?«

»Ja«, sagte Arafat. »Ich habe es ihnen selbst mitgeteilt.«

»Wem?«

»Ari Schamron, dem Geheimdienstchef.«

»Ich frage mich, weshalb er es unterlassen hat, diese Information an die Central Intelligence Agency weiterzugeben.«

Arafat lachte. »Sie kennen Ari Schamron vermutlich nicht persönlich. Er ist gerissen, ein Krieger alter Schule. Schamron achtet immer darauf, daß seine linke Hand nicht weiß, was die rechte tut. Kennen Sie das Motto des israelischen Geheimdiensts?«

»Leider nicht.«

»›Durch Täuschung sollst du Krieg führen.‹ Ari Schamron lebt nach diesem Motto.«

»Glauben Sie, daß Schamron ein eigenes Spiel spielt?«

»Bei Schamron ist alles möglich. Wissen Sie, im israelischen Geheimdienst gibt es Leute, die Tariq ohne Rücksicht auf den politischen Preis, der dafür zu zahlen wäre, liquidieren möchten. Aber es gibt leider auch andere, die sich wünschen, er hätte Erfolg mit seinem Versuch, den Friedensprozeß zu torpedieren.«

»In welche Kategorie fällt Schamron?«

Arafat runzelte die Stirn. »Das wüßte ich auch gern.«

Kurz vor Mitternacht begleitete der Präsident Arafat zu seiner wartenden Limousine hinunter. Sie waren ein sehr ungleiches Paar: der große, patrizische Präsident und der kleine Revolutionär in seiner schlichten Khakiuniform und der flatternden Kaffijah.

»Wie ich gehört habe«, sagte Beckwith, »nehmen Sie morgen nach der Unterzeichnung des Abkommens an einem Empfang teil, den Douglas Cannon bei sich zu Hause gibt. Douglas und ich sind gute Freunde.«

»Er und ich sind ebenfalls befreundet. Er hat lange vor den meisten amerikanischen Politikern erkannt, daß die Sache der Palästinenser gerecht ist. Das hat großen Mut erfordert, wenn man bedenkt, daß er Senator für New York war, wo die jüdische Lobby so mächtig ist.«

»Douglas hat seinen Standpunkt immer unbeirrbar vertreten, ohne sich um die politischen Konsequenzen zu kümmern. Das hat ihn aus der Masse der Politiker in dieser gottverdammten Stadt hervorgehoben. Grüßen Sie ihn bitte sehr herzlich von mir.«

»Das tue ich gern.«

Sie schüttelten sich unter dem Dach des nördlichen Säulenvorbaus förmlich die Hand; dann wandte Arafat sich ab und ging zu seiner Limousine.

»Und tun Sie mir noch einen Gefallen, Mr. Arafat.«

Der Palästinenser drehte sich um und zog die Augenbrauen hoch. »Welchen, Mr. President?«

»Nehmen Sie sich in acht.«

»Immer«, sagte Arafat. Dann stieg er hinten in seine Limousine und fuhr davon.

42

Burlington, Vermont

»Du heißt nicht Dominique Bonard und arbeitest nicht in einer Londoner Kunstgalerie. Du arbeitest für den israelischen Geheimdienst. Und wir haben Montreal so fluchtartig verlassen, weil dein Freund Gabriel Allon mich erschießen wollte.«

Jacquelines Kehle war wie ausgedörrt. Sie hatte das Gefühl, nicht mehr genug Luft zu bekommen. Dann fiel ihr wieder ein, was Gabriel ihr in London eingebleut hatte: Dominique Bonard hat von diesem Mann nichts zu befürchten. Setzt er dich unter Druck, machst du Gegendruck.

»Wovon zum Teufel redest du überhaupt? Ich kenne keinen Gabriel Allon! Laß mich endlich aus dieser Scheißkiste aussteigen! Wohin verschleppst du mich? Was ist mit dir los, verdammt noch mal?«

Seine Pistole traf sie seitlich am Kopf: ein kurzer, brutaler Schlag, von dem ihr sofort Tränen in die Augen schossen. Sie hob ihre linke Hand, berührte die Stelle, sah Blut an ihren Fingern. »Scheißkerl!«

Er ignorierte sie. »Du heißt nicht Dominique Bonard und arbeitest nicht in einer Londoner Kunstgalerie. Du arbeitest für Ari Schamron. Du bist eine israelische Agentin. Du arbeitest mit Gabriel Allon zusammen. Der Mann, der in Montreal über die Straße auf uns zugekommen ist, war Gabriel Allon. Er wollte mich erschießen.«

»Kannst du nicht endlich mit diesem Scheiß aufhören?

Ich weiß überhaupt nicht, wovon du redest! Ich kenne keinen Gabriel und erst recht niemanden, der Ari Schamron heißt.«

Er schlug erneut zu – ein ansatzlos geführter Schlag, der genau dieselbe Stelle traf. Der Schmerz war so stark, daß Jacqueline gegen ihren Willen in Tränen ausbrach. »Ich sage die Wahrheit!«

Ein weiterer, noch härterer Schlag. Sie fürchtete, beim nächsten Schlag das Bewußtsein zu verlieren.

»Du Dreckskerl!« schluchzte sie. Sie preßte ihre Finger auf die Wunde. »Wohin bringst du mich? Was hast du mit mir vor?«

Er ignorierte sie auch diesmal. Falls er es darauf anlegte, sie um den Verstand zu bringen, funktionierte seine Methode. Als er weitersprach, klang seine Stimme fast mitleidig, als bedaure er sie. Sie wußte, worauf er es anlegte. Er versuchte ihren Widerstand zu brechen, indem er ihr suggerierte, sie sei im Stich gelassen worden und nun völlig auf sich allein gestellt.

»Du warst mit Gabriel Allon in Tunis und hast dich als seine Geliebte ausgegeben, während er den Mord an Abu Dschihad geplant hat.«

»Ich war in meinem Leben nie in Tunis – erst recht nicht mit jemandem, der Gabriel Allon heißt!«

Er hob wieder die Pistole, um erneut zuzuschlagen, aber diesmal sah sie den Schlag kommen und hob abwehrend die Hände. »Bitte«, flehte sie. »Nicht wieder schlagen.«

Er ließ die Waffe sinken. Selbst er schien die Lust daran verloren zu haben.

»Seit ich ihn zuletzt gesehen habe, ist er ziemlich gealtert. Aber das ist verständlich, wenn man bedenkt, was er durchgemacht hat.«

Jacqueline fühlte, wie sie mürbe wurde. Die grimmige

Realität der Geheimdienstarbeit hatte sie eingeholt. Zuvor war alles ein Abenteuer gewesen, auf das sie sich eingelassen hatte, um sich selbst zu beweisen, daß sie mehr als nur ein Gesicht und ein Körper war. Aber nun zeigte sich die wahre Natur von Ari Schamrons Geheimkrieg. Er war schmutzig und gewalttätig – und sie war mitten in ihn hineingeraten. Sie mußte sich irgend etwas einfallen lassen, um die Situation unter Kontrolle zu bekommen. Vielleicht konnte sie herausbekommen, was er vorhatte. Vielleicht gab es eine Möglichkeit, Gabriel und Schamron zu warnen. *Vielleicht gab es eine Möglichkeit zu überleben.*

»Sie sind hinter dir her«, behauptete sie. »Wahrscheinlich fahndet schon die halbe Polizei in Kanada und Amerika nach uns. Du schaffst es nie bis nach New York.«

»Tatsächlich bezweifle ich, daß außer deinen Freunden Gabriel Allon und Schamron irgendwer nach uns fahndet. Ich vermute, daß sie die Kanadier nicht um Hilfe bitten können, weil weder Kanadier noch Amerikaner wissen, daß die beiden hier sind. Würden sie's jetzt erfahren, wäre das für deinen Dienst bestimmt sehr peinlich.«

Er zog ein Taschentuch heraus und gab es ihr, damit sie es auf die Platzwunde drücken konnte. »Übrigens habe ich in dem Augenblick, in dem du in Jusefs Leben getreten bist, gewußt, daß du für den Dienst arbeitest.«

»Woher?«

»Willst du das wirklich wissen?«

»Ja.«

»Also gut, aber zuvor mußt du mir ein paar Fragen beantworten. Bist du wirklich Französin?«

Aha, dachte sie, *er weiß also doch nicht alles.* »Ja, ich bin Französin«, bestätigte sie.

»Jüdischer Abstammung?«

»Ja.«

»Ist Dominique Bonard dein richtiger Name?«

»Nein.«

»Wie heißt du wirklich?«

Wie heiße ich wirklich? überlegte sie. *Bin ich wirklich Jacqueline Delacroix? Nein, das ist nur der Name, den Marcel Lambert einem schönen jungen Mädchen aus Marseille gegeben hat. Wenn ich schon sterben muß, will ich unter meinem richtigen Namen sterben.*

»Ich heiße Sarah«, sagte sie. »Sarah Halévy.«

»Ein hübscher Name. Nun, Sarah Halévy, ich denke, du hast ein Recht darauf, zu erfahren, wie du in diese Scheiße geraten bist.« Er sah zu ihr hinüber; sie starrte ihn feindselig an. »Wenn du willst, kannst du mich Tariq nennen.«

Er sprach fast eine Stunde lang ohne Pause. Das machte ihm offensichtlich Spaß. Schließlich hatte er einen der gefürchtetsten Geheimdienste der Welt ausmanövriert. Er erzählte ihr, wie sie erfahren hatten, daß Gabriel in den Dienst zurückgeholt worden war, um Jagd auf ihn zu machen. Er erzählte ihr, wie sie daraufhin ihre Agenten in aller Welt alarmiert hatten. Er erzählte ihr, wie Jusef seinem Führungsoffizier sofort den Kontakt mit der schönen Französin gemeldet hatte.

»Wir haben Jusef angewiesen, sich weiter mit dir zu treffen, während wir deine Legende in Paris überprüft haben. Dabei haben wir eine Diskrepanz entdeckt, die zwar nur klein, aber eben doch eine Diskrepanz war. Wir haben dich in London fotografiert und die Aufnahmen mit Fotos der Frau verglichen, die in Tunis Gabriel Allons Begleiterin gewesen war. Wir haben Jusef angewiesen, seine Beziehung zu Dominique Bonard zu vertiefen. Er sollte eine auf Vertrauen basierende emotionale Bindung zu ihr herstellen.«

Sie dachte an ihre langen Gespräche mit Jusef. An seine Vorträge über die Leiden des palästinensischen Volkes. An seine Beichte, wie er zu den Narben auf seinem Rücken gekommen war, und seinen Bericht über die Schreckensnacht im Lager Schatila. Sie hatte die ganze Zeit über geglaubt, sie kontrolliere das Spiel – sie täusche und manipuliere ihn –, aber in Wirklichkeit hatte Jusef die Fäden in der Hand gehalten.

»Als wir den Eindruck hatten, eure Beziehung habe dieses Stadium erreicht, haben wir Jusef angewiesen, dich um einen sehr speziellen Gefallen zu bitten: Wärst du bereit, einen Palästinenserführer auf einer geheimen Mission ins Ausland zu begleiten? Du hast dich überzeugend dagegen gesträubt, aber letztlich natürlich ja gesagt, weil du nicht Dominique Bonard, Sekretärin in einer Londoner Kunstgalerie, sondern Sarah Halévy, Agentin des israelischen Geheimdiensts, bist. Ari Schamron und Gabriel Allon haben richtig vermutet, daß dieser Palästinenserführer ich sein würde, denn sie wußten, daß ich mich bei früheren Unternehmungen oft mit ahnungslosen Frauen getarnt habe. Sie haben dich in diese gefährliche Situation gebracht, weil sie mich unbedingt liquidieren wollen. Aber jetzt werde ich sie mit ihren eigenen Waffen schlagen. Ich werde dich als Lockvogel benutzen, um Allon anzulocken.«

»Laß ihn in Ruhe«, sagte sie. »Er hat deinetwegen schon genug gelitten.«

»Allon hat gelitten? Gabriel Allon hat meinen Bruder ermordet. Sein Leid verblaßt im Vergleich zu dem Leid, das er über meine Familie gebracht hat.«

»Dein Bruder war ein Terrorist! Dein Bruder hatte den Tod verdient!«

»Mein Bruder hat für sein Volk gekämpft. Er hatte es nicht verdient, wie ein Hund abgeknallt zu werden.«

»Das liegt alles schon lange zurück. Laß Vergangenes ruhen. Nimm mich statt Gabriel.«

»Das ist sehr edelmütig von dir, Sarah, aber dein Freund Gabriel wird nicht noch eine Frau durch mich verlieren wollen, ohne um sie zu kämpfen. Mach jetzt die Augen zu und ruh dich aus. Wir müssen heute nacht noch weit fahren.«

Kurz vor Tagesanbruch raste Tariq über die Whitestone Bridge und erreichte den New Yorker Stadtteil Queens. Der Verkehr wurde dichter, als er am La Guardia Airport vorbeifuhr. Der Himmel im Osten hatte sich mit einsetzender Morgendämmerung hellgrau verfärbt. Tariq schaltete das Radio ein, hörte die Verkehrsmeldungen ab, stellte den Ton dann leiser und konzentrierte sich wieder auf die Straße. Einige Minuten später kam der East River in Sicht. Jacqueline sah die Reflexe der ersten Strahlen der aufgehenden Sonne auf den Wolkenkratzern von Lower Manhattan.

Tariq verließ den Expressway und fuhr durch Brooklyn weiter. Da es nun hell war, konnte sie ihn erstmals seit dem vergangenen Abend wieder deutlich sehen. Die lange Nacht am Steuer hatte ihren Tribut gefordert. Er war leichenblaß und hatte gerötete, blutunterlaufene Augen. Er lenkte mit der rechten Hand. Seine linke Hand lag in seinem Schoß und hielt die Makarow umklammert.

Sie las die Straßenschilder: Coney Island Avenue. Dieses Viertel war erkennbar nahöstlich und asiatisch geprägt. Farbenfrohe pakistanische Märkte, deren Obstangebot sich bis auf den Gehsteig ausbreitete, libanesische und afghanische Restaurants. Reisebüros speziell für Nahostreisen. Ein Fachgeschäft für Teppiche und Fliesen. Eine Moschee mit einer grün-weißen Marmorimitatfassade, die die Klinkerfront eines ehemaligen Geschäftshauses kaschierte.

Er bog in die ruhige Parkville Avenue ab, fuhr langsam einen Häuserblock entlang und hielt vor einem gedrungenen, zweistöckigen Klinkergebäude an der Ecke zur East Eighth Street. Im Erdgeschoß befand sich ein aufgegebenes Feinkostgeschäft, dessen Schaufenster mit Brettern vernagelt waren. Er stellte den Motor ab und hupte zweimal kurz. In einer Wohnung im ersten Stock flammte für einen Augenblick Licht auf.

»Du bleibst sitzen, bis ich um den Wagen herumgegangen bin«, sagte er ruhig. »Laß deine Tür geschlossen. Machst du sie auf, erschieße ich dich. Wenn du aussteigst, gehst du auf dem kürzesten Weg ins Haus und die Treppe hinauf. Gibst du einen Ton von dir oder versuchst zu flüchten, erschieße ich dich. Ist das klar?«

Sie nickte. Er steckte die Makarow vorn in seine Jacke und stieg aus. Dann ging er hinten um den Wagen herum, öffnete ihre Tür und zog sie an der Hand heraus. Nachdem er die Autotür geschlossen hatte, gingen sie nebeneinander rasch über die Straße. Die Haustür stand einen Spalt weit offen. Sie traten über die Schwelle und durchquerten einen kleinen Vorraum, dessen Fußboden mit Werbedrucksachen übersät war. An der Holztäfelung, deren Anstrich abblätterte, lehnte ein rostiger Fahrradrahmen ohne Räder.

Tariq stieg die Treppe hinauf und hielt dabei weiter ihre Hand umklammert. Seine Haut war heiß und feucht. Im Treppenhaus roch es nach Curry und Terpentin. Eine Wohnungstür öffnete sich, und aus dem Dunkel dahinter tauchte kurz das bärtige Gesicht eines Mannes auf, der ein langes weißes Gewand trug. Nach einem Blick auf Tariq zog er sich wieder in seine Wohnung zurück und schloß lautlos die Tür.

Sie blieben vor der Tür von Apartment 2A stehen. Tariq klopfte leise zweimal an.

Leila öffnete die Wohnungstür und zog Jacqueline herein.

43

New York City

Eine Stunde später traf Ari Schamron in der diplomatischen Vertretung Israels bei den Vereinten Nationen in der Second Avenue, Ecke Forty-third Street ein. Er drängte sich mit gesenktem Kopf und hochgezogenen Schultern durch eine kleine Gruppe von Demonstranten und betrat das Gebäude. Ein Mann vom Sicherheitspersonal erwartete ihn in der Eingangshalle und begleitete ihn in einen abhörsicheren Konferenzraum hinauf. Dort saß der Premierminister, von drei nervös wirkenden Mitarbeitern umgeben, und trommelte mit den Fingern ungeduldig auf die Tischplatte. Schamron nahm Platz und wandte sich an den Stabschef des Premierministers. »Geben Sie mir eine Kopie seines Terminplans, und lassen Sie uns allein.«

Als die drei den Raum verließen, fragte der Premierminister: »Was ist in Montreal passiert?«

Schamron erstattete ihm detailliert Bericht. Als er ihn beendet hatte, schloß der Premierminister kurz die Augen und rieb sich mit Daumen und Zeigefinger den Nasenrücken. »Ich habe Sie aus dem Ruhestand zurückgeholt, damit Sie den guten Ruf des Diensts wiederherstellen, Ari – nicht, damit Sie ein weiteres Desaster verursachen! Müssen wir etwa befürchten, daß die Kanadier von Ihrem Aufenthalt in Montreal wissen?«

»Nein, Premierminister.«

»Glauben Sie, daß Ihre Agentin noch lebt?«

»Schwer zu sagen, aber ihre Chancen sind nicht besonders groß. Frauen, die in der Vergangenheit mit Tariq zu tun hatten, ist's nicht sonderlich gut ergangen.«

»Die Presse wird sich auf den Fall stürzen. Ich sehe die Schlagzeilen schon vor mir. ›Französisches Model Geheimagentin Israels!‹ Scheiße, Ari!«

»Niemand kann sie offiziell mit dem Dienst in Verbindung bringen.«

»Irgend jemand gräbt die Story aus, Ari. *Irgend jemand* tut das immer.«

»Tut das jemand, haben wir Leute wie Benjamin Stone. Ich kann Ihnen versichern, daß sämtliche Aspekte dieser Angelegenheit sich überzeugend abstreiten lassen.«

»Ich will nichts *abstreiten* müssen! Sie haben mir Tariqs Kopf auf einem Silbertablett versprochen – ohne Fingerabdrücke, ohne Scherereien! Ich will nach wie vor Tariqs Kopf, und ich will Jacqueline Delacroix lebend zurückhaben.«

»Das wollen wir auch, Premierminister. Aber im Augenblick hat Ihre Sicherheit oberste Priorität.« Schamron griff nach dem Terminplan und begann zu lesen.

»Nach der Zeremonie bei den Vereinten Nationen geht's in die Wall Street zu einem Gespräch mit Investoren; anschließend besuchen Sie die New Yorker Börse. Danach fahren Sie ins Waldorf zu einem Lunch auf Einladung der Freunde Zions.« Schamron sah kurz auf. »Und das ist erst der Vormittag. Nach dem Lunch besuchen Sie ein jüdisches Gemeindezentrum in Brooklyn und nehmen an einer Diskussion über den Friedensprozeß teil. Von dort aus geht's wieder zu Cocktailparties und Empfängen nach Manhattan.«

Schamron ließ den Terminplan sinken und sah den Premierminister an. »Vom Sicherheitsstandpunkt aus ist das ein Alptraum. Ich möchte, daß Allon für heute in Ihre Leibwache eingegliedert wird.«

»Warum Allon?«

»Weil er Tariq in Montreal aus nächster Nähe gesehen hat. Taucht Tariq irgendwo auf, erkennt Gabriel ihn.«

»Sagen Sie ihm, daß er einen Anzug tragen muß.«

»Ich glaube nicht, daß er einen hat.«

»Kaufen Sie ihm einen.«

Das Apartment war winzig: ein spärlich möbliertes Wohnzimmer, eine Küche mit zweiflammigem Gasherd und einem Porzellanausguß, der mehrere Sprünge aufwies, ein Schlafzimmer und ein Bad, in dem es modrig roch. Die Fenster waren mit dicken Wolldecken verhängt, die das Tageslicht aussperrten. Tariq öffnete den Kleiderschrank und holte einen großen Hartschalenkoffer heraus. Er trug den Koffer ins Wohnzimmer, legte ihn auf den Boden und öffnete ihn. Schwarze Gabardinehose, sorgfältig gebügelt und zusammengelegt, weißes Smokingjackett, weißes Hemd, schwarze Schleife. Im Innenfach des Koffers steckte eine Geldbörse. Tariq klappte sie auf und studierte den Inhalt: ein auf den Namen Emilio Gonzales ausgestellter New Yorker Führerschein, eine Visa-Kreditkarte, eine Kundenkarte eines Videoverleihs, mehrere Quittungen und eine mit einem Clip zu befestigende Ausweiskarte. Kemel hatte gute Arbeit geleistet.

Tariq sah sich das Foto genau an. Emilio Gonzales war ein Mann mit beginnender Glatze, graumeliertem Haar und buschigem Schnauzbart. Sein Gesicht war etwas voller als das Tariqs, aber das ließ sich leicht mit Wattebäuschen in den Backen ausgleichen. Er nahm die Kleidungsstücke heraus und legte sie sorgfältig über eine Sessellehne. Dann griff er nach dem letzten Gegenstand im Koffer – ein Lederetui mit Toilettensachen – und ging damit ins Bad.

Tariq legte das Toilettenetui aufs Waschbecken und stellte das Foto von Emilio Gonzales auf die Ablage unter dem Spiegel. Als er jetzt sein Spiegelbild betrachtete, erkannte er sich kaum wieder: dunkle, fast schwarze Ringe unter den Augen, eingefallene Wangen, blasser Teint, blutleere Lippen. Das lag zum Teil am Schlafmangel – er wußte gar nicht mehr, wann er zuletzt geschlafen hatte –, aber vor allem an seiner Krankheit. Der Tumor war dabei, ihn zugrunde zu richten: Gefühllosigkeit in Händen und Füßen, Ohrensausen, unerträgliche Kopfschmerzen, Erschöpfungszustände. Er hatte nicht mehr lange zu leben. Er hatte diesen Ort, diesen Augenblick der Geschichte erreicht, aber ihm blieb nicht mehr viel Zeit, seinen Plan auszuführen.

Er klappte das Toilettenetui auf, nahm eine Schere und einen Rasierapparat heraus und machte sich daran, sein Haar zu schneiden und auszudünnen. Er brauchte fast eine Stunde, bis er mit seiner Erscheinung zufrieden war.

Die Verwandlung war erstaunlich. Mit graumeliertem Haar, Schnauzbart und Watte in den Backentaschen sah er dem Mann auf dem Foto verblüffend ähnlich. Tariq wußte jedoch, daß seine schauspielerische Leistung ebenso wichtig war wie die äußerliche Ähnlichkeit. Benahm er sich wie Emilio Gonzales, würde kein Polizist oder Sicherheitsbeamter ihn eines zweiten Blickes würdigen. Benahm er sich dagegen wie ein Terrorist bei einem Selbstmordunternehmen, würde er in einem amerikanischen Gefängnis sterben.

Tariq ging ins Wohnzimmer, legte seine Sachen ab und zog die Arbeitskleidung des Obers an. Dann kehrte er ins Bad zurück, um einen letzten Blick in den Spiegel zu werfen. Als er sein ausgedünntes Haar über die neue kahle Stelle kämmte, fühlte er sich vage deprimiert. In einem fremden Land zu sterben, mit dem Namen und dem Gesicht eines anderen Mannes. Aber vermutlich war das der logische Abschluß des Lebens, das er geführt hatte. Ihm blieb nur noch eines zu tun: Er mußte dafür sorgen, daß er sein Leben nicht für eine verlorene Sache vergeudet hatte.

Er ging ins Schlafzimmer.

Als er eintrat, fuhr Leila erschrocken auf und riß ihre Pistole hoch.

»Ich bin's«, sagte er leise auf arabisch. »Leg die Pistole weg, bevor sie losgeht und jemanden verletzt.«

Sie tat, was er verlangte, dann schüttelte sie den Kopf. »Phantastisch! Ich hätte dich nicht wiedererkannt.«

»Das ist der Zweck der Übung.«

»Du hast offensichtlich deinen Beruf verfehlt. Du hättest Schauspieler werden sollen.«

»So, nun ist alles vorbereitet. Jetzt brauchen wir nur noch Gabriel Allon.«

Tariq sah zu Jacqueline hinüber. Sie lag mit ausgestreckten Armen und Beinen auf dem kleinen Bett, an das sie mit vier Paar Handschellen gefesselt war; ein breites Klebeband verschloß ihren Mund.

»Für mich war interessant, daß du in meinem Hotelzimmer in Montreal binnen weniger Minuten den Anrufbeantworter in deiner Londoner Wohnung abhören wolltest. Als ich noch für die PLO gearbeitet habe, haben wir entdeckt, daß die Israelis weltweit praktisch jeden Anruf abhörsicher in ihre Zentrale in Tel Aviv umleiten können. Das haben sie offenbar auch mit deinem Telefon in London gemacht. Mit diesem Anruf hast du ihnen gemeldet, daß du im Hotel Queen Elizabeth in Montreal bist.«

Tariq setzte sich auf die Bettkante, strich Jacqueline

sanft die Haare aus dem Gesicht. Sie schloß die Augen und versuchte sich seiner Berührung zu entziehen.

»Ich werde diese Einrichtung noch einmal nutzen, um Ari Schamron und Gabriel Allon irrezuführen. Auch Leila ist keine schlechte Schauspielerin. Sobald ich zum Losschlagen bereit bin, ruft Leila deine Nummer in London an und gibt sich für dich aus. Sie meldet deiner Zentrale, wo ich bin und was ich vorhabe. Die Zentrale alarmiert Schamron, der sofort Gabriel Allon an den Tatort schickt. Da ich weiß, daß Allon kommt, habe ich einen entscheidenden Vorteil.«

Er zog die Makarow aus dem Hosenbund, hielt ihr die Mündung unters Kinn. »Bist du ein braves Mädchen, benimmst du dich anständig, lassen wir dich leben. Sobald Leila dieses Telefongespräch geführt hat, muß sie die Wohnung verlassen. Es hängt von ihr ab, ob Ari Schamron eine an dieses Bett gefesselte Leiche findet. Hast du mich verstanden?«

Aus dem Blick, mit dem Jacqueline ihn anstarrte, sprach kalte Überheblichkeit. Er drückte die Pistolenmündung ins weiche Fleisch ihrer Kehle, bis sie unter dem Knebel aufstöhnte.

»Hast du mich verstanden?«

Sie nickte.

Tariq stand auf und steckte die Makarow wieder in seinen Hosenbund. Er ging ins Wohnzimmer hinüber, zog Mantel und Handschuhe an und verließ die Wohnung.

Ein klarer, kalter Nachmittag, trotz strahlenden Sonnenscheins. Tariq setzte eine Sonnenbrille auf, schlug den Mantelkragen hoch. Er schlenderte die Coney Island Avenue mit ihren vielen Läden entlang, bis er ein Geschäft fand, das Lebensmittel aus Nordafrika und dem Nahen Osten führte. Er betrat den engen kleinen Lebensmittelmarkt, an dessen Tür bei seinem Eintritt eine kleine

Glocke bimmelte, und wurde sofort von heimatlichen Düften überwältigt. Kaffee und Gewürze, Lammbraten am Spieß, Honig und Tabak.

Hinter der Verkaufstheke stand ein Jugendlicher. Er trug ein Sweatshirt der New York Yankees, hatte ein Mobiltelefon am Ohr und telefonierte in rasend schnellem Arabisch mit marokkanischem Akzent.

»Datteln«, sagte Tariq auf englisch. »Ich möchte getrocknete Datteln.«

Der Junge machte eine kurze Pause. »Ganz hinten links.«

Tariq suchte sich seinen Weg durch die engen Gänge bis in den rückwärtigen Teil des Ladens. Die Schachteln mit Datteln lagen im obersten Regalfach. Als er nach einer griff, spürte er, wie die Makarow gegen sein Kreuz drückte. Er nahm die Schachtel in die Hand und las das Etikett. Tunesien. Ideal.

Er zahlte und verließ den Laden. Von der Coney Island Avenue aus ging er durch ruhige Wohnstraßen nach Osten, an kleinen Apartmentgebäuden und winzigen Klinkerhäusern vorbei, bis er die U-Bahnstation Newkirk Avenue erreichte. Er kaufte einen Jeton, ging die Treppe zu dem kleinen exponierten Bahnsteig hinunter. Zwei Minuten später bestieg er einen Q Train nach Manhattan.

Gabriel fürchtete allmählich, Tariq nie zu finden. In diesem Augenblick raste er mit den übrigen Leibwächtern des Premierministers auf dem Beifahrersitz eines schwarzen Minivans die Park Avenue entlang. Wenige Meter vor ihnen fuhr die Limousine des Premierministers. Rechts neben sich hatten sie einen Motorradpolizisten. Gabriel trug einen grauen Anzug, den einer der Leibwächter ihm geliehen hatte. Das Jackett war zu groß, die

Hose zu kurz. Er kam sich wie ein Idiot vor – wie jemand, der in Freizeitkleidung in ein vornehmes Restaurant kommt und sich den Hausblazer leihen muß. Aber das spielte keine Rolle; er hatte andere Sorgen.

Bisher war der Tag ohne Probleme verlaufen. Der Premierminister hatte mit ein paar einflußreichen Investmentbankern Kaffee getrunken und über Anlagemöglichkeiten in Israel diskutiert. Dann war er zur New Yorker Börse gefahren. Gabriel war die ganze Zeit über an seiner Seite gewesen. Er überließ nichts dem Zufall. Auf der Suche nach Tariq starrte er in alle Gesichter – die der Banker, der Händler, der Hausmeister, der Gaffer auf der Straße. Er erinnerte sich an Tariqs Gesicht aus der Rue St. Denis in Montreal, an sein höhnisches Lächeln, als er Jacqueline in den Wagen stieß und mit ihr davonfuhr.

Er fragte sich, ob sie noch lebte. Er dachte an die ermordeten Frauen, die Tariq in seinem Kielwasser zurückgelassen hatte: die Amerikanerin in Paris, die Nutte in Amsterdam, die Verkäuferin in Wien.

Gabriel lieh sich das Mobiltelefon eines Leibwächters und rief Schamron in der Botschaft an. Schamron hatte nichts gehört. Gabriel beendete die Verbindung, fluchte halblaut vor sich hin. Die Sache wurde allmählich hoffnungslos. Tariq hatte sie anscheinend wieder überlistet.

Die Autokolonne fuhr in die Tiefgarage des Waldorf-Astoria und hielt am Lift. Der Premierminister stieg aus und schüttelte ein paar Hände, bevor er in den großen Ballsaal geleitet wurde. Gabriel folgte ihm mit wenigen Schritten Abstand. Als der Premierminister den Ballsaal betrat, erhoben sich tausend Gäste und begannen zu klatschen. Der Applaus war ohrenbetäubend. Er hätte einen Schuß ohne weiteres übertönen können. Der Premierminister, der diesen herzlichen Empfang sichtlich genoß, trat ans Rednerpult. Gabriel machte langsam einen Rundgang durch den Saal und hielt Ausschau nach Tariq.

Auf dem U-Bahnhof Broadway-Lafayette Street stieg Tariq aus dem Q Train in die stadtauswärts fahrende U-Bahn Numer 5 um. Er stieg an der East Eighty-sixth Street aus, schlenderte von der Lexington Avenue quer durch die Innenstadt zur Fifth Avenue hinüber und sah sich unterwegs die prächtigen alten Apartmentgebäude und die aus rotbraunem Sandstein erbauten Häuser an. Dann ging er zwei Straßenblocks weiter zur Eighty-eighth Street hinauf und blieb gegenüber einem luxuriösen Apartmentgebäude mit Blick über den Central Park stehen. Auf der Eighty-eighth Street parkte ein Lastwagen des Partydiensts Elite Catering in der zweiten Reihe; Kellner in weißen Smokingjacketts trugen Tabletts, Essen und Getränkekartons durch den Hintereingang ins Haus. Tariq sah auf seine Uhr. Jetzt würde es nicht mehr lange dauern. Er überquerte die Fifth Avenue, setzte sich an einer sonnigen Stelle auf eine Parkbank und wartete.

Jacqueline schloß die Augen, versuchte klar zu denken. Tariq wollte Technologie und Ressourcen des Dienstes nutzen, um Gabriel in eine Falle zu locken. Sie stellte ihn sich in seiner neuen Verkleidung vor; selbst *sie* hatte ihn kaum wiedererkannt, obwohl sie in den letzten 18 Stunden jede Minute mit ihm zusammen gewesen war. Für Gabriel würde es schwierig, wenn nicht unmöglich sein, ihn zu erkennen. Tariq hatte recht, wenn er behauptete, alle Vorteile lägen auf seiner Seite. Gabriel würde ihn nicht einmal kommen sehen.

Leila, deren Pistole vorn im Hosenbund ihrer Jeans steckte, kam mit einem Becher Tee in den Händen herein. Sie ging langsam auf und ab, betrachtete Jacqueline, trank mit kleinen Schlucken. Dann setzte sie sich auf die Bettkante. »Eines würde mich noch interessieren, *Dominique.* Hast du mit Tariq geschlafen, als ihr in Montreal wart?«

Jacqueline starrte sie stumm an und versuchte zu ergründen, inwiefern diese Frage zum jetzigen Zeitpunkt relevant sein konnte. Leila zog Jacquelines Bluse aus ihren Jeans, legte so ihren Bauch frei und kippte den kochendheißen Tee über ihre Haut.

Der Knebel dämpfte Jacquelines Schmerzensschrei. Leila blies wie zum Spott zärtlich auf die verbrühte Stelle und bedeckte sie wieder mit der Bluse. Selbst das Gewicht des leichten Baumwollstoffs war schmerzhaft. Sie schloß die Augen und spürte, daß ihr heiße Tränen über die Wangen liefen.

»Also, versuchen wir's noch mal«, sagte ihre Peinigerin. »Hast du jemals mit Tariq geschlafen?«

Jacqueline schüttelte den Kopf, ohne die Augen zu öffnen.

»Schade für dich«, sagte Leila. »Er soll ein wundervoller Liebhaber sein. Die Amerikanerin in Paris hat mir von ihm vorgeschwärmt – mit allen Details. Für sie war's ein Glück, denke ich, daß er sie erschossen hat. Kein Mann hätte sie jemals wieder so geliebt wie er. Ihr Liebesleben wäre eine einzige Kette von Enttäuschungen gewesen.«

Jacqueline erkannte, daß sie diesen Raum nie mehr lebend verlassen würde. Leila war eine Psychopathin, die nicht die Absicht hatte, sie mit dem Leben davonkommen zu lassen. Sie würde es vermutlich sogar genießen, Jacqueline ins Jenseits zu befördern. Nein, dachte sie, wenn ich sterben muß, will ich die Umstände selbst bestimmen. Ich will bei dem Versuch sterben, Gabriel zu retten.

Aber wie?

Sie mußte sich eine Gelegenheit zur Flucht verschaffen. Voraussetzung dafür war, daß sie Leila dazu brachte, sie aufstehen zu lassen.

Jacqueline gelang es, trotz des Knebels zu murmeln: »Ich muß aufs Klo.«

»Was hast du gesagt?«

Sie wiederholte ihre Worte mit etwas mehr Nachdruck.

»Wenn du mußt, kannst du gleich hier.«

»Bitte«, sagte Jacqueline.

Leila stellte den leeren Teebecher auf den Fußboden und zog die Pistole aus dem Hosenbund ihrer Jeans. »Denk daran, wir brauchen dich nicht mehr. Versuchst du abzuhauen, schieße ich dir dein schönes Gesicht weg. Hast du verstanden?«

Jacqueline nickte.

Leila schloß die Handschellen auf, befreite erst Jacquelines Hände, dann ihre Füße.

»Steh auf«, sagte sie. *»Langsam.* Und geh mit den Händen hinter dem Kopf *langsam* ins Bad.«

Jacqueline gehorchte schweigend. Sie ging ins Bad, drehte sich um und wollte die Tür schließen. Aber Leila stemmte eine Hand dagegen und zielte mit ihrer Waffe auf Jacquelines Gesicht. »Halt, die Tür bleibt offen!«

»Bitte«, sagte Jacqueline.

Leila warf einen Blick ins Bad. Der kleine Raum war fensterlos, der einzige Ausgang war diese Tür. »Wenn du fertig bist, klopfst du an die Tür, *Dominique*. Du bleibst drinnen, bis ich dir sage, daß du rauskommen kannst.«

Jacqueline ließ ihre Jeans herunter und setzte sich auf die Toilette. Was nun? Sie brauchte eine Waffe. Vielleicht konnte sie Leila mit dem Deckel des Spülkastens niederschlagen? Nein, zu unhandlich, zu schwer. Sie sah sich im Bad um: eine Shampooflasche, ein Stück Seife, eine Dose Rasiercreme, ein Wegwerfrasierer, eine Nagelfeile.

Eine Nagelfeile.

Sie lag auf der Ablage unter dem Spiegel: eine Nagelfeile aus Stahl, an einem Ende rund, am anderen Ende spitz zulaufend. Jacqueline erinnerte sich an den Selbstverteidigungskurs in der Ausbildung. Der einfachste Gegenstand konnte zu einer tödlichen Waffe werden, wenn der Angriff gegen die richtigen Stellen geführt wurde: gegen Augen, Ohren oder Kehle. Sie griff nach der Nagelfeile und umschloß sie so mit ihrer Faust, daß die Spitze etwa drei Zentimeter über den Handballen hinausragte.

Aber kann ich das wirklich?

Jacqueline dachte daran, was Tariq Gabriel antun würde. Sie dachte daran, was Leila ihr antun würde. Sie zog ihre Bluse hoch und betrachtete die verbrühte Haut ihres Bauchs.

Sie betätigte die Spülung, zog ihre Jeans hoch und klopfte an die Tür.

»Mach langsam auf, und komm mit den Händen hinter dem Kopf raus.«

Jacqueline verbarg die Nagelfeile in ihrer rechten Faust, öffnete die Tür und legte ihre Hände hinter den Kopf. Dann trat sie aus dem Bad. Leila stand in der offenen Wohnzimmertür, zielte mit der Waffe auf Jacquelines Brust. »Marsch ins Bett«, sagte sie und machte eine Bewegung mit der Pistole.

Jacqueline ging zum Bett. Leila, die ihre Waffe mit ausgestreckten Händen hielt, folgte ihr mit einem Schritt Abstand. Jacqueline blieb an der Bettkante stehen.

»Leg dich hin, und schließ die Handschelle um dein rechtes Handgelenk«, befahl Leila.

Jacqueline zögerte.

»Los, mach schon!« fauchte Leila.

Jacqueline warf sich herum. Mit dem Daumen drückte

sie die Nagelfeile aus ihrer Faust. Leila war völlig überrascht. Statt zu schießen, hob sie instinktiv abwehrend die Hände. Jacqueline hatte auf Leilas Gehörgang gezielt, aber diese Reflexbewegung lenkte den Stoß etwas ab, so daß die Spitze der Nagelfeile sich knapp unterhalb des Backenknochens in Leilas Wange bohrte.

Die tiefe Stichwunde begann sofort heftig zu bluten. Leila heulte vor Schmerz auf und ließ die Pistole fallen.

Jacqueline widerstand dem natürlichen Drang, sich nach der Waffe zu bücken, und zwang sich dazu, nochmals zuzustechen. Sie holte aus, schwang ihren Arm in einem weiten Bogen. Diesmal bohrte die Nagelfeile sich in Leilas Halsseite.

Warmes Blut spritzte über Jacquelines Hand.

Jacqueline ließ die Nagelfeile los. Sie ragte seitlich aus Leilas Hals. Leila starrte Jacqueline an. Aus ihrem Blick sprach eine seltsame Mischung aus Schmerz, Entsetzen und völliger Überraschung, während ihre Hände die in ihrem Hals steckende Nagelfeile umklammerten.

Jacqueline bückte sich und hob die Pistole auf.

Leila riß die Nagelfeile aus ihrem Hals und stürzte sich mordlüstern auf Jacqueline.

Jacqueline hob die Pistole und schoß ihr durchs Herz.

44

New York City

Tariq stand auf und überquerte die Fifth Avenue. Er ging zum Hintereingang des Apartmenthauses, legte im Vorbeigehen seinen Mantel in den Lastwagen und bückte sich nach einem Karton Champagner, der gleich hinter der Tür stand. Ein dicker Mann mit weißer Schürze und viel Brillantine im Haar sah auf. »Hey, was machst du da?«

Tariq richtete sich mit dem Karton in den Händen auf und zuckte mit den Schultern. »Ich bin Emilio Gonzales.«

»Und?«

»Ich bin hergeschickt worden. Ich arbeite bei Elite Catering.«

»Wieso kenne ich dich dann nicht?«

»Dies ist mein erster Job für sie. Ich bin heute morgen angerufen worden. Ein Kerl hat gesagt, ich soll zusehen, daß ich meinen Arsch hier rüberkriege – Riesenparty, brauchen zusätzliche Leute. Also bin ich hier.«

»Richtig, hier steigt 'ne Riesenparty, und ich kann ein Paar zusätzliche Hände brauchen. Anscheinend kommt ein prominenter Gast. Oben wimmelt's von Sicherheitsbeamten.«

»Und?«

»Und was stehst du noch hier rum? Trag den Karton rauf, und sieh zu, daß du deinen Arsch wieder hier runterkriegst.«

»Ja, Sir.«

In der kleinen Wohnung klang der Schuß aus der Pistole wie ein Kanonenschuß. Man hatte ihn bestimmt gehört. Jacqueline wußte, daß sie schnellstens verschwinden mußte. Aber zuvor mußte sie noch etwas tun: Sie mußte Gabriel warnen, daß Tariq unterwegs war.

Sie stieg über die Leiche hinweg, riß den Telefonhörer von der Gabel und tippte die Nummer in London ein. Als sie ihre eigene Tonbandansage hörte, gab sie drei weitere Ziffern ein. Nach mehrmaligem Klicken folgte ein Summton, dann meldete sich eine Frauenstimme.

»Ja?«

»Ich brauche Ari Schamron, Dringlichkeitsstufe eins. Es geht um einen Notfall.«

»Kennwort?«

»Jericho. Bitte *beeilen* Sie sich!«

»Warten Sie bitte.«

Die Gelassenheit in der Stimme der jungen Frau war irritierend. Nach mehrfachem Klicken und Summen meldete sich eine neue Stimme. Diesmal war Schamron am Apparat.

»Jacqueline? Sind Sie's wirklich? Wo stecken Sie?«

»Weiß ich nicht genau. Irgendwo in Brooklyn, glaube ich.«

»Bleiben Sie dran. Ich lasse mir die genaue Adresse von der Zentrale geben.«

»Lassen Sie mich nicht allein!«

»Das tue ich nicht. Ich bin hier, Jacqueline.«

Sie begann zu weinen.

»Was ist passiert?«

»Tariq ist irgendwo unterwegs! Er hat sich als Kellner verkleidet. Er sieht völlig anders aus als in Montreal. Er wollte die Verbindung über London nach Tel Aviv benutzen, um Gabriel in eine Falle zu locken, aber ich habe Leila mit einer Nagelfeile und ihrer Pistole umgebracht.«

Sie merkte, daß sie wahrscheinlich völlig hysterisch klang.

»Liegt die Tote da, wo Sie jetzt sind?«

»Ja, neben mir auf dem Fußboden. Oh, Ari, es ist entsetzlich!«

»Sie müssen weg. Noch schnell eine Frage: Wissen Sie, wohin Tariq unterwegs ist?«

»Nein.«

In diesem Augenblick polterten schwere Schritte die Treppe herauf.

Scheiße!

»Es kommt jemand!« flüsterte sie.

»Sie müssen verschwinden!«

»Hier gibt's nur einen Ausgang.«

Sie hörte, wie an die Tür geklopft wurde: zwei energische Schläge, von denen die ganze Wohnung zu erzittern schien.

»Ari, ich weiß nicht, was ich tun soll.«

»Mund halten und warten.«

Drei weitere Schläge, kräftiger als die ersten, aber keine Schritte. Wer immer dort draußen stand, dachte gar nicht daran, wieder zu gehen.

Das nächste Geräusch kam unvorbereitet: ein dumpfer Aufprall, der die Wohnungstür zersplittern und krachend auffliegen ließ. Er war so laut, daß Jacqueline erwartete, mehrere Männer hereinstürmen zu sehen, aber dann erschien nur ein Mann – der Bärtige, der morgens kurz aus seiner Wohnung gesehen hatte, als Tariq sie in dieses Haus gebracht hatte.

Seine Fäuste hielten einen Baseballschläger umklammert.

Jacqueline ließ den Hörer fallen. Der Mann starrte erst die tote Leila, dann Jacqueline an. Dann hob er seinen Baseballschläger und stürmte auf sie zu. Jacqueline riß ihre Pistole hoch und gab zwei Schüsse ab. Der erste traf ihn in die linke Schulter und warf ihn herum. Der zweite durchschlug sein Rückgrat, so daß er mit einem Aufschrei zusammenbrach. Sie trat vor und drückte noch zweimal ab.

Der Raum war voller Pulverdampf und Korditgestank; Boden und Wände waren mit Blut bespritzt. Jacqueline bückte sich und hob den Telefonhörer auf.

»Ari?«

»Gott sei Dank, daß Sie's sind! Hören Sie mir jetzt gut zu, Jacqueline. Sie müssen schnellstens verschwinden.«

»Kein Scheiß, Ari! Wohin soll ich gehen?«

»Sie sind tatsächlich in Brooklyn – an der Kreuzung Parkville Avenue und East Eighth Street.«

»Das sagt mir überhaupt nichts.«

»Sie verlassen das Haus und gehen rechts die Parkville Avenue runter zur Coney Island Avenue. Dort biegen Sie wieder rechts ab. Aber Sie gehen *nicht* über die Coney Island Avenue, verstanden? Sie gehen auf Ihrer Straßenseite weiter. Ich schicke jemanden, der Sie abholt.«

»Wen?«

»Tun Sie einfach, was ich sage, und gehen Sie jetzt los!«

Am anderen Ende wurde aufgelegt.

Jacqueline ließ den Hörer fallen und hob ihren Mantel auf, der am Fußende des Betts lag. Sie schlüpfte hinein, steckte die Pistole in die Manteltasche und verließ rasch die Wohnung. Sie befolgte Schamrons Anweisungen und war kurze Zeit später auf der Coney Island Avenue mit ihren vielen kleinen Läden unterwegs.

Eine Meile entfernt stand Gabriel im jüdischen Gemeindezentrum in der Ocean Avenue ganz in der Nähe des Premierministers, der einer Gruppe von Schulkindern die Geschichte von Masada vorlas. Einer der Leibwächter des Premierministers tippte ihm leicht auf die Schulter und flüsterte: »Anruf für Sie. Klingt dringend.«

Gabriel ging rasch in die Eingangshalle hinaus. Ein weiterer Leibwächter hielt ihm ein Mobiltelefon hin.

»Ja?«

»Sie lebt«, sagte Schamron.

»Was? Wo ist sie?«

»Auf der Coney Island Avenue in Ihre Richtung unterwegs. Sie geht die Westseite der Straße entlang. Sie ist allein. Fahren Sie ihr entgegen. Den Rest der Geschichte soll sie Ihnen selbst erzählen.«

Gabriel klappte das Mobiltelefon zu. »Ich brauche einen Wagen. Sofort!«

Zwei Minuten später fuhr Gabriel die Coney Island Avenue entlang und suchte die Gehsteige nach Jacqueline ab. Schamron hatte gesagt, sie gehe auf der Westseite der Straße, aber Gabriel kontrollierte beide Seiten für den Fall, daß sie sich in der Straßenseite geirrt oder aus Angst vor irgend etwas die Seite gewechselt hatte. Er las die Straßenschilder an den Kreuzungen: Avenue L, Avenue K, Avenue J …

Verdammt! Wo zum Teufel ist sie?

Dann entdeckte er sie an der Kreuzung Coney Island Avenue und Avenue H. Ihr Haar war zerzaust, ihr Gesicht geschwollen. Sie machte den Eindruck einer Gejagten. Trotzdem wirkte sie cool und gefaßt.

Er wendete rasch, hielt am Randstein und beugte sich über den Beifahrersitz, um die rechte Tür aufzustoßen. Jacqueline trat instinktiv ein paar Schritte zurück und griff in ihre Manteltasche. Dann erkannte sie ihn und verlor schlagartig die Fassung. »Gabriel«, flüsterte sie. »Gott sei Dank!«

»Steig ein«, sagte er ruhig.

Sie stieg ein und schloß die Tür.

Gabriel fuhr wieder an, beschleunigte rasch.

Einige Straßenblocks weiter fragte sie: »Können wir irgendwo halten?«

Gabriel bog in eine Seitenstraße ab, parkte und ließ den Motor laufen. »Alles in Ordnung mit dir, Jacqueline? Was ist passiert? Du mußt mir alles erzählen.«

Sie begann zu weinen – anfangs verhalten, dann mit lautem Schluchzen, das ihren Körper krampfartig erzittern ließ. Gabriel nahm sie in die Arme, drückte sie an sich. »Es ist vorbei«, sagte er tröstend. »Alles ist vorbei.«

»Bitte verlaß mich nie wieder, Gabriel. Bleib bei mir, Gabriel. Bitte, bleib bei mir.«

45

New York City

Tariq machte die Runde durch die prächtigen Räume mit Blick über den Central Park, während Gäste nonchalant alles mögliche auf seinem ovalen Tablett deponierten: leere Gläser, halb abgegessene Teller, zerknüllte Servietten, Zigarettenkippen. Er sah auf seine Uhr. Leila würde inzwischen telefoniert haben. Allon war vermutlich bereits unterwegs. Es konnte nicht mehr lange dauern.

Er ging durch die Bibliothek. Zwei Fenstertüren führten auf die Dachterrasse hinaus. Trotz der Kälte standen einige Gäste draußen und bewunderten die Aussicht. Als Tariq ins Freie trat, erfüllte Sirenengeheul die Luft. Er stellte sich ans Geländer und sah die Fifth Avenue hinunter: eine Autokolonne mit Polizeieskorte.

Der Ehrengast würde gleich eintreffen.

Aber wo zum Teufel bleibt Allon?

»Entschuldigung? Hallo?«

Tariq sah auf. Eine Frau in einem Pelzmantel winkte ihn zu sich heran. Der Anblick der anrollenden Autokolonne hatte ihn so fasziniert, daß er vergessen hatte, daß er sich hier als Kellner ausgab.

Die Frau hielt ein halbvolles Rotweinglas hoch. »Würden Sie mir das bitte abnehmen?«

»Gewiß, Madam.«

Tariq ging über die Terrasse und blieb in der Nähe der Frau stehen, die jetzt mit einer Freundin sprach. Sie versuchte ihr Glas auf sein Tablett zu stellen, ohne hinzusehen, und dabei fiel es um; Rotwein spritzte auf Tariqs weißes Jackett.

»O Gott!« sagte die Frau. »Tut mir leid.« Dann wandte sie sich ab, als sei nichts gewesen, und setzte ihre Unterhaltung fort.

Tariq trug sein Tablett in die Küche zurück.

»Scheiße, was ist mit dir passiert?« Das war der Dicke mit weißer Schürze und der Brillantine im Haar: Rodney, der Boß.

»Eine Frau hat mir Wein drübergekippt.«

Tariq stellte sein volles Tablett auf der Arbeitsplatte neben dem Ausguß ab. In diesem Augenblick rauschte draußen Beifall auf. Der Ehrengast war eingetroffen. Tariq nahm sich ein leeres Tablett und wollte die Küche verlassen.

»Hey, wohin willst du?« fragte Rodney.

»Weiter Geschirr abtragen.«

»Aber nicht so, wie du aussiehst. Ab sofort hast du Küchendienst. Du gehst dort rüber und spülst mit ab.«

»Ich kann das Jackett saubermachen.«

»Das ist Rotwein, Kumpel. Dieses Jackett kannst du wegschmeißen.«

»Aber …«

»Mach, daß du dort rüberkommst und das Geschirr spülst.«

»Präsident Arafat, ich freue mich, Sie wiederzusehen«, sagte Douglas Cannon.

Arafat lächelte. »Danke, gleichfalls, Senator. Oder sollte ich jetzt Botschafter Cannon sagen?«

»Bleiben Sie einfach bei Douglas.«

Cannon nahm Arafats kleine Hand in seine Bärenpranken und schüttelte sie kräftig. Der Botschafter war ein Hüne mit breiten Schultern und einer ungebärdigen grauen Mähne. Im Alter war er um die Taille herum etwas dicker geworden, aber sein Bauch war durch einen erstklassig geschnittenen blauen Blazer geschickt getarnt. Die Zeitschrift *The New Yorker* hatte ihn einmal einen »Perikles von heute« genannt – ein brillanter Gelehrter und Philanthrop, der nach einer akademischen Laufbahn zu einem der einflußreichsten demokratischen Senatoren Washingtons aufgestiegen war. Vor zwei Jahren war er aus dem Ruhestand zurückgerufen worden, um als US-Botschafter nach London zu gehen. Seine Karriere als Botschafter hatte jäh geendet, als er bei einem Terroranschlag schwer verwundet worden war. Davon war ihm jedoch nichts anzumerken, als er Arafat jetzt freundschaftlich am Arm faßte, um mit ihm einen Rundgang zu machen.

»Das Attentat hat mich sehr betroffen gemacht, Douglas. Ich freue mich, daß Sie wieder gesund und munter sind. Haben Sie die Blumen bekommen, die Suhla und ich Ihnen geschickt haben?«

»Ja, natürlich. Sie waren die schönsten in meinem Krankenzimmer. Ich danke Ihnen ganz herzlich. Aber jetzt haben wir genug von mir geredet. Kommen Sie bitte mit. Hier gibt's viele Leute, die darauf brennen, Sie kennenzulernen.«

»Das glaube ich gern«, meinte Arafat lächelnd. »Gehen wir.«

Gabriel raste über die Brooklyn Bridge nach Manhattan hinein. Jacqueline hatte sich wieder gefangen und schilderte ihm detailliert ihre Erlebnisse in den letzten 72 Stunden – von der Nacht in der Sozialwohnung in der Nähe des Flughafens Heathrow bis zu den grausigen Ereignissen in Brooklyn. Gabriel zwang sich, leidenschaftslos zuzuhören und seinen Zorn darüber, was Tariq ihr angetan hatte, vorläufig zu unterdrücken, um bei nüchterner Analyse vielleicht Hinweise auf seine Absichten zu finden.

Ein Punkt erregte seine Aufmerksamkeit: Warum hielt Tariq es für nötig, Gabriel zu *sich* zu locken, indem er Leila, die sich als Jacqueline ausgab, die Londoner Telefonnummer anrufen ließ?

Die Antwort war vermutlich ganz einfach: Weil Tariq annahm, daß Gabriel sich nicht dort aufhalten werde, wo er zuschlagen wollte. Aber weshalb nicht? War er nach New York gekommen, um den israelischen Premierminister, den großen Friedensstifter, zu ermorden, mußte er annehmen, daß Gabriel nicht von der Seite des Premierministers weichen würde. Schließlich hatte Gabriel den berüchtigten Terroristen erst vor kurzem in Montreal gesehen.

Gabriel dachte an das Van-Dyck-Gemälde: an der Oberfläche eine religiöse Szene, darunter das Porträt einer ziemlich häßlichen Frau. Ein Bild, zwei Realitäten. Das ganze Unternehmen hatte diesem Gemälde geglichen, und Tariq hatte ihn immer wieder geschlagen.

Verdammt noch mal, Gabriel. Hab den Mut, deinem Instinkt zu trauen!

Er zog sein Mobiltelefon aus der Jacke und wählte Schamrons Nummer in der diplomatischen Vertretung. Als Schamron sich meldete, fragte Gabriel nervös: »Wo ist Arafat?«

Nachdem er kurz zugehört hatte, sagte er: *»Scheiße!* Ich glaube, Tariq hat sich als Kellner verkleidet dort eingeschlichen. Sagen Sie seinen Leuten, daß ich komme.«

Er klappte das Telefon zu und sah zu Jacqueline hinüber. »Hast du Leilas Pistole noch?«

Sie nickte.

»Noch was drin?«

Jacqueline zog das Magazin heraus und zählte die restlichen Patronen. »Fünf«, sagte sie.

Gabriel bog nach Norden auf den FDR Drive ab und trat das Gaspedal durch.

Tariq stand an der Küchentür und sah über den Flur in die Partyräume. Blitzlichter flammten auf, als Gäste sich mit Arafat fotografieren ließen. Tariq schüttelte den Kopf. Vor zehn Jahren hatten dieselben Leute Arafat als rücksichtslosen Terroristen geschmäht. Jetzt behandelten sie ihn wie einen Rockstar, der eine Kaffijah trug.

Er sah sich nochmals nach Allon um. Irgend etwas mußte schiefgegangen sein. Vielleicht war Leila am Telefon nicht durchgekommen. Vielleicht spielte Allon irgendein Spiel mit ihm. Tariq wußte jedenfalls, daß er nicht mehr lange warten durfte. Er kannte Arafat. Unangekündigte Programmwechsel waren eine Marotte des Alten. Er konnte jederzeit beschließen, die Party zu verlassen – und Tariq so um seine Chance bringen, ihn zu ermorden.

Tariq hatte beide gemeinsam umbringen wollen – Arafat und Allon in einem letzten großen Racheakt –, aber nun sah es so aus, als würde das nicht klappen. Sobald er Arafat ermordet hatte, würden die Leibwächter sich auf ihn stürzen. Er würde sich wehren und ihnen keine andere Wahl lassen, als ihn zu erschießen. *Alles ist besser, als zu warten, bis der Tumor mich umbringt.* Allon würde alles verpassen und deshalb mit dem Leben davonkommen. Arafat, der verräterische Feigling, würde weniger Glück haben.

Rodney tippte Tariq auf die Schulter. »Kümmer dich um dein Geschirr, Freundchen, sonst ist das hier für dich die letzte Party.«

Rodney ging davon. Tariq betrat die Speisekammer,

knipste das Licht an. Er griff ins oberste Regalfach und holte die Schachtel mit tunesischen Datteln herunter, die er vor einer Stunde dort hingelegt hatte. Er nahm die Datteln in die Küche mit, arrangierte sie auf einem weißen Porzellanteller, den er auf ein Silbertablett stellte, und ging los.

Arafat stand, von einem halben Dutzend Mitarbeitern und Leibwächtern umringt, mitten im großen Salon in einem Kreis von Sympathisanten. Botschafter Cannon hatte sich an seiner Seite aufgebaut. Als Tariq sich ihm näherte, spürte er, wie der Griff der Makarow sich gegen seinen Bauch drückte. Arafat war nun noch drei Meter von ihm entfernt, aber zwischen Tariq und ihm standen fünf Personen, darunter auch ein Leibwächter. Der Palästinenserführer war so klein, daß Tariq ihn kaum sehen konnte – nur seine schwarzweiß karierte *Kaffijah.* Zog er jetzt die Makarow, würde ihn bestimmt einer der Leibwächter sehen und sofort das Feuer eröffnen. Er mußte näher an ihn herankommen, bevor er seine Pistole zog. Er mußte den Trick mit den Datteln versuchen.

Aber nun ergab sich ein neues Problem: Die Gäste drängten sich so dicht um Arafat, daß Tariq nicht näher herankam. Unmittelbar vor ihm stand ein großer Mann in einem anthrazitgrauen Anzug. Als Tariq seine Schulter berührte, drehte der Mann sich kurz um, sah das Tablett und Tariqs weißes Jackett und sagte: »Nein, danke.«

»Die sind für Präsident Arafat«, behauptete Tariq, worauf der Mann ihm widerstrebend Platz machte.

Als nächstes hatte Tariq es mit einer Frau zu tun. Auch diesmal funktionierte sein Trick wieder: Er tippte ihr auf die Schulter, wartete, bis sie ihm Platz machte, und rückte der Zielperson einen Meter näher. Aber jetzt stand er hinter einem Mitarbeiter Arafats. Er wollte ihn gerade antippen, als er ein Mobiltelefon zirpen hörte. Der Mann griff in sein Jackett und hielt sich das Telefon rasch ans Ohr. Nachdem er einen Augenblick zugehört hatte, steckte er das Telefon wieder ein, beugte sich vor und flüsterte Arafat etwas ins Ohr. Darauf wandte Arafat sich an Cannon und sagte: »Tut mir leid, aber ich muß etwas Dringendes erledigen.«

Verdammt, dachte Tariq, *der Kerl hat verdammt viel Glück!*

»Kann ich hier irgendwo ungestört telefonieren?« fragte Arafat seinen Gastgeber.

»Am besten in meinem Arbeitszimmer. Wenn Sie bitte mitkommen wollen?«

Arafat löste sich aus der Menge und ging, von Cannon und einer Traube von Mitarbeitern begleitet, den Flur entlang, der in den rückwärtigen Teil des Apartments führte. Im nächsten Augenblick verschwanden sie in einem Raum. Einer der Leibwächter Arafats postierte sich vor der Tür. Cannon und Arafats Mitarbeiter kamen kurz danach wieder heraus und mischten sich unter die Gäste.

Tariq wußte, daß er jetzt losschlagen mußte, wenn er seine Chance wahrnehmen wollte. Er schlängelte sich mit dem Silbertablett, auf dem der Teller mit Datteln stand, durch die Gäste, ging den Flur entlang und machte vor dem Leibwächter halt. Tariq sah, daß der Mann zu Arafats persönlicher Leibgarde gehörte und daher wissen würde, daß der Palästinenserführer nichts lieber aß als gute tunesische Datteln.

»Einer von Mr. Arafats Mitarbeitern hat mich gebeten, ihm diese Datteln zu bringen.«

Der Leibwächter begutachtete den Teller, dann musterte er Tariq.

Du hast zwei Möglichkeiten, dachte Tariq. *Du kannst mich friedlich passieren lassen – oder ich kann meine Pistole ziehen, dir ins Gesicht schießen und dann zu ihm hineingehen.*

Der Leibwächter nahm sich eine Dattel und steckte sie in seinen Mund. Dann öffnete er die Tür und sagte: »Sie stellen ihm den Teller hin und kommen sofort wieder raus, verstanden?«

Tariq nickte und betrat den Raum.

Zehn Minuten später parkte Gabriel seinen Minivan auf der Eighty-eighth Street in der zweiten Reihe. Er stieg aus, ignorierte die Rufe eines Polizeibeamten und rannte zum Eingang des Apartmentgebäudes in der Fifth Avenue. Jacqueline folgte nur wenige Schritte hinter ihm. In der großen Eingangshalle warteten drei Männer auf sie: ein Angehöriger von Arafats Leibwache, ein Agent des amerikanischen Diplomatic Security Service und ein New Yorker Polizeibeamter.

Der Portier hielt einen Lift für sie bereit. Während die fünf Leute in die Kabine stürmten, drückte er auf den Knopf für das 16. Stockwerk.

»Ich will nur hoffen, daß Sie in dieser Sache recht haben, mein Freund«, sagte der DSS-Agent.

Gabriel zog seine Beretta, lud sie durch und steckte sie wieder unter seine Jacke.

»Jesus!« murmelte der Portier.

Das kleine Arbeitszimmer war elegant eingerichtet: ein Empire-Schreibtisch mit grüner Lederschreibfläche, indirekte Beleuchtung hinter den Stuckleisten der hohen Decke, wandhohe Bücherschränke mit Biographien und historischen Werken und ein Marmorkamin, in dem ein ruhiges Feuer brannte. Arafat saß am Telefon und hörte aufmerksam zu. Er murmelte ein paar Worte auf arabisch, legte dann den Hörer auf und sah Tariq an. Als er den Teller mit Datteln sah, erschien ein sonniges, fast kindliches Lächeln auf seinem Gesicht.

»Friede sei mit Ihnen, Präsident Arafat«, sagte Tariq auf arabisch. »Einer Ihrer Mitarbeiter hat mich gebeten, Ihnen die hier zu bringen.«

»Datteln! Wie wundervoll!« Er nahm sich eine, begutachtete sie kurz und biß hinein. »Diese Dattel kommt aus Tunesien. Da bin ich mir ganz sicher.«

»Sie haben recht, glaube ich, Präsident Arafat.«

»Sie sprechen Arabisch mit dem Akzent eines Palästinensers.«

»Das liegt daran, daß ich aus Palästina stamme.«

»Aus welchem Teil Palästinas?«

»Vor *al-Nakba* war meine Familie in Obergaliläa zu Hause. Ich bin in Lagern im Libanon aufgewachsen.«

Tariq stellte das Tablett mit dem Teller auf den Schreibtisch und knöpfte sein Jackett auf, um an die Makarow herankommen zu können. Arafat legte den Kopf leicht schief und berührte seine Unterlippe. »Ihnen ist nicht wohl, mein Bruder?«

»Ich bin nur etwas müde. Ich habe in letzter Zeit zuviel gearbeitet.«

»Ich weiß, wie Übermüdung aussieht, mein Bruder. Schlafmangel hat auch mir im Lauf der Jahre stark zugesetzt. Ich habe gesehen, wie schlimm er sich auf die Männer in meiner Umgebung ausgewirkt hat. Aber Sie leiden nicht nur an Übermüdung. Sie sind krank, mein Bruder. Das sehe ich deutlich. In bezug auf solche Dinge habe ich einen untrüglichen Instinkt.«

»Sie haben recht, Präsident Arafat. Ich bin in letzter Zeit nicht gesund.«

»An welcher Art Krankheit leiden Sie, mein Bruder?«

»Bitte, Präsident Arafat – Sie sind viel zu beschäftigt und zu wichtig, um sich Sorgen wegen eines gewöhnlichen Mannes wie mir zu machen.«

»Da täuschen Sie sich, mein Bruder. Ich habe mich

stets als Vater *aller* Palästinenser gefühlt. Leidet eines meiner Kinder, leide auch ich.«

»Ihre mitfühlende Sorge ist mir ein großer Trost, Präsident Arafat.«

»Es ist ein Tumor, nicht wahr, mein Bruder? Sie leiden an irgendeiner Art Krebs?«

Als Tariq keine Antwort gab, wechselte Arafat abrupt das Gesprächsthema. »Eines interessiert mich, mein Freund. Welcher meiner Mitarbeiter hat Sie gebeten, mir diese Datteln zu bringen?«

Sein Überlebensinstinkt ist noch immer so stark wie früher, sagte sich Tariq. Er dachte an eine Nacht in Tunis, die schon viele Jahre zurücklag. Eine endlos lange Sitzung, eine für Arafat typische Besprechung, die um Mitternacht begann und bis Tagesanbruch dauerte. Irgendwann war ein an Arafat adressiertes Päckchen angekommen, das ein irakischer Diplomat aus Amman geschickt hatte. Es lag einige Zeit ungeöffnet auf seinem Schreibtisch, bis Arafat schließlich aufstand und sagte: »Dieses Päckchen enthält eine Bombe, Tariq! Das rieche ich! Hinaus damit!« Tariq trug es hinaus und ließ es von einem Sprengmeister der Fatah untersuchen. Der Alte hatte recht gehabt. Den Israelis war es gelungen, in eine Besprechung der PLO-Führung eine Bombe einzuschmuggeln. Hätte Arafat das Päckchen geöffnet, wären er und alle Anwesenden liquidiert worden.

»Er hat mir seinen Namen nicht gesagt«, behauptete Tariq. »Er sagte nur, ich solle Ihnen die Datteln bringen.«

Arafat nahm sich eine weitere Dattel vom Teller. »Merkwürdig, aber Sie kommen mir irgendwie bekannt vor. Sind wir uns schon mal begegnet?«

»Leider nicht.«

»Wissen Sie das bestimmt? Gesichter vergesse ich gewöhnlich niemals.«

»Das weiß ich bestimmt, Präsident Arafat.«

»Sie erinnern mich an einen alten Gefährten – an einen Mann, der in guten wie in schlechten Zeiten an meiner Seite gekämpft hat.«

»Ich bin nur ein kleiner Kellner.«

»Diesem Mann verdanke ich mein Leben. Er hat mich vor meinen Feinden geschützt. Er hat mir öfter das Leben gerettet, als ich damals wahrhaben wollte.« Arafat blickte zur Decke und schloß kurz die Augen. »Ich erinnere mich vor allem an eine Nacht. Ich hatte die Aufforderung erhalten, zu einem Gespräch mit Präsident Assads Bruder nach Damaskus zu kommen. Mein Freund riet mir jedoch dringend davon ab. Das war zu der Zeit, als Assad und seine Geheimpolizei mir nach dem Leben trachteten. Das Gespräch fand in freundschaftlicher Atmosphäre statt, aber als wir in unsere Autos steigen wollten, um nach Beirut zurückzufahren, warnte mein Freund mich, das sei zu gefährlich. Sehen Sie, er hatte erfahren, daß die Syrer unsere Kolonne überfallen und mich ermorden wollten. Wir schickten die Autokolonne zur Täuschung los, und diesem Mann gelang es, mich in Damaskus zu verstecken – praktisch vor der Nase der Syrer. Am späten Abend erhielten wir die Meldung, syrische Spezialeinheiten hätten unsere Autokolonne außerhalb von Damaskus überfallen und mehrere meiner Männer erschossen. Das war eine sehr traurige Nacht, aber ich lebte noch, was ich diesem Mann verdanke.«

»Eine sehr interessante Geschichte, Präsident Arafat.«

»Wollen Sie mir gestatten, noch eine zum besten zu geben?«

»Ich sollte wohl besser gehen«, sagte Tariq und griff nach der Makarow.

»Bitte, sie dauert nur einen Augenblick.«

Tariq zögerte, dann sagte er: »Selbstverständlich, Präsident Arafat. Ich würde die Geschichte sehr gern hören.«

»Setzen Sie sich, mein Freund. Sie müssen müde sein.«

»Das wäre unschicklich.«

»Wie Sie wünschen«, antwortete Arafat. »Diese Geschichte stammt aus der Zeit der Belagerung Beiruts. Die Israelis versuchten, die PLO endgültig zu vernichten. Auch mich wollten sie unbedingt erledigen. Wo ich auch war, schlugen israelische Bomben und Raketen ein, als wüßten die Israelis immer über meinen Aufenthaltsort Bescheid. Deshalb begann mein Freund mit Ermittlungen. Er entdeckte, daß der israelische Geheimdienst mehrere Angehörige meines Stabs als Spione angeworben hatte. Und er entdeckte, daß die Israelis ihre Spione mit Peilsendern ausgerüstet hatten, damit sie ständig wußten, wo ich mich aufhielt. Er verhaftete die Spione und brachte sie dazu, ihre Verbrechen zu gestehen. Um weitere potentielle Spione abzuschrecken, forderte er mich auf, ihre Todesurteile zu unterzeichnen, damit sie hingerichtet werden konnten.«

»Und haben Sie's getan?«

»Nein, ich habe es nicht getan. Ich habe diesem Mann erklärt, wenn ich die Verräter hinrichten ließe, würde ich mir ihre Brüder und Vettern zu Feinden machen. Ich habe ihm erklärt, ich würde sie auf andere Weise bestrafen – indem ich sie von der Revolution ausschließe. Sie verbanne. Ins Exil schicke. Aus meiner Sicht sei das eine Strafe, schlimmer als der Tod. Und ich habe ihm noch etwas erklärt. Ich habe ihm gesagt, wir Palästinenser könnten nicht anfangen, uns gegenseitig umzubringen. Wir hätten ohnehin schon zu viele Feinde.«

»Wie hat dieser Mann darauf reagiert?

»Er war zornig auf mich. Er hat mich einen Dummkopf genannt. Unter meinen engsten Mitarbeitern war er der einzige, der den Mut hatte, so mit mir zu reden. Er hatte das Herz eines Löwen, dieser Mann.« Arafat machte eine Pause, dann fügte er hinzu: »Ich habe ihn seit vielen Jahren nicht mehr gesehen. Wie ich höre, ist er schwer krank. Angeblich hat er nicht mehr lange zu leben.«

»Tut mir leid, das zu hören.«

»Wenn wir unseren eigenen Staat haben, werde ich ihm seine großen Verdienste um die Bewegung vergelten. Wenn wir unseren eigenen Staat, unsere eigenen Schulen haben, werden die Kinder Palästinas im Unterricht von all seinen Heldentaten hören. In den Dörfern wird man abends an den Feuern von diesem Mann erzählen. Er wird ein großer Volksheld der Palästinenser sein.« Arafat senkte die Stimme. »Aber nicht, wenn er jetzt etwas Törichtes tut. Dann wird man sich seiner nur als eines weiteren Fanatikers erinnern.«

Arafat sah Tariq ins Gesicht und sagte ruhig: »Müssen Sie diese Tat verüben, mein Bruder, dann tun Sie's, damit wir's hinter uns haben. Fehlt Ihnen jedoch der Mut dazu, schlage ich vor, daß Sie schleunigst von hier verschwinden und eine Möglichkeit finden, Ihr Leben in Würde zu beenden.«

Arafat reckte das Kinn etwas nach vorn. Tariq senkte seinen Blick, lächelte schwach und knöpfte langsam sein Jackett zu. »Ich glaube, Sie haben mich mit jemandem verwechselt. Friede sei mit Ihnen, mein Bruder.«

Tariq wandte sich ab und verließ den Raum.

Arafat starrte seinen Leibwächter an und sagte: »Komm rein und mach die Tür zu, du Idiot.« Dann atmete er langsam tief durch und versuchte seine zitternden Hände zur Ruhe zu bringen.

Sie betraten das Apartment: Gabriel und Jacqueline Seite an Seite, von den drei Sicherheitsbeamten begleitet. Der plötzliche Auftritt von fünf sichtlich erregten Personen schockierte die Partygäste, die schlagartig verstummten. Gabriels rechte Hand steckte in der Jacke, seine Finger umklammerten den Griff der Beretta. Er suchte rasch den großen Raum ab, in dem mindestens ein halbes Dutzend Kellner in weißen Jacketts zwischen den Gästen unterwegs waren. Dann sah er Jacqueline an. Sie schüttelte den Kopf.

Douglas Cannon schloß sich der Gruppe an, als sie aus dem Vorraum in den großen Salon mit Blick auf die Fifth Avenue und den Central Park weiterging. Dort machten drei Bedienungen die Runde, um die Gäste mit Horsd'œuvres und Champagner zu versorgen. Zwei der Bedienungen waren Frauen. Jacqueline sah den Mann an. »Der nicht.«

Im nächsten Augenblick entdeckte sie einen Mann in einem weißen Jackett, der in der Küche verschwand. Obwohl sie ihn nur flüchtig gesehen hatte, war sie sich ihrer Sache sicher. »Gabriel! Das ist er!«

Gabriel wandte sich an Cannon. »Wo ist Arafat?«

»Er telefoniert in meinem Arbeitszimmer.«

»Wo ist das Arbeitszimmer?«

»Am Ende dieses Flurs links!«

Gabriel rannte den Flur entlang. Als er durch die Tür stürmte, sah er sich einem Leibwächter gegenüber, dessen Pistole genau auf seine Brust zielte. Arafat saß gelassen hinter dem Schreibtisch. »Er war hier und ist wieder fort, fürchte ich«, sagte Arafat. »Aber ich bin noch hier – was jedenfalls nicht Ihr Verdienst ist.«

Gabriel machte kehrt und stürzte hinaus.

Tariq ging rasch durch die Küche. Hier gab es einen zweiten Ausgang, der zur Hintertreppe führte. Er trat ins Treppenhaus und schloß rasch die Tür hinter sich. Auf dem Treppenabsatz standen mehrere Kartons Champagner, die er vor die Tür schob. Sie waren nicht schwer genug, um sie wirklich zu blockieren, nur so schwer, um jemanden, der die Tür aufstoßen wollte, für kurze Zeit zu behindern. Er ging zum nächsten Treppenabsatz hinunter, zog seine Makarow und wartete.

Gabriel stürmte mit schußbereiter Beretta in die Küche, als die Tür zum Treppenhaus sich eben erst geschlossen hatte. Er spurtete durch den Raum und versuchte sie zu öffnen. Der Türknopf ließ sich drehen, aber die Tür selbst blieb geschlossen.

Jacqueline kam hereingestürzt.

Gabriel trat ein paar Schritte zurück und warf sich mit der linken Schulter gegen die Tür. Sie ging ein Stück weit auf, und ein dumpfer Aufprall und das Zersplittern von Glas waren zu hören.

Er warf sich erneut gegen die Tür. Diesmal gab sie nach, obwohl noch immer etwas Widerstand zu spüren war.

Beim dritten Versuch ging die Tür ganz auf. Gabriel trat auf den Treppenabsatz und sah nach unten.

Tariq stand breitbeinig auf dem nächsttieferen Treppenabsatz und hielt die Makarow in seinen ausgestreckten Händen.

Gabriel sah im Halbdunkel Mündungsfeuer aufblitzen und spürte die erste Kugel in seine Brust einschlagen. Er dachte, wie passend dieses Ende für ihn sei. Er hatte seinen ersten Mann im Treppenhaus eines Apartmentgebäudes erschossen, und nun würde er auf gleiche Weise sterben. So schloß sich der Kreis, was etwas Befriedigendes an sich hatte. Ob Tariq das von Anfang an geplant hatte?

Er hörte Tariq die Treppe hinunterpoltern. Dann sah

er Jacquelines Gesicht, als sie sich über ihn beugte – Jacquelines schönes Gesicht. Dann wurde ihr Gesicht zu Wasser, nur um durch das Gesicht der Frau ersetzt zu werden, deren Porträt van Dyck übermalt hatte. Und dann verlor er das Bewußtsein.

»Holt einen Krankenwagen!« schrie Jacqueline, als Gabriel in Bewußtlosigkeit versank. Dann sprang sie auf und rannte die Treppe hinunter.

»Halt!« brüllte einer der Sicherheitsbeamten ihr von oben nach. Sie ignorierte ihn.

Das Echo von Tariqs polternden Schritten hallte durchs Treppenhaus zu ihr herauf. Sie griff in ihre Manteltasche und zog die Pistole, die sie aus dem Apartment in Brooklyn mitgenommen hatte. *Hast du's heute schon zweimal gemacht,* sagte sie sich, *kannst du's auch ein drittes Mal.*

Sie rannte weiter. Die Treppe schien nicht enden zu wollen. Sie versuchte sich zu erinnern, in welchem Stockwerk Cannons Apartment lag. Im 16. Stock – ja, das stimmte; das wußte sie ganz sicher. Auf dem nächsten Treppenabsatz kam sie an einer Tür mit der Aufschrift *7. Stock* vorbei.

Weiter, Jacqueline! ermahnte sie sich. *Nicht langsamer werden. Er ist krank. Er ist todkrank. Du kannst ihn einholen. Beweg dich!*

Sie dachte an Gabriel, der dort oben auf dem Treppenabsatz verblutete, und zwang sich dazu, noch schneller zu rennen. Wie eine Rasende stürmte sie die Treppe hinunter. Sie war von der Vorstellung besessen, sie könnte Gabriel vielleicht das Leben retten, wenn es ihr gelang, Tariq zu erschießen.

Sie dachte an den Tag, an dem Gabriel gekommen war, um sie zu holen, erinnerte sich an ihre Radtour über die Hügel um Valbonne, an das Brennen in ihren Oberschenkeln, als sie sich zu einem neuen Rekord getrieben hatte.

Mach's noch einmal!

Jacqueline erreichte die unterste Treppenhausebene. Vor sich sah sie eine stählerne Brandschutztür, die sich langsam schloß.

Tariq war unmittelbar vor ihr!

Sie riß die Stahltür auf und stürmte hindurch. Dahinter lag ein ungefähr 15 Meter langer Korridor mit einer weiteren Brandschutztür am anderen Ende. Tariq befand sich auf halbem Weg dorthin.

Er war sichtlich erschöpft. Sein Tempo hatte sich verlangsamt; seine Schritte waren kurz und unkoordiniert. Als er sich über die Schulter nach ihr umsah, war sein Gesicht nach der anstrengenden Hetzjagd die Treppe hinunter zu einer Schmerzensmaske verzerrt. Jacqueline riß ihre Pistole hoch und gab rasch nacheinander zwei Schüsse ab. Der erste schien über seinen Kopf hinwegzugehen, aber der zweite traf Tariq hoch in die linke Schulter und ließ ihn zusammenbrechen. Als er auf dem Betonboden aufschlug, fiel ihm die Pistole aus der Hand und rutschte den Korridor entlang, bis sie gegen die Tür am anderen Ende schepperte. Jacqueline trat auf ihn zu und drückte wieder und wieder und wieder ab, bis die Pistole leer geschossen war, und sie ganz sicher war, daß Tariq al-Hourani tot war.

Dann ging die Tür am Ende des Korridors auf. Sie zielte auf den hereinkommenden Mann, aber es war nur Ari Schamron. Er trat auf sie zu, löste die Pistole aus ihrem krampfhaften Griff und steckte sie in seine Manteltasche.

»Wo ist Gabriel?«

»Oben.«

»Ist's schlimm?«

»Ich denke schon.«

»Bringen Sie mich zu ihm.«

Jacqueline sah auf Tariqs Leiche hinunter. »Was ist mit ihm?«

»Lassen Sie ihn liegen«, sagte Schamron. »Lassen Sie die Hunde sein Blut auflecken. Bringen Sie mich zu Gabriel. Ich will Gabriel sehen.«

46

Jerusalem; März

Gabriel wachte auf. Er sah auf die Leuchtzeiger seiner Armbanduhr, schloß wieder die Augen: Viertel nach fünf. Er lag da und versuchte auszurechnen, wie lange er geschlafen hatte. Versuchte sich zu erinnern, wann er von der Couch aufgestanden war und sich ins Bett geschleppt hatte – und wie lange hatte er dann noch gebraucht, um in Bewußtlosigkeit zu versinken? Hatte er *wirklich* geschlafen? Er hatte so lebhaft geträumt, daß er das Gefühl hatte, überhaupt nicht geschlafen zu haben.

Er lag ganz still, um abzuwarten, ob er vielleicht wieder einschlafen würde, aber das nützte nichts. Dann kamen die Geräusche: der Ruf eines Muezzins, der von Silwan aus übers Tal Hinnom schallte. Eine Kirchenglocke, die im armenischen Viertel bimmelte. Die Gläubigen waren erwacht. Den Ungläubigen und den Verletzten blieb kaum eine andere Wahl, als sich ihnen anzuschließen.

Er tastete seine Brust mit den Fingerspitzen ab, suchte die schmerzenden Stellen. Weniger schlimm als gestern. Jeder Tag brachte eine kleine Besserung. Er wälzte sich vorsichtig aus dem Bett, ging in die Küche, kochte Kaffee, steckte Brot in den Toaster. Er war ein Gefangener, und wie jeder Gefangene fand er Trost in routinemäßigen Ritualen.

Seine Zelle war gar keine Zelle, sondern eine hübsche sichere Wohnung mit Blick aufs Zionstor: kühle Fliesenböden, weiße Flokatis, weiße Möbel. Sie erinnerte Gabriel an ein Krankenrevier, das sie in manchen Hinsicht auch war. Er zog einen leichten Pullover an, einen grauen Rollkragenpulli aus Baumwolle, und trug sein Frühstück durch die Fenstertür zu dem kleinen Balkontisch hinaus.

Während er auf den Tagesanbruch wartete, analysierte er die einzelnen Düfte, aus denen sich der spezielle Geruch Jerusalems zusammensetzt: Salbei und Jasmin, Honig und Kaffee, Leder und Tabak, Zypressen und Eukalyptus. Dann brach endlich der Tag an. Da Gabriel nicht als Restaurator arbeiten konnte, genoß er Jerusalem bei Sonnenaufgang wie ein Kunstwerk. Die letzten Sterne verblaßten, die Sonne tauchte hinter dem langgestreckten Bergrücken auf, der Jerusalem von der Wüste der West Bank trennte. Die ersten Sonnenstrahlen krochen den kalkfarbenen Ölberg hinunter und ließen dann den Felsendom in goldenem Feuer erstrahlen. Danach fielen die Strahlen auf die Grabeskirche und tauchten ihre Ostfassade in scharlachrotes Licht, während die übrigen Teile des imposanten Baus in tiefem Dunkel blieben.

Gabriel beendete sein Frühstück, trug das Geschirr in die Küche, wusch es sorgfältig ab und legte es zum Trocknen auf die Abtropffläche. Was nun? An manchen Vormittagen blieb er zu Hause und las. In letzter Zeit hatte er sich angewöhnt, Wanderungen zu machen, die er jeden Tag etwas weiter ausdehnte. Gestern war er schon bis zum Mount Scopus hinaufgewandert. Er merkte, daß er unterwegs klarer denken und sogar versuchen konnte, das Fiasko aufzuarbeiten, in dem ihr Unternehmen geendet hatte.

Er duschte, zog sich an und ging nach unten. Als er aus dem Apartmentgebäude auf die Straße trat, hörte er mehrere Geräusche nacheinander: ein heiseres, lautes

Flüstern, eine Autotür, die zugeschlagen wurde, einen anspringenden Motor. Schamrons Aufpasser. Gabriel ignorierte sie, zog den Reißverschluß seiner Jacke zu, weil er in der Morgenkühle fröstelte, und schritt aus.

Er folgte der Chatiwat Jeruschalajim und betrat die Altstadt durchs Jaffator. Dort wanderte er durchs hektische Treiben der Basarmärkte: Berge von Linsen und Kichererbsen, Stapel von Fladenbroten, zum Überquellen gefüllte Säcke mit aromatischen Gewürzen und feingemahlenem Kaffee, Araberjungen, die Silberschmuck und Kaffeekannen verhökerten. Ein Junge drückte Gabriel eine aus Olivenholz geschnitzte Jesusstatue in die Hand und nannte einen weit überhöhten Preis. Er hatte Tariqs hellwache braune Augen. Gabriel gab ihm die Statue zurück und erklärte ihm in akzentfreiem Arabisch, sie sei viel zu teuer.

Nachdem er das lärmende Markttreiben hinter sich gelassen hatte, schlenderte er durch das Gewirr aus stillen gewundenen Gassen nach Osten in Richtung Tempelberg weiter. Allmählich wurde es wärmer. Es war fast Frühling. Der Himmel über ihm war wolkenlos azurblau, aber die Sonne stand noch zu tief, um das Labyrinth der Altstadt ausleuchten zu können. Gabriel glitt fast lautlos durch die Schatten: ein Skeptiker unter den Gläubigen an diesem Ort, an dem Andacht und Haß kollidierten. Vermutlich war er wie jeder andere Mensch auf der Suche nach Antworten. Nach anderen Antworten, aber eben doch nach Antworten.

Er wanderte lange ziellos umher, dachte nach. Er folgte den dunklen, kühlen Gassen, ohne auf die Richtung zu achten. Einige Male stand er vor einem verschlossenen Tor oder einer unüberwindbaren Steinmauer aus Herodes' Zeit. Manchmal führte sein Weg ihn in einen sonnendurchfluteten Innenhof. Dort erschien ihm für einen Augenblick alles hell und klar. Dann betrat er die nächste düstere Gasse, deren Schatten ihn einhüllten, und erkannte, daß er der Wahrheit noch immer nicht näher gekommen war.

Schließlich erreichte er eine Gasse, die zur Via Dolorosa führte. Einige Meter vor ihm fiel ein Lichtband übers Pflaster. Gabriel beobachtete, wie zwei Männer – ein Orthodoxer in schwarzem *Schtreimel* und ein Araber mit wallender weißer Kaffijah – sich dort begegneten. Sie passierten einander, ohne sich eines Blickes zu würdigen, und gingen ihrer Wege. Gabriel schlenderte zum Beit ha-Bad weiter und verließ die Altstadt durchs Damaskustor.

An diesem Abend bestellte Schamron Gabriel zu sich nach Tiberias. Sie aßen auf der Terrasse unter zwei fauchenden Gasstrahlern. Gabriel hatte die Einladung nur widerstrebend angenommen, aber er spielte den liebenswürdigen Gast, hörte sich die Stories des Alten an und erzählte selbst ein paar.

»Lev hat heute seinen Rücktritt erklärt. Er hat gesagt, er könne nicht länger in einer Organisation tätig sein, in der der Chef der Operationsabteilung über ein wichtiges Unternehmen nicht informiert wird.«

»Eigentlich hat er recht. Haben Sie seinen Rücktritt angenommen?«

»Ich hatte keine Wahl.« Schamron lächelte. »Der arme Lev – seine Position war wirklich unhaltbar geworden. Wir haben der Schlange den Kopf zertreten. Wir haben Tariqs Organisation enthauptet und seine Fußsoldaten aufgespürt. Aber von alledem wußte Lev nichts. Ich habe ihm erklärt, weshalb ich das Unternehmen so durchführen mußte, wie ich's getan habe. Ich habe ihm gesagt, daß der Premierminister darauf bestanden hat, es müsse sich notfalls überzeugend abstreiten lassen, und ich deswegen leider meinen eigenen Stellvertreter täuschen mußte. Aber Lev hat sich nicht besänftigen lassen.«

»Und Ihre restlichen Problemkinder?«

»Die sind auch bald nicht mehr da.« Schamron legte seine Gabel weg und sah Gabriel an. »In der Führungsetage am King Saul Boulevard werden demnächst einige Büros frei. Hätten Sie nicht Lust auf eines davon? Was halten Sie davon, Chef der Operationsabteilung zu werden?«

»Danke, kein Interesse. Außerdem war ich nie ein Mann für die Zentrale.«

»Das habe ich erwartet, aber ich hätte mir Vorwürfe gemacht, wenn ich's nicht versucht hätte.«

»Was ist mit den Amerikanern? Sind Sie bei denen wieder in Gnaden aufgenommen?«

»Langsam, aber sicher. Sie scheinen unsere Version der Geschichte akzeptiert zu haben. Daß unsere in Tariqs Organisation eingeschleuste Agentin enttarnt worden sei. Daß uns nichts anderes übriggeblieben sei, als geeignete Maßnahmen zum Schutz des Lebens unserer Agentin zu ergreifen. Aber sie sind noch immer wütend, weil wir sie nicht früher ins Bild gesetzt haben.«

»Das ist verständlich, wenn man bedenkt, wie alles geendet hat. Was haben Sie ihnen erzählt?«

»Daß wir erst von Tariqs Anwesenheit in New York erfahren haben, als Jacqueline sich befreit und uns alarmiert hat.«

»Und das haben sie geglaubt?«

»Das glaube ich inzwischen sogar selbst.«

»Ist auch mein Name erwähnt worden?«

»Gelegentlich. Adrian Carter würde Sie gern noch mal ausquetschen.«

»O Gott!«

»Keine Angst, er wird nicht noch mal mit Ihnen reden.«

Bevor Gabriel die Vereinigten Staaten hatte verlassen dürfen, hatte er ein achtstündiges Verhör über sich ergehen lassen müssen: CIA, FBI, New Yorker Polizei. Schamron war wie ein guter Anwalt bei einer Zeugenvernehmung an seiner Seite gewesen und hatte Einspruch erhoben, gemauert und die Vernehmung nach Kräften behindert. Die Sache hatte damit geendet, daß Carter und Schamron sich erregt anbrüllten. Zwei Tage später brachte *The New York Times* einen auf anonymen »westlichen und nahöstlichen Geheimdienstquellen« basierenden detaillierten Bericht über das Unternehmen gegen Tariq. Gabriel wurde in dem Artikel namentlich genannt. Jacqueline ebenfalls.

»Meiner Überzeugung nach hat Carter der *Times* das ganze Material zugespielt.« Gabriel entdeckte eine Spur von Bewunderung im Tonfall des Alten. Auch Schamron hatte im Lauf der Jahre mehrmals die Presse benutzt, um durch gezielte Indiskretionen persönliche Feinde zu erledigen. »Allerdings war er zu Recht wütend auf mich. Meine Behauptung, wir wüßten nichts von einer Beteiligung Tariqs an dem Pariser Attentat, war eine glatte Lüge.«

»Lev muß auch geredet haben.«

»Klar hat er das getan. An Carter komme ich nicht heran. Aber der kleine Lev wird teuer dafür büßen müssen.« Schamron schob seinen Teller etwas von sich weg, stemmte seine kräftigen Ellbogen auf den Tisch und ließ das Kinn auf seinen Fäusten ruhen. »Zumindest ist unser Ruf als entschlossen zupackender Dienst wiederhergestellt. Schließlich *haben* wir Tariq mitten in Manhattan erledigt und Arafat das Leben gerettet.«

»Was nicht mein Verdienst war.«

»Wie meinen Sie das?«

»Tariq hat mich beinahe umgebracht. Und er hätte Arafat erschießen können, wenn er nicht in letzter Minute kalte Füße bekommen hätte. Warum *hat* er ihn am Leben gelassen?«

»Arafat ist sehr schweigsam, was die Ereignisse in Cannons Arbeitszimmer betrifft. Er muß etwas gesagt haben, das bei Tariq einen Sinneswandel bewirkt hat.«

»Irgendeine Spur von Jusef?«

Schamron schüttelte den Kopf. »Wir fahnden natürlich weiter nach ihm, aber ich bezweifle, daß wir ihn aufspüren. Er hat sich vermutlich irgendwo in den afghanischen Bergen verkrochen.«

»Und was macht Benjamin Stone?«

»Der relaxt auf seiner Jacht in der Karibik.« Schamron wechselte abrupt das Thema. »Ich habe heute bei Jacqueline vorbeigeschaut.«

»Wie geht's ihr?«

»Warum fragen Sie sie das nicht selbst? Sie möchte Sie sehen.«

»Ich muß nach Jerusalem zurück.«

»Wozu, Gabriel? Um noch länger mit anderen Verrückten durch die Altstadt zu laufen? Besuchen Sie Jacqueline. Bleiben Sie ein paar Tage bei ihr. Wer weiß? Vielleicht amüsieren Sie sich dabei sogar.«

»Wann darf ich von hier fort?«

»Als Fachmann bin ich der Ansicht, daß Sie außerhalb Israels nirgendwo sicher sein werden.«

»Ich will heim.«

»Dies ist Ihre Heimat, Gabriel!«

Aber Gabriel schüttelte langsam den Kopf.

»Was habe ich Ihnen getan, Gabriel? Warum hassen Sie Ihr Volk und Ihr Land so sehr?«

»Ich hasse niemanden. Aber ich finde hier keine Ruhe.«

»Deshalb wollen Sie nach Europa? Zurück zu Ihren Gemälden? Tun Sie mir einen Gefallen, verlassen Sie Jerusalem für ein paar Tage. Setzen Sie sich ins Auto, fahren Sie durch Ihre Heimat. Lernen Sie sie noch einmal kennen. Vielleicht gefällt Ihnen, was Sie sehen.«

»Das wäre zu anstrengend. Ich bleibe lieber in Jerusalem, bis Sie mich gehen lassen.«

»Verdammt noch mal, Gabriel!« Schamron schlug mit der Faust auf den Tisch, daß die Teller klirrten. »Sie haben die letzten paar Jahre damit verbracht, alles und jeden zu restaurieren – nur sich selbst nicht. Sie restaurieren Gemälde, Oldtimer und alte Segelboote. Sie haben den Dienst restauriert. Sie haben Julian Isherwood und Jacqueline restauriert. In gewisser Weise haben Sie sogar Tariq restauriert, als Sie darauf bestanden haben, daß wir ihn in Obergaliläa beisetzen. Aber nun wird's Zeit, daß Sie sich selbst restaurieren. Sehen Sie zu, daß Sie aus dieser Wohnung rauskommen. Leben Sie Ihr Leben, sonst wachen Sie eines Tages auf und entdecken, daß Sie ein alter Mann sind. Wie ich.«

»Was ist mit Ihren Aufpassern?«

»Die habe ich zu Ihrem Schutz abgestellt.«

»Ziehen Sie sie ab.«

Schamron reckte das Kinn vor. »Gut, ab sofort müssen Sie allein zurechtkommen.«

Als Gabriel in dieser Nacht nach Jerusalem zurückfuhr, überlegte er sich, wie gut alles geklappt hatte, was der Alte sich vorgenommen hatte. Lev und die anderen waren fort, Tariq war tot, und der Ruf des Diensts war wiederhergestellt. Nicht übel für ein paar Wochen Arbeit, Ari. Gar nicht übel.

Gabriel fuhr zuerst nach Süden, durch die von Steilhängen und Kratern geprägte Wüstenlandschaft des Negevs nach Eilat und zum Roten Meer hinunter. Dort verbrachte er einen Tag am Strand und sonnte sich, aber innere Unrast trieb ihn wieder nach Norden. Er fuhr auf der Schnellstraße durch den westlichen Negev nach Beerscheba und folgte dann dem schwarzen Asphaltband durch die Wildnis von Judäa und der West Bank.

Irgend etwas brachte ihn dazu, die Ostflanke der Bergfestung Masada auf dem anstrengenden Schlängelpfad zu erklimmen und zu Fuß durch die Ruinen zu streifen. Gabriel mied den Touristenrummel am Toten Meer und verbrachte lieber einen Nachmittag auf den arabischen Märkten in Hebron und Jenin. Er hätte gern Schamrons Gesicht gesehen, während der Alte beobachtete, wie er unter den gleichmütigen Blicken dunkeläugiger Veteranen der *Intifada* mit den Händlern in ihren weißen Kaffijahs feilschte.

Dann fuhr er durchs Jezreeltal und hielt in der Nähe von Afula auf der Straße nach Nazareth am Tor des Kibbuz, in dem er aufgewachsen war. Er überlegte, ob er hineingehen sollte. *Um was zu tun? Um was zu sehen?* Seine Eltern waren schon lange tot, und wäre er wie durch ein Wunder tatsächlich jemandem begegnet, den er kannte, hätte er lügen müssen.

Er fuhr nach Norden weiter. Als er nach Galiläa hineinfuhr, waren die Hügel mit einem Teppich aus Wildblumen bedeckt. Er machte eine Rundfahrt um den See. Dann fuhr er zu der alten Bergstadt Safed hinauf und anschließend auf die Golanhöhen. Er parkte am Straßenrand in der Nähe eines drusischen Schäfers, der seine Herde hütete, und beobachtete den Sonnenuntergang über den Finger von Galiläa hinweg. Zum ersten Mal seit vielen Jahren empfand er etwas wie Zufriedenheit. Wie inneren Frieden.

Gabriel setzte sich wieder ins Auto und fuhr den Golan

hinunter zu einem Kibbuz außerhalb von Qirjat Schemona. Es war Freitag abend. Er ging in die Kantine, um am Sabbatmahl teilzunehmen, und saß mit einer Gruppe Erwachsener aus dem Kibbuz zusammen, braungebrannten Landarbeitern mit schwieligen Händen. Anfangs ignorierten sie ihn. Dann fragte einer von ihnen, ein älterer Mann, wie er heiße und woher er stamme. Er antwortete, er heiße Gabriel. Er stamme aus dem Jezreeltal, habe aber lange im Ausland gelebt.

Am nächsten Morgen durchquerte er die fruchtbare Küstenebene und fuhr das Mittelmeer entlang nach Süden – durch Akko, Haifa, Cäsaräa und Netanja –, bis er schließlich den Strand von Herzlija erreichte.

Sie lehnte an der Balustrade, hatte die Arme verschränkt und blickte zum Sonnenuntergang übers Meer hinaus, während der Wind mit ihrem Haar spielte. Sie trug eine lockere weiße Bluse und die Sonnenbrille einer Frau, die sich verstecken muß.

Gabriel wartete, bis sie von selbst auf ihn aufmerksam wurde. Irgendwann mußte sie ihn sehen. Ari Schamron hatte sie ausgebildet, und keiner Schülerin des großen Schamrons konnte ein Mann entgehen, der unter ihrer Terrasse stand. Als sie ihn dann sah, flackerte ein Lächeln auf, um sofort wieder zu erlöschen. Sie hob ihre Hand zu einem zögerlichen Winken, als hätte sie sie an einer unsichtbaren Flamme verbrannt. Gabriel senkte den Kopf und ging los.

Sie tranken Weißwein auf ihrer Terrasse, machten Konversation und vermieden es, über das Unternehmen, Schamron oder Gabriels Verletzungen zu reden. Gabriel erzählte von seiner Rundreise durch Israel. Jacqueline sagte, sie wäre gern mitgefahren. Dann entschuldigte sie sich dafür, das gesagt zu haben – dazu habe sie kein Recht.

»Weshalb bist du nach all diesen Wochen hier aufgekreuzt, Gabriel? Du tust nie etwas ohne Grund.«

Er wollte noch einmal Tariqs Version der Geschichte hören, wie er sie ihr auf der nächtlichen Fahrt von der Grenze nach New York erzählt hatte. Während sie sprach, blickte er aufs Meer hinaus, beobachtete, wie der Wind Sand aufwirbelte, bewunderte den Silberglanz des Mondlichts auf den Wellen und hörte trotzdem voll konzentriert zu. Als sie fertig war, fehlten weiterhin wichtige Puzzleteile, so daß sich noch immer kein vollständiges Bild ergab. Sie lud ihn ein, zum Abendessen zu bleiben. Gabriel log und behauptete, er müsse dringend nach Jerusalem zurück.

»Ari hat mir erzählt, daß du Israel verlassen willst. Was hast du vor?«

»In England wartet ein Mann namens Vecellio auf mich.«

»Glaubst du, daß du dort sicher bist?«

»Mir passiert nichts. Und was ist mit dir?«

»Meine Story ist weltweit von Presse und Fernsehen breitgetreten worden. Ich kann nie wieder in mein früheres Leben zurück. Ich habe keine andere Wahl, als hierzubleiben.«

»Tut mir leid, daß ich dich in diese Sache hineingezogen habe, Jacqueline. Ich hoffe, daß du mir verzeihen kannst.«

»Dir *verzeihen?* Nein, Gabriel – ganz im Gegenteil. Ich danke dir. Ich habe genau das bekommen, was ich wollte.« Ein kurzes Zögern. »Na ja, fast alles.«

Sie begleitete ihn zum Strand hinunter. Gabriel küßte sie sanft, berührte ihr Haar. Dann wandte er sich ab und ging zu seinem Wagen. Unterwegs drehte er sich noch einmal zu ihr um, aber sie war bereits verschwunden.

Er war hungrig, deshalb fuhr er nicht direkt nach Jerusalem zurück, sondern machte in Tel Aviv halt, um etwas zu essen. Er parkte in der Balfour Street, ging zur Sheinkin Street hinüber, schlenderte an schicken Cafés und Luxusgeschäften vorbei und dachte dabei an die Rue St. Denis in Montreal. Unterwegs hatte er das Gefühl, beschattet zu werden. Nichts Bestimmtes – nur allzu häufig ein schon bekanntes Gesicht, eine Farbe, eine Mütze.

Er kaufte an einem Kiosk eine Zeitung und setzte sich damit in ein Straßenrestaurant. Der Abend war warm, auf den Gehsteigen herrschte reger Fußgängerverkehr. Er bestellte *Falafel* und ein Bier; als er danach die Zeitung aufschlug, fiel sein Blick auf eine Kurzmeldung: »Benjamin Stone, der eigenwillige Verleger und Unternehmer, wird vor der Karibikinsel St. Martin vermißt. Es steht zu befürchten, daß er ertrunken ist. Nach Auskunft der örtlichen Behörden scheint er nachts von Bord seiner Luxusjacht gefallen zu sein.«

Gabriel faltete die Zeitung zusammen.

»Und was macht Benjamin Stone?«

»Der relaxt auf seiner Jacht in der Karibik.«

Als das Essen kam, schaute er auf; dabei fiel sein Blick auf einen jungen Mann auf dem Gehsteig: schlank, gutaussehend, schwarze Locken, ein blondes israelisches Mädchen am Arm. Gabriel legte sein Besteck aus der Hand, vergaß alle Vorsicht und Professionalität und starrte ihn direkt an.

Diesen jungen Mann hätte er überall erkannt: Jusef al-Tawfiki.

Gabriel legte reichlich Geld auf den Tisch und verließ das Restaurant. Er folgte ihm eine halbe Stunde lang. Auf der Sheinkin Street, dann die Allenby Street entlang, dann zur Promenade hinunter. Ein Gesicht kann täuschen, aber der

Gang eines Menschen ist manchmal so charakteristisch wie seine Fingerabdrücke. Gabriel hatte Jusef in London wochenlang beschattet. Sein Gang hatte sich ihm unauslöschlich eingeprägt. Seine geschmeidigen Hüftbewegungen. Die Linien seines Rückens. Seine Art, auf den Fußballen zu gehen, als sei er ständig bereit zum Sprung.

Gabriel versuchte sich zu erinnern, ob Jusef Links- oder Rechtshänder war. Er stellte ihn sich vor, wie er an seinem Fenster stand – nur mit einem knappen Slip bekleidet, eine massive, silbern glänzende Uhr am linken Handgelenk. *Er ist Rechtshänder.* Wenn er von einem Geheimdienst ausgebildet worden war, würde er seine Pistole an der linken Hüfte tragen.

Gabriel ging schneller, verringerte den Abstand zwischen ihnen und zog seine Beretta. Er drückte Jusef die Mündung seiner Waffe ins Kreuz. Dann griff er ihm mit einer raschen Bewegung unter die Jacke und riß die Pistole aus dem Halfter an seiner Hüfte.

Jusef wollte herumfahren.

Gabriel rammte ihm die Pistole noch energischer ins Kreuz. »Keine falsche Bewegung, sonst hast du eine Kugel im Rückgrat.« Gabriel sprach hebräisch. Jusef stand stocksteif da. »Sag deiner Freundin, daß sie verschwinden soll.«

Jusef nickte der Blondine zu; sie ging rasch davon.

»Weiter!« sagte Gabriel.

»Wohin?«

»Zum Strand runter.«

Die beiden überquerten die Promenade: Jusef voraus, Gabriel, dessen Pistole an Jusefs Niere gedrückt blieb, einen halben Schritt hinter ihm. Sie stiegen eine Treppe hinunter und gingen über den Strand, bis die Lichter der Promenade schwächer wurden.

»Wer bist du?«

»Scheißkerl! Was fällt dir ein, mich so zu überfallen?«

»Du kannst von Glück sagen, daß ich dich nicht erschossen habe. Ich kenne dich als einen von Tariqs Leuten. Du könntest nach Israel gekommen sein, um eine Bombe zu legen oder an einer Bushaltestelle um dich zu schießen. Vielleicht lege ich dich trotzdem um, wenn du mir nicht sagst, wer du bist.«

»Du hast kein Recht, so mit mir zu reden!«

»Wer war dein Führungsoffizier?«

»Auf wen tippst du?«

»Schamron?«

»Sehr gut! Alle erzählen immer, wie clever du bist.«

»Warum?«

»Wenn dich das interessiert, mußt du Schamron fragen. Ich habe nur seine Befehle ausgeführt. Aber ich sag' dir eines: Kommst du noch mal in meine Nähe, leg' ich dich um. Mir ist's egal, wer du früher warst.«

Er streckte seine Hand nach oben gekehrt aus. Gabriel gab ihm die Pistole zurück. Er schob sie unter seiner Jacke ins Halfter. Dann wandte er sich ab und ging über den dunklen Strand auf die hellen Lichter der Promenade zu.

Blitze zuckten über die Hügel Obergaliläas, als Gabriel auf der Seeuferstraße zu Schamrons Villa fuhr. Rami erwartete ihn am Tor. Als Gabriel sein Fenster herunterließ, steckte Rami den Kopf ins Wageninnere und sah sich rasch um. »Er ist auf der Terrasse. Stell den Wagen hier ab, und geh zu Fuß rauf.«

Als Gabriel ausstieg, streckte Rami seine Hand aus.

»Du glaubst doch nicht etwa, ich würde den Hundesohn erschießen?«

»Gib mir einfach die verdammte Waffe, Allon, dann kannst du zu ihm raufgehen.«

Gabriel gab ihm die Beretta und ging die Auffahrt hinauf. Über den Hügeln entlud sich ein Gewitter, dessen Blitze die wogenden Wolken beleuchteten, während ein Sturmwind auf dem See weiße Schaumkronen entstehen ließ. Das Kreischen der Wasservögel erfüllte die Luft. Er sah zur Terrasse auf und erkannte Schamron im flackernden Schein der Gaslampen.

Als Gabriel die Terrasse erreichte, hatte Schamron seine Haltung nicht verändert, aber er sah nicht mehr die Auffahrt hinunter, sondern beobachtete das Gewitter über den Hügeln. Im nächsten Augenblick hörten die Blitze auf, und der Wind flaute schlagartig ab. Der See wurde wieder glatt, und die Schreie der Wasservögel verstummten. Als einziges Geräusch war jetzt das Zischen von Schamrons hell brennenden Gaslampen zu hören.

Ja, begann Schamron, einen Jusef al-Tawfiki hatte es wirklich gegeben, aber der war tot – im Lager Schatila in der Nacht des Falangistenmassakers mit der gesamten Familie ermordet. Nach der Ermordung der Familie war ein Agent Schamrons im Haus gewesen und hatte alle persönlichen Papiere mitgenommen. Die Familie al-Tawfiki hatte im Libanon keine Verwandten. Nur einen Onkel in London – einen Onkel mütterlicherseits, der seinen kleinen Neffen nie gesehen hatte. Ein paar Tage später taucht in einem Krankenhaus in Westbeirut ein Junge auf. Schwere Verletzungen, keine Papiere. Der Arzt fragt ihn nach seinem Namen. Der Verletzte gibt an, Jusef al-Tawfiki zu heißen.

»Wie ist er zu der Rückenverletzung gekommen?« wollte Gabriel wissen.

»Die hat ihm ein mit dem Dienst in Verbindung stehender Arzt beigebracht. Der Junge wurde im Krankenhaus in Westbeirut behandelt, und die Vereinten Nationen begannen, seinen mysteriösen Onkel in London zu suchen. Sie brauchten über eine Woche, um ihn zu finden. Als der Onkel hörte, was seinem Neffen zugestoßen war, sorgte er dafür, daß der Junge zu ihm nach England kommen durfte.«

Er war ein Kind von 13, vielleicht 14 Jahren, dachte Gabriel. Wo hatte Schamron ihn gefunden? Wie hatte er ihn ausgebildet? Das war zu monströs, um darüber nachzudenken.

Schamron schnalzte so laut mit seinen kräftigen Fingern, daß Rami, der vor dem Wachhäuschen an der Auffahrt stand, ruckartig den Kopf hob.

»Einfach so hatten wir einen Agenten im feindlichen Lager, einen Jungen, dessen Leben mit unvorstellbarer Brutalität zerstört worden war. Einen Jungen mit hitzigem Temperament, der die Israelis haßt. Einen Jungen, der eines Tages ein Kämpfer werden und sich an den Leuten rächen wird, die seine Angehörigen massakriert haben.«

»Bemerkenswert«, sagte Gabriel.

»Als Jusef alt genug war, hat er sich in London in Kreisen radikaler Palästinenser bewegt. Dort wurde ein Talentsucher von Tariqs Organisation auf ihn aufmerksam. Sie haben ihn überprüft. Ihrer Überzeugung nach war er clean. Sie haben ihn in ihrer Spionage- und Planungsabteilung arbeiten lassen. Damit hatte der Dienst einen Agenten in einer der gefährlichsten Terrororganisationen der Welt. Er war so wertvoll, daß für sein Material der kürzeste Verteiler in der Geschichte des Diensts galt – mit nur einem Namen, meinem.«

Schamron setzte sich und bot Gabriel mit einer Handbewegung den freien Sessel an. Gabriel blieb stehen.

»Vor einigen Monaten hat Jusef uns einen faszinierenden Bericht geschickt. Innerhalb der Organisation machte ein Gerücht die Runde: Tariq hat einen Gehirntumor.

Tariq hat nicht mehr lange zu leben. Sofort begann der Kampf um die Nachfolge. Tariqs führende Mitarbeiter versuchten, sich eine gute Ausgangsposition zu verschaffen. Und in der Meldung stand noch etwas: Tariq wollte nicht unauffällig abtreten, sondern sich mit einem Paukenschlag verabschieden. Einen Botschafter oder auch zwei ermorden. Ein paar Bombenanschläge auf die Büros von Fluggesellschaften verüben. Oder vielleicht ein Verkehrsflugzeug abschießen.«

»Deshalb kommen Sie nach dem Pariser Anschlag zu mir. Sie erzählen mir diese traurige Geschichte, daß der Dienst kaum noch funktionsfähig ist. Daß der Dienst praktisch eine Karte bräuchte, um den Dienst zu finden. Ich bin dumm genug, darauf reinzufallen. Gleichzeitig lassen Sie Tariq ins Ohr flüstern, daß ich wieder da bin und nach ihm fahnde. Und damit beginnt das Spiel.«

»Seine Organisation war in strikt getrennte Bereiche gegliedert. Obwohl ich Jusef dort eingeschleust hatte, war mir klar, daß es schwierig sein würde, Tariq zu erledigen. Ich mußte ihm helfen, einen Fehler zu machen. Ich dachte, mit Gabriel Allon als Köder könnte ich ihn wütend machen. Ich dachte, ich könnte ihn dazu bringen, zum Angriff überzugehen und sich so lange aus der Deckung zu wagen, bis ich ihm mein Schwert ins Herz stoßen könnte.«

»Also setzen Sie mich auf Ihren eigenen Agenten Jusef an. Sie erzählen mir, daß eine Frau am leichtesten an ihn herankommen könnte. Das steht in seiner Akte. Ich beobachte ihn zwei Tage lang, sehe ihn mit zwei verschiedenen jungen Frauen. Waren die auch vom Dienst abgestellt?«

»Das waren Jusefs Mädchen. Jusef hat nie Schwierigkeiten gehabt, selbst Frauen zu finden.«

»Ich bitte Jacqueline, mir zu helfen. Ihr Einsatz soll nur ein paar Tage dauern. Aber Jusef beginnt sich für sie zu interessieren. Jusef will sich weiter mit ihr treffen. Ich verlange, daß sie abgezogen wird. Aber Sie zwingen mich dazu, sie weiterarbeiten zu lassen.«

Schamron verschränkte die Arme, reckte sein Kinn vor. Er wollte offenbar sehen, wieviel Gabriel selbst herausbekommen hatte.

»Jusef erzählt seinen Leuten, daß er glaubt, überwacht zu werden. Er erzählt ihnen auch von der Französin, die seine neue Freundin ist. Er erzählt ihnen, sie sei wahrscheinlich eine israelische Agentin. Tariq ist begeistert. Das ist die Chance, auf die er gewartet hat. Er weist Jusef an, sie unter Vorspiegelung falscher Tatsachen für einen Geheimauftrag anzuwerben. Sie wissen, daß Jacqueline anbeißen wird, weil sie wissen, daß sie für den Dienst arbeitet.«

»Bravo, Gabriel.«

»Hat sie's gewußt?«

»Jacqueline?«

»Ja, Jacqueline! Hat sie die Wahrheit gewußt?«

»Natürlich nicht. Sie liebt Sie, Gabriel. Sie hätte sich nie dazu hergegeben, Sie zu täuschen.«

»Warum haben Sie mir nicht einfach die Wahrheit gesagt?«

»Überlegen Sie selbst, Gabriel. Hätten Sie's wirklich getan, wenn ich nach Cornwall gekommen wäre und Sie aufgefordert hätte, aus dem Ruhestand zurückzukommen, um als Köder für Tariq zu fungieren? Natürlich nicht.«

»Also haben Sie mein Leben aufs Spiel gesetzt. Und das von Jacqueline!«

»Tut mir leid, daß das in New York passiert ist. Mit dieser Entwicklung hatte ich nicht gerechnet.«

»Aber Tariq war bereits todkrank. Warum haben Sie nicht einfach abgewartet, bis der Tumor ihn erledigt?«

»Weil seine Organisation dann ohne ihn weitergemacht hätte. Sie wäre noch gefährlicher und unberechenbarer gewesen als zuvor. Und weil in *meiner* Organisation chaotische Zustände herrschten. Der Dienst brauchte einen Coup, um das Vertrauen von Regierung und Volk zurückzugewinnen.«

»Was wäre, wenn Regierung und Volk erführen, wie Sie diesen großen Coup erzielt haben?«

»Der Premierminister weiß alles.«

»Und das Volk?«

»Kommen Sie bloß nicht auf die Idee, zu einer Zeitung zu rennen.«

»Wieso? Weil ich wie Benjamin Stone enden könnte?«

Schamron gab keine Antwort.

Gabriel schüttelte den Kopf. »Das würden Sie tun, nicht wahr? Sie würden auch mich beseitigen lassen, wenn ich Ihnen in die Quere käme. Und da wundern Sie sich, wenn Sie nachts nicht schlafen können?«

»Irgend jemand muß diese Arbeit tun, Gabriel! Wenn nicht ich, wer sonst? Glauben unsere Feinde, der Dienst sei geschwächt, stellen sie uns auf die Probe. Dann ermorden sie ein paar Juden, wann immer ihnen der Sinn danach steht. Die Syrer könnten wieder von den Golanhöhen herabkommen und versuchen, uns ins Meer zu werfen. Ein neuer Hitler könnte versucht sein, mein Volk auszurotten, während die Welt dabeisteht und untätig zusieht. Ich bringe Sie vielleicht von Zeit zu Zeit in Verlegenheit. Ich arbeite vielleicht mit Methoden, die Sie widerwärtig finden, aber insgeheim sind Sie froh, daß ich auf meinem Posten bin. Das hilft *Ihnen,* nachts ruhig zu schlafen.«

»Warum?« fragte Gabriel. »Warum haben Sie mich

nach all diesen Jahren belogen? Warum haben Sie Ihre Karten nicht offen auf den Tisch gelegt? Wozu ein derartig kompliziertes Täuschungsmanöver?«

Schamron rang sich ein schwaches Lächeln ab. »Habe ich Ihnen schon mal von dem Abend erzählt, an dem wir Eichmann entführt haben?«

»Diese Geschichte habe ich schon hundertmal gehört.«

»Aber nie die ganze Geschichte.« Schamron schloß die Augen und zuckte leicht zusammen, als sei die Erinnerung schmerzlich. »Wir wußten, daß der Hundesohn jeden Abend mit dem gleichen Bus nach Hause kam. Wir mußten ihn uns einfach schnappen, wenn er ausstieg. Das hatten wir hundertmal geübt. Bei diesen Übungen war ich schließlich so weit, daß ich ihn in zwölf Sekunden schnappen konnte. Aber an diesem Abend bin ich beim Aussteigen aus dem Auto gestolpert. Eichmann wäre uns fast entkommen, weil *ich* gestolpert bin. Wissen Sie, warum ich gestolpert bin, Gabriel? Ich bin gestolpert, weil ich vergessen hatte, meine Schnürsenkel zuzubinden. Ich habe ihn natürlich trotzdem geschnappt. Aber an diesem Abend habe ich eine wichtige Lektion gelernt: Man darf absolut nichts dem Zufall überlassen.«

»Dann ist Jusef also heute abend in Tel Aviv nicht zufällig an meinem Tisch vorbeigegangen?« fragte Gabriel. »Sie haben ihn vorbeigeschickt, damit ich ihn sehe. Sie wollten, daß ich die Wahrheit erfahre.«

Schamron nickte kaum merklich. In der Tat.

Es war vier Uhr morgens, als Gabriel in die Wohnung in Jerusalem zurückkam. Auf dem Tisch lag ein großer Umschlag, den ein Kurier des Dienstes vorbeigebracht haben mußte. Er enthielt drei kleinere Umschläge: einen mit einem Ticket für den Morgenflug nach London, einen weiteren mit drei Reisepässen verschiedener Staaten und einen dritten mit amerikanischen Dollars und britischen Pfunden. Gabriel steckte die kleineren Umschläge wieder in den großen und nahm ihn ins Schlafzimmer mit, wo er seine wenigen Habseligkeiten in seinen Rucksack packte. Der Flug ging erst in fünf Stunden. Er dachte daran, sich hinzulegen, wußte aber, daß er keinen Schlaf finden würde. Er dachte daran, nach Herzlija hinaufzufahren. *Jacqueline.* Nichts von allem war real gewesen. Nur Jacqueline. Er ging in die Küche, kochte Kaffee. Dann trat er auf den Balkon hinaus und wartete darauf, daß der Tag anbrach.

Epilog

Port Navas, Cornwall

Irgend etwas weckte Peel. Er drehte sich auf die Seite, griff nach der Taschenlampe auf seinem Nachttisch und beleuchtete damit seine Armbanduhr: 3:15 Uhr. Er ließ den Knopf wieder los, lag in der Dunkelheit wach und horchte auf den Wind, der im Dachgesims heulte, und die Stimmen seiner Mutter und Dereks, die sich im Schlafzimmer nebenan halblaut stritten.

Er bekam nur Gesprächsfetzen mit, deshalb schloß er die Augen, weil er irgendwo einmal gelesen hatte, Blinde hörten besser als Sehende. »Schwierigkeiten mit dem neuen Stück«, sagte Derek gerade. »Kann den ersten Akt nicht in den Griff kriegen ... schwierig mit einem Kind im Haus ... zu seinem Vater nach London zurück ... Zeit für uns allein ... wieder ein Liebespaar ...« Peel kniff die Augen fest zusammen und weigerte sich, Tränen über sein Gesicht fließen zu lassen.

Als er sich eben seine Ohren mit dem Kopfkissen zuhalten wollte, hörte er draußen auf dem Kai ein Geräusch: den Motor eines kleinen Wagens, der wie ein Ochsenkarren mit einem gebrochenen Rad schepperte. Er setzte sich auf, schlug mit einer raschen Bewegung die Bettdecke zurück und stellte seine Füße auf den kalten Holzboden. Er nahm seine Taschenlampe ans Fenster mit und sah hinaus: ein einzelnes rotes Schlußlicht, das in Richtung Austernfarm über den Kai zu schweben schien.

Das Auto verschwand unter den Bäumen. Als es

wenige Augenblicke später wieder auftauchte, starrte Peel direkt in seine Scheinwerfer. Es war ein MG, der jetzt vor dem alten Lotsenhaus hielt. Peel hob seine Taschenlampe, richtete sie auf den MG und blinkte zweimal. Die Scheinwerfer des Oldtimers blinkten als Antwort. Dann wurde der Motor abgestellt, und die Scheinwerfer erloschen.

Peel kroch wieder unter die Bettdecke und zog sie bis ans Kinn hoch. Seine Mutter und Derek stritten sich noch immer, aber das war ihm jetzt egal. Der Fremde war nach Port Navas zurückgekommen. Peel schloß die Augen und war bald wieder eingeschlafen.

Danksagung

Dieses Buch hätte ohne die großzügige Unterstützung von David Bull nicht geschrieben werden können. Er ist wahrhaftig einer der besten Restauratoren der Welt, und ich hatte das Vergnügen, viele angenehme Stunden in seiner Gesellschaft verbringen zu dürfen. Er teilte seine Zeit und seine Fachkenntnisse großzügig mit mir und gestattete mir, durch sein Atelier, aber auch durch seine Erinnerungen zu streifen. Dafür bin ich ihm ewig dankbar. Mein besonderer Dank gilt Teresa Longyear, Davids talentierter Frau; Lucy Bisognano aus der Konservierungsabteilung der National Gallery, die versuchte, mich in die Grundlagen der Röntgenanalyse einzuführen; und Maxwell Anderson, Direktor des Whitney Museum of American Art, für seine Freundschaft und Unterstützung. Daß sie nicht für Irrtümer, Auslassungen oder dichterische Freiheiten verantwortlich sind, versteht sich von selbst.

Wolf Blitzer, ein Freund und Kollege aus meiner Zeit bei CNN, half mir großzügig, einige Lücken in meinen Recherchen über die israelischen Geheimdienste zu schließen. Louis Toscano, Autor von *Triple Cross,* dem bahnbrechenden Buch über die Affäre Vanunu, las mein Manuskript und äußerte scharfsinnige Erkenntnisse. Glenn Whidden beantwortete alle meine Fragen zur Kunst der Audioüberwachung, was auch ein ehemaliger Chef der Technical Services der CIA tat.

Ion Trewin, Geschäftsführer des Londoner Verlags Weidenfeld & Nicolson, las mein Manuskript und gab mir wie immer kluge Ratschläge. Joseph Finder und Mark T. Sullivan ließen mir unbezahlbare Unterstützung zukommen und sorgten dafür, daß ich immer etwas zu lachen hatte. Andrew Neil öffnete uns sein Haus und teilte einige seiner bemerkenswerten Erkenntnisse in der Londoner Zeitungslandschaft mit uns. Ernie Lyles beantwortete alle meine Fragen zu halbautomatischen Handfeuerwaffen und bildete mich mit einer Glock und einer Browning zu einem passablen Schützen aus.

Mein besonderer Dank gilt Peter und Paula White für ein zauberhaftes Wochenende in West Cornwall und einen unvergeßlichen Segeltörn durch die Helford Passage. Ebenso den Mitarbeitern des ehrwürdigen Londoner Geschäfts für Künstlerbedarf L. Cornellissen & Son und des Hotels Queen Elizabeth in Montreal. Und Phyllis und Bernard Jacob für ihre Liebe, Unterstützung und einen eintägigen Streifzug durch Brooklyn, den ich nie vergessen werde.

Von den Dutzenden von Sachbüchern, die ich bei der Arbeit an diesem Roman durchgeblättert habe, erwiesen einige sich als besonders nützlich: *Every Spy a Prince,* von Dan Raviv und Yossi Melman; *Gideon's Spies,* von Gordon Thomas; *Israel: A History* und *The Holocaust: A History of the Jews of Europe During the Second World War,* von Martin Gilbert; *The Gun and the Olive Branch,* von David Hirst; *By Way of Deception,* von Victor Ostrovsky und Clair Hoy; *The Hit Team,* von David B. Tinnin mit Dag Christensen; *My Home, My Land,* von Abu Iyad; *The Quest for the Red Prince,* von Michael Bar-Zohar und Eitan Haber; *The Palestinians,* von Jonathan Dimbleby; *Arafat,* von Alan Hart; und *The Holocaust and the Jews of Marseille,* von Donna F. Ryan.

Herzlich danke ich dem Team von International Creative Management in New York: Jack Horner, John De Laney und natürlich meiner Literaturagentin Esther Newberg. Eure Freundschaft und Unterstützung bedeuten mir unendlich viel.

Und zuletzt der talentierten Profitruppe des Verlags Random House: Ann Godoff, Andy Carpenter, Christen Kidd, Sybil Pincus, Leley Oelsner und meinem Lektor Daniel Menaker. Es ist ein Vergnügen, mit einem so hochbegabten Mann zusammenzuarbeiten.

Daniel Silva

Der Maler

Roman. Aus dem Amerikanischen von Wulf Berger.
488 Seiten. Geb.

Long Island, New York: Nach einer unbeschreiblichen Explosion am Himmel schwimmen nur noch vereinzelte Wrackteile einer Boeing 747 vor der Küste im Wasser. An der Unglücksstelle findet sich ein entscheidender Hinweis: eine Leiche mit einer ungewöhnlichen Schußverletzung im Gesicht. Amsterdam: Die attraktive Astrid arbeitet in einem kleinen, unauffälligen Buchladen und hat ihre dunkle Vergangenheit längst hinter sich gelassen. Doch nun ist ihr alter Freund Jean-Paul wieder aufgetaucht. Sein Markenzeichen sind drei Schüsse ins Gesicht seiner Opfer. Er bietet Astrid eine letzte große Zusammenarbeit an … Langley, Virginia: Michael Osbourne, erfahrener CIA-Agent und Terrorismusexperte, erhält den Auftrag, die Hintergründe des eiskalt ausgeführten Anschlags zu klären. Und er glaubt, der Handschrift des Attentäters schon einmal begegnet zu sein …